日本漢詩整理與研究彙編

第二輯 ①

主編 张璇 李均洋

學苑出版社

图书在版编目（CIP）数据

日本汉诗整理与研究汇编. 第二辑 ／ 张璇，李均洋主编. -- 北京：学苑出版社，2025.3. -- ISBN 978-7-5077-7158-9

Ⅰ.Ⅰ313.072

中国国家版本馆 CIP 数据核字第 20255JF152 号

出　版　人：洪文雄
责任编辑：杨　雷
出版发行：学苑出版社
社　　　址：北京市丰台区南方庄 2 号院 1 号楼
邮政编码：100079
网　　　址：www.book001.com
电子信箱：xueyuanpress@163.com
经销电话：010-67601101（销售部）　67603091（总编室）
印　刷　厂：廊坊市印艺阁数字科技有限公司
开本尺寸：787mm ×1092mm　1/32
印　　　张：36.5
字　　　数：865 千字
版　　　次：2025 年 3 月第 1 版
印　　　次：2025 年 3 月第 1 次印刷
定　　　价：150.00 元（全两册）

本叢書爲 2016 年度教育部人文社會科學重點研究基地
重大項目"日本漢詩彙編與研究"
（批准號：16JJD750021）成果
《日本詩紀》項目

主持人　李均洋　张　璇

教育部人文社會科學重點研究基地
首都師範大學中國詩歌研究中心成果

總目錄

總序 / 1
前言 / 7
凡例 / 45
日本詩紀 / 1
    日本詩紀凡例 / 2
    日本詩紀引用書目 / 5
    日本詩紀總目 / 8
    日本詩紀外集目錄 / 19
    日本詩紀別集目錄 / 21
    卷之一　首集第一 / 23
    卷之二　首集第二 / 41
    卷之三　首集第三 / 59
    卷之四　首集第四 / 75
    卷之五　甲集第一 / 103
    卷之六　甲集第二 / 123
    卷之七　乙集第一 / 153
    卷之八　乙集第二 / 175

卷之九　　乙集第三／203

卷之十　　乙集第四／223

卷之十一　　乙集第五／241

卷之十二　　乙集第六／261

卷之十三　　丙集第一／287

卷之十四　　丙集第二／309

卷之十五　　丙集第三／329

卷之十六　　丙集第四／353

卷之十七　　丙集第五／375

卷之十八　　丙集第六／405

卷之十九　　丙集第七／425

卷之二十　　丙集第八／451

卷之二十一　　丙集第九／475

卷之二十二　　丙集第十／485

卷之二十三　　丙集第十一／505

卷之二十四　　丙集第十二／523

卷之二十五　　丙集第十三／539

卷之二十六　　丙集第十四／557

卷之二十七　　丙集第十五／575

卷之二十八　　丙集第十六／595

卷之二十九　　丙集第十七／613

卷之三十　　丙集第十八／635

卷之三十一　　丙集第十九／655

卷之三十二　　丙集第二十／673

卷之三十三上　　丙集第二十一上／687

卷之三十三下　丙集第二十一下 / 707

卷之三十四　丙集第二十二 / 729

卷之三十五　丁集第一 / 755

卷之三十六 日野家　丁集第二 / 767

卷之三十七 式家　丁集第三 / 781

卷之三十八 式家　丁集第四 / 801

卷之三十九 式家　丁集第五 / 811

卷之四十 式家　丁集第六 / 837

卷之四十一 式家　丁集第七 / 855

卷之四十二 南家　丁集第八 / 887

卷之四十三　丁集第九 / 907

卷之四十四　丁集第十 / 927

卷之四十五　丁集第十一 / 939

卷之四十六　丁集第十二 / 951

卷之四十七　丁集第十三 / 985

卷之四十八　丁集第十四 / 1001

卷之四十九　丁集第十五 / 1027

卷之五十　丁集第十六 / 1049

日本詩紀外集 / 1071

日本詩紀別集 / 1091

日本詩紀作者系譜 / 1105

後記 / 1107

總　序

  2017年1月，中共中央辦公廳、國務院辦公廳印發的《關於實施中華優秀傳統文化傳承發展工程的意見》指出："中華文化源遠流長、燦爛輝煌。……實施中華優秀傳統文化傳承發展工程，是建設社會主義文化強國的重大戰略任務，對於傳承中華文脉、全面提升人民羣衆文化素養、維護國家文化安全、增强國家文化軟實力、推進國家治理體系和治理能力現代化，具有重要意義。"

  十八大以來，黨中央對文化建設高度重視，把文化建設提到了很重要的地位，特別是把文化自信和道路自信、理論自信、制度自信并列爲中國特色社會主義"四個自信"。日前勝利召開的十九屆五中全會，明確提出到2035年建成文化強國。我國的國家文化軟實力、中華文化影響力必將得到進一步提升。

  本叢書就是本着文化強國這一精神，通過域外漢詩這一中國傳統文化在日本傳播與影響的文化遺產，揭示中國傳統文化在日本傳播與影響的文脉，彰顯中國古典詩歌對日本文化的深刻的長遠的影響。

  2020年初，一衣帶水的東鄰日本捐贈給湖北的物資上面寫着："豈曰無衣，與子同裝！"又有一批物資上寫着："山川異域,風月同天。"我們在感受日本人民心繫疫情、助力中國人民戰勝疾病的深情的同時,更感受到了這些詩句所閃耀的愛和美的智慧之光。

中國和日本的文化影響和交流,可以說是以詩爲紐帶的。日本江戶時代的學者江村北海(1717—1788)所著的《日本詩史》(明和八年,即1771年刊)中稱日本自"天智天皇登極,而後鸞鳳揚音,圭璧發綵,藝文始足商榷云"。江村北海所說的"藝文"與《論語·先進》篇中的"文學"是一個概念,不同於近代以來自西方流入的"文藝"或"文學"概念。其最根本的區別在於,前者屬於學問和道德的範疇,如日本第一部漢詩集《懷風藻》(天平勝寶三年,即751年成書)所言的"調風化俗,莫尚於文。潤德光身,孰先於學"。

《懷風藻·序》寫道:"橿原建邦之時,天造草創,人文未作……王仁始導蒙於輕島,辰爾終敷教于譯田,遂使俗漸洙泗之風,人趨齊魯之學。逮乎聖德太子,設爵分官,肇制禮義,然而專崇釋教,未遑篇章。及至淡海先帝之受命也,恢開帝業,弘闡皇猷,道格乾坤,功光宇宙。既而以爲,調風化俗,莫尚於文。潤德光身,孰先於學。爰則建庠序,徵茂才,定五禮,興百度,憲章法則,規模弘遠,夐古以來,未之有也。於是三階平焕,四海殷昌,旒纊無爲,巖廊多暇。旋招文學之士,時開置醴之游。當此之際,宸翰垂文,賢臣獻頌,雕章麗筆,非唯百篇。但時經亂離,悉從煨燼。言念湮滅,軫悼傷懷。自茲以降,詞人間出……遠自淡海,云暨平都,凡一百二十篇,勒成一卷……"[1]

---

[1] 江口孝夫:《懷風藻》,講談社,2000年,第24—33頁。

總 序

　　這段序言可視爲自傳說中的"橿原（位於今奈良縣）建邦"，即古代國家的創立至《懷風藻》編訖的 751 年間日本列島的人文歷史。其中的"王仁始導蒙於輕島"，是指《宋書·倭国传》所記載的"倭王贊"（約 5 世紀前期）時期，朝鮮半島百濟國的知識人王仁帶來了《論語》《千字文》等書籍。從此，日本列島從蒙昧步入了文字文明社會。也就是說，漢字成爲日本列島記事交流、文化教育的唯一文字[1]。日本史學家認爲，"通過《古事記》《日本書紀》這些天皇家史書和最原始的'原帝紀''原舊辭'等史料，我們推測稻荷山鐵劍銘文上'辛亥年'（471）等 115 字應該是欽明朝（實際不存在的天皇名字，是奈良朝的史官們杜撰的，学界用此僅表明日本史上的一个历史時期——引者按）前後的史料。朝鮮半島的新羅國於 545 年前後着手編撰國史，日本列島的倭國大約也在這一時期前後着手歷史書的編纂。這表明這一時期日本列島王權國家意識的形成"[2]。這也是日本著名史學家、京都大學原教授上田正昭所指出的"漢字同日本民族的形成和國家的成立、發展有著密切的聯繫"的歷史依據。從此，在日本列島"倭"（和）民族和"倭"（和）國家意識下，思想文化上如《懷風藻·序》所言，"俗漸洙泗之風，人趨齊魯之學"，即日本列島"倭"（和）民族推廣孔子儒家的學風，普遍學習孔子儒家的學問。

　　《懷風藻·序》中寫道："余撰此文意者，爲將不忘先哲遺

1　1968 年埼玉縣行田市稻荷山古墳出土的鐵劍上有"辛亥年（471）七月"等 115 字銘文，銘記著日本列島"獲加多支鹵大王"等人名及相關事項。參見小林芳規：《圖說日本的漢字》，大修館書店，1998 年，第 21 頁。

2　和田萃：《大系日本歷史（2）古墳時代》，小學館，1988 年，第 295 頁。

風,故以懷風名之云爾。"[1]《懷風藻》開篇首位詩人爲"淡海朝大友皇子",這位大友皇子在《懷風藻》詩集編成1119年後的明治三年(1870),被日本明治政府追諡爲"弘文天皇"。

日本明治政府何以同《懷風藻》詩集的編者一樣,"不忘先哲遺風"呢?對照一下明治二十三年(1890)10月30日日本政府頒布的《教育敕語》就會明了。

朕惟我皇祖皇宗肇國宏遠,樹德深厚。我臣民克忠克孝,億兆一心,世世濟厥美,此我國體之精華,教育之淵源,亦實存此。爾臣民孝父母,友兄弟,夫婦相和,博愛及衆,修學習業,以啓發智能,成就德器,進而廣公益,開世務。常重國憲,遵國法……是如不獨成朕忠良之臣民,又足以顯彰爾祖先之遺風……[2]

原來《懷風藻》中的"調風化俗,莫尚於文"的儒家教養主義詩學觀和文學觀,如《教育敕語》所申明的那樣一直貫穿在日本文化和教育的傳統之中。這一傳統的第一要素,就是民族認同意識,即愛國主義精神。

天智天皇(626—671)"爰則建庠序,徵茂才,定五禮,興百度……旋招文學之士,時開置醴之游"(《懷風藻·序》)。日本正是在這一系列教育、文化及人才隊伍等皆具備的條件之上,才有了以《懷風藻》漢詩集爲代表的詩文化的興盛。

日本"我上世紀姑從唐家政而取士"(市河寬齋《日本詩紀凡例》,《日本詩紀》爲日本江户時代三大詩選集之一),這一制

---

[1] 江口孝夫:《懷風藻》,講談社,2000年,第33頁。
[2] 明治神宫編:《明治天皇詔敕謹解》,講談社,1973年,第868—869頁。

度始於日本飛鳥時代（592—710）。具體而言，國家秀才進士科考試，有明經科、文章科和明法科，《大寶律令》（大寶元年，即701年制定頒布，律六卷，全十一卷，直到天平寶字元年，即757年《養老律令》頒布，一直是飛鳥、奈良時代國家的基本法典）規定，文章科的教材爲《文選》《爾雅》。天平寶字二年（758）淳仁天皇即位儀式，其中一項爲授予年齡25歲以上的大學生、醫針生、曆算生、天文生和陰陽生位一階（散官），賜予明經、文章、明法、音、算、醫針、陰陽、天文、曆算學生共57人每人絲十絇，文人善詩者再加賜十絇。

在前代律令的基礎上，更加完善且集大成式的平安時代中期（967）施行的《延喜式》卷二十"大學寮"律令中規定："凡應講説者：《禮記》《左傳》各限七百七十日。《周禮》《儀禮》《毛詩》《律》，各四百八十日。《周易》三百一十日。《尚書》《論語》，令各二百日。《孝經》六十日。"三史"《文選》各准大經。《公羊》《穀梁》《孫子》《五曹》《九章》《六章》《綴術》各准小經。《三開》《重差》《周髀》《海島》《九司》，亦共准小經。"日本的大學寮草創于天智天皇時期，這一培養中央官吏的最高學府，在日本的教育和文化史上具有舉足輕重的地位。就官學教科書而言，把《毛詩》和《律》同《周禮》《儀禮》歸爲大經類，把"三史"（《史記》《漢書》和《後漢書》）和《文選》歸爲准大經類，這充分證明了飛鳥時代到平安時代（794—1185）末，在日本的大學寮教育中，文史哲是一體不可分的，即用"文學"或江户時代所稱的"藝文"而稱之。

正是在這一傳統教育和文化背景下，日本近現代教育依然把詩教放在重要的位置。現在的日本小學國語教科書中有李白《静夜思》、杜甫《絕句》（"江碧鳥逾白"）、孟浩然《春曉》、蘇軾《春夜》、高啓《尋胡隱君》等。初中國語教科書中有李白《黃鶴樓送孟浩然之廣陵》、杜甫《春望》、王維《送元二使安西》等。高中國語教科書中有李白《早發白帝城》《贈汪倫》《山中問答》《峨眉山月歌》《送友人》《子夜吳歌》、杜甫《旅夜書懷》《春夜喜雨》《登岳陽樓》《月夜》《登高》、王維《雜詩》《竹裏館》、王之渙《登鸛鵲樓》、耿湋《秋日》、韋應物《秋夜寄丘二十二員外》、柳宗元《江雪》、劉禹錫《秋風引》、于武陵《勸酒》、王翰《凉州詞》、高適《除夜作》、張繼《楓橋夜泊》、杜牧《江南春》《贈別》《山行》、高駢《山亭夏日》、白居易《長恨歌》《香爐峰下新卜山居，草堂初成，偶題東壁》《八月十五日夜，禁中獨直，對月憶元九》、李商隱《登樂游原》等詩人的著名詩作。

　　這裏要特別言明的是，中日傳統的詩教文化與近代以來西方文化中的隸屬於"文學"或"文藝"的"詩歌"概念不同，而是具有"調風化俗，莫尚於文。潤德光身，孰先於學"（《懷風藻·序》）的教育立身先導作用的韻文體文本。這一源於中國、澤被日本的詩教文化，其核心屬於哲學的範疇，即古希臘"哲學"這一詞語所定義的對智慧的愛。

　　中國詩歌和受中國詩歌文化影響而產生的日本漢詩，閃爍著智慧之愛，"調風化俗""潤德光身"，讓人們在音樂般的詩韻律動中，滋潤哲理和人類之愛，使人們昇華心靈，相親相扶，共鑄安泰和諧。

李均洋　佐藤利行

2020 年初冬吉日

前　言

　　市河寬齋（1749—1820）編《日本詩紀》（正編 50 卷，另有外集、別集各一卷）收錄了 428 位詩人的漢詩 3204 首、對句 527 句，是當時規模最大的漢詩總集。詩作的時間跨度頗長，上至日本漢詩發軔的近江朝廷（667—672），下至平治時期（1159—1160），前後近五百年。市河寬齋編纂的《日本詩紀》與江村北海編選的《日本詩選》（安永二年〈1773〉刊），以及友野霞舟所編《熙朝詩薈》（弘化四年〈1847〉刊）并稱爲江户三大漢詩集。[1] 這三部詩集中，《日本詩選》和《熙朝詩薈》編選的是江户時代的漢詩，只有《日本詩紀》是對日本前代詩歌系統整理收集的詩集。

---

[1] 豬口篤志：《日本漢詩鑒賞辭典》，角川書店，1980 年。

一、編者生平[1]

市河寬齋（1749—1820），名世寧[2]，通稱小左衛門，字子靜，又字嘉祥，號寬齋，又號西野、半江漁父、西鄙人、江湖詩老、玄眯居等，是日本江户後期著名詩人、漢學家。原名山瀨新平，出生於上野國（今群馬縣）甘樂郡南牧村（一說江户）。寬齋的父親山瀨好謙（1702—1763），號蘭臺，是江户時代的書法家。養父高橋道齋是江户時代的國學家。長子三亥（1779—1858）號米庵，是被稱爲"幕府三筆"的著名書法家。次子鏑木雲潭（1782—1853）是江户時代晚期的畫家。安永五年（1776），二十八歲的寬齋入昌平黌師從關松窗[3]，并在恩師的推薦下就任首席講師。天明三年（1783）寬齋被任命爲湯島聖堂啓事役，即塾長。天明七年（1787）幕府重臣田沼意次下野，與之

---

[1] 日本學界針對市河寬齋的研究較多，本文參照以下研究概括其生平和業績：市河三陽著《市河寬齋先生》（Akagi 出版，1992 年）、揖斐高注《市河寬齋·大窪詩佛》（岩波書店，1990 年）、蔡毅·西岡淳著《市河寬齋》（研文出版，2007 年）、佐野正巳解題《詞華集日本漢詩》第三卷（汲古書院，1987 年）、蔡毅著《日本漢詩論稿》（北京：中華書局，2007 年）中所收的《市河寬齋簡論》《市河寬齋與〈全唐詩逸〉》《市河寬齋所作詩話考》等論文。

[2] 江户時代的文人因崇尚中國文化，常常將自己的名字依中國習慣簡化爲三字乃至兩字，寬齋將自己的名字簡化爲"河世寧"，鮑廷博的《知不足叢書》、魯迅的《游仙窟序言》、夏征農等編《大辭海 17 中國文學卷》（上海：上海辭書出版社，2015 年）的"全唐詩"詞條等均以此名稱呼寬齋。《中國詩學大辭典》（杭州：浙江教育出版社，1999 年）"全唐詩逸"詞條、《全唐詩大辭典》（北京：語文出版社，2000 年）"全唐詩逸"詞條、《唐詩大辭典》（南京：鳳凰出版社，2003 年）"全唐詩逸"詞條中以"市河世寧"之名稱呼市河寬齋。

[3] 關松窗（1727—1801），名修齡，字君長，通稱永一郎。任林家三世學頭。

關係親密的關松窗受到牽連。曾受關松窗舉薦的寬齋也不得已辭去了啓事役一職,僅任教官。在其後的寬政改革中,朱子學以外的書都被稱爲"異學之書"而遭到禁止,寬齋因爲讀禁書遭到了月俸減半的處罰。不甘屈服的寬齋賦詩批判異學之禁,與昌平黌中的異學禁止派對立,最終於寬政二年(1790)辭職離開昌平黌。寬政三年(1791),寬齋受到富山藩主前田利謙的邀請,出任藩校廣德館的教授。任職二十餘年後,于文化八年(1811)致仕,時年六十三歲。文政三年(1820)七月十日,寬齋去世,享年七十二歲。門人追謚他爲文安先生。

市河寬齋博學多才,著述頗多,他的成就主要體現在三個方面:

第一,詩文創作。代表作有詩集《寬齋摘草》、吟咏江戸吉原游裏的《北里歌》《寬齋百絶》等。他去世以後,其子三亥(米庵)爲其編輯出版的《寬齋先生遺稿》等收錄了他昌平辭職以後天明七年(1787)至文政三年(1820)的詩作692首。友野霞舟在其編纂的江戸時代規模最大的漢詩總集《熙朝詩薈》[1]中收錄了寬齋的詩作95首,從數量上來看列所收1467名詩人中第32位,可以稱得上是江戸詩壇中高産的詩人。晚清大儒俞樾在其編選的日本漢詩選集《東瀛詩選》中選錄了市河寬齋的詩作25篇,并評價如下:"寬齋富山教授二十餘年,以老致仕,年逾古稀,優游林下,其爲詩頗有自得之趣,當時比之香山、劍南,難

---

[1] 富士川英郎、松下忠、佐野正巳編:《詞華集日本漢詩》(第四卷),汲古書院,1983年,第10—12頁。

似稍過，亦略近之矣。"[1]俞樾認爲市河寬齋詩風簡淡，得林下之趣，與白居易、陸游相近。

第二，古籍整理。寬齋就任於昌平以後的兩項突出成就即是對《日本詩紀》五十三卷以及《全唐詩逸》三卷的編纂。其中《全唐詩逸》搜集了中國佚失的唐詩，爲《全唐詩》的補遺之作，引起了中國人的廣泛關注，并被收録到鮑廷博的《知不足齋叢書》中。從昌平辭職以後，寬齋開始關注陸游，對陸詩進行了選録和注解，著有《陸詩意注》六卷、《陸詩考實》三卷，他編選的集南宋三大家范成大、楊萬里、陸游詩作的《三家妙絶》，從宋詩中編選的《宋百花詩》等都爲當時宋詩的普及做出了巨大貢獻。從寬齋最初編纂的古詩選編《古五絶》到《日本詩紀》、直到他去世前一年刊行的《隨園詩鈔》，"可以説'古籍整理工作'貫穿了寬齋的一生"[2]。

第三，培養人才。寬齋于寬政初年成立了江湖詩社，他的門下涌現出了衆多卓越的詩人。海野蠖齋[3]在《寬齋百絶》的序文中對寬齋進行了如下評價："其教人，亦不必繩墨，使各趨所好，人亦由此得自竭矣。方今，如永日（柏木如亭）、克從（小島梅外）、伯美（菅清成）、無弦（菊池五山）、天民（大窪詩佛）諸子，儼然成一家……"[4]當時詩壇中的名人柏木如亭、菊池五山、大窪詩佛等均爲寬齋的弟子。同時，寬齋能夠包容衆多弟

---

1 俞樾撰，佐野正巳編：《東瀛詩選》，汲古書院，1981年，第186頁。
2 轉引自蔡毅：《日本漢詩論稿》，中華書局，2007年，第60頁。
3 海野蠖齋（1748—1833），江户時代武士，曾參與市河寬齋創辦的江户詩社，與大窪詩佛等人交好。
4 市河寬齋著，柏木旭、菊池桐孫校：《寬齋百絶》序，出版者不明，1797年。

子，重視每個人的個性，因材施教，展示了他作爲教育家的出色才能。

基於寬齋出色的詩才以及他對古籍的搜集、整理的能力，我們也可以肯定，《日本詩紀》是一部值得信賴的詩集。

二、市河寬齋的詩學觀點

市河寬齋的詩學觀點一生之中曾幾度發生變化，詩學觀點的變化則與他的詩風以及古籍編纂工作的側重點緊密相連。海野蠖齋在《寬齋百絕》的序中評價市河寬齋詩風的變化："寬齋先生於詩蓋無所不爲矣。初刻意明七子，既而厭其陳腐，一旦棄去，昌平辭職之後，首崇白氏，傍及樊川義山，時又爲宋，出楊入陸，其體應時而變，隨境而遷，今日非明日，明日非今日，此其先生也。"[1] 大窪詩佛在《寬齋先生遺稿序》的《題文安先生肖像》中寫道："寬齋先生少日學嘉萬七子詩……排擊七子，首唱清新……先生之老，益變益妙，混化諸家，金玉其聲。"[2]

從市河寬齋寫給友人的信件、同時代以及後世學者的評價中，我們可以歸納出市河寬齋的詩學觀點大概經歷了以下幾個階段：

第一個階段：跟隨大内熊耳學習古文辭。

江戶時代中期是古文辭格調派風靡於詩壇的階段。著名學者荻生徂徠在創作上宣導李攀龍、王世貞"文必秦漢，詩必盛唐"

---

[1] 市河寬齋著，柏木旭、菊池桐孫校：《寬齋百絕》，出版社不明，1797年。

[2] 富士川英郎、松下忠、佐野正巳編，佐野正巳解題：《詞華集日本漢詩》（第八卷），汲古書院，1983年，第259頁。

的主張。以徂徠的門生服部南郭和高野蘭亭等爲中心的詩人們，以中國盛唐時代的詩作爲典範，嘗試創作既充滿浪漫詩情又講求規範的作品。寬齋在寫給弟子吉村的信中曾寫道：

> 僕少受業熊耳餘翁。翁之所業，專在詩古文辭。僕以襪綫之才，辛苦遵奉其教……退而省私，偏工自足，深愧其本志。翁殁入昌平[1]。

市河寬齋從十五歲起至安永五年（1776）大内熊耳去世，赴江户入昌平黌之前一直跟隨古文辭學派（又稱萱園學派）荻生徂徠的門人大内熊耳學習詩和古文辭。

第二個階段：效仿唐詩和明詩。

市河寬齋進入昌平黌以後受關松窗、何竹洲影響較大，仿效唐詩、明詩。寬齋在致友人源溫仲的書信《與源温仲先生》中寫道：

> 僕弱冠學詩何先生。先生之詩，以氣力爲主，乃是自胸中道義而混成出來者。僕之淺學襪才，何以得萬一其教乎。但聲詩之嗜，不能自止。經年歷日，讀詩益博，作詩益多。李唐十二家，朱明九子，讀則欲試效其體。亦唯淺學襪才，竟不能窮其所詣而成一家言也。[2]

這一時期的寬齋，廣讀唐詩和明詩，并致力於仿效。市河寬

---

1 見市河三陽編《寬齋先生餘稿》所收《寬齋漫稿・書》，游德園，1926年，第86頁。
2 見市河三陽編《寬齋先生餘稿》所收《寬齋漫稿・書》，游德園，1926年，第89頁。

前言

齋於這一時期出版的詩集《寬齋摘草》中既有帶有"效初唐體""效賀蘭進明體""效六朝體"字樣的詩題,也有以《關山月》等樂府舊題爲題的詩作,還有直接引用初唐四杰之一駱賓王所作《賦得春雲處處生》爲詩題的詩作等,這些都説明當時的寬齋對模仿唐詩充滿了熱情。

對於自己早年的作品,市河寬齋在寫給友人的信《與川子欽》中如此評價:

曾刻《寬齋摘草》四卷,皆初年所作,所謂僞唐詩者,今廢而不用。[1]

《寬齋摘草》由江湖社刊行于天明六年(1786),該詩集收録了市河寬齋於寶曆十三年(1763)游學東都起至刊行時止的詩作294首,全書按照詩體排列。寬齋自己也認爲當時的作品均爲模仿李唐十二家和朱明九子的"僞唐詩"。市河寬齋對於唐詩和明詩的喜愛一直持續到寬政二年(1790)離开昌平黌之時。

第三個階段:向宋詩傾倒。

寬齋從昌平黌辭職以後,仕途挫折,人生失意,詩學觀點也在這時候發生了巨大的變化。他在致友人源温仲的書信《與源温仲先生》中表明了這一時期的詩學觀點:

昌平辭職之後,跧伏東郊之外,君子交絶,生徒日謝。於是得大展力於所好,與一二從游之士,盟結吟社,日以爲娱樂。社

---

[1] 見市河三陽編《寬齋先生餘稿》所收《寬齋漫稿·書》,游德園,1926年,第101頁。

名"江湖",取之宋人之流派,曰吾輩不坐朝,不與宴,幸生大平之世,沐浴含鼓之澤,即得爲知道之庶人則足矣。何必爲效時好,截取唐人試帖中語,以沾沾自喜邪?於是元白皮陸,蘇黃範陸,從各所好,不爲之涯岸,只以得興趣爲貴。亦唯與一二從游之士,日以娛樂已,何爲以己律人哉![1]

上面提到,寬齋和朋友結社,不但詩社名取于"宋人之流派",喜歡的詩人也轉爲中唐的元稹、白居易,晚唐的皮日休、陸龜蒙,宋代的蘇軾、黃庭堅、范成大及陸游。我們可以看出寬齋對於詩的喜好從盛唐詩及明詩明顯轉移到中晚唐詩以及宋詩。事實上,以寬齋爲盟主的江湖社對於宋詩的傾倒,以及對宋詩的出版及介紹,使當時江戶詩壇的潮流爲之一變,從以往的以唐詩爲規範的古文辭格調派轉變爲清新性靈派。

第四個階段:接觸清詩。

文化八年(1811)寬齋於富山藩校致仕以後,于文化十年(1813)從江戶出發,赴長崎旅行了一年有餘。正是在那時,寬齋在長崎港直接接觸到清朝來日的貿易船,并得到了當時清朝袁枚的詩集《小倉山房詩鈔》,經抄寫和整理後出版了《隨園詩鈔》。袁枚是清代性靈派的代表詩人,寬齋門人菊池五山等也受到他《隨園詩話》的影響,刊行了《五山堂詩話》。[2]

以上我們可以看出,市河寬齋的詩學觀點曾幾度發生變化,其詩學觀點的變化不僅與其創作詩歌相關,與他的古籍整理工作

---

[1] 見市河三陽編《寬齋先生餘稿》所收《寬齋漫稿・書》,游德園,1926年,第89—90頁。

[2] 揖斐高注:《市河寬齋・大窪詩佛》,岩波書店,1990年,第363—364頁。

更是緊密相連。在其離開昌平黌（1790）之前，正是由於他好古文辭之體，模仿唐詩和明詩，才有了他編纂《日本詩紀》和《全唐詩逸》之舉。離開昌平黌之後，正是由於他對宋詩的傾倒，才有《陸詩意注》，《陸詩考實》，集南宋三大家范成大、楊萬里、陸游詩作的《三家妙絕》之舉。

三、《日本詩紀》的編纂背景及編纂動機

（一）《日本詩紀》的編纂背景

日本江户時代曾涌現出大量的漢詩集。這些漢詩集除了上述《日本詩選》《熙朝詩薈》等收錄當代詩人的別集、總集之外，還涌現了一批收錄了奈良、平安時代詩歌的詩歌總集。其原因之一是由於當時的詩人學者開始對本朝詩史產生了極大興趣。[1]在這一時代風潮的影響下，出現了《本朝一人一首》（林鵞峰，寬文五年〈1665〉）、《本朝詩英》（野間三竹，寬文九年〈1669〉）、《歷朝詩纂》（松平賴寬〈1756〉）、《皇朝正聲》（荻生徂徠，明和八年〈1771〉刊）等收錄前代漢詩的詩集。

《本朝一人一首》[2]，顧名思義是從每位詩人的作品中選錄一首代表作，全書由内集七卷、外集、雜集、別集各一卷共計十卷組成。内集七卷收錄了自大友皇子至江户初期德川義直（1601—

---

1 後藤昭雄：《本朝漢詩文資料論》，勉誠出版，2012年，第315—318頁。
2 富士川英郎、松下忠、佐野正巳編，佐野正巳解題：《詞華集日本漢詩》（第一卷），汲古書院，1983年，第3—10頁。

1650）時期的370位詩人的371首詩作[1]。其中第一卷至第六卷與《日本詩紀》的時間跨度相似，收錄了奈良、平安時代的291位詩人的292首詩作，每首詩都附有作者的簡傳以及編者林鵞峰對於該詩的評價。

《本朝詩英》[2]共五卷，收錄了奈良時代至戰國時代221位詩人的403首詩。《本朝詩英》中的詩按照詩體排列。《歷朝詩纂》[3]意圖收錄日本上代至該詩集編纂之時的日本漢詩，共計劃編纂100卷，前編20卷，後編80卷。前編收錄了平安末期以前的漢詩，而後編僅編至第13卷便中止了。該詩集中收錄的詩與《本朝詩英》一樣按照詩體排列。《皇朝正聲》[4]規模較小，僅收錄了平安時代15位詩人的35首詩，後附僧人機先[5]《長相思》詩一首。詩的排列依據不明。

值得一提的是，除《皇朝正聲》之外的其他三本詩集，即《本朝一人一首》《本朝詩英》和《歷朝詩纂》均被市河寬齋列爲引用書目。在這些前代詩集的影響之下，《日本詩紀》應運而生。

---

[1] 第三卷中《秋日感懷》一詩作者作"田達音"，與第四卷中《惜秋翫菊花應制、探得深字》作者"島田忠臣"爲同一人。

[2] 富士川英郎、松下忠、佐野正巳編，佐野正巳解題：《詞華集日本漢詩》（第一卷），汲古書院，1983年，第11—14頁。

[3] 富士川英郎、松下忠、佐野正巳編，佐野正巳解題：《詞華集日本漢詩》（第一卷），汲古書院，1983年，第24—34頁。

[4] 富士川英郎、松下忠、佐野正巳編，松下忠解題：《詞華集日本漢詩》（第九卷），汲古書院，1984年，第5—9頁。

[5] 錢謙益《列朝詩集》中記載："鑒機先，日本人……國初，日本僧人貢者，多遣謫居滇南。"《滄海遺珠》卷四收錄其詩作18首，其中包括《長相思》。

（二）《日本詩紀》的編纂動機

市河寬齋在享和元年（1801）致友人川子欽[1]的信《與川子欽》中回憶了他編纂《日本詩紀》的最初動機：

> 僕在昌平，曾編《日本詩紀》。上自淡海朝，至保平而終，爲卷凡五十三。此僕之嗜詩，竊所以報古之與我同嗜者也……此僕事業中之盛事也，謹以報告。[2]

"嗜詩"二字可以看出，寬齋編《日本詩紀》的理由是出於自己對詩的熱愛，且想將自己搜集的詩作分享給與自己同樣愛詩之人。寬齋將《日本詩紀》的編纂同《全唐詩逸》一起看作是自己事業中的"盛事"。

市河寬齋在《日本詩紀》的凡例中也闡述了幾點編纂動機。

第一，編纂《日本詩紀》是爲了"紀我詩污隆焉"：

> 編以詩紀爲名，乃取則於馮吳二書也。彼則紀其前古、紀唐一代，我唯紀我詩污隆焉……我詩亦取於唐而盛、後唐而衰，即是所以紀我詩也，故編止于保平之間。

《日本詩紀》書名模仿了"馮吳二書"，即明朝馮惟訥編纂的《古詩紀》一百五十六卷及明朝吳琯編纂的《唐詩紀》一百七

---

[1] 川子欽，生平不詳，薩摩人（九州西南部，今鹿兒島縣和宮崎縣的一部分），林家門人。

[2] 見市河三陽編《寬齋先生餘稿》所收《寬齋漫稿・書》，游德園，1926年，第104頁。

十卷。其中《古詩紀》收録了先秦至隋朝的中國詩歌,《唐詩紀》收録了初唐、盛唐時期的中國詩歌。市河寬齋認爲中國詩歌于唐朝極盛,日本的詩歌因取法唐詩而隨之興盛,到唐以後隨之衰落。因此收録保平以前,即奈良、平安時代的詩來記録本朝之詩。

第二,編纂《日本詩紀》是爲了"録我詩命"。

詩係污隆,故亦有命焉。今被以國號者,竊録我詩命也,非效易姓替主之稱。觀者察焉。

市河寬齋認爲詩的盛衰和朝代的盛衰一樣是有天命的,爲詩紀加上國號,正是要記録詩的命運,并不是爲了仿效朝代更替的稱呼。由此可以看出市河寬齋編纂《日本詩紀》之時是持有"以詩觀史"的觀點的。

第三,市河寬齋對於已經成書的物茂卿(荻生徂徠)編《皇朝正聲》和守山(松平賴寬)編《歷朝詩纂》不太滿意,他在《日本詩紀凡例》中寫道:

近時物茂卿所撰《正聲》集,謬收僧機先詩,以爲保平以前作者。守山《詩纂》受其謬傳,遂并收僧天祥大用詩。三僧偕是南北際入明者,《石倉》《列朝》等集收其詩,時事夐差,又《詩纂》受《十訓鈔》謬,而收白居易"古墓何代人"四句,爲源公顯基詩,觀者勿據彼而疑是編不載。

可見市河寬齋發現了兩部詩集中存在的紕漏,如:物茂卿收録釋機先的詩,接著守山詩纂受其影響收録了釋機先、釋天祥、大用等三人的詩爲平治[1]以前的詩作。然而上述三位僧人于日本南北朝時期入明，後被流放至雲南大理，所作之詩被收録在曹學儉編纂的《石倉歷代詩選》中。市河寬齋还指出《歷朝詩纂》受《十訓鈔》的誤导收録白居易《續古詩十首·其二》中的"古墓何代人"四句为源顯基的《無題》詩。基於以上理由，糾正徂徠和賴寬在詩集編纂中出現的錯誤也是市河寬齋編纂《日本詩紀》的動機之一。

第四，市河寬齋認爲搜集現存之詩是非常必要且緊迫的一項工作。他在《日本詩紀凡例》中寫道：

　　仁和寺書目，詩家載籍極博。又見文粹等書所載序文者，今僅存百之一，亦惟詩權亡故已，不亦惜乎？是余之所以忘僭妄於此舉也。

市河寬齋有感于《仁和寺書目》[2]中所載詩家書籍書目以及《本朝文粹》等書籍的序文中所記録的詩家數目極多，却因爲詩道衰落而所剩無幾。爲了挽救詩書，改變這一局面，寬齋"忘僭妄於此舉"，主動承擔起留存古代詩作重任。

---

[1] 日本年號之一，指的是保元之後，永曆之前，1159年至1160年這一期間。這一時代的天皇是二條天皇。
[2]《仁和寺書目》，又稱《日本書籍總目録》《御室書籍目録》，是日本現存最早的圖書目録。編成於13世紀末期，將當時日本國內493部書籍分成神事、地理、詩家等20類收録。

三、《日本詩紀》編纂及出版的艱辛

《日本詩紀》收録漢詩 3204 首，句 527 句，其參考書目衆多，有 53 種。同時，《日本詩紀》的編纂打破了詩歌原集的編排順序，以人系詩，因此需要進行整合。這也注定了從搜集、整理資料到抄寫校對，再到刻板印刷，《日本詩紀》的編纂是一項較爲艱巨的工作。

雲室上人[1]曾參與《日本詩紀》木活字十二卷本第十二卷的校訂工作，他的代表作《雲室隨筆》[2]中對《日本詩紀》有所記載：

……此人（市川小左衛門西野先生，即市河寬齋）詩人也，欲集日本詩之逸爲一册。其詩集也，始自文武帝，迄於後醍醐。故不斷搜集日本之書并筆記之，予亦爲其所請，日日筆記。先成一部六卷，活板印刷[3]……

這段記載真實地再現了市河寬齋爲了編纂《日本詩紀》而努力搜集日本優秀詩作的勤勉姿態。天明六年（1786），《日本詩紀》十二卷六册活字本刊行。大典禪師淡海竺常于天明八年（1788）十月撰寫的《全唐詩逸序》中記載："子靜，名世寧，爲昌平學都講，博雅尚志，亦嘗著《日本詩紀》五十卷……"這

---

1 雲室（1753—1821），名鴻漸、了軌，字元儀、公範。江户時代中後期的儒者、畫僧、漢詩人，曾入宇佐美灊水門下學習儒學，與關松窗及市河寬齋等人交好。
2 雲室上人著：《雲室隨筆》，風俗繪卷圖畫刊行會，1923 年，第 18 頁。
3 原文爲日文，此處由筆者譯。

裏，市河寬齋利用不到兩年的時間將《日本詩紀》詩作的篇幅最初的十二卷本增大到了五十卷，其中的辛勞可想而知。然而，這一版本未能全部出版：

  日本詩紀總目一卷、首集四卷、甲集二卷、乙集六卷、丙集三十五卷、丁集十六卷。外集一卷。通計五十二卷。先君竭一生精力所纂。但卷帙浩瀚未遽上梓。家存亦不能無祝融之虞。因以稿本寄藏之昌平文庫。

文政四年辛巳冬十月男三亥謹記

  這是內閣文庫藏《日本詩紀》的跋文，由市河寬齋的兒子市河米庵撰寫。上面寫到《日本詩紀》未能全部付梓出版，寄放在家中又擔心遭遇火災。因此，寬齋去世的次年即文政四年（1821），市河米庵將此書的稿本寄放於昌平文庫。

  寬齋根據《日本詩紀》的篇幅對出版費用做了精確的預算。爲了徵集刻費，曾廣泛募集訂户，但是募集結果并不理想。市河寬齋親筆書寫的訂户名單在大正十二年（1923）的關東大地震中燒毀，未存於世。寬齋也曾奔走請求門人、朋友等募捐刻費，最終也沒有湊足。

  到了弘化二年（1845），66歲的米庵又重新計劃出版《日本詩紀》事宜。他首先拜托若林友堯（通稱勝三）對該書進行校訂，又請公卿日野資愛爲《日本詩紀》寫序，間部詮勝提筆書寫序文。書板主要交由門人渡邊允（通稱源三）負責，刻到卷二十六，最終由其他人刻至卷三十三。然而這一重新出版計畫沒有完成就中斷了。

四、市河寬齋的詩學觀念、文學史觀與《日本詩紀》的編纂標準

前面説到，市河寬齋的詩學觀點一生之中曾幾度發生變化，詩學觀點的變化則與他的詩風以及古籍編纂工作的側重點緊密相連。

（一）《日本詩紀》編纂之時市河寬齋的詩學觀念

《日本詩紀》前十二卷成書于天明六年（1786），這一時期的市河寬齋受萱園學派古文辭思想影響很大，同時期出版的詩集《寬齋摘草》熱衷於模仿唐詩。《日本詩紀》的《凡例》中也表明了市河寬齋當時的文學觀點：

> 詩極于唐、至今其體自若、詩所以紀唐詩也、後唐而衰、宋元朱明、各詩其詩、不必具論、我詩亦取於唐而盛、後唐而衰、即是所以紀我詩也、故編止于保平之間。[1]

寬齋認爲中國的詩興盛于唐代，而日本的漢詩因模仿了唐詩才得以興盛。因此把詩作的搜集期間限定在日本奈良時代起至平安時代末期的保平年間，即保元（1156—1158）、平治（1159）時期。這也明確表明了當時寬齋尊重唐詩的古文辭派詩學觀點。

---

[1] 市河寬齋編：《日本詩紀》，國書刊行會，1911年。

（二）市河寬齋提出王朝漢詩的"四期"說

《日本詩紀》收錄了由日本近江朝廷時期（667—672）至平安末期平治年間（1159—1160）的漢詩，而我們所說的王朝漢詩就指包括近江、奈良、平安朝時期的漢詩。這一時期是漢詩發展史中的重要組成部分。對於王朝時期的漢詩分期，市河寬齋在凡例中進行了如下叙述：

> 雖不日初盛中晚、我詩亦有自然疆界、故起滋賀朝至延曆、爲甲集、大同至天長、爲乙集、承和至寬弘、爲丙集、長和至平治、爲丁集。

由此可見，寬齋將首集以外的漢詩分爲四個時期是效仿了中國明代高棅在《唐詩品彙》中提出的將唐詩劃分爲初、盛、中、晚的"四唐說"，這也代表了他本人的詩學觀念和文學史觀。除首集收錄了天皇、皇族的詩作以外，甲、乙、丙、丁集代表了日本王朝時代漢詩發展的四個階段：

1. 甲集（滋賀朝〈667—672〉— 延曆〈782—806〉）

《日本詩紀》甲集收錄近江朝廷時期（667—672）到延曆年間（782—806）的漢詩。自西元630年8月舒明天皇第一次派出遣唐使起，中日之間的文化交流日益增多。"與隋唐的交流以及漢文學的興隆不僅給社會生活帶來巨大變化，同時也激發了人們的審美情趣。因此作爲抒情和言志的重要手段，人們不再滿足於庸俗的和歌，開始追求漢詩的創作。這就是漢詩於我邦興起的理由。"[1]

---

[1] 岡田正之：《近江奈良朝的文學》，東洋文庫，1929年，第225頁。

隨着中國的詩書、類書等不斷傳入日本，這一時期的漢詩受《文選》《玉台新咏》《王勃集》《駱賓王集》等詩文集以及《藝文類聚》等類書的影響巨大。《日本詩紀》甲集第五卷和第六卷收錄了除天皇、皇族、親王以外的74位詩人的漢詩，共183首。這一時期的漢詩主要選自《懷風藻》，還有少量漢詩選自《萬葉集》《鑒真東征傳》以及《經國集》。

從《日本詩紀》中收錄的詩作數量來看，這一時期的代表詩人爲藤原史（5首）、藤原宇合（6首）、藤原萬里（5首）和淡海三船（7首）。

特別值得一提的是，第六卷中單獨設了"外國"一項，裏面收錄了《經國集》中渤海人楊泰師、《鑒真東征傳》中唐朝人高鶴林、唐台州開元寺僧人思托、唐揚州白塔寺僧法進等外國人的作品。這一收錄方式比較獨特，在日本其他詩歌總集中幾乎没有先例[1]。這一做法不僅可以推進詩文的比較學習，還促進了中日詩歌文化的交流。

2. 乙集（大同〈806—810〉—天長〈824—834〉）

《日本詩紀》乙集收錄大同（806—810）至天長年間（824—834）的漢詩。隨著中日兩國之間往來越來越頻繁，平安初期的漢詩也取得了長足的發展。桓武天皇（在位781—806）以後的歷代天皇大力獎勵漢文學，尤其是嵯峨天皇成了當時一流的漢詩人。這一時代的漢詩壇以嵯峨天皇爲中心，呈現了一片繁榮景象，日本漢詩史上空前絕後的敕撰詩集也相繼問世。與宮廷詩人

---

[1] 富士川英郎、松下忠、佐野正巳編，佐野正巳解題：《詞華集日本漢詩》（第三卷），汲古書院，1983年，第18頁。

相對,以入唐求法的僧人爲中心的漢文化圈也逐漸形成。這一時期的文學除了受到六朝、初唐文學的影響之外,還受到了盛唐文學以及同時代的中唐文學的影響。《日本詩紀》第七卷至第十二卷收録了這一時期除天皇、皇族以外的 89 位詩人的漢詩共 373 首。這一時期的漢詩主要選自敕撰三集《凌雲集》《文華秀麗集》《經國集》以及《性靈集》《雜言奉和》等。

從《日本詩紀》中收録的詩的數量來看,這一時期的代表詩人有良岑安世(13 首)、仲雄王(16 首)、賀陽豐年(18 首 1 句)、小野岑守(29 首)[1]、菅原清公(17 首)、桑原腹赤(13 首)、滋野貞主(34 首)、巨勢識人(25 首)、空海(49 首)等。

3. 丙集(承和〈834—848〉— 寬弘〈1004—1011〉)

《日本詩紀》丙集收録了承和(834—848)至寬弘年間(1004—1011)的漢詩。受藤原氏攝關政治的影響,以貴族爲中心的官人文學大放異彩,貴族的雪月風雅、侍宴應酬詩大量涌出。同時隨著文章院的設立,承和元年設立了東曹西曹,由菅原、大江家分別掌管,紀傳道學科正式確立。這一時期的漢詩開始受中國中晚唐唐詩的影響,尤其受《白氏文集》的影響最大。遣唐使於 895 年廢止,這不僅阻礙了平安後期漢文學發展造成了影響,同時也爲平安時期漢詩的衰落埋下了伏筆。

《日本詩紀》第十三卷至第三十四卷收録了這一時期 159 位詩人的詩作 1954 首,約占詩歌總數的 60%。其中第十三卷至第十五卷主要收録了《田氏家集》、卷十六至卷二十二收録了《菅家文草》《菅家後草》等別集。而從卷二十三起則收録了編者不

---

[1] 目録中作收録小野岑守詩 40 首,實際爲 29 首。

詳的《類題古詩》、長保期紀齊名的《扶桑集》、寬弘期高階積善的《本朝麗藻》等總集。

從《日本詩紀》中收錄的詩的數量來看，這一時期的代表詩人有島田忠臣（222首3句）、菅原道真（525首）、大江朝綱（44首9句）、菅原文時（31首句21）、大江以言（59首33句1聯句）、大江匡衡（133首）等。其中寬齋利用大量的篇幅將《田氏家集》中的詩作以及《菅家文草》《菅家後草》全部收錄，足以看出市河寬齋對於島田忠臣、菅原道真的崇拜以及熱愛。另外大江家的三位詩人的詩作在這一時期詩壇也占據了重要地位。

4. 丁集（長和〈1012—1016〉— 平治〈1159—1160〉）

《日本詩紀》丁集收錄的是長和（1012—1016）至平治年間（1159—1160）的漢詩。這一時期又被稱作"王朝漢文學的斜陽"。隨著攝關政治[1]的確立、莊園制[2]的誇大造成了律令制矛盾的深化、武士集團的抬頭等政治原因造成了漢文學的解體。同時這一時期女房文學[3]的興盛也在一定程度上遮擋了漢文學的光輝。另一方面，隨著藤原公任編《和漢朗詠集》的風靡，詩人們從積極創作漢詩轉為了對漢詩的鑒賞，最終使王朝漢詩逐步走向衰頹。

《日本詩紀》第三十五卷至第五十卷收錄了這一時期68位作家的452首詩，佳句106句。其中除了第四十九卷從別集《法

---

[1] 攝關政治：攝關，是攝政和關白的合稱，是日本平安時代中期的政治體制，是藤原氏以外戚身份實施貴族統治的體制，後被院政代替。
[2] 莊園制：日本封建社會中期的土地制度，8世紀中葉政府發布《墾田永世私有法》以後貴族和寺社（寺院和神社）等豪門貴族的私有領地。
[3] 女房文學：又稱女流文學，是指由女性創作的文學。

前 言

性寺入道集》中采詩以外，其他的詩都選自《扶桑集》《本朝文粹》《本朝麗藻》《類題古詩》《續本朝文粹》《本朝無題詩》等總集。其中從《本朝無題詩》中選詩數量之多也足以看出寬齋對於被稱爲"閃耀著斜陽之美的王朝時代最後的花"《本朝無題詩》一書的重視。寬齋沒有收錄《本朝無題詩》以後的詩作，這與林鵞峰在《本朝一人一首》[1]卷六中評價的"自無題詩以後、官家無文字。吾不欲見之"的觀點是一致的。

對於日本平安時代漢文學史的分期，學者們的意見不一，有三分法，也有二分法。如其中具有代表性分期的川口久雄將平安時代的漢文學史劃分爲前期、中期、後期三個時期。

前期從九世紀上半葉王朝文學的形成、興隆期弘仁、承和起至九世紀後半葉王朝漢文學的成熟黃金期貞觀、寬平止。中期從十世紀上半葉延喜、承平期開始至十一世紀上半葉的長保、寬弘期，這一時期爲王朝漢文學走向分化、解體的時期。後期從十一世紀後半葉天喜、康平期開始，至治承、壽永期止，這一時期爲王朝漢文學一方面繼續解體、開始衰弱、頹廢并發生變化的時期。[2]

川口久雄還特別指出王朝漢文學前期分爲前後兩個階段，分別是以嵯峨天皇和空海爲代表的前半段以及以菅原道真爲代表的後半段。

比較市河寬齋和川口久雄的分期，我們可以看到二者對於中

---

1 小島憲之校注：新日本古典文學大系 63《本朝一人一首》，岩波書店，1994 年，第 401 頁。

2 川口久雄：《三訂平安朝日本漢文學史的研究上篇》，明治書院，1975 年，第 3 頁。

期和後期的分界綫爲寬弘年間這一點上是完全一致的。市河寬齋分期法前期的跨度比較小，相當於川口久雄分期法前期的前半段。也就是説按照市河寬齋的分期法，菅原道真屬於第二期詩人，而川口久雄則把菅原道真作爲平安前期的代表。雖然二者略有差別，但是對於分界點的把握是非常一致的。可以説寬齋對於漢詩發展的掌握從現在的觀點來看也大致是妥當的，其在近世日本漢文學研究史上的價值是值得肯定的[1]。

（三）市河寬齋的編選方針

根據編選方式、編選目的的不同，詩集的編選可以分爲兩大類別：一類"網羅放佚"，以求全爲目的，可以稱爲全集；一類"删汰繁蕪"，使精華顯現，可以稱爲選集。寬齋所編纂的《日本詩紀》就屬於第一類。

首先，《日本詩紀》編纂受我國明清時期求全總集大量出現的影響。如市河寬齋在《凡例》中提到的《古詩紀》《唐詩紀》以及《列朝詩集》等。《日本詩紀》的"詩紀"二字取自"馮吴二書"，即《古詩紀》和《唐詩紀》。前人提到《古詩紀》，總會評價其最大特點是全。"所謂'紀'者，史家之總結記事之名也，故編年以序曆，著號以提綱，雖該載浩瀚而條貫聯屬，一紀立而一代之文獻備。"因此，從《日本詩紀》的題名就可以看出市河寬齋的編纂方針是求全。

第二，《日本詩紀》的引用書目衆多。五十三種引用書目及

---

[1] 市河寬齋編，後藤昭雄解説：《日本詩紀》，吉川弘文館，2000年，第3頁。

前　言

其編者如表 1 所示：

表1　《日本詩紀》的引用書目

序號	引用書目	編者	序號	引用書目	編者
1	懷風藻	無名氏	18	延長御屛風詩	大江朝綱
2	萬葉集		19	天德門詩卷	大江維時、菅原文時、橘直幹、源順
3	鑒真東征傳	淡海三船	20	應和詩合	三善道統、藤原有國、慶滋保胤等詩卷
4	凌雲集	小野岑守等奉敕編	21	粟田左府尚齒會詩卷	藤原在衡山莊集會
5	文華秀麗集	仲雄王等奉敕編	22	扶桑集	紀齊名
6	經國集	滋野貞主等奉敕編	23	本朝麗藻	高階積善
7	雜言奉和	文人應制詩卷	24	和漢朗咏	藤原公任
8	性靈集	釋空海	25	江吏部集	大江匡衡
9	日本後紀	藤原緒嗣等奉敕編	26	類題古詩	
10	續日本後紀	春澄善繩等奉敕編	27	永承詩合	藤原師基、源經信等八人應制
11	都氏文集	都良香	28	天喜詩合	藤原隆俊、源經信等八人應制
12	殘菊詩卷	內宴侍臣	29	本朝文粹	藤原明衡
13	類聚國史	菅原道真	30	續本朝文粹	藤原季綱
14	田氏家集	島田忠臣	31	作文大體	藤原宗忠
15	菅家文草	菅原道真	32	新撰朗咏	藤原基俊
16	菅家後草	菅原道真	33	無題詩集	輔仁親王
17	水石亭詩卷	藤原時平	34	法性寺入道集	藤原忠通

续表

序號	引用書目	編者	序號	引用書目	編者
35	高野大師廣傳	三密房聖賢	45	一人一首	林恕
36	朝野群載	三善爲康	46	本朝詩英	
37	續往生傳	三善爲康	47	盍簪録	伊藤長胤
38	江談抄	大江匡房語其門人録	48	歷朝詩纂	源賴寬
39	教家摘句		49	公卿補任	
40	續世繼物語		50	公卿類傳	
41	源氏河海抄	源善成	51	大系圖	
42	著聞集	橘季茂	52	本朝通鑑	
43	十訓抄	菅原爲長	53	二中曆	
44	梅城録	呆庵述			

　　如表1所示，《日本詩紀》的引用書目不僅包括《凌雲集》《文華秀麗集》《經國集》等敕撰三集，還包括《田氏家集》《菅家文草》等家集，也包括同爲江户時代編撰的《本朝一人一首》《本朝詩英》和《歷朝詩纂》。我們注意到，在市河寬齋的引用書目中，有很多書籍并不是漢詩文集，如《萬葉集》爲和歌集，寬齋却從4500首和歌中選出了《報凶問》《晚春三日游覽》等4首漢詩；《十訓抄》爲收録印度、中國和日本的傳説故事集，寬齋從衆多故事中節選出其中的"殷帝詔嚴郊野月、周文禮厚渭陽風""同心契變蓮花偈、匪石詞入鏤字門"等五句佳句。由此可見寬齋不僅是博覽群書，還具有一雙從龐大資料中發現優秀詩作的慧眼。

　　其次，從後藤昭雄編《日本詩紀拾遺》反觀《日本詩紀》，我們可以看到《日本詩紀》所收詩人的逸詩數量并不多。主要包括《河海抄》句1句、《菅家文草》句3句、《江談抄》句13句、《古今著聞集》詩1首，句4句、《作文大體》詩4首，句5句、《新撰朗咏集》句5句、《朝野群載》詩7首、《田氏家集》殘詩一首，句2句、《都氏文集》句1句、《教家摘句》句11句、《扶桑集》句1句、《本朝無題詩》詩16首、《本朝文粹》詩1首、《本朝麗藻》句2句、《類聚句題抄》詩8首，句1句、《和漢朗咏集》句1句。對於《懷風藻》、敕撰三集等衆多詩集，《日本詩紀》是全部收錄的。對於家集，寬齋在凡例中寫道："我上世姑從唐家政而取士，其衰也詩權亦亡，故家集多不傳，乃今購得太艱，是以所編不分體，而從原集叙次，又注其書於題下，所以重原集也。"由於政治制度的變化，選拔人才不再以詩爲標準，造成家集失傳。因此寬齋對於《田氏家集》《菅家文集》等家集十分重視，幾乎是原封不動，整本收錄的。

從《日本詩紀》的錄詩情況我們可以看到，市河寬齋在編纂《日本詩紀》之時，是以彙集平安時代所有漢詩爲編選方針的。《日本詩紀》編成以後至今的200餘年裏，《中右記部類紙背漢詩》《行成詩稿》等被發現，或者被公布於世。未能發現全部的漢詩資料，對於當時的寬齋來講，也是没有辦法的事情。

五、市河寬齋《日本詩紀》的地位、影響和意義

《日本詩紀》編成後得到了與市河寬齋同時代的日本學者以及後世研究者的廣泛稱贊：

（一）《日本詩紀》的綜合評價——平治以前漢詩的"集大成之作"

市河寬齋在世之時，由於募集訂户的結果不佳，《日本詩紀》僅刻印了一部分就終止了。弘化二年（1845）， 66歲的米庵又重新計劃出版《日本詩紀》事宜。他首先拜托若林友堯（通稱勝三）對該書進行校訂，又請公卿日野資愛爲《日本詩紀》寫序，間部詮勝提筆書寫序文。書板主要交由門人渡邊允（通稱）負責，刻到第二十六卷，最終由其他人刻至第三十三卷。然而，這一出版計劃没有完成就中斷了。因此，日野資愛所撰寫的序文也没有問世，只在寬齋後人市河三陽撰《市河寬齋先生》[1]中可以見到。在此，我們可以通過序文看到同時代的人對於市河寬齋所纂《日本詩紀》的評價。

古人云：詩（者），志也。詩可以觀人，可以徵事。有江都河子靜，蓋見於此。嘗有《日本詩紀》之舉。編纂幾成，子靜即世。於是其嗣孔陽及若林堯夫等繼其緒，戮力校讐，將鏤利棗，請題一言。余受而讀之，其詩始於雉鳳，終於保平，輯爲十套。上自天子公卿，下至布韋岩穴之士，凡家乘散見詩集者，雖隻聯片句，亦搜索旁羅，殆不遺餘力。可謂勉且精。余嘗謂：人生千載之後而欲觀千載之上（者），獨文字耳。而邈古悠遠，史乘有缺，其詳不可得知。是以詩賦歌咏之末，雖隻聯片句之細，亦可以觀、可以徵、言志叙情者，時則詩之零逸幸存者，豈不可愛惜

---

[1] 市河三陽著：《市河寬齋先生》，Akagi 出版，1992年，第102頁。

貴重乎。且夫人事皆有可觀可徵者，觸類長之，又有足以觀時事，是以察風俗者。然即大有裨補此篇之史乘也。余既樂觀古人之志，又喜子靜之先獲我心。於是書乎。弘化二年歲旃蒙大荒落。寒孟月正二位前權大納言藤原資愛撰，鯖江侍從間詮勝書。

序中充分肯定了收錄了上自天子公卿，下至貧寒的讀書人、隱士，凡是家史記錄有零星出現的詩集，即使是只有一聯一句，也都網羅殆盡這一《日本詩紀》的包容性。又盛贊市河寬齋不遺餘力搜集詩歌，勤勉而且精細的治學態度。同時，日野資愛認爲以詩存史，用詩歌反觀時事與風俗是非常可取的，可以用來"觀古人之志"，稱市河寬齋編纂《日本詩紀》的壯舉"先獲我心"。

另外，日本東北大學矢島玄亮副教授編纂了《漢詩索引稿（日本詩紀索引）》，并在前言中提到將《日本詩紀》作爲索引書底本的理由："之所以本書將《日本詩紀》作爲底本，是因爲本書是碩儒市河寬齋盡畢生之精力編成的我國平治以前的漢詩的集大成之作。"[1]

"集大成"一詞則道出了《日本詩紀》作爲詩歌總集的完備以及無法取代的價值。

（二）《日本詩紀》的內容評價——是"俯瞰王朝漢詩的絕好資料"

由於種種原因，《日本詩紀》編成之後僅出版了一部分。其

---

[1] 矢島玄亮編：《漢詩索引稿（日本詩紀索引）》，東北大學圖書館，1965年，第1頁。

子市河米庵於寬齋去世的次年（1821）十月將該書寫本捐贈給昌平阪學問所。直到 90 年後的明治四十四年（1911），國書刊行會出版了《日本詩紀》活字翻刻本，校訂者爲難波常雄[1]和松田卯之吉。校訂者在緒言中除了介紹了該書的構成、作者生平以及刻本的底本以外，高度評價了《日本詩紀》：

本書乃市河寬齋竭一生之精力，收集編次平治以前我邦人之漢詩者也。故王朝時代之詩篇網羅殆盡於本書，可爲研究當時漢詩唯一之好資料。[2]

"獨一無二的珍貴材料"足以説明《日本詩紀》在研究王朝時代漢詩之時的必要性和權威性。同時，緒言中還道出了出版該書的理由：

本書從來有二種刊本，然俱止於最初之一部分，非全部完結者。而其刊本播於世者極少，不可容易索之。況至龐然寫本，藏之者殆不過屈指耳。如此徒埋没前賢之苦心於地下者，實可謂學界之恨事。是本會奮而上梓本書之所以也。[3]

正是認識到《日本詩紀》一書的價值，才不想使前人的心血白白地埋没於地下，於是就有了《日本詩紀》刊本的誕生。

後藤昭雄在研究中指出："搜集古代留存下來的漢詩這一工

---

[1] 難波常雄，明治時代弘文學院（後改稱爲宏文學院）教師。曾在弘文學院爲魯迅等留學生講授日語，并曾兩次赴中國游學。
[2] 原文是變體漢文，此文由筆者複文而成。
[3] 原文是變體漢文，此文由筆者複文而成。

作是我國經過禪林詩文全盛的中世之後,到了近世人們對本朝詩史產生極大興趣的這一時代背景下進行的。其巔峰代表之一就是《日本詩紀》……本書是用來俯瞰日本古代漢詩之絕好的文獻。"[1]

高島要在《日本詩紀本文及總索引》的序文中指出:"《日本詩紀》編于江户時代,是能够用來總覽王朝漢詩的極其珍貴的書籍……近年來日本漢文學的研究呈現一片生氣,尤其是在對王朝時代的漢文學及王朝文學的研究過程中,《日本詩紀》所發揮的作用將會越來越大。"[2]

(三)《日本詩紀》的影響評價

1. 編者市河寬齋確立學界地位的重要代表作

雲室上人[3]曾參與《日本詩紀》木活字十二卷本第十二卷的校訂工作,他的代表作《雲室隨筆》[4]中對《日本詩紀》有所記載:

……因爲此人(市川小左衛門西野先生,即市河寬齋)是詩人,所以致力於網羅日本優秀的詩作,欲將上自文武帝下至後醍醐天皇時代的詩作編爲一部詩集,他不斷搜集詩書并抄寫下來,

---

[1] 後藤昭雄:《本朝漢詩文資料論》,勉誠出版,2012年,第315—320頁。
[2] 高島要:《日本詩紀本文及總索引・本文編》,勉誠出版,2003年,第3頁。
[3] 雲室上人(1753—1821),名鴻漸、了軌,字元儀、公範。江户時代中後期的儒者、畫僧、漢詩人,曾入宇佐美瀗水門下學習儒學,與關松窗及市河寬齋等交好。
[4] 雲室上人:《雲室隨筆》,風俗繪卷圖畫刊行會,1923年,第18頁。

我也曾參與抄寫。最初將一部六卷（册數不明）刻成活版……¹

《雲室隨筆》中除了記載了雲室上人自身的經歷以外，還載有與其有交友關係的學者、詩人、畫家等的軼事和傳記，被稱爲是了解當時文墨界軼事的極好資料。他如此詳細地記載了市河寬齋與他的《日本詩紀》也側面印證了該書對於當時學界的影響。

市河寬齋去世後次年，即 1821 年 10 月，昌平坂學問所大學頭林衡² 撰寫了"市河子靜墓碣銘"來歌頌市河寬齋一生的功績，其中曾經提到寬齋一生撰著頗多，首舉《日本詩紀》。

著名漢學家、詩人今關天彭（1882—1970）曾直言："寬齋的詩雖然無趣，然而他的學問相當扎實，這是詩佛、五安之徒所不及的。就算是北山在學思縝密方面也無法與寬齋匹敵……確立寬齋在學界地位的要數《日本詩紀》五十卷的編纂……"³ 今關天彭對於寬齋詩學成就的評價可謂辛辣，然而對於寬齋編纂《日本詩紀》的功績則是持極大的肯定態度。

富士川英郎評價市河寬齋時提道："與其説寬齋是一位才華橫溢的詩人，更不如説他是一位懂詩的學者……他在昌平黌之時最值得注目的成就主要有兩項，即《日本詩紀》五十卷和《全唐

---

1 原文爲日文，此處由筆者譯。
2 林衡（1768—1841），字熊藏、叔紞、德詮，号述齋、蕉軒、蕉隱等，江户時代后期儒学家，作爲林錦峰的養子繼承了林家的家業，參與江户幕府的文書行政工作。曾收集中國失散於日本的古籍，編爲《佚存叢書》。
3 今關天彭著，揖斐高編：《江户詩人評傳集Ⅰ——詩志〈雅友〉抄》，平凡社，2015 年，第 293 頁。

前 言

詩逸》三卷的編纂……"[1]

猪口篤志在《日本漢文學史》中提出:"天明六年,三十八歲的寬齋出版了《日本詩紀》十二卷,《寬齋摘草》四卷,至此名聲遠播,奠定了在詩壇的地位。"[2]

2. 有功于藝文

江户時代最早關注市河寬齋編撰《日本詩紀》的人是淡海竺常。天明八年(1788),大典禪師爲市河寬齋的《全唐詩逸》作序。序中除了大贊《全唐詩逸》的編纂以外,也提到了《日本詩紀》:

……子靜名世寧。爲昌平學都講。博雅尚志。亦嘗著日本詩紀五十卷。其有功於藝文。不獨斯書云。

大典禪師竺常除了評價市河寬齋"博雅尚志"的人品,還稱贊他編纂的《日本詩紀》等書籍的舉動"有功于藝文",即對於保存典籍、詩文等大有功勞。

文化五年(1808)六月,適逢寬齋六十大壽之時,江湖詩社的弟子爲寬齋舉辦了盛大的壽宴并作詩慶賀。其中鐮五安詩評寬齋的功績:"逸成李杜豈無意,紀就菅江還借光。"這裏的"逸"指爲中國人熟知的《全唐詩逸》,"紀"則指《日本詩紀》,意思是説《日本詩紀》中網羅了以菅原道真、大江朝綱等爲代表的平安時代漢詩人的作品。鐮五安的詩句高度概括了寬齋對於保存日本古代詩歌所作出的巨大貢獻。

---

[1] 富士川英郎:《江户後期的詩人們》,平凡社,2012 年。
[2] 猪口篤志:《日本漢文學史》,角川書店,1984 年,第 347—348 頁。

3. 有助於日本漢詩的文本研究

小島憲之在日本古典文學大系《懷風藻・文華秀麗集・本朝文粹》[1]的凡例中提到《懷風藻》的諸本及注釋书时除了列舉各种刊本和寫本以外，特別提及："市河寬齋的《日本詩紀》（國書刊行會本，天理圖書館有寬齋、米庵等人的亲笔手稿本十二册）將懷風藻中的詩按照詩人編排。其正文也有《日本詩紀》獨特的地方——也許是有撰者自己的想法在裏面，作爲文本的可參考之處不少。"同樣在凡例中列舉《文華秀麗集》諸本之時也曾提起《日本詩紀》："需要注意和參考的地方很多。"

小島憲之在針對《凌雲集》的注釋研究中提道："……《日本詩紀》有著非常出色的本文。同時有些不同于其他文本的地方，可以看出是經過了撰者的校訂和意改，這一《日本詩紀》本文是值得參考的。"[2]

由以上古今學者的言論可以看出，《日本詩紀》的編纂不僅是市河寬齋學術生涯中的亮點，也在多個方面對於學界產生了深遠影響。

六、《日本詩紀》版本及文本整理說明

市河寬齋在世之時，《日本詩紀》五十二卷本（其中外集、別集各一卷）一直未能得以出版，現存諸本中除部分版本之外，

---

1 小島憲之校注：《日本古典文學大系》69《懷風藻・文華秀麗集・本朝文粹》，岩波書店，1964年，第18—28頁。

2 小島憲之：《國風暗黑時代的文學中（中）——以弘仁期的文學爲中心》，塙書房，1979年，第1317頁。

其餘均爲各個系統的寫本。

（一）《日本詩紀》古本

日本著名國文學家故佐野正巳氏在《詞華集日本漢詩》（第三卷）《日本詩紀》[1]解題中對於《日本詩紀》的版本有著詳盡的記述。《日本詩紀》現存的諸版本按照其成立的時間順序排列如下：

A. 木活字十二卷本刊本六冊藏于内閣文庫及宫内廳書陵部；

B. 木活字十三卷本刊本六冊藏于宫内廳書陵部及國學院大學圖書館（五冊）；

C. 市河寬齋凈書本及其寫本的系統本。

甲、内閣文庫本二十八冊五十卷外集、别集、總目等各一卷包括寬齋親筆書寫的凈書本僅有卷一、卷二爲刊本

乙、國會圖書館本（和學講談所本）寫本十三册包括與内閣文庫凈書本爲同一書寫者的寫本

丙、靜嘉堂文庫本寫本二十八冊内閣文庫本的忠實寫本

丁、早稻田大學圖書館本寫本十册卷一至十八首卷内閣文庫本寫本

D. 增訂本（市河三亥校、若林友堯增訂）

甲、首集四卷本刊本四册宫内廳書陵部

乙、十五卷本刊本國會圖書館鶚軒文庫本（缺少卷十、卷十三三冊）

丙、二十二卷本寫本十册天理圖書館藏本書五十卷其中前二

---

[1] 富士川英郎・松下忠・佐野正巳編，佐野正巳解題：《詞華集日本漢詩》（第三卷），汲古書院，1983年，第7—10頁。

十二卷爲增訂本，餘下的爲屬於 C 類的净書本（缺少部分内容）

除了以上佐野氏列舉的版本之外，後藤昭雄氏[1]又列舉了另外兩個版本：一是天理圖書館藏版本，共七册。第一册包括凡例、參考書目和目録總覽；第二册以後是正文，共十二卷，屬於前面提到的 A 類刊本。另一個版本是石川縣立圖書館藏川口文庫本，是總計二十七册的寫本全本，屬於前面提到的 C 類版本。

對比上面集中版本可以發現，在現存《日本詩紀》古本中，處於核心地位的是 C 甲内閣文庫藏二十八卷本。其理由只有一個，那就是這一古本是諸本中唯一的完本，可以通過它窺知市河寬齋所編纂的《日本詩紀》的全貌。

（二）《日本詩紀》已出版諸本

市河寬齋去世 91 年以後，世人發現了《日本詩紀》這一重要漢詩資料，於是開始有學者致力於整理和出版《日本詩紀》的文本資料。目前日本已出版的諸本如下：

（1）明治四十四年（1911）出版了難波常雄、松田卯之吉校"國書刊行會"活字翻刻本（以下稱"國書本"）。此書前十五卷以市河寬齋之子市河三亥以及漢學家若林友堯校訂的 D 系列增訂本爲底本，卷十六以後以内閣文庫藏"天明增補本" C 甲爲底本。佐野正巳曾指出若林友堯的增訂本的文本明顯優於"天明增補本"，因此結合了增訂本成果的"國書本"被高島要稱作

---

1 市河寬齋編，後藤昭雄解説：《日本詩紀》，吉川弘文館，2000 年，第 5—6 頁。

前　言

"《日本詩紀》正文的巔峰"[1]，其缺點是"誤植較明顯"[2]。

這裏的誤植主要指國書本出版之時由於對於電腦打字錯誤造成的問題，如將"邛"字打成"功"字、將"墟"字打成"塘"字等。這一問題均出現在字形相似的字上。具體國書本存在"誤植"問題，先行研究沒有具體指出。筆者在校對之時確實發現了多處誤植現象，將在下面介紹平成本之時列舉指出。

（2）昭和四十年（1965）出版的矢島玄亮編《漢詩索引稿（日本詩紀索引）》以國書本爲底本，包括詩句索引、作者索引以及引用書索引等內容。

（3）昭和五十八年（1983）出版的《詞華集日本漢詩》（第三卷）《日本詩紀》，此版本爲内閣文庫藏"天明增補本"的影印本，由佐野正巳解題。

（4）平成十二年（2000）出版了後藤昭雄解題《日本詩紀》（以下稱"平成本"）。此版本爲"國書本"的復刻本。編者對照天理圖書館藏《日本詩紀》增訂本和内閣文庫藏"天明增補本"以及《懷風藻》等原本對國書刊行會本進行了校訂和修改。這一版本被高島要稱爲"《日本詩紀》校訂正文的巔峰"[3]，然而筆者發現此版本也繼承了很多"國書本"的誤植問題。

我們以第九卷中滋野貞主與嵯峨天皇的唱和詩《奉和關山

---

1 高島要：《日本詩紀本文及总索引・本文編》，勉誠出版，2003 年，第 353 頁。

2 富士川英郎、松下忠、佐野正巳編，佐野正巳解題：《詞華集日本汉詩》（第三卷），汲古書院，1983 年，解題第 14 頁。

3 高島要：《日本詩紀本文及總索引・本文編》，勉誠出版，2003 年，第 353 頁。

月》一詩爲例。

表2 內閣文庫本、國書本、平成本中《奉和關山月》詩的文本對比

內閣文庫本	國書本	平成本
奉和關山月 戍上孤明月，恆將太白看。 弓彎漢卒臂，□桂拂見鞍。 □陣鼓聲死，伍營兵氣寒。 佛娥如有意，應照妾汎瀾。	尋和關山月 戍上孤明月，恆將太白看。 弓彎漢卒臂，□桂拂見鞍。 □陣鼓聲死，伍營兵氣塞。 嫦娥如有意，應照妾汎瀾。	尋和關山月 戍上孤明月，恆將太白看。 弓彎漢卒臂，□桂拂見鞍。 □陣鼓聲死，伍營兵氣塞。 嫦娥如有意，應照妾汎瀾。

對比三個版本，我們可以發現國書本和平成本的文本完全一致。但是唱和詩的詩題應該爲"奉和"，國書本却誤作"尋和"，平成本繼承了這一錯誤。這一錯誤明顯是由於誤植造成的，而非校訂者若林友堯的修改。

另外還有第三聯的最後一個字，底本內閣文庫本作"寒"，全詩押上平聲十四寒韻，而國書本却誤作字形相像的"塞"字，平成本也一樣。"塞"字此處明顯應當押平聲韻，不合聲律。類似這樣的誤植情況，國書本確實存在很多。而這些問題也在平成本中有所體現。

（5）平成十五年（2003）出版的《日本詩紀本文及總索引》是高島要以江户本爲底本參照各寫本編成的正文及索引本（以下稱"索引本"）。全書共三冊，正文一冊，索引二冊。高島要以內閣文庫藏"天明增補本"爲底本，參照石川縣立圖書館藏川口文庫本、平成本、國會圖書館藏鴞軒文庫本及天理圖書館藏二十二卷本進行校對。高島要在正文中將不同于底本的其他版本的用字加以標記并把平成本中出處不明的詩加以標注。高島要

在《日本詩紀》文本整理上作出了極大的貢獻,他在文本整理中唯一的遺憾在於"把很多漢字寫成了'日漢字'"[1]。

(三)《日本詩紀》文本整理

《日本詩紀》在日本不斷出版的各種版本充分説明了它在日本學界不可撼動的地位,將這樣一部劃時代的詩集呈現在中國讀者面前是十分必要的。

---

[1] 〔清〕俞樾編,曹升之、歸青點校:《東瀛詩選》,北京:中華書局,2016年,第82頁。曹升之在緒言中提及高島要編《東瀛詩選本文及總索引》時指出高島要編撰文本中出現的問題。

凡 例

一、底本

本書以藏于國立公文書館內閣文庫的《日本詩紀》二十八卷稿本爲底本。該稿本編者爲市河寬齋（1749—1820），大約完成于天明六年（1786）至天明八年（1788）之間。後由市河三亥（市河寬齋之子）撰寫後記，于文政四年（1821）辛巳冬十月贈予昌平文庫。二十八卷本中《日本詩紀凡例》、《日本詩紀引用書目》及《日本詩紀總目》爲刊本，《日本詩紀系譜》爲寫本，第一卷及第二卷部分爲刊本，其餘部分均爲寫本。

二、校訂

本書將盡量展現底本的原貌，校訂參照明治四十四年（1911）國書刊行會出版的活字本《日本詩紀》的復刊本《日本詩紀》（吉川弘文館，2000年，脚注中作"平成本"）、高島要編《日本詩紀本文及總索引》（勉誠出版社，2003年）等版本。底本與平成本（參校本）的區別以脚注的形式體現。

三、詩作序號

爲了便於讀者查閱以及後續研究，本書爲每一位作者和每一首詩作編排了序號。

（例）首 01-01 文武天皇

首 0001 咏月 以下三首見懷風藻

作者名"文武天皇"之前標號"首 01-01"，"首"指"首集"，第一個 01 代表卷號，第二個 01 代表該作者在該卷中出現的序號，即文武天皇爲第一卷出現的第一位詩人。詩題名《咏月》之前標號首 0001 指該詩爲首集中收錄的第一首詩。以此類推。

四、標點及斷句

底本沒有標點和斷句，國書刊行會出版的《日本詩紀》以及復刊本中各句用"、"隔開，高島要編《日本詩紀本文及總索引》由於索引需要，每句另起一行。在校訂時，本書按照國內出版規範，排版時對詩句統一用"，"和"。"進行標點。

五、文字規範

爲了盡量保留文本原貌，本書排版使用繁體字，具體參照《辭源》《現代漢語詞典》《漢語大辭典》等，并將底本中出現的日本漢字、異體字、簡體字等字形統一成目前通行的繁體字。

日本漢字處理用例如："図"改作"圖"、"厳"改作"嚴"、"鼡"改作"鼠"等。

異體字處理用例如："窓""窻""牕""膒"統一爲"窗"。

簡體字處理用例如："学"改作"學"、"双"改作"雙"等。

但是，由於詩作的特殊性保留部分異體字，依舊按照底本録入。如：丁0589走脚詩中所有的字都是言字旁，因此本詩中的異體字"詶"没有改爲"酬"字。

誰識話談議，請論諷詠詩。
諸諜誠論誤，詴誕試詶詞。

同樣，丁0593走脚詩中所有的字都是心字底，因此本詩中的異體字"慙"未改爲"慚"，"怱"没有改爲"匆"。

愚惷慙意急，悠怒怨悲怱。
恣志忽忘患，感恩應念忠。

另外，官職"式部大輔""民部大輔"也作"式部太輔""民部太輔"，依底本。

六、格式規範

將底本中的疊字符"々"删去，改爲原字。如，首0225詩題《漫々秋夜長》改爲《漫漫秋夜長》。

日本詩紀

日本詩紀凡例

一、編以詩紀爲名，乃取則於馮吳二書也。彼則紀其前古、紀唐一代，我唯紀我詩污隆焉。雖不曰初盛中晚，我詩亦有自然疆界，故起滋賀朝至延曆，爲甲集；大同至天長，爲乙集；承和至寬弘，爲丙集；長和至平治，爲丁集。至於若聲音之所通，非余所敢知也。

二、詩極于唐，至今其體自若，是所以紀唐詩也。後唐而衰，宋元朱明，各詩其詩，不必具論。我詩亦取於唐而盛，後唐而衰，即是所以紀我詩也，故編止于保平之間。

三、詩係污隆，故亦有命焉。今被以國號者，竊錄我詩命也，非倣易姓替主之稱，觀者察焉。

四、二氏《詩紀》，先錄帝者詩，次以其世臣民。我則萬古不革之朝，不可同其例也。今聖製叡作，合爲首集。近時守山源公賴寬編《歷朝詩纂》，其例已然，是取法于錢謙益矣，是編沿其例。

五、聖刪而下，詩權歸于學者，唐後雖不復取士於詩也。詩權則自若，諸家詩集衰然而存，故二紀之於原集，不恤其割裂也。我上世姑從唐家政而取士，其衰也詩權亦亡，故家集多不傳，乃今購得太艱，是以所編不分體，而從原集敘次。又注其書於題下，所以重原集也。

六、守山詩纂，略記作者官爵履歷，而列聖室樹不敢言。今皆從其例，更就本書而詳之。若無所考者，隨其所采而列其末。不知其世，及失名氏者，附于編末。

七、文字係于朝憲者，宜用擡頭空字法。而古昔作家原本，但於題中用之，詩句則不拘，蓋古制也。又制字古書皆作製，未詳可謂，不敢妄改，悉仍其舊。

八、諸家摘句,二聯已上成章者,守山詩纂收充一首例,今從之。一聯已下,附各編末。

九、新撰萬葉集,傳稱菅公道真作,林學士恕已辨其非,然非晚近所擬,但下卷聲韵且不押,故今存其上卷,是爲外集。

十、近時物茂卿所撰《正聲集》,謬收僧機先詩,以爲保平以前作者。守山《詩纂》受其謬傳,遂并收僧天祥大用詩。三僧偕是南北際入明者,石倉列朝等集收其詩。時事夐差,又《詩纂》受《十訓鈔》謬,而收白居易"古墓何代人"四句,爲源公顯基詩。觀者勿據彼而疑是編不載。

十一、仁和寺書目,詩家載籍極博,又見《本朝文粹》等書所載序文者,今僅存百之一。亦惟詩權亡故已,不亦惜乎,是余之所以忘僭妄於此舉也。今從守山例,附以引用書目,又錄存詩家書名并其序文,以爲別集,不唯使觀者知余所集止于此。蓋金石遺墨,殘策敗簡,世固深閟,其復何限,而今而後,隨得隨補,亦有望于博雅君子者已。

後學上毛河世寧　識

日本詩紀引用書目

《懷風藻》天平勝寶三年編、無名氏
《萬葉集》
《鑑真東征傳》淡海三船撰
《凌雲集》弘仁五年小野岑守等奉敕編
《文華秀麗集》弘仁九年仲雄王等奉敕編
《經國集》天長四年滋野貞主等奉敕編
《雜言奉和》弘仁中文人應製詩卷、斷簡僅存、後人且取首簡四字爲書名
《性靈集》釋空海
《日本後紀》承和中藤原緒嗣等奉敕撰
《續日本後紀》貞觀中春澄善繩等奉敕撰
《都氏文集》都良香
《殘菊詩卷》寬平中內宴侍臣應製詩卷
《類聚國史》寬平中菅原道真編
《田氏家集》島田忠臣
《菅家文草》菅原道真
《菅家後草》同上
《水石亭詩卷》延喜元年藤原時平賀大藏善行七十宴會詩卷
《延長御屛風詩》大江朝綱詩、小野風道書、真迹現存
《天德門詩卷》天德三年大江維時菅原文時橘直幹源順四人應製
《應和詩合》三善道統宅會藤原有國慶滋保胤等詩卷
《粟田左府尚齒會詩卷》安和中藤原在衡山莊集會
《扶桑集》長德中紀齊名編
《本朝麗藻》寬弘中高階積善編
《和漢朗咏》藤原公任編
《江吏部集》大江匡衡
《類題古詩》此編未詳何書斷簡、後人且題以類題古詩、予竊疑類聚句題抄之敗策

6

《永承詩合》永承六年藤原師基源經信等八人應製
《天喜詩合》天喜四年藤原隆俊源經信等八人應製
《本朝文粹》藤原明衡編
《續本朝文粹》藤原季綱編
《作文大體》藤原宗忠著
《新撰朗詠》藤原基俊編
《無題詩集》輔仁親王編
《法性寺入道集》藤原忠通
《朝野群載》三善爲康編
《續往生傳》同上
《江談抄》大江匡房語其門人錄
《教家摘句》
《續世繼物語》
《源氏河海抄》源善成著
《著聞集》橘季茂
《十訓抄》菅原爲長
《梅城錄》呆庵述
《一人一首》林恕編
《本朝詩英》
《盍簪錄》伊藤長胤著
《歷朝詩纂》源賴寬編
《高野大師廣傳》三密房聖賢編
《公卿補任》
《公卿類傳》
《大系圖》
《本朝通鑑》
《二中歷》

日本詩紀總目

卷之一　首集第一　23
　　文武天皇三首　24
　　稱德天皇一首　25
　　平城天皇六首　25
　　嵯峨天皇四十四首　27
卷之二　首集第二　41
　　嵯峨天皇五十三首 句一　42
卷之三　首集第三　59
　　淳和天皇十五首　60
　　仁明天皇一首　64
　　宇多天皇一首　64
　　醍醐天皇四首 句三　64
　　村上天皇十三首 句五　66
　　一條天皇二十一首 句二　69
　　後朱雀天皇 句一　73
　　後冷泉天皇 句一　74
　　後三條天皇 句三　74
卷之四　首集第四　75
　　大友皇太子二首　76
　　河島皇子一首　76
　　大津皇子三首 聯句一　76
　　有智子内親王十首　77
　　惟喬親王 句一　80
　　是貞親王 句一　80
　　兼明親王七首 句八　80

具平親王三十五首 句十二　83
敦明親王 句一　94
輔仁親王二十四首 句四　95
卷之五　甲集第一　103
　　葛野王二首　104
　　中臣大島二首　104
　　紀麻呂一首　105
　　大神高市麻呂一首　105
　　巨勢多益須二首　106
　　犬上王一首　107
　　紀古麻呂二首　107
　　美努浄麻呂一首　108
　　紀末茂一首　108
　　調老人一首　109
　　藤原史五首　109
　　荊助仁一首　111
　　刀利康嗣一首　111
　　伊與部馬養一首　111
　　大石王一首　112
　　田邊百枝一首　112
　　大神安麻呂一首　113
　　石川石足一首　113
　　山前王一首　113
　　采女比良夫一首　114
　　安倍首名一首　114

大伴旅人二首 114　　　　　藤原宇合六首 131
　　中臣人足二首 115　　　　　藤原萬里五首 133
　　大伴王二首 115　　　　　　丹墀廣成三首 134
　　道首名一首 116　　　　　　高向諸足一首 135
　　境部王二首 116　　　　　　麻田陽春一首 135
　　山田三方三首 117　　　　　鹽屋古麻呂一首 136
　　息長臣足一首 118　　　　　伊岐古麻呂一首 136
　　吉智首一首 118　　　　　　民黑人二首 137
　　黃文備一首 118　　　　　　石上乙麻呂四首 137
　　越智廣江一首 119　　　　　葛井廣成二首 139
　　春日藏老一首 119　　　　　阿部仲麻呂二首 139
　　背奈行文二首 119　　　　　大伴家持一首 140
　　調古麻呂一首 120　　　　　大伴池主一首 140
　　刀利宣令二首 120　　　　　山上憶良一首 141
　　下毛野蟲麻呂一首 121　　　石上宅嗣二首 141
　　田中淨足一首 121　　　　　淡海三船七首 142
卷之六　甲集第二 123　　　　　藤原刷雄一首 144
　　長屋王四首 124　　　　　　朝原道永二首 144
　　安倍廣庭二首 125　　　　　智藏二首 以下衲子 145
　　紀男人三首 126　　　　　　辨正二首 146
　　百濟和麻呂三首 127　　　　道慈二首 146
　　守部大隅一首 128　　　　　道融二首 147
　　吉田宜二首 128　　　　　　延曆侍臣四首 148
　　箭集蟲麻呂二首 129　　　　失名氏一首 148
　　大津首二首 129　　　　　　楊泰師三首 以下外國 149
　　藤原總前三首 130　　　　　高鶴林一首 150

思托一首 151
　　法進一首 151
卷之七　乙集第一 153
　　良岑安世十三首 154
　　源弘二首 158
　　源常一首 158
　　源明一首 159
　　藤原冬嗣十首 159
　　菅野真道一首 162
　　小野永見二首 162
　　藤原道雄二首 163
　　仲雄王十六首 163
　　賀陽豐年十八首句一 168
　　林娑婆三首 173
　　上毛野穎人四首 174
卷之八　乙集第二 175
　　小野岑守二十九首 176
　　菅原清公十七首 186
　　淡海福良滿五首 191
　　仲科善雄三首 193
　　高丘茅越二首 193
　　坂上今繼三首 194
　　大伴氏上一首 195
　　丹墀清貞三首 195
　　桑原宮作一首 196
　　桑原腹赤十三首 197

卷之九　乙集第三 203
　　滋野貞主三十四首 204
　　巨勢識人二十五首 214
卷之十　乙集第四 223
　　朝野鹿取六首 224
　　勇山文繼一首 226
　　坂上今雄一首 226
　　紀末守一首 226
　　藤原是雄一首 226
　　錦部彥公二首 227
　　平五月一首 227
　　佐伯長繼一首 228
　　小野年永二首 228
　　宮部村繼一首 228
　　桑原廣田一首 229
　　坂田永河五首 229
　　紀御依一首 230
　　藤原三成二首 231
　　笠仲守一首 231
　　和氣廣世一首 232
　　藤原衛一首 232
　　紀長江二首 232
　　藤原令緒二首 233
　　藤原常嗣一首 233
　　橘常重一首 234
　　豐前王一首 234

山田古嗣一首 235
南淵弘貞一首 235
藤原關雄一首 235
菅原清岡一首 236
菅原善主一首 236
中臣良舟一首 237
中臣良櫼一首 237
滋野善永四首 237
卷之十一　乙集第五 241
　小野篁九首 句十二 242
　惟良春道十二首 句六 246
　春澄善繩一首 250
　三原春上一首 251
　伴成益一首 251
　安倍吉人一首 252
　島田渚田一首 252
　高村田使一首 252
　淨野夏嗣一首 253
　石川廣主一首 253
　大枝直臣一首 253
　文室真室一首 254
　安部文繼一首 254
　布瑠高庭二首 254
　大枝永野一首 255
　紀虎繼一首 255
　石川越智人一首 255

小野末嗣一首 256
小野春卿一首 256
大枝磯麻呂一首 257
治文雄一首 257
治穎長一首 257
常光守一首 258
金雄津一首 258
巧諸勝一首 258
伊永代一首 259
路永名一首 259
烏高名一首 259
卷之十二　乙集第六 261
　伴氏一首 以下閨秀 262
　和氏一首 262
　惟氏三首 262
　空海四十七首 句二〇 衲子 264
　王孝廉五首 以下外國 285
　釋仁貞一首 286
卷之十三　丙集第一 287
　清原真友一首 288
　大江音人一首 288
　菅原是善一首 句一 288
　都良香七首 句九 289
　藤原基經 句一 292
　橘廣相 句六 292
　島田忠臣六十九首 293

卷之十四　丙集第二 309
　　島田忠臣七十七首 310
卷之十五　丙集第三 329
　　島田忠臣七十八首 句三 330
　　藤原淵名 一首 350
　　高階令範 句一 350
　　有名王 句二 351
　　坂上斯文 句一 351
　　菅野惟肖 句二 351
卷之十六　丙集第四 353
　　菅原道真八十首 354
卷之十七　丙集第五 375
　　菅原道真一百九首 376
卷之十八　丙集第六 405
　　菅原道真六十四首 406
卷之十九　丙集第七 425
　　菅原道真九十三首 426
卷之二十　丙集第八 451
　　菅原道真九十四首 452
卷之二十一　丙集第九 475
　　菅原道真三十九首 476
卷之二十二　丙集第十 485
　　菅原道真四十六首 486
卷之二十三　丙集第十一 505
　　大藏善行三首 506
　　惟良高尚二首 506

小野滋蔭一首 507
藤原菅根二首 507
藤原直方一首 508
平惟範二首 508
藤原滋實一首 508
藤原定國一首 509
橘公緒一首 509
藤原如道一首 509
源湛一首 510
藤原老快一首 510
藤原有賴一首 510
藤原時平二首 510
紀長谷雄二十六首 句十八 511
三善清行六首 句十 519
藤原興範一首 521
高階茂範一首 521
大藏是明一首 522
卷之二十四　丙集第十二 523
　　三統理平七首 句一 524
　　小野美材二首 句三 525
　　藤原春海二首 526
　　橘澄清一首 526
　　平有相一首 526
　　物部安興二首 句二 527
　　大江千古三首 527
　　紀淑光二首 528

笙笠夏蔭一首 528
都在中一首句六 529
菅原淳茂四首句四 530
藤原諸蔭二首 532
藤原博文三首 532
藤原有聲一首 533
三善文江二首 533
高丘五常三首句三 533
藤原季方句一 534
宗岡秋津句一 535
橘公廉句一 535
源當方一首 535
直幹王句一 535
多治敏範一首 535
藤原正時一首 536
藤原長穎一首 536
文室尚相一首 536
大和宗雄一首 536
島田唯上一首 537
藤原忠村句一 537
吉野茂樹句一 537
藤原蔭基句一 537
卷之二十五 丙集第十三 539
　大江朝綱四十四首句九 540
　源英明十六首句十二 550
卷之二十六 丙集第十四 557

橘在列十九首句八 558
大江維時五首句一 564
源順三十首句十一 565
源訪一首 574
卷之二十七 丙集第十五 575
　菅原雅規八首句四 576
　菅原文時三十一首句二十一 578
　菅原庶幾九首句三 586
　菅原在躬二首句一 588
　橘直幹十一首句十 589
　紀在昌五首句一 592
卷之二十八 丙集第十六 595
　藤原實賴句二 596
　藤原後生二首句一 596
　藤原斯生一首 596
　藤原最貞二首 597
　藤原行葛句二 597
　藤原篤茂一首句七 597
　藤原雅材四首 598
　藤原雅量二首 599
　藤原國光一首 600
　源相規二首句三 600
　源信正一首 601
　源則忠二首 602
　大江澄明一首 602

大江如鏡句一 603
菅原資忠三首句一 603
菅原輔正二首 604
三善道統二首 605
三善善宗四首 605
三善輔忠一首 606
清原滋藤一首句一 607
清原仲山一首 607
清原佐時一首 607
紀伊輔一首 608
藤原惟成二首句一 608
藤原忠輔一首 609
藤原忠賢一首 609
菅原雅熙一首 610
菅原輔昭三首句六 610
平佐幹句三 611
坂合部以方一首 611
坂本高直一首 612
林相門一首 612

卷之二十九　丙集第十七 613
慶滋保胤二十八首句二十八 614
慶滋保章一首 622
橘正道十五首句二 622
橘倚平一首句二 625
藤原有國十六首 625

藤原秀孝一首 629
高丘相如三首句六 630
高丘重名一首 631
高丘兼弘一首 631
文室如正七首 632
三善篤信一首 633

卷之三十　丙集第十八 635
藤原道長七首 636
藤原顯光一首 637
藤原伊周十五首句五 637
藤原佐理一首 642
藤原公任十三首句一 642
藤原齊信十首句二 645
藤原行成二首 647
藤原爲時十九首句二 648
藤原輔尹二首 652
藤原舉直一首 653
藤原敦信一首 653
藤原定賴句五 653

卷之三十一　丙集第十九 655
大江以言五十九首句三十三
聯句一 656

卷之三十二　丙集第二十 673
源俊賢二首 674
源賴定一首 674
源爲憲二十八首句三 674

源伊賴一首 680

源明理二首 680

源孝道十二首 681

源道濟十二首 683

卷之三十三上　丙集第二十一上[1]
687

　大江匡衡七十一首 688

卷之三十三下　丙集第二十一下
707

　大江匡衡六十二首 708

卷之三十四　丙集第二十二 729

　紀齊名二十九首句十八 730

　菅原宣義十首句四 736

　慶滋爲政九首句七 738

　紀爲基一首 740

　橘爲義二首 741

　大江通直三首 741

　高階積善九首句四 742

　大江時棟二首句三 744

　菅原定義五首句六 745

　菅原忠貞句四 747

　菅原永賴一首句六 747

　菅原義明句一 747

　源相方一首句一 748

櫻島忠信一首 748

藤原衆海一首 748

源親範句一 749

源成宗句一 750

平定親句二 750

紀賴任句一 750

橘孝親句四 750

三善豐山句一 751

高丘末高句二 751

笠雅量句一 751

津守棟國句一 752

尾張學士句一 752

采女句二閨秀 752

寂照二首袡子 752

卷之三十五　丁集第一 755

　藤原義忠二首句一 756

　藤原能信句一 756

　源師房句二 756

　藤原國成二首句六 757

　藤原師家六首 758

　藤原師基五首 759

　藤原憲房六首 760

　藤原隆方四首 762

---

[1] 此卷以後底本目錄與正文不符，此後依照底本、正文和平成本卷號改正。

藤原資仲六首 763　　　　　　藤原敦光六十六首 812
　　源資經一首 764　　　　　卷之四十式家　丁集第六 837
　　源隆俊五首 765　　　　　　藤原茂明五十七首 838
　　源俊房句一 766　　　　　卷之四十一式家　丁集第七 855
　　藤原友房句二 766　　　　　　藤原周光一百三首 856
卷之三十六日野家　丁集第二 767　卷之四十二南家　丁集第八 887
　　藤原廣業三首 768　　　　　　藤原實範十四首句六 888
　　藤原資業一首句一 768　　　　藤原成家句一 892
　　藤原家經句五 769　　　　　　藤原成季句一 892
　　藤原實綱二首句五 769　　　　藤原季綱二十首句一 892
　　藤原敦宗四首 770　　　　　　藤原實兼一首 899
　　藤原正家一首句二 771　　　　藤原通憲十八首 899
　　藤原行家句二 772　　　　　　藤原尹經一首 905
　　藤原有綱句二 772　　　　卷之四十三　丁集第九 907
　　藤原有俊句一 773　　　　　　源經信二十六首句一 908
　　藤原有信九首句十一 773　　　源時綱五首句四 915
　　藤原廣綱句一 776　　　　　　惟宗孝言三十首句一 917
　　藤原實光六首 776　　　　卷之四十四　丁集第十 927
　　藤原宗光四首 778　　　　　　藤原基俊十五首 928
　　藤原顯業三首 779　　　　　　藤原知房八首句一 932
卷之三十七式家　丁集第三 781　　藤原公朋一首 934
　　藤原明衡五十二首句十九 782　藤原公章一首 934
卷之三十八式家　丁集第四 801　　藤原憲光一首 935
　　藤原敦基二十首句一 802　　　藤原仲實一首 935
卷之三十九式家　丁集第五 811　　藤原敦隆一首 936

大江政時一首 936
惟宗孝仲一首 936
菅才子一首 937
三善爲康一首 937
藤原季仲句三 938
藤原兼衡一首句三 938
卷之四十五　丁集第十一 939
　菅原是綱一首 940
　菅原在良二十五首句二 940
　菅原時登十首 947
卷之四十六　丁集第十二 951
　大江佐國二十八首句三 952
　大江匡房二十五首句四 960
　大江隆兼五首 981
卷之四十七　丁集第十三 985

中原長國句三 986
中原廣俊五十首 986
卷之四十八　丁集第十四 1001
　藤原忠通九十一首 1002
卷之四十九　丁集第十五 1027
　藤原忠通八十首 1028
卷之五十　丁集第十六 1049
　釋蓮禪五十五首衲子 1050
　滕木吉一首 1066
　鬱檀一首 1066
　左拾遺一首 1066
　無名氏五首句十九 1067

日本詩紀總目終

日本詩紀外集目錄

菅家萬葉集一百二十九首　1072

日本詩紀別集目錄

詩集序　1092

懷風藻序　無名氏　　　　　1092

凌雲集序　小野岑守　　　　1093

文華秀麗集序　仲雄王　　　1094

經國集序　滋野貞主　　　　1094

鴻臚贈答詩序　菅原道真　　1096

延喜以後詩序　紀長谷雄　　1097

日觀集序　大江維時　　　　1098

沙門敬公集序　源順　　　　1098

詩家書目[1]　1100

---

1 平成本此處後有"日本詩紀、總目一卷、首集四卷、甲集二卷、乙集六卷、丙集二十二卷、丁集十六卷、外集一卷、別集一卷、通計五十三卷、先君竭一生精力所纂、但卷帙浩瀚、未能遽上梓、家存亦不保無祝融之虞、因以槀本、寄藏之昌平文庫、文政四年辛巳冬十月、男三亥謹記"。

卷之一　首集第一

上毛河世寧　彙編

首 01-01 文武天皇

首 0001 咏月 以下三首見懷風藻
月舟移霧渚，楓檝泛霞濱。
臺上澄流耀，酒中沈去輪。
水¹下斜陰碎，樹落²秋光新。
獨以星間鏡，還浮雲漢津。

首 0002 述懷
年雖足戴冕，智不敢垂裳。
朕常夙夜念，何以拙心匡。
猶不師往古，何救元首望。
然毋三絶務，且欲臨短章。

首 0003 咏雪
雲羅裏珠起，雪花³含彩新。
林中若⁴柳絮，梁上似歌塵。
代火暉霄象，逐風回洛濱。
園裏看花李，冬條尚帶春。

---

1 平成本作"水一作冰"。
2 平成本有"一作除"。
3 平成本作"華"。
4 平成本作"如一作若"。

首 01-02 稱德天皇

首 0004 贊佛見經國集
慧日照千界，慈雲覆萬生。
□億緣[1] 化德，感□[2] 演法聲。

首 01-03 平城天皇

首 0005 咏桃花[3] 以下二首見凌雲集
春花百種何爲艷，灼灼桃花最可憐。
氣則嚴兮應制寇，味惟甘矣可求仙。
一香日[4] 發薰朝吹，千笑共開映暮煙。
願以成蹊枝葉下，終天長樹玉階邊。

首 0006 賦櫻花
昔在幽岩下，光華照四方。
忽逢攀折客，含笑宜[5] 三陽。
送氣時[6] 多少，垂陰後[7] 短長。
如何此[8] 一物，擅美九春場。

---

1 平成本作"億緣成"。
2 平成本作"心"。
3 平成本有"一作賦桃，友夔按：經國集有賀陽豐年林婆娑等賦桃應令。而題下注云：平城天皇在東宮，則一作賦桃者似是"。
4 平成本作"同"。
5 平成本作"亘一作宜"。
6 平成本有"一作花"。
7 平成本作"復一作枝又作後"。
8 平成本有"一作斯"。

首0007 詠庭前梅花 以下四首見經國集
仲春雖少暖，梅樹向驚時。
發艷將桃亂，傳芳與桂欺。
可攀猶可折，堪寄亦堪遺[1]。
儻有鹽[2]羹遇[3]，能無致味滋。

首0008 落梅花
二月云過半，梅花始正飛。
飄颻投暮牖，散亂拂晨扉。
萼盡陰初薄，英疏馥稍微。
再陽猶未聽，誰爲吝芳菲。

首0009 詠庭梅
庭梅開[4]艷色，朝暮正芳菲。
可惜[5]春風下，苑[6]花一亂飛。

首0010 舊邑對雪
始靄穹隆閣，紛紛寂寞庭。
如花梅下亂，似絮柳前榮[7]。
潔白因逢立，污玄以染成。

---

[1] 平成本有"一作貽"。
[2] 平成本有"一作臨"。
[3] 平成本有"一作和"。
[4] 平成本有"一作競"。
[5] 平成本有"一作憐"。
[6] 平成本作"危一作苑"。
[7] 平成本作"縈一作榮"。

驟歌猶寡和，何處暢幽聲。

首01-04 嵯峨天皇

首0011 神泉苑花宴、賦落花篇 以下二十二首見凌雲集

過半青春何所催，和風數生—作重百花開。
芳菲歇盡無由駐，爰唱文雄賞宴來。
見取花光林表出，造化寧假丹青筆。
紅榮[1]落處鶯亂鳴，紫萼散時蝶群驚。
借問濃香何獨飛，飛來滿座堪襲衣。
春園遙望佳人在，亂雜繁華相映輝。
點珠顏，綴鬢鬟，吹入懷中嬌態閑。
朝攀花，暮折花，攀花力盡衣帶賒。
不厭芬芳徒徙倚，留連林表晚光斜。
妖姬一玩已為樂，不畏春風總吹落。
對此年美[2]絕可[3]憐，一時風景豈空捐。

首0012 重陽節神泉苑賜宴、群臣勒空通風同
登臨初九日，霽色映[4]秋空。
樹聽寒蟬斷，雲征遠雁通。
晚蕊猶含露，衰枝不裊風。
延祥盈把菊，高宴古今同。

---

1 平成本作"英"。
2 平成本有"一作葉"。
3 平成本有"可一作何"。
4 平成本作"敵一作映"。

首0013 九月九日、於神泉苑群臣各賦一物、得秋菊

旻商季序重陽節，菊爲開花宴千[1]官。
蕊耐朝風今日笑，榮[2]霑夕露此時寒。
把盈玉手流香遠，摘入金杯辨色難。
聞道仙人好所服—作泛，對之延壽動心看。

首0014 重陽節神泉苑、同賦三秋大有年題中取韵六韵成篇

旻氣何寥廓，登高望悠悠。
大田穫[3]豐稔，從此歲工休。
芳萸筵上薦，時菊盞中浮。
林洞逢搖落，池清爲潦收。
蟋蟀藏聲晚[4]，蒹葭變色洲。
重陽常宜宴，况復有年秋。

首0015 夏日皇太弟南池

納涼儲貳南池裏，盡洗煩襟碧水灣。
岸影見知楊柳處，潭香聞得芰荷間。
風來前浦收烟遠，鳥散後林欲暮閑。
天下共言貞萬國，何勞羽翼訪商山。

首0016 秋日皇太弟池亭賦天字

玄圃秋云肅，池亭望爽天。

---

1 平成本作"百一作千"。
2 平成本作"英"。
3 平成本有"一作獲又作穫"。
4 平成本有"一作曉"。

遠聲[1]驚旅雁，寒引聽林蟬。
岸柳帷初斷，潭荷葉欲穿。
蕭然幽興處，院裏滿茶烟。

首0017 秋日入深山
歷覽那逢節序悲，深山忽感宋生詞。
半天極嶂烟氣[2]入[3]，暗[4]地幽溪日影遲。
聽裏清猿啼古木，望前寒雁雜凉飀。
炎氛盛夏風猶冷，況是高秋落照時。

首0018 夏日左大將軍藤冬嗣閑居院
避暑時來閑院裏，池亭一把釣魚竿。
回塘柳翠夕陽暗，曲岸松聲炎節寒。
吟詩不厭搗香茗，乘興偏宜聽雅彈。
暫對清泉滌煩慮，況乎寂寞日成歡。

首0019 河陽驛經宿、有懷京邑
河陽亭子經數[5]宿，月夜松風惱旅人。
雖聽山猿助客叫─作問，誰能不憶帝京春。

首0020 江亭曉興
今宵旅宿江村驛，漁浦漁歌響夜亭。

---

1 平成本有"一作群"。
2 平成本作"嵐一作氣"。
3 平成本作"暗"。
4 平成本作"入"。
5 平成本有"一作數經"。

水氣眠[1]中來濕枕，松聲覺後暗催聽。
天邊曉月看如鏡，户外朝山望似屏。
記得烟霞春興足，況逢—作乎河畔草青青。

首0021 春日游獵、日暮、宿江頭亭子
三春出獵重城外，四望江山勢轉雄。
逐兔馬蹄承落日，追禽鷹翮拂輕風。
征船暮入連天水，明月孤懸欲曉空。
不學夏王荒此事，爲思周卜遇非熊。

首0022 和左大將軍藤冬嗣河陽作
節序風光全就暖，河陽雨氣更生寒。
千峰積翠籠山暗，萬里長江入海寬。
曉猿悲吟誰斷得[2]，朝花巧笑豈堪看。
非唯物色催春興，別有泉聲落雲端。

首0023 和左金吾將軍藤緒嗣過交野離宮感舊作
追想昔時過舊館，淒涼淚下忽沾襟。
廢村已見人烟斷，荒院唯聞鳥雀吟。
荆棘不知歌舞處，薛蘿獨向戀情深。
看花故事誰能語，空望浮雲轉傷心[3]。

---

1 平成本有"一作眼"。
2 平成本有"一作得斷"。
3 平成本作"傷客一作轉傷"。

首0024 和左衛督朝臣嘉通秋夜寓直周廬聽早雁之作
凉秋八月驚塞[1]鴻，早報寒聲雜遠空。
絕域傳書全漢信，關[2]門表號[3]守胡戎。
凌雲陣影低天末，叫夜遙音振水中。
蔡女彈琴清曲響，潘郎作賦興情融。
朝搏渤海事南度，夕宿烟霞耐朔風。
感殺周廬寓直者，終宵不寐意無窮。

首0025 和菅清公秋夜途中聞笙
秋欲殫時聞怪音，吹笙寫得鳳凰吟。
鳴簧出曲添羌笛，列管催調協雅琴。
新聲宛轉[4]遙夜振，妙響聯綿[5]遠風沈。
途中暫聽腸應斷，況復仙郎有興心。

首0026 和菅清公賦早雪
雲暗朔方早雪降，從天落地本無聲。
班姬秋扇已亡—作無色，孫子夜書獨有[6]明。
梅柳此時花與絮，樓臺并[7]是銀[8]將瓊。
雖言委積未盈尺，須賀初冬瑞氣呈。

---

1 平成本有"一作寒"。
2 平成本作"開"。
3 平成本有"一作弓"。
4 平成本有"一作婉轉新聲"。
5 平成本有"一作聯綿妙響"。
6 平成本有"一作得"。
7 平成本作"併一作并"。
8 平成本作"玉一作銀"。

首0027 和進士貞主初春過菅祭酒[1]宅、悵然傷懷、簡布巨藤三秀才作[2]

書閣閉來冬變春，梅花獨笑向啼人。
雖知世上必然理，猶恨門前斷舊賓。

首0028 聽誦法華經、各賦一品、得方便品、題中取韵

春暮禪心何寂寞，恭恭傾耳聽經王。
甚深知慧極難解，微妙因緣豈易量。
續火香爐烟不滅，從風清梵響猶長。
唯歸一乘權立二，引入群方有萬方。

首0029 吏部侍郎野美聞使邊城賜帽裘

歲晚嚴冬寒最切，忠臣爲国向邊城。
貂裘暖帽宜羈旅，持[3]贈卿之萬里行。

首0030 餞右親衛少將軍朝臣[4]嘉通奉使慰撫關東、探得臣[5]

遠使邊城撫殘朕[6]，禁中賜錢送良臣。
離庭物候雖初夏，向處風烟未換春。
鄉心杳杳切歸想[7]，客路悠悠稀故人。
別後卿能應努力，莫愁千里多苦辛。

---

1 平成本有"一下有舊字"。
2 平成本此下有"一絕、一無此二字"。
3 平成本作"持一作特"。
4 平成本此下有"一無此字"。
5 平成本此下有"臣、一無此二字"。
6 平成本作"虜"。
7 平成本有"一作歸想切"。

首0031 贈賓和尚
賓公遁迹星霜久，萬事無情愛寂然。
水月尋常冷空性，風雷未敢動安禪。
苦行獨老山中室，盥漱偏宜林下泉。
遙想焚香觀念處，寥寥日夜對—作著雲烟。

首0032 贈綿寄空法師
閒僧久住雲中嶺，遙想深山春尚寒。
杉松[1]料知甚靜默，烟霞不解幾年餐。
禪關近日消息斷，京邑如今花柳寬。
菩薩莫嫌此輕贈，爲救施者世間難。

首0033 江頭春曉 以下二十二首見文華秀麗集
江頭亭子人事睽，欹枕唯聞古戍鷄。
雲氣濕衣知近岫，泉聲驚寢覺鄰溪。
天邊孤月乘流疾，山裏饑猿到曉啼。
物候雖言陽和未[2]，汀洲春草欲萋萋。

首0034 春日嵯峨山院、探得遲字
氣序如今春欲老，嵯峨山院暖光遲。
峰雲不覺侵梁棟，溪水尋常對簾帷。
莓苔踏破經年髮，楊柳未懸伸—作仲月眉。
此地悠閒人事少，惟餘風動暮猿悲。

---

1 平成本作"松柏一作杉松"。
2 平成本有"一作末"。

首 0035 春日太弟雅院
詩家有興來雅院，雅院由來絕世閑。
陽砌雖看新柳色，陰堦常點舊苔斑。
就暖晴花開簾外，欲巢時鳥啄庭間。
此地端居玩風景，寂寥人事暫無關。

首 0036 夏日臨泛大湖
水國追凉到，乘舟泛大湖。
風前翻浪起，雲裏落帆孤。
浦香濃盧橘，洲色暗蒼蘆。
邑女采蓮伴，村翁釣魚徒。
畏景西山没，清猿北嶼呼。
沿洄興不已，弭棹轉歸艫。

首 0037 和金吾將軍良安世春齋別筑前王太守還任
星使去年入王畿，今年事畢萬里歸。
山隨客路春光送，人至他鄉交結稀。
離心積日風烟遠，回首前程指落暉。
獨在羈亭傷別意，聞猿夜夜轉依依。

首 0038 左兵衛佐藤是雄見授爵、之備州謁親、因以賜詩
別時節候春云暮，爲謁慈親辭帝京。
邑裏兒童歡相待，村中耆耋拜邀迎。
馬踏雲山鄉念切[1]，猿啼海嶠助羈行。
雖言客路多芳草，莫學王孫不歸情。

---

1 平成本作"切鄉念一作鄉念切"。

首0039 史記講竟、賦得張子房
受命師漢祖，英風萬古傳。
沙中義初發，山中[1]感愈[2]玄。
形容類處女，計畫撓強權。
封敵反謀散，招翁儲貳全。
定都是劉説，違[3]宰勸蕭賢。
追從赤松子，避世獨超然。

首0040 長門怨
日暮深宮裏，重門閉不開。
秋風驚桂殿，曉月照蘭臺。
對鏡容華改，調琴怨曲催。
君恩難再望，買得長卿才。

首0041 婕妤怨
昭陽辭恩寵，長信獨離居。
團扇含愁咏，秋風怨有餘。
閑階人迹絶，冷帳月光虚。
久罷後庭望，形將歲時除。

首0042 王昭君
弱歲辭漢闕，含愁入胡關。

---

1 平成本有"一作裏"。
2 平成本有"一作彌"。
3 平成本作"進"。

天涯千萬里，一去更無還。
沙漠壞蟬鬢，風霜殘玉顏。
唯餘長安月，照送幾重山。

首0043 梅花落
鶊鳴梅院暖，花落舞春風。
歷亂飄鋪地，徘徊颺滿空。
狂香薰枕席，散影度房櫳。
欲驗傷離苦，應聞羌笛中。

首0044 折楊柳
楊柳正亂絲，春深攀折宜。
花寒邊地雪，葉暖妓樓吹。
久戍歸期遠，空閨別怨悲。
短簫無异曲，總是長相思。

首0045 答澄公奉獻詩
遠傳南岳教，夏久老天台。
杖錫凌溟海，躡虛歷蓬萊。
朝家無英俊，法侶隱賢才。
形體風塵隔，威儀律範開。
袒肩臨江上，洗足踏岩隈。
梵語翻經閣，鐘聲聽香臺。
經行人事少，宴坐歲華催。
羽客親講席，山精供茶杯。
深房春不暖，花雨自然來。

賴有護持力,定知絕輪回。

首0046 和光法師游東山之作
幽栖東岳山[1],禪坐對林巒。
法宇傳經久,深山乞食難。
溪流猿共漱,野飯鬼相餐。
擊磬雲峰裏,暮春不退寒。

首0047 過梵釋寺
雲嶺禪扃人踪絕,昔將今日再攀登。
幽奇岩嶂吐泉水,老大杉松離舊藤。
梵宇本無塵滓事,法筵唯有薜蘿僧。
忽銷煩想夏還冷,欲去淹留暫不能。

首0048 和澄公臥病述懷之作
聞君雲峰裏,臥病欲契真。
對境[2]知皆幻,觀空厭此身。
柏暗禪庭寂,花明梵宇春。
莫嫌應化久,為濟夢中人。

首0049 和尚書右丞良安世銅雀臺
昔時魏武帝,臺榭起城阿。
遺令奏弦管,空帷舞綺羅。

---

1 平成本作"上一作山"。
2 平成本有"一作鏡"。

每對平□[1]月，追思怨恨多。
西陵揮淚望，松檟復如何。

首0050 哭寳和尚
大士古來無住著，名山晦迹老風霜。
隨緣化體厭塵久，歸正真機忽滅亡。
松掩舊□[2]猶鬱茂，草暗[3]新塔漸荒凉。
生前蘿席空留月，没後金爐誰添[4]香。
禪林時見摧枝干，梵宇長懷失棟梁。
緇素共愁面禮罷，遥遥仰拜向西方。

首0051 和菅清公傷忠法師
臘老烟□[5]裏，歸真攝化形。
不知何世界，出現救蒼生。

首0052 侍中翁主挽歌辭二首
生涯如逝川，不慮忽升仙。
哀挽辭京路，客車向暮田。
聲傳女侍簡，別怨艷陽年。
唯有孤墳外，悲風吹松烟。

---

1 平成本作"沙"。
2 平成本作"居一作軒"。
3 平成本作"埋一作暗"。
4 平成本作"進一作添"。
5 平成本作"雲"。

首0053 其二
戚里繁華歇，皇家淑德收。
悲傷盈旦暮，悽感積春秋。
月色姮娥慘，星光織女愁。
一聞簫管曲，日夜淚同流。

首0054 同內史滋貞主、追和武藏錄事平五月訪幽人遺迹之作
淒然幽客隙[1]，□[2]骨曬風霜。
歲月經書古，烟蘿仙竈亡。
岩扃松作蓋，虛室石爲床。
契道乘空後，泥中獨自傷。

日本詩纪卷之一　首集第一

---

[1] 平成本作"迹"。
[2] 平成本作"鎖一作枯"。

卷之二　首集第二

上毛河世寧　彙編

首02-01 嵯峨天皇

河陽十咏四首以下十二首見文華秀麗集
首0055 河陽花
三春二月河陽縣，□□[1]從來富於花。
花落能紅復能白，山嵐頻下萬條斜。

首0056 江上船
一道長江通千[2]里，漫漫流水漾行船。
風帆遠没虛無裏，疑是仙查欲上天。

首0057 江邊草
春日江邊何所好，青青唯見王孫草。
風光就暖芳氣新，如此年年觀者老。

首0058 山寺鐘
晚到江村高枕臥，夢中遙聽半夜鐘。
山寺不知何處在，旅館之東第一峰。

和巨識人春日四咏
首0059 舞蝶
數群胡蝶飛亂[3]空，雜色紛紛花樹中。
本自不因弦管響，無心處處舞春風。

---

1 平成本作"河陽"。
2 平成本有"一作十"。
3 平成本有"一作亂飛"。

首0060 飛燕
望裏遙聞燕語聲，雙飛來往羽儀輕。
本期借屋初乳子，還恥空爲漢後名。

首0061 故關聽鷄
烽火不傳罷關城，惟餘長短曉鷄聲。
孟嘗没後年代久，誰客今鳴令人驚。

首0062 代神泉古松傷衰歌
昔從凡木殖上林，過却風霜年幾深。
帝者愛貞賜思[1]顧，水亭忽構頻近臨。
本森沈[2]，今憔悴，長條縮折乏蒼翠。
不是辭榮好寂寞，還愁禀質抱幽情[3]。

首0063 冷然院各賦一物、得澗底松
鬱茂青松生幽澗，經年老大未知霜。
薜蘿常掛千條重，雲霧時籠一蓋長。
高聲寂寂寒炎節，古色蒼蒼暗夕陽。
本自不堪登嶺上，惟[4]餘風入韵宮商。

首0064 賦得隴頭秋月明
關城秋夜净，孤月隴頭團。

---

1 平成本作"恩一作思"。
2 平成本作"一下有兮字"。
3 平成本作"志一作情"。
4 平成本有"一作唯"。

水咽人腸絕，蓬飛沙塞寒。
離笳驚山上，旅雁聽雲端。
征戍[1]鄉思切，聞猿愁不寬。

首0065 和內史貞主秋月歌
天秋夜靜月光來，半卷珠簾滿輪開。
舉手欲攀誰能得，披襟抱影豈重懷。
雲暗空中清輝少，風來吹拂看更皎。
形如秦鏡出山頭，色似楚練疑[2]天曉。
群陰共盈三五時，四海同明一月輝。
皎潔秋悲班女扇，玲瓏夜鑒阮公帷。
洞庭葉落秋已暮，虜塞征夫久[3]忘歸。
賤妾此時高樓上，衒情一對不勝悲。
三更露重絡緯鳴，五夜風吹砧杵聲。
明月年年不改色，看人歲歲白髮生。
寒聲漸瀝竹窗虛，晚影蕭條柳門疏。
不從姮娥竊藥逌[4]，空閨對月恨離居。

首0066 神泉苑九日落葉篇
寥廓秋天露爲霜，山林晚葉并芸黃。
自然灑落任朔風，搖颸徘徊滿雲空。
朝來暮往無常時，北度南飛寧有期。

---

1 平成本有"一作戎"。
2 平成本作"曳一作疑"。
3 平成本有"一作又"。
4 平成本有"一作去"。

歲月差馳徒逼迫，川皋變化遞盛衰。
熙熙春心未傷盡，儵忽復逢秋氣悲。
商飇掩亂吹洞庭，墜葉翩翩動寒聲。
寒聲起[1]，洞庭波，隨波泛泛流不已。
虛條縮摵楓江上，舊蓋穿道荷澤裏。
塞外征夫戍遼西，閨中孤婦怨睽攜。
容華銷歇爲秋暮，心事相違多慘淒。
觀落葉，斷人腸，淮南木葉雜雁翔。
對此長年悲，含情多所思。
吁嗟潘岳興，感嘆淚空垂。
秋云晚，無物不蕭條，坐見寒林落葉飄。

首0067 塞下曲以下三十七首見經國集
百戰功多苦邊[2]塵，沙上[3]萬里不見春。
漢家天子恩難報，未盡凶奴豈顧身。

首0068 見老僧歸山
道性本來塵事遐，獨將衣鉢向烟霞。
定知行盡秋日[4]路，白雲深處是僧家。

首0069 和藤是雄舊宮美人入道詞
遁世明皇出帝畿，移居舊邑遣歲時。

---

1 平成本作"起一下有兮字"。
2 平成本有"一作虜"。
3 平成本有"一作場"。
4 平成本有"一作山"。

忽從此地升雲後，唯有空居戀寵姬。
訪道初停羅綺艷，剃頭新□[1]比丘尼。
嬌心欲識乖□[2]縛，弱體那堪著草衣。
山殿風聲秋梵冷，漢宮[3]月色曉禪悲。
焚香持誦寒林寂，坐向蒼天怨別離。

首0070 和藤是雄春日過安禪舊院
禪[4]子歸真炎凉變，空山獨閉應禪扃。
草堂空駐松蘿月，石室翻罷了義經。
護法鬼神何日會，隨緣猿鳥竟誰聽。
道心拭淚禮遺迹，何恨化身不久停。

首0071 與海公飲茶送歸山
道俗相分經數年，今秋晤語亦良緣。
香茶酌罷日云暮，稽首傷離望雲烟。

首0072 和惟逸人春道秋日臥疾華岩山寺精舍之[5]作
絶頂華岩寺，雲深溪路遙。
道心登静境，真性隔塵囂。
閱臘禪庭柏，觀空法界蕉。
天花流邃澗，香氣度烟霄。

---

1 平成本作"作"。
2 平成本作"華"。
3 平成本有"一作窗"。
4 平成本有"一作釋"。
5 平成本此下有"一無此字"。

風竹時開合，鐘聲曉動搖。
傳經山月下，羸病轉寥寥。

首0073 春日過山寺、觀菩薩舊壇
禪扃閒雲[1]春山寒，林下苔封萬古壇。
菩薩化身滅後事，空餘歲月白雲殘。

首0074 問净上人疾
聞公暫病臥山房，空報鐘聲不上堂。
道性如思幽客問，須療身是真藥王。

首0075 寄净公山房
古寺從來絕人踪，吾師坐夏老雲峰。
幽情獨臥秋山裏，覺後恭聞五夜鐘。

首0076 和御製聞右軍庶曹入道簡大將軍良公
伊昔邊頭俠少年，今爲末將禁庭前。
歸心厭俗兵戈罷，仰拜彤闈謝皇天。
塵衣已替薜蘿衲，道性初寒楊柳綿。
古寺莓苔新疏[2]破，草堂磬梵舊聲傳。
對鏡[3]持齋宜野果，觀空爐氣和山烟。
雖逢聖代多雨露，別是素懷奉金仙。鏡當作境[4]

---

1 平成本有"一作雲閉"。
2 平成本作"跡一作疏"。
3 平成本作"境"。
4 底本部分詩作的末尾有市河寬齋的校注，而平成本無，從底本，後同。

首0077 和良將軍題瀑布下蘭若、簡清大夫之[1]作
瀑布一邊一山寺，高車訪道遠追尋。
空堂望崖銀河發，古殿看溪白虹[2]臨。
霧雨灑來霑爐氣，雷風噴怒亂鐘音。
澹肢僧臘流懸水，盥潄獨行禪定心。

首0078 和惟山人春道晚聽山磬
黃昏聲發烟霄中，點點悠揚帶山風。
林下暗堂臥聽磬[3]，禪心觀念法皆空。

首0079 早春
玉律三陽始，年芳萬里生。
山晴消片雪，地暖動群萌。
色微沙嶼草[4]，哢澀[5]柳園鶯。
唯有歸飛雁，連連向[6]北聲。

首0080 早春觀打球使渤海客奏此樂
芳春烟景早朝晴，使客乘時出前庭。
回杖飛空疑初月，奔球轉地似流星。

---

1 平成本此下有"一無此字"。
2 平成本作"鵠一作虹"。
3 平成本有"一作得"。
4 平成本作"革"。
5 平成本有"一作涉"。
6 平成本作"向一作回"。

右承左礙[1]當門競，群踏分行[2]亂雷聲。
大呼伐鼓催籌急，觀者猶嫌都易成。

首0081 春日作
閏是新正後，陽春二月時。
庭蘭萌稚葉，窗柳亂輕絲。
花色風初暖，鶯聲日漸遲。
春來傷節候，幽興復熙熙。

首0082 見滋貞主春日病起
辭闕沈痾久，別來秋復春。
賴逢陽氣煦，喜見更生人。

首0083 和藤朝臣春日送前尚書秋公歸病[3]作
闕下新辭祿，都門舊一疏。
幽情吟招隱，孤興賦閑居。
烟景春深色，群萌雪盡餘。
夜來琴酒意，松月曉窗虛。

首0084 閑庭早梅
庭前獨有早花梅，上月風和滿樹開。
艷[4]素不嫌幽院寂，濃香偏是犯窗來。

---

1 平成本有"一作擬"。
2 平成本有"一作分行群踏"。
3 平成本此下有"一下有之字"。
4 平成本作"純一作艷"。

纖纖枯干知初暖,片片寒葩委舊苔。
自恨無因佳麗折,徒然老夫[1]野人栽。

首0085 和菅清公春雨之作
崇朝雲氣暗,密雨泛春空。
京洛囂塵斂,章臺夕影濛[2]。
懸珠新古樹,含潤短修叢。
芳澤被群物,鶯花二月中。

首0086 老翁吟
世有不羈一老翁,生來無意羨王公。
人間忘却貧兼[3]賤,醉臥芳林花柳風。

首0087 鞦韆篇
幽閨人,妝梳早。
正是寒食節,共憐鞦韆好。
長繩高繫[4]芳枝,窈窕翩翩仙客姿。
玉手爭來互相推,纖腰結束如鳥飛。
初疑巫嶺行雲度[5],漸似洛川回雪歸[6]。
春風吹□[7]體自輕,飄颻空裏無厭情。

---

1 平成本作"大一作夫"。
2 平成本有"一作濛"。
3 平成本作"兼一作與"。
4 平成本有"一作懸"。
5 平成本作"繞"。
6 平成本作"皎"。
7 平成本作"休"。

佳麗以[1]鞦韆爲造作，古來唯惜春光過清明。
蹋[2]雲雙履透樹著，曳地長裙掃花却。
數舉不知香氣盡，頻拉[3]寧顧金釵落。
嬋娟嬌態今欲休，攀繩未下好風流。
教人把著忽飛去，空使伴儔暫淹留。
西日斜，未還家。
此節猶傳禁火，遂無燈月爲燈。
鞦韆樹下心難歇，欲去踟蹰竟不能。

首0088 聽早鶯、示惟山人春道
春歸物色早鶯飛，曉哢初鳴人不歸。
寂寂空房無與聽，春寒獨恨薜蘿幃。

首0089 和滋貞主城外聽鶯簡前藤中納言之作
邃谷黃鶯無儔侶，冬天不語在荒林。
年來更遇陽春候，澀啼一喚舊知音。

首0090 九日玩菊花篇
沈寥兮旻穹，蕭索兮涼風。
潦行[4]收兮池沼潔，籜稍殞兮林莽空。
菊之爲草兮寒花露更芳，自分獨遲遇重陽，
弱干扶疏被曲丘，柔條婀娜影清流，

---

1 平成本此下有"一無此字"。
2 平成本作"踏"。
3 平成本有"一作低"。
4 平行本有"一作行潦"。

緑葉雲布朔風澔，紫蒼星羅南雁翔，
逸趣此時開野宴，登高遠望坐花院。
玩菊花，菊花靴—作鮮黃，粉葩寂寂無人見。
獨携菊酒攄情素，久[1]幽栖少與晤，
花開花落秋將暮，秋去秋來人復故。
人物蹉跎皆變衰，如何仙菊笑東籬。
看花縱賞機事外，閑興攀花令節宜。
盈把陶令，稱美鐘生，吾與二人愛晚榮。
古今人共味能，除瘵[2]然[3]延齡。

首0091 山夜

移居今夜薜蘿眠，夢裏山鷄報曉天。
不覺雲來衣暗濕，即知家近深溪邊。

首0092 山居□[4]筆

孤雲秋色暮蕭條，魚鳥清機復寥[5]寥。
欹枕山風空肅儆[6]，橫琴溪月自逍遙。
僻居人老文章拙，幽□[7]年深□[8]髮凋。

---

1 平成本有"一作各"。
2 平成本有"一作病"。
3 平成本作"然一作又，又作亦"。
4 平成本作"驟"。
5 平成本作"寂一作寥"。
6 平成本作"殺一作儆"。
7 平成本作"谷"。
8 平成本作"鬢"。

蘿户閉¹來無一事，莫言吾侶隱須招。

首0093 良納言秋山閑飲
遁世雲山裏，秋深掩敝廬。
溪厨作酌濁，野院且焚枯。
咏興逍遥事，琴聲語笑餘。
欣將軒冕客，俱醉晚林虛。

首0094 青山歌
青山峻極兮² 摩蒼穹，造化神功兮³ 勢轉雄。
飛壁嶔崟兮⁴ 帖屏峙，層巒回互兮⁵ □⁶ 氣融。
朝噴雲兮暮吐月，風蕭蕭兮雨濛濛。
乍暗⁷ 乍晴⁸ 一旦變，烟積翠四時⁹。
神仙結閣，仁智□栖託。
或冥道而宵映，或晦迹以寂寞。
林壑花飛春色斜，登臨逸興意亦賒。
甚幽巫¹⁰ 險多詭歠，離俗遠絶囂嘩¹¹。

---

1 平成本有"一作閑"。
2 平成本此下有"兮一無此字"。
3 平成本此下有"兮一無此字"。
4 平成本此下有"兮一無此字"。
5 平成本此下有"兮一無此字"。
6 平成本作"春"。
7 平成本有"暗一作晴"。
8 平成本有"晴一作暗，又作明"。
9 平成本作"凝烟積翠四時同"。
10 平成本作"至"。
11 平成本作"離俗遠塵絶囂嘩"。

此地遨游身自老，老來凳獨宿懷抱。
夜深苔席松月眠，出洞孤雲到枕邊。<small>烟積二句恐有誤</small>

首0095 奉和舊邑對雪
舊邑同雲起，春天雪尚飄[1]。
含輝臨素扇，呈瑞滿冥霄。
陰階飛更積，陽砌結還消。
郢曲能安和，羞歌下里調。

首0096 除夜
欲眠[2]不眠坐除夜，雲天此夜秀芳春。
啓祥孤燭[3]迎獻節，遁世詩情放隱倫[4]。
山雪暮光寒氣盡，庭梅曉色暖烟新。
生涯已見流年促，形影相隨一老身。

首0097 清凉殿畫壁山水歌
良畫師，能圖山水之幽奇。
目前海起萬里闊，筆下山生[5]千仞危。
陰雲濛濛長不雨，輕烟冪冪無散時。
蓬萊方丈望悠哉，五湖三江惟沿洄。
淼漫濤如隨風忽，行船何事往復來。

---

1 平成本有"一作飃"。
2 平成本有"一作睡"。
3 平成本有"一作獨"。
4 平成本作"淪"。
5 平成本有"一作坐"。

飛壁峻巘垂蘿薜，會岩盤屈衣苺苔[1]。
嶺上流泉聽無響，潺湲觸石落溪隈。
空堂寂寞人言少，雜樹朦朧暗昏曉。
松下群居都仙嶼不語意猶眇。_{仙字下恐有脫誤}
度歲橫琴誰奏曲，經年垂釣未得魚。
駐眼看知丹青妙，對此人情興有餘。
盡[2]勝真花笑冬春，四時常吝[3]世間人。

首0098 和野評事旅行吟
久戍君為客，幽客[4]我作翁。
旅愁如[5]可話，相待北山中。

首0099 漁歌五首_{每歌用帶字}
江水渡頭柳亂絲，漁翁□上[6]烟景遲。
乘春興，無厭時，求魚不得帶風吹。

首0100 同二
漁人不記歲時流，淹泊沿洄老棹舟。
心自放，常狎鷗，桃花春水帶浪游。

---

1 平成本有"一作苔莓"。
2 平成本有"一作畫"。
3 平成本有"一作悅"。
4 平成本作"居一作客"。
5 平成本有"一作不"。
6 平成本作"船上一作上船"。

首 0101 同三
青春林下度江橋，湖水翩翩入雲霄。
烟波客，釣舟遙，往來無定帶落潮。

首 0102 同四
溪邊垂釣奈樂何，世上無家水宿多。
閒酌醉，獨棹歌，浩蕩飄飄帶滄波。

首 0103 同五
寒江春曉片雲晴，兩岸花飛夜更明。
鱸魚膾，蓴菜羹，餐罷酬歌帶月行。

首 0104 書懷、賜有智子公主見續日本後紀
悉以文章著邦[1]家，莫將榮樂負烟霞。
即今長抱幽貞志，無事終須送年[2]華。

首 0105 哭澄上人盍簪錄云、青蓮院官有嵯峨天皇挽傳教大師御製宸翰、草書中字、首題哭澄上人四字
吁嗟雙樹下，攝化契如如。
惠遠名猶駐，支公業已虛。
草深新廟塔，松掩舊禪居。
燈焰殘空坐，香烟繞像爐。
蒼生橋梁少，緇侶律儀疏。
法體何久住，塵心傷有餘。

---

1 平成本作"國一作邦"。
2 平成本作"歲一作年"。

首0106 失題高野大師廣傳云、弘仁七年八月、有敕給吳陵錦緣五尺屏風四帖、令書獻古今詩人秀句、天皇觀其書迹、賦詩云

深山居住振奇名，冰玉顏容心轉清。
世上草書言爲聖，天縱不謝張伯英。
暫乘雲嶺一念隙，書得綾羅四帖屏。
初見筆精鸞鳳體，清看墨妙虬龍形。_{清當作倩，赴湘二字不可讀恐有誤}
高峰墜石未動地，絕澗長松豈揚聲。
亂點乍疑舞鶴起，赴湘連似旅雁行。
花苑正開春日色，月天遍照秋夜明。
對之[1] 觀者目眩曜，共賞草書笑丹青。
絕妙藝能不可測，二王沒後此僧生。
既知風骨無人擬，收置秘府最開情。

首0107 哭海上人高野大師廣傳云、承和二年三月、大師入定、嵯峨上皇賜御製詩一章云[2]

得道高僧冰玉清，乘杯飛錫度滄溟。
化身住世何能久，塵界定留惠遠名。
緇侶古來以爲樂，凡夫徒自感傷情。
戒珠俄尔況[3] 逝水，心印付誰雲嶺行。
遺垣駁舊□□□，□□章寧謝馬卿[4]。

---

1 平成本作"此"。
2 本诗在第三卷中有附箋，注曰："此御製應載山霽喜春之前"。
3 平成本作"沈"。
4 平成本作"遺草能誇王恒駿，舊章寧謝馬長卿"。

蓮宮猶擊羅浮磬，香閣無翻貝葉經。
歲晚禪林落□□[1]，凉天苦月照墳扃。
從此津梁長已矣，魂兮何處救蒼生。

首0108 山霽[2]喜春 見新撰朗咏集
夕陽山影穿窗入，幽澗泉聲向戶飛。

日本詩紀卷之二　首集第二

---

1 平成本作"搖落□"。
2 平成本作"齋一作霽"。

卷之三　首集第三

上毛河世寧　彙編

首 03-01 淳和天皇

首 0109 九月九日侍燕神泉苑、各賦一物、得秋露、應製以下五首見凌雲集

蓐收警節秋云老，百草[1]初腓露已淒。
池際凝荷殘葉折，岸頭洗菊早花低。
未央闕側承雙掌，長信宮中起隻啼。
謬忝恩筵何所賦，晞陽湛湛被群黎。

首 0110 秋晚侍內殿宴

季序將除風既冷，禁垣木葉共含秋。
當時聖主賜霑澤，不測鴻恩分外優。
舞態近從看處變，歌聲遙入聽中留。
微臣荷德良無力，但壽天基獻山丘。

首 0111 奉和春日游獵日暮宿江頭亭子、應製

二月平皋春草淺，千乘犯曉出城中。
鵜鶩遙似星光落，兔盡還疑月影空。
含暗[2]征船唯見火，連霄浦樹豈分紅。
今朝聖恩期何得[3]，不異周王獵渭風。

---

1 平成本有"一作卉"。
2 平成本有"一作合晴"。
3 平成本有"一作後"。

首0112 奉和江亭曉[1]興、呈左神策清藤將軍
我後巡方春日晚，回鑾駐驛次江亭。
水流長制[2]天然帶，山勢多奇造化形。
岸上松聲眠裏雨，舟中火色望前星。
烟霞欲曙鶏潮落，歸雁群鳴起回汀。

首0113 駕幸南池、後日簡大將軍
南池葉暗帷初密，聖主追凉過小臣。
此地從來天臨處，林花再得遇陽春。
蕪蹊更輾先時迹，舊構還成昔日新。
海岳鴻恩何以報，願當粉骨化灰塵。

首0114 春日嵯峨山院、探得回字、應製 以下八首見文華秀麗集
嵯峨之[3]院埃塵外，乍到幽情興偏催。
鳥囀遥聞縁階壑，花香近得抱窗梅。
攢松嶺上風爲雨，絶澗流中石作雷。
地勢幽深光易暮，鑾輿切待莫東回。

首0115 夏日左大將軍藤原朝臣閑院納凉、探得閑字、應製
此院由來人事少，況乎水竹每成閑。
送春蘆刺[4]珊瑚色，迎夏岩[5]苔玳瑁斑。

---

1 平成本有"一作晚"。
2 平成本作"製一作制"。
3 平成本有"一作山"。
4 平成本作"薔棘一作蘆刺"。
5 平成本作"莓一作岩"。

避景[1]追風長松下,提琴搗茗老梧間。
知貪鸞駕忘囂處,日落西山不解還。

首0116 秋夕南池亭子臨眺
池亭氣冷秋風度,吹入波心亂水文[2]。
明月東山看漸出,莫愁白日岩頭曛。

首0117 秋日冷然院新林池、探得池字、應製
君王本自耽幽趣,泉石初看此地奇。
積水全含湖裏色,重岩不謝硤[3]中危。
徑栽晚竹春餘粉,歲淺新林未拱枝。
景物仍堪游聖目,何勞整駕向瑶池。

首0118 餞美州掾藤吉野、得花字
今宵倏忽言離別,不慮分飛似落花。
莫怨白雲千里遠,男兒何處是非家。

首0119 臥中簡毛學士
今年有閏春猶冷,不解韶光著砌梅。
風夜忽聞窗外馥,卧中想得滿枝開。

首0120 扈從梵釋寺、應製
君王機暇倦炎熱,午後尋真幸日宮。

---

1 平成本作"暑一作景"。
2 平成本有"一作紋"。
3 平成本作"峽一作硤"。

四五老僧迎鳳輦，久除有結意恒空。
飛棧樹杪排雲過，危磴岩頭拂霧通。
瞻仰尊容纏網盡，還疑自入鷲峰中。

首0121 夏日賦雨裏梅
庭梅入夏帷初暗，夕雨時霑葉復低。
不辭枝重實將折，預恨無人迨七分。

首0122 聞右軍曹貞忠入道、因簡大將軍良公以下二首見經國集
久厭輪回多苦事，遙思聽法鷲峰中。
昨朝劍戟陪丹闕[1]，今夕僧衣向花[2]宮。
苔蘚密間乏塵垢，松杉攢處有清風。
芭蕉疏衲新慣著，貝葉真經誦未工。
山霧始開無明氣，溪泉欲洗夢心聲。
夜來坐念因緣理，了得皆空空亦空。

首0123 扈從梵釋寺、應製此篇與秀麗集所載、大同小異、蓋當時既有成篇、後復改易者矣、今兩存之
君王機暇倦夏日，午後尋真幸龍宮。
四五老僧迎鳳輦，形如槁木心恒空。
飛棧樹杪蹈雲過，石磴岩頭拂壇[3]通。
不待緣終象法盡，而今此處仰世雄。

---

1 平成本有"一作閣"。
2 平成本有"一作梵"。
3 平成本有"一作煙"。

首 03-02 仁明天皇

首 0124 閑庭對雪時年十七、○見經國集
玄雲聚萬嶺，素雪颺宮中。
帶濕還凝砌，無聲自落空。
奪朱將作白，矯異實作同。
閑坐獨經覽，紛紛道不窮。

首 03-03 宇多天皇

首 0125 惜秋玩殘菊、得芳字見殘菊詩卷
金風吹起欲終處，殘菊前檐堪愛芳。
何事殷勤今夜玩，明年此節示愚王。

首 03-04 醍醐天皇

首 0126 見右丞相獻家集見菅家後草
門風自古是儒林，今日文華皆盡金。
唯詠一聯知氣味，況連三代飽清吟。
琢磨寒玉聲聲麗，裁制[1]餘霞句句侵。
更有菅家勝白樣，從茲拋却匣塵深。平生所愛白氏文集七十[2]卷是也、今以菅家故、不復開帙

---

1 平成本作"製"。
2 平成本作"七十五卷"。

首0127 梅近香入牖以下三首見類題古詩
和雨洗時香更烈，暖風吹處氣□長。
琉璃屏¹薄雖相隔，翡翠簾疏亦不妨。

首0128 春色伴花來
結托嬌容爲益者，合和喜氣豈香同。
知音兼待遷喬鳥，媒介須憑解凍風。

首0129 停杯看柳色
引手暫留鸚鵡翅，回眸遙望麴塵絲。
閑携賢聖那拋却，緩報枝條不日持。

首0130 亭子院山²千葉蓮以下見和漢朗詠集
緣何更覓吳王曲，便是吾君座下花。

首0131 初冬即事
四時寥落三分減，萬物蹉跎過半凋。

首0132 内宴玩半開花見江談抄
醉中賓³玩欲其□⁴，未得將心地忍之。

---

1 平成本有"一作扉"。
2 平成本作"吳山"。
3 平成本作"賓當作賞"。
4 平成本作"奈"。

首 03-05 村上天皇

首 0133 觀射寄左親衛將軍 見本朝文粋
暮春十四日，競射用意成。
左近一射手，戴雪不屑晴。
趨自違例路，拘幕幾經營。
醉酣振寒立，見者感老兵。
又有異體者，名號爲最明。
野鎚誰得辨，蝦蟆尤耐驚。
未知射場所，立定詹溜程。
所射沙與土，矢取危慮生。
退還先申障，即知有愧情。
念矢含咳發，厭術憑真行。
罰酌令醉冷，空矢惡持平。
納尊欲墮水，唯笑劣音聲。

首 0134 宮鶯囀曉光 見新撰朗詠集
粉閣夢驚傳好哢，紅窗燈盡送嬌音。
露濃緩語園花底，月落高歌御柳陰。

首 0135 高天澄遠色[1] 以下十一首見類題古詩
雲收猶勝吳藍染，烟盡初看漢月遙。
野鶴一冲晴後失，塞鴻數點望中消。

---

[1] 自此以下八首与平成本順序不同，平成本係依照增訂本改訂，本書從底本。

首 0136 雪裏覓梅花
雲山宿艷尋難得，庾嶺寒妝半不真。
含素雖迷千片影，趁香欲折一枝春[1]。

首 0137 曉風驚早梅
拂窗一種新妝映，動朵千重宿雪斜。
好是剪刀功最早，莫教羌笛響相加。

首 0138 草木動秋聲
響冷花翻□浦雪，韵寒葉灑洞庭波。
幽蘭合曲徒煩聽，折柳變音不肯知。

首 0139 雨添山氣色
滴施少室今朝黛，灑改終南舊日顏。
染盡攢峰殘雪後，點來孤岫暮雲間。

首 0140 風意催花新
吹似有期梅樹雪，扇應結契杏園霞。
動來素艷聲雖緩，養出紅妝力尚加。

首 0141 霜天聞夜鶴
應傳紫蓋片嵐急，如報華亭孤月寒。
響入綠琴弦共怨，聲來玉枕夢空殘。

---

[1] 平成本作"香"。

首0142 樹近聞鶯囀
占栖春語箏中混，喚友曉聲枕上傳。
花底舌鶯妝閣聽，枝間影破綺窗眠。

首0143 長歌惜春意
動塵響恨韶光盡，貫玉聲愁夜漏繁。
白雪難堪節先促，黃鶯欲到曲俱喧。

首0144 塞[1]雁隨風遠
陣影半經胡塞斷，檜聲猶過洞庭遙。
驅將萬里書難寄，唯送一行字欲消。

首0145 嶺高松更疏
綠老危岩穿露色，韵寒絕頂帶嵐音。
凌霄野鶴便栖蓋，彈月山人未辨琴。

首0146 寒梅結早花 以下見和漢朗詠集
漸薰臘雪新封裏，偷綻春風未扇先。

首0147 池上初雪
翅似得群栖浦鶴，心應乘興棹舟人。

首0148 成行寒雁去[2] 以下見新撰朗詠集
驚弓斜避三更月，引檜遙過萬里雲。

---

1 平成本作"寒"。
2 以下二首與平成本順序不同，平成本係依照增訂本改訂，本書從底本。

首0149 林香雨發梅
羌兒舊曲移殘溜，巫女別[1]妝染曉風。

首0150 寒夜撫鳴琴
寡鶴怨長夢自斷，寒烏啼苦漏猶深[2]。

首03-06 一條天皇

首0151 清夜月光多 以澄爲韵、○以下六首見本朝麗藻
偶迎清夜引良朋，滿月[3]光多空碧澄。
入牖家家添粉黛，照軒處處混華燈。
山川一色天涯雪，鄉國幾[4]程地面冰。
席上英才宜露膽，由來諷諭附詩能。

首0152 初蟬才一聲 以心爲韵
五月云來感自侵，初蟬才報一聲吟。
韵慵誰有重傾耳，響止空催再聽心。
岸柳綠前驚欲認，宮槐風底失何尋。
此時莫道天功淺，三伏夏闌滿禁林。

首0153 七夕佳會風爲使 以知爲韵
靈匹佳期素在斯，涼風爲使去來儀。

---

1 平成本作"新一作別"。
2 底本此句之下還有"班扇長襟秋不盡，楚臺餘味老彌深"，但是編者考察此句爲藤原爲時所作，故從增訂本將此句刪去。
3 平成本作"目"。
4 平成本作"幾一作千"。

感通鵲翅成橋路，韵訪龍蹄促[1]駕崖。
且托歡情飄至報，追傳別恨咽中知。
一從蘋末迎秋起，念化自慚未得移。

首0154 瑶琴治世音、得遥字
初識瑶琴佳趣饒，契唯治世思猶遙。
無爲化出南風曲，有道心聞子野調。
撫似養民聲更理，張如布政操相邀。
從施[2]樂府清弦上，至德深仁幾聖朝。

首0155 書中有往事[3]
閒就典墳送日程，其中往事染心情。
百王勝躅開篇見，萬代聖賢展卷明。
學得遠追虞帝化，讀來更耻漢文名。
多年稽古屬儒業，緣底此時不泰平。

首0156 又
萬機餘暇閱書程，自省還傷治世情。
鑒古多熙[4]當作慚無聖德，當時又嘆不皇明。
志深縱樂先賢道，性拙年[5]當作寧同往哲名。
神筆雄文何比我，彼臨學海浪猶平。

---

1 平成本作"從"。
2 平成本作"他一作施"。
3 平成本此下有"以情爲韵"。
4 平成本作"慙"。
5 平成本作"寧"。

首0157 秋光處處同以下十五首見類題古詩
孤雲遠近蕭疏後，朗月高低眺望中。
林葉野花皆玉露，山頭水面只金風。

首0158 宮槐有秋意[1]
玉砌望前飛索索，碧窗聽裏脆悠悠。
枝疏禁月影猶苦，葉落商風聲尚幽。

首0159 高花出迥樓
接瓦殘妝含露媚，隔甍脆色[2]拂霞紅。
半分濃艷上階月，才送芬芳過檻風。

首0160 秋色雨後添
翠花漸綻含露[3]裏，丹葉彌濃向霽辰。
□卷疏陰山面織，霧開芳艷野邊新。

首0161 風高秋色來
驅自孤雲林葉脆，扇於殘霧野花開。
吳江景氣追聲倍，楚嶺光陰被韵催。

首0162 秋意在山水
一認漁舟浸明月，更尋隱徑領商飆。
霧開嶺面足相望，波卷洞庭初得邀。

---

1 此詩以下十四首順序與平成本不同，從底本。
2 平成本作"危"。
3 平成本作"霶"。

首0163 月影添秋思
雲收萬里村砧動，霧卷五更禁漏長。
城柳葉疏晴後影，洲蘆花冷曉來望[1]。

首0164 花鳥思春輝
素期麗日滿園艷，長契芳時辭谷音。
妝脆應嫌迎易謝，歌清還恨暮難尋。

首0165 閑中得詩境
垂拱俗猶遺逸韵，無爲居定振清吟。
微微摛藻初分句，緩緩次詞日作林。

首0166 春色伴花來
杏園媚景將妝信，梅嶺韶光被艷催。
芳意淺深應誘引，妍姿多少作良媒。

首0167 秋多視聽中
木落草衰殘色透，蟲吟雁叫曉聲通。
月朗[2]只對蕭蕭思，霧□幾驚颯颯風。

首0168 望春花景暖
回眸翠柳如烟處，極目紅桃似火時。
遠樹風來雲尚宿，深林日照蠟還滋。

---

1 平成本作"光一作望"。
2 平成本作"明"。

首 0169 披襟對初月
拂是任風裹箔裏，乘應收汗上樓腸。
雲羅不隔入懷色，霧縠未重攀景妝。

首 0170 秋近調鳴琴
商風曉響豫隨手，明月夕彈先動心。
韵脆且爲思曲律[1]，律移定有斷腸音。

首 0171 晴螢穿竹見
翠箔烟籠秋耿耿，碧雲星透曉煌煌。
葳蕤影底飛猶映，蕭瑟聲中映未藏。

首 0172 秋花次第開 見新撰朗詠集
榮枯大底任園露，早晚由來屬野烟。

首 0173 所貴是賢才 見十訓抄
殷帝詔嚴郊野月，周文禮厚渭陽風。

首 03-07 後朱雀天皇

首 0174 秋色欲何歸 以下并見新撰朗詠集
路非山水誰堪趁，迹任乾坤豈得尋。

---

[1] 平成本作"相思曲"。

首 03-08 後冷泉天皇

首 0175 宇治行幸詩
忽看鳥瑟三明影，暫駐鑾輿一日踪。

首 03-09 後三條天皇

首 0176 賜學士實政赴任[1]
州民縱作甘棠詠，莫忘多年風月游。

首 0177 落葉埋泉石
山雲秋後隔霜觸，野客朝來穿錦斟。

首 0178 仙家菊新殘
境傳方術長看雪，籬隔乾坤豈怕霜。

日本詩紀卷之三　首集第三

---

[1] 此詩以下三首順序與平成本不同，從底本。

卷之四　首集第四

上毛河世寧　彙編

首04-01 大友皇太子天智天皇長皇子、天性明悟、雅愛博古、下筆成章、出言為論、弱冠拜太政大臣、總百揆以試之、群下肅然、二十三立為太子、壬申之亂自殺

首0179 侍宴以下七首并見懷風藻
皇明光日月，帝德載天地。
三才并泰昌，萬國表臣義。

首0180 述懷
道德承天訓，鹽梅寄真才[1]。
羞無監撫術，安能臨四海。

首04-02 河島皇子天智天皇第二皇子、志懷溫裕、局量弘雅、位淨大三

首0181 山齋
塵外年光滿，林間物候明。
風月澄游席，松桂期交情。

首04-03 大津皇子天武天皇長皇子、狀貌魁梧、器宇峻遠、幼好學、博覽解屬文、朱鳥元年、謀反見誅

首0182 春苑言宴
開衿臨靈沼，游目步金苑。
澄清[2]苔水深，暗曖霞峰遠。
驚波共弦響，哢鳥與風聞。

---

1 平成本及《懷風藻》諸本作"宰"。
2 平成本有"一作徹"。

群公倒載歸，彭澤宴誰論。

首0183 游獵
朝擇三能士，暮開萬騎筵。
喫臠俱豁矣[1]，傾盞共陶然。
月弓輝谷裏，雲旌[2]張嶺前。
曦光已隱山，壯士且留連。

首0184 臨終
金烏臨西舍，鼓聲催短命。
泉路無賓主，此夕離[3]家向。

首0185 述懷
天紙風筆畫雲鶴，山機霜杼織葉錦。

首04-04 有智子內親王嵯峨天皇之公主、性貞潔、略涉經史、兼善屬文、爲賀茂齋院、叙二品

首0186 奉和巫山高以下八首見經國集
巫山高且峻，瞻望幾岩岩。
積翠臨蒼海，飛泉落紫霄。
微[4]雲朝晻曖，宿雨夕飄飄。
別有曉猿斷，寒聲古木條。

---

1 平成本有"一作笑"。
2 平成本有"一作旗"。
3 平成本有"一作誰"。
4 平成本有"一作陰"。

首 0187 奉和關山月

皎潔關山月，流光萬里明。
懸珠露葉淨，臨扇霜華清。
寒雁晴空斷，孤猿曉峽鳴。
那堪空閣妾，未慰相思情。

首 0188 奉和春日作

近來風日麗，萬物奢春光。
餘雪落梅院，游絲垂柳塘。
烟輕新草綠，林暖早花芳。
鴻雁初遵渚，歸飛向朔方。

首 0189 賦新年雪裹梅[1]

春光初動寒猶緊，一株梅花雪裹開。
想像宮中嬋娟處，暗知花鳥稍相催。

首 0190 奉和除夜

幽人無事任時運，不覺蹉跎歲月除。
曉燭半殘星色盡，寒花獨發雪光餘。
陽林烟暖鳥聲出，陰澗冰開泉響虛。
故匣春衣終夜試，朝來可見柳條初。

首 0191 山齋賦初雪

朔氣三冬緊，寒花千里飛。
班姬亡扇色，孫子得書輝。

---

[1] 平成本作"梅花"。

澗曉猿無嘯，林春鳥不依。
野途采[1]薪者，還識薄蘿衣。

首0192 奉和漁歌二首每歌用送字
白頭不覺何老人，明時不仕釣江濱。
飯[2]香稻，㿥[3]紫鱗，不欲榮華送吾真。

首0193 同二
春水洋洋滄浪清，漁翁從此獨濯纓。
何鄉里，何姓名，潭裏閑歌送太平。

首0194 奉和聖製江上落花詞見雜言奉和
本自空傳武陵溪，地體幽深來者迷。
今見河陽一縣花，花落紛紛接烟霞。
孤嶼芳菲薄晚暉，夾岸飄颻前後[4]飛。
歷覽江村花猶古[5]，經過民舍人復稀。
對雜花，雜花猶未歇，桃花李花一段發。
倏忽帶風左右度，須臾攀折日將暮。
歷亂香風吹不止，湖程彩浪無數起。
看落花，落花作雪滿空裏，空裏飛散投江水。
可憐漁翁花中回，可憐水鳥蘆裏哀。
唯有釣船鏡中度，還疑槎客與天來。

---

1 平成本有"一作失"。
2 平成本有"一作餞"。
3 平成本有"一作苞"。
4 平成本有"一作後前"。
5 平成本有"一作故"。

首0195 春日山莊、勒塘光行蒼續日本後紀云、弘仁十四年春二月、天皇幸齋院花宴、俾文人賦春日山莊詩、各探勒韻、公主即瀝筆云云、天皇嘆之授三品、時年十七

寂寂幽莊水[1]樹裏，仙輿一降一池塘。
栖林孤鳥識春澤，隱澗寒花見日光。
泉聲近報初雷響，山色高晴暮雨行。
從此更知恩顧渥，生涯何以答穹蒼。

首04-05 惟喬親王 文德天皇長庶皇子、叙四品、後退隱居小原

首0196 聞[2]彈琴 見和漢朗咏集
相如昔挑文君得，莫使簾中子細聽。

首04-06 是貞親王 光孝天皇第二皇子、官太宰帥左少將

首0197 咏史得梁孝王 見新撰朗咏集
鄒枚散後平臺靜，空遣春風只斷腸。

首04-07 兼明親王 醍醐天皇第十六皇子、少有詩名、賜源姓、官中務卿、後尊為親王、世稱前中書王

首0198 遠久良養生方[3] 三言、〇以下三首見本朝文粹
塢塞上，龜山傍。柴扉門，竹編墻。松有蓋，石有床。前有樹，後有篁。春之色，秋之光。花漠漠，月蒼蒼。鶯百囀，雁一行。曉之興，晚之望。云渺渺，水茫茫。詩兩韵，琴一張。其苞

---

1 平成本有"一作山"。
2 平成本有"一作听"。
3 本詩平成本未收。

何,橘飽霜。彼摘何,葵向陽。薇一篚,笋一筐。膾一筋,酒一觴。卧而睡,起彷徨。荷露氣,桂風香。癡王湛,慵嵇康。任行樂,入坐忘[1]。擯俗地,無何鄉。心自得,壽無疆。

首0199 憶龜山二首、效江南曲體

憶龜山,龜山久往還,南溪夜雨花開後,西嶺秋風葉落間,豈不憶龜山。

首0200 同上

憶龜山,龜山日月閑,衡山清景機關遠,要路紅塵毀譽班,豈不憶龜山。

首0201 天元四年夏和小童傷亡之詩[2] 見扶桑集、〇歷朝詩纂及原編作後中書王、友堯按、本書題下但記中書王、江談抄亦云、扶桑集紀齋名所撰、不采當時之詩、且具平年四十六、以寬弘六年薨、而題云天元四年、則當屬之前中書王

無花無柳又稀鶯,慵睡慵興任日傾。
池藕四回舒葉色,林鴉幾許引雛聲。
撫桐未慰孫枝思,養笋難堪母竹情。
懷舊心肝何復苦,被催詞客數篇成。

首0202 花錦不須機 見類題古詩、〇歷朝詩纂作後中書王詩、按本書題下但記中書王、且次序在江相公菅庶幾之間、三人俱天曆年間人、則當屬之前中書王

風刀裁剪盈箱暖,雨縷織添滿幅新。

---

1 底本作"坒"字,本字參照小島憲之校注日本古典文學大系《懷風藻·文華秀麗集·本朝文粹》,岩波書店,1964年,第357頁。

2 底本此詩作者作"具平親王",根據平成本將此詩移至此處,并將移至此處的理由附于後。

潤色唯期温樹露，榮華未曳故園塵。
支持碎彩難憑石，洗出濃妝豈待鱗。
北院庭忙終是俗，西施衣冷却非真。
河陽縣邑皆應富，桃浦漁樵合敢貧。
文憶遥通烟塞地，香嫌深濯暮江津。

首0203 禁庭竹[1] 見江談抄
迸笋才抽鳴鳳管，蟠根猶點卧龍文。
清凉秋月曾承露，和暖春天始拂雲。

首0204 夜月似秋霜
二八秋天望漢河，月如霜色夜更過。見作文大體
欲和豐嶺鐘聲否，其奈華庭鶴警何。以下見和漢朗詠集

首0205 庭前紅梅
有色易分殘雪底，無情難辨夕陽中。

首0206 感懷詩[2]
載鬼一車何足畏，棹巫三峽未爲危。

首0207 秋水落芙蕖以下見新撰朗詠集
落流濃色秋風脆，打岸寒聲晚浪香。

首0208 三月盡
花落鶯啼攜未別，登山臨水送將歸。

---

1 平成本詩題作"禁庭被種竹、偶述鄙懷、呈諸好事"。
2 平成本無"詩"字。

首0209 霜閨落葉多

寒鞭驅去紅難駐，曉刃裁來錦不完。

首0210 池亭作

墙中風景無塵網，門外烟霞任雀羅。

首0211 題山齋[1]

遲暮交親雲意淡，在朝故舊醴香濃。

首0212 感户部尚書致仕

馬嘶反櫪精神舊，鶴老歸田鬢髪新。

首04-08 具平親王 村上天皇第六皇子、以才學能書著名、官中務卿、世稱後中書王

首0213 花木被人知 以名爲韵、○以下十八首見本朝麗藻

年齡稍邁減詩情，被誘鄒枚一句成。

應笑久抛風月賞，桃李之外忘花名。

首0214 四月八日灌佛詩

香湯灌佛喜還悲，没後重看出世時。

願以今朝供一絶，每逢花月解吟詩。

首0215 秋花先秋開 以芳爲韵

一畝家園映夕陽，秋花驚見先秋芳。

紅顔且笑雖侵熱，粉艷猶含欲待凉。

子月齊名傳早艷，南風越職領新妝。

---

[1] 平成本詩題爲"題山齋壁"。

多年相對還添恨，叢上露凝鬢上霜。

首0216 早秋賦秋從簟上生題中取韵
秋至微凉未足驚，初從簟上漸應生。
一身暑氣施未[1]去，八尺商風展得清。
曉後彌知烟竹滑，日中更[2]愛露華瑩。
炎天與汝相親久，莫恨秋深月自輕。

首0217 遙山斂暮烟以晴爲韵
回望四山向暮程，紅烟斂盡遠空晴。
溪東唯任殘陽照，嶺上何妨滿月生。
紈扇拋來青黛露，羅帷卷却翠屏明。
秋深眼路無纖靄，其奈香爐舊日名。

首0218 過秋山
清晨連轡伴樵歌，漸上青山逸興多。
松嶠烟深迷晚暮，石梁霜滑倦嵯峨。
林間尋路踏紅葉，岩畔側身攀綠蘿。
三叫寒猿傾耳聽，一行斜雁拂頭過。
長安日近望難辨，碧落雲晴仰[3]可摩。
莫道登臨疲跋涉，人間險岨甚山河。

首0219 贈心公古調詩
少日受君業，長年識君恩。

---

1 平成本作"難一作未"。
2 平成本有"一作方"。
3 平成本有"一作何"。

不嫌我才拙，頻垂師訓惇。
交情深淡水，操行染蘭蓀。
秋同開月户，春共入花園。
看雪[1]松下閣，避暑竹陰軒。
結契年幾改，十五變寒溫。
逐年心彌固，金石何足言。
相見期終世，何似水上鴛。
一面歡忘憂，不用堂北萱。
君已爲儒士，對册上龍門。
丹穴招鳴鳳，滄溟驚卧鯤。
風烟賞玩處，沈思[2]琢璵璠。
吟聲寒玉振，筆迹黑龍翻。
氣擬相如賦，理過桓子論。
韵古潘與謝，調新白將元。
博達貫今古，識鑒洞乾坤。
終觀身幻化，長避世囂喧。
禪坐一岩户，山深僻民村。
君我相別後，漸以累晨昏。
形貌猶在目，戀慕幾動魂。
林中抛風景，袂上點淚痕。
收淚倩思量，遠哉君心源。
人皆營榮利，擾擾復惛惛。
上求三公位，下欲五馬轅。

---

1 平成本有"一作雲"。
2 平成本有"一作恩"。

夜便算財産，明也東西奔。
入家憐妻妾，奉公爲子孫。
晩歳方富貴，食飽而衣温。
貪欲所積集，錢帛似雲屯。
奴婢曳羅綺，歡宴列罍罇。
庭院山水遙，林叢錦窠繁。
秋露一朝殞，長入那落燔。
籠中有飽雉，豢中有肥豚。
少分生前樂，萬劫後世煩。
莫著夢花色，可畏邪棘蕃。
雖道諸佛力，不結斷惡根。
譬猶日月光，不能穿覆盆。
君已割恩愛，解纓入丘樊。
慈悲覆法界，戒行爲化勤。
我幸出皇胤，襁褓列于藩。
衣食涯分足，虛閒方寸存。
生生持妙法，菩提願[1]攀援[2]。
常隨君前後，宛如弟與昆。
願共生極樂[3]，願共謁慈尊[4]。
相次入地獄，罪人盡平反。
分身隨鬼畜，忽解楚痛冤。

---

1 平成本有"一作欲"。
2 平成本此下有注"余有生生頌法華經、化衆生之願"。
3 平成本此下有注"公在俗之日常念佛、言談之隙、合眼唱佛號、余同有往生之願"。
4 平成本此下有注"公與天台源公、修位遇慈尊之業、予適預之"。

世世爲師弟，游化生死原。
處處蒙教敕，施與法喜餐。
縱盡未來際，此語誓不諼。

首0220 偷見書中有往事御製、有感、自以次本韵[1]
齡傾性懶學荒程，偷見天章更徵情。
編次三千憑馬史，宣傳二百屬丘明。
便知上聖如交語，莫道前賢但聞名。
漢帝文華唐帝筆，擬於陛下蟻封平。

首0221 奉讀重押情字御製、不堪抃舞、敬押本韵
天然未必得功程，詩帝兼容草聖情。
直氣充朝星宿聚，德輝照世日居明。
玉鸞寒響皆依禮，蒼□[2] 新烟不爲名。
忽戴君恩還自恥，風聲猶減漢東平。

首0222 近來播州書寫山中、有性空上人者、誦法華經爲事、寤寐不休、天台源公聞其高行、遠尋相見、緇素結緣者、寔繁而有徒、予傳見諸贊聖德詩、顧身甚恨障礙多緣、未遂頂禮、今綴拙什、聊結後[3]缘

寂寥山中[4]坐禪師，一乘蓮華能憶持。
掌底鐵針出胎日 上人出胎、手拳久、母怪開之、有一鐵針云，經中白米絕糧時。

---

1 此下十三首詩順序與平成本不同，從底本。
2 平成本作"雉"。
3 平成本有"一無此字"。
4 平成本作"上一作中"。

妙文暗記眠猶誦，法力冥薰貌未衰。上人春秋六十八[1]、而猶有光澤。
虱去都應身淨潔，禽馴只爲意慈悲。
雖歡同代聞來久，更恨終年面拜遲。拜作禮
縱使眼前無見我，猶勝耳外不知誰。
豈非今世述君美，便是當來贊佛詞。非作唯
再拜西方遙寄語，慧光早[2]照我愚癡。

首0223 偷見左相府宇治作、有感
聞說山家素得名，風流超過漢西京。
樵夫路近談王事，漁父歌閑慣雅聲。
白浪頻翻秋雪亂，紅林半透暮雲橫。
一吟佳句贊游樂，初慰終年寂寞情。

首0224 早夏陪宴、同賦所貴是賢才、各分一字、應製[3]
先貴賢才非一途，功成理定不須史。
張公暫入終安漢，陸氏相傳久輔吳。
至性過人宜作寶，餘輝照物重於珠。
松喬莫笑風儀濫，今日新仙詣玉都。

首0225 和高禮部再夢唐故白太保之作
古今詞客得名多，白氏拔群足咏歌。
思任天然沈極底，心從[4]造化動同波。

---

1 平成本有"一作九"。
2 平成本有"一作卑"。
3 平成本有"探得都字"。
4 平成本有"一作將"。

中華變雅人相慣，季葉頹風體未訛[1]。
再入君夢應決理，當時風月必誰過。

首0226 唯以酒爲家
以酒爲家無所營，時時吟咏助歡情。
杜康昔構容人息，陶令重來寄我生。
戸牖梨花松葉裏，鄉園藍水玉山程。
榜題宜號忘憂觀，一入長休毀譽聲。

首0227 戸部尚書重賦丹字見贈、妙辭吟咏、反覆欲罷不能、慇課庸駑以盡餘意
瓊篇尋我曉凌寒，暫耻報詞日已闌。
韵句花開堪賞玩，貞堅松老不凋殘。
鼎湖早灑千行涙，金闕難供九轉丹。
憶古見今猶悵望，漢文往昔示邯鄲[2]。

首0228 和戸部尚書同賦寒林暮鳥歸
鏗鏘珠韵滿篇寒，六典[3]沈吟及景闌。
元白新[4]情箋上出，楊班古意筆頭殘。
唯應草聖妙飛墨，本自詩仙何用丹。
奇字奇文看不足，還嘲彭澤與邯鄲。

---

1 平成本有"我朝詞人才子、以白氏文集爲規摹、故承和以来言詩者、皆不失體裁矣"。
2 平成本有"來詩有'天曆舊臣鮨背叟、戀思幾許泣邯鄲'之句、叙先朝之意也"。
3 平成本有"一作曲"。
4 平成本有"一作覠"。

首0229 讀諸故人舊游詩有感
往年歡與當時怨,世事皆如風裏雲。
今日更披舊詩見,十中五六是遺文。

首0230 題故工部橘郎中詩卷
君詩一帙淚盈巾,潘謝末流原憲身。
黃卷鎮攜疏牖月,青衫長帶古叢春。
文華留作荆山玉,風骨消爲蒿里塵。
未會茫茫天道理,滿朝朱紫彼何人。

首0231 搗衣詩[1] 見和漢朗詠集
風底香飛雙袖舉,月前杵怨兩眉低。
年年別思驚秋雁,夜夜幽聲到曉鷄。

首0232 賦法華序品 見作文大體
四十餘年深秘法,時來欲使衆生知。
先呈六瑞無□[2]覺,唯有文珠説舊儀。

首0233 風度諧春意 以下十五首見類題古詩
聲軟已知吹柳去,氣芳猶覺動花過。
迎晴拂盡墻陰雪,解凍翻來岸曲波。

首0234 望月遠情多
清光幾處同催醉,冷色誰家亦倍愁。

---

1 平成本無"詩"字。
2 平成本作"人"。

木落先諳湖上霽，窗明却憶塞門松[1]。

首0235 一醉外何求
產業不治樽側睡，窮通任命甕頭吟。
飲堪消日唯提榼，富是浮雲豈惜金。

首0236 看山盡日坐
上樓雖厭朝雲宿，開牖兼期夕月生。
閑對松羅爲我事，獨望岩壑絶他營。

首0237 閑中秋色變
逃名林壑霜前思，請老家園雨後心。
藜杖暮携苔悴地，柴扉晝掩柳疏陰。

首0238 歲暮思春花
千萬條寒冰岸柳，兩三葩孕雪窗梅。
爭教暖雨連宵□，又令和風逐日催。
一月冬加雖未綻，上陽時至便應開。
更嫌曆尾猶殘在，每見案頭欲盡哉。
曉枕空夢林蝶戲，疏枝只待谷鶯來。
近期李徑宵間蕊，遙契桃源浪上杯。

首0239 唯因酒得仙
若能對月三杯盡，何異乘雲兩翼生。
席上延年勝菊水，樽前取樂擬蓬瀛。

---

[1] 平成本作"秋"。

首0240 林晚鳥争樹
日落初投籬竹暗，□□先入岸松繁。
迷占穩枝還難得，忽告枯株可足言。
如覓利人趨市道，似資榮者向權門。
風枝空處交翅集，烟葉深中滿耳喧。

首0241 墻上山在見
企及試望岩徑雪，頯來斜對洞房春。
扇遮粉面窺雙臉，雲掩[1]瓊娥露半輪。

首0242 露裏見紅花
眼明宿艷光華裏，腸斷餘芳潤色程。
風破彩雲纏次列，醉陶紅粉步搖傾。

首0243 聞雁知秋暮
曉來韵怨應霜冷，南去聲忙是雨寒。
欲混林頭離葉亂，自傳塞外客衣單。

首0244 橫琴對水石
偶遇清風將朗月，尤宜友尾又同聲。
打苔浪助宮商響，洗笋流迷緩急程。

首0245 采笋出林遲
屢抽籬下行猶久，遍覓沙痕迹漸深。
認徑來時朝露濕，滿筐歸處夕陽沈。

---

1 平成本作"纏"。

首0246 嶺高松更疏
橫岩影冷烟□色，拂洞枝驚鶴礙音。
天霽曉殘千尺雨，山寒暮入一弦琴。

首0247 秋聲多在山
一朵蓮峰含雨暮，萬株松樹帶風寒。
鹿鳴猿叫孤雲慘，葉落泉飛片月殘。

首0248 柳影繁初合 以下見和漢朗詠集
毬宅迎晴庭月暗，陸池逐日水烟深。

首0249 花橘詩[1]
枝繫金鈴春雨後，花薰紫麈[2] 凱風程。

首0250 寶雁似故人
雲衣范叔羈中贈，風檣瀟湘浪上舟。

首0251 秋葉隨日落
逐夜光多吳苑月，每朝聲少漢林風。

首0252 入醉鄉
邑鄰建德非行步，境接無何便坐忘。

首0253 失題 見江談抄
八葉風聲承祖業，一枝月桂作孫謀。

---

1 平成本無"詩"字。
2 平成本作"麝"。

首0254 秋夜以下見新撰朗詠集
宮漏高低風北送，鄰砧緩急月西傾。

首0255 漫漫秋夜長
枕歌鄰笛清商曲，窗對前林暗淡紅。

首0256 暮山景氣寒
巫女嶺南行雨冷，鄭公溪北遠嵐餘。

首0257 十五夜玩月
晝夜和同迷漏刻，乾坤洞朗照玄黃。

首0258 閑居秋日暮
讀易床頭新月色，學禪窗下遠鐘聲。

首0259 燈下言志
處身豈羨龜多智，論命還思木不材。

首04-09 敦明親王三條天皇第一皇子、長和末立爲皇太子、尋辭之、贈號小一條院

首0260 菊花似[1]星見續世繼物語
司天記取葩稀色，分野望看露冷光。

---

1 平成本有"壽"字，并有注"本書脫壽字、今據教家摘句藤原國成詩題補之"。

首 04-10 輔仁親王_{後三條天皇第三皇子、能詩歌、聲名殆亞兼明具平兩中書王、世稱三宮}

首 0261 賦雨_{以下二十四[1]首見本朝無題詩}
綿綿秋夜蕭蕭雨，聞此誰人詩興虛。
孀婦破夢聲屢苦，學徒罷睡韵猶餘。
芳毫先喜菊籬濕，斜脚更愁茅屋疏。
漏刻相移無□寢，窗中閑坐對玄書。

首 0262 見賣炭婦
賣炭婦人今聞取，家鄉遙在太[2]原山。
衣單路險伴嵐出，日暮天寒向月還。
白雪高聲窮巷裏，秋風增價破村間。
土宜自本重丁壯，最憐此時見首斑。

首 0263 彈琵琶
閑居親友是何物，只有琵琶曲自通。
弦象四時堪調月，塵遺十葉遠傳風。
秦箏更巧佳娘藝，羌笛尤宜伶客功。
莫笑老來多感興，一歌三樂慕榮翁。

首 0264 釣臺秋宴
閑見釣臺造化功，更疑美構在虛空。
龍舟秋路凌波到，雷鼓晚聲渡水通。

---

1 平成本作"六"。
2 平成本作"大"。

畫榻醉淵□[1]岸月，玉琴調妙引江風。
浮游彌忘浮生理，不識此身類曉夢。

首0265 春日述懷 勒韵

二月仲春景漸暄，玄談久感聖人言。
黃鶯語底臨梅棧，伯勞聲中入杏園。
作友只看書積案，待賓且對洒盈樽。
河陽天暖花初綻，塞北地寒草未繁。
臺上樂餘同李老，床頭醉□[2]調桐孫。
望山暫動烟霞興，在世應知虎鼠論。
宿習猶催排學牅，朝眠遲足坐閑軒。
宜哉斯處詩懷苦，座客皆惟出魯門。

首0266 春夜即事

竹戶柴門春色媚，夜深只見月光斜。
夢鶯暗[3]韵回庭水，衣染奇香落砌花。
鄰笛幽聲傳北里，村醪滋味驗東家。
東家若贈村醪美，席上定教詩興加。東鄰有酒家、故云

首0267 秋夜守庚申[4]

庚申閑守尊尼父，茶果禮成申[5]夜初。

---

1 平成本作"眠"。
2 平成本作"酣"。
3 平成本有"一作愔"。
4 平成本有"勒韵"。
5 平成本及《本朝無題詩》等其他諸本均作"甲"。

旅雁翥雲秋叫遠，暗螢過雨曉聲餘。
數回醉舞斷腸見，三首和歌瀝思書。
叢露屢霑花叢處，獨暫[1]蓬鬢漫群居。

首0268 花下命飲
家園寂寂思沈浮，閑對芳菲杯不休。
花下最宜催醉睡，樽前誰好[2]命春游。
亂風落蕊迷人眼，簇雪亞枝蔭我頭。
料識此中多飲客，一時酌盡兩三漚[3]。

首0269 尋山花
從遇韶光感易通，尋花一日到山中。
林間曉露逐葩白，洞裏暮雲韜艷紅。
溪鳥訪棲凌宿雪，樵夫問路向春風。
枯株漸漸雖衰朽，此節芳顏歲歲同。

首0270 玩月[4]
四年九月十三夜，月下染毫斷寸腸。
雲斂初望千里雪，鬢衰空襲兩邊霜。
心情先動瓊章客，容色半銷錦帳郎。
塞上馬瘦秋露映，江干[5]舟去曙烟長。

---

1 平成本及《本朝無題詩》等其他諸本均作"憖"。
2 平成本有"一作訪"。
3 平成本作"甌一作漚"。
4 平成本作"九月十三夜玩月"。
5 平成本有"一作中"。

五株柳悴空籠影,仙架菊寒被照妝。
凝睇漸知群籟盡,秋山秋水只茫茫。

首0271 山寺對月
閑望白月倚闌干,古寺蕭條景趣寒。
地靜更無林霧暗,天晴只有峽烟殘。
坐禪室破霜□□[1],行道踪深夜雪乾。
爲對岸□孤影導,可憐雙鬢已同潘。

首0272 秋日游池臺[2]
池臺佳會何因緣,爽氣好時秋景初。
紅蓼綠蒲皆寂寞,江楓岸柳共稀疏。
虛舟論性身猶繫,古壁題詩手自書。
筠簟風清閑偶咏,水軒月白久端居。
違巡倒影升階客,游泛任心戲浪魚。
花席一開多感遇,誰人座右作相如。

首0273 秋日池亭即事[3]
一逐幽奇風景冷,池亭深處得經過。
年來年去松盈岸,江北江南蓮照波。
水樹境閑人到少,藥欄日暮鳥飛多。
何唯蕭索秋懷苦,滿耳歌聲笙與歌。

---

1 平成本作"秋霜宿"。
2 平成本有"勒韵"。
3 平成本有"勒韵"。

首0274 秋日林亭即事

料知林亭林下望,翰林學士又相談。
芭蕉露滴殘寒雨,楊柳秋歸伴晚嵐。
閑對芳樽携若下_{酒名、見白氏集},更□□□□江南。
南軒移座獨商量,向後生涯子細諳。

首0275 初冬林亭眺望

林亭寂寞也幽奇,遙望天涯與地宜。
睡論風情追日減,醉望霜葉送秋衰。
蒼鷹一擊過寒樹,白鷺群飛飯[1]故池。
適綴篇章吟玩處,空望落日漸西馳。

首0276 秋日山家[2]即事

山家秋暮意如何,觸物感懷逐日多。
處處賦詩閑諷詠,時時扶醉獨狂歌。
茅檐有月光相序,蓬鬢與霜色相和。
作愍五十餘歲客,讀經功積念彌陀。

首0277 冬日游圓融寺

青苔紅葉幽尋地,游落[3]怪來忘俗間。
瀧石泉聲穿牖落,把峰雲影向檐還。
杉門故路半超谷,蓬鬢餘生足望山。
只有上人頭似雪,釋文誰不決疑關。_{游落恐有誤}

---

1 平成本作"歸"。
2 平成本有"一作居"。
3 平成本作"蕩"。

首0278 秋日陶化坊亭即事

一入名□[1]閑思量，亭臺廢盡客來稀。

相門昔日稱花厩故老傳云、九條右相府之居也、其時人稱九條御厩、故有是句，民户秋風訪竹扉。

柳葉墻斜山影近，蓼花岸舊水聲微。

可憐首白林[2]中老，高捧黄□[3]贈我歸。

首0279 暮秋游覽大井河

長河形勝在何處，見取茫茫大井流。

閑坐沙邊初染筆，群來渡口漫呼舟。

低雲礙日連峰夕，寒浪呭[4]花敗堰秋。

菱荇分叢含露立，鸕鶿曝翅遇晴休。

西岩宜望頭陀路法林寺修行之輩路不絶、故云、東岸逐思羽獵游古今御獵之次臨幸此地、故云。

迢迢洛邑[5]騎泥□，暫傾一盞慰羈愁。

首0280 冬日游大教院

一游大教道場裏，更怪此時到五臺。

石閣多年人寂寞，松門盡日鶴徘徊。

守籬寒菊葩迷雪，橫澗老松朵作苔。

莫笑鬢衰心懶士，時時染筆此中來。

---

1 平成本作"區"。
2 平成本作"村一作林"。
3 平成本作"觚一作褊"。
4 平成本作"吐"。
5 平成本有"一作洛邑迢迢"。

首 0281 游山寺

苔壁松軒一上方，被催詩客暫彷徨。

觀音堂裏秋雲紫_{此處有觀音乘紫雲之像、故云}，極樂橋前夕日黃_{自山後至砌、接長橋、其上作彌陀來迎之儀、人稱之極樂橋、故云。}

寒沼風搖荷拍浪，禪庭年舊竹穿墻。

對來僧侶閒談處，縱減罪霜添首霜。

首 0282 山寺即事

寂寂松榲人到少，更排禪閣與僧談。

山陰半濕破苔壁，水氣早寒通草庵。

蘿素[1]滿林秋罷月，泉流驚石夜和嵐。

季商景趣雖搖意，此處幽閒興不堪。

首 0283 秋日游古寺

境絶寺深攀又難，更抛車騎入雲端。

綠蕪墻破山腰露，紅葉林遙樹影團。

蓬鬢秋霜尋我點，松軒夕月向人寒。

岩扉望盡三千界，岫幌思凝十六觀。

嶺日半說[2]顏暫映，峽烟高潤迹無乾。

年齡老去詞花冷，還耻群游感寸丹。_{說字恐有誤}

首 0284 暮春游西山古洞

松門素不厭閒人，屬[3]望烟霞屢望春。

---

1 平成本作"葉—作素"。
2 平成本作"沈"。
3 平成本作"屢—作屬"。

被催啼鶯斟酒久，好携游騎見花頻。
棠梨嶺遠雲霄雪，楊柳寺深天祿塵山下有圓融寺故云。
斯處多年雖歷覽，今朝感[1]物欲書紳[2]。

首0285 橋上落花多[3] 以下見新撰朗詠集
洛水流間橫宿雪，天津月下渡殘春。

首0286 水面冰如鏡
光難鑒古春消處，背似有龍魚負程。

首0287 羈中風露冷
征徒祢重胡關曉，壯士衣單易水秋。

首0288 書懷
有琴有酒閑中樂，無憂無喜世上情。宜作無喜無憂

日本詩紀卷之四　首集第四

---

1 平成本作"風一作感"。
2 平成本作"特清新一作欲書紳"。
3 平成本作"多落花"。

卷之五　甲集第一

上毛河世寧　彙編

甲 01–01 葛野王 天智天皇之孫、大友太子之長子、少而好學、能屬文、持統天皇之朝、授正四位下、拜式部卿

甲 0001 春日玩鶯梅 以下三十首并見懷風藻
聊乘休暇[1]景，入苑望青陽。
素梅開素靨，嬌鶯弄嬌聲。
對此開懷抱，優足暢愁情。
不知老將至，但事酌春觴。

甲 0002 游龍門山
命駕游山水，長忘冠冕情。
安得王喬道，控鶴入蓬瀛。

甲 01–02 中臣大島 官大納言

甲 0003 詠孤松
隴上孤松翠，凌雲心本明。
餘根堅厚地，貞質指高□。
弱枝異蒿[2]草，茂葉同桂[3]榮。
孫楚高貞節，隱居脫[4]笠[5]輕。

---

1 平成本有"一作假"。
2 平成本有"一作高、又作萬"。
3 平成本有"一作柱"。
4 平成本有"一作悅、又作惋"。
5 平成本有"一作登"。

甲 0004 山齋

宴飲游山齋，遂游臨野池。

雲岸寒猿斷[1]，霧[2]浦[3]柂[4]聲悲。

葉落山逾靜，風涼琴益微。

各得朝野趣，莫論攀桂期。

甲 01-03 紀麻呂 武內十二世孫大人之子、官大納言

甲 0005 春日應詔

惠氣四望浮，重光一圜春。

式宴依仁智，優游催詩人。

崑山珠玉盛，瑤水花藻陳。

階梅鬥素蝶，塘柳掃芳塵。

天德十堯舜，皇恩沾[5]萬民。

甲 01-04 大神高市麻呂 利金之子、大神或作三輪、官大納言[6]

甲 0006 從駕應詔

臥病已白髮[7]，意謂入黃塵。

不期逐恩詔，從駕上林春。

---

1 平成本有"一作嘯"。
2 平成本有"一作霞"。
3 平成本有"一作池"。
4 平成本有"一作櫓又作挹"。
5 平成本作"霑"。
6 平成本作"中納言"。
7 平成本有"一作鬢"。

松岩鳴泉落，竹浦笑花新。
臣是先進輩，濫陪後車賓。

甲 01–05 巨勢多益須_{武內之後、官太宰太貳}

甲 0007 春日應詔二首
玉管吐陽氣，春色啓禁園。
望山智趣廣，臨水仁懷敦。
松風催雅曲，鶯哢添談論。
今¹ 日良醉德，誰² 言湛露恩。

甲 0008 其二
姑射遁太賓³，崆岩索神仙。
豈若聽覽隙，仁智寓山川。
神衿弄春色，清蹕歷林泉。
登望繡翼徑，降臨錦鱗淵。
絲竹時盤桓，文酒乍留連。
薰風入琴臺，翼月⁴ 照歌筵。
岫室開明鏡，松殿浮翠烟。
幸陪瀛洲趣，誰論上林篇。

---

1 平成本有"一作令"。
2 平成本有"一作難"。
3 平成本有"一作寶"。
4 平成本有"一作日"。

甲 01-06 犬上王 官治部卿

甲 0009 游覽山水

暫以三餘暇，游息瑤池濱。
吹臺哢鶯始，桂庭蝶舞[1] 新。
沐鳧雙回岸，窺鷺獨銜鱗。
雲罍酌烟霞，花藻誦英俊。
留連仁智間，縱賞如談論[2]。
雖盡林池樂，未玩此芳春。

甲 01-07 紀古麻呂 麻呂之子、官式部太輔

甲 0010 望雪

無爲聖德重寸陰，有道神功輕球琳。
垂拱端坐惜歲暮，披軒褰簾望遙岑。
浮雲靉靆縈岩岫，驚飇蕭瑟響庭林。
落雪霏霏一嶺白，斜日黯黯半山金。
柳絮未飛蝶先舞，梅芳猶遲花早臨。
夢裏鈞天尚易涌，松下清風信難斟。

甲 0011 得聲清驚情四字 得上或有秋宴二字是

明離照昊天，重震[3] 啓秋聲。

---

1 平成本有"一作舞蝶"。
2 平成本作"倫一作論"。
3 平成本有"一作農"。

氣爽烟霧散[1]，時泰風雲清。
玄燕翔已歸，寒蟬嘯且驚。
忽逢文雅席，還愧七步情。

甲 01-08 美努净麻呂 官大學博士

甲 0012 春日應詔

玉燭凝紫宮，淑氣潤芳春。
曲浦戲嬌鴛，瑤池躍潛[2]鱗。
階前桃花映，塘上柳條新。
輕烟松心入，囀鳥葉裏陳。
絲竹過廣樂，率舞洽往塵。
此時誰不樂，普天蒙厚仁。

甲 01-09 紀末茂 官判事

甲 0013 臨水[3]觀魚

結宇南林側，垂釣北池潯。
人來戲鳥没，船渡綠萍沈。
苔搖識魚在[4]，緡盡覺潭深。
空嗟芳餌下，獨見有貪心。

---

1 平成本有"一作發"。
2 平成本有"一作潜"。
3 平成本有"一作池"。
4 平成本有"一作有"。

甲 01-10 調老人 其先百濟人、官大學頭

甲 0014 三月三日[1]

玄覽動春節，宸駕出離宮。
勝地既寂絕，雅趣亦無窮。
折[2]花梅苑側，酌醴碧瀾[3]中。
神仙非存意，廣濟是攸同。
鼓腹太平日，共詠太平風。

甲 01-11 藤原史 或作不比等、鎌足之子、官右大臣、歷仕大寶和銅養老之間、功爲天下第一、謚文忠公、贈太政大臣、追封淡海公

甲 0015 元日應詔

正朝觀萬國，元日臨兆民。
齊[4]政敷玄造，撫機御紫宸。
年華已非故，淑氣亦惟新。
鮮雲秀五彩，麗景耀三春。
濟濟周行士，穆穆我朝人。
感德游天澤，飲和惟聖塵。

甲 0016 春日侍宴、應詔

淑氣光天下，薰風扇海濱。

---

1 平成本作 "三月三日應詔、一無此二字"。
2 平成本有 "一作柳"。
3 平成本作 "潤一作瀾"。
4 平成本有 "一作有"。

春日歡春鳥，蘭生折蘭人。
鹽梅道尚故，文酒事猶新。
隱逸去幽藪，沒賢陪紫宸。

甲0017 游吉野二首
飛文山水地，命爵薜蘿中。
漆姬控鶴舉，拓[1]媛接魚[2]通。
烟光岩上翠，日影浪[3]前紅。
翻知玄圃近，對玩入松風。

甲0018 其二
夏月[4]夏色古，秋津秋氣新。
昔者同汾[5]後，今之見吉賓。
靈仙駕鶴去，星客乘槎逡。
渚性抵[6]流水，素心開靜仁。

甲0019 七夕
雲衣兩觀夕，月鏡一逢秋。
機下非曾故，梭息是威猷。
鳳蓋隨風轉，鵲影逐波浮。
面前開短樂，別後悲長愁。

---

1 平成本有"一作洛又作柘"。
2 平成本有"一作莫"。
3 平成本有"一作湑"。
4 平成本有"一作身"。
5 平成本有"一作皇又作紛"。
6 平成本有"一作臨又作拉"。

甲 01-12 荆助仁官左大史

甲 0020 咏美人[1]
巫山行雨下，洛浦回雪霏。
月泛眉間魄，雲開鬢上暉。
腰逐楚王細，体隨漢帝飛。
誰知交甫佩，留客令忘歸。

甲 01-13 刀利康嗣官大學博士

甲 0021 侍宴
嘉辰光華節，淑景風日[2]春。
金堤拂弱柳，玉沼泛輕鱗。
爰降豐宮宴，廣垂柏梁仁。
八音寥亮奏，百味馨香陳。
日[3]落松影暗，風和花[4]氣新。
俯仰一人德，唯壽萬歲真。

甲 01-14 伊與部馬養官皇太子學士

甲 0022 從駕應詔
帝堯叶仁智，仙蹕玩山川。

---

1 平成本有"一作女"。
2 平成本有"一作自"。
3 平成本有"一作月"。
4 平成本有"一作風"。

叠嶺杳不極，驚波斷復連。
雨晴雲卷蘿[1]，霧盡峰舒蓮。
舞庭落夏槿[2]，歌林驚秋蟬。
仙槎泛榮光，鳳笙帶祥烟。
豈獨瑶池上，方唱白雲篇[3]。

甲01-15 大石王 官播磨守

甲0023 侍宴應詔
淑氣浮高閣，梅花灼景春。
叡眷[4]留金堤，神澤施群臣。
琴瑟設仙籞[5]，文酒啓水濱。
叨奉無限壽，俱頌皇恩均。

甲01-16 田邊百枝 官大學博士

甲0024 春苑應詔
聖情敦泛愛，神功亦難陳[6]。
唐鳳翔臺下，周魚躍水濱。
松風韵添咏，梅花薰帶身。
琴酒開芳苑，丹墨點英人。

---

1 平成本有"一作羅"。
2 平成本有"一作桂"。
3 平成本有"一作天"。
4 平成本作"睠"。
5 平成本有"一作蘌"。
6 平成本有"一作垠"。

適遇上林會，忝壽萬年春。

甲01-17 大神安麻呂官兵部卿

甲0025 山齋言志
欲知閒居趣，來尋山水幽。
浮沈烟雲外，攀玩野花秋。
稻葉負霜落，蟬聲逐吹流。
祗爲仁智賞，何論朝市游。

甲01-18 石川石足武內之後、官左大辨

甲0026 春苑應詔
聖襟愛良節，仁趣動芳春。
素庭滿英才，紫[1]閣引雅人[2]。
水清瑤池深，花開禁苑新。
戲鳥隨波散，仙舟逐石巡。
舞袖留翔鶴，歌聲落梁塵。
今日足忘德，勿言唐帝民。

甲01-19 山前王忍壁親王之子、官刑部卿

甲0027 侍宴
至德洽乾坤，清化朗嘉辰。

---

1 平成本有"一作鴛"。
2 平成本有"一作文"。

四海既無爲，九域正清淳。
元首壽千歲，股肱頌三春。
優優沐恩者，誰不仰芳塵。

甲 01-20 采女比良夫 一作枚夫、官近江守

甲 0028 春日侍宴、應詔
論道與唐儕，語德共虞鄰。
冠周埋尸愛，駕殷解網仁。
淑景蒼天麗，嘉氣碧空陳。
葉綠園柳月，花紅山櫻春。
雲間頌皇澤，日下沐芳塵。
宜獻南山壽，千秋衛北辰。

甲 01-21 安倍首名 武內之後、官兵部卿

甲 0029 春日應詔
世頌隆平德，時謠交泰春。
舞衣搖樹影，歌扇動梁塵。
湛露重仁智，流霞輕松筠。
凝麾賞無倦，花將月共新。

甲 01-22 大伴旅人 道臣命之後、安麻呂之子、官大納言

甲 0030 初春侍宴
寬政情既遠，迪古道惟新。
穆穆四門客，濟濟三德人。

梅雪亂殘岸，烟霞接早春。
共游聖主澤，同賀擊壤仁。

甲0031 報凶問見萬葉集
愛河波浪已先滅，苦海煩惱亦無結。
從來厭離此穢土，本願托生彼净剎。

甲01-23 中臣人足 島麻呂之子、官左中辨兼神祇伯

甲0032 游吉野宮二首以下二十二首見懷風藻
惟山且惟水，能智亦能仁。
萬代無埃坌[1]，一朝逢招[2]民。
風波轉入曲，魚鳥共成倫。
此地即方丈，誰説桃源賓。

甲0033 其二
仁山狎鳳閣，智水啓龍樓。
花鳥堪沈玩，何人不淹留。

甲01-24 大伴王

甲0034 從駕吉野宮、應詔二首
欲尋張騫迹，幸逐河源風。

---

1 平成本有"一作所"。
2 平成本有"一作拓又作巽"。

朝雲指南北，夕霧正西東。
嶺峻絲響急，溪曠竹鳴融。
將歌造化趣，握素愧不工。

甲0035 其二
山幽仁趣遠，川淨智懷深。
欲訪神仙迹，追從吉野潯。

甲01-25 道首名_{大彥命之後、官肥後守}

甲0036 秋宴
望苑商氛[1]豔，鳳池秋水清。
晚[2]燕吟風還，新雁拂露驚。
昔聞濠梁論，今辨游魚情。
芳筵此僚[3]友，追節結雅聲。

甲01-26 境部王_{天武天皇之孫、穗積親王之子、官治部卿}

甲0037 宴長王宅
新年寒氣盡，上月霽[4]光輕。
送雪梅花笑，含霞竹葉清。
歌是飛塵曲，弦即激流聲。
欲知今日賞，咸有不歸情。

---

[1] 平成本有"一作氣"。
[2] 平成本有"一作脫"。
[3] 平成本有"一作俺"。
[4] 平成本有"一作淑又作濟"。

甲0038 秋夜山池
對峰傾菊酒，臨水拍桐琴。
忘歸待明月，何憂夜漏深。

甲 01-27 山田三方—作御形、魏司空王昶之後、官大學頭

甲0039 秋日於長王宅宴新羅客
白露懸珠日，銀[1]葉散風朝。
對揖三朝使，言盡九秋韶。
牙水含調激，虞葵落扇飄。
已謝靈臺下，徒欲報瓊瑤。

甲0040 七夕
金漢星榆冷，銀河月桂秋。
靈姿理雲鬢，仙駕度潢流。
窈窕鳴衣玉，玲瓏映彩舟。
所悲明日夜，誰慰別離愁[2]。

甲0041 三月三日曲水宴
錦岩飛瀑激，春岫曄桃開。
不憚流水急，唯恨盞遲來。

---

1 平成本作"黄一作銀"。
2 平成本有"一作憂"。

甲01-28 息長臣足 位從五位下

甲0042 春日侍宴
物候開韶景，淑氣滿地新。
聖袗屬暄節，置酒引縉[1]紳。
帝德被千古，皇恩洽萬民。
多幸憶廣宴，還悅湛露仁。

甲01-29 吉智首 首一作須、官出雲介

甲0043 七夕
冉冉逝不留，時節忽驚秋。
菊風披夕霧，桂月照蘭洲。
仙車渡鵲橋，神駕越清流。
天庭陳相喜[2]，華閣釋離愁。
河橫天欲曙，更嘆後期悠。

甲01-30 黄文備 其先高麗人、官主稅頭

甲0044 春日侍宴
玉殿風光暮，金墀春色深。
雕雲遏歌響，流水散鳴琴。
燭花粉壁外，星燦翠烟心。
欣逢則聖日，束帶仰韶音。

---

1 平成本作"搢一作縉"。
2 平成本有"一作嘉"。

甲01-31 越智廣江 官刑部少輔、兼大學博士

甲0045 述懷
文藻我所難，莊老我所好。
行年已過半，今更爲何勞。

甲01-32 春日藏老 官常陸介、姑爲僧名辨紀、大寶元年敕還俗、因賜今姓名、授追大壹

甲0046 述懷
花色花枝染，鶯吟鶯谷新。
臨水開良宴，泛爵賞芳春。

甲01-33 背奈行文 官大學助

甲0047 秋日[1]於長王宅、宴新羅客[2]
嘉賓韵小雅，設席嘉大同。
鑒流開筆海，攀桂登談叢。
杯酒皆有月，歌聲共迎風。
何事專對士，幸用李陵弓。

甲0048 上巳禊飲、應詔
皇慈被萬國，帝道沾群生。
竹葉禊庭滿，桃花曲浦輕。

---

1 平成本有"一無此二字"。
2 平成本此下有"賦得風字"。

雲浮天裹麗，樹茂苑中榮。
自顧試庸短，何能繼叡情。

甲 01-34 調古麻呂 官皇太子學士

甲 0049 初秋於長王宅、宴新羅客
一面金蘭席，三秋風月時。
琴樽叶幽賞，文華叙離思。
人含大王德，地若小山基。
江海波潮静，披霧豈難期。

甲 01-35 刀利宣令 官伊豫掾、養老中詔侍東宮

甲 0050 秋日於長王宅、宴新羅客[1]
玉燭調秋序，金風扇月幃。
新知未幾日，送別何依依。
山際秋雲斷，人前樂緒稀。
相顧鳴鹿爵，相送使人歸。

甲 0051 賀五八年
縱賞青春日，相期白髮年。
清生百万聖，岳土半千賢。
卜[2]宴當時宅，披雲廣樂天。
兹時盡清素，何用子雲玄。

---

1 平成本此下有"賦得稀字"。
2 平成本有"一作下"。

甲01-36 下毛野蟲麻呂豐城命之後、官式部權少輔大學助教

甲0052 秋日於長王宅宴新羅客[1]

聖[2]時逢七百，祚運啓一千。
況乃梯山客，垂毛亦比肩。
寒蟬鳴葉後，朔雁度雲前。
獨有飛鶯曲，并入別離弦。

甲01-37 田中净足[3] 蘇我稻目之後、官贊岐守

甲0053 晚秋於長王宅宴

冉冉[4]秋云暮，飄飄葉已凉。
西園開曲席，東閣引珪璋。
水底游鱗戲，岩前菊氣芳。
君侯愛客日，霞色泛鸞觴。

日本詩紀卷之五　甲集第一

---

1 平成本此下有"賦得前字"。
2 平成本有"一作出"。
3 平成本有"净一作清"。
4 平成本有"一作苒苒"。

卷之六　甲集第二

上毛河世寧　彙編

甲 02-01 長屋王_{天武天皇之孫、高市親王之子、官式部卿左大臣、天平元年逢}
_{譖自殺、世稱佐保大臣}

  甲 0054 元日宴、應詔_{以下三首見懷風藻}
  年光泛仙籞，月色照上春。
  玄圃梅已放[1]，紫庭桃欲新。
  柳絲入歌曲，蘭香染舞巾。
  於焉三元節，共悦望雲仁。

  甲 0055 於[2]寶宅宴新羅客[3] _{寶上恐脱作字}
  高旻開遠照，遙嶺靄浮烟。
  有愛金蘭賞，無疲風月筵。
  桂山餘景下，菊浦落霞鮮。
  莫謂滄波隔，長爲獎[4]思篇[5]。

  甲 0056 初春於作寶樓置酒
  景麗金谷室，年開積草春。
  松烟雙吐翠，櫻柳各含新。
  嶺高暗雲路，魚驚亂藻濱。
  激泉移舞袖，流聲韵松筠。

---

1 平成本有 "一作拆又作故"。
2 平成本此下有 "作" 并有注 "一無此字"。
3 平成本此下有 "賦得烟字"。
4 平成本有 "一作壯"。
5 平成本有 "一作延"。

甲0057 製千袈裟緣、各繡一偈施唐國_{一人一首引六學僧傳又載全唐詩}

山川異域，風月一天。
遠寄淨侶，誓結勝緣。

甲02-02 安倍廣庭_{御主人之子、官中納言}

甲0058 春日侍宴_{以下四十四首并見懷風藻}
聖袊感淑氣，高會啓芳春。
樽五齊濁盈，樂萬國風陳。
花舒桃苑馥[1]，草秀蘭筵新。
堤上飄絲柳，波中浮錦鱗。
濫吹[2]陪恩席，含毫愧才貧。

甲0059 秋日於長王宅宴新羅客_{賦得流字}
山牖臨幽谷，松林對晚流。
宴庭招遠使，離席開文游。
蟬息涼風暮，雁飛明月秋。
傾斯[3]浮菊酒，願慰轉蓬憂。

---

1 平成本有"一作香"。
2 平成本作"叨一作吹"。
3 平成本有"一作此"。

甲 02-03 紀男人 一作雄人、麻吕之孫、飯麻吕之子、官太宰大貳

甲 0060 游吉野川
萬丈崇岩削成秀，千尋素濤逆折[1]流。
欲訪鍾山[2]越潭迹，留連美稻[3]逢槎洲。

甲 0061 扈從吉野宫
鳳蓋停南嶽，追尋智與[4]仁。
嘯谷將孫[5]語，攀藤共許親。
峰岩夏景變，泉石秋光新。
此地仙靈宅，何須姑射論[6]。

甲 0062 七夕
犢鼻標竿日，隆腹曬書秋。
鳳亭悦仙會，針閣賞神游。
月斜孫岳嶺，波激子池流。
歡情未克[7]半，天漢曉光浮。

---

1 平成本有"一作迸析"。
2 平成本作"池一作山"。
3 平成本有"一作茅淳"。
4 平成本有"一作寺"。
5 平成本作"獀一作孫"。
6 平成本及《懷風藻》諸本作"倫"。
7 平成本有"一作充"。

甲02-04 百濟和麻呂_{其先百濟人、官但馬守}

甲0063 初春於左僕射長王宅宴

帝里浮春色，上林開景華。
芳梅含雪散，嫩柳帶風斜。
庭燠[1]將滋草，林寒未笑花。
鶉衣追夜坐，鶴蓋入山家。
芳[2]舍塵思寂，拙場風響嘩。
琴樽興未已，誰載習池車。

甲0064 七夕

仙期呈[3]織室，神駕逐河邊。
笑臉飛花映，愁[4]心燭處煎。
昔惜河難越，今傷漢易旋。
誰能玉機上，留怨待明年。

甲0065 秋日於長王宅宴新羅客

勝地山園宅，秋天風月時。
置酒開桂賞，倒屣逐蘭期。
人是鷄林客，曲即鳳樓詞。
青海千里外，白雲一相思。

---

1 平成本有"一作暖"。
2 平成本有"一作茅"。
3 平成本有"一作星"。
4 平成本有"一作然"。

甲 02-05 守部大隅 一作大角、官大學博士

甲 0066 侍宴

聖襟[1] 愛韶景，山水玩芳春。

椒[2] 花帶風散，柏葉含月新。

冬花銷雪嶺，寒鏡泮冰津。

幸陪濫吹席，還笑擊壤民。

甲 02-06 吉田宜 官相摸介圖書頭

甲 0067 秋日於長王宅宴新羅客[3]

西使言歸日，南登[4] 餞送秋。

人隨蜀星遠，驂帶斷雲浮。

一去殊鄉国，万里絕風牛。

未盡新知樂[5]，還作飛乖愁。

甲 0068 從駕吉野宮

神居深亦静，勝地寂復幽。

雲卷三舟谷[6]，霞開八石洲。

---

1 平成本有"一作豫"。
2 平成本有"一作樹"。
3 平成本有"賦得秋字"。
4 平成本有"一作送"。
5 平成本有"一作趣"。
6 平成本有"一作谿"。

葉黃初送¹夏，桂白早迎秋。
今日夢淵上，遺響千年流。

甲02-07 箭集蟲麻呂_{伊香色雄命之後、養老中爲明法博士、歷官大判事大學頭}

甲0069 侍讌
聖豫開芳序，皇恩施品生。
流霞酒處泛，薰吹曲中輕。
紫殿連珠絡，丹墀奠草榮。
即此乘查²客，俱欣天上情。

甲0070 春日於左僕射長王宅宴
靈臺披廣宴，賓齊³歡琴書。
趙發青鸞舞，夏踊赤鱗魚。
柳條未吐綠，梅蕊已芳裾⁴。
即是忘歸地，芳辰賞巨舒。

甲02-08 大津首_{官陰陽頭、兼皇後宮亮}

甲0071 和藤太政游吉野川之作⁵
地是幽居宅，山惟帝者仁。
潺湲浸石浪，雜沓應琴鱗。

---

1 平成本有"一作送初"。
2 平成本作"槎"。
3 平成本有"一作畢"。
4 平成本有"一作踞又作蹉"。
5 平成本有"仍用前韵"。

靈懷對林野，陶性在風埋。
欲知歡宴曲，滿酌自忘塵。

甲 0072 春日於左僕射長王宅宴
日華臨水動，風景麗春嶂。
庭梅已含笑，門柳未成眉。
琴樽宜此處，賓客有相追。
飽德良爲醉，傳盞莫遲遲。

甲 02-09 藤原總前 或作房前、鎌足之孫、史之第二子、官參議、贈太政大臣

甲 0073 七夕
帝里初涼至，神襟玩早[1] 秋。
瓊筵振雅藻，金閣啓良游。
鳳駕飛雲路，龍車越漢流。
欲知神仙會，青女[2] 入瓊樓。

甲 0074 秋日於長王宅宴新羅客[3]
職貢梯航使，從此及三韓。
岐路分襟易，琴樽促膝難。
山中猿叫[4] 斷，葉裏蟬音寒。
贈別無言語，愁情幾萬端。

---

1 平成本有"一作千"。
2 平成本作"鳥一作女"。
3 平成本有"賦得難字"。
4 平成本有"一作吟"。

甲0075 侍宴
聖教越千祀[1]，英聲滿九垠。
無爲自[2]無事，垂拱勿勞塵。
斜暉照蘭麗，和風扇物新。
花樹開一嶺，絲柳飄三春。
錯繆殷湯網，繽紛周池蘋。
鼓枻游南浦，肆筵樂東濱。

甲02-10 藤原宇合舊名鳥養、史之第三子、博覽典籍、才兼文武、官參議式部卿、有集二卷

甲0076 暮春曲宴南池
得地乘芳月，臨池送落暉。
琴樽何日斷，醉裏不忘歸。

甲0077 在常陸贈倭判官留在京
自我弱冠從王事，風塵歲月不曾休。
褰帷獨坐邊亭夕，懸榻長悲搖落秋。
琴瑟之交[3]遠相阻，芝蘭之契接無由。
無由何見李將鄭，有別何逢道[4]與猷。
馳心悵望白雲天，寄語徘佪明月前。
日[5]下皇都君抱玉，雲端邊國我調弦。

---

1 平成本有"一作褀又作禮"。
2 平成本有"一作息"。
3 平成本有"一作友"。
4 平成本作"逺一作道"。
5 平成本作"月一作日"。

清弦入化經三歲,美玉韜光度幾[1]年。
知己難逢匪今耳,忘言罕遇從來然。
爲期不怕風霜觸,猶似岩心松柏堅。

甲0078 秋日於左僕射長王宅宴
帝里烟雲乘季月,王家山水送秋光。
露蘭白露未催臭,泛菊丹霞自有芳。
石壁蘿衣猶自短,山扉松蓋埋然長。
遨游已得攀龍鳳,大隱何用覓仙場。

甲0079 悲不遇
賢者淒年暮,明君冀日新。
周占[2]載逸老,殷夢得伊人。
搏舉非同翼,相忘不異鱗。
南冠勞楚奏,北節倦胡塵。
學類東方朔,年餘朱買臣。
二毛雖已富,萬卷徒然貧。

甲0080 游吉野川
芝蕙蘭蓀澤,松柏桂椿岑。
野客初披薜,朝隱暫投簪。
忘筌陸機海,飛繳張衡林。
清風入阮嘯,流水韵嵇琴。
天高槎路遠,河回桃源深。

---

1 平成本有"一作幾度"。
2 平成本有"一作日"。

山中明月夜，自得幽居心。

甲0081 奉西海道節度使之作
往歲東山役，今年西海行。
行人一生裏，幾度倦邊兵。

甲02-11 藤原萬里—作麻呂、史之第四子、智辨多能、善屬文、官兵部卿左京大夫

甲0082 暮春於弟園池置酒
城市元無好，林園賞有餘。
彈琴中[1]散地，下筆伯英書。
天霽雲衣落，池明桃錦舒。
寄言禮法士，知我有粗疏。

甲0083 過神納言墟
一旦辭榮去，千年奉諫餘。
松竹含春彩，容暉寂舊墟。
清夜琴樽罷，傾門車馬疏。
普天皆帝國，歸去[2]遂焉如。

甲0084 其二
君道誰云易，臣義本自難。
奉規終不用，歸去遂辭官。

---

1 平成本作"仲"。
2 平成本作"歟一作去、又作吾歸"。

放曠游[1]嵇竹,沈吟帶[2]楚蘭。
天閽若一啓,將得水魚歡。

甲0085 仲秋釋奠
運冷時窮蔡,吾衰久嘆周。
悲哉圖不出,逝矣水難留。
玉葅[3]風蘋薦,金罍月桂浮。
天縱神化遠,萬代仰芳猷。

甲0086 游吉野川
友非干禄士,賓是餐霞賓。
浩歌臨水智,長嘯樂山仁。
梁前招吟古,峽上簧聲新。
琴樽猶未極[4],明月照河濱。

甲02-12 丹墀廣成 左大臣多治比島之第二子、天平四年爲遣唐大使、歷官中納言

甲0087 游吉野山
山前[5]隨臨賞,岩溪逐望新。
朝看[6]度峰翼,夕玩[7]躍潭鱗。

---

1 平成本有"一作遁"。
2 平成本作"佩"。
3 平成本作"俎一作葅"。
4 平成本有"一作游"。
5 平成本作"水一作前"。
6 平成本有"一作著"。
7 平成本有"一作亂"。

放曠多幽趣，超然少俗塵。
栖心住[1]野域，尋問美稻津。

甲0088 吉野之作
高嶺嵯峨多奇勢，長河渺漫作回流。
鐘地[2]超潭異[3]凡類，美稻逢仙同洛[4]洲。

甲0089 述懷
少無螢雪志，長無錦綺工。
適逢文酒會，終忝不才風。

甲02-13 高向諸足 武內之後、官鑄錢長

甲0090 從駕吉野宮
在昔釣魚士，方今留鳳[5]公。
彈琴與仙戲，投江將神通。
拓歌泛寒渚，霞景飄秋風。
誰謂姑射嶺，駐蹕望仙宮。

甲02-14 麻田陽春 其先朝鮮人、官石見守

甲0091 和藤江守咏裨叡山先考之舊禪處柳樹之作
近江惟帝里，裨叡實[6]神山。

---

1 平成本作"佳一作住"。
2 平成本作"鐘池一作鐘地"。
3 平成本有"一作豈"。
4 平成本有"一作月冰"。
5 平成本有"一作風"。
6 平成本有"一作寔"。

山靜俗塵寂，谷閑眞理專。
於穆我先考，獨悟闡芳緣。
寶殿臨空構，梵鐘入風傳。
烟雲萬古色，松柏九冬專[1]。
日月荏苒去，慈範獨依依。
寂寞精禪處，俄爲積草堺。
古樹三秋落，寒草[2]九月衰。
唯餘兩楊樹，孝鳥朝夕悲。

甲02-15 鹽屋古麻呂 葛城襲津彥命之後、官大學頭

甲0092 春日於左僕射長屋王宅宴

卜居傍城闕，乘興引朝冠。
繁弦辨山水，妙舞舒齊紈。
柳條風未暖，梅花雪猶寒。
放[3]情良得所，願此[4]若金蘭。

甲02-16 伊岐古麻呂 伊岐一作雪、官上總守

甲0093 賀五八年宴

萬秋長貴戚，五八表遐年。

---

1 平成本作"堅"。
2 平成本作"花一作草"。
3 平成本有"一作故"。
4 平成本作"言"。

真率無先[1]後[2],烏[3]求一愚賢。
令節調黃地,寒風變碧天。
已應螽斯徵,何須顧太玄。

甲02-17 民黑人 隱士

甲0094 幽栖
試出囂塵處,追尋仙桂叢。
岩溪無俗吏[4],山路有樵童。
泉石行行異,風烟處處同。
欲知山人樂,松下有清風。

甲0095 獨坐山中
烟霧辭塵俗,山川壯我[5]居。
此時能莫[6]賦,風月自輕余。

甲02-18 石上乙麻呂 本姓物部、石上麻呂之子、嘗有朝譴、飄寓南荒、著銜悲藻二卷、官中納言

甲0096 飄寓南荒、贈在京故友
遼敻游千里,徘徊惜寸心。

---

1 平成本作"前"。
2 平成本有"一作沒"。
3 平成本有"一作鳴"。
4 平成本有"一作事"。
5 平成本有"一作處"。
6 平成本有"一作草"。

風前蘭送馥，月後桂舒陰。
斜雁凌雲響，輕蟬抱樹吟。
相思知別慟，徒弄白雲琴。

甲0097 贈橡公之遷任入京
余含南裔怨，君詠北征詩。
詩興哀秋節，傷哉槐樹衰。
彈琴顧落景，步月誰逢稀。
相望天陲[1]別，分後意[2]長違。

甲0098 贈舊識
萬里風塵別，三冬蘭蕙衰。
霜花逾入鬢，寒氣益嚬眉。
夕鴛迷霧裏，曉雁苦雲垂。
開襟期不識，吞恨獨傷悲。

甲0099 秋夜閨情
他鄉頻夜夢，談與麗人同。
寢裏歡如實，驚前恨泣空。
空[3]思向桂影，獨坐聽秋[4]風。
山川險[5]易路，展轉憶閨中。

---

1 平成本有"一作垂"。
2 平成本有"一作莫又作草"。
3 平成本作"寒一作空"。
4 平成本作"松一作秋"。
5 平成本有"一作嶮"。

甲 02-19 葛井廣成本姓白猪、養老中使新羅、因賜今姓、官中宮少輔

甲 0100 奉和藤太政[1]佳野之作[2]
物外囂塵遠，山中幽隱親。
笛浦栖丹鳳，琴淵躍錦鱗。
月後楓香[3]落，風前松響陳。
開仁對山路，獵智賞河津。

甲 0101 月夜坐河濱
雲飛低玉柯，月上動金波。
落照曹王苑，流光織女河。

甲 02-20 阿部仲麻呂舟守之子、靈龜二年、爲遣唐留學生、遂留彼地、侍玄宗、改姓名朝衡、官歷秘書監、至左補闕、大曆五年卒、天皇追贈正二位

甲 0102 銜命使本國一人一首引文苑英華及唐雅、又載全唐詩
銜命將辭國，非才忝侍臣。
天中戀明主，海外憶慈親。
伏奏違金闕，騑驂去玉津。
蓬萊鄉路近，若木故園鄰。
西望懷恩日，東歸感義辰。
平生一寶劍，留贈結交人。

---

1 平成本作"史"。
2 平成本此下有"仍用前韵四字"。
3 平成本有"一作聲"。

甲 0103 失題古今和歌集目録載仲麻呂小傳、云、仲麻呂姓聰敏好讀書、靈龜二年、以選爲入唐留學生、時年十六、開元十九年京兆尹崔日知薦之、下詔褒賞、超左補闕、二十一年、以親老上請歸、不許、賦詩云

慕義名空在，輸忠孝不全。
報恩無有日，歸國定何年。

甲 02-21 大伴家持旅人之子、官參議中納言

甲 0104 晚春三日游覽詩以下三首見萬葉集
餘春媚日宜怜賞，上巳風光足覽游。
柳陌臨江縟袨服，桃源通海泛仙舟。
雲罍酌桂三清湛，羽爵催人九曲流。
縱醉陶心忘彼我，酩酊無處不淹留。

甲 02-22 大伴池主天平寶字元年、橘奈良麻呂謀反伏誅、池主亦與其謀、依法配流

甲 0105 和[1]
杪春餘日媚景麗，初巳和風拂自輕。
來燕銜泥賀宇入，歸鴻引蘆迴赴瀛。
聞君嘯侶新流曲，禊飲催爵泛河清。
雖欲追尋良此宴，還知染隩脚玲玎。

---

1 平成本詩題作"和家持三日游覽"。

甲 02-23 山上憶良 官筑前守

甲 0106 悲歡俗道、假合即離、易去難留詩[1]
俗道變化猶擊目，人事經紀如申唇。
空與浮雲行大虛，心力共盡無所寄。

甲 02-24 石上宅嗣 麻呂之孫、乙麻呂之子、性朗悟、好學善屬文、工草隸、歷官參議式部卿、任中納言、兼東宮傳、至大納言

甲 0107 於西大寺侍宴、應詔[2] 見經國集
三升三月啓三辰，三日三陽應三春。
鳳[3] 蓋凌空臨覺苑，鸞輿耀日對禪津。
青絲柳陌鶯歌足，紅絮[4] 桃溪蝶舞新。
幸屬無爲梵城賞，還知有截不離真。

甲 0108 傷鑒真大和尚 見鑒真東征傳
上德從遷化，餘燈欲斷風。
招提禪草刻，戒院覺花空。
生死悲含恨，真如歡豈窮。
惟視常收者，無處不遺踪。

---

1 平成本加注 "申唇恐唇齒誤、〇友堯云、此詩不押韻、而俗目人唇、却如有韻、故林恕輯一人一首、謂之異樣體、而不取焉、原編亦唯收之、而無一言、今附愚考、以俟具眼者"。
2 平成本 "於" 上有 "三月三日"。
3 平成本有 "一作風"。
4 平成本有 "一作蕊"。

甲02-25 淡海三船三或作御、葛野王之孫、池邊王之子、爲人聰敏博涉群書、善屬文、自寶字已後善文者、世推石上宅嗣、與三船并稱、歷官大學頭兼文章博士、至刑部卿

 甲0109 於內道場、觀虛空藏菩薩會以下五首見經國集
 鳳闕留仙影，龍墀演法音。
 是空神尚寂，即色理逾深。
 夕梵聞雲嶺，朝鐘徹霧林。
 幸從無漏界，長絕有爲心。

 甲0110 扈從聖德宮寺
 南嶽留禪影，東翔現應身。
 經生名不滅，歷世道彌新。
 尋智聞[1]明智，求仁得聖仁。
 垂文傳正法，照武掃凶臣。
 茂實流千載，英聲暢九垠。
 我皇欽佛果，回駕問芳因。
 寶地香花積，欽天梵樂陳。
 方知聖與聖，玄德永相鄰。

法隆寺所藏真迹、題作駕幸聖德宮扈從之作、翔作州、聖仁作至仁、掃作拂、載作歲、花作華

 甲0111 聽維摩經
 演化方丈室，談玄不二門。
 已觀心有種，旋覺理無□[2]。

---

1 平成本作"開"。
2 平成本作"言"。

地似毘邪城，人疑妙德原[1]。
誰知從此會，頓入總持園。

甲 0112 和藤六郎出家作[2]
戚里辭榮親，玄門問覺津。
法雲爰疊彩，惠日更重輪。
樂道心愈逸，安空理轉真。
高風如可望，從子謝[3]囂塵。

甲 0113 贈南山智上人
獨居窮巷側，知己在南[4]山。
得意千年桂，同香四海蘭。
野人披薜衲，朝隱忘衣冠。
制[5]思何處所，遠在白雲端。

甲 0114 初謁鑑真大和尚二首東征傳載此詩、爲真人元開作、按高僧傳要文抄云、三船初出家、名元開、勝寶三年、敕令還俗、賜淡海真人姓、據之、元開爲三船甚明、因載此
摩騰游漢闕，僧會入吳宮。
豈若真和尚，含章渡海東。
禪林戒綱密，慧苑覺花豐。
欲識玄津路，緇門得妙工。

---

1 平成本作"尊一作原"。
2 平成本作"和藤六郎出家之（一無此字）作"。
3 平成本有"一作避"。
4 平成本有"一作幽"。
5 平成本有"一作副"。

甲 0115 其二
我是無明客，長迷有漏津。
今朝蒙善誘，懷抱絶埃塵。
道種將萌夏，空花更落春。
自歸三寶德，誰畏六魔瞋。

甲 02-26 藤原刷雄惠美押勝之第六子、勝寶中爲遣唐留學生、授從五位下、從大使藤原清河游唐、寶字八年、父押勝謀反伏誅、兄弟并當斬、刷雄獨以少修禪行、免死流隱岐、後會赦復本位、歷官圖書頭但馬守、至刑部大判事上總守

甲 0116 傷鑑真大和尚東征傳載此詩、爲圖書寮兼但馬守藤原關雄作、按文德實録、關雄以弘仁二年生、距鑑真之寂四十餘年、時事憂差、且其所歷任、治部齊院等官、而未曾爲圖書頭但馬守、因考續日本紀及系圖、刷雄與鑑真同時、官銜亦相當、且其人游學於唐、深歸禪悦、皆可以爲此詩之徵、東征傳關雄字、後人傳寫偶誤耳、因定歸刷雄

萬里傳燈照，風雲遠國香。
禪光耀百億，戒月皎千鄉。
哀哉歸淨土，悲矣赴泉場。
寄語騰蘭迹，洪慈萬代光。

甲 02-27 朝原道永官大學頭、東宮學士

甲 0117 盂蘭盆會、悲感歸心以下二首見經國集
滿[1]依三界主，景慕六通賢。
拔苦覃窮地，酬恩達昊天。

---

1 平成本作"歸一作滿"。

花飄開法宇，香泛發饑脣。
既請如來教，還休餓鬼神。
善哉爲子道，拔苦遂安親。

甲0118 咏雪應詔 桓武天皇在祚
自天零者雪，撲地照而開。
春絮縈¹冬柳，新花發舊梅。
王家銀作屋，帝里玉爲臺。
欲載千箱咏，東西一色來。

衲子

甲02-28 智藏 姓禾田、天智時游學唐、持統時歸朝、拜僧正

甲0119 玩花鶯 以下八首見懷風藻
桑門寡言晤，策杖事迎逢。
以此芳春節，忽值竹林風。
求友鶯嬌²樹，含香花笑叢。
雖喜遂游志，還愧乏雕蟲。

甲0120 秋日言志
欲知得性所，來尋仁智情。
氣爽山川麗，風高物候新³。
燕巢辭夏色，雁渚聽秋聲。

---

1 平成本有"一作兼"。
2 平成本有"一作嫣"。
3 平成本作"芳"。

因兹竹林友，榮辱莫相驚。

甲 02-29 辨正 姓秦、大寶中赴唐、會玄宗潛邸之日、以善圍棋、屢見恩遇、遂卒彼地

甲 0121 與朝主人
鐘鼓沸城闉，戎蕃預國親。
神明今漢主，柔遠靜胡塵。
琴歌馬上怨，楊柳曲中春。
唯有關山月，偏迎北塞人。

甲 0122 在唐憶本鄉
日邊瞻日本，雲裏望雲端。
遠游勞遠國，長恨苦長安。

甲 02-30 道慈 姓額田、大寶元年游學唐、歷訪明哲、妙通三藏之奧義、養老中歸、天皇嘉之、授僧綱律師

甲 0123 在唐奉本國皇太子
三寶持聖德，百靈扶仙壽。
壽共日月長，德與天地久。

甲 0124 初春在竹溪山寺、於長王宅宴、遐[1]致辭
素縉杳[2]然別，金漆諒難同。

---

1 平成本有"一作追"。
2 平成本有"一作縉素查"。

衲衣蔽寒體，綴鉢足饑嚨。
結蘿爲垂幕，枕石臥岩中。
抽身離俗累，滌心守真忠[1]。
策杖登峻嶺[2]，披襟稟和風。
桃花雪冷冷，竹溪山冲冲。
驚春柳雖變，餘寒在單[3]躬。
僧已[4]方外士，何煩入宴宮。

甲 02–31 道融 姓波多、少入學、博覽典籍、後爲僧、精進苦行、留心戒律

甲 0125 失題

我所思兮在無漏[5]，欲征從兮貪瞋難。
路險易兮在由己，壯士一去[6]不復還。

一本作我所思兮在樂土、欲征從兮癡駿難、行且老兮盡黽勉、日月逝兮不再還

甲 0126 山中

山中今何在，倦禽日暮還。
草廬風濕裏[7]，桂月水石間。
殘果宜遇老，衲衣且免寒。
茲地無伴侶，携杖上峰巒。

---

1 平成本作"空一作忠"。
2 平成本作"巖"。
3 平成本有"一作艸"。
4 平成本作"既"。
5 平成本有"一作涯"。
6 平成本作"去兮一作一去"。
7 平成本作"處一作裏"。

甲 02-32 延曆侍臣_{類聚國史云、延曆十四年正月乙酉、宴侍臣、奏踏歌云}

甲 0127 踏歌四首
山城顯樂舊來傳，帝宅新成最可憐。
郊野道平千里望，山河擅美四周連。_{顯恐當作歌}

甲 0128 同二
冲襟乃眷八方中，不日爰開億載宮。
壯麗裁規傳不朽，平安作號驗無窮。

甲 0129 同三
新年正月北辰來，滿宇韶光幾處開。
麗質佳人伴春色，分行連袂儛皇埃[1]。

甲 0130 同四
卑高咏澤洽歡情，中外含和滿頌聲。
今日新京太平樂，年年長奉我皇庭。

甲 02-33 失名氏

甲 0131 嘆老_{見懷風藻}
耋翁雙鬢霜，伶俜須自憐。
春日不須消，□□□□□。
笑拈梅花坐，戲嬉似少年。
山水元無主，死生亦有天。

---

1 平成本作"垓"。

心爲錦綱美，自要布裘纏。
城隍雖阻絶，寒月照無邊。

甲0132 失題[1] 懷風藻、大津皇子述懷句下載之、爲後人聯句
赤雀含書時不至、潛龍勿用未安寢。
外國

甲02-34 楊泰師 高麗國人、官歸德將軍、天平寶字三年、奉其國王大欽茂命、以副使從大使楊承慶入朝、授從三位、或作陽春師者非、續日本紀云、寶字三年正月甲午、太保藤原惠美朝臣押勝、宴蕃客於田村第、當代文士、賦詩送別、副使楊泰師作詩和之

甲0133 夜聽擣衣詩 以下三首見經國集[2]
霜天月照夜何明，客子思歸別有情。
厭坐長宵愁欲死，忽聞鄰女擣衣聲。
聲來斷續因風至，夜久星低無暫止。
自從別國不相聞，今在他鄉聽相似。
不知彩杵重將輕、不悉青砧不平□[3]。
遙怜體弱多香汗，預□[4]更深勞玉腕。
爲當欲救客衣單，爲復先愁閨閣寒。

---

1 此句底本原載于首0185詩之後，但由于此詩爲無名氏所作，故置于卷末。
2 平成本此下有若林友堯之注"本書憶憶以下二十六字、連滋野貞主清涼殿、書壁山水歌寸寸發下爲一首、而其千尋以下百十九字、連此詩明眸縮下爲一首、友堯熟讀經國集多年、始知其錯簡、終考定以歸正、其他如良峰安世、滋野貞主、惟良春道、滋野善永等青山歌及小野篁秋雲篇、亦錯簡、今悉改訂、讀者勿訝其與本書太異"。
3 平成本作"平不平"。
4 平成本作"識"。

雖[1]思容儀難可問，不知遙意怨無端。
寄異土兮無新識，想同心兮長嘆息。
此時獨自闇[2]中聞，此夜誰知明眸縮。
憶憶[3]兮心已懸，重閉兮不可穿。
即將因夢尋聲去，只爲愁多不得眠。

甲0134 和紀朝臣咏雪詩[4]
昨夜龍樓[5]上，今朝鶴雪新。
祇[6]看花發樹，不聽鳥驚春。
回影疑神女，高歌似郢人。
幽蘭難可繼，更欲效而嚬。

甲02-35 高鶴林唐人、官都虞候冠軍大將軍、試太常卿上柱國、寶龜十年奉其君代宗命、以判官從中、從趙寶英來聘

甲0135 因使日本、願謁鑑真和尚、既滅度不覿尊顏、嗟而述懷以下見鑒真東征傳
上方傳佛燈，名僧號鑑真。
懷藏通鄰國，真如轉付民。
早嫌居五濁，寂滅離囂塵。

---

1 平成本有"一作難"。
2 平成本作"闇一作闈"。
3 底本無最後四句，根據平成本以及小島憲之《國風暗黑時代的文學》第3316頁、3995頁補全。
4 平成本作"奉（一無此字）和紀朝臣公（一無此字）咏雪詩"。
5 平成本作"雲一作樓"。
6 平成本有"一作怪"。

禪院從今古，青松遶塔新。
斯法留千載，名記萬年春。

甲02-36 思托_{唐台州開元寺僧、天平勝寶五年、從鑑真和尚投化}

甲0136 傷鑑真大和上逝
上德乘杯渡，金人道已東。
戒香餘散馥，惠炬復流風。
月隱歸靈鷲，珠逃入梵宮。
神飛生死表，遺教法門中。

甲02-37 法進_{唐楊州白塔寺僧、天平勝寶五年、從鑑真和尚投化}

甲0137 傷鑑真大和上逝
大師慈育契圓空，遠邁傳燈照海東。
度物早籌盈石室，散流佛戒紹遺踪。
化畢分身歸淨國，婆婆誰復爲驗龍。

日本詩紀卷之六　甲集第二

卷之七　乙集第一

上毛河世寧　彙編

乙01-01 良岑安世桓武天皇之少子、賜姓良岑、才兼文武、妙解音律、官右大將大納言

乙0001 九月九日侍宴神泉苑、各賦一物、得秋蓮、應製以下二首見凌雲集

神泉御苑霜氛下[1]，靈沼秋蓮過半黃。
靈泛穿杯拙生[2]玉，風吹舊服復無[3]香。
波收隱士三秋蓋，浦落幽人九月裳。
妖艷佳人望已斷，爲因聖主水亭傍。

乙0002 早秋月夜
三秋三五夜，夜久夜風涼。
蟲網露懸白，樹條葉未黃。

乙0003 奉和王昭君[4]以下四首見文華秀麗集
虜地何遼遠，關山不忍行。
魂情還漢闕，形影向胡場。
怨逐邊風起，愁因塞路長。
願爲孤飛雁，歲歲一南翔。

奉和河陽十咏

乙0004 五夜月
客子無眠投五夜，正逢山頂孤明月。

---

1 平成本有"一作降新霜"。
2 平成本作"生拙一作拙生"。
3 平成本作"無復一作復無"。
4 以下四首順序與平成本不同，從底本。

一看圓鏡羈情斷，定識閨中憶不歇。

乙0005 山亭聽琴

山客琴聲何處奏，松蘿院裏月明時。
一聞燒尾手下[1]響，三峽流泉坐上知。

乙0006 賦得季札

所謂吳季札，芳名[2]冠古今。
交賢情若舊，當讓義逾深。
晏子終納邑[3]，孫文不聽琴。
還將一寶劍，空報徐君心。

乙0007 奉和聖製聞右軍曹貞忠入道見照[4] 以下七首見經國集

效忠非獨兵欄士，護國之誠法門人。
丹闕上書已罷職，經[5]壇落髮不關塵。
九重城裏回頭望，一乘車前專意[6]臻。
服色就真道體改，冠痕未滅半額分。
秋嵐晚偈對黃葉，曉月疏鐘在白雲。
行道雖偏[7]深蘿處，懸心獨[8]是爲明君。

---

1 平成本有"一作中"。
2 平成本有"一作命"。
3 平成本有"一作色"。
4 平成本作"賜一作照"。
5 平成本有"一作緇又作細"。
6 平成本有"一作竟"。
7 平成本有"一作偏雖"。
8 平成本有"一作猶"。

乙0008 別男子出家入山
我有一兒子，塵煩不可侵。
天縱成道器，童齒拔禪心。
新負經王帙，初諳梵字音。
野縫青葛衲，□□[1]綠蘿襟。
杖錫[2]岩苔上，提瓶澗水潯。
苦行何處所，雪嶺白雲深。

乙0009 登延曆寺、拜澄和尚像
溟海占杯路，天台轉[3]法輪。
芳踪踞冠國，應化不留身。
道與乾坤遠，基將日月均。
爐烟猶似昔，形像正疑真。
定室苔封砌，禪房雲是鄰。
登攀春黛裏，拜頂暮鍾辰。

乙0010 暇日閑居
暇日除煩想，春風讀楚辭。
檐閑[4]啼鳥喚[5]，門掩世人稀。
初笋篁邊出，游絲柳外飛。
寥寥高枕卧，庭樹落花時。

---

1 平成本作"□緣"。
2 平成本作"錫杖一作杖賜"。
3 平成本有"一作求"。
4 平成本作"間"。
5 平成本有"一作換"。

乙0011 途中九日
客裏三秋暮，途中九日來。
相留問行路[1]，如何菊花開。

乙0012 病中九日飲
聞道重陽至，秋中菊酒清[2]。
卷簾傷暮節，把盞嘆頹齡。
彭澤黃花味，齊諧赤實馨[3]。
非無登望憶，唯力不能[4]行。

乙0013 奉和太上天皇青山歌
屹嚙青山亘十里，□[5]巇[6]碧嶂幾千尋。
千穹蒼而獨秀出，凝積翠以常幽深。
崔嵬不是關[7]一匱，翁鬱猶因容衆林。
孔雀鳳凰翔其頂，熊羆犀象栖其陰。
游仙所樂些，逸士所說些。
休古路雲格□危，一道飛泉澗石礐。
風聽仙僧清梵處，烟逢溪子釣漁泊。
山蕭條些，心寂寥些，塵滓之鄉去迢迢些。

---

1 平成本作"旅"。
2 平成本作"情一作清"。
3 平成本有"一作聲"。
4 平成本作"堪"。
5 平成本作"嶔"。
6 平成本有"一作嵯峨"。
7 平成本作"開一作關又作闖"。

城中望些空黛色,有勝地兮不識人[1]。

人不識兮物外趣,而我到之何由得[2]。

乙01-02 源弘_{嵯峨天皇之第七子、兄弟共賜源姓、官大納言}

乙0014 和良將軍題瀑布下蘭若、簡清大夫作[3] _{時年十五、〇以下四首并見經國集}

傳聞蘭若無人到,瀑布高流過半天。
涌珠飛銀[4]分萬壑,連波灑落成一[5]川。
四時每聽奔雷響,遠近同看白鵠懸。
此地幽閑禪誦客,煩塵洗滌幾千年。

乙0015 奉和太上天皇問净上人病_{時年十六}

高僧幾歲[6]養清閑,病裏天花映暮山。
野客時來通幽問,疏鐘獨報[7]白雲間。

乙01-03 源常_{弘之弟、官左大臣}

乙0016 奉和太上天皇問净上人病_{時年十六}

支公卧病遣居諸,古寺莓苔人訪疏。

---

1 平成本作"人(一無此字)不識"。
2 底本此下還有"閣上色"等句,屬《經國集》錯簡,根據平成本修改。
3 本詩及下一首詩的順序與平成本相反,從底本。
4 平成本有"一作釜"。
5 平成本有"一作孤"。
6 平成本有"一作年"。
7 平成本有"一作通"。

山客尋來若相問，自言身世浮雲虛。

乙01-04 源明 常之弟、官參議刑部卿

乙0017 玩[1]菊花篇、應製 時年十三
玩芳菊，幾芬芬。
延壽時浮王弘酒，空嗟盈把夕陽曛。

乙01-05 藤原冬嗣 房前之曾孫、內麻呂之子、識量弘雅、才兼文武、官左大臣、贈太政大臣[2]

乙0018 神泉苑雨中眺矚、應製 以下三首見凌雲集
雨氣三秋冷，涼風四面初。
蘆洲未低雁，芳餌自群魚。
岸水飛還落，池荷卷且舒。
從天恩盞下，不醉也焉如。

乙0019 和菅祭酒秋夜途中聞笙之什
高天日暮多秋感，退食飛纓下玉京。
游子吹笙乘甲夜，一長一短惱人情。
風生柳際傳鶯響，月照槐間寫鳳形[3]。
定識虞音從此聽，蹌蹌鳥獸滿皇城。

---

1 平成本此上有"九日"二字。
2 平成本此後有"友堯按、原編分扈從梵釋寺及訪幽人遺迹之作爲藤原冬繼、而名下注云、蓋與冬嗣同人、嗣與繼國音相通故誤、且群書類從、二詩直作冬嗣、則不分別而可也、今從之"。
3 平成本作"聲一作形"。

乙0020 奉和聖製宿舊宮、應製
林泉舊邸久陰陰，今日三秋錫再臨。
宿殖高松全古節，前栽細菊吐新心。
荒凉靈[1]沼龍還駐，寂歷稜岩鳳更尋。
不異沛中聞漢筑，謳歌濫續大風音。

乙0021 奉和傷野女侍中以下四首見文華秀麗集
艷年從宦[2]陪層秘，華髮辭榮返故鄉。
川月不留殘魄影，風燈何□[3]寸烟光。
宮姬口實推貞素，列女傳文載儉良。
聖主非常動哀感，魂而有識應慰亡。

奉和河陽十咏
乙0022 河陽花
河陽風土饒春色，一縣千家無不花。
吹入江中如濯錦，亂飛機上奪文紗。

乙0023 故關柳
故關析[4]罷人烟少[5]，古堞荒凉餘楊柳。
春到尚開舊時色，看過行客幾回久。

---

1 平成本有"一作應"。
2 平成本作"官"。
3 平成本作"有"。
4 平成本作"折一作析"。
5 平成本作"稀"。

乙0024 奉和玩春雪

玩春雪,春雪紛紛降九天。

玉貌氤氲珊瑚殿,銀花繚繞玳瑁筵。

後庭粉壁三更曉,上苑□□[1] 一夜然。

絕愧敢和陽春曲,還娛影灑[2] 南風弦。

乙0025 見老僧歸山、應太上天皇製 見經國集

老僧落葉往玄虛,策杖伸腰四剋餘。

自語一還不更出,乞城無若臥雲居。

乙0026 扈從梵釋寺、應製 以下二首見文華秀麗集

一人問道登梵釋,梵釋蕭然太幽閑。

入定老僧不出戶,隨緣童子未下山。

法堂寂寂烟霞外,禪室寥寥松竹間。

永劫津梁今自得,囂塵何處更相關。

乙0027 和武藏平禄事五月訪幽人遺迹之作

幽遁長無返,捐身萬事睽。

玄書明月照,白骨老猿啼。

風度松門寂,泉飛石室淒。

白雲不可見,懷古獨淒淒。

---

1 平成本作"花林"。
2 平成本有"一作儷"。

乙01-06 菅野真道其先百濟人、津連山守之子、官參議常陸守

乙0028 晚夏神泉苑、同勒深臨陰心、應製以下七首并見凌雲集

王母仙園近，龍宮寶殿深。
追凉天驛[1]幸，縱賞鳳輿臨。
竹疏長竿節，松傾小蓋陰。
醉臣迷聖造，唯有歲寒心。

乙01-07 小野永見毛野之子、官征夷副將軍、兼陸奧介

乙0029 田家

結庵居三徑，灌園養一生。
糟糠寧滿腹，泉石但歡情。
水裏松低影，風前竹動聲。
聊輸太平祝，獨守小山亭。

乙0030 游寺

久倦樊籠苦，來尋解脫津。
息心歸六度，改迹仰三輪。
水月非真境，空花是僞春。
今朝乘覺路，何處犯迷塵。

---

1 平成本有"一作蹄又作驛"。

乙 01-08 藤原道雄 房前之曾孫、小黑麻呂之子、官右大辨、宮內卿

乙 0031 詠雪
紛紛白雪從千里，熒熒瀌瀌一何斜。
疑是天中梅柳地，雨師風伯獵玄花。

乙 0032 春日代妓[1]
通夜妝樓獨畫眉，春朝擬向歌舞臺。
篋裏鬱金未薰衣，聖君數度使人催。

乙 01-09 仲雄王 出自未詳、官大舍人頭、兼信濃守、弘仁中、奉敕撰文華秀麗集

乙 0033 早舟發
早旦扁舟發，微茫海未晴。
浦邊孤樹遠，天際片帆征。
釣火收殘焰，榜歌送回聲。
悠悠雲水裏，鄉思轉傷情。

乙 0034 謁海上人
道者良雖眾，勝會不易遇。
寢興思馬鳴，低仰謁龍樹。
一得遭吾師，歸情貪寓住。
飛沈馴道眼，動殖潤慈澍。
字母弘三乘，真言演四句。

---

1 平成本有"一注有古詩體三字"。

石泉浣缽童，爐炭煎茶孺。
眺矚存閑靜，栖遲忘劇務。
寶幢拂雲日，香刹干烟霧。
瓶口插時花，瓷心盛[1]野芋。
磬鳴員梵徹，鐘響老僧聚。
汎覽竺乾經，流觀釋子賦。
受持灌頂法，頓入一如趣。

乙0035 奉和春日江亭閑望 以下十三首見文華秀麗集
凝流派上思，降蹕對紅花。
野甸宸衷遠，川皋叡望賒。
猿深雲樹峽，鶴立浪痕沙。
古橡松蘿院，春窗楊柳家。
水鄉漁浦遠，山館鳳庭遐。
老圃鋤遲日，高帆艤早霞。
岸陰生液乳，洲暖長蘆芽。
絢服侍臣馬，垂鬟公主車。
驛門臨迴陌，亭子隱高葩。
幸賴陪天覽，還同星渚查。

乙0036 尋良將軍華山莊、將軍失期不在
君家白雲東嶺下，昨對宮內幕相期。
平明騎歷山中路，踏石溪行駒自遲。
一徑南斜門樹入，孤亭松色女蘿颸。

---

1 平成本有"一作感"。

塘頭佇立不看至，落日寒蟲鳴草時。

乙0037 蒙譴外居、聊以述懷、敬簡金吾將軍
儒家偏隨樽俎趣，帝宅朝例不生知。
當年忝奉端闈禮，詰旦淹除伏奏時。
厚壤焦情無踏處，高穹負譴更何祈。
終離節會簪纓列，獨漏寰瀛雲雨施。
閣外空聞歌管響，階前隔見舞臺姬。
昏歸耻對閨中妾，夜臥強談床上兒。
過重功輕心自解，恩深責淺幾銘肌。
君門出入雖無制，外候仍言天聽卑。

乙0038 書懷、呈王中書
邊旅十年老時明，海行千里入帝城。
君門九重未通籍，閑臥窗樹晚鶯聲。

乙0039 臥病、謝故人相問
臥來旬向歷，門客問初通。
爲君思倒屣，衰貌不勝風。

乙0040 賦得漢高祖
漢祖承堯緒，龍顏應晦冥。
豁如有大度，生事未曾營。
住在中陽里，微班泗上亭。
呂公驚貴相，王媼感奇靈。
望氣秦皇厭，尋雲呂后停。

徑開創漢統，軍旅入咸京。
撥亂資三傑，膺天聚五星。
烏江窮楚項，軹道降秦嬰。
命革登乾極，時平戢甲兵。
絳侯重厚者，劉氏遂安寧。

乙0041 和澄上人臥病述懷之作
古寺北林下，高僧毛骨清。
天台蘿月思，佛隴白雲情。
院靜芭蕉色，廊虛鐘梵聲。
臥痾如入定，山鳥獨來鳴。

奉和河陽十咏
乙0042 江上船
晴初駐躄馳玄覽，一點孤浮江上船。
爲虛物情不相怨，乘吹遙度浪中天。

乙0043 水上鷗
行宮近起清江北，御覽烟鳴水刷鷗。
鷗性必馴無取意，況乎玄化及飛浮。

乙0044 山寺鐘
古寺館東山翠下，日暮嗷咷響疏鐘。
天籟相和幽洞谷，餘音過盡白雲峰。

乙0045 河陽橋
別館雲林相映出，門南修路有河橋。

上承¹紫宸長拱宿，下送²蒼海永朝潮。

乙0046 述懷³奉和重陽節書懷
寰中農時澇旱事，帝念黔首不登年。
強乘客摛文雅罷，却□⁴伶人侍樂懸。
菊浦早花霜下發，荷澤寒葉水陰穿。
災不勝德古來在，況乎神衷輔自天。

乙0047 奉和代神泉古松傷衰歌
孤松盤屈薜蘿枝，貞節苦寒霜雪知。
□御⁵琴臺回仙矚，風入颼颼添清曲。
森翠宜⁶看軒月陰，還羞不材近天臨。
自然色衰無他故，不敢幽懷負恩顧。

乙0048 虓肩辭 見經國集
虓肩肉赤凝脂白，登俎更待庖丁手。
鑾刀磨石刃如霜，坐客看之相嚼久。
鹽梅初和人爭喫，口飽情閑何欲有。
君不見，漢家一壯士，拔劍寧辭一杯酒。

---

1 平成本有"一作送"。
2 平成本有"一作承"。
3 平成本無"述懷"二字，且此詩被錄在《賦漢高祖》一詩之前，從底本。
4 平成本作"使"。
5 平成本作"御苑"。
6 平成本作"空"。

乙01-10 賀陽豐年右京人、該精經史、射策甲科、延曆中、任東宮學士、拜式部太輔、後轉播磨守

乙0049 三月三日侍宴、應詔以下十三首見凌雲集

錫宴紫微中，皇歡被物匆。
布恩優月令，分思徵春風。
柳葉依絲綠，櫻花拂舞紅。
同茲霑德寓，具醉也融融。

乙0050 三月三日侍宴、應詔三首

問春開曲水，乘節施陽煦。
獻壽千祥溢，含歡萬國附。
烟霞處處飛，花鳥番番遇。
殊冀高游日，羲和總轡駐。

乙0051 其二

紫禁疏佳詔，青陽樂禊風。
布帷分柳綠，襲佩挺蘭紅。
品彙春芳徧，卑高夏豫通。
自然相率舞，何待[1]後夔工。

乙0052 其三

禊賞千斯歲，思榮一伴春。
露晞心已肅，雲上慶還申。
松竹同宜古，鶯花并狀新。

---

1 平成本有"一作得"。

歡餘良景暮，日御借烏輪。

乙0053 晚夏神泉苑釣臺、同勒深臨陰心、應製
神泉苑裏多雄勝，樓觀飛鶩倒水深。
玉樹長帷跨帝圃，珠流曝布寫天臨。
千端赫□[1] 承春渙，百品差池仰夏陰。
今日優游何所樂，群臣同有釣漁心。

乙0054 留別故人
一茲悲阻面，百里愧斑條。
交臂分張切，涉江別[2] 望遙。
風途飛蕊[3] 散，雲路別魂銷。
唯有流天月，相憶寄秋霄。

乙0055 同元忠初春、宴紀千牛池亭之作
以我粗疏性，閑齋喜遇逢。
貞交符水石，深寄契寒松。
酒湛情彌暢，琴幽賞自從。
還慚久[4] 會日，俟已令雍[5] 容。

乙0056 別諸友入唐
數君爲國器，萬里涉長流。

---

1 平成本作"赫"。
2 平成本有"一作悲"。
3 平成本有"一作葉"。
4 平成本作"文一作久"。
5 平成本有"一作邕"。

奮翼鵬天眇，軒鬐鯤海悠。
登山眉自結，臨水淚何收。
但此遷[1]天處，空見白雲浮。

乙0057 史記竟宴、賦得太史公自序傳
宏材承五百，博贍叙三千。
茅穴遺文借，梧嶷古册全。
屈[2]中天[3]慶起，識大日官傳。
張輔稱孤秀，且明耻獨賢。
名高良史籍，身毀妒臣年。
義魄懸聲價，爰言陵谷遷。

乙0058 代琴詞
托根方據險，抽干已臨危。
奔溜春秋壞，衝颷歲月吹。
時人誰復説，仙匠幸先知。
願載重輪響，高飛九寓垂。

乙0059 逸人辭
閑庭幽貞士，休慮潔既攸。
明心高，玩晚秋。
但想榮期三樂趣，還從汗漫九垠[4]游。

---

1 平成本有"一作仙"。
2 平成本有"一作灰"。
3 平成本有"一作尺"。
4 平成本有"一作坂"。

乙0060 高士吟
一室何堪掃，九州豈足步。
寄言燕雀徒，寧知鴻鵠路。

乙0061 傷野將軍
蝦夷構亂久，擇將屬名[1]賢。
屈指馳三略，揚眉出二權。
鼷頭[2]勳未展，馬革志方宣。
完士何難遇，徒悲凶問傳。

乙0062 奉[3]和庭梅 以下五首見經國集
宮裏一梅樹，寒花尚入春。
風凉徒苦節，日暖獨當仁。
封雪猶餘彩[4]，拾霞未歛新。
竟逢攀折興，輕散舞儲茵。

乙0063 賦桃應令 平城天皇在東宮[5]
武陵仙萼本芬芬[6]，南國容華未足云。
門[7]徑無掃維隱士，成蹊有托彼將軍。
風翻麗影遥揚馥，露點鮮光更起文。

---

1 平成本有"一作吾"。
2 平成本作"鼠一作頭"。
3 平成本作"春"。
4 平成本有"一作影"。
5 平成本有"一作祚"。
6 平成本有"一作紛紛"。
7 平成本作"閑"。

如值上林移植会，垂蔭万畝穢[1]青雲。

乙0064 東宮歲除、應令同前
忽景方凋節，窮陰復殺年。
雪停群嶺皓[2]，風緊衆林穿。
壯齒隨宵變，衰容逐曉悛。
遙山今日賞，錫命百憂蠲。

乙0065 詠櫻
早華春梢杪，櫻樹乃舒榮。
猶抱後時嘆，還開佇[3]節英。
風前香自遠，日下色逾明。
試賦臨年萼，仙齡幾個迎。

乙0066 詠禁苑鷹生雛
峻嶺增巢鳥，生雛禁苑中。
低[4]昂留聖矚，神俊狎祥[5]風。
理翮情方盛，回眸氣不窮。
願栖仙閣下，將助魯臣忠。

---

1 平成本有"一作插"。
2 平成本有"一作皎"。
3 平成本作"仲一作佇"。
4 平成本有"一作依"。
5 平成本作"狙祥一作狙禪"。

乙0067 失題日本後紀云、豊年乘操守義、無所屈撓、嘗尋友人小野永見、命筆勒公字、其詩云云、貴勝惡之

白眼見三公

乙01-11 林娑婆武内之後、或大伴室屋之後、任正五位下

乙0068 自山崎乘江赴贊岐、在難波江口、述懷贈野二郎以下二首見凌雲集

泛流催梶棹，指海共朝宗。
漁火通宵烈，商帆拂曙逢。
遙山疑接漢[1]，遠樹似生江。
可嘆乘槎客，營營不得容。

乙0069 久在外國、晚年歸學、知舊零落、已無其人、聊以述懷、簡山請益、菅原五郎、桃李之報、豈無懷

晚年歸學館，舊識幾相辭。
物是人非日，悲來樂去時。
忘筌無故友，傾蓋有新期。
欲說平生事，居然淚不持。

乙0070 賦桃、應令見經國集

千歲一花聞舊史，三春坐彩[2]照今年。
紅華媚日紅逾煥，錦色須霞錦更鮮。
秦客迷源長不返，漢兒延壽幾要仙。

---

1 平成本有"一作漠"。
2 平成本作"生彩一作移彩又作坐移"。

欲知此樹成蹊德，真嗅芬芳自可憐。

乙 01-12 上毛野穎人_{豐城命之後、官民部大輔}

乙 0071 春日歸田直疏_{見凌雲集}
干祿終無驗，歸田入弊門。
庭荒唯壁立，籬失獨花存。
空手饑方至，低頭日已昏。
世途如此苦，何處遇春恩。

乙 0072 奉和代美人殿前夜合[1]之什_{見文華秀麗集}
久厭幽溪何處托，朝家假貸[2]御樓傍。
即今自入仙園裏，已後春恩任聖皇。

乙 0073 和藤朝臣春日送前尚書秋公歸病之作_{以下二首見經國集}
未及懸車乞骸骨，明皇恩寵帶平章。
近江大有鱸魚膾，定識休閒壽命長。

乙 0074 春庭友人見過
春氣不嫌人，席門花自新。
雖異陳平德，欣驚長者塵。

日本詩紀卷之七　乙集第一

---

1 平成本此下有"一下有咏字"。
2 平成本作"植一作貸"。

卷之八　乙集第二

上毛河世寧　彙編

乙02-01 小野岑守永見之第三子、仕平城嵯峨朝、官參議刑部卿、弘仁中奉敕撰凌雲集

乙0075 雜言於神泉苑侍宴賦落花篇、應製以下十三首見凌雲集

三陽二月春云半，雜樹衆花笑且散。

鸞駕早來遍歷覽，奇香詭色互留玩。

昔聞一縣榮河陽，今見仙源避秦漢。

此時澹蕩吹和風，落蕊因之滿遠空。

梅院不掃寸餘紫，桃溪委積盡所紅。

看落花[1]，落花寂寂聽無聲。

青黃赤白天然染，南北東西非有情。

游蝶息尋葉初見，群蜂罷釀果[2]才生。

侍花宴，花宴何太合良辰。

玉管千調無他曲，金罍百味自能醇。

臺上美人奪花彩，欄中花彩妒[3]美人。

人花兩兩共相對，誰得分明僞與眞。

借問花節有期否，花開花落億萬春。

乙0076 夏日神泉苑釣臺、應製

釣臺新結構，浮柱出從深。

水近綸偏盡，軒低竿直臨。

岸喧瀑布落，浦暗橘柚陰。

---

1 平成本有"一作花落"。
2 平成本有"一作草"。
3 平成本有"一作如"。

自仰中孚化，同欣在洛[1]心。

乙0077 九月九日侍宴神泉苑、各賦一物、得秋柳、應製
九月高颸吹暮柳，千條縮折無復柔。
寒聲寥亮空留笛，衰蔭淒涼不障樓。
短晷晚斜星舍冷，邊山晝暗塞途修。
哀生雖謝對霜動[2]，恩煦之餘未先秋。

乙0078 秋日皇太弟池亭、應製、賦園字
高林八月氣將肅，叡興幽尋太弟園。
占地猶居帝城裏，林池體勢絕煩喧。
梨庭帶冷露[3]果落，蘆浦生風水葉翻。
憶昔欲論吳季重，南皮之賞不足言。

乙0079 奉和觀佳人踏歌御製
春女春妝言不及，無量無數滿華庭。
心嬌膽小羞踏步，聲裏微微壽千齡。
洛津回雪當韜影，巫嶺朝雲應斂行。
河陽舊縣先亡色，金谷新園無復榮。
泣眼看看不曾厭，徒然奪魂亦損明。
還知人間仙路近，重見桃李目前生。

---

1 平成本有"一作落"。
2 平成本有"一作勒"。
3 平成本作"露冷一作冷露"。

乙 0080 奉和聖製春女怨
春女怨，春日長兮怨復長。
聞道陽和煦萬物，何偏寒妾一空床。
爲愁心死君不歎[1]，緣恥顏消誰假妝。
慈母教喻遂相泣，伴儔戲慰還共傷。
強[2]對鏡臺試拂塵，影中唯見憔悴人。
平生容色不曾似，宿昔蛾眉迷自身。
春女怨，吁嗟薄命良可憐。
庭前隱映茂青草，階上斑斑點碧錢。
林暮歸禽入檐噪，園矚游蝶抱花眠。
幽閨獨寢花[3]魂魘，單夢枕[4]啼粉顏穿。
君若欲知腸斷處，高樓明月曉孤懸。

乙 0081 奉和江亭曉興詩、應製
傳舍前長枕江側，滔滔流水日夜深。
本期旅客千里到，不慮鸞輿九天臨。
棹唱全聞邊俗語，漁歌半雜上都音。
曉猿莫作斷腸叫，四海爲家帝者心。

乙 0082 奉和春日游獵、日暮宿江頭亭子御製
君王獵罷日云暮，江上郵亭駐彩輿。
鑽石山流汲御井，郡□客館作重闉。

---

1 平成本有"一作歎"。
2 平成本有"一作獨"。
3 平成本有"一作危"。
4 平成本作"枕夢"。

鷄潮曉落波瀾急，蜃氣朝涵瀉鹵微。
實[1]□[2]草澤今在否，應知天子同載歸。

乙0083 奉和傷右衛大將軍坂[3]宿禰御製
蠢爾蝦夷不息亂，羽書刁斗日夜傳。
此時承命鏖凶出，千里戰場獻捷旋。
授[4]武當居貳師右，論勳須勒衛青前。
豈圖舟壑潛相代，知子[5]不知共潛然。
廐馬長吟從戀主，良弓久櫜不復弦。
柳條還生百中碎，伏石猶留一發穿。
馬鬣新封未及燥，燕泥舊感欲覺先。
滋叢唯泣早朝露，古木空浮薄暮烟。
天子哀傷下神筆，悠悠功德日月懸。
魂貴儻若[6]無所昧，應載殊寵照重泉。

乙0084 賀賜新集、兼謝
貿貿庸人識多躓，舉言不顧累相隨。
偏恩哀贊神筆麗，謬失樞機味所宜。
慎口三緘知先毀，悔過駟馬坐空馳。
俯焦寒戰未喻極，履薄春冰逐謝危。

---

1 平成本作"室一作實"。
2 平成本作"之"。
3 平成本有"一作故"。
4 平成本作"援一作授"。
5 平成本作"與一作子"。
6 平成本作"君一作若"。

誰謂鴻私典肆肆[1]，免于國典被噓[2]吹。
天門中使賜臨辱，秘府新詩許獨披。
花徑還開欲落笑，柳園尚看[3]鬱茂垂。
一生非方恩涯久，萬死何階報不訾。

乙0085 沙上印佛、應製

檀印一點玉沙上，尊容倏忽手下生。
四八靈相省工巧，八十妙好廢丹青。
風來吹拂終填滅，誠見應□不久停。
惟有如如理法體，恒[4]然無壞亦無成。

乙0086 遠使邊城

王事古來稱無[5]監，長途馬上歲云闌。
黃昏極嶂哀猿叫，明發渡頭孤月團。
旅客斯[6]時邊愁斷，誰能坐識行路難。
唯餘敕賜裘與帽，雪犯風牽不加寒。

乙0087 別故人之任、贈琴

素琴申舊意，塵穢不嫌君。
單父思良宰，武城望雅聞。

---

1 平成本有"一作驛驛"。
2 平成本有"一作虛"。
3 平成本有"一作着"。
4 平成本作"坦一作恒"
5 平成本作"靡一作無"。
6 平成本有"一作期"。

重財非子好，輕贈是君分。
每對他鄉月，須彈慰離群。

乙0088 江樓春望、應製以下八首見文華秀麗集
春雨濛濛江樓黑，悠悠雲樹盡微茫。
橋頭孤立一竿柱，湖口競入千許檣。
麥隴新色荒村綠，楓林初葉釣家香。
滔滔流水何所似，四海朝宗歸聖王。

乙0089 留別文友
一朝從吏十年許，文友存亡半是新。
固爲同道無新舊，但悲我作萬里人。

乙0090 在邊贈友離合
班¹秩邊城久，夕來夢帝畿。
衿沾異縣淚，衣緩故鄉闈。
弦望年頻改，弓鞍力稍非。
綿綿千里路，帛素寄雙飛。

乙0091 奉拜掖庭、簡橘尚書
朔平門衛不敢入，別有殊恩拜掖庭。
美女花簪傳芳命，一言猶是粉骨情。

乙0092 奉和宿舊居之什
君王一去池館廢，四海爲家感舊來。

---

1 平成本作"斑"。

昔從驂駕曳裾出，今配龍輿鏘佩回。
檐前枯柳看後樹，岸曲長松聽初栽。
漢筑□□□□盡，況乎沛唱復相催。

乙0093 奉和臥病逢重陽節之作
聖躬違和日數回，令節重陽倏忽來。
時菊不知高宴罷，黃花一兩殿前開。

乙0094 奉和聽新鶯
聽新鶯，鶯聲新兮人惟舊。
御柳初暖仰狎□[1]，帝梧猶寒未易就。
涉音近恩先雜沓，弱羽承煦早差池。
小臣授命戍麾遠，萬里沙場欲傷離。
邊亭節物花鳥異，料得唯聞笛中吹。

乙0095 奉和隴頭秋月明
返覆天驕性，元戎馭未安。
我行都護道，經陟隴頭難。
水添鼙鼓咽，月濕鐵衣寒。
獨提敕賜劍，怒髮屢衝冠。

乙0096 梅花引、二首 以下八首見經國集
水精窗外一株梅，擬納芬芳厭砌栽。
地近恩煦花早發，君王帳裏香風來。

---

1 平成本作"狎"。

乙0097 梅花引之二
百卉寒無色，梅花獨有春。
欲添新妝美，灑落妓樓人。

乙0098 歸休獨臥、寄高雄寺空海上人
三千千[1]法界，一十三生死。
空色將有無，俄頃復忽矣。
影花假艷燆[2]，風火期滅已。
寵辱驚難息，是非紛易似。
聖人獨出鑒，獨臥白雲裏。
忍鎧詎爲穿，慧刀豈因砥。
五明探真密，七覽伯[3]神理。
護或[4]鵝得性，依慈鴿知持[5]。
垂蘿宜綴衲，盤木便憑几。
野坑[6]醉茗茶[7]，溪香飽蘭茝。
昔余深結義，自爾十餘紀。
真諦憐俗物，緇衣交素履。
彌天許道安，四海慚鑿齒。
幸遇滄浪清，濯纓欣貴仕。

---

1 平成本作"二一作千"。
2 平成本作"嬌一作燆"。
3 平成本作"洎一作伯"。
4 平成本作"戒"。
5 平成本作"恃一作時又作持"。
6 平成本作"院一作坑"。
7 平成本有"一作若荼"。

榮華尚貪進，盈滿未能止。
恩貸雖曲私，□[1]庸虛忝捸。
勵鉛求一割，策駑思千里。
日往月還來，慎終願如始。
歸休樂閑寂，在□忘囂□[2]。
披帙游玄妙，彈琴玩山□[3]。
言[4]言陵藪客，大隱隱朝市。
偏將瓊琚報，投之以桃李。

乙0099 奉和落梅花
晚樹梅花落，輕飛競滿空。
窗前將斂素，簾下未銷紅。
著面催妝婦，黏衣助女工。
華篇終寡和，何獨郢之中。

乙0100 奉和春日作
苦寒經暮節，服暖仰初陽。
龍鳳長樓影，鴛鴦薄瓦霜。
窗開青柳色，陽[5]閉紫梅芳。
一聽虞韶美，能令三月忘。

---

1 平成本作"凡"。
2 平成本作"淬"。
3 平成本作"水"。
4 平成本作"寄"。
5 平成本作"院"。

乙0101 和藤朝臣春日過前尚書秋公歸病之作

伊人登仕久，閑養臥芳春。

知足慎玄誡，辭盈謝鬼神。

貞松百尺節，寒竹四時筠。

應識千年後，獨將疏氏倫。

乙0102 竹樹新栽、流水遠引、即事有興直疏、得寒字、應製

竹樹新成蔭，春光始欲闌。

雜花壓欄暖，暴[1]水擊梁寒。

侍女開扉望，親臣卷箔看。

非經山河遠，即坐得考盤[2]。

乙0103 奉試詠天

列位三光轉，因時萬物通。

窮陰終謝北，陽煦早驚東。

就日望唐帝，披雲睹樂公。

慚乏談[3]天術，來班與奪雄。

乙0104 旅行吟

十年戍西東，客裏白頭翁。

來[4]臥無安寢，鄉園夜夜夢[5]。

---

1 平成本作"瀑"。
2 平成本作"槃"。
3 平成本作"掞"。
4 平成本作"束"。
5 平成本作"園夜夢中一作心夜夜夢"。

乙02-02 菅原清公_{古人之子、少略涉經史、延曆中對策登第、除大學少允、尋爲遣唐判官、歷仕平城嵯峨淳和朝、官至大學頭、左京大夫、所著有菅家集六卷}

乙0105 九月九日侍宴神泉苑、各賦一物、得秋山_{以下四首見凌雲集}

三山縹緲滄瀛外，五嶽嵯峨赤縣中。
防露[1]古松千歲翠，待風花[2]葉九秋紅。
落泉瀑布懸飛鵠，晴雨收絲閉薄虹。
仁者樂之何所寄，國家襟帶在西東。

乙0106 秋夜途中聞笙

皇城陌上槐風肅，天漢波間桂月明。
不知誰家郎第幾，寫鸞模鳳以吹笙。
金商繞曲秋色[3]亮，玉管成文夜響清。
王子遇仙何處在，洛濱遺態使人驚。

乙0107 冬日汴州上源[4]驛逢雪

雲霞未辭舊，梅柳忽逢春。
下分瓊瑤屑，來霑旅客巾。

乙0108 越州別敕使王國父還京

我是東蕃客，懷恩入聖唐。

---

1 平成本作"雪一作露"。
2 平成本作"危一作花"。
3 平成本作"聲一作色"。
4 平成本作"漂一作源"。

欲歸情未盡，別淚濕衣裳。

乙0109 賦得司馬遷 以下七首見文華秀麗集
漢史惟司馬，高才爲代生。
龍門初降化，禹穴漸研精。
續孔春秋發，基軒得失明。
三千猶在眼，五百但嫌情。
實錄傳無墮[1]，洪澔逝[2]不停。
終令萬祀下，長作百王楨[3]。

乙0110 奉和春閨怨
怨婦含情不能寐，早朝褰幌出欄楯。
自言楚國名倡族，家是宮東宋玉鄰。
獨賴爺孃偏愛重，何圖見者以爲神。
庭前見舞鸞常顧，樓上吹簫鳳未臻。
四五芳期當順禮，出從君子正爲嬪。
男兒好事方有□，□□從□□□年。
蕩子別來多歲月，那堪夜夜掩空扉。
腰身屢驗真知瘦，眼瞼常啼謾似肥。
合歡寂院寧蠲怒[4]，萱草閑堂反召悲。
可妒桃花徒映靨，生憎柳葉尚舒眉。
心□如煎，眼不眠，

---

1 平成本作"墜"。
2 平成本有"一作游"。
3 平成本有"一作禎"。
4 平成本有"一作忍"。

良人不意思歸引，賤妾常吟薄命篇。
胸上積愁應滿百，眼中行淚且成千。
君不見，閨□怨□□顏華，直爲思君塞路遐。
奈何征人太無意，一別十年音信賒。
桑下受金君豈咎，機中織錦詎能嘉。
羅帳空，角枕凍，角枕羅帳恨無窮。
春苑看花泣長安，宵閨理綫憶桑乾。
頳思懶聽門前鵲，衰面慚當鏡裏鸞。
願君莫學班定遠，慊慊徒老白雲端。

乙0111 奉和王昭君
御狄寧無討，微軀鎮一方。
泣隨重塞盡，愁向遠天長。
隴月分行鏡，胡冰凍旅裝。
誰堪氈帳所，永代綺羅房。

乙0112 奉和梅花落
春風吹物暖，朝夕蕩庭梅。
花点紅羅帳，香縈玉鏡臺。
榆関消息斷，蘭戶歲年催。
未度征人意，空勞錦字回。

乙0113 奉和侍中翁主挽歌詞二首
百年嗟易辭，過隙幾何時。
晨曇斜無駐，春花落有期。
桃蹊長掩迹，蒿里忽迎轜。

雖覺生涯理，人情尚可悲。

乙0114 其二
鳳披榮華盡，鳥書卜兆通。
向朝傷薤露，欲暮泣楊風。
漢浦星光缺，秦樓月影空。
定知雲雨貌，長絕□[1]臺中。

乙0115 賦得絡緯無機織、應製
歲暮倡樓冷，征夫消息稀。
思蟲寧有憶，誰爲織寒衣。
細緯元無杼，疏經不待機。
疋成如可借，遠送寄金徽。

乙0116 奉和塞下曲 以下五首見經國集
天山秋早雪花開，征客心消上苑梅。
万里他鄉無與晤，遙瞻漢月自南來。

乙0117 奉和塞上曲
虜塞草枯膠已寒，將軍浴鐵向桑乾。
龍沙日夜風霜烈，壯士爲恩未識難。

乙0118 奉和關山月
關山秋宿[2]月，夜冷月彌清。

---

1 平成本作"楚"。
2 平成本作"夜一作宿"。

影共征輪滿，光含旅鏡明。
龍城照雲陣，雁塞掛星營。
還入高樓裏，空催思婦情。

乙0119 奉和春日作
歲去才移月，年光處處賒。
和風催柳絮，殘雪伴梅花。
樹暖鶯能語，叢芳蝶自奢。
一馳千里目，春思忽紛挐。

乙0120 奉和清涼殿畫壁山水歌
丹與青，壁上裁成山水形。
巃嵸危峰將蔽日，崢嶸險澗雁字橫。
三江淼淼尋間近，五嶽迢迢坐裏生。
雜花冬不殫，積雪夏猶殘。
靈禽百貌從心曲，異木千名起筆端。
飛流落前看鵠挂，重淵回處識蛟盤。
蔭松恰似八公仙，蹲石俄疑四皓賢。
覓飲連猿常接臂，加餐擔客長息肩。
漁人鼓枻滄波裏，田父牽犁綠岩趾。
繞棟輕雲未曾出[1]，窺窗狎鳥經年止。
游心[2]自足幽閒趣[3]，屬目元饒智仁理。

---

1 平成本作"去一作出"。
2 平成本有"一作山"。
3 平成本有"一作處"。

丹青之工有妙功，能令叡興發神衷。

乙0121 奉和聖製江上落花詞見雜言奉和
烟霞四照作春妝，野樹山花總是香。
江風一過吹花去，片片飄飄落何處。
津家妖艷鬟未出，徒對落花與飛絮。
看落花，落花數種色，盈縈[1]園圃望無極。
酷妒樓中鉛粉彩，擬奪機上霞錦織。
惜落花，雲布星暉麗有餘。
灑落叢薄蝶相伴，飛點窗簾人不如。
年年歲歲花如茲，看來看去無息時。
叡覽乘春憐物候，群臣仰止[2]濟汾詞。

乙02-03 淡海福良滿 官日向權守

乙0122 早春田園 以下三首見凌雲集
寒牖五生花，空厨一樽酒。
已迷帝王力，安辨天地久。
四[3]分一頃田，門外五株柳。
差堪助貧興，何事[4]貧富有。

---

1 平成本作"榮縈一作盈縈"。
2 平成本作"上一作止"。
3 平成本作"囗一作四"。
4 平成本有"一作更"。

乙0123 言志
孤樹輪困久，三秋零落期。
風霜日夜積，榮耀[1]待何時。

乙0124 被譴、別豐後藤太守
故鄉何處在，天際白雲浮。
歸雁遙將沒，漂杳去不留。
邊聲四面起，悲淚數行流。
今日生死別，何年問白頭。

乙0125 月下聽孤雁 以下二首見經國集
邊亭夜已闌，一雁曉聲寒。
候[2]影霜中沒，孤音月下聞。
單飛倦避[3]網，獨唳怨離群。
欲傳羈客淚，若個故鄉雲。

乙0126 □夕[4]播州高砂湊[5]
夕次高砂浦，暗雲[6]暴且寒。
淒淒抱霜雪，夜夜宿波瀾。
釣火遙南岸，漁歌怨北灣。
悲腸寸寸斷，何日下生還。

---

1 平成本有"一作曜"。
2 平成本作"隻"。
3 平成本有"一作繳"。
4 平成本作"夕次（一作宿）"。
5 平成本作"浦一作湊"。
6 平成本作"時風一作暗雲"。

乙02-04 仲科善雄其先周人、官攝津介

乙0127 秋夜卧病見凌雲集
卧來頻改歲，年去復逢秋。
照月三更靜，無人四壁幽。
養形方已劣[1]，知命[2]道非優。
唯有風前樹，搖落使人愁。

乙0128 奉和秋夜書懷之作見文華秀麗集
今茲聖主無疆算，始及安仁秋興年。
感發良宵不寐久，况乎聞雁白雲天。
清風吹起上林樹，曉月光流禁掖前。
當慶貞松不凋葉，誰論蒲柳望秋遷。

乙0129 咏禁苑鷹生雛見經國集
茲禽群鳥俊，禁苑數雛生。
日日雄姿美，朝朝猛氣驚。
青骸羈彩絆，素質狎丹庭。
願以凌雲翼，長輸逐雀誠。

乙02-05 高丘茅越官山城介

乙0130 三月三日侍宴神泉苑、應詔以下四首見凌雲集
我皇微樂事，元巳宴花林。

---

1 平成本有"一作省"。
2 平成本作"命知"。

壽爵山符久，恩波□[1]謝深。
看花前後落，聽鳥長短[2]吟。
既醉仍餘舞，何關[3]樹石音。

乙0131 於神泉苑侍花宴、賦落花篇、應製
落花飛，飛去落丹墀。
本謂隨風落，方知彼化歸。
乍往乍還浮御杯[4]，一連一斷點仙衣。
無心草木猶餘戀，况復微臣醉恩華[5]。華恐曄之誤

乙02-06 坂上今繼 繼一作經、官左太史

乙0132 涉信濃坂
積石千重峻，危途九折分。
人迷邊地雪，馬躡半天雲。
岩冷花難笑，溪深景易曛。
鄉關何處在，客思轉紛紛。

乙0133 咏史
陶潛不狎世，州里倦塵埃。
始覺幽栖好，長歌歸去來。

---

1 平成本作"海"。
2 平成本作"短長一作長短"。
3 平成本作"聞一作關"。
4 平成本作"盞一作盃"。
5 平成本作"卮"。

琴中唯得趣,物外已忘懷。
柳掩先生宅,花薰處士杯。
遙尋南岳徑,高嘯北窗隈。
嗟爾千年後,遺聲一美哉。

乙0134 和渤海大使見寄之作見文華秀麗集
賓亭寂寞對青□[1],處處登臨旅念淒。
萬里雲邊辭國遠,三春烟裏望鄉迷。
長天去雁催歸思,幽谷來鶯助客啼。
一面相逢如舊識,交情自與古人齊。

乙02-07 大伴氏上官大內記

乙0135 渤海入朝以下三首見凌雲集
自從明皇御寶曆,悠悠渤海再三朝。
乃知玄德已深遠,歸化純情是最昭。
片席聊懸南北吹,一船長冷去來潮。
占星水上非無感,就日遙思奏我堯。

乙02-08 丹墀清貞官播磨權少掾

乙0136 奉和御製春朝雨霽、應製
雨晴宸眺遠,雲罷披彼蒼[2]。
朝露懸餘滴,殘虹卷半規。

---

1 平成本作"溪"。
2 平成本作"彼蒼披"。

梅香深淺度，柳色短長垂。
氛霭從斯没，翅心就堯曦。

乙0137 和菅祭酒賦朱雀衰柳作
皇城陌上楊將柳，兩兩三三夾道斜。
疇昔榮華都不見，今時憔悴一應嗟。
寒□[1]著樹非真素[2]，霏雪封枝是僞花。
既就堯衢待恩煦，阿誰更憶陶潜家。

乙0138 游北山寺見文華秀麗集
香刹青岩頂，登攀指世情。
高檐松上出，危路竹間行。
梵語聞無厭，塵心伏不驚。
寥寥雲樹裏，定水晚來聲。

乙02-09 桑原宫作 官陸奥少目

乙0139 伏枕吟以下三首凌雲集
勞伏枕，伏枕不勝思。
沈痾送歲，力盡魂危。
鬢謝蟬兮垂白，衣懸鶉兮化緇。
凄然感物，物是人非。
撫□枕[3]以耿耿，陟屺岵而依依。

---

1 平成本作"霜"。
2 平成本作"葉一作素"。
3 平成本作"衾枕一作枕席"。

悵雲花於遽落，嗟風樹於俄衰。

池臺漸毀，僮僕先離。

客斷柳門群雀噪，書晶蓬室晚螢輝。

月鑒帷兮影冷，風拂牖兮聲悲。

聽離鴻之曉咽，睹別鶴之孤飛。

□[1]倒絕兮凄今日，淚潺湲兮想昔時。

榮枯但理矣，倚伏固項[2]期。

恃[3]皇天之祐，善祈靈藥以何爲。

乙02-10 桑原腹赤[4] 後改姓都、官少内記、兼播磨少目

乙0140 春日過友人山莊、探得飛字

入春今幾日，聞道數鶯飛。

烟泛[5]主人柳，花薰客子衣。

野童驅犢去，山叟負薪歸。

何獨漢陰老，此間可絕機。

乙0141 秋日於友人山莊興飲、探得檐字

聞有幽栖地，捫蘿試一瞻。

白雲杯下起，黃菊掌中黏。

野近獸馴座，林鄰鳥望檐。

---

1 平成本作"心"。
2 平成本作"須"。
3 平成本有"一作待"。
4 平成本作"都腹赤"。
5 平成本有"一作没"。

登臨不外俗，吏隱兩相兼。

乙0142 月夜言離以下十首見文華秀麗集
地勢風牛雖異域，天文月兔尚同光。
思君一似雲間影，夜夜相隨到遠鄉。

乙0143 和渤海入覲副使公賜對龍顏之作
渤海望無極，蒼波路幾千。
占雲遙驟水，就日遠朝天。
慶自紫霄降，恩將丹化宣。
以君吳札耳，應悅聽薰弦。

乙0144 奉和婕妤怨
年色誠難保，妾人獨自尤。
昭陽歌舞盛，長信綺羅愁。
月向空帷落，風經暗葉流。
銀環終不賜，嫡愛永成秋。

乙0145 奉和聽擣衣
雙雙秋雁數般翔，閨妾當驚邊已霜。
何處擣衣宵達旦，空樓月下萬家塲。
暗中不辨杵低舉，枕上唯聞聲抑揚。
守夜宮鐘乍相和，應通長信復昭陽。

乙0146 仰同尚書良右丞銅雀臺
憶昔妓堂好，君情應未闌。

一朝雄志滅，千歲爵□[1] 寒。
北土臨風咏，西陵向月看。
漳河與妾淚[2]，日夜流無乾。

乙 0147 奉和傷野女侍中
思媚一人容髮老，崦嵫暮晷不留年。
孤墳對月貞女峽，閟水咽雲孝子泉。
柳絮父詞身後在，蘭芳[3] 婦德世間傳。
古來蒿里爲誰邑，今日松門閉鬼埏。
野暗騥嘶通白霧，山空挽響入黃烟。
何崇盜藥求仙臺[4]，不朽哀榮降聖篇。

乙 0148 奉和故關聽鷄
霸道寢來是舊城，人鷄獨送司晨聲。
自分陽精應覺曉，如今不爲孟嘗驚。

乙 0149 冷然院各賦一物、得瀑布水、應製
兼山杰出院中險，一道長泉曳布開。
鷲鶴偏隨飛勢至，連珠全逐逆流頹。
岩頭照日猶零雨，石上無雲鎮聽雷。
疇昔耳聞今眼見，何勞絶粒訪天台。

---

1 平成本作"臺"。
2 平成本有"一作涕"。
3 平成本有"一作紛"。
4 平成本作"室"。

乙0150 和野内史留後看殿前梅之作

夙分爲官樹，開榮不畏寒。
向南仙仗□[1]，臨北采花殘。
待蝶香猶富，藏鶯影未寬。
雖知先衆木，猶恨後天看。

乙0151 和滋内史秋月歌

鐘鳴漏盡夜行息，月照無私幽顯明。
歷歷衆星皆掩輝，悠悠萬象不逃形。
亭亭光自嶺頭來，漸入高樓正徘徊。
葉映洞庭波裏水，珠盈合浦蚌[2]心胎。
堯蓂莢滿自諳曆，仙桂花開誰所栽。
點彩蕭疏楊柳堤，凝華遙裹白雲倪。
吳江影下寒烏宿，巫峽光下[3]曉猿啼。
長信深宮圓似扇，昭陽秘殿净如練。
西園公讌本忘倦，北地胡人應好戰。
占[4]募狂夫久從征，料知照劍獨橫行。
漢邊一雁負書叫，外城[5]千家搗衣聲。
月落月升秋欲晚，妾人何耐守閨情。

---

1 平成本作"從"。
2 平成本作"蛑"。
3 平成本作"中一作下"。
4 平成本作"應一作占"。
5 平成本作"城外一作外城"。

乙0152 和清涼殿壁畫山水歌 見經國集

仙宮粉壁畫師情,翰采偏能逐手生。
萬象雖資造化力,丹青之妙更加精。
名山大水[1]宛然是,咫尺能分千萬里。
渺渺蓬萊反[2]掌間,綿綿員嶠寸眸裏。
巨靈贔負躡峰[3]出,神鰲[4]昂藏背島起。
江漢朝宗入海寬,長流風拂不動瀾。
玄鶴雲中飛不去,白鷗水上浴猶乾。
空青淡著春楊暖,石黛濃施古陌[5]寒。
蜂蝶紛飛寧散聚[6],烟霞澹蕩不復空。
秋花荻浦經年白,春色桃源度歲紅。
羽客吹笛[7]無韵調,幽人傾爵未曾醑。
群鶯林裏春不停,積杏[8]岩間夏仍照。
朝望山[9]夕望水[10],山水[11]朝夕在[12]坐邊。

---

1 平成本作"川一作水"。
2 平成本作"指一作反"。
3 平成本作"蜂一作岑"。
4 平成本有"一作鼈"。
5 平成本作"柏"。
6 平成本作"換叢一作散聚"。
7 平成本作"笙"。
8 平成本作"雪一作杏"。
9 平成本有"兮一無此字"。
10 平成本作"川一作水"。
11 平成本作"川一作水"。
12 平成本有"一作右"。

人間氣序幾回轉，席上風光無明年。
不學周王勞轍遍，取於牖户[1]知普天。

日本詩紀卷之八　乙集第二[2]

---

1 平成本作"户牖"。
2 底本作"一"，爲誤寫。

卷之九　乙集第三

上毛河世寧　彙編

乙 03-01 滋野貞主家譯之子、幼有識量、涯岸甚高、大同初奉文章生試、對策及第、天長中爲東宮學士、奉敕撰經國集、又與諸博士、選集古今文書、以類相從、凡一千卷、名曰秘府略、官至參議官内卿

乙 0153 夏日陪幸左大將藤原冬嗣閑居院、應製以下二首見凌雲集

寂然閑院當馳道，秖候仙輿灑一廬。
酌芳藥堂經行入，撲琴玳[1]席倚岩居。
松陰絶冷牛歸後，花氣猶薰風罷餘。牛歸一作午時
水上青蘋莫赴浪，君王少選愛游魚。

乙 0154 王昭君
朔雪翩翩沙漠暗，邊霜慘烈隴頭寒。
行行常望長安日，曙色東方不忍看。

乙 0155 春夜宿鴻臚館、簡渤海入朝王大使以下六首見文華秀麗集
枕上宮鐘傳曉漏，雲間賓雁送春聲。
辭家里許不勝感，況復他鄉客子情。

奉和河陽十咏
乙 0156 山寺鐘
行虬屢寫江樓静，一道聞來初夜鐘。
諳識山僧岩水漱，焚香合掌拜尊容。

---

1 平成本作"玳"。

和巨内記春日四咏
乙 0157 飛燕
故年剪爪今春歸，棟宇改修猜未依。
禀性將□凡鳥□，再三飛到狎簾悼。

乙 0158 奉和玩春雪
玩春雪，雪影翩翩暗四鄰。
姑射遙聞一處子，王門時見五車輪。
凝黏翠箔懸珠滴，競入妝樓任[1]玉塵。
欲伴仙園[2]梅李樹，從風灑落艷陽春。

乙 0159 觀門百草、簡朋執
三陽中月風光暖，羨少繁華春意奢。
曉鏡照顏妝黛畢，相將戲逐覓紅華。
紅華綠樹烟霞處，弱體行疲[3]園徑遐。
芍藥花，蘼蕪葉，隨攀迸落受輕紗。
薔薇綠刺障羅衣，柳陌青絲遮畫眉。
環座各相猜，它妓亦尋來。
試傾雙袖口，先出一枝梅。
千葉不同樣，百花是異香。
樓中皆艷灼，院裏悉芬芳。
散□薔慮競風流，巧笑便娟矜數籌。

---

1 平成本作"作"。
2 平成本作"門"。
3 平成本作"瘦"。

鬥罷不求勳績顯，華筵但使前人羞。

乙 0160 奉和觀落葉
寒聲落葉簾前雨，點著閑筵不濕衣。
聞道璇璣秋月暮，聖年宮樹待黃飛。

乙 0161 奉和關山月 以下二十五首見經國集
戍上孤明月，恒將太白看。
弓彎漢卒臂，□桂拂見鞍。
□陣鼓聲死，伍營兵氣寒。
佛[1]娥如有意，應照妾汎瀾。

乙 0162 和光禪師山房曉風
孤峰仰與白雲同，到曉深寒滿院風。
雁影吹來古塔上，泉聲才定近溪中。
侵窗老樹雖鳴葉，閉戶妙燈猶護蟲。
百籟相和山更靜，禪心彌觀世間空。

乙 0163 和澄上人題長宮寺二月十五日寶藏會
種好六年備，昏衢仰映臨。
涅槃非實道，尊象是夢金。
名字自希絕，經王亦甚深。
化流崛山嶺，鶴留菩提林。
一子悲難竭，三車感不任。
聞經帝釋下，捧穀虛堂尋。

---

1 平成本作"嫦"。

繞塔看歸雁，思龍托樹陰。
不常猶不住，非曩亦非今。
法坐楞伽說，禪房仙掌琴。
貝葉傳梵啓，鐘聲入谷沈。
德水洗塵意，天花落俗襟。
如來不生滅，照薰修□心。

乙0164 奉和早春
淑穆年華早，圭陰漸欲長。
舒榮仙籞柸，仰煦片疇荒。
北雁非寒候，南鶯是暖陽。
春人釋舊服，何處不新妝。

乙0165 奉和早春觀打球
蕃臣入覲逢初暖，初暖芳時戲打球。
繡戶爭開鴆鵲觀，紗窗不閉鳳凰樓。
如鉤月度蓂階側，似點星晴采騎頭。
武事從斯弱見輪，□[1]家妒死數千籌。

乙0166 奉和春日作
聖眼閱奔霭，芳情從此頻。
便娟韶[2]吹暖，旖旎歲腴新。
紫籜須抽節，青叢欲勝茵。
金堤輕凍罷，初使泳潛鱗。

---

1 平成本作"輪"。
2 平成本作"龍"。

乙0167 和菅清公春雨之作
有渰公私遍，初令東作霑。
杏花新色淺，菖葉早莖纖。
暮影頻來館，春聲不斷檐。
群萌從此出，何處見寒潛。

乙0168 奉和鞦韆篇
寒食節，周舊制，禁火餘風猶不廢。
麗景雖多雄勝壞，光華未若帝鄉霽。
相將容豫自何憐，昨日烟林采摘人。
借問游踪攸何處，鞦韆好樹一園春。
自凌旦，欲暮時，後輩趁來滿落暉。
或步或車塵影合，半休半戲語聲微。
初惟淺暗榆槐柳，酷氣深濃桃李梨。
筆幹高橫來似落，長繩倒著去如飛。
常人熟得新者畏，往歲遒停今年遲。
弱腕經營不識罷，輕躬憐愛無意歸。
花與飾，飾與花。一香發，雙色奢。
鬖鬖迎枝蟬翼薄，釵鈿礙葉燕陰斜。
非唯瑋態鞦韆工，婦容婦德亦婦功。
明日更期鬥百草，君王花樹芳菲中。

乙0169 臨春風、效沈約體、應製
臨春風，春風澹蕩起。
初從青蘋末，過拂瑤閨裏。
香奩拭却飛栖塵，妝粉眠銷懊恨人。

舞袖欲縫絲屨亂，音書未寄怨逾頻。
綠動龍蟠葉，紅鶯鳳腦花。
柳絮非同處，梅芬是滿家。
黃鶯雜沓誰求媒，素蝶翩翩不倦回。
一道風情如有感，吹簾似令蕩夫開。

乙0170 春日奉使入渤海客館
蒼茫渤海幾千里，五兩舟中送一年。
鯤壑艱辛孤迹度，鯨濤煞怕遠情傳。
春鴻愛暖南江水，旅客看雲北海天。
曉籟莫驚單宿夢，他鄉覺後不勝憐。

乙0171 文友見過賦鶯、勒情晴字
春鶯出自環林裏，雜吹新聲舊歲情。
不棄疏籬花樹色，群飛入我晚風晴。

乙0172 和藤神策大將、閉門好靜花鳥馴人、不勝感興什
隱吏兩相得，嫌喧暫斷賓。
松蘿宜避迹，苔蘚不看塵。
葉暗寸餘綠，花殘數片春。
蒙牽風月好，非是遁栖人。

乙0173 奉和除夜
新年欲到故年去，新故相連[1]四氣和。
豫喜仙齡難老歇，還悲人事易蹉跎。

---

1 平成本作"逢"。

春聲北向雁將少，曉聽南鶯鶯未多。
雖值喧寒猶不變，閑庵砌後古松蘿。

乙0174 閑庭雨[1]雪、探得迷字、應令
欲儷清彈曲，縈臺獨奈兮。
封條樹裛重，潤翼鳥飛低。
珠綴簾愈映，銀生牓不迷。
庭隅無穢濁，愚操此思齊。

乙0175 奉和清涼殿畫壁山水歌[2]
披垣壁，每清冷，萬事餘閑養聖齡。
眼下思瞻造化體，令聽畫匠飾丹青。
村鄉縣邑十州記，詭色環名山海經。
萬里江山寸□發，千深海水尺地停。
晨昏不霽烟霞霧，晝夜無環日月星。
鶴嶺仙炊雜樹葉，蘇門客嘯向岩扃。
花林鳥入羽常引，薜荔人歸徑不盡。
錦里將妝拾翠具，仙家欲茸采黃菌，
武陵縣裏疑迷源，明月峽中似聽猿。
春秋暖冷同千齡，草木榮枯共一園。
古年奇好盡毫端，坐卧之間未厭看。
穎川水曲岩陵瀨，不知滋叟釣潭竿。

---

1 平成本作"留"。
2 本詩根據甲0133後載楊泰師《失題》一詩補全。

乙0176 奉和太上天皇秋日作
玉琯商氛超[1]，璇闈砧杵勞。
寒聲初落樹，秋色欲齊毫。
露鶴警新滴，籬鷹縮舊□[2]。
悲哉爲氣也，叡興與天高。

乙0177 秋月夜
輕簾朗卷夜窗靜，孤月閒來泛南端。
白兔因蓂雲葉霽，恒[3]娥竊藥仙居寒。
渡河未見候輪濕，寫鏡徒憐秋扇團。
承袖攬之不盈手，爲無纖翳通宵看。
圓規滿耀寰區飛，陰魄生來二八時。
長樂鐘聲傳漏久，衡陽雁影下水遲。
孤飛夜鵲櫓枝怨，暗識昆蟲機杼悲。
賤妾單居不肯寐，風吹砧杵入雙扉。
年來歲去容華空，古往今來月影同。
上郡良家戎行遠，邊庭蕩子塞途窮。
貞筠不變綠窗色，暮柳先疏官路風。
明月如非照妾意，那堪秋夜暗閨中。

乙0178 和海和尚秋日觀神泉苑之作
闍梨下自南山幽，敕許令[4]看上苑秋。

---

1 平成本作"起"。
2 平成本作"綯"。
3 平成本作"姮"。
4 平成本作"今"。

御路蕭疏楊柳影，導行直到白沙洲。
回瞻肅殺無紛[1]濁，眼沸清泉一細流。
小嶺登攀頻見鶯，暗林拂入欲驚鳩。
三明濕照龍池閣，二道薰迎秋蕙樓。
法侶相隨喜[2]樹下，不殊昔與大比丘。

乙0179 秋雲篇、示同舍郎
陟崇山之嵬嶵，攀石磴之嵬磊。
避嶜初深兮谷異，追閑稍遠兮嶺改。
東西引望無行人，前後回看絶世鄰。
野話何關京邑語，雲衣不染俗家塵。
居諸恍惚易蹉跎，叡慮優游無經過。
花笑兮如喜見，猿驚兮似誰何。
山文俄書葉，仙圍欲爛柯。
匹馬玄黃策不倦，爲隨高踏之烟蘿。

乙0180 奉和漁歌五首 每歌用入字
漁父本自愛春灣，鬢髮皎然骨性閑。
水澤畔，蘆葉間，挐音遠去入江還。

乙0181 同二
渺茫一點釣家[3]舟，不倦游漁自曉流。
濤似馬，湍如牛，芳菲霽後入花洲。

---

1 平成本作"粉"。
2 平成本作"嘉"。
3 平成本作"翁"。

乙0182 同三
潺湲绿水與年深，棹下波聲不厭心。
砂巷嘯，蛟浦吟，山嵐吹送入單衿。

乙0183 同四
長江萬里接雲倪，水事心在浦不迷。
昔山住，今水栖，孤竿釣影入春溪。

乙0184 同五
水泛經年逢一浦，舟中暗識聖人生。
無思慮，任時明，不罷長歌入曉聲。

乙0185 遥和播州净長史丹治中得絮柳、請植左大將軍閑院之作
柳條八許尺，截取寄情人。
根斷葉燋養，紛空絮落貧。
星躔移夕建，龍路送朝鱗。
搖地日猶淺，須看後歲春。

乙0186 奉和御製江上落花詞 見雜言奉和
晴江兩岸輕塵發，車馬爭來看物華。
本道津橋[1]春色久，桃花楊柳千人家。
灘頭漂母添紅妝，浦口漁夫從銀浪。
玩落花。
落花迸灑不擇地，去馬飛禽彩色備。

---

1 平成本作"橘"。

怨婦看憐欲寄遠，商量裹取不求利。
惜落花，落花何處不風斜。
山梨似雪溪邊飛，洲鷺疑雲林外歸。
妾淚常悲共水滴，妾顏猶畏與花衰。
一遇君王行月令，更使妾意荷芳暉。

乙03-02 巨勢識人 識一作志貴、位從五位上

乙0187 和進士貞主初春過菅祭酒舊宅、悵然傷懷作 見凌雲集
閑庭宿草無復掃，虛院孤松自作聲。
但見平生風月處，春朝花鳥慘人情。

乙0188 奉和春日江亭閑望 以下二十首見文華秀麗集
澹蕩三仲□，春晴萬里天。
園林半灼灼，原野盡芊芊。
日暖鴛鴦水，風和楊柳烟。
山光霽後綠，江[1]氣晚來鮮。
遠樹縈湖小，長波接海連。
潮生孤嶼沒，霧卷片帆懸。
草色洲中短，花香窗外傳。
歸聲聞去雁，春響送鳴鵑。
流靜看游艇，溪幽聽落泉。
興餘日已暮，江月照仙眠。

---

[1] 平成本作"紅"。

乙0189 嵯峨院納涼、探得歸字、應製
君王倦熱來茲地，茲地清閑人事稀。
池際追涼依竹影，岩間避暑隱松帷。
千年駁蘚覆階密，一片晴雲亙嶺歸。
山院幽深無所有，唯餘朝暮泉聲飛。

乙0190 敬和左神策大將軍、春日閑院餞美州藤太守甲州藤判官之作
杜鵑啼處春將闌，閑院花亭餞兩官。
飛舄始乘鳧翼去，離弦頻送鶴聲彈。
鄉心遠樹孤雲迹，客路邊山片月[1]寒。
一別情期勿暫忘，音書屢寄往來看。

乙0191 春日餞野柱史奉使存問渤海客
使乎遠欲事皇皇，方惜暌離但有觴。
遲日未銷邊路雪，暖烟遍著主人楊。
天涯馬踏浮雲影，山裏猿啼朗月光。
策騎翩翩何處至，春風千里海西鄉。

乙0192 春日別原掾赴任
良儔本自非易得，之子爲別最情深。
水國天邊千里遠，暮山江上一猿吟。
白鷗狎人隨去舳，青草連湖傍客心。
此日交頤無可贈，相思空有淚沾襟。

---

1 平成本作"片"。

乙0193 秋日別友人
林[1]葉翩翩秋日曠，行人獨向邊山雲。
唯餘天際孤懸月，萬里流光遠送君。

乙0194 奉和春閨怨
妾年妖艷二八時，灼灼容華桃李姿。
幸得良夫憐玉貌，鬱金帳裏薦蛾眉。
綺筵朝共琅玕食，錦褥夜同翡翠帷。
誰慮遣君向戍路，恩情婉孌忽相違。
皇城一去關山遠，閨閣連年音信稀。
自恨相別不相見，使妾長嘆復長思。
長思長嘆紅顏老，客子何心還不早。
君不見，妾離別，晝夜吁嗟涕如雪。
雙蛾眉上柳葉顰，千金笑中桃花歇。
空床春夜無人伴，單寢寒衾誰共暖。
金繡羅衣盡啼濕，銀妝縷帶日瘦緩。
又不見，守空閨，閨中怨坐意常迷。
昔時送別秋蘆白，此日愁思春草萋。
階前花積妾不掃，窗外鶯啼妾復啼。
柳塞回鴻引群度，杏梁來燕比翼栖。
閑庭點點蒼苔駁，暗牖依依綠柳低。
晚來懶織機中錦，愁向高樓明月孤。
片時枕上夢中意，幾度往還塞外途。

---

1 平成本作"勝"。

乙0195 奉和春情[1]
孤閨已遇芳菲日[2]，頓使春情幾許紛。
玉戶愁褰蘇合帳，花蹊懶曳石榴裙。
鶯啼庭樹不堪妾，雁向邊山難寄君。
絕恨龍城征客久，年年遠隔萬重雲。

乙0196 和伴姬秋夜[3]閨情
比[4]來朔雁度千番，一個封書曾未看。
遙想燕山涼氣早，誰堪砧杵擣衣難。
真珠暗箔秋風閉，楊柳疏窗夜月寒。
不計別離經歲序，惟知曉鏡玉顏殘。

乙0197 奉和長門怨
日夕君門閉，孤思不暫安。
塵生秋帳滿，月向夜床寒。
星怨屬難霽，雲愁鬢欲殘。
唯餘舊時賞，猶入夢中看。

乙0198 奉和婕妤怨
昔時同輦愛，翻怨裂紈情。
孤帳秋風冷，空簾曉月明。
啼顏拭尚濕，愁黛畫難成。

---

1 平成本作"晴"。
2 平成本作"白"。
3 平成本無"夜"字。
4 平成本作"北"。

絶妒昭陽近，聞來歌吹聲。

乙0199 奉和折楊柳
楊柳東風序，千條搖颺時。
邊山花映□，虛牖葉嚬眉。
樓上春簫怨，城頭曉角悲。
君行音信斷，攀折欲寄誰。

乙0200 和澄上人臥病述懷之作
吾師山上寺，托疾臥雲烟。
猿鳥狎梵宇，鬼神護法筵。
澗花當佛笑，峰月向僧懸。
已覺非真有，觀身自得痊。

乙0201 奉和侍中翁主挽歌詞二首
夜溪生涯盡，佳城艷質淪。
婺星藏遠漢，仙桂落虛輪。
淑問遺仍在，恩榮歿更新。
冥途無節候，何處復知春。

乙0202 其二
曉月銘旌出，春山輤馬通。
繁茄悲薤露，畫翣送松風。
洛雪回光罷，巫雲行影空。
可嗟桃李貌，長掩重泉中。

乙0203 春日侍神泉苑、賦得春月、應製
春天霽靜無纖翳，皎潔孤明桂月來。
窗外曲鈎疑卷箔，空中懸鏡不關臺。
漸圓光隨漢東蚌，半缺影逐淮南灰。
堯帝當時何計曆，須看蓂葉夾階開。

乙0204 和野桂更觀鬥百草簡朋執之作
聞道春色遍園中，閨裏春情不可窮。
結伴共言鬥百草，競來先就一枝叢。
尋花萬□攀桃李，摘葉千回繞薔薇。
或取倒葩或尖萼，人人相隱不相知。
彼心猜我我猜彼，竊遣小兒行密窺。
團欒七八者，重樓粉窗下。
百香懷裏薰，數樣掌中把。
擁裙集綺筵，比首雜華鈿。
相催猶未出，相讓不肯先。
鬥百草，鬥千花，矜有嗤無意愈——作遁奢。
初出紅莖敵紫葉，後將一蕊爭兩葩。
證有一判籌初負，奇名未盡日又斜。
勝人不聽後朝報，脫[1]贈羅衣恥向家。

乙0205 神泉苑九日落葉篇、應製
晚節商天朔氣侵，嚴霜夜雨變秋林。
高颸一獵欲吹盡，灑落寒聲萬葉吟。

---

[1] 平成本作"曉"。

來往本無何處定，東西偏任自然心。
颭空無著千餘滿，積地不掃尺許深。
觀落葉葉下一有兮字，落林塘，半分紅兮半分黃。
洞庭隨波色泛映，合浦思風影飄揚。
繞叢宛似莊周蝶，度浦遙疑郭泰舟。
四時寒暑來且往，一歲榮枯春與秋。
劉安獨傷長年嘆，屈平多增遲暮憂。
紫塞寒風苦鐵衣，紅樓夜月怨羅帷。
已見淮南木葉落，還逢天北雁書歸。
觀落葉，落林中，林中葉盡秋云窮。
衰影遙知楚山桂，餘香猶想吳江楓。
誰使變化能若此，一時萬物不相同。
唯餘上林凌霜葉，歲寒之後獨青葱。

乙0206 和滋內史奉使遠行觀野燒之作
皇華辭宅遠有期，行踏雲山臘月時。
匹馬驅馳忽遇夜，瞑矇暗色迷所之。
誰村野火客行邊，不待月暉見朗天。
初著孤叢微燎發，須臾迸散萬山然。
炎焰紛飛無暫斷，冬時不寒還生暖。
狀似[1]天河曉星落，色如仙竈暮烟滿。
寒冰鎔盡百谷中，熱雲蒸落九天空。
山鳥愁傷構巢樹，野人畏著編宇蓬。
忽起邊風吹焦聲，雄光烈烈看更明。

---

1 平成本作"欲"。

長途今夜不知暗，屢策輕蹄獨照行。

乙0207 琴興
獨居想像嵇生興，静室一弄五弦琴。
形如龍鳳性閑寂，聲韵山水響幽深。
極金徽一曲，萬拍無倦時。
伯牙彈盡天下曲，知音者或但子期。
子期伯牙殁來久，鳴琴千載□□□。

乙0208 奉和塞下曲 以下四首見經國集
胡兒塞月曉吹笳，梅柳雖春未見花。
爲報國恩不敢死，邊亭萬里老風沙。

乙0209 奉和巫山高
巫嶺巴東峙，靈基貌削成。
危岩千鳥路，虚谷寫雷鳴。
雲臨朝館起，雨向夕臺行。
秋月孤猿曙，凄斷旅游情。

乙0210 九日林亭賦得山亭明月秋、應太上天皇製
□[1]天如水高且虚，上有明月無根株。
流光洞徹空山裏，林下孤亭静者居。
任來一餌不死藥，已得一生長爲樂。
山寂寂，月團團，仙帳無眠山夜寒。
千山一霜物衰朽，運謝時代空有有。

---

1 平成本作"秋"。

雲鶴晴飛紫霄上，野猿清叫青溪口。
月正午轉明，古蘿松下照幽情。
今夕即重陽，月樽唯是更生香。

乙0211 奉和擣衣引
婦家禮，
生[1]十年不出門，四教傳授慈母言。
始修法度何最重，婦功之營無與論。
春天蠶作□[2]收絲，秋景織絍霜授衣。
從此即今勞所務，招攜姪妊幾家姬。
衣初擣，擣衣之難苦寒早。
女須鳴石秋聲擊，叔虞封被[3]月影抱。
判是歌舞無勞曲，通宵砧杵未爲足。
音韵堉堄不相攘，響添珮暗連續。
萬杵千砧意豈齊，殊令怨者就中凄。
雁度相思蘇子妾，駕機獨怨竇生妻。
擣衣罷華栽初纖，阿[4]向曉風蕭疏。
剪刀欲倦玉手冷，判斜[5]還嫌綫脚粗。
不知肥瘦異於今，寬窄仍准別時襟。
君不見，隴頭水，是妾凄切擣衣音。

日本詩紀卷之九　乙集第三

---

1 平成本作"生来"。
2 平成本作"蠒"。
3 平成本作"裏"。
4 平成本作"四阿"。
5 平成本作"刺針"。

卷之十　乙集第四

上毛河世寧　彙編

乙 04-01 朝野鹿取 忍海鷹取之子、叔父朝野道長養爲子、侍讀嵯峨天皇、官參議民部卿

乙 0212 秋山作、探得泉字、應製 以下十一首并見文華秀麗集

八月秋山涼吹傳，千峰萬嶺寒葉翩。
羽客裳斑[1]霓氣度，隱人帶綠女蘿懸。
溪生濃霧織薄縠，水寫輕雷引飛泉。
入谷猶知玄牝道，登巒何近白雲天。

乙 0213 奉和春閨怨

妾本長安姿嬌奢，衣香面色一似花。
十五能歌公主第，二十工舞季倫家。
使君南來愛風聲，春日東嫁洛陽城。
洛陽城頭桃與李，一紅一白蹊自成。
錦褥玳筵親惠密，南鵜—作鵬東鰈—作鯤還是輕。
賤妾中心歡未盡，良人上馬遠從征。
出門唯見揚鞭去，行路不知幾日程。
尚懷報國恩義重，誰念春閨愁怨情。
紗窗閉，別鶴哎。
似登隴首腸已絕，非入楚宮腰忽細。
水上浮萍豈有根，風前飛絮本無蒂。
如萍如絮往來返，秋去春還積年歲。
守空閨，妾獨啼。
虛座塵暗，空階草萋。

---

1 平成本作"班"。

池前怯看雙[1]比翼，梁上慚對燕雙栖。怯看雙一作悵看鴛爲是
淚如玉箸流無斷，髮似飛蓬亂復低。
大夫何時凱歌歸，不堪獨見落花飛。
落花飛盡顏欲老，早晚應看片時好。

乙0214 奉和王昭君
遠嫁匈奴域，羅衣淚不干。
畫眉逢雪壞，裁鬢爲風殘。
塞樹春無葉，胡雲秋早寒。
閼氏非所願，異類詎能安。

奉和河陽十詠、二首
乙0215 江上船
江潮[2]漫漫流幾年，日夜送迎往還船。
已似飛龍游雲裏，還看翔鳳入天邊。

乙0216 水上鷗
河陽別宮對江流，不勞行往見群鷗。
能知人意狎不去，或浮或沿與波游。

和巨内記春日四詠、一首
乙0217 飛燕
衣玄裳素入蘭閨，雙去雙來不獨栖。
梁上登巢居是逸，簾前向戶飛暫低。

---

1 平成本作"鴛"。
2 平成本作"湖"。

乙 04-02 勇山文繼饒速日命之後、官大學助兼記傳博士

乙 0218 春日左將軍臨況
灑掃荊扉望風久，尊卑禮融未成歡。
微誠有感降思[1]顧，欲酌春醪心自寬。
檐下閑花光艷燄，籬前修竹影檀欒。
何圖一損台門貴，今日高車過下官。

乙 04-03 坂上今雄弘仁六年、渤海遣使入朝、今雄爲領官

乙 0219 秋朝聽雁、寄渤海入朝高判官釋[2]錄事
大海途難涉，孤舟未得回。
不如關隴雁，春去秋復來。

乙 04-04 紀末守麻呂之玄孫、真人之子、官民部少輔

乙 0220 早春別阿州伴掾赴任
一朝銜命遠離別，上月春初風尚寒。
欲識我魂隨子去，羈亭夜夜夢中看。

乙 04-05 藤原是雄真夏之子、官春宮亮

乙 0221 奉和王昭君
含悲向胡塞，辭寵別長安。

---

1 平成本作"恩"。
2 平成本作"繹"。

馬上關山遠，愁中行路難。
脂粉侵霜減，花簪冒雪寒。
琵琶多哀怨，何意更爲彈。

乙04-06 錦部彥公 物部之裔

乙0222 題光上人山院
梵宇深峰裏，高僧住不還。
經行金策振，宴坐草衣閑。
寒竹留殘影，春蔬采舊山。
相談酌綠茗，烟火暮雲間。

乙0223 看宮人玩扇 見經國集
妖姬二八御樓東，華扇添妝翳暗紅。
遙似姮娥憑漢月，還疑班子恐秋風。
掩鬟影暗寶釵上，隨手泣生羅袖中。
寄語陽臺爲雨者，朝朝應入楚王宮。

乙04-07 平五月 官武藏錄事

乙0224 訪幽人遺迹 以下三首見文華秀麗集
借問幽栖[1]客，悠悠去幾年。
玄經空秘卷，丹竈早收烟。
影歇青松下，聲留白骨前。
因今訪古迹，不覺淚潺湲。

---

1 平成本作"樓"。

乙04-08 佐伯長繼 繼成之子、天長中位從三位

乙0225 奉和觀新燕
海燕新來度春天，差池羽翼如往年。
既能忘却蒼波遠，朝夕欲巢畫梁邊。

乙04-09 小野年永 官大舍人助

乙0226 奉和觀新燕
早燕雙飛入曙晴，遙經聖眼奏新聲。
還嗟未狎駕鴛帳，先負漢家妖艷名。

乙0227 夏日同美三郎、遇雨過菩提寺作 見經國集
晚景雲蒸雨初下，游人半濕青山側。
垂鞭撫轡無所往，便寄玄思[1]且栖息。
古殿爐薰栴檀香，山僧法服薜蘿色。
深窗欲曙憑松暗，絕爓初明銜雲墨。
誰識心田先種因，希夷仰餘德[2]。

乙04-10 宮部村繼

乙0228 奉和過古關 以下二首見文華秀麗集
皇猷速被車書同，關路長開古鎮宮。
白馬時來無吏問，東西行客日夜通。

---

1 平成本作"鑪"。
2 平成本作"希夷覺路仰餘德"。

乙 04-11 桑原廣田 原一作田

乙 0229 冷然院各賦一物、得水中影、應製
萬象無須匠，能圖綠水中。
看花疑有馥，聽葉不鳴風。
一鳥還添鳥，孤叢更向叢。
天文遙降耀，應為潭心空。

乙 04-12 坂田永河 奈良麻呂之子、後改姓南淵、官因幡權守

乙 0230 奉和聖製江上落花詞 見雜言奉和
天子乘春幸河陽，河陽舊來花作縣。
一縣并是落花時，落花飄颻映江遍。
濃香不異武陵迷，輕盈彷彿陽臺夢。
山路吹落明月中，渡頭紛紛細草叢。
惜落花，飛來飛去任春風。
將花擬人人將故，人故花新遞惜紅。
只為芬芳近仙看，萬樹榮曜一種同。
看落花，一半蕭灑一半結。
今歲蹉跎雖落盡，明年還復堪攀折。

乙 0231 奉和太上天皇春堂五咏、四首 見經國集
御春堂，春堂六扇屏。
淡墨圖形尚可辨，朝雲歸處巫山晴。
右屏

乙0232 同二

御春堂，春堂苔蘚床。

幽栖自從嫌玳瑁，尋常石上又水傍。

右床

乙0233 同三

御春堂，春堂□□□。

□人高倩天下小，偃息依之代負宸。

右几

乙0234 同四

御春堂，春堂灼灼燈。

蘭膏更加夜過半，隱映雙花連影登。

右燈

乙04-13 紀御依 官齋宮長、官左馬頭

乙0235 奉和聖製江上落花詞 見雜言奉和

河陽二月落花飛，江上行人花襲衣。

夾岸林多花非一，飛滿空中灑江扉。

村人爭出掣芳柯，霞浦紛紛艷色多。

澄潭秖視彩浪起，水底初疑白雲過。

對落花，

落花看不歇，紅樹千條一段發。

儵忽飄零樹與叢，須臾鋪地不勝風。

半著江磯浦口駁，半飛波上水顏紅。

見落花,
落花欺雪滿湖裏，湖裏一回投春水。
無數亂來凡幾千，歷亂飄颻後復前。
唯看日暮津亭下，左右源花匝水然。

乙04-14 藤原三成_{武智麻呂之曾孫、真作之子、官春宮亮}

乙0236 春日山寺、探得春字_{以下二十三[1]首并見經國集}
法堂寂寞凡幾辰，雲樹朦朧欲暮春。
遙聽風中誦經響，定知時有安禪人。

乙0237 漁歌
青春雨後雲天晴，夾岸紅花射水明。
酌濁醴，味魚羹，蘆中飲了向江行。

乙04-15 笠仲守_{官左衛門權佐左少辨}

乙0238 冬日過山門
香刹青雲外，虛廊絶岸傾。
水清塵躅斷，風静梵音明。
古石苔爲骨，秋[2] 房庵化[3] 名。
森然蘿樹下，獨聽暮鐘聲。

---

1 底本作"二十五首"，有誤。
2 平成本作"新"。
3 平成本作"作"。

乙 04-16 和氣廣世 清麻呂之長子、官大學頭左中辨

乙 0239 奉和落梅花
凌寒朱早發，競暖素初飛。
送吹香投牖，迎光影拂扉。
蕊疏實漸見，葉細蔭猶微。
願遇重陽日，承暉擅芳菲。

乙 04-17 藤原衛 冬嗣之弟、官右京大夫

乙 0240 奉和春日作
時去時來秋復春，一榮一悴偏感人。
容顏忽逐年序變，花鳥恒將歲月新。

乙 04-18 紀長江 麻呂之玄孫、廣濱之子、官太宰大貳

乙 0241 奉試賦得秋 每句用十二律名字
涼秋蕭索太堪悲，況復寒鴻南度時。
官渡柳營計應碎，扶風松蓋想無衰。
搗衣夾室月光冷，織錦中閨思緒滋。
白露凝蘭浣佩淨，玄霜殺草驚鐘飛。
晴空雲埃收遙嶺，古木蟬鳴咽晚颸。
黃葉飄零秋欲暮，別知潘鬢颯如絲。

乙 0242 看紅梅、探得爭字、應令
二月寒除春欲暖，遙山花樹梅先驚。

即令[1] 紅蕊滿枝發，仙覽褰簾感興情。
香雜羅衣猶可誤，光添妝瞼遂應爭。
儻因委質瑤堦側，朝夕徒仰少陽明。

乙04-19 藤原令緒 永貞之子、官彈正少忠

乙0243 奉試賦得隴頭秋月明
簫關天氣冷，隴上月輪明。
皎皎含冰白，輝輝入鏡澄。
凌霜弓影靜，裒露扇陰清。
彩比齊紈冷，光同趙璧生。
珠華浮雁塞，練色照龍城。
悉預昭君曲，長隨晉帝行。

乙0244 早春途中
平旦揮鞭城外出，林村雨霽早春生。
傍峰近聽樵客唱，入澗深聞斷猿聲。
閩北寒梅花未發，江南暖柳絮先驚。
愁中路遠行不盡，爲有羈人故鄉情。

乙04-20 藤原常嗣 葛野麻呂之子、承和中爲遣唐大使、官左大辨太宰權帥

乙0245 秋日登叡山、謁澄上人
城東一岑聳，獨負叡山名。
貝葉上方界，焚香鷲嶺城。

---

1 平成本作"今"。

甑餐藜藿就，白飯練砂成。
輕梵窗中曙，疏鐘枕上清。
桐蕉秋露色，鷄犬冷雲聲。
高隱丹丘地，方知南嶽晴。

乙04-21 橘常重 重一作主、島田麻呂之子、官參議下野守

乙0246 重陽節得秋虹、應製
君王出豫值重陽，試望秋虹遠近光。
首尾分形浮殿閣，雌雄半體跨池塘。
晴天色爽弦文弛，碧水陰生橋[1]勢長。
別有夢中華渚度，千年一聖誕明王。

乙04-22 豐前王 舍人親王四世之孫、榮井王之子、官伊豫守

乙0247 奉試賦得隴頭秋月明
桂氣三秋晚，蓂陰一點輕。
傍弓形始望，圓鏡暈今傾。
漏盡姮娥落，更深顧兔驚。
薄光波裏碎，寒色隴頭明。
皎潔低胡域，玲瓏照漢營。
誓將天子劍，怒髮獨橫行。

---

1 平成本作"橘"。

乙04-23 山田古嗣 益人之子、官相摸權介

乙0248 奉試賦秋雨 詩中用宮殿名
秋雨正滂沛，旬朝灑玉堂。
花濃叢發越，燕度石飛翔。
已濯蘭林佩，更霑蕙草香。
迎風散斜影，清暑送浮涼。
似露飄長樂，如塵拂建章。
長年無破塊，崇德詠時康。

乙04-24 南淵弘貞 本姓坂田、奈良麻呂之第二子、弘仁中賜姓南淵朝臣、官參議刑部卿

乙0249 奉試詠梁、得塵字
鳳閣將成歲，龍樓結構辰。
杏飄華日影，梅起妙歌塵。
帶紫朝光□[1]，含丹晚色新。
願爲廊廟幹，長奉聖君宸。

乙04-25 藤原關雄 內麻呂之孫、真夏之子、官治部少輔

乙0250 奉和詠塵
紫陌暮風發，紅塵靄靄生。
床中隨電影，梁上洗歌聲。
老氏和光訓，莊生守險情。

---

1 平成本作"斷"。

拂林疑霧薄，飄沼似雲輕。
戰路從柴曳，妝樓含鏡貞。
未期裨峻岳，飛颺徒自驚。

乙04-26 菅原清岡 善主之叔父

乙0251 奉和詠塵

微塵浮大道，霭¹霭隱垂楊。
色暗龍媒埒，形飛鳳輦場。
徘徊寧有定，動息固無常。
逐舞生羅襪，驚歌起畫梁。
因風流細影，似雪散輕光。
無由逢漢主，空此轉康莊。

乙04-27 菅原善主 清公之第三子、官勘解由次官

乙0252 奉和詠塵

大噫籠群物，惟塵在細微。
遇霖時聚斂，承吹乍雰霏。
洛浦生神襪，都城染客衣。
朝隨行蓋起，暮逐去軒歸。
動息常無定，徘徊何處非。
冀持老聃旨，長守世間機。

---

1 平成本作"薥"。

乙 04-28 中臣良舟

乙 0253 奉和詠塵

桂宮飛細質，柳陌泛輕光。
影逐龍媒亂，形隨鳳轄揚。
鏡沈疑霧月，衣染似□妝。
帶曲生珠履，臨歌繞畫梁。
雨來收不發，風至聚還張。
峻岳如無讓，微功遮莫亡。

乙 04-29 中臣良機 諸魚之孫、智治麻呂之子、官式部少丞

乙 0254 奉和詠塵

康莊飆氣起，搏擊細塵飛。
晨影帶軒出，暮光將蓋歸。
隨時獨不競，與物是無違。
動息如推理，逍遙似知機。
形生范[1]丹甑，色化士衡[2]衣。
欲助高山極，還羞真質微。

乙 04-30 滋野善永 蔭子、無位

乙 0255 和惟逸人春道秋日臥病華嚴寺精舍作

病中秋欲暮，策杖到雲居。

---

1 平成本作"危"。
2 平成本作"衝"。

石徑人來遠，霜林鳥道疏。
飛雲心不定，身世此浮虛。
月色孤猿絶，峰聲一夜初。
吹螺山寺曉，鳴磬谷風餘。
蘭若遲回久，寥寥卧草廬。

乙0256 玩菊花篇、應製
萋萋芳菊繞清潭，始有寒花一雁南。
岸色早滋朝野露，餘香盈把隨陶元。
登高欲訪費長房[1]。
餐英閑作湘南客，飲水延年酈北鄉。
玩黄花，黄花無厭日將斜。
影入三秋宛浦□，人傳往事舊龍沙。
葉如雲，花似星，紛紛幾處滿山亭。
自有心中彭祖術，霜潭五美奉遐齡。

乙0257 看落葉、應令
秋天鶴唳露光團，萬葉紛紛歲欲闌。
金井梧桐雖摇落，庭前孤竹不知寒。

乙0258 秋雲篇示同舍郎[2]
山寂歷兮春欲曛，澗幽深兮此閑雲。
雲中静兮逸人居，棟裏雲兮時卷舒。

---

1 編者認爲此句上恐脱一句。
2 平成本詩題作"奉和太上天皇青山歌"并有注作"本作秋雲篇示同舍郎、今改説見于上"。

春遥花聲兮雞犬,一林心事兮琴書。
追訪赤松兮遺迹,長年隱几兮閑餘。
山寂歷意幽清,幽清喜春晴[1]。
古蘿疏兮春月色,溪扉暗兮夜泉聲。
避喧兮遂無問,衣薜兮足了生。
人間游兮絕不夢,曉猿深兮落月洞。
春光寂寂暮山家,獨住藜杖□烟霞。

日本詩紀卷之十　乙集第四

---

[1] 平成本作"情"。

卷之十一　乙集第五

上毛河世寧　彙編

乙 05-01 小野篁 岑守之子、弘仁十三年、奉文章生試及第、承和中爲遣唐副使、稱病不行、貶謫隱岐、後召還、歷官參議、所著有野相公集五卷

乙 0259 奉試隴頭秋月明 以下二首見經國集

反覆單于性，邊城未解兵。
征[1]夫朝蓐食，戎馬曉寒鳴。
帶水城門冷，添風角韵清。
隴頭一孤月，萬物影云生。
色滿都護道，光流佽[2]飛營。
邊機候侵寇，應驚此夜明。

乙 0260 秋雲篇、示同舍郎[3] 此篇殊不可讀、蓋傳寫致誤、今且仍舊存之

氣懰剽，具品秋。
客在西，歲—作城欲道—作導。
登山臨水耶楚望，移目寒雲遠近愁。
初觸拳石一片起，盲[4]風吹獵九圍浮。
陰連潘岳晉[5]閣上，色映劉王汾水流。
籠山暗濕長年葉，帶日高韜短暮暉。
紫府欲迎仙駕養，青天曾助鵬翼飛。

---

1 平成本有"一作戍"。
2 平成本作"欣"。
3 平成本詩題後有注"閣上以下、本書與良峰安世青山歌合爲一篇、今改爲、説見于前"。
4 平成本作"冒"。
5 "閣上"以下文字依平成本補全。

朝爲巫嶺神姬氣，夜作銀河織女衣。
富貴人間如不義，華封勸我帝鄉意。

乙0261 近以拙詩寄王十二、適見惟十四和之之什、因以解答以下四首見扶桑集

勝負人間爭奈何，淬將心劍戰肝魔。
虛名日腳翻陽焰，妄累風頭亂雪波。
賤得交情探底盡，老看時事到頭多。
見君行李平如砥，誰向羊腸取路過。

乙0262 重酬

野人閑散立身何，自課功夫文字魔。
寒步更教吹退鷁，醜顰還被敵橫波。
水中投物浮沈異，手裏藏鈎得失多。
折軸孟門難進路，可憐騏驥坦途過。

乙0263 和從弟內史見寄、兼呈二弟

世時應未肯尋常，昨日青林今帶黃。
不得灰身隨舊主，唯當別髮事□[1]王。
承聞堂上增羸病，見說□[2]中□[3]米糧。
眼血和流腸絞斷，斯聲音盡叫蒼蒼。

---

1 平成本作"空"。
2 平成本作"家"。
3 平成本作"絶"。

乙0264 和沈州感故鄉、應得同時見寄之作
査客來如昨，寒蟾再過[1]圓。
三冬難曉夜，萬里不陰天。
漫遣刀環滿，空經破鏡懸。
計應鄉國處，愁見一時然。

乙0265 內宴春日見江談抄
著野展鋪紅錦繡，當天游織碧羅綾。
洗開蟄戶雪翻雨，收出蟠龍水破冰。

乙0266 秋夜見和漢朗詠集
蔓草露深人定後，終宵雲盡月明前。
床嫌短腳蛩聲鬧，壁厭空心鼠孔穿。

乙0267 青海波詠見源氏河海抄
桂殿迎初歲，桐[2]栖媚早年。
剪花梅樹下，蝶鶯盡[3]梁邊。

乙0268 和早春晴以下見和漢朗詠集
紫塵懶蕨人拳手，碧玉寒蘆錐脫囊。

乙0269 春光細賦
人無更少時須惜，年不常春酒莫空。

---

1 平成本作"遇"。
2 平成本作"相"。
3 平成本作"畫"。

乙0270 客舍惜秋
物色自勘傷客意，宜將愁字作秋心。

乙0271 九條右丞相花亭法華會詩本注云野相公興九條右府不同時當是傳寫之誤
玉磬聲思弦管奏，衲衣僧代綺羅人。

乙0272 以僧智喻明鏡[1]
明鏡乍開隨境照，白雲不著下山來。

乙0273 餞別
萬里東來何再日，一生面望是長襟。

乙0274 將赴謫處隱岐國
渡口郵船風定出，波頭謫處日晴看。

乙0275 酬好古見江談抄
暗作野人天與姓，狂官自古世呼名。

乙0276 失題以下見新撰朗詠集
新齋夜語聞鶏起，舊宅春游待月歸。

乙0277 失題
香印微烟無礙月，齋僧輕步不穿苔。

---

1 平成本有"失題、題本作以僧智喻明鏡、友堯按、朗詠詩下注作者、次題、次詩意、是知此注文誤混題者、下源英明橘在列、慶保胤、高丘相如等皆倣此"。

乙0278 自隱岐歸詩[1] 見續世繼物語
請君愛菊須看我，白在□[2]頭黃在衣。

乙0279 對雪吟 見源氏河海抄
浪起桑田行變海，花開月令不依春。

乙05-02 惟良春道 其先百濟人、官近江少掾、有詩名、與野相公并稱

乙0280 送伴秀才入道 以下八首見經國集
厭見風塵上下情，欲雲栖去學無生。
妻孥棄在人間老，錫缽遙尋象外行。
盥漱應隨溪水暮，觀身靜坐進鐘聲。
不知別後相思伴，何處烟霞訪姓名。

乙0281 和良將軍題瀑布下蘭若、簡清大夫作
知君策馬到雲居，古岸懸流數里餘。
鏡色每將空性徹，冰華長與道心虛。
羅浮擊磬含風遠，于闐鳴鐘帶雨疏。
終日洗塵看不足，銅瓶汲取夜禪初。

乙0282 應製、賦深山寺
上方來往路難尋，塔廟青山祇樹林。
片石觀空何劫盡，孤雲對境幾年深。
紗燈點點千岑夕，月磬寥寥五夜心。

---

1 平成本作"作"。
2 平成本作"鬢"。

到此能令身世忘，塵機不得更相侵。

乙0283 奉和太上天皇春堂五咏、三首
臥春堂，春堂疏竹簾。
幽眺不眠復卷□[1]，閑窗向晚月鈎纖。
右簾

乙0284 同二
臥春堂，春堂南郭几。
更有千年靈壽杖，相携与爾扶坐起。
右几

乙0285 同三
臥春堂，春堂獨夜燈。
清影未曾欺暗室，挑時更使聖明增。
右灯

乙0286 和菅大夫曉聞雁、卒爾成篇
霜雁猶翩翩，隨陽向楚天。
先群飛稍遠，後乘[2] 來溪[3] 前。
弱羽資風力，危聲任月弦。
稻梁恩欲報，猶繞舊池邊。

---

1 平成本作"復不卷"。
2 平成本有"一作舞"。
3 平成本有"一作復"。

乙0287 秋雲篇[1]

青山兮闃寂，懸岸兮絶壁。
下臨不測之崢嶸，上插窮高之空碧。
雲雷兮吼怒，日月兮朝夕。
有夐寰宇兮地隈隩[2]，空鳥兮稀人迹。
我來散髮兮秋復春，林壑森森唯一身。
朝炊黍，暮烹鷄，白雲爲主臥青溪。
溪流兮浩浩，芳草兮萋萋。
在山中兮物無役，讀詩書兮身多癖。
洞之口，岩之阿，有時獨坐青山歌。
坐且歌，行且歌，青山寂寂奈樂何。

乙0288 與野十一唱和往復之後、餘思未泄、更勒二章以代憶[3] 以下四首見扶桑集

慚登清貫免饑寒，鶯有喬枝鷄有冠。
交友欲抛閒境薄，世情到老口頭看。
蝸牛有舍容身穩，檻虎低顏作氣難。
儻有與君詩唱和，未能消盡舊心肝。

乙0289 其二

無能白首遇休明，只合騰騰過一生。
心事結風切不就，浮榮畫水字難成。

---

1 平成本題後有"奉和太上天皇青山歌、本書連小野篁秋雲篇下、題作同前、今改、詳見于上"。
2 平成本作"隩限一作限隩"。
3 平成本有"一作懷"。

年荒不食明時俸，藝薄空塵別駕名。
眼下飽看榮辱盡，贈君吟動鞠歌行。

乙0290 劉大夫才之命世者也、修國史之次、乞予詩卷、因勒四韵、題于卷後
空勞畫餅合供饑，幼學孜孜老未知。
拭我古銅光不鬻，涉君瀉[1]海水難爲。
應修有國簪纓傳，那乞休官別駕詩。
莫怪卷中多白眼，人生不得志多時。

乙0291 野副使卓世之工文者也、常誦予詩句、枉見褒異云云、予每見子之文辭、盡怯我風塵、此絕世之大才也、夫以孔門論詩、野已入室、良未升堂、決其勝負、豈惟伯仲之間哉、即知此華予之言、故題六韵以寄謝之
看他謟黷苦相交，毀譽隨心變羽毛。
野調又玄遭世忌，良詩尚白被人嘲。
俱游虎窟君餘力，并覓驪珠我不遭。
酌蠡判迷量海器，磨鉛嘗合剗犀刀。
朝宗海口川流細，却過雷門布鼓勞。
如入大官無不有，宮[2]墻數仞仰彌高。

乙0292 山寺立春 以下見和漢朗詠集[3]
夜向殘更寒磬盡，春生香火曉爐然。

---

1 平成本作"溟"。
2 平成本作"官"。
3 平成本有"前聯見和漢朗詠集、後聯見新撰朗詠集"。

乙0293 花下春[1]
風雲易向人前暮，歲月難從老底還。

乙0294 題後妃舊院
孤花裹露啼殘粉，暮鳥栖風守廢籬。

乙0295 述懷
言下暗生消花[2]火，笑中偸鋭刺人刀。

乙0296 失題以下見新撰朗詠集
懺抛業障冰消地，破却無明日上天。

乙0297 庭見竹雪
長竿冒雪白龍蟠，能蘊虛心獨苦寒。

乙05-03 春澄善繩字名達、本姓猪名部、豐雄之子、幼而明慧、骨格非常、天長元年、奉試及第、補俊士、尋賜今姓、齊衡中、奉詔修國史、官終參議式部大輔

乙0298 奉試賦挑燈杖以下二十七首并見經國集
期杖任朴猶用□[3]，豈假良工加鈐雕。
白日黃昏燈始續，匪資兹具未能調。
若非蒿杖老全緊，或是蒡莖炎亦焦。
謬污寫卵盤外落，眼分精鋭帳中挑。
後有招攜宴友朋，華堂四照列羊燈。

---

1 平成本有"以下見和漢朗詠集"。
2 平成本作"骨"。
3 平成本作"勝"。

时因永夜焰垂减，每效微功明更增。
廉吏嫌然年不赏，神翁省备照吹杖。
宣神正使苏公属，致用亦令蜀妇纺。
一客环堵晓夕勒，十年玩文自为桨。
唯嘉陋质助光力，弗敢效贪膏泽养。

乙 05-04 三原春上 弟平主之子、官参议右大辨

乙 0299 扈从梵释寺、应制

銮舆近出王畿外，仙盖高飞天阙中。
合掌凝□[1]寻鹫岭，焚香散蕊拜龙宫。
老僧护法心弥寂，童子虚餐体既穷。
徐出庄梯知俗远，闲明[2]石落觉尘空。
禅场藓色无冬夏，幽谷松声有隔通。
肉眼今看真如理，是著□□□□□。

乙 05-05 伴成益 宇治人之子、官丹波权守[3]

乙 0300 奉试得东平树

东平灵感木，倾影志非空。
地隔连枝异，神幽合意同。
叶衰宁待雪，条靡□[4]因风。
迫望相思处，悲哉古墓中。

---

1 平成本作"眸"。
2 平成本有"一作游"。
3 平成本有"本姓大伴，避淳和天皇讳省大字"。
4 平成本作"自"。

乙05-06 安倍吉人官中務大輔

乙0301 聞渤海客禮佛、感而賦之
聞君今日化城游，真趣寥寥禪迹幽。
方丈竹庭維摩室，圓明松蓋寶積球。
玄門非無又非有，頂[1]禮消罪更消憂。
六念鳥鳴蕭然處，三歸人思幾淹留。

乙05-07 島田渚田官大內記

乙0302 同安領客感客等禮佛之作[2]
禪堂寂寂架海濱，遠客時來訪道真。
合掌焚香忘有漏，回心頌偈覺迷津。
法風冷冷疑迎曉，天葶輝輝似入春。
隨喜君[3]之微妙意，猶是同[4]見崛山人。

乙05-08 高村田使官東宮學士、兼文章博士

乙0303 奉和殿前梅花
忽見三春木，芳花一種催。
素葩承日笑，黃蕊對風開。

---

1 平成本作"項"。
2 底本和平成本詩題均作"聞渤海客禮佛、感而賦之"，有誤，依經國集改正。
3 平成本作"居"。
4 平成本作"月"。

舞蝶飛更聚，歌鶯去且來。
和羹如可適，以此作鹽梅。

乙05-09 净野夏嗣 位從五位下

乙0304 同奉和太上天皇屏詠

侍[1]春堂，春堂雲母屏。
屈伸隨用無定意，唯期日夜對龍扃。

乙05-10 石川廣主 官刑部少輔

乙0305 奉和詠鬼之什

鬼神惟不測，冥運入希微。
論有形無見，言無道有奇。
齊襄未免譴，晋景亦殃隨。
隱顯雖難定，禍淫在可知。

乙05-11 大枝直臣 文章生

乙0306 詠燕

表瑞集齊郡，呈靈入玉筐。
龍潛避爽節，鳳舉逐暄光。
栖宇傳新語，銜泥尋舊梁。
去來不失候，可謂識行藏。

---

1 平成本作"臥"。

乙 05-12 文室真室室或作屋、官太宰少貳[1]

乙 0307 奉試咏三
青鳥居山日，丹烏[2]表瑞時。
殷湯數讓位，管仲終固辭。
韵曲流泉急，入湖江水遲。
寧知損益友，□[3]下董生帷。

乙 05-13 安部文繼官東宮學士

乙 0308 夜亭晚秋、探得徊字、應製
無能白首侍池臺，不厭閒亭俯岩隈。
陽面指天森松柏，陰崖滿地點苺苔。
朝烟有色看深淺，夕鳥無心聞往來。
老病交侵秋已暮，恩秩假借暫徘徊。

乙 05-14 布瑠高庭官和泉守

乙 0309 小池七夕
星夕臥池邊，遙瞻肆遠天。
不知烏鵲意，何似遠神仙。

乙 0310 石決明詞
七孔本無對，能令人決明。

---

1 平成本作"官太貳少宰、一作少宰大貳"。
2 平成本作"烏"。
3 平成本作"青"。

胎珠光未顯，誰識重連城。

乙05-15 大枝永野[1]

乙0311 詠雪
散絮因風起，凝垣[2]任氣來。
榭樓皆白玉，草樹總花梅。
國有豐年瑞，家無閉戶哀。
且傷東鄰郭[3]，隨步迹猶開。

乙05-16 紀虎繼

乙0312 奉試得治荊璞
荊山稱奧府，經史不空傳。
中有連城璧，世無覺彼妍。
潛光深谷內，韜彩參岩邊。
價逐千金重，形將滿月圓。
冰霜還謝潔，金石豈齊堅。
未遇卞和獻，無由奉皇天。

乙05-17 石川越智人

乙0313 奉試詠三
曼倩文才長，相如作賦遲。
明云有益友，意此成吾師。

---

1 平成本有"以下十四人、爵里出自未詳"。
2 平成本作"鹽"。
3 平成本有"一作履"。

鳥影日中掛，猿聲峽裏悲。
冲天方患尚，久下仲舒帷。

乙 05-18 小野末嗣

乙 0314 奉試賦王昭君

一朝辭寵長沙陌，万里愁聽行路難。
漢地悠悠隨去盡，燕山迢迢猶未彈[1]。
青蟲鬢影風吹破，黃月顏妝雪點殘。
出塞笛聲腸闇絶，銷紅羅袖淚無乾。
高岩猿叫重壇苦，遙嶺鴻飛隴水寒。
料識腰圍損昔日，何勞□[2]向鏡中看。

乙 05-19 小野春卿

乙 0315 奉試得照膽鏡

良冶鍊銅初鑄日，火雲烈烈風焰頻。
背文巧置盤龍體，面彩能銜滿月輪。
玉匣池深朝氣微，金臺冰冷夜陰申。
空虛萬象見明處，野魅山精不隱身。
西入秦城獻霸王，君王殿上燭佳人。
夜裳整下綺羅色，容貌妝前桃李春。
欲言情素即因此，發昧維勝奇寶真。
如今可用妍媱[3]鑒，長願猶爲照膽珍。

---

1 平成本作"殫"。
2 平成本作"每"。
3 平成本作"娃"。

乙05-20 大枝磯麻呂

乙0316 奉試得爨燒桐

擢幹嶰陽岑，森森秀衆林。
春花含日笑，秋葉帶霜吟。
鳳影飄枝上，風聲散麗音。
忽遇涼飈激，幾番動珪陰。
匠石方無顧，何思爲爨侵。
幸逢雍子識，長作五弦琴。

乙05-21 治文雄[1]

乙0317 奉試賦秋興、以建除等十二字居句頭

建酉星初轉，除濕金正王。
滿江鴻翼匹，平陸菊叢香。
定識幽閨女，執梭織錦章。
破簾蟲網薄，危牖月光涼。
成雨葉聲亂，收芳草色黃。
開書周覽候，閉戶嘆潘郎。

乙05-22 治穎長[2]

乙0318 奉試賦得隴頭秋月明

霜氣冷關樹，秋月色更明。

---

1 平成本有"友堯按、治恐多治比、經國截姓、無史可考、云錄愚考、以俟具眼者、下傚此"。
2 平成本有"恐多治比"。

定識憶恩客，揮戈縱遠征。
影寒交河道，輝度萬里程。
水底釣沈璧，葉中尋落星。
胡騎氣逾勇，漢營陣雜生。
但忻重光暈，獨照隴頭城。

乙05-23 常光守

乙0319 守歲[1]

日月共除歲欲遷，風雲乍改尚冬天。
不看明鏡暗知老，況復慈親七十年。

乙05-24 全[2]雄津[3]

乙0320 咏雪

如玉如銀雪，自東自北來。
園無無絮柳，庭有有花梅。
瓊室非殷室，瑤臺異夏臺。
九區萬萬里，一種色皚皚。

乙05-25 巧諸勝

乙0321 冬日途中值雪簡左督

晚路逢寒雪，紛紛落悴顏。
披裘從捷徑，策馬越關山。
鶴髮愈添白，烏頭漸欲斑。

---

1 此詩以下詩人順序與平成本不同，從底本。
2 平成本有"一作金"。
3 平成本有"恐金原"。

高人有意如垂訪，可答非因興盡還。

乙05-26 伊永代[1]

乙0322 冬日友人田家被酒
一宅長堤古，良田在西東。
閑[2]行經柳入，客舍渡溝通。
冰結波文斷，霜飛葉□[3]空。
唯餘琴酒事，并是竹林風。

乙05-27 路永名

乙0323 不堪奉試
纖鱗迸浪慚力微，弱羽逢風倦退飛。
別有邯鄲學步者，中途匍匐不知歸。

乙05-28 鳥高名[4]

乙0324 奉試得寶雞祠
秦政初基代，文公致霸時。
分形雉今[5]似，流彩星相疑。
綠野朝聲散，青郊夕影飛。
陳食北坂[6]下，千歲幾崇祠。

日本詩紀卷之十一　乙集第五

---

1 平成本有"恐伊與部伊岐之類"。
2 平成本作"聞"。
3 平成本有"惟"。
4 平成本有"恐鳥飼"。
5 平成本作"全"。
6 平成本作"阪"。

卷之十二　乙集第六

上毛河世寧　彙編

閨秀

乙06-01 伴氏[1]

乙0325 晚秋述懷 見文華秀麗集
節候蕭條歲將闌，閨門靜閑秋日寒。
雲天遠雁聲宜聽，檐樹晚蟬引欲殫。
菊潭帶露餘花冷，荷浦含霜舊盍殘。
寂莫獨傷四運促，紛紛落葉不勝看。

乙06-02 和氏[2]

乙0326 禪居 以下十二首并見經國集
栖隱多歸趣，從來重練邪。
駕言尋此處，處處幾經過。
烟泛龍[3]山樹，霞昭瑩野花。
禪居無異物，微月入岩阿。

乙06-03 惟氏

乙0327 奉和搗衣引
秋欲闌，閨門寒。
風瑟瑟，露團團。
遙憶仍傷邊戍事，征人應苦客衣單。
匣中掩鏡休容飾，機上停梭裂殘織。

---

1 平成本作"大伴氏"。
2 平成本作"尼和氏"。
3 平成本有"一作暗"。

借問搗衣何處好，南樓窗下多月色。
芙蓉杵，錦石[1]砧，出自華陰與鳳林。
搗齊紈，搗楚練，星漢西回心氣倦。
隨風搖颺羅袖香，映月高低素手凉。
疏節往還繞長信，清音凄斷入昭陽。
就燈影，來玉房。
把刀尺，量短長。
穿針泣結連枝繼[2]，含怨縫爲萬里裳。
莫怪腰圍疇昔異，昨來入夢君容悴。

乙0328 奉和除夜
自從習靜出風塵，北斗□□回歲巡。
俗事隨□夜□盡，幽心獨對上陽新。
烟嵐向暖迎年色，山燭閒然避世人。
泉石不知老將至，悠然徒任去來春。

乙0329 和出雲巨太守茶歌
山中茗，早春枝，萌芽采撷爲茶時。
山傍老，愛爲寶，獨對金爐炙令燥。
空林下，清流水，紗巾漉仍銀鎗子。
獸炭須臾烟氣盛，盆[3]浮沸浪花起。
罩縣坑，商家盤，吳鹽和味味更美。

---

1 平成本作"名"。
2 平成本作"縷"。
3 編者認爲此處恐脱一字。

物性由來是幽潔,深岩石髓不勝此。
煎罷餘香處處薰,飲之無事臥白雲。
應知仙氣日氤氲[1]。

衲子

乙 06-04 空海 姓佐伯氏、贊岐多度人、延曆二十三年游學唐、大同元年歸朝、所著有性靈集及秘府論、行於世、卒後賜號弘法大師

乙 0330 南山中新羅到者見過
吾住此山不記春,空觀雲日不見[2]人。
新羅道者幽尋意,持錫飛來恰如[3]神。

乙 0331 過金心寺
古狠滿堂塵暗色,新花落地鳥繁聲。
經行觀禮自心感,一兩僧人不審名。

乙 0332 留別青龍寺義操阿闍梨
同法同門喜過深,游空白霧忽歸岑。
一生一別難再見,非夢思中數數尋。

乙 0333 在唐觀昶和尚小山
看竹看花本國春,人聲鳥哢漢家新。
見君庭際小山色,還識君情不染塵。

---

1 編者認爲此句上恐闕一句。
2 平成本作"觀"。
3 平成本作"似"。

乙 0334 入山興

問師何意入深寒，深嶽崎嶇太不安。
上也苦，下時難，山神木魅是爲虜。
君不見，君不見，
京城[1]御苑桃李紅，灼灼芬芬顏色同。
一開雨，一散風，飄上飄下落園中。
春女群來一手折，春鶯翔集啄飛空。
君不見，君不見，
王城城裏神泉水，一沸一流速相似。
前沸後流幾許千，流之流之入深淵。
入深淵，轉轉去，何日何時更竭[2]天。
君不見，君不見，
九州八島無量人，自古今來無常身。
堯舜禹湯与桀紂，八元十亂將五臣。
西嬙嫫女支離體，誰能保得萬年春。
貴人賤人總死去，死去死去作灰塵。
歌堂舞閣野狐里，如夢如泡電影賓。
君知否，君知否，
人如此，汝何長，朝夕思思堪斷腸。
汝日西山半死士，汝年過半若尸起。
住也住也一無益，行矣行矣不須止。
去來去來大空師，莫住莫住乳海子。

---

1 平成本作"師"。
2 平成本作"謁"。

南山松石看不厭，南嶽清流憐不已。
莫慢浮華名利毒，莫燒三界火宅裏。
斗藪早入法身里。

乙0335 現果詩
青陽一照御苑中，梅蕊先衆發春風。
春風一起馨香遠，花萼相暉照天宮。

乙0336 過果詩
莫道此花今年發，應知往歲下種因。
因緣相感枝干聳，何況近日遇早春。

乙0337 秋山望雲雨以憶此心
白雲輕重起山谷，蒼嶺高低本入空。
或灑或飛南北雨，乍飄乍扇東西風。
唯有一虛湛不變，千年萬歲顏色同。
欲言□□傍烟色，天水合暉秋月通[1]。

乙0338 游山慕仙詩以下三十九首見性靈集
高山風易起，深海水難量。
空際無人察，法身獨能詳。
鳧鶴誰非理，螳龜詎叵暲。
葉公珍假借，秦鏡照真相。
鴉目唯看腐，狗心耽穢香。
人皆美蘇合，愛縛似蜣蜋。

---

1 平成本作"遍"。

仁恤麒麟異，迷方似犬羊。
能言若鸚鵡，如説避賢良。
豺狼逐麇鹿，狻子嚼麞麈。
睚眦能寒暑，噱談受痛瘡。
營營染白黑，譖毀織災殃。
肚裏蜂蠆滿，身上虎豹莊。
能銷金與石，誰顧誡剛强。
蒿蓬聚墟壠，蘭蕙[1]鬱山陽。
曦舒如矢運，四節令人僵。
柳葉開春雨，菊花索秋霜。
窮蟬鳴野外，蟋蟀帳中傷。
松柏摧南嶺，北邙散白楊。
一身獨生殁，電影是無常。
鴻燕更來去，紅桃落昔芳。
花容偷年賊，鶴髮不禎祥。
古人今不見，今人那得長。
避熱風岩上，逐凉曝飛漿。
狂歌薜蘿服，吟醉松石房。
渴餐澗中水，飽吃烟霞糧。
白朮調心胃，黄精填骨肪。
錦霞爛山幄，雲幙滿天張。
子晋凌漢舉，伯夷絶周梁。
老聃守一氣，許脘貫三望。

---

[1] 平成本作"蕙"。

鶯鳳梧桐集，大鵬臥風床。
崑嶽右方廡，蓬萊左邊廂。
名賓害心實，忽駕飛龍翔。
飛龍何處游，寥廓無塵方。
無塵寶珠閣，堅固金剛墻。
眷屬猶如雨，遮那坐中央。
遮那阿誰號，本是我心王。
三密遍剎土，虛空嚴道場。
山毫點溟墨，乾坤經籍箱。
萬象含一點，六塵閱縑緗。
行藏任鍾谷，吐納挫鋒芒。
三千隘行步，江海少一嘗。
壽命無始終，降年豈限疆。
光明滿法界，一字務津梁。
景行猶仰止，思齊自束裝。
飛雲幾生滅，靄靄空飛揚。
纏愛如葛旋，萋萋山谷昌。
誰如閉禪室，澹泊亦儴佯。
日月光空水，風塵無所妨。
是非同說法，人我俱消亡。
定惠[1]澄心海，無緣每湯湯。
老鴉同黑色，玉鼠號相防。
人心非我心，何得見人腸。

---

1 平成本作"慧"。

難角無天眼，抽示一文章。

乙0339 秋日觀神泉苑

彳亍神泉觀物候，心神恍惚不能歸。
高臺神構非人力，池鏡泓[1]澄含日暉。
鶴響聞天馴御苑，鵲翅且戢幾將飛。
游魚戲藻數吞鈎，鳴鹿深草露沾衣。
一翔一住感君德，秋月秋風空入扉。
銜草喙梁何不在，蹡蹡率舞在玄機。

乙0340 贈野陸州歌

日本麗城三百州，就中陸奧最難柔。
天皇赫怒幾按劍，相將幄中爭馳謀。
往帝伐，今上憂，
時時牧守不能劉，自古將軍悉啾啾。
毛人羽人接境界，猛虎豺狼處處鳩。
老鴉目，猪皮裘，
髻中插著骨毒箭，手上每執刀與矛。
不田不衣逐麋鹿，靡晦靡明山谷游。
羅刹流，非人儔，
時時來往人[2]村里，殺食千萬人與牛。
走馬弄刀如電擊，彎弓飛箭誰敢囚。
苦哉邊人每被毒，歲歲年年常喫愁。

---

1 平成本作"泓鏡一作鏡泓"。
2 平成本作"入"。

我皇爲世出能鑒，亦咨焉刃局——句恐必有誤脫。
千人萬人舉不應，唯君一個帝心抽。
山河氣，五百賢，允武允文得自天，
九流三略肚裏吞。
鵬翼一搏睨此境，毛人面縛側城邊。
凶兵蘊庫待冶鑄，智劍滿胸幾許千。
不戰不征自無敵，或男或女保天年。
昔開[1]嫣帝干舞術，今見野公略無匹。
京邑梅花先春開，京城楊柳茂春日。
邊城遲暖無春蕊，邊壘早冬無茂實。
高天雖高聽必卑，況乎鶴響九皋出。
莫愁久住風塵裏，聖主必封萬戶秩。

乙0341 喜雨歌

哀哀末世諸元元，聾瞽不屑聖者言。
久醉無明酒，不知本覺源。
長眠三界夢，永愛四蛇原。
身與口心行十惡，不忠不孝罪業繁。
撥因果，無罪福，蕩逸昏，迷營口。
生之死之笑而哭，打東打北總是由。
業障重，功德輕，臨河見水火還盈。
佛身裏，見地獄，七寶上，不看玉。
甘澤孜孜火四起，燒之爛之稻將粟。
山河焦竭禽魚死，朝野九陽淚相續。

---

1 平成本作"聞"。

我皇垂願爲人出，且智且仁臨八州。
三教九流一心裏，四量六度萬劫修。
爲人引咎避樓觀，爲物減食日夕憂。
寺寺進僧開妙法，山山馳使祈禱周。
老僧讀誦微雲起，禪客持觀雨足優。
甘露乳水醍醐油，濛濛漫漫山谷流。
桂嶺瀑布幾溺兔，禾田汃澮堪沒牛。
青青草木珠莊葉，浩浩陂池湛如瑠。
農夫也莫愁，早看秴種苗老不。
南畝芃芃苗稼綠，東皋囂囂謳鼓鳩。
先知千箱與萬庾，如抵如京亦似丘。
妙矣法威不可說，幸哉帝力不能籌。
一唾能銷百界火，一朝能減萬人愁。
寄言六道無明客，我以佛言好心通。
男女若能持一字，朝朝一觀自心宮。
自心亦是三身土，五智莊嚴本自豐。
欲知先入灌頂法，才入便持薩陲同。
天食天衣自然雨，無爲無事忘帝功。

乙 0342 贈良相公
孤雲無定處，本自愛高峰。
不知人里日，觀月臥青松。
忽然開玉振，寧異對顏容。
宿霧隨吟歛，蘭情逐詠濃。
傳燈君雅致，余誓濟愚庸。
機水多塵濁，金波不易從。

飛雷猶未動，蟄蛟[1]匪開封。
卷舒非一己，行藏任六龍。

乙0343 山中有何樂

山中有何樂，遂爾永忘歸。
一秘典，百衲衣，雨濕雲霑與塵飛。
徒飢徒死有何益，何師此事以爲非。
君不見，君不聽，
摩竭鷲峰釋伽居，支那臺嶽曼珠廬。
我名息惡修善人，法界爲家報恩賓。
天子剃頭獻佛馱，耶娘割愛奉能仁。
無家無國離鄉屬，非子非臣子安貧。
澗水一坏朝支命，山霞一咽夕谷神。
懸蘿細草堪覆體，荊葉杉皮是我茵。
有意天公紺幕垂，龍王篤信白帳陳。
山鳥時來歌一奏，山猿輕跳伎絕倫。
春華秋菊笑向我，曉月朝風洗情塵。
一身三密過塵滴，奉獻十方法界身。
一片香烟經一口，菩提妙果以爲因。
時華一掬贊一句，頭面一體報丹宸。
八部恭恭潤法水，四生念念各證真。
惠刀揮斫無全牛，智火才放灰不留。
不滅不生越三劫，四魔百非不足憂。
大虛寥廓圓光遍，寂寞無爲樂以不。

---

[1] 平成本作"蚊"。

乙0344 徒懷玉
問師懷玉不肯開，獨往[1]深山取人哈。
君不聽，君不聽，
調御髻珠秘靈臺，宣尼良玉稱沽哉。
方圓人法不如默，說聽琉璃情幾撞。
古人學道不謀利，今人讀書但名財。
輪王妙藥鄙爲毒，法帝醍醐謗作災。
夏月涼風，冬天淵風。
一種之氣，嘻喜不同。
蘭肴美膳味無變，病口飢舌甜苦別。
西施美笑[2]人愛死，魚鳥驚絕都不悅。
同與不同，時與不時。
升沈譖毀，默語君知之。
知之知之名知音，知音知音蘭契深。

乙0345 蘿皮函詞
南峰獨立幾千年，松柏爲鄰銀漢前。
戴日蘿衣物外久，函書今向相公邊。

乙0346 納涼房望雲雷[3]
雲蒸壑似淺，雷渡空如地。
颯颯風滿房，祁祁雨伴颺。

---

1 平成本作"住"。
2 平成本作"災"。
3 平成本作"雷雲一作雲雷"。

天光暗無色，樓月待難至。
魑魅媚¹殺人，夜深不能寐。

乙0347 敕賜屏風書了即獻詩
蒼嶺白雲觀念人，等閒²絶却草行真。
心游佛會不游筆，不顧揚波爾許春。
豈謂明皇交染翰，鵠頭龍爪爲君陳。
祥雲濃淡御邸出，瑞草秋冬感帝仁。
青山翠岳見翔鳳，花苑瓊林望走麟。
更有懸針與倒韭，切思相伴竭³丹宸。
寵管臨池調漆墨，烏光忽照點毫賓。
暴風驟雨莫來污，此是君王所愛珍。
松岩數霧庵中濕，恐污望晴經月旬。
畫虎畫龍都不似，心寒心暑幾逡巡。

乙0348 中興感壽⁴詩
黃葉索山野，蒼蒼豈始終。
嗟余五八歲，長衣⁵念圓融。
浮雲何處出，本是淨虛空。
欲談一心趣，三曜朗天中。

---

1 平成本作"媚"。
2 平成本作"間"。
3 平成本作"謁"。
4 平成本有"一作壽感興"。
5 平成本作"夜"。

乙0349 奉謝恩賜百屯綿兼七言詩
方袍苦行雲山裏，風雪[1]無情春夜寒。
五綴持錫觀妙法，六年蘿衣啜蔬飧。
日與月與丹誠盡，覆瓮今見堯日寬。
諸佛威護一字[2]愛，何須惆悵人間難。

乙0350 贈伴按察平章事赴陸府
君門開闢皇王將，智勇英謀允聖神。
持節犯霜如松柏，含貞凌雪似竹筠。
良將折行何出塞，賢才妙略幄中陳。　行當作衝
毛夷螳陣一把草，羽狄豺營半掬塵。
飛禽也識恩將義，猛虎尚知惠與仁。
治亂在吾不在敵，歸心叛意爲己身。
天簡在君不須讓，忘家爲國是忠臣。
鳥聲悲哘園花落，雲斾飛馳軍令申。
孫子張良彼何物，六韜三略用此春。
東涯萬里少一步，一吒早馳荒服馴。

乙0351 與新羅道者
青丘道者忘機人，護法隨緣利物賓。
海際[3]浮盂[4]過日域，持囊飛錫愛梁津。
風光月色照邊寺，鶯囀楊花發暮春。

---

1 平成本作"雲"。
2 平成本作"宇"。
3 平成本有"一作際海"。
4 平成本作"盃"。

何日何時朝魏闕，忘言傾蓋裹烟塵。

乙0352 獻柚[1]子
桃李雖珍不耐寒，豈如橘柚遇霜美。
如星如玉黃金質，香味應堪實籩簋。
太奇珍妙何將來，定是天上王母里。
應表千年一聖會，攀摘持獻我天子。

乙0353 故贈僧正勤操大德影偈[2]
菩薩菩薩體何似，顏容酷似世間人。
佛陀佛陀是何色，面孔宛如諸趣倫。
吾師相貌等凡類，心行天殊志若神。
三論滿懷悲幻影，一乘輼臆愛梁津。
空裏浮雲幾生滅，園中紅葉爾許春。
團團水鏡空而假，灼灼空華亦不真。
爲他而說常談此，聽者歔欷厭苦身。
去歲鴻雁今歲至，東流河水返何辰。
夜臺寂寂星霜久，舉代[3]風誦是公塵。
松柏颸颸猿響切，青鸞妙法向誰陳。

乙0354 暮秋賀元興僧正大德八十
寂業遺教，轉授其人。
三歲稽古，六宗維新。

---

1 平成本有"一作柑"。
2 平成本有"一作贊"。
3 平成本有"一作世"。

法相之將,推師當仁。
瑚璉其體,龍象其身。
辨挫邪鍔,智明正因。
講經講論,乍秋乍春。
聽者市井,學徒雲臻。
著世幽趣,非公不陳。
兩帝仰止,四象梁津。
名賓僧正,實德佛鄰。
伊余尚德,沒饌迎賓。
絲竹金土,感動鬼利[1]。
怨親既歡,何況昵親。
卓彼人寶,可謂國珍。

乙0355 秋日奉賀護命僧正大師
秋風颯颯飄黃葉,桂月團團泣[2]白露。
蟲響悲哀愍草間,雁聲斷續疏天路。
大師今歲臨重九,經論講談幾許度。
悲智津梁比舟筏,怨親兼愛濟緇素。
提我童蒙灑醍醐,開余生瞽示正路。
粉身碎體何能答,唯憑風疾白牛輅。

乙0356 見還俗人作
昔日剃頭今長髮,出家二種心惟重。

---

1 平成本作"神"。
2 平成本作"沾"。

紅華綠實一株物，君見春秋顏色同。
世理無常人如此，心緣不動大道通。
長江萬里以相答，雖爾處身如虛空。

乙 0357 後夜聞佛法僧鳥
閑林獨坐草堂曉，三寶之聲聞一鳥。
一鳥有聲人有心，聲心雲水俱了了。

乙 0358 咏十喻詩、咏如幻喻
吾觀諸法譬如幻，總是眾緣所合成。
一個無明諸行業，不中不外惑凡情。
三種世間能所造，十方法界水蓮城。
非空非有越中道，三諦宛然離像名。
春園桃李肉眼眩，秋水桂光幾醉嬰。
楚澤行雲無復有，洛川回雪重還輕。
封著狂迷三界熾，能觀不取法身清。
咄哉迷者孰觀此，超越還歸阿字營。

乙 0359（同）咏陽焰喻
遲遲春日風光動，陽焰紛紛曠野飛。
舉體空空無所有，狂兒迷渴遂忘歸。
遠而似有近無物，走馬流川何處依。
忘想談議假名起，丈夫美女滿城圍。
謂男謂女是迷思，覺者賢人見則非。
五蘊皆空真實法，四魔與佛亦夷希。

瑜[1]伽境界特奇異，法界炎光自相暉。
莫慢莫欺是假物。大空三昧是吾妃。

乙0360（同）詠如夢喻
一念眠中千萬夢，乍娛乍苦不能籌。
人間地獄與天閣，一哭一歌幾許愁。
睡裏實真覺不見，還知夢中虛狂優。
無明暗室長眠客，處世之中多者憂。
悉地樂宮莫愛取，有中牢獄不須留。
剛柔氣聚浮生出，地水緣窮死若休。
輪位王侯與卿相，春榮秋落逝如流。
深修觀察得原底，大日圓圓萬德周。

乙0361（同）詠鏡中像喻
長者樓中圓鏡影，秦王臺上方丈相。
不知何處忽來去，此是因緣所生狀。
非有非無離言説，世人思慮絶籌量。
莫言自作共它起，外道邪人繞虛妄。
心神衆生不同異，因緣而顯猶如響。
閑房攝念無明斷，蘭室焚香贊響暢。
三密寥寂同死灰，諸尊感應忽來訪。
莫喜莫嗔是法界，法界與心無異祥。

---

1 平成本作"諭"。

乙0362（同）咏乾闥婆城喻
海中嚴麗見城櫓，走馬行人南北東。
愚者乕[1]觀爲有實，智人能識假而空。
天堂佛閣人間殿，似有還無與此同。
可笑嬰兒莫愛取，能觀早住真如宮。

乙0363（同）咏響喻
口中峽谷空堂裏，風氣相擊聲響起。
若愚若智聽不同，或嗔或喜匪相似。
因緣尋覓曾無性，不生不滅無終始。
安住一心無分別，内風外風誑吾耳。

乙0364（同）咏水月喻
桂影團團寥廓飛，千河萬器各分暉。
法身寂寂大空住，諸趣衆生互入歸。
水中圓鏡是僞物，身上吾我亦復非。
如如不動爲人說，兼著如來大慈悲。

乙0365（同）咏如泡喻
天雨[2]濛濛天上來，水泡種種水中間[3]。
乍滅乍生不離水，求自求他自業裁。
即心變化不思議，心佛作之莫怪猜。
萬法自心本一體，不知此義尤可哀。

---

[1] 平成本作"乕"。
[2] 平成本作"雨天一作天雨"。
[3] 平成本作"開"。

乙0366（同）咏虛空華喻
空華灼灼有何實，無色無形但有名。
染淨元來不能動，雲霧曀晴名清濁[1]。
實相如如一味法，迷人妄見三界城。
四魔三毒空之幻，莫怖莫驚除六情。

乙0367（同）咏旋火輪喻
火輪隨手方與圓，種種變形任意邊。
一種阿字多旋轉[2]，無邊法義因兹宣。

乙0368 九相[3]詩九首、新死相第一
世上日月短，泉裏年歲長。
速疾如蜉蝣，暫爾同落崩。
風雲辭貪庫，火蜉[4]罷欲城。
生期既盈數，死籍方注名。
諸壽命若霞，忉利非匠堂。
救贖未解所，咏吟而懷傷。

乙0369（同）肪脹相第二
丘陵虛且曠，人迹隔猶斷。
皎潔明月度，蕭瑟秋葉滿。
含悲起四望，但睹屍一人。

---

1 平成本作"濁清"。
2 平成本作"輪"。
3 平成本作"想"，以下九首詩詩題中的"相"字平成本均作"想"。
4 平成本作"浮"。

裸衣卧松丘，被髮長夜眠。
唯以四相遷，非投半偶人。
昔時萬牲厨，今更百獸膳。

乙0370（同）青瘀相第三
鬼吏永無脱，死坑深無底。
滿月已掩光，寶鏡轉自敗。
既如被飄燈，復同落花枝。
日往轉增爛，月來更自黛。
白蜒孔裏蠢，青蠅骴上飛。
欲尋昔日愛，一悲一可愧。

乙0371（同）方塵相第四
四大良可厭，五陰理難[1]恃。
風火去不還，水土將朽敗。
青黑且寬滿，瘀猶膿爛莠。
九孔所流汁，一界甚臭穢。
猛獸踞其側，禍鳥鳴一提。
體留此野塵，魂爲何處歸。

乙0372（同）方亂相第五
見縛難超網，分段非恒報。
命速如飛箭，身空如朝露。
玉顏亦膿血，芳[2]體徒敗腐。

---

1 平成本作"離"。
2 平成本作"芬"。

臭氣逐風遠，膏腹炎隨[1]流。
錦衣羞其爛，光枕非人睹。
悲嘆無所及，拭淚還移路。

乙0373（同）璅骨猶連相第六
畏影不知陰，如蝶居世雲。
命短電光急，作松下塵埃[2]。
平生市朝華，則今白骨人。
黃鵠非呼子，青柳復非田。
春華徒自香，明月空照山。
呼嗚[3]永寂寞，終獨不知春。

乙0374（同）白骨連相第七
寂寞希人迹，蕭散遠聚落。
見有朽敗髏，倏然有中澤。
松柏作良陰，荒茨蓋濕席。
風雲所恒曝，霜露更自瀝。
日來隨日枯，年去逐年白。
雖殖青柳根，豈能招扁鵲。

乙0375（同）白骨離相第八
永無如夢虛，塵境如泡體。
娑婆可厭所，閻浮非樂寐。

---

1 平成本作"隨炎"。
2 平成本作"埃塵"。
3 平成本作"嗚乎"。

肤血異夜月，青析[1]非復華。
爪髮各塵草，頭頭散東西。
落葉半覆體，秋菊時可愛。
垂淚弗能禁，空是爲人啼。

乙0376（同）成灰相第九
山川長萬世，人事短百年。
髏[2]膝已盡滅，棺槨猶成塵。
魂尸依無所，神魄豈守墳。
碑上聊題名，隴底寧殮君。
日月黄白土，終歸黑風山。
唯有三乘室，不修八苦人。
六識今何在，四大省[3]餘名。
寒苔緣壞綠，夏草鑽墳生。
囊中糧尚在，松下髮猶青。
蒼蒼隴雲合，瑟瑟夜松聲。

乙0377 感物[4] 以下見高野大師廣傳
奇哉君王一竺[5]命，令人一賤亦一尊。

---

1 平成本作"柳"。
2 平成本作"體"。
3 平成本作"劣"。
4 平成本此詩以上有《贈土僧惟上》詩，選自《文筆問答抄》，此書不在引用書目中，故從底本。
5 平成本有"一作絲"。

乙 0378 傷渤海王孝廉大使[1]中途物故
一面新交不忍聽，況乎鄉園[2] 故國[3] 情。
蕃人[4]

乙 06-05 王孝廉渤海國人、弘仁六年、奉其國王命、以大使入朝、授從三位、歸途遇風、漂回越前、尋卒贈正三位

乙 0379 春日對雨、探得情字以下六首并見文華秀麗集
主人開宴在邊廳，客醉如泥等上京。
疑是雨師知聖意，甘滋芳潤灑羈情。

乙 0380 奉敕[5]內宴詩
海國來朝自遠方，百年一醉謁天裳。
日宮座外何攸見，五色雲飛萬歲光。

乙 0381 在邊亭賦得山花、戲寄兩個領客使并滋三
芳樹春色色甚明，初開似笑聽無聲。
主人每日專攀盡，殘片何時贈客情。

乙 0382 和坂陽[6]客對月思鄉見贈之作
寂寂朱明夜，團團白月輪。

---

1 平成本有"一作大使孝廉"。
2 平成本有"一作國"。
3 平成本有"一作園"。
4 平成本作"外國"。
5 平成本有"一下有陪字"。
6 平成本作"領"。

幾山明影徹，萬象水天新。
棄妾看生悵，羈情對動神。
誰言千里隔，能□[1] 兩鄉人。

乙 0383 從出雲州、書情寄兩個敕使、
南風海路連歸思，北雁長天別旅情。
賴有鏘鏘雙鳳伴，莫愁多日住邊亭。

乙 06-06 釋仁貞 渤海國人、弘仁六年、以錄事、從大使王孝廉入朝

乙 0384 禁[2]中陪宴詩
入朝貴朝慚下客，七日承恩作上賓。
更見鳳聲無妓態，風流變動一國春。

日本詩紀卷之十二　乙集第六

---

1 平成本作"照"。
2 平成本此字以上有"七日"。

卷之十三　丙集第一

上毛河世寧　彙編

丙 01-01 清原真友仕仁明天皇朝

丙 0001 字訓詩見本朝文粹
禾失曾和秩，中心豈忘忠。
里魚穿浪鯉，江鳥度秋鴻。
火盡仍爲爐，山高自作嵩。
色絲辭不絶，凡虫泣寒風。

丙 01-02 大江音人本姓大枝、本主之子、承和四年舉秀才、歷官參議左衛門督、貞觀中改今姓、有集一卷

丙 0002 花落鳳臺春見江談抄
若非宋玉妝重下，疑是襄王夢不長。
吹亂綺窗風色脆，灑來昧砌雨聲香。

丙 01-03 菅原是善清公之第四子、承和中舉秀才、遷文章博士、爲文德清和兩朝侍讀、官終參議刑部卿、所著有菅相公集十卷

丙 0003 尋山人不遇見類題古詩
納月庵前唯宿鶴，閉春門內獨留鶯。
芝田穫後欄初廢，丹竈燒終突盡傾。

丙 0004 言舊簡尚書左丞相[1]梅城錄引菅相公集
欲記家門相接密，道真公幹混劉宗。

---

1 底本注有"相字恐衍"。

自注云、君家公幹我兒道真、俱是前代劉氏之名字也、知其不期而然耳、〇按系圖、有大江音人之子名公幹者、此詩蓋所贈音人也

丙01-04 都良香 初名言道、腹赤之子、博聞[1]强記善屬文、官大内記文章博士、所著有都氏文集五卷

丙0005 哭兒通朗 以下六首見扶桑集
鴛駘晚路夢熊羆，三十年來一鼻兒。
初笑謝家誇詠雪，擬從張迹亞臨池。
促齡禀分皇天定，遠別難期父母知。
園梨子熟憐無引，籬竹陰疏恨不騎。
淚添暮水流哀逝，聲以下闕

丙0006 秋夜臥病
臥病獨凄凄，寂然人事暌。
階前無履迹，門外斷賓蹊。
忽嘆浮生苦，寧知與物齊。
形容信非實，魂魄恍如迷。
夜久風威冷，窗深月影低。
憂愁不能寐[2]，長短聽鳴鷄。

丙0007 舊隱詠懷、敬上所天閤下
不才多愧業猶難，好是山莊一桂冠。
夜鶴眠驚松月苦，曉鼯飛落峽烟寒。

---

1 平成本作"文"。
2 平成本作"寢"。

雲埋澗戶幽情積，水隔寰中野性閑。
　　學路蹉跎年暗擲，更栽蘿竹養漁竿。

　丙0008 八月二十五日、第四皇子於披香舍、從吏部郎橘侍郎廣相、始受蒙求、便引文人、命宴賦詩
　　天生俊哲號天人，自就賢師問道真。
　　今日童蒙皆擊盡，心臺一鏡遂無塵。

　丙0009 咏史得漢濱父老
　　此翁通遁遠煩拏，南北浮雲不定家。
　　處賤安知天子貴，出塵唯踏漢濱沙。
　　慮貞膽徹清流底，歲暮鬢分曉浪華。
　　遺迹悠悠尋不得，如今空問舊烟霞。

　丙0010 代渤海客、上右親衛源中郎將
　　紫微親衛寵榮身，奉詔南行對此賓。
　　出自華樓光照地，來從雲路迹無塵。
　　蛇驚劍影便逃死，馬惡衣香擬嚙人。
　　渤海朝宗歸聖澤，願君先道入天津。

　丙0011 田家早秋以下見和漢朗咏集
　　晴後青山臨牖近，雨初白水入門流。
　　守家一犬迎人吠，放野群牛引犢休。

　丙0012 春暖
　　氣霽風梳新柳髮，冰消浪洗舊苔鬚。

丙 0013 紅蘭受露
凝如漢女顏施粉，滴似鮫人眼泣珠。

丙 0014 梅雨新晴
雲消碧落天膚鮮，風動清漪水面皺。

丙 0015 晚春題天台山
饑鼯性躁忽忽乳，老鶴心閑緩緩眠。

丙 0016 竹生島作
三千世界眼前盡，十二因緣心裏空[1]。

丙 0017 陽春詞 以下見新撰朗詠集
中殿曙香從吹染，上陽春色被烟陶。

丙 0018 遠州[2]
縱令後會能相結，兩鬢白於邊地霜。

丙 0019 池亭宴飲
石竇寒泉秋眼泣，銀河晴色曉顏清。

丙 0020 聽古樂 見本朝文粹
明王尤好古，靜聽時臨坐。

---

1 平成本有"◎按此係白樂天句、非都氏所作也"。
2 平成本作"別"。

丙 01-05 藤原基經_{冬嗣之孫、良房之子、官攝政太政大臣、謐昭宣公}

丙 0021 内宴見江談抄
醉望西山仙駕遠，微臣淚落舊恩衣。

丙 01-06 橘廣相_{初名博覽、字朝綾、岑範之子、幼而有文名、貞觀中對策及第、爲陽成光孝宇多三朝侍讀、官至參議左大辨卒、贈中納言、有集八卷}

丙 0022 賦暮春景時年九歲、〇見江談抄
荒村桃李猶應愛，何況瓊林花苑春。

丙 0023 入醉鄉以下見和漢朗詠集
先逢阮籍爲鄉導，漸就劉伶[1]問土風。

丙 0024 詠項羽
燈暗數行虞氏淚，夜深四面楚歌聲。

丙 0025 薄履[2]冰以下見和漢朗詠集
春來日暖危心立，曉後霜凝蹐足行。

丙 0026 □軍章事賦
湛露恩深酬幾日，浮雲富到避何方。

丙 0027 失題見十訓抄
同心契變蓮花偈，匪石詞入鍍字門。

---

1 平成本作"伶"。
2 平成本作"履薄"。

丙 01-07 島田忠臣忠臣或作達音、神八井耳命之後、元慶中爲美濃介、權行玄蕃頭、與式部少輔菅原道真、迎渤海聘使、紀長谷雄稱爲當時之詩匠、所著田氏家集三卷傳於世

丙 0028 賦得三四十字成篇、時年十六、以下六十八[1]首見家集
帝道存王位，天縹在至明。
霜凝山色冷，江静水光清。
屈子離騷意，楊公不惑名。
未能參□□，荒徑草常生。

丙 0029 過田大夫莊、呈船秀才
勝地名家寄一丘，良人美話是綢繆。
山開畫障當窗立，水亂羅文繞坐流。
竹碎透明沙聚雪，松喧拂曙雨驚秋。
昨來經宿瓶頻罄，未醉猶應此夜留。

丙 0030 春日到田大夫莊
去年秋醉戀山厨，今歲春游是路隅。
花徑人迷聞犬吠，林間客至被鶯呼。
重餐松脯應嫌未，再啜藜羹肯記無。
恩眷每回非白眼，莫抛四韵換青蒭。

丙 0031 早秋
七月上弦旬滿時，人間半熱半凉颸。
光陰漸欲催年役，夜漏初應待曉遲。

---

[1]《日本詩紀總目》中作"六十九首"，此處應爲六十九首。

百氏書中收夏部，諸家集裏閱秋詩。
感傷物色還成癖，此癖無方莫肯治。

丙0032 乞紙贈鄰舍
滿臆秋懷蓄似雲，唯因無紙鬱紛紛。
莫爲多少相嫌意，寫著詩章續送君。

丙0033 答鄰舍贈紙書
且裁四十九張深，更得別枚付德音。
薄□似輕恩是厚，況看一紙直千金。

丙0034 酬清進士贈刀筆
鹿毳龍泉好筆刀，高情何事贈愚交。
物緣成字便加硯，要在刊書豈用庖。
須在貪將安几案，未期領得直官曹。
欲酬來恩無他意，封遣詩章不倦勞。

丙0035 賦得秋織
促織寒聲愁不支，攜將機杼景將移。
香飛兩袖隨棧[1]亂，汗濕雙題逐縷垂。
幅閉尋常依土俗，衣成早晚寄天涯。
含情回出相思字，無限秋風繞腕吹。

丙0036 九月上山行
足輕游觀到岩邊，物色因秋觸處憐。

---

1 平成本作"梭"。

莫逛玄珠逢象内，□分黃蕊見星躔。
青山踏險偏隨俗，白晝登高欲趁仙。
終日散勞歸路暮，風吹凉葉暗行前。

丙0037 拜佛像
身厭世網入深山，佛像參差古殿間。
彈指發來塵界事，須□合掌拜冰顔。

丙0038 游山寺
游蕩不蒙世事侵，起於苔面倚松陰。
無人獨遇真僧語，忽有烟霞物外心。

丙0039 天台夜鐘
寺在天台最峻峰，危樓夜打五更鐘。
秋風一道淒淒起，吹度深溪凡幾重。

丙0040 送禪師還山
清儀映日向山家，穿入深峰破幾霞。
何物寂寥相待見，香爐烟與水瓶花。

丙0041 聽讀經
金磬敲來香火薰，白毫和尚讀經文。
初知解劫前途障，半偈從來難得聞。劫當作却

丙0042 山寺聽鶯
音聲軟弱太嬌春，山寺聞時感更頻。
宜在世間花樹囀，不須徒惱觀空人。

丙0043 失題
無□添水嘗來久，不似浮杯吹却頻。
自覺長餐能益氣，還知久服令輕身。
松花鍊道應多僞，柏實升仙却少真。
百藥就中多效力，事須嗜菊得如椿。

丙0044 早春侍内宴玩春景、應製
蒼龍獻景玉階前，先入皇歡未外傳。
繞著官栽高□嫩，句[1]牽禁樹小梅穿。
知和叡煦饒身炙，悟共恩光近頂然。
雖上仙櫳陪百日，人間定是十餘年。

丙0045 九日侍宴冷然院、各賦山人采藥十韵、應製 每句用藥名
山人參迹薜蘿幽，旻景天晴采藥游。
乍啾圓施花水面，隨行斜滑石岩頭。
欲扶老到殷勤摘，教苦心懷子細求。
氣白前原真性逸，樹黃連野道心優。
犬牙小徑來侵月，龍膽深叢去趁秋。
誰計常思松子遇，未知要繞葛坡[2]投。
愛將寓木長栖露，遮棄重樓獨枕流。
不忍冬鄰山植盡，暫防風急岸陰留。
人銜快志筌筐滿，水寫清聲洗始休。

---

1 平成本作"勾"。
2 平成本作"披"。

軟脚當歸雲洞裏，事須萬歲用仙羞。

丙0046 八月十五夜宴月
夜明如畫宴嘉賓，老兔寒蟾助主人。
欲及露晞天向曙，未曾投轄滯銀輪。

丙0047 和高進士見年詞題贈
早獻蒭蕘人未占，今逢顧眄喜歡添。
重織石質誰爲寶，一割鉛心莫道銛。
滿卷唯應宣聖曆，多文不是爲才尖。
君詩入手將何用，題著年詞賞玉籤。

丙0048 晚秋陪右丞相開府賜飲、于時美作獻白鹿、仍命賦四韵
金方銀獸色相仍，待得秋旻至有徵。
過隙□駒人自感，度關疑馬吏先興。
行時練段翻三史，臥處霜封可數升。
勞苦挾鞘州境遠，來呈上瑞聖君膺。

丙0049 和野內史題局前黃菊之什
黃花何處壓宮籬，左掖門前史局垂。
絹著人深分寸剪局有直丁、皆著黃衣，紙書詔外數枝披詔書黃紙、內史之職。
和光金殿依晴景，混氣仙爐□晚吹。
令似野田反道一，貞芳能在歲寒知。

丙0050 謝野友人惠貺漆作書袋履舄等
袋樣新奇眼頓驚，履心安穩足初輕。
玄冰滑映虫交透，黑水波縈雁鼻生。_{交當作文}
堆案詩草仍合秘，當街泥雨不妨行。
看君惠貺知投漆，親用於身豈忘情。

丙0051 聽左將軍彈琴_{同用風字}
紫微仙客住雲空，隔壁鳴琴半夜風。
知道君應彈取盡，禁烏聲絕月明中。

丙0052 題初雪
初看雪□點衣袍，地未成深腳不勞。
且怪麻姑翻□連，須知天老鑷霜毛。
氣寒花散閑時眼，日出風生懆處濤。
莫道輕微斑[1]白少，玉塵積作玉山高。

丙0053 夜風寒
勸君莫怕夜風聲，大□寒光外處生。
地滿皇恩爐滿火，逢冬曾不畏衣輕。

丙0054 冬日可愛
厚絮輕裘不足言，可憐冬景好當軒。
懂依暖煦蟲應出，林凝春晴鳥欲暄。
不愛滿爐紅火熾，何愁綿地白霜繁。
生逢聖運垂仁日，光耀多添德政溫。

---

1 平成本作"班"。

丙 0055 寒食踏青行[1]
寒食踏青細草頭，歲來今日放春游。
平明出郭昏應去，小樹花前軟脚留。

丙 0056 花宴、應常陸王教
宴座芳辰游處寬，何因物束苦盤桓。
人生少壯須臾過，歲到春光頃刻闌。
眼未昏時花可愛，身猶健日酒宜歡。
不知夜後飄零盡，醉裏殷勤把火看。

丙 0057 三月晦日送春感題
鶯收好語樹凋妝，向老驚傷過年[2] 芳。
上壽難逢重少日，遲春不見再中光。
壯年未取歡情盡，花月徒勞世累長。
莫肯出郊相送去，偏因莊子得行忘。

丙 0058 病後閑座、偶吟所懷
任死任生無所爲，何曾用意患尫羸。
從它軟脚難行步，只幸凝神不坐馳。
物理是非閑裏得，人情疏密病中知。
天教方寸虛舟似，不爲平常憂苦移。

---

1 平成本有"得游"。
2 平成本作"歲"。

丙0059 七月一日
自去自來不復留，暗然空任歲時流。
今朝何事殊驚愕，應是傷心第一秋。

丙0060 上叡山圓坐主
峻絶高峰可易尋，登攀盡力亦難□。
丘陵似粒宜含口，江水如絲擬呟針。
寶殿夜燈星有作，尊容秋霽月無陰。
因君灌頂初知分，西刹他生報法音。可當作不

丙0061 和高侍中鎮夷府貢良馬數十匹、有敕頒賜、偶題長句
數十名駒一種良，恩頒近侍雁成行。
價高始到三千里，齒少才經四五霜。
合見趁朝常破步，知無仰秣即空腸。
爲君占得龍媒賜，只[1]尺雲霄任意驤。

丙0062 九日侍宴、賦菊暖花未開、應製
菊欄餘暖未成妝，金在籠中不放光。
偏似扇花藏妓笄，亦疑雲葉掩星芒。
縱浮恩盞吹還重，雖滿芳樽濕未香。
潭草榮枯天自造，小臣生事任君王。

丙0063 於右丞相省中直廬讀史記竟、咏史得高祖、應教
金刀受命自然名，大澤陂頭夢邁精。

---

1 平成本作"咫"。

龍怪到家頻漫醉，蛇靈當徑勿妨行。
青山隱迹雲還識，紫籜裁冠雨便輕。
膩手多年長握劍，強心報敵擬分羹。
床前倨傲看來客，塞上寬容用義兵。
始約三章關老慶，能言十罪項王驚。
咸陽寢盡秦煨減[1]，汜水尊成漢火明。
萬乘威加新海內，數行淚落故鄉情。
任官重厚須安嗣，嫌療良醫不慮生。
聖業彌天終四百，長陵松柏奏風聲。

丙0064 觀禁中雪
常看順令未曾愆，瑞雪呈豐又可憐。
暗夜猶行明月地，人間却踏白雲天。
仙宮不日銀臺立，御苑非時絮柳牽。
多怪聖君神化□，先知寒篤促須綿 于時初有須綿袋之衣雪也。

丙0065 立春日過藤侍中亭子
人迎好客歲迎春，第一新亭德有鄰。
坐上猶憑文舉語，樽前莫倦數杯頻。

丙0066 七年歲旦立春
四序調均第七年，三朝自與立春旋。
鳩飛使放東風去，鶯出先登南樹遷。
舊滯雪殘銀寸寸，新來雲見紫綿綿。

---

1 平成本作"滅"。

當初美景真難得,何處淹留作醉仙。

丙0067 早春侍內宴、同賦無物不逢春、應製
萬類無心天地爐,逢春混是一寰區。
穿冰水底魚兒活,煦暖林中鳥子蘇。
非啻神功任意化,又緩聖德契天俱。
小臣分合同蒭狗,何戴恩光與物殊。

丙0068 仲春釋奠、聽講論語、同賦仲尼如日月
人間有道仲尼生,天上無雲日月行。
能在人間天上一,短翹低眼仰高明。

丙0069 奉餞紀大夫累出判肥、聊因詩酒、各分一字、得行
曲筵薄禮屈高明,爲是殷勤送遠程。
花序昔專蘭省侍,烟波今累竹符行。
蕪詞願我回青眼,濁酒留君表血誠。
他日排衛忽劇裏,此時吟醉莫忘情。

丙0070 春日假景、訪同門友人
友道交情常欲深,適將何事效知音。
儒家間道詩無用近來盛言詩人無用,王法新行酒莫淫有令、不放人之群飲也。
世上崎嶇多失脚,花前暗淡不留心。
只今鄭重來相訪,爲是同門契斷金。

丙0071 惜春命飲
一日每來一日除,迎春未幾惜春□春下恐脫虛字。

有花門巷頻闌入，無酒亭筵不久居。
光景在人車轉轂，榮華住世水成書。
欲消妄想相牽累，強命中山飲莫疏。

丙0072 晚春同門會飲、玩庭上殘花
結交童卯遂長期，即事春游何太遲。
年老恨稀同飲日，花衰苦少共看時。
相逢顏色紅猶在，一去榮光駟不追。
閑散只慚良友会，殘花歡醉未須辭。

丙0073 題橘才子所居池亭
美景留連實可憐，好當池上與亭―作庭前。
始抽迸笋排大筆，新出圓荷覆小錢。
錦段妝殘晴李落，囊錐穎脫濕蘆穿。
風光賣眼應無限，誇得游春諸少年。

丙0074 看侍中局壁頭插紙鳶、呈諸同志
風前試翼紙鳶新，何事□來插壁塵。
了得行藏能在我，憐他飛伏必依人。
應同鶴滯重皐日，孤負鶯遷喬木春。
向上碧雲如有分，憑君莫久縮絲綸。

丙0075 西掖門下曲飲、逢晚春玩殘花于時取雜花於座上、以充看玩
風光處處幾相邀，千萬勾牽最此朝。
春似置郵難暫滯，花非骨肉豈長要。
須留斜景任情飲，那遣殘芳逐中消。

禿盡紅林西掖醉，他時遮莫外人招。

丙0076 和官部藤郎中、感曹局前栖鳥有雌雄
好似鴛鴦匹鳥思，飛栖曾未失雄雌。
情來每向閑曹見，惱殺郎中獨臥時。

丙0077 失題本集此篇與前首合爲一篇、今味其醉氣、與本題没交涉、因分爲二首
天河七夕報初凉，牛女交歡鬥耿光。
龍駕往還推得意，鵲橋高下暗難量。
小星雪掩紗燈曉，半月山銜匣靚藏。
人事同心金可斷，二仙未遣一宵長。

丙0078 送常陸中別駕之任 探得山字
地近嵎夷始隔顏，一人行出萬重山。
莫厭泣別無量淚，應作明珠合浦還。

丙0079 春日野寺道心
未須戀著青春去，不復憂差白日斜。
世利元非心裏水，浮名盡是眼前花。
僧爲執友多厭世，寺作常居少住家。
此外更無身上事，罷□梅柳念蓮華。差當作嗟

丙0080 春日雄山寺上方遠望
不是山家是釋家，危峰望遠眼光斜。
今朝無限風輪動，吹綻三千世界花。

丙0081 惜櫻花

宿昔猶枯木，迎晨一半紅。

國香知有異，凡樹見無同。

折欲妨人鎖，含應禁鳥籠。

此花嫌早落，爭奈賂春風。

丙0082 菅著作講漢書、門人會而成禮、各咏史

伊呂非高管晏輕，前修未及仲舒聲。

帷深不見三年面，藝極初知六籍情。

帝册隆儒緣篤學，人推王佐爲廉清。

家門罷相閑居久，猶怪恩榮不稱名。

丙0083 常陸別駕首途日、過兵部高侍郎餞筵、問傍人得行韵

宿昔常思親昵并，一依同族一同情_{侍郎同族、達音同情}。

近來更恨稱良吏，所以教君作遠行。

丙0084 賦海老、卅字絶句

脫泉枯又槁，躅脊長鬚稱海老。

應似朝中緋衣一大夫，形消命薄不作明時好。

丙0085 題扇上畫松

乍圖君子樹，未若婕妤容。

隨扇搖枝葉，疑是風入松。

丙0086 傷高大夫

昨日看朱紱，今宵變紫烟。

矢辭弓可惜，唇缺齒須憐。
惠死莊收磧[1]，鍾亡牙絶弦。
贈君無異物，玉筋一雙連。

丙 0087 題松下石
松爲鬱茂石爲堅，同類相求自得緣。
松石無心猶若此，人間交結獨依然。

丙 0088 秋日諸客會飲、賦屏風一物、得舟
丹青圖取外無求，眼下憐看解纜游。
雲叫雁聲疑櫓動，風吹鷁首怪帆留。
屏移逐處知推陸，海定恬波未蕩流。
萬象就中何住意，我來唯愛對虛舟。

丙 0089 八月十五夜惜月
月好偏憐是夜深，三更到曉可分陰。
争教天柱當西崎[2]，礙滯明光不肯沈。

丙 0090 奉拜西方幀、因以詩贊净土之意
十方净土盡嚴莊，就裏西方異九方。
見說國名爲極樂，承聞佛壽是無量。
奇禽合奏千般語，寶樹交和衆妙香。
我亦阿彌陀弟子，他生往詣最中央。

---

1 平成本作"質"。
2 平成本作"峙"。

丙0091 和戶部侍郎問禪門意
不是禪門別有門，門隨人意舊無存。
若□欲識歸依路，心不營求了一言。

丙0092 台山絕頂
脛轐手杖汗難收，得上台山最絕頭。
惆悵貴人無到日，只今猶合傲王侯。

丙0093 江州形勢
江州形勢自難裁，關左咽喉此地雄。
四面山峰屏障立，一泓湖岸鏡區開。
綺分田畝秋來稔，葉泛舟航風順回。
險固便宜兼水陸，此於蜀漢畫無能。 區當作崔

丙0094 見蜘蛛作網
蜘蛛作網日昏時，結目何唯一縷資。
能設紀綱非汝術，不因機杼是誰絲。
秋寒綴露牽珠貫，風拂黏花動彩帷。
四面密成終未漏，殷湯合有祝來詞。

丙0095 侍中局賦秋陽曝菊花
歲中玩菊過秋深，百個花前久陸沈。
應惜暗宵投碧玉，且知明主獻黃金。
懷貞不被清霜督，快馥還蒙白日臨。
猶在寒叢長戴景，何因葵藿獨傾心。

丙0096 玩片月

莫生七莢未盈旬，雲際分明出半輪。
今夜月宮無地勢，姮娥何處得容身。

日本詩紀卷之十三　丙集第一

卷之十四　丙集第二

上毛河世寧　彙編

丙 02-01 島田忠臣 二

丙 0097 殘春宴集以下七十七首并見田氏家集
擲度當初風景美，不堪空過歲芳期。
同情乍會頻回首，一座相看共解頤。
鮪水有黿依茂藻，碧天無繭曳游絲。
樹花半落林鶯老，春宴宜開春淺時。

丙 0098 暮春
鶯喧已倦聽殘歌，花暗曾無愛老柯。
春事觸情多冷淡，上簾時少下簾多。

丙 0099 夏日納涼
夏日閒居要竹榻，炎天暑服愛蕉紗。
把來冰顆餐三口，不用朱一作珠門載一車。

丙 0100 閒適
無心未必鎮彈琴，有眼何因久對林。
安臥息心兼合眼，興來時與竹風吟。

丙 0101 秋日游南都諸寺
南城勝境數仁祠，每歲巡游趁法師。
畏景安禪長誦偈，涼風斗藪更吟詩。
一年半是持齋日，諸處多經贊咏時。
恐謂剃頭無報國，且爲長髮答恩私余多蒙大相國之恩私、故云。

丙0102 五年八月雨中上龍門寺
秋霖瀑布聽中增，雲合山昏宜獻燈時候供燈而到。
游客莫愁人馬濕，龍門無雨不堪登。

丙0103 秋暮傍山行
昨日出郊信宿歸，回頭望處入雲微。
雁飛碧落書青紙，隼擊霜林破錦機。
樹掛蔦蘿依石閣，山低虹帶繞苔衣。
行看物色垂鞭去，且及西衢半路輝。

丙0104 對竹自伴
靜地閑居伴竹林，自餘人事不相侵。
中虛猶合□庭實，外密終期起砌陰。
風有作聲如會嘯，霜無變節是同心。
世間交結真朋少，唯對青蔥契斷金。

丙0105 自詠
不厭吟諷欲終年，自課初知自性然。
祝著聖年三百首貞觀元年春、獻年調三百六十首，贊來良史半千篇齊衡三年秋、製詠史百四十六首。
學耕何必逢元吉，詩癖曾無入十全。
形相亦非苞食肉，欲拋筆硯更何緣。

丙0106 題東郭居
東郭窮居且莫論，身閑猶合愛荒村。

官憐俸薄無豐屋[1]，客愧樽空不到門。
藥圃君臣兩三畝，書齋道德五千言。
墙東避世雖同地，不似王郎遁主恩。

丙 0107 身無繫累
身無繫累又無勞，豈是營求自作豪。
生事任情甘素食，官銜隨分辱閑曹。
魚游放海洪涯闊，鳥舉凌霄碧落高。
自舍終年何異事，汁[2]來東日出蟠桃。

丙 0108 照鏡
勿論同人與異人，鏡中鏡外兩般身。
閑亭獨坐無游伴，每覓交朋發鏡頻。

丙 0109 獨坐懷古
交朋何必舊知音，富貴却忘契闊深。
暗記徐來長置榻，推量鐘對欲鳴琴。
巷居傍若顏淵在，坐嘯前應阮籍臨。
日下閑游任意得，免於迎送[3]古人心。

丙 0110 兵部侍郎官
栖栖不倦又遑遑，豈是崎嶇取苦長。
誰道老君藏柱下，自知大隱夏官郎。

---

1 平成本作"居"。
2 平成本作"計"。
3 平成本作"送迎"。

丙0111 拜新月
天頭乃顧聳西維，新月盱衡白片眉。
猶訝那邊鄰佛國，且當毫相放光時。

丙0112 落髮
看梳看沐看看落，老少相分難兩俱。
莫道鬢毛隨日減，且教增益子孫鬚。

丙0113 自勸閑居
人生百歲誰人得，縱得全生又易除。
衰病豈無閑退日，健時閑退是閑居。

丙0114 夢高侍郎
金□[1] 失契十餘年，容鬢宛然一夜眠。
似訴別來多歲月，如言詠得幾風烟。
淚隨冬霰交橫落，愁與寒燈向背燃。
筆海憑君為此日[2]，長悲片月早歸泉。_{金下恐脫蘭字}

丙0115 元慶五年冬、大相國以拙詩草五百餘篇、貼屏風十帖、仍題長句、謹以謝上
常嗟雅頌聖時空，收拾博編報國功。
雖識骨輕無足買，恐拋石質有堪攻。
蓬蒿獻草任垂白_{行年五十餘、垂白可知}，菅蒯開花欲奪紅。

---

1 平成本作"蘭"。
2 平成本有"一作目"。

昔在昌齡成帝號玄宗立王昌齡爲詩帝，不言詩上玉屏風。

丙 0116 見藤右軍新書大相府屏風、因有寄呈
不厭瓦礫鬥爲音以總詩上屏風、故云，相府恩加草聖深。
玉篆半行封萬户，銀鈎一字直千金。
崩雲氣助凡魚目，垂露光慚石燕心。
春苑望花君得地諸遂良如春苑望花，莫嫌桃李共成陰。

丙 0117 十非詩七首紙墨不存
壯年不得録功名，老大營求無限情。
玉珥金貂爲寵耀，顏凋鬢白盡非榮。

丙 0118 同二
自言富貴安身事，欲報勤勞亦未堪。
肉味果珍爲美食，唇焦齒落盡非甘。

丙 0119 同三
少年鑽仰老隨官，生事勤憂未得寬。
歌管舞妝爲快樂，耳聾目暗盡非歡。

丙 0120 新宅晚涼即事
洞户疏窗遇晚涼，宅形地勢是山莊。
若宜隱几思南郭，草¹欲忘憂趁北堂。
庭果愛貞栽橘柚，砌陰依茂種松篁。
怪來舊主先知意，不敢令人制短長。草當作早

---

1 平成本作"早"。

丙0121 仲春釋奠、聽講古文尚書
今人欲聽古人歸，屬耳春堂到落暉。
拾得百篇中義實，象牙犀角翠毛衣。

丙0122 菅給事過訪、兼示宮櫻詩、因以長句奉謝
慣得犬無吠客聲，不知車馬訪蓬衡。
室虛慵老支頤坐，門到歌人倒屣迎。
恐畏緋衣霑徑[1]草，驚聞白面詠宮櫻。
承前富貴皆誇丈[2]，始幸君尋陋巷情。丈當作大

丙0123 後漢書竟宴、各詠史、得蔡邕
蔡邕經史有功深，世許宏才又鼓琴。
蒙樹連柯依篤孝，吳桐餘爐遇知音。
皂囊封表君王見，黃絹題碑客子吟。
漢冊幾年遺恨久，因從爲国大無心。

丙0124 敬和吏部菅侍郎澆章宴後書懷見寄詩次押
宴來卿相例降尊，應是將身勸俗昏。
絲管景闌長鶴望，杯盤坐冷惱龍蹲。
不愁經露霑師友，猶恐澆風扇子孫。
餘慶因君終不墜，三千人荷二公恩午時入夕、適蒙户部禮部二尚書臨於宴事、故有此事。

---

1 平成本作"經"。
2 平成本作"大"。

丙0125 傷肥州清太守
銅符臘手七旬餘，如掛星馳使者車。
皓髮霜髯何處客，黃泉先作白頭魚。

丙0126 哭舍弟外史大夫
親惟同産義相馮，舟壑推遷意不勝。
本自堅貞凌臘雪，何因消化軟春冰。
家悲游水長沈玉，國恨明時頓滅燈。
哭後回心思外事，白雲愧我晚爲僧。

丙0127 奉酬觀源相公舊宅詩 次韻
富貴非常營載營，源處水石不隨行。
家空五主殘煨色，池咽三泉逝水聲。
樹訝進薪相[1]半死，庭應經燎草初生。
曾知撲滅直難得，高蓋車門幾用情。 相當作桐

丙0128 奉酬傷菅侍医早亡詩 同韻
雨不還雲弓絶弦，醫門能事盡依然。
十全歲後初麟角，百疾人間是乳泉。
應恨君臣休合藥，誰言華扁定爲仙。
智周於物施身少，莫用交親更問天。

丙0129 奉答視草兩兒詩 押韻
知君未倦猶吟詩，且惜風流且療治。
勝家燒亡曾不日，良醫傾没即非時。

---

[1] 平成本作"桐"。

方憐貴族葭莩隕，欲和低歌薤露悲。

一種諷[1]傷珠數串，侍郎留秘後兒分[2]。兒分當作分兒

丙0130 題舍弟玉大夫詩卷

不似何充[3]吟咏艱，珊瑚處處有聲寒。

縱雖片玉無雙美，欲付家詩共秩[4]看。秩當作帙

丙0131 七言[5]九月九日侍宴、各分一字、應製一首 探賜時字

□[6]頭鶱拜大仙姿，傴僂陪歡重九期。

坐少漊觴酬暮景，庭多欣樣覺涼颸。

低臨抝宛鷄黃處，攀接穹隆蜺絳時。

瀎瀎[7]汗來餘喘息，簾櫳只[8]尺戴恩私。

丙0132 拜美濃[9]後、蒙菅侍郎見視喜遥兼賀州詩草、依本韵繼和之

師家狐白例名裘，閭巷糞黃豈化州。

重席珍稱無價久，三刀夢誤不才酬。

君抛虎竹承兼世來章述里世遥兼賀州之意、故云，我負鶯花度數秋。

---

1 平成本作"諷"。
2 平成本作"分兒"。
3 平成本作"何兌"，并有注"何兌恐當作阿兄"。
4 平成本作"帙"。
5 平成本无"七言"二字。
6 平成本作"頓"。
7 平成本有"一作滅"。
8 平成本作"咫"。
9 平成本有"一下有之字"。

雖是除書同日到，甘棠樹下小風流。

丙0133 花前留別同門諸故人、各分一字得音
同衿歲久三去聲分衿余三度到外官，此度殊常別□深。
向老看花多悵望，離筵久少舊知音。

丙0134 病愈、擬赴濃州、留奉別諸舊僚
扶懶扶羸擬出關，錢筵先醉少歡顏。
知名怪我專城去，老未深藏病未閑。

丙0135 春日留別菅大夫、探韵得春
傾蓋猶如骨肉親，交非深淺只因人。
行前無限憐花去，別戀菅家一日春。

丙0136 元慶七年春、右相賜文馬、有感自題于時赴任美濃、故今騎去
毛頭細膩又調馴，更賴恩深剪拂新。
黑白斑文難取像，丹青妙畫拙圖真。
驪花偏恐行霑[1]雨，蹄玉猶嫌踏著塵。
人馬同時應別主，望於華厩一嘶春。

丙0137 繼和渤海裴使頭見酬菅侍郎紀典客行字詩
非獨利刀刃似霜，毫端衝敵及斜光。
多才實是丹心使，少壯猶爲白面郎大使年未及強仕、故云。
聲價隨風吹扇俗，詩媒逐電激成章。

---

1 平成本作"露"。

文場閲得何珍貨，明月爲使秋雁行。

丙0138 敬和裴大使重題行韵詩
待得星回十二霜，偏思引見賜恩光。
安存客館憑朝使，出入公門付夕郎。
覺悟當時希驥乘來章有一騁希麻驥駸，商量後日對龍章。
明王若問君聰敏，奏報應生謝五行。

丙0139 過裴大使房、同賦雨後熱
冒熱尋來逼戶帷，客房安穩雨休時。
三更會面應重得，四海交心難再期。
不是少郎無露膽，偏因大使有風姿。
他鄉若記長相憶，莫忘今宵醉解眉。

丙0140 五言[1]夏夜對渤海客、同賦月華臨净夜詩題中取韵、限六十字
半破銀鍋子，排空踵日車。
當天猶熱苦，仲夏却霜華。
澆石多零玉，通林碎著花。
窗疑懸瀑布，庭訝蹈晴沙。
昭察分絲髮，吟看置齒牙。
兩鄉何異照，四海是同家。

丙0141 同菅侍郎醉中脱衣贈裴大使次韵
淺深紅翠自裁成，擬別交親贈遠情。

---

1 平成本無"五言"二字。

此物呈君緣底事，他時引領暗愁生。

丙0142 酬裴大使答詩 本韻
驚見裴詩逐電成，客情歡慰主人情。
與君共是風雲會，唯契深交送一生。

丙0143 七言、夏[1]於鴻臚館餞北客歸鄉、一首 夏下脫夜字
遠來賓館接歡娛，旬景炎心白首俱。
行李禮成回節信，扶桑恩極出蓬壺。
此宵促膝東廊底，明日違顏北海隅。
鄭重贈□[2]無異物，唯餘泣別滿中珠。贈下恐脫君字

丙0144 和野秀才叙德吟見寄[3] 依本詩韻
和羹未得□中滋，恐懼銅符入手時。
勸課農桑非我力，只應州境化吟詩。

丙0145 和野秀才見寄秋日感懷詩
才拙分憂幾坐馳，下車如昨屬金祇。
昭回星漢天難曉，暗去時光人不知。
桂鏡月明飛素扇，前[4]珠風撥動青規。
當年轂轉鴻應至，終日輈行鹿未隨。
繻袴每思寒北報，籌篁空送景西垂。
勸君莫用求栖息，我去□ 疑甘字 棠無一枝。

---

1 平成本作"夏夜"。
2 平成本作"君"。
3 平成本作"寄"。
4 平成本作"荷"。

丙0146 和野秀才秋夜即事見寄新詩次韵
秋□嫌臥床，更漏過中央。
合眼夢難得，□心事不量。
窗風牽□結，庭月助悲□。
徑密初繁露，林寒未督霜。
亂繩非我理，燥¹氣是君傷。
厭倦衙門苦，逢迎上國良。
賦同知己岳潘岳賦秋意，詩和起予商卜商可言詩。
吟送連暗晝，投來幾夜光。
促略行馳罷，殘燈坐嘯長。
珍重馮三益，從今慰九腸。

丙0147 奉呈野秀才詩伯
關東作吏愧顓愚，只幸高才取路隅。
村落不知詩變玉，謾²言濃土有還珠。

丙0148 別前別駕
昔時儒館辱□³門，今日州衙接舊恩。
向別還慚無效力，唯將人吏得攀轅。辱下恐脫同字

丙0149 奉和大相傷桃花馬次本韵
花毛行拂早風輕，穩乘佳游夜到明。
應是畜生知效死，君便不忘代勞情。

---

1 平成本作"慘"。
2 平成本作"漫"。
3 平成本作"同"。

丙0150 奉和大相立秋日感涼風至詩次押[1]
秋色古今不異天，吳江季末少人憐。
除非鮮服隨鱸膾，自外紛紛俗納牽。

丙0151 和藤進士秋日過關門、問美州風俗新詩、次韵
自分元知命在天，雕蟲曾未學烹鮮。
武城下邑牛刀鈍，何用無才報有年來章有秋稼吐香鮮之句、故云。

丙0152 和藤進士客中遇雪見寄次韵
關左崎嶇膺帝難，孤心遇雪更增寒。
鄉村笑我巴人曲，慚愧高才往復看。

丙0153 過鵜渭
河出源[2]處幾崔嵬，路次層盤望眼回。
短景一朝行過電，長流萬里傍聞雷。
嵐寒山業排紅壁，浪濺石床聳漆臺。
惆悵老慵田別駕，年餘知命不看來。景一作晷

丙0154 衙後晚望、吟懷
東來不覺換炎涼，晚望寒陰猶自傷。
冰合弓膠堅水澤，年隨箭漏促時光。
昏村偏賀秋收稔，家業還愁學耨荒。
外吏三餘無暇日，且因衙退閱詞章。

---

1 平成本無"次押"二字。
2 平成本作"源出"。

丙0155 奉轉金剛般若經
丈六含容一子恩，衆生誰不賴空門。
始知佛母應尊重，我是金剛般若孫。

丙0156 吟白舍人詩
坐吟臥咏玩詩媒，除却白家餘不能。
應是戊申年有子_{唐大和戊申年、白舍人始有男子、甲子與余同}，付於文集海東來。

丙0157 元慶七年冬、美濃大雪、以詩紀之
坂¹東界首路猶賒，嵩岳寒生降雪奢。
庭望玉人無脛到，林知琪樹有時加。
一身對閣多區²粉，四面看山幾簏沙。
且莫誇張豐歲瑞，先須勞問孝廉家。區當作盦

丙0158 府城雪後作
濃土近年看雪少，今冬改觀變州疆。
檐冰數尺垂銀穗，溪水橫分泛玉漿。
野老始知春澳沐，農夫只道歲豐穰。
愚蒙未得推天意，唯愛衙前潔白光。

丙0159 上苑前別越前藤司馬
送君且及夕陽斜，爲是江湖道路賒。
聞道越州多勝地，猶應戀著上林花。

---

1 平成本作"阪"。
2 平成本作"盦"。

丙0160 大相府東庭、貯水成小池、小池種一紫藤、至於今春始發花房、酌於花下、玩以賦之、應教

重華累葉種相依，池上新開映晚輝。
斷量紫茸花下盡，家香更作國香飛。

丙0161 同上

一種垂藤數尺斜，雖新雖舊是同家。
久來用意依芳蔭，不向人間趁百花。

丙0162 藥

種藥經春撲地生，蒙茸拂暑小庭榮。
人來擡舉應驚[1]手，枸杞叢[2]頭吠犬聲。

丙0163 奉酬贊州菅使君、聞群臣侍内宴、賦花鳥共逢春、見寄什次押

未堪芳馥應綸言，豈是籠禽詩思溫。
南郭槁株初著[3]艷，北山傷雀擬酬恩。
君魂花發馳宮掖，我意鷗飛到海門。
可惜翰華兼彩鳳，逢春不得共林園。

丙0164 池上追涼勒游鷗秋

未須遠迹放山游，何必虛心狎海鷗。

---

1 平成本此處缺字。
2 平成本作"業"。
3 平成本作"看"。

只¹尺池頭相要會，梅霖半夏竹風秋。

丙0165 菅贊州重答拙詩、頻叙花鳥逢春之意、四月晦²先使去、五月望後使來、不遠千里交馳尺題、更亦抽懷、押韵報上
滄波縮地累嘉言，此日知君席不溫。
望北苑³時思雪唱，圖南天外戀皇恩。
梅霖兔月才盈魄，海驛魚書再到門。
不晚虎符還象魏，莫能勤苦憶家園。

丙0166 五言⁴、禁中瞿麥花詩、三十韵并序
瞿麥、一名巨句麥、子頗類麥、因名瞿麥、花紅紫赤、又有濃淡、春末初發、夏中最盛、秋冬不凋、續續開拆、窠文圓纈、異彩同葩、四時玩好、靃靡可愛、今年初種禁籬、物得地而增美、雖有數十名花、傍若無色香耳、但古今人朗咏知⁵少、蓋此花生大山川谷、不在好家名處、不亦然者、何得右薔薇、左牡丹、前蘭菊、後萱草乎、花亦有時、人亦有時、人臣奉敕而賦之、前修之未能去焉、詩曰_{知作殆、去當作云}
瞿麥花非一，移栽供王皇。
苺苔曾結蔭，蕭艾敢同行。
諸種應相妒，頻芸自得常。
敷芬新禁掖，變化舊疏荒。

---

1 平成本作"呎"。
2 平成本作"晚"。
3 平成本作"花"。
4 平成本無"五言"二字。
5 平成本作"殆"。

春揉尖莖聳，烟含細葉藏。
晴霞初寸截，晚靄擬分將。
脆軟紅蘇帶，歎垂蠟紫房。
半陰縈鳳署，斜景射虹梁。
坐對酡顏客，行隨笑臉娘。
雨添深茜草，天染淺蘇芳。
乍訝簪投地，那知纈曝場。
彩錢[1]風斷緪，文綺露團章。
落□琅玕竹，通明玳瑁床。
透簾誇黼帳，依砌助華堂。
暈發施屏畫，塵除出篋妝。
當時驅蝶子，每日引蜂王。
月宇雲飛浪，星壇醮燎芒。
彤庭看取近，清晝玩來長。
宴步承仙履，宸居襲御香。
繡衣驚奉使，錦服念歸鄉。
接影瑤階合，連輝寶幔張。
蓂□推曆記，萱諼遣憂忘。
獨餌齊三秀，偏憐過九腸。
似燒任冒暑，欲慘未殘霜。
縱使逢流火，還堪送迅商。
重榮兼繪意，異色度炎凉。
不問洲蘋白，誰占縣菊黃。
薔薇嫌有刺，芍藥愧無光。

―――――――――――

1 平成本作"綫"。

比喻心難剛，吟題手又忙。
乾恩回照甚，傾葦莫爭陽。

丙0167 對竹懷古
後生暫有慰先魂，嵇阮淹時不及門。
對竹莫言人不見，須知暗裏二賢存。

丙0168 七言[1]重奉題禁中瞿麥花、應詔一首[2]
仙都置色屬清晨，瞿麥花開不見塵。
蕊帶飛丹燒有火，窠成染絳織無人。
風疑孔雀搖飄毳，雨怪文蛇洗落鱗。
應是星官天欲曙，紅霞圍繞紫薇辰。

丙0169 秋晴勒晴行聲明
秋陰過雨重陽到，寥廓無雲四望晴。
草木好當清晝見，湖洲[3]宜上白沙行。
山褰遠靄[4]殘虹帶，風落高天一雁聲。
可惜後朝難侍宴，誰家籬下趁淵明。明朝重九之宴也

丙0170 七言[5]、九日侍宴、同賦鐘聲應霜、應製一首[6]
欲識三危露結光，初聞九乳響含涼。

---

1 平成本無"七言"二字。
2 平成本無"一首"二字。
3 平成本作"州"。
4 平成本作"靄褰遠山"。
5 平成本無"七言"二字。
6 平成本無"一首"二字。

無煎更怪凝凌早，不打還思感致長。
履著詩家朝葛履，眠驚仙洞曉繩床。
唯期頭戴陽輝久，莫用宮鐘應鬢霜。

丙0171 九日後朝、同賦秋字
何時飲酒不消憂，即事重陽是躁求。
莫厭後朝重勸醉，朝朝猶醉後朝秋。

丙0172 九月晦日、各分一字_{得迷}
遑遑不息又栖栖，風轉飛蓬客意迷。
潘岳夜來應穩睡，□[1] 過無復兩眉低。_{睡下恐脱秋字}

丙0173 冬初過藤波州、玩林池景物_{同用寒字}
秋餘五日送時難，遍逐林池惜歲闌。
水荇帶長魚撥斷，霜苔錢破鳥行殘。
泉依日暮人琴咽，樹被風驅客葉寒。
蘭敗菊荒莫惆悵，先候遺托使君看。

日本詩紀卷之十四　丙集第二

---

1 平成本作"秋"。

卷之十五　丙集第三

上毛河世寧　彙編

丙03-01 島田忠臣 三

丙0174 鶴栖松_{尖添兼占瞻厭、○以下七十三[1]首并見家集}

千年松與千年鶴，同類相依樹杪[2]尖。
放出高聲青靄遠，助來幽趣翠嵐添。
寒深圍雪幢陰壓，晝後殘雲蓋影兼。
密葉怨繁疏葉就，低枝嫌短上枝占。
時留羽駕仙人過，日長精神道士瞻。
何必乘軒終表質，願從君子得無厭。

丙0175 春風歌_{八韵成篇、陪寛平二年内宴應製作}

風爲號令聞先訓，八節周旋皇政媒。
加物無偏又無黨，施人如去却如來。
搖揚逐日從箕宿，養長隨時應震雷。
就裏三方非有意，只須珍重自東回。
冰池貫玉宛綠酒，肆□吹爐擬暖灰。
解却畜懷梅只爰，消除遺恨柳眉開。
絲桐繚繞飛歌榭，羅袖飄颻拂舞臺。
臣過六旬陪五代_{臣自齊衡、得陪内宴}，春風殊合煦寒栽。只爰恐當作貌笑

---

1 此處應爲七十五首。
2 平成本作"抄"。

丙 0176 仲春釋奠、聽論語、同賦爲政以德[1]
政歸於德德爲鄰，猶若衆星拱北辰。
今日神農何處廟于時拜典藥頭，無顏拜貢孔堂春。

丙 0177 拜官之後、謝勞問者
莫論職顯與才尖，自悟人生寵辱兼。
濱鐵易消終切玉，砂金難煉[2]不堪鹽。
道知欲進翻如退，神覺虧盈更福謙。
謝遣門前勞問客，官位年老兩無嫌。

丙 0178 三月三日侍於雅院、賜侍臣曲水之飮、應製
大皇歲久廢良辰，聖主初臨元巳新。
宮水自流爲曲洛，内□便引作嘉賓。
提壺鳥舌催呼酒，帶浸花心笑向人。
莊叟莫嫌漆園吏昔莊漑漆園、今臣漑藥園、故有比之，明時還侍泛觴春。内下恐脱臣字

丙 0179 賦雨中櫻花春字
櫻開何事道無倫，半是雲膏陶染頻。
低入潦中江濯錦，暖霑枝上火燒新[3]。
吳娃洗浴顏脂澤，姹女清談口唾津。
東閣經年爲老樹祇陪東閣三十年強，縱雖顛頷□誇春。頷下恐脱可字

---

1 平成本作"七言仲春釋奠、聽講論語、同賦爲政以德一首"。
2 平成本作"練"。
3 平成本作"薪"。

丙0180 喜勝闍梨升法橋
親親曾辱一家游，道境初看寵擢優。
飛錫斷將時醒醉，護珠休與世沈浮。
四流共鑒星中月，五濁應分水上油。
我老孔門無賴甚，尼拘林下謝尼丘。

丙0181 夏日竹下命小飲
世上清冷風竹前，人間歡樂酒杯仙。
家庭養綠尋常醉，應是他生作七賢。

丙0182 池榭消暑
赤日炎天憤懣盈，黃昏勝地始陶情。
月沈蘋藻銀鈎影，風觸松杉玉軫聲。
水鷺念浮難久沈[1]，池魚厭伏易驚行。
煩襟解散憑恩澤，不敢崎嶇趁逐名。

丙0183 傷左尚書
□優福厚遇時頻，非命傾祖亦有因。
欲□□□□□，□先朝露□重閽。
每憑魏棘千年慶，不謂芭蕉一束身。
人事嫌猜應莫恨，紫衣金印九泉春言寵贈之厚也。

丙0184 密竹有清陰
世事探湯焦爛期，恨來曾入竹陰遲。
曠然懷裏何相似，篳袿無塵櫛沐時。

---

1 平成本作"没"。

丙0185 奉傷致仕藤御史
通儒達宦[1]早懸車，五百年生八十餘。
犯主逆鱗思報國，爲朝骨鯁未營居。
眼前恩少蒲輪喚，身後功多竹帛書。
此日詩成異直□，□□泉底付紅魚。

丙0186 仲秋釋奠、聽講周易、賦從龍
曾侍緇帷知有分，無心服藥入仙群_{誤忝藥司、知非自分}。
蟠龍未得升天便，空望連山一片雲。

丙0187 和菅贊州竹奉謝源納言詩_{次韵}
風竹聲聲作耳餐，中台愛種殿前欄。
心知虛往爲庭實，節對溫顏帶歲寒。
今日疏籬才數步，他時蕭灑幾千竿。
縱非客右陪梁苑，吟玩清陰座後看_{本詩有梁王欲識孤貞節、請[2]喚相如雪裏看之句}。

丙0188 敬和源十七奇才步月詞_{次韵}
清夜徘徊白玉場，身輕目極眇雲鄉。
誤行積雪嫌投步，疑踏晴沙恐污光。
平□□消鶩委浪，初更人定訝降霜。
饒君早歲懷明月，隨唾珠成吟嘯長。

---

1 平成本作"官"。
2 平成本作"清"。

丙0189 閏九月作

井上桐圭數片留，秋中桂景四回投。

淒風未殺林池色，更惱潘生一月愁。

丙0190 後九日到菊花勒秋流投頭

種菊不同凡草木，重陽再玩一年秋。

渾天星隕應敷地，祭水琮[1]沈欲奠流皆庭池之即事也。

桓府追思烏帽落，陶家景慕白衣投。

先朝後日猶九□[2]，就裏留心此脫頭。

丙0191 林池晚眺勒[3]

花明水激有風松，過耕無量壽佛踪于時壽閣立寄住此地。

便想西方□妙地，贊聲時和晚來鐘。

丙0192 秋日竹□懷古

偏稱三友數君須，竹下賢達谷裏愚。

冷淡氣餘賓禮薄，疏籬陰遠客根迂。

貞穿霜月時雖有，吟助寒風傍若無。

嵇[4]阮類同今懷古，後於百草一叢孤。

丙0193 晚秋景物

何處秋深不得憐，偏同[5]景物遇頹年。

---

1 平成本有"一作淙"。
2 平成本作"就"。
3 平成本此下有"松踪鐘"。
4 平成本作"稽"。
5 平成本作"因"。

寒穿客葉長風箭，夜射賓鴻半月弦。
悴柳寄身雖覺□，貞松托意可知堅。
欲將時事徵人事，莫問榮枯屬在天。

丙0194 感喜敕賜白馬、因上呈諸侍中
遺風簇雪四蹄開，曳到騰驤陽不才。
當日乍辭華廐出，他時定度玉關來。
晴行花逐驄毛亂，夜去星隨駿目回。
始覺青雲應易踏，天恩已許騎龍媒。

丙0195 上巳對雨玩花、應製[1]
暗來暗去到清明，上巳春光費眼精。
禁樹花痕微雨脚，宮溝水劑小雷聲。
臥槐欲起添膏液，寒草應蘇見挺生。
此夕更知皇澤遠，迎朝定出藥園行。

丙0196 七夕池上即事
反照光生向晚颺，蜘蛛網□浪花時。
情來却問西京事，百子池頭五色絲。

丙0197 仲秋釋奠、聽講周易
文宣未說藥爲仙，恨背緇帷報楮鞭。
老邁歸田知不脫，應休職役絕章編。

---

[1] 平成本此下有"一首"二字。

丙0198 寬平元[1]年十月九日、御讀周易、三年六月十三日講畢、博士善愛成把卷奉授、別駕忠臣侍讀都讀、易之濫觴、若比九流之書、則如百川之與巨海矣、易之通照、若比五經之鏡、則如衆生之與使月焉、我後帝出於震、君臨于人、以爲自我草昧、垂化文明、欲令天下歸大□之初、通寂然之理、於是有敕、博士愛成□其玄關、別駕忠臣討其微義、自從商瞿傳授穎達正義、百家蜂起、未有今日之盛也、蓋所廣先王之教化、啓後生之耳目者也、講畢澆章、時賜曲屏[2]、良有以而爾焉、臣質同萬物、何[3]觀飛天之龍鱗、學異小翼、俯擬漸陸之鴻翅、應詔仰列斐然之志也

自披聖製閱義文、大易幽微入五雲。
玉尺短長唯亹亹、耆龜先後是云云。
嫌疑誰累岐頭澶[4]、爻卦何妨屬耳聞。
懸象瞬眸天上耀[5]、遺經[6]滿鼻閣中芸。
天時明兩[7]應言□、寶曆通三莫道勳[8]。
六十年來知命遇、韋編三絕爲仁君。

丙0199 重陽節後題秋叢、應製探賜交字
因恭東日拜西郊、寒草無愁霜露交。

---

1 平成本作"二"。
2 平成本作"席"。
3 平成本作"仰"。
4 平成本作"瀆"。
5 平成本作"輝"。
6 平成本作"徑"。
7 平成本作"雨"。
8 平成本作"曛"。

蘭佩始應鳴紫玉，菊妝猶未綻黄袍。
蘼蕪枝格沙轟孔，蘆荻□承閣鳳巢。
欲勸丐[1]陳留退客，洞中秋景不堪抛。

丙0200 花前有感
去歲落花今歲發，我爲去歲惜花人。
年年花發年年惜，花是如新人不新。

丙0201 就花枝、應製
非暖非寒陪月砌，如蜂如蝶就花枝。
風飄香雪縈鈿閣，霜撲銀鹽映玉卮。
半綻春妝應製斷，初融冰鏡未□澌。
臨時欲獻□□盡，不耐銅壺夜景馳。

丙0202 三日同賦花時天似醉、應製
春風何處不開花，萬井皆紅映九霞。
步屧艱難如酩酊，回枸指顧似婆娑。
星排宿酒投銀榼，雲出酡顏破碧沙。
此日絳霄陪曲水，來時疑是乘浮槎。

丙0203 暮春宴菅尚書亭、同賦掃庭花自落、各一字得還
朝來尋逐見花顏，舊日芬芳此日還。
一座無言春寂寞，滿庭空對花開□[2]。

---

1 平成本作"句"。
2 平成本作"落花間"。

丙 0204 同上
因花命酒兩無間[1]，花酒因緣不等閒。
清晝憐看遲日暮，恨他乘醉蹈花還。

丙 0205 同上
家風扇與好風還，一處歡游笑破顏。
此會終天無墜地，花開花落似巡環。按、本題下云、得還字、而篇中用三還字、似甚無謂、且聲調非七古、宜當分爲三絕句

丙 0206 暮春花下、奉謝諸客勸酒、見賀仲平及第
蓬蓽門庭華艷非，蒙君潤色作芳菲。
吾家不是登龍種，何□何下恐脫事字花時雲雨圍終日有雲雨、故云。

丙 0207 醉中惜花
風落庭芳暮景深，春花幾處惱春心。
偏消妄想憑何事，唯有添杯倚柱吟。

丙 0208 上苑春暮、對花惜別
上苑花飛日半矄，相逢相別幾重雲。
一心諸處難隨去，分付春風吹送君。

丙 0209 見源十七春風扇□[2]和詩、□□才華日新次本韵
何處微和取象奢，春□[3]翰墨日新家。
激揚學海金波漾，搖動詞林珠樹斜。

---

1 平成本作"問"。
2 平成本作"微"。
3 平成本作"風"。

遠手拂成箋上彩，纏心吹折筆頭花。
聲名扇蕩因風鐸，近遠吟傳衆口嘩。

丙0210 餞鎮西安明府、鎮東藤府□[1]、長門菅太守之任、探得遷字
門同[2]膠漆未爲堅，不覺勤王外秩遷。
七道民貧多吏富，折轅歸自數君傳。

丙0211 甲第林池勒[3]
甲第林池得地安，誰人疏理後人看。
壓林長短千株足，停水方圓數畝寬。
綠陰延涼浮戶牖，清流倒影動軒欄。
君前終日澄顧□，□□□□□歲寒。

丙0212 闕題
四海開元聖主家，兩都天下惜京華。
通街一直無千里，夾路三春滿百花。
爭詠瓊枝西苑客，競攀珠樹北方□。
當初感事無人識，時見離宮鎖[4]暮霞。

丙0213 仲春釋奠、聽講春秋、賦左氏艷而富
玩鶯春講獲麟章，醉飽官厨閲歲芳。

---

1 平成本作"君"。
2 平成本作"因"。
3 平成本此下有"看寬欄寒"。
4 平成本作"銷"。

千歲文華奢卷軸，一家詞玉瞻[1]縑緗。
看來更訝開珍藏，聽得初知向艷陽。
賀了丘明還悵望，公羊無貨穀梁瘡。

丙0214 歲暮詩
邁齒兼霜怢，行乾不得縻。
數來蓂闕魄，傾盡蘳遺曦。
斡斗炎燃幻[2]，頮陽吹截岐。
鳥層波上閣，花綻日中枝。
靄遠籠霄虎，冰堅閉澤螭。
□黃封雪變，山翠結雲移。
蟄雁高殘律，窮龜息未垂。
雙輪潛轂輾，二御秘鑣馳。
凍烈枯桑曉，天嚴勁竹知。
既居生品貴，何處忍寒儀。

丙0215 十二月十五日夜對月
年餘半月月初圓，可惜窮冬三五天。
面痛[3]嚴風嫌扇動，心憂邁歲怨輪旋。
金波不結雲端注，玉鏡無收雪裏懸。
偏玩凝明侵戶入，殷勤不忍擁裘眠。

---

1 平成本此下有"瞻恐瞻誤"。
2 平成本作"幼"。
3 平成本作"痛"。

丙0216 和文十三春夜寤、次韵
夜長易寤是憂長，非獨君傷我亦傷。
一室有書空對壁，四鄰無燭敢偷光。
只思鶏警催晨漏，不美鶯啼報早芳。
惆悵花時多不快，何當得意穩眠床。

丙0217 菅家寒食第三晨宴遇雨、同賦烟字
景遲雲合暗花前，寒食情來觸處憐。
雖賀王春施惠澤，猶嫌微雨似輕烟。

丙0218 同上
游春三日惜芳年，聞道元由綿上傳。
今日雨中榆柳樹，縱雖鑽過不成烟。

丙0219 苦雨
麥秋陰一月，梅夏雨連朝。
環堵争開竇，當街命繫橋。
奔波沈馬腹，□[1]水没人腰。
早晚披天覽[2]，將心訴九霄。

丙0220 喜晴
近日天顏黑，今朝日腳紅。
卷雲雷却鼓，除靄虎輸風。
氣散山初見，泥乾路欲通。

---

1 平成本作"流"。
2 平成本作"見"。

陰晴才隔夜、蒙昧已冲融。

丙0221 八月十五夜宴、各言志、探一字得亭
憐月情多暗數莢、逐光移坐最西亭。
若令他夕如今夜、不惜明朝一莢零。

丙0222 史記竟宴、咏史、得毛遂
趙勝知士早、毛遂出群遲。
客舍三年默、荊庭一旦威。
既揮升殿劍、終脫處囊錐。
寄語他同輩、如何目擊時。

丙0223 重陽日登高望大宮、賜詞臣菊酒
數年負笈惜分輝、欲進春場愧力微。
此日秋男尋景物、何時墨客列朝衣。
宮門猶未飛纓入、小阜唯應落帽歸。
今歲重陽明歲到、後來菊酒醉重闈。

丙0224 賦得草木黃落 于時直冷然院秘閣
衛[1]風□[2]雨□[3]鋒摧、禿樹飄叢[4]每日催。
應似老翁衰髮變、不同年少醉顏頹。
桑林且盡非蠶食、荻浦初空是雁來。
葵藿莫愁逢燥氣、大陽有意煦寒栽。

---

1 平成本有"一作衝"。
2 平成本作"因"。
3 平成本作"先"。
4 平成本作"葉"。

丙0225 同高少史[1]傷紀秀才
逝水爭流不再回，文華雕[2]落豈重開。
爲君泣送千行淚，莫恨泉□[3]作雨來。

丙0226 見叩頭虫、自述寄宗先生
値物叩頭號叩頭，每思避害猶能修。
須臾俯仰知心切，良久搏來見血流。
應似乞降初伏罪，有如求活更從囚。
寸虫猶覺全生義，六尺長身莫自由。

丙0227 黄帝
黄軒代遠審言難，制依車輿建土官。
一旦騎龍天上去，橋山□足葬衣冠。

丙0228 宰予
一十哲中言語良，一千年外德聲長。
閑筵白晝眠迷處，夢聽阿師喩糞墻。

丙0229 毒醉吟、呈座客
飲酒卯前及百鍾，黄昏主客醉相從。
孤株聳處呵樽[4]虎，片石低時眈伏龍。
盆水驚心爲四瀆，庭山望眼是千峰。

---

1 平成本作"吏"。
2 平成本作"凋"。
3 平成本作"逢"。
4 平成本作"蹲"。

警□[1]未輸童□羧，何必醒來更改容。

丙0230 櫻花欲發 勒[2]
歲節報來櫻近發，花入欲吐火烟含。
錦妝擁扇眠猶合，紅袖羞人出未堪。
今日韜光珠顆綴，明朝被酒醉顏酣。
縱令先折終先落，應放光陰少還貪。

丙0231 菅家寒食、賦花發滿皇州
寒食無疆閱歲華，風光盡著雍州花。
錦鞍便被巡街馬，烟麝猶薰入內車。
晴景蹈青應遍地，芳時侵黑欲歸家。
明朝更滿春游暇，却恨三晨少廢衙。

丙0232 乞滋十三摘茶
不勞外出好居家，大抵閑人只愛茶。
見我銚中魚失眼，聞君園裏茗爲牙。
詩行許摘何妨決，使及盈筐可得誇。
庭樹近來春欲暮，莫教空腹猶看花。

丙0233 寄橘神童
才聽拙頓又愚甘，積善家門見好男。
山雨檴材青干出，春風蘭畝紫芽含。
鳳凰城裏聲無二，鴻鵠雛中數欲三。

---

1 平成本作"遂"。
2 平成本作"勒含堪酣貪"。

遍覽古書多幼達，空稱了了盡難堪。

丙0234 省試、賦得珠還合浦用神爲韵、限六十字
太守施廉潔，還珠自效珍。
光非懷漢女，色似泣鮫人。
舊浦還星質，空涯返月輪。
行藏猶若契，隱見更如神。
感化來無脛，嫌貪去不親。
希哉良史迹，誰踏伯周塵。

丙0235 及第作
秋帳收螢不見階，春天射鵠箭無乖。
□□身上生光影，合浦明珠透出懷。

丙0236 省試、珠還合浦詩
世間何事勝腰魚，麗日晴光及第詩[1]。
宿昔賀人猶不信，今朝在我喜歡餘。

丙0237 重陽日侍宴、同賦黃菊殘花欲待誰、應製
離畢明朝重九來，女華含笑雨便催。
紅林盡處曾無盡，綠葉頳時猶不頳。
漫洗地精含作蕊，飽祈天玉祚爲杯。
黃衿侍宴恩多澤，應似菊花冒雨開。

---

1 平成本作"初"。

丙0238 閏十二月作、簡同輩
曆倍尋常歲晚遲，却知三百六旬非。
春前少日除寒氣，臘後冬多驗暖暉。
穗欠簷冰看雪滴，牙□[1]地角覺陰稀。
若教今日無名閏，應是黃鶯解舌時。

丙0239 采藕實
豈與鷄雛取駿[2]頻，誰忘藕實好輕身。
秋深希見那能覓，歲晚難逢盡是珍。
寒沼采無愁手冷，仙家餐合作腸春。
涼風便憶收華日，白露還驚勵木晨。
練畢始資方寸匕，功成新得七分塵。
別應服此終無老，更欲殷勤獻聖人。

丙0240 讀老子
愚自作愚賢自賢，佯愚詐忌未玄玄。
猶嫌老子多華飾，無欲還爲有欲先。

丙0241 菊花
常愁藥草少精神，始采寒英自有因。
未摘裊風多襲色，乍攪和露尚餘津。
凌霜陽處初爲笑，每日陰干更作嚬。
釀蜜蜂休投葉底，尋香蝶斷上花唇。

---

1 平成本作"撞"。
2 平成本作"駭"。

床頭促燥霑嫌[1]雨，屋裏閑排怕見人。
白蕊臼中飄雪粉，黄葩杵後起金塵。
哺時斜景收將早，成日晴天□得新。
曾恨芬芳籠下減，稍憐氣味腹中春。

丙0242 題竹林七賢圖
晋朝澆季少淳風，七子超然不混同。
欲對琴樽終性命，何要臺閣錄勳功。
生涯每寄孤雲片，世慮都忘一醉中。
若遇求賢明聖日，廟堂充滿竹林空。

丙0243 閑坐
容身外舍欲同誰，報主中心自有期。
方丈白生方寸赤，此生無復變渝時。

丙0244 遣懷
且來且[2]去幾逡巡，百歲中間斷一身。
方寸半分置□□，趨朝恐作貳心臣。

丙0245 嘆李孔
李老擁龍姿，聊與世塵同。
孔子懷鳳德，曾言我道窮。
有道更無位，見聖不錄功。
大周非無人，真人謝匪躬。

---

1 平成本作"嫌霑"。
2 平成本作"且"。

小魯尚有君，將聖不登庸。

遂入流沙西，欲浮浪[1]海東。

不知天與奪，若是人替隆。

此理歸自然，何家決童蒙。

丙0246 七月七日代牛女惜曉更、各分一字、應製、探賜人字[2]

怪來靈匹少相因，天上仙殊地上人。

箭漏應寬周歲會，銅壺莫從一宵親。

銀河夜鵲填毛晚，禁樹晨鷄拍翅新。

同作星□難屬[3]斗，回杓直指北方辰。

丙0247 無題

魚思大海鳥厭籠，一日三回省我躬。

亡相知音空戀德，明王賜眄未成功。

賴新慕舊中間老，尋始要終上計窮。

木落歸根泉返[4]澗，那教身得似秋蓬。

丙0248 叙雪五十韵[5]

節報幽都至，波凝水不皴。

望雲思寂寂，叙雪悤彬彬。

玉墮寧堪拾，珠零豈是珍。

---

1 平成本此下有"浪恐滄誤"。
2 平成本作"七言七月七日代牛女惜曉更、各分一字、應製一首、探賜人字"。
3 平成本作"矚"。
4 平成本作"反"。
5 平成本未收錄此詩。

鯨濤翻波處，牛漢覆沙辰。
翳景連行一，從風上下頻。
月飄眠兔毳，天撤老龍麟。
吹却分相逐，搏來半更津。
漫空籠度鳥，封野滯行麏。
坎穴盈以下十七字闕
出閣舁繒入，趨庭載帛臻。
簾看如脉動，牖望似烟填。
繞腕非羅袖，黏頭詩練巾。
篿舒平貫滑，華插鼈釵新。
寄藻鵝初宿，栖松鶴自馴。
地慚遼左豕，石卧漢家麟。
委潤消應晚，投湯積不因。
林□時改色，邑隔夜移鄰。
混沫猶危陷，饒□肯苦以下三百十一字闕

丙0249 惜秋玩殘菊、應製、探得深字見殘菊詩卷[1]
一叢寒菊笑千金，夜玩殘榮秋欲深。
月桂混香依檻外，燈花和色隔紗陰。
簾褰星苑陶籬接，閣倚天潢酈水侵。
除却蕋珠宮裏觀，不如此夕拜乾臨。

丙0250 閑光覺日長見類題古詩
豈是羲和慵不御，應緣寰海静無邪。

---

[1] 平成本作"見雜言奉和"。

司天謁導星纏衍，推曆欺言漏刻加。

丙0251 早秋感懷以下見和漢朗詠集
由來感思在秋天，多被當時節物牽。
第一傷心何處最，竹風鳴葉月明前。

丙0252 上寺望聚落
林中花錦時開落，天外游絲或有無。

丙0253 早春作
雲擎紅鏡扶桑日，春裛黃珠嫩柳風。

丙0254 花鳥[1] 見新撰朗詠集
萬事老來皆不敏，唯因花鳥作聰明。

丙03-02 藤原淵名 以下四人、并未詳世系、本朝文粹載之、且云、前二人與都良香同時及第、大江音人爲舉主、後二人南淵年名爲舉主、故姑載於此

丙0255 聽古樂
三成奏轉切，肆夏歌何惰。
文聲方亮發，韵氣寧殘惜[2]。

丙03-03 高階令範

丙0256 聽古樂
郊天功如洽，陳廟德終播。

---

1 平成本題下有"題恐有誤"。
2 平成本作"破"。

丙 03-04 有名王

丙 0257 連理樹詩
初知標帝德[1]，始覺呈皇□[2]。

丙 0258 同上
靡隔布深仁，無私施景化。
神工誠不隱，天道斯無詐。

丙 03-05 坂上斯文

丙 0259 連理樹詩
覆燾專布德，逐育正施德。按上德字必有誤

丙 03-06 菅野惟肖 貞觀中、與菅原道真同時及第、仁和中歷官播磨權大掾勘解由次官、轉文章博士

丙 0260 和詩情怨 菅家文草云、余近叙詩情怨一篇、呈菅十一著作郎、長句二首偶然見酬、更依本韵重答、以謝自注來章云
蒼蠅舊贊元台辨，白體新詩大使裁。

丙 0261 秋聲多在山 見類題古詩
幽林行雨栖寒蛩，落日涼風滿樹蟬。

日本詩紀卷之十五　丙集第三

---

1 平成本作"道"。
2 平成本作"德"。

卷之十六　丙集第四

上毛河世寧　彙編

丙04-01 菅原道真字三、清公之孫、是善之第三子、少而好學、博涉經史、及壯工文、歷官至右大臣兼右近衞大將、延喜初、依讒遷太宰權帥、薨後贈太政大臣、所著菅家文草十二卷、後草一卷、俱行於世

丙0262 月夜見梅花齊衡三年乙亥、于時年十一、嚴君令田進士試之、予始言詩、故載篇首、〇以下八十首并見文草

月耀如晴雪，梅花似照星。
可憐金鏡轉，庭上玉房馨。

丙0263 臘月獨興天安二年、于時年十有四
玄冬律迫正堪嗟，還喜向春不敢賒。
欲盡寒光休幾處，將來暖氣宿誰家。
冰封水面聞無浪，雪點林頭見有花。
可恨未知勤學業，書齋窗下過年年。

丙0264 殘菊詩十韻、貞觀二年、于時年十六
十月玄英至，三分歲候休。
暮陰芳草歇，殘色菊花周。
爲是開時晚，當因發處稠。
染紅衰葉病，辭紫老莖凋。
露洗香難盡，霜濃艷尚幽。
低迷憑砌脚，倒惡映欄頭。
霧掩紗燈點，風披匣麝浮。
蝶栖猶得夜，峰采不如[1]秋。
已謝陶家酒，將隨酈水流。

---

1 平成本作"知"。

愛看寒暑意，秉燭岂春游。

丙0265 賦得赤虹篇一首七言十韵、自此以下四首、臨應進士舉、家君每日試之、雖有數十首、采其頗可觀、留之

陰陽燮理自多功，氣象裁成望赤虹。
舉眼悠悠宜雨後，回頭渺渺在天東。
炎凉有序知盈縮，表裏無私辨始終。
十月取時仙雪絳，三春見處夭桃紅。
雲衢暴錦星辰織，鳥路成橋造化工。
千丈彩幢穿水底，一條朱斾掛空中。
初疑碧落留飛電，漸誤炎洲颭暴風。
遠影嬋娟猶火劍，輕形曲橈便形弓。
如今尚是樞星散，宿昔何令貫日忽。
問著先爲黃土寶，刻文當使孔丘通。

丙0266 賦得詠青十韵、泥字擬作
正色重冥定，生民萬里睇。
寄書仙鳥止，干[1]呂瑞雲低。
馬倦經丘岳，車疲過坂泥。
雨晴山頂遠，春暮草頭齊。
井記鳧張翅，田看鶴作蹊。
水衣苔自織，天鑑霧無迷。
仿佛佳人冢，潺湲道士溪。

---

1 平成本作"干"。

鋪蒲今未奏，紋竹古應稽。
故意霞猶聳，新名石欲題。
明經如拾芥，回眼好提撕。

丙0267 賦得躬桑一首_{六十字題中韻}
宮闈修內禮，春事記躬桑。
候節時無誤，齋心采不遑。
鉤留枝掛月，粉落葉凝霜。
舉手頻鳴佩，低頭更滿筐。
和風桃李質，暖氣綺羅妝。
願助蠶饑養，成功供廟堂。

丙0268 賦得折楊柳一首_{六十字題中韻}
佳人芳意苦，楊柳先攀折。
應手麴塵輕，候顏青眼潔。
淚迷枝上露，妝誤絮中雪。
纖指柔英斷，低眉濃黛刷。
葉遮鬟更亂，絲[1]剪腸俱絶。
若有入羌音，誰堪行子別。

丙0269 九日侍宴、同賦鴻雁來賓、各探一字得葦、應製_{自此以下十九首、進士及第之作、貞觀四年}
稚羽晚鴻賓，寒聲驚鳳宸。
帛書誰係足，黃口自銜尾。

---

1 平成本作"綠"。

畏月是孤弦，渡江非一葦。
先鳴何處客，在後時無幾。

丙0270 八月十五夜、嚴閣尚書授後漢書畢、各咏史、得黃憲有序略之、貞觀六年
黃生未免在人間，千頃茫茫一水閑。
逆旅初知師表相，高才更見禮容顏。
陳蕃印綬慚先佩，郭泰車鑾嘆早還。
僅就京師公府辟，徵君豈出白雲山。

丙0271 重陽侍宴、賦景美秋稼、應製
萬里如雲稼，重陽就日晴。
吹金風冷籟，滴玉露清瑩。
靄靄皆和氣，離離半旅生。
綺疇無數畝，銅雀第三鳴。
遠舉回頭望，長期鼓腹聲。
願因秋景美，將見海陵盈。

丙0272 玩梅花、各分一字探得勝字、貞觀七年
梅樹花開剪白繒，春情勾引得相仍。
狂風第一吹狼藉，叱叱匆匆意不勝。

丙0273 八月十五夜、月亭遇雨待月探韵得無
月暗雲重事不須，天從人望豈欺誣。
夜深才有微光透，珍重猶勝到曉無。

丙 0274 秋風詞題中韵
寒蟬驚爽序，晚虎嘯涼風。
扇謝三秋月，蘭傷九畹叢。
冷聞天籟外，幽想土囊中。
水擺輕波白，林翻落葉紅。
蕭條爲教令，慘憬混雌雄。
一個青蘋末[1]，淒其萬不同。

丙 0275 仲春釋奠、禮畢、王公會都堂、聽講禮記貞觀八年
禮畢還聞禮，威儀得再成。
客臺皆舊構，粉澤更新情。
屈膝羊知母，申行雁有兄。
尼丘千萬刃，高仰欲揚名。

丙 0276 奉和安秀才代無名先生寄矜伐公子次韵
迎來至道欲相仍，豈意龍門有李膺。
乍見浮雲風處破，何嫌捕影日中升。
天時有運寒爲暖，世事無期負且乘。
公子先生何善惡，縱雖知勸未知懲。

丙 0277 和春十一兄老生吟見寄
和君千里一朝程，怪我蕃籬羽翼生。
劍戟誰嫌隨後伏，糠粃自愧在前行。
豈非大鳥三年舉，應是飛丹九轉成。

---

1 平成本作"未"。

莫道登科遲速事，以詩爲伯義爲兄。

丙0278 入夏滿旬、過藤郎中亭、聊命詩筆
不畏今朝夏日長，偷言出得舊芬芳。
禮成無厭來修刺，酒熟應歡引入堂。
笑傲松喬知耳熱，受嘲風月欲心狂。
主人莫怪還先早，爲是初來自遠方。

丙0279 會安秀才餞舍兄防州探得隅字
兄友弟恭不道無，勤王自與恒親疏。
一回告別腸千斷，我助君情獨向隅。

丙0280 侍廊下吟咏送日
良辰誰擲度，益者忽相尋。
逮從新蘭室，存來舊竹林。
數杯仍許醉，微咏自知音。
易失還難得，愁看欲晚陰。

丙0281 感源皇子養白雞雛、聊叙一絶
治水殘片雪孤團，怪問鷄雛子細看。
養得恩容交杵白，因君一到五雲端。

丙0282 秋夜、離合
班來年事晚，刀氣夜風威。
念得秋多怨，心王爲我非。

丙0283 奉和執金吾相公彈琴之作
見説秋堂事，金吾撫玉琴。
古人看有象，新調聽無淫。
峽斷玉泉咽，烏寒五夜深。
吟君相感句，如遇舊知音。

丙0284 仲春釋奠、聽講論語
聖教非唯一，孤源引萬流。
珠從洙水出，轄自孔門投。
問道誰爲遠，趨庭莫暫留。
此間鑽仰事，遙望魯尼丘。

丙0285 餞別同門故人、各著緋出宰探得夢
同門告別泣春風，人道三龍一水中。
悔不當時千萬謝，應煩別後夜來夢。

丙0286 喜雨詩以龍爲韵、限八十字、每句用漢代良吏名
傳號霑千里，宣恩出九重。
雨寬何霈澤，雲黯幾奇峰。
暗記年豐瑞，先知井邑雍。
令辰成德政，旁午育耕農。
步武甘膏滿，含弘渙汗濃。
延年秋可待，廣漢霽猶慵。
欲遂聽銅雀，誰尊醮土龍。
田翁歸去處，佇立盛時邕。

丙0287 賀宮田兩才子入學
典出於宮玉出田，陽春明月孔門前。
前程占得揚名處，聲價過雲城復連。

丙0288 早春侍內宴、同賦無物不逢春、應製_{有序略之、〇自此以}
下秀才作、貞觀九年
寒光早退更無餘，萬物逢春渙汗初。
問著林前鶯語報，看過水上浪文書。
詩臣膽露言行樂，女妓妝成舞步虛。
侍宴雖知多許事，一年一日悉仙居。

丙0289 仲春釋奠、聽講孝經、同賦資父事君_{有序略之}
懷忠偏得意，至孝自成人。
換白何輕死，含丹在顯親。
王生猶有母，曾子豈非臣。
若向公庭論，應知兩取身。

丙0290 詠瞿麥花、呈諸賢
錦窠寸裁裹繁華，不道優曇在釋家。
仁智何唯山水樂，願君好愛一叢花。

丙0291 戊子之歲、八月十五日夜、陪月臺、各分一字_{探得登、}
貞觀十年
詩人遇境感何勝，秋氣風情一種凝。
明月孤輪家萬戶，此間臺上是先登。

丙0292 觀王度圍棋獻呈人
一死一生爭道頻，手談厭却口談人。
殷勤不堪相嘲哢，漫説當家有積薪世有大唐王積薪棋經一卷、故云。

丙0293 春日暇景、尋訪友人
一席將迎能幾人，因君記得惜殘春。
餘花落處爭移榻，宿釀開時且漉巾。
軟脚和風知有舊，怡顏暇景既如新。
傷心獨有王戎在，向竹還慚格物身。

丙0294 陪寒食宴、雨中即事、各分一字得朝
待來寒食路遥遥，自一陽生百五朝。
天愍子推嫌舉火，柳烟桃焰雨中消。

丙0295 史記竟宴、咏史得司馬相如
夫子猶司馬，相如有舊聞。
官嫌爲武騎，曲喜得文君。
苦諫長楊獵，多勞廣澤軍。
大人今可用，何處不凌雲。

丙0296 寄巨先生乞畫圖于時先生爲神泉苑監、適許游覽、仍獻乞之
先生幸許禁闈游，更恐時光不暫留。
山水從來無擔去，願憑君得寫風流。

丙0297 山陰[1]亭冬夜待月
高齋待月月何淹，不畏風霜幾撥簾。
海伯應慵投老蚌，山神欲惜放寒蟾。
消殘砌雪心猶誤，挑盡窗燈眼更添。
珍重東頭光數尺，如無如有獨纖纖。

丙0298 七月六日文會
秋來六日未全秋，白露如珠月似鉤。
一感流年心最苦，不因詩酒不消愁。

丙0299 停習彈琴
偏信琴書學者資，三餘窗下七條絲。
專心不利徒尋譜，用手多迷數問師。
斷峽都無秋水韵，寒烏未有夜啼悲。
知音皆道空消日，豈若家風便詠詩。

丙0300 八月十五夕待月、席上各分一字得疏
一更待月事何如，疑是遙旻月步徐。
爲向東頭千萬報，白雲雖密意猶疏。

丙0301 同二
二更待月事何如，不見金輪度碧虛。
雨脚匆匆雲簇簇，秋風爲我可乖疏。

---

1 平成本作"陽"。

丙0302 同三
三更待月事何如，目倦心疲望裏疏。
酒是十巡詩百詠，怪來不照我閒居。

丙0303 同四
四更待月事何如，鐘漏頻移意有餘。
縱使清光才透出，當勝徹夜甚檐疏。

丙0304 同五
五更待月事何如，物色人情計會疏。
不恨雲中天已曉，應知陰雨我三餘。

丙0305 九日侍宴、賦山人獻茱萸杖、應製
茰杖肩舁入九重，烟霞莫笑至尊供。
南山出處荷衣壞，北闕來時菊酒逢。
靈壽應慚恩賜孔，葛陂欲謝化爲龍。
插頭繫臂皆無力，願助仙行趁赤松。

丙0306 仲春釋奠、聽講毛詩、同賦發言爲詩
舉手斟王澤，形言見國風。
嘉魚因孔至，泮水待春通。
諫盡文章下，情攄諷詠中。
頌聲猶不寢，將發太平功。

丙0307 團坐言懷
暗將年事幾蹉跎，若不團居欲奈何。
酒爲望憂杯有數，詩緣叙志紙猶多。

自慚少日徒回轂，偏恨夕陽不用戈。
我意君情今夜盡，曉天歸處莫空過。

丙0308 王度讀論語竟、聊命杯酌
圓珠初一轉，舞象遂丁年。
自此窮墳典，何唯二十篇。

丙0309 花下餞諸同門出外吏、各分一字探得轅
送客何先點淚痕，應緣別後不同門。
今朝記得歸來日，萬里程間一折轅。

丙0310 晚春同門會飲、玩庭上殘花
榮枯物我自應知，春晚殘花幾許枝。
人有同門芳意篤，鳥無比翼暮栖移。
攀時醉裏何游手，落處杯中莫濫吹。
一道馨香今日盡，明朝眉目爲誰施。

丙0311 過尾州滋司馬文亭、感舍弟四郎壁書彈琴妙、聊叙所懷、獻以呈寄
偶尋文閣共閑居，左見彈琴右見書。
昨夜歡逢春晚盡，今朝苦念夏來初。
高看壁上雲栖鳳，快聽弦中水聳魚。
一一商量相況得，張爲不弛蔡無如。

丙0312 哭菅外史、奉寄安著作郎
酷悲穿眼復消魂，皆道希顏是妄言。
少日垂帷疲蠹簡，當年對策落龍門。

青衫未換名無謐，白髮空生祭有孫。
命矣皇天相與奪，高才不過傳先存。

丙0313 九日侍宴、同賦喜晴、應製有序略之、貞觀十四
重陽資飲宴，四望喜秋晴。
不是金颷拂，應緣玉燭明。
無爲玄聖化，有慶兆民情。
獻壽黃華酒，爭呼萬歲聲。

丙0314 晚冬過文郎中、玩庭前早梅
一年何物始終來，請見寒中有早梅。
更使此間芳意篤，應緣相接故人杯。

丙0315 奉和王大夫賀對策及第之作次韵
明時對策有名聞，負擔箕裘不外分。
幸免空歸爲白首，無期上列在青雲。
含情若讀新章句，拭眼驚看舊判文。
莫道成功能管領，一枝盡桂謝家君諸儒評判、貶訶甚深、故云。

丙0316 賦得麥秋至勒
步曆春王去，乘時夏令安。
麥田千畝遠，秋色兩岐寬。
欲舉先登穀，非逢暮律寒。
候占收繭税，人趁守雞竿。
錄舊排囚户，羞新肅廟壇。
自此多稼瑞，將望碧雲端。

丙0317 五月長齋畢、書懷簡諸同舍
問君十五日來心，隨喜無聊也不淫。
初廢聲聲聞般若，暫停念念貴觀音。
殷勤欲趁花間醉，約略應容月下吟。
爲向香爐經案道，涼風寒露更相尋。

丙0318 長齋畢、聊言懷寄諸才子、酬答頻來、吟咏有感、更因本韵、重以戲之
我今苦行最甘心，爲悔生生殺盜淫。
梵錄先添新發意，書齋更覓舊知音。
嗟來白日驅輪轉，放得炎風避暑吟。
歸著葷腥應宴樂，世間何處擬先尋。

丙0319 玩秋花東宮侍中局、小宴之作
秋花得地在春宮，萬歲將看一個叢。
素片還慚芳意素，紅房溫對醉顏紅。
馨香畏減淒涼雨，氣色嫌傷晚暮風。
欲摠繁華供殿下，不知何處路相通。

丙0320 仲秋釋奠、聽講周易、賦鳴鶴在陰
暗知鳴鶴驚秋氣，一叫先穿數片雲。
縱使清聲千萬和，不用十翼豈高聞。

丙0321 九日侍宴、同賦天錫難老、應製貞觀十三
明王開壽域，不老自蒼天。
駐采非因道，輕身豈學仙。

鶴毛無一片，鮎背可千年。
已識皇恩洽，將編雅頌傳。

丙0322 冬日賀船進士登科、兼感流年
苦惜分陰貢士家，登科自此甚寬賒。
題名已舊前春牓，就賀難留晚日車。
席上傳看紅桂抄，杯中勸得綠梨花。
君功我業先成後，不恨三冬景易斜予對策及第之日、進士得預登科。

丙0323 冬至日書懷、奉呈田別駕
禮具誰羞履襪疏，千門共幸一陽舒。
風光不辨微和屬，夜漏猶嫌冷夢餘。
稱舊秀才春去後，喚前司馬歲來初。
正元駕覺殊今日，再拜當煩手上書權任外官、滿年拋笏、儒生故事、行禮執經、余兩有之、故聯此句。

丙0324 近以冬至書懷詩、奉呈田別駕、酬答中有恐作冬雷開蟄促之句、吟玩未畢、重寄一封、序云、詩去須臾、天南雷鳴、一聲擊睡、覺夢有感、更用本韵、予止讀驚愕、已悟天人相應、即又以本韵、重以呈之
感徹悠悠不道疏，雷聲在晦甚寬舒。
君憐百里聞無外，我利連城照有餘。
強學言詩知是本，偷閒顯志愧爲初。
恩容倡和驚天意，願遂編成數卷書。

丙 0325 殘燈風韵
一點殘燈五夜通，分分落淚寸心中。
餘光不力扶持舉，競下蘆簾恐見風。

丙 0326 書懷寄安才子
肩舁范[1]漢百篇書，大學門前日出初。
若不揚名資祿養，何愁曆尾數行餘_{君有歲暮暫停寮試之嗟}。

丙 0327 同舍小飲
舍不過方丈，酒將及數杯。
夜更留不駐，好去待時來_{秀才早去、故有此句}。

丙 0328 漢書竟宴咏史、得司馬遷
少日才知誦古文，何圖祖業得相分。
每思劉向稱良史，再拜龍門一片雲。

丙 0329 八月十五夜、月前話舊、各分一字_{探得心}
秋月不知有古今，一條光色五更深。
欲談二十餘年事，珍重當初傾蓋心。

丙 0330 謁河州藤員外刺史、聊叙所懷、敬以奉呈
君居便近望階墀，請謁猶愁寸步遲。
案譜江流親不隔_{刺史適生于大江、江菅兩氏、元是一族、故云}，同門孔聖道無欺_{刺史問道於橘侍郎、亦復一門冠首者也}。
春游莫弃花開處，夜宴當饒月滿時。

---

1 平成本作"茫"。

若會長拋疏客禮，何嫌日到敵圍棋_{刺史面許對敵圍棋、故有此興}。

丙0331 早春侍宴仁壽殿、同賦春雪映早梅、應製
雪片花顏時一般，上番梅梭待追歡。
冰紈寸截輕妝混，玉屑添來軟色寬。
鷄舌才因風力散，鶴毛獨向夕陽寒。
明王若可分真僞，願使宮人子細看。

丙0332 早春、陪右丞相東齋、同賦東風妝梅、各分一字_{探得迎字}
春風便遞¹問頭生，爲玩梅妝繞樹迎。
偷得誰家香劑麝，送將何處粉樓瓊。
先吹暖火頻溫慰，更作霜力²且剪成。
裂素誰容勞少女，占巢莫怪妒初鶯。
繁華太早千般色，號令猶閑五日程。
好是銀鹽多結蕋，應緣丞相欲和羹。

丙0333 書齋雨日獨對梅花
點檢窗頭數個梅，花時不記幾年開。
宮門雪映春游後，相府風妝夜飲來_{今年內宴、有敕、賦春雪映早梅、內宴後朝、右丞相招詩客五六人、賦東風妝梅、余雖不才、侍此兩宴、故云}。
紙障猶卑依樹立，蘆簾暫撥引香回。
書齋對雨閑無事，兵部侍郎興猶³催。

---

1 平成本作"逐"。
2 平成本作"刀"。
3 平成本作"尚"。

丙0334 拜户部侍郎、聊書所懷、呈田外史
聞說劇官戶部郎，人臣何簡職閑忙。
偷居史局三年去，忝入兵曹一月強_{余貞觀十三年爲内史、今年正月遷兵部侍郎、二月遷任戶部。}
案牘初慚從政理，風雪暫謝屬文章。
知君近侍公卿議，切過升降報莫忘_{外史侍近伏案每有云、公議終日祗候故云。}

丙0335 九日侍宴、同賦紅蘭受露、應製_{貞觀十五}
芳蘭裛露恐傷風，好是餘清洗碎紅。
鶴警寒更三轉後，蜂喧晚步十回中。
珠團滿袖羅文解，玉酒添香盞底空。
臣幸著緋恩澤渥，自瞠曉滴在秋叢。

丙0336 九日侍宴、同賦吹花酒、應製
恩容九日醉顏酣，酒湛兼清菊采甘。
把盞無嫌斟分十，吹花乍到唱遲三。
唇頭泛色金猶點，口上餘香麝半含。
暮景雙行多得力，松喬更向小臣慚。

丙0337 傷安才子
誰疑世俗是風波，叫著蒼天痛奈何。
已斷平生相教授，爲君西向誦彌陀。

丙0338 雪中早衙
風送宮鐘曉漏聞，催行路上雪紛紛。

稱身著得裘三尺，宜口溫來酒二分。
怪問寒童懷軟絮，驚看疲馬踏浮雲。
銜頭未有須臾意，呵手千回著案文。

丙 0339 早衙
回燈束帶早衙初，不倦街頭策蹇驢。
曉鼓鼕鼕何處到，南為吏部北尚書。

丙 0340 秋日山行二十韵 于時祈神、向越州社
行行山不盡，念念意無聊。
步曆三秋暮，離家五日朝。
白雲何澗口，紅樹幾岩腰。
每有涼氛到，空令旅思焦。
整妝寒蓐食，催駕曉燈挑。
委曲斜穿路，傾邪聳構橋。
地危半轉石，天近暫摩霄。
未省人身換，宛如世界超。
疲驂嘶布水，老僕困綿嶠。
指過僧持錫，逢迎客采樵。
低頭臨邑里，舉手謝塵囂。
戶牖棋千峙，江湖帶一條。
薜蘿新衲結，榆莢古錢銷。
解渴流泉漱，承溫落葉燒。
烟嵐心慘慘，骨髓氣蕭蕭。
豈趁飛丹術，非求束帛招。

拜神趨社廟，齋幣拂災祆。
日脚光陰走，年華物色凋。
風驅應達旦，月送自通宵。
問著程多少，初知向後遙。

丙0341 海上月夜 于時祈神到越州
秋風海上宿蘆花，况復蕭蕭客望賒。
語笑心期聲鬧浪，詩篇口號指書沙。
行遲淺草潮痕没，坐久深更月影斜。
若放往來憐勝地，越州買得一儒家。

日本詩紀卷之十六　丙集第四

卷之十七　丙集第五

上毛河世寧　彙編

丙 05-01 菅原道真 二

丙 0351 早春侍宴仁壽殿、同賦認春、應製_{自此以下百七首、吏部侍郎之作、貞觀十九、〇并見文草}

認得年芳第一科，先從禁禦遍經過。
和風附外排山水，暖氣留中屬綺羅。
鳥語還嫌簧在舌，花容不放錦成窠。
今朝莫道春深淺，偏愛吹噓長養多。

丙 0352 暮春見南亞相山莊尚齒會
逮從幽莊尚齒筵，宛如洞裏遇群仙。
風光惜得青陽月，游宴追尋白樂天。
占靜不依無影樹，避喧猶愛有聲泉。
三分淺酌花香酒，一曲偸聞葛調弦。
撫杖將供扶醉出，留車且待下山旋。
每看吾老誰勝淚，此會當爲惱少年_{嚴閣相公在七人中、故云。}

丙 0353 早春侍宴仁壽殿、同賦春暖、應製_{有序略之、元慶二}
春風聖化總陽和，初出重闈露布過。
語鳥千般皆德煦，游魚萬里半恩波。
虹霓細舞因晴見，沆[1]瀣流杯向晚多。
日落先皈何恨苦，儒生不便手[2]回戈。

---

1 平成本作"沅"。
2 平成本作"千"。

丙 0354 喜田少府罷官皈京
山郵水驛思紛紛，一種風光兩處分。
西望五年空送日，暮來千里乍披雲。
情悲倍自初離去，淚落多於便附聞。
若不相忘曾入室，殷勤存慰我家君^{門人雖多、用意異昔、故囑之。}

丙 0355 仲春釋奠、聽講¹孝經
此是天經即孝經，分來聖道滿皇庭。
爲臣爲子皆言孝，何啻春風仲月丁。

丙 0356 講書之後、戲寄諸進士
我是甇甇鄭益恩，曾經折桂不窺園。
文章暗被家風誘，吏部偷因祖業存^{文章博士、非材不居、吏部侍郎、有能惟任、自余祖父降及余身、三代相承、兩官無失、故有謝詞。}
勸道諸生空靦面，從公萬死欲銷魂。
小兒年四初知讀，恐有疇官累末孫。

丙 0357 早春侍內宴、賦聽早鶯、應製^{元慶三}
不怪鶯聲早，應緣樂歲華。
語偷弦管韻，栖卜綺羅花。
愛玩憐風軟，貪聞恨日斜。
偏勸初出谷，謝絕舊烟霞。

丙 0358 元慶三年孟冬八日、大極殿成畢、王公會賀之詩
燕雀先知聖德包，子來神化莫空拋。

---

1 平成本無"講"字。

初成不日金猶在，亘望如雲玉半交。
欲見高晴星舊拱，應饒遠畵鳳新巢。
棟梁總出於槐棘，誰愧唐堯不剪茅。

丙0359 早春侍内宴、同賦雨中花、應製
花顏片片笑來多，冒雨馨香不奈何。
羅袖猶欺霓舞汗，花袍自怪沐恩波。
驚看麝劑添春澤，勞問鶯兒失晚窠。
五出莫誇承渥潤，一天下喜有滂沱。

丙0360 傷巨三郎、寄北堂諸好事
我今收淚訴冥冥，何不慭遺一後醒。
伊洛有笙追逝水，孔家無櫛斷趨庭 傳聞此郎、勤學之中、吹笙解服、故云。
悲栽冢上新生樹，哭放窗頭舊聚螢。
偷謚貞文爲汝誄，夜來窺得巨門星。

丙0361 博士難 古調
五五當作吾家非老將，儒學代歸耕。
皇考位三品，慈父職公卿。
已知稽古力，當施子孫榮。
我舉秀才日，箕裘欲勤成。
我爲博士歲，堂構幸經營。
萬人皆競賀[1]，慈父獨相驚。

---

1 平成本作"駕"。

相驚何以故，日悲汝孤惸。
博士官非賤，博士禄非輕。
吾先經此職，慎之畏人情。
始自聞慈誨，履冰不安行。
四年有朝議，今我授諸生。
南面才三日，耳聞[1]誹謗聲。
今年修舉牒，取舍甚分明。
無才先舍者，讒口訴虛名。
教授我無失，選舉我有平。
誠哉慈父今[2]，誡我於未崩[3]。

丙0362 仲春釋奠、聽講左傳、賦懷遠以德
德是明王致遠車，東過鳥塞北龍沙。
懷來總作懷中物，四海茫茫尚一家。

丙0363 暮春送因州茂司馬、備州宮司馬之任、同賦花字
別意難忘景易斜，不知閑日在誰家。
愛君顏色頻回眼，醉淚空欺冒雨花。

丙0364 北堂澆章宴後、聊書所懷、奉呈兵部田侍郎
誇著槐林來客尊，祗迎宰相到黃昏。
伶人枕鼓池頭臥，冑子懷詩壁下蹲。
何更先談聞宿老，自然後幾發雲孫。

---

1 平成本作"開"。
2 平成本作"令"。
3 平成本作"萌"。

公卿乍會初游宴，幸甚生涯不測恩。

丙0365 後漢書竟宴、各咏史得光武
時龍何處在，光武一朝乘。
濟縣低飛鳳，滹沱暗合冰。
將軍星有列，曆數火相承。
計會天人應，宜哉得中興。

丙0366 山家晚秋以題爲韵、右親衛平將軍河西別業也
千萬人家一世間，適逢得意不言還。
幾臨瑟瑟寒聲水，又對蕭蕭暮景山。

丙0367 同二
山下卜鄰當路霞，野中信馬破程花。
將軍莫道游心主，博士來爲養性家。

丙0368 同三
養性有餘空偃蹇，我情多恨相知晚。
雲泥不計地高卑，風月只期天久遠。

丙0369 同四
數局圍棋招座隱，三分淺酌飲忘憂。
若教天下知交意，真實逍遙獨此秋。

丙0370 奉和兵部侍郎哭舍弟大夫之作、押韵
魂也歸來何處憑，生涯不遇痛無勝。
君悲逝水孤浮浪，我泣分陰共鏤冰。

相國心寒秋露草、通家眼暗曉風燈_{大夫在生、爲大相國之近習、余以婚親、每述心膽、今之傷悼死而有餘、故云}。

菩提道外誰回向、爲念彌陀拜老僧。

丙0371 勸吟詩、寄紀秀才_{元慶以來、有識之士、或公或私、争好論議、立義不堅、謂之癡鈍、其外只醉舞狂歌、罵辱凌轢而已、故製此篇、寄而勸之}

風情斷織壁[1]池波，更怪通儒四面多。
問事人嫌心轉石，論經世貴口懸河。
應醒月下徒沈醉，擬噤花前獨放歌。
他日不愁詩興少，甚深王澤復如何。

丙0372 路次觀源相公舊宅有感_{相公去年夏末薨逝、其後數月臺榭失火、參議源勤薨、元慶五}

一朝燒滅舊經營，苦問遺孤何處行。
殘爐華塼苔老色，半燋松樹鳥啼聲。
應知腐草螢先化，且泣炎洲鼠獨生。
泉眼石稜誰定主，飛䖝[2]豈斷繞燈情。

丙0373 雲州茂司馬視詩草數首、吟咏之次、適見哭菅侍醫之長句、不勝傷悼、聊叙一篇

詩本取諸播管弦，豈圖今日別潸[3]然。
風吹藥種家三世，露落蓬門路九泉。
定遇琉璃師主佛，疑爲紫府客來仙。

---

1 平成本作"壁"。
2 平成本作"蛾"。
3 平成本作"潸"。

我無父母無兄弟，親友又亡總是天。

丙0374 詩草二首、戲視田家兩兒、一首以叙菅侍醫病死之情、一首以悲源相公失火之家、大人侍郎適依本韵、更酬一篇、予不堪感嘆、重以答謝
　高情莫怪妄言詩，爲遇知音也世治。
　欲慕名醫傷宿分，非憐勝地諷當時。
　松喬本是尸行客，衛霍今猶火宅悲。
　我唱無休君有子，何因編録命龜兒<small>白樂天命小侄龜兒、編録唱和集、故云。</small>

丙0375 有所思<small>元慶六年夏末、有匿詩誹藤納言、見詩意之不凡、疑當時之博士、余甚慚之、命矣天也</small>
　君子何惡處嫌疑，須惡嫌疑涉不欺。
　世多小人少君子，宜哉天下有所思。
　一人來告我不信，二人來告我猶辭。
　三人已至我心動，況乎四五人告之。
　雖云内顧而不病，不知我者謂我癡。
　何人口上將銷骨，何處路隅欲僵屍。
　悠悠萬事甚狂急，蕩蕩一生長險巇。
　焦原此時谷如淺，孟門今日山更夷。
　狂暴之人難指我，文章之士定爲誰。
　三寸舌端駟不及，不患顏疵患名疵。
　功名未立年未老，每願名高年又耆。
　况名不潔徒憂死，取證天神與地祇。
　明神若不愍玄鑑，無事何久被虛詞。

靈祇若不失陰罰，有罪自然爲禍基。
赤心方寸惟牲幣，因請神祇應我祈。
斯言雖細猶堪恃，更愧或人獨自嗤。
內無兄弟可相語，外有故人意相知。
雖因詩與居疑罪，言者何爲不用詩。

丙0376 九日侍宴、各分一字、應製_{探得芝}
蕭辰供奉一佳期，拜舞紛紛白玉墀。
恩賜黃花才虎口，敕催紅袖總蛾眉。
五雲晴指登高處，千日暮知解醉時。
算取重陽名教樂，此生長斷茹靈芝。

丙0377 喜被遥兼賀員外刺史
家門認得弊箕裘，最喜先君任此州。
月俸曾因含哺飽，泉途更欲計恩酬。
無勞北陸行殘雪，只望西成遇大秋。
腰底三龜知意否，仁風爲我漲春流_{予先忝二官、重兼州任、恩澤無極、士林榮之。}

丙0378 春日於相國客亭、見鷗鳥戲前池、有感賦詩
人知鳥意鳥知人，莫道沙鷗素性馴。
非與紫鱗爭樂水，欲將霜翅不同塵。
當時未謂浮沈定，數處惟無去就頻。
栖息若容三四日，遂生何必入懷仁。

丙0379 春日過丞相家門
除目明朝丞相家，無人無馬後無車。
況乎一旦薨已後，門下應看枳棘花。

丙0380 陪源尚書、餞總州春別駕 同用難寬看三字
共理從來知帝難，易東莫謝舊丁寬。
淚痕争得盈雙袖，別後思君每日看。

丙0381 去春咏渤海大使與賀州善司馬贈答之數篇、今朝重吟、和典客國子紀十二丞見寄之長句、感而玩之、聊依本韵
掌上明珠舌下霜，風情潤色使星光。
春游總轡州司馬，夏熱交襟典客郎。
恨我分庭勞引導，饒君遇境富文章。
若教毫末逢閑日，莫惜縱容損數行。

丙0382 重依行字、和裴大使被酬之什
寒松不變冒繁霜，面禮何須假粉光。
灌漑梁園爲墨客，婆娑孔肆是查郎。
千年豈有孤心負，萬里當憑一手章。
聞得傍人相語笑，因君[1]別淚定添行。

丙0383 過大使房、賦雨後熱
風凉便遇斂纖氣[2]，未睹青天日已曛。
揮汗春宮應問我，飲冰海路詎愁君。

---

1 平成本作"居"。
2 平成本作"氛"。

寒沙莫趁家千里，淡水當添酒十分。
言笑不須移夜漏，將妨夢到故山雲。

丙0384 夏夜對渤海客、同[1]賦月華臨静夜詩_{題中取韻、六十字成}
舉眼無雲靄，窗頭玩月華。
仙娥[2]弦未滿，禁漏箭頻加。
客座心呈露，杯行手酌霞。
人皆迷傅粉，地不辨晴沙。
縱望西山落，何瞻北海家。
閑淡知照膽，莫勸折燈花。

丙0385 醉中脱衣、贈裴大使、叙一絶、寄以謝之
吳花越鳥織初成，本自同衣豈淺情。
座客皆爲君後進，任將領袖屬裴生。

丙0386 二十八字、謝醉中贈衣、裴少監酬答之中、似有謝言、更述四韻、重以戲之
不堪造膝接芳言，何事來章似謝恩。
腰帶兩三杯後解，口談四七字中存。
我寧離袂忘新友，君定曳裾到舊門。
若有相思常服用，每逢秋雁附寒温。

丙0387 依言字重酬裴大使
多少交情見一言，何關薄贈有微恩。

---

1 平成本作"因"。
2 平成本作"俄"。

手勞機杼營求斷，心任裁縫委曲存。
短製應資行客路，餘香欲襲國王門。
後來縱得相親褻，故事因君暗可溫。

丙0388 夏夜於鴻臚館、餞北客歸鄉
歸歟浪白也山青，恨不追尋界上亭。
腸斷前程相送日，眼穿後紀轉來星。
征帆欲繫孤雲影，客館爭容數日扃。
惜別何爲遙入夜，緣嫌落淚被人聽。

丙0389 酬裴大使留別之什次韻
交情不謝北溟深，別恨還如在陸沈。
夜半誰欺顏上玉，旬餘自斷契中金。
高看鶴出新雲路，遠妒花開舊翰林。
珍重歸鄉相憶處，一篇長句總丹心。

丙0390 臨別送鞍具總州春別駕
御民銜勒本君功，顧眄將聞矍鑠翁。
淚落分鑣專夜雨，心悲結鞅欲秋風。
山行莫忘浮雲上，歲暮當思蹈[1]雪中。
春日縱逢輈下鹿，鞍鑣爲我不長空。

丙0391 小廊新成、聊以題壁
數步新廊壁也釘，青烟竹下白沙庭。
北偏小戶藏書閣，東向疏窗望月亭。

---

1 平成本作"踏"。

行路馬蹄斜側見，到門人語近前聽。
自嫌塵客時言笑，從請山僧夜誦經。
分合終年開甕牖，猶勝竟日掩柴扃。
掃除一室雖知足，未免衝泥又戴星。

丙 0392 勸野營佳學冑
李孔通家通不分，幾因才藝早知聞。
菅尚書子寧非我，野相公孫獨有君_{謂先相公}。
龍去九霄曾宿水，鶴飛千里未離雲。
縱無閉戶垂帷意，當會文宣享苾芬_{學中謂、時時來者爲釋奠學生、故云}。

丙 0393 水中月
滿足寒蟾落水心，非空非有兩難尋。
潛行且破雲千里，徹底終無影陸沈。
圓似江波初鑄鏡，映如沙岸半披金。
人皆俯察雖清淨，唯恨低頭夜漏深。

丙 0394 夢阿滿
阿滿亡來夜不眠，偶眠夢遇涕漣漣。
身長去夏餘三尺，齒立今春可七年。
從事請知人子道，讀書諳誦帝京篇_{初讀賓王古意篇}。
藥治沈痛才旬日，風引游魂是九泉。
爾後怨神兼怨佛，當初無地又無天。
看吾兩膝多嘲弄，悼汝同胞共葬鮮_{阿滿亡後、小弟次亡}。

菜[1]誕含珠悲老蚌，莊周委蛻泣寒蟬。
那堪小妹呼名覓，難忍阿孃滅性憐。
始謂微微腸暫續，何因急急痛如煎。
桑弧戶上加蓬矢，竹馬籠頭著葛鞭。
庭駐戲栽花舊種，壁殘學點字傍邊。
每思言笑雖如在，希見起居總惘然。
到處須彌迷百億，生時世界暗三千。
南無觀自在菩薩，擁護吾兒坐大蓮。

丙0395 詩情怨古調十韻呈菅著作、兼視紀秀才
去歲世驚作詩巧，今年人謗作詩拙。
鴻臚館裏失驪珠，卿相門前歌白雪。
非顯名賤匿名貴，非先作優後作劣。
一人開口萬人喧，賢者出言愚者悅。
十里百里又千里，駟馬如龍不及舌。
六年七年若八年，一生如水不須決。
一生如水穢名滿，此名何水得清潔。
天鑑從來有孔明，人問不可無則哲。
惡我偏謂之儒翰，去歲世驚自然絕。
呵我終為實落書，今年人謗非真說。

丙0396 余近叙詩情怨一篇、呈菅十一著作郎、長句二首、偶然見酬、更依本韻、重答以謝
請君好咏一篇詩，唯恨無人德務滋尚書曰、樹德務滋。

---

1 平成本作"菜"。

讒舌音聲竽尚濫，厚顏脂粉鏡知嬨。
雲生不放寒蟾素，桂死何勝毒蠱緇。
銷骨元來由積毀，履冰未免老狐疑。
生涯我是一塵埃，宿業頻遭世俗猜。
東閣含將真咳唾，北溟賣與僞珍環[1]。
三條印綬依恩佩，九首詩篇奉敕裁。

<small>來章曰、蒼蠅舊贊元台辨、白體新詩大使裁、注云、近來有聞、裴頤云、禮部侍郎得白氏之體、余讀此二句、盛上句之不欺、兼下文之多許、酬和之次、聊述本情、余心無一德、身有三官、總而言之、事緣恩奬、更被敕旨、假號禮部侍郎、與渤海入覲大使裴頤相唱和、詩總九首、追以慚愧、故有此四句</small>

凡眼昏迷誰料理，丹鴉鏡掛碧霄臺。

丙0397 予作詩情怨之後、再得菅著作長句二篇、解釋予憤、安慰予愁、憤釋愁慰、朗然如醒、予重抒蕪詞、謝其得意 <small>本韵</small>

家業年祖本課詩，情田欲倦莠言滋。
材窺直立無全性，女妒新來不弃嬨。
對客頻逢珠子白，從師殆入薛衣緇<small>余自聞惡名、有意出俗、故云。</small>
世人若用剛柔戒，莫願偷爲雋不疑。

丙0398 同二

賴君清冷肅浮埃，遮莫呵呵甚口猜。
餌投游魚隨手蠁，媒投苦李滿懷瑰。
龍門遞送同時上，鳳韶相分二代裁。

---

1 平成本作"瑰"。

余與君貞觀中對策及第、雖有先後、猶是一時、余即爲著作郎、至元慶君又爲之、故云二代

更聞高才一官老，孟堅著作兼去聲蘭臺。韶當作詔

丙0399 夏日偶興

天放一身不繫維，雨晴好是得佳期。
三官過分知恩日，六暇逢閒任意時。
臥見新圖臨水障，行吟古集納凉詩。
區區心地無煩熱，唯有夢中阿滿悲先是有夢阿滿之詩。

丙0400 見渤海裴大使真圖有感

自自一作目送裴公萬里行，相思每夜夢難成。
真圖對我無詩興，恨寫衣冠不寫情。

丙0401 九日侍宴、觀賜群臣菊花、應製

滿把寒花十指溫，術中彭祖九重門。
鷄雛不老仙人曙，麝劑初穿道士園。
使采孤叢秋露種，非租五柳晚雲孫。
莫教舞妓偸餐去，恐未藜收月裏奔。

丙0402 題白菊花去春、天台明上人、分寄種苗

寒叢養得小儒家，過雨宜看亞白沙。
本是天台山上種，今爲吏都侍郎花。
霜鬚秋暮驚初老，星點曉風報早衙。
長斷俗人籬下醉，應同閒在舊烟霞。

丙0403 同諸才子、九月三十日、白菊叢邊命飲同勒虛餘魚、有小序略之

白菊生於我室虛，殘秋一夕又閑餘。
淺深淵醉花鰓下，取樂何求在藻魚。淵一作困

丙0404 典儀禮畢、簡藤進士

回頭曉望紫微宮，百辟星前再拜風。
我昔仙階才舐器，應知細吠白雲中余以侍郎、近陪饗宴、更被朝議、又爲典儀、故有此句。

丙0405 賦得春深道士家限四十字、題中取韵、筆不停滯、文不加點

鵝王閑引步，道士洞中家。
枕暖潺湲水，餐清晚暮霞。
杖新裁笋籜，符舊撼桃花。
好去春三月，年加老不加。

丙0406 絕句十首、賀諸進士及第

七七頽齡是老生，誓云未死遂成名。
明王若問君才用，更幹差勝風月情。賀丹誼

丙0407 同二

無厭泥沙久曝鰓，場中出入十三回。
不遺白首空歸恨，請見愁眉一旦開。賀和平

丙0408 同三

當家好爵有遺塵，不若槐林苦出身。
四十二年初及第，應知大器晚成人。賀橘風

丙 0409 同四
初有二毛更六年，此朝筋骨可神仙。
知君大學能常住，願使諸生幾是賢。_{賀中義}

丙 0410 同五
親老在家七十餘，每看膝下淚漣如。
登科兩字千金直，孝養何愁無斗儲。_{賀野達}

丙 0411 同六
人共賀君我獨傷，曾知對策苦風霜。
龍門此日平三尺，努力前途萬刃強。_{賀田繞}

丙 0412 同七
少日偏孤凍且飢，長呼孔父濟窮兒。
還家拜世何爲檄，手捧芬芬桂一枝。_{賀多信}

丙 0413 同八
此是功臣代代孫，神明又可祐家門。
況爲進士揚名後，今待公卿采擇恩。_{賀和明}

丙 0414 同九
一經不用滿簏金，況復螢光草徑深。
業是文章家將相，朱衣向上任君心。_{賀右生}

丙 0415 同十
龍有名駒鳳有雛，行程自與世人殊。
聞君舍弟皆家業，次第當探海底珠。_{賀橘木}

丙0416 八月釋奠、聽講孝經、賦秋學禮
過庭無父感秋時，三百三千更問誰。
暮景蕭蕭雲斷處，一行寒雁是吾師。

丙0417 傷藤進士、呈東閣諸執事
我等曾爲白首期，何因一夕苦相思。
披書末卷同居處，捻藥空歸已葬時。
不校秋聲喪父哭，猶勝曉淚夢兒悲余先皆所有、今而喩之。
此生永斷俱言笑，且泣將吟事母詩東閣孝經竟宴、進士事母之詩、故云。

丙0418 去冬過平右軍池亭、對乎圍棋、賭以隻圭、新賦將軍戰勝、博士先降、今寫一通酬一絕、奉謝遲之責遲下脱曉字[1]
先冬一負此冬酬，妒使侯圭降奕秋。
閑日若逢相坐隱，池亭欲決古詩流。

丙0419 感小蛇、寄田才子一絕來訪之間、此蛇在前、故感之
縱未鱗飛不道蟠，如聞早上李膺門。
自知君感相存慰，爲我銜來咳唾恩。

丙0420 近日野州安別駕製一絕、寄諸同志、有頻歷外吏、獨後倫輩之嘆、予不勝助憂、聊依本韵酬
君曾獻策立公車，政事當求孔子家。

---

[1] 平成本無此注。

請[1]抱貞心能報國，寒松不道遂無花。

丙0421 重陽日侍宴紫宸殿、同賦玉燭歌、應製 六韵已上成
無爲無事明王代，九月九日嘉節朝。
曆數所歸有真至[2]，欲令[3]雨順又風調。
始聞童子謳唐國，終見大臣謁渭橋。
人望天從明玉燭，自春涉夏到金飇。
菊知俱奉霜籬近，雁守來賓雲路遙。
藻鏡和光毫不失，璇璣遠映德彌昭。
東西郡老承成煩，南北州民習作謠[4]。
臣在陶鈞歌最樂，願驚高聽入丹霄。

丙0422 勸學院漢書竟宴、咏史、得叔孫通
游魚得水幾波濤，命矣孫通遇漢高。
暗記龍顔奇在骨，先知虎口利如刀。
諛言不謝加新卯，降見無嫌變舊袍。
太史公雖稱大直，猶慚去就甚鴻毛。

丙0423 相國東廊講孝經畢、各分一句、得忠順弗失而事其上
士出寒閨忠順成，樵夫不嘆負薪行。
雲龍闕下趨資父，槐棘門前跪事兄。
一願偸承天性色，參言平帶孔懷聲。

---

1 平成本作"清"。
2 平成本作"主"。
3 平成本作"今"。
4 平成本作"淫"。

侍郎無厭官銜卑，誰道遺孤忝所生。

丙0424 賦木形白鶴_{八年十二月二十五日夜、金吾納言祝四十年佳會賦云}
從初展翅未知雲，隨手來時暫有群。
清唳無期何歲月，金吾願待一聲聞。

丙0425 早春内宴、侍仁壽殿、同賦春娃無氣力、應製一首_{有序略之}
紈質何爲不勝衣，慢言春色滿腰圍。
殘妝自懶開珠匣，寸步還愁出粉闈。
嬌眼曾_{曾當作層}波風欲亂，舞身回雪霽猶飛。
花間日暮笙歌斷，遙望微雲洞裏歸。

丙0426 相府文亭始讀世說新書、聊命春酒、同賦雨洗杏壇花、應教一首_{仁和元}
學者誰家異杏壇，紅花好是雨中看。
功能欲效雲先潤，燮理應知樹不寒。
唯有十旬相長養，豈教五出且銷殘。
晚來春酒終無算，花色人顏醉一般。

丙0427 七月七日、憶野州安別駕
非無遠信屢相聞，此夕殊思欲見君。
珍重牽牛期曉漢，悵然別駕隔秋雲。
定知靈匹同時拜，唯恨詩情兩處分。
依乞平安歸洛日，滿庭香粉幾紛紛。

丙0428 秋夜宿弘文院

信脚涼風得自由，弘文院裏小池頭。
紀司馬以他門去，藤少府因入室留。
梁上鷄遲知未曉，枕邊蛩急欲深秋。
非無弊宅安眠臥，乘輿來時物外游。

丙0429 仁和元年八月十五日、行幸神泉苑、有詔、侍臣僉獻一篇同勒門存根恩

神泉望幸幾寒溫，喜見仙輿出璅門。
地縮松江秋水滿，人招柳市古風存。
無辭野釀添顏色，不倦伶簫報耳根。
日暮歸時明月下，回頭更畏戴皇恩。

晚秋二十咏九月二十六日、隨阿州平刺史、到河西之小庄、數杯之後、清談之間、令多進士題二十事、于時日回西山、歸期漸至、含毫咏之、文不加點、不避聲病、不守格律、但恐世人嘲弄斯文、恐之思之、才之拙也

丙0430 殘菊

陶家秋苑冷，殘菊小籬間。
為是開時晚，應因得地閑。
唯須偷眼見，不許任心攀。
若使風霜恕，當留早老顏。

丙0431 小松

小松經幾日，不變舊青青。
本是山中種，移來水上庭。
同聲沙石浪，假蔭草茅亭。

將效貞心遠，大夫此地停。

丙 0432 黃葉
殘秋皆壞色，萬木淺深黃。
影映山邊水，枝凋曉後霜。
隨風吹遠近，觸處落閑忙。
植物能如此，人生自可量。

丙 0433 古石
幽庭看古石，苔薜不知年。
未肯妨三徑，從來約一拳。
雲肤何望雨，水脉欲通泉。
若不慚孤陋，當持歲後堅。

丙 0434 疏竹
此君何處種，閑在子猷籬。
不謝寒霜苦，唯充送日資。
殺青書已倦，生白室相宜。
可愛孤叢意，貞心我早知。

丙 0435 老苔
尋山迷道里，進退任青苔。
便得低腰臥，無嫌軟脚回。
澗深秋雨後，庭老曉霜來。
不可分將去，平居引酒杯。

丙 0436 紅蘭
案曆三秋暮，尋花十[1] 步中。
殘香經洗露，晚氣未傷風。
佩舊懷沙客，園寒采藥翁。
芳情如可愛，莫廢小孤叢。

丙 0437 石泉
欹枕閒窗卧，微聲石下泉。
松悲無木地，雨冷不雲天。
未飽殘秋賞，應驚五夜眠。
從教聞取去，那得寫門前。

丙 0438 灘聲
避喧雖我性，唯愛水潺湲。
可轉幽人枕，如彈古調弦。
孤松臨岸蓋，落葉繫波船。
此夕無他業，莊周第一篇。

丙 0439 秋山
大底秋傷意，山中不勝秋。
樵翁論去道，岩客問來由。
止足依松立，清心傍水留。
捐家歸出早，怨作市朝囚。

---

1 平成本作"才"。

丙 0440 片雲
一片秋雲細，微微出岫賒。
樵夫披得道，隱士遂知家。
未計虛心定，唯隨澗口斜。
浮沈何處在，恐被晚風遮。

丙 0441 薄霧
山家侵曉霧，誰憚濕幽襟。
菊墻籠花薄，沙崖綱水深。
看山無寄眼，聞浪得留心。
暗記秋天事，閑居獨自吟。

丙 0442 孤雁
薄暮孤飛雁，閑中聽不煩。
賓來秋霧遠，旅宿曉波喧。
未卜能鳴意，唯驚冷夢魂。
若知詩與苦，高閣欲相存。

丙 0443 山寺
古寺人踪絕，僧房插白雲。
門當秋水見，鐘逐曉風聞。
老臘高僧積，深苔小道分。
文珠何處在，歸路趁香薰。

丙 0444 釣船
曲岸無他產，蕭疏一釣翁。

小船迷落葉，輕緒惱涼風。
不問歸家後，唯期送老中。
竹竿如可學，我宅有孤叢。

丙 0445 樵夫
負薪家產苦，山路幾多艱。
曉出蓬門去，昏尋澗水還。
欲糊朝夕口，不惜老年顏。
自愧妻兒意，生涯未肯閑。

丙 0446 柴扉
秋山鄰已絕，問得一柴扉。
半畝家庭小，殘陽氣力微。
應爲風月地，足寄薜蘿衣。
縱有逢羔雁，閑居不敢歸。

丙 0447 晴砂
晴砂宜勝境，好是水邊行。
老鶴馴知意，游魚喚有名。
不嫌松影掩，唯侍[1] 月光明。
此地徘徊立，忘家送我生。

丙 0448 水鷗
雙鷗天性靜，況遇得心人。
逐步高低至，尋聲向背馴。

---

1 平成本作"待"。

飛疑秋雪落，集訝浪花勻。
殊恨秋天暮，相離不敢親。

丙 0449 晚嵐
松窗嵐氣苦，惱殺感秋情。
裊得詩人興，增來夜水聲。
樵夫衣可薄，野客夢難成。
已醉三分酒，誰愁冒曉行。

丙 0450 九月九日侍宴、應製聖曆仁和、以和爲韵
九重逢九日，三罕醉三醝。
引藉窺青簡，登高切絳河。
菊開新月令，弦鼓舊雲和。
較量皇恩澤，翻來四海波。

右親衛平將軍率[1]厩亭諸僕、奉賀相國五十年宴、座後屏風圖詩五首有序略之

丙 0451 郊外玩馬
龍媒戀主慇毫毛，眉壽三千欲代勞。
齊足蹈將初白雪，遍身開著淺紅桃。
風前按轡浮雲軟，日落鳴鞭半漢高。
仙駕不須飛兔力，請看雙鶴在寒皋。

丙 0452 謝道士勸恒春酒
臨杯管領幾回春，雪鬢霜髯欲換身。

---

1 平成本作"牽"。

若與方家論不死，麻姑應謝醉鄉人。

丙0453 卜居
長生自在福謙家，疏牖低檐向月斜。
縱使門庭皆冷儉，不辭到老富鶯花。

丙0454 南園試小樂
遇境偷閒喚管弦，餘霞斷處落花前。
小兒相勸分頭舞，取樂當爲地上仙。

丙0455 園池晚眺
松蘿任土枕江湄，明月春風不失期。
枳落蕭疏瞻望遠，沙堤委曲步行遲。
波臣自謁無竿處，國老相知種藥時。
懷抱此間機緒斷，生涯誰見鬢邊絲。

夏日四絕
丙0456 苦熱
未出炎蒸天地爐，況行世路甚崎嶇。
家兒不放山林去，苦熱庸材一腐儒。

丙0457 聞蟬
寒蟬幸得免泥行，危葉寄身露養生。
猶恨淒涼風未到，不能一旦自無聲。

丙0458 新竹
此君分種舊家根，一二年來最小園。

今夏新生長又直,剪將欲入釣翁門。

丙0459 沙庭

分合家中三徑斜,自慚明後滿庭沙。

不須詩酒來喧聒,爲是秋開白菊花。

日本詩紀卷之十七　丙集第五

卷之十八　丙集第六

上毛河世寧　彙編

丙 06-01 菅原道真 三

丙 0460 早春内宴、聽官妓奏柳花怨曲、應製_{自此之後、贊州刺史}之作、自後五首、未出京城之作、仁和二丙午、年四十二

宮妓誰非舊李家，就中脂粉總恩華。
應緣奏曲吹羌竹，豈取_{取當作敢}含情怨柳花。
舞破雖同飄綠朵，歡酣不覺落銀釵。
餘音縱在微目聽，最嘆孤行海上沙。

丙 0461 予爲外吏[1]、幸侍内宴、裝束之間、得預公宴者、雖有舊例、又殊恩也、王公依次行酒、詩臣相國以當次、又不可辭杯、予前佇立不行、須史[2]吟曰、明朝風景屬何人、一吟之後、命予高咏、蒙命欲咏、心神迷亂、才發一聲、淚流嗚咽、宴罷歸家、通夜不睡、默然而止、如病胸塞、尚佐世丞、在傍詳聞、故寄一篇、以慰予情

自聞相國一開胸，何似風光有主人。
忠信從來將竭力，文章不道獨當仁。
含誠欲報承恩久，發咏無堪落淚頻。
若出皇城思此事，定啼南海浪花春。

丙 0462 尚書左丞餞席、同賦贈以言、各分一字_{探得時字、左丞佐世}

贊州刺史自然悲，悲倍以言贈我時。

---

1 平成本作"史"。
2 平成本作"臾"。

贈我何言爲重寶，當言汝父昔吾師。

丙0463 相國東閣餞席 探得花字
爲吏爲儒報國家，百身獨立一恩涯。
欲辭東閣何爲何爲[1]恨，不見明春洛下花。

丙0464 北堂餞宴、各分一字 探得遷
我將南海飽風烟，更妒他人道左遷。
倩憶分憂非祖業，徘徊孔聖廟門前。

丙0465 中途送春 以下二首、行路之作
春送客行客送春，傷懷四十二年人。
思家淚落書齋舊，在路愁生野草新。
花爲隨時餘色盡，鳥如知意晚啼頻。
風光今日東歸去，一兩心情且附陳。

丙0466 途中遇中進士、便訪春試二三字
遇逢知友立中途，便謝諸生怨舊儒。
補逸書篇三百字 補逸書試題之，不知誰得一明珠。

丙0467 得故人書、以詩答之 以下三十四首、到州之作
拆封知再改風光，讀未三行淚數行。
先悶秀才占夏月 傳聞藤秀才、五月可策試、秀才春海，更思進士泥春場。

---

1 平成本無"何爲"二字。

寄身雖若[1]爲南海，投步猶安自北堂。
努力君心能努力，存亡應在此文章。

丙0468 金光明寺百講會有感
三十日來草不青，今朝雨降總神靈。
何爲項上重加項，永戴仁王般若經。

丙0469 早秋夜咏
初涼計會客愁添，不覺衣衿每夜霑。
五十年前心未懶，二千石外口猶鉗。
家書久絶吟詩咽，世路多疑托夢占。
莫道此間無得意，清風朗月入蘆簾。

丙0470 新月二十韻
百城秋至後，三涷月成初。
碧落烟氣盡，黃昏晝漏餘。
退衙西顧立，尋寺上方居。
玉縷風頭畫，銀泥日脚書。
跂將心緒急，忘却眼珠除。
仰有纖纖著，行無皎皎舒。
插雲驚度雁，投水誤游魚。
鳳腦光相似，蛾眉細不如。
藏應容掌握，動欲任吹嘘。
少婦看珍重，詞人玩忽諸。

---

[1] 平成本作"苦"。

推量蓂影薄，想像桂枝疏。
庾[1]令登樓懶，王生命駕徐。
浪花晴島嶼，露葉映芙蕖。
旅客愁而已，詩情樂只且。
照勝冬雪讀，明助夜潮漁。
屬思江舟棹，宜瞻野草廬。
平沙閑點檢，曲浦獨踟躕。
觸事高乘興，馳神半步虛。
了知新蚌蛤，那見老蟾蜍。
若使虧盈易，催回五馬車。

丙0471 始見二毛
我老於潘一十年，二毛何處甚留連。
當初不見今初見，爲是愁多臥海壖。

丙0472 秋天月
千悶消亡千日醉，百愁安慰百花春。
一生不見三秋月，天下應無腸斷人。

丙0473 秋
涯分浮沈更問誰，秋來暗倍客居悲。
老松窗下風涼處，疏竹籬頭月落時。
不解彈琴兼飲酒，唯堪贊佛且吟詩。
夜深山路樵歌罷，殊恨鄰雞報曉遲。

---

1 平成本作"廋"。

丙 0474 重陽日府衙小飲
秋來客思幾紛紛，況復重陽暮景曛。
菊遣窺園村老送，萸從任土藥丁分。
停杯且論輸租法，走筆唯書辨訴文。
十八登科初侍宴，今年獨對海邊雲。

丙 0475 近曾有自京城至州者、誦出一絕云、是越州巨勢文雄刺史、秋夜夢菅瓚州之詞也、予握筆而寫、寫竟與作、聊製一篇、以慰悲感
北山南海隔皇城，烟水蒙籠夢裏情。
時節晴逢流淚氣，州名自有斷腸聲。
莫因道遠稱孤立，嫌被人知會五更。
若使神交同面拜，不辭夜夜冒寒行。

丙 0476 詠後聞進士公宴詩、不堪欣感、使寄一絕
絕無消息幾相思，爲想他年得意時。
今日定知君不死，若教君死豈吟詩。

丙 0477 寒早十首同用人身貧頻四字
何人寒氣早，寒早走還人。
案户無新口，尋名占舊身。
地毛鄉土瘠，天骨去來貧。
不以慈悲繫，浮逃定可頻。

丙 0478 同二
何人寒氣早，寒早浪來人。

欲避逋租脚，還爲招責身。
鹿裘三尺弊，蝸舍一間貧。
負子兼提婦，行行乞與頻。

丙 0479 同三
何人寒氣早，寒早老鰥人。
轉枕雙開眼，低檐獨臥身。
病萌逾結悶，飢迫誰愁貧。
擁抱偏孤子，通宵落淚頻。

丙 0480 同四
何人寒氣早，寒早夙孤人。
父母空聞耳，調庸未免身。
葛衣冬服薄，蔬食日資貧。
每被風霜苦，思親夜夢頻。

丙 0481 同五
何人寒氣早，寒早藥圃人。
辨種君臣性，充徭賦役身。
雖知時至采，不療病來貧。
一年分銖欠，難勝篋決頻。

丙 0482 同六
何人寒氣早，寒早驛亭人。
數日忘餐口，終年送客身。
衣單風發病，業廢暗添貧。

馬瘦行程澀，鞭笞自受頻。

丙0483 同七
何人寒氣早，寒早賃船人。
不計農商業，長爲僦直身。
立錐無地勢，行棹在天貧。
不屑風波險，唯要受雇頻。

丙0484 同八
何人寒氣早，寒早賣鹽人。
煮海雖隨手，衝烟不顧身。
早天平價賤，風土未商貧。
欲訴豪民權，津頭謁吏頻。

丙0485 同九
何人寒氣早，寒早釣魚人。
陸地無生產，孤舟獨老身。
裊絲常恐絕，投餌不支貧。
賣欲充租稅，風天用意欲[1]。

丙0486 同十
何人寒氣早，寒早采樵人。
未得閑居計，常爲重擔身。
雲岩行處險，甕牖入時貧。
賤賣家難給，妻孥餓病頻。

---

[1] 平成本作"頻"。

丙0487 客舍冬夜
客舍秋徂到此冬，空床夜夜損顏容。
押衙門下寒吹角，開法寺中曉警鐘開法寺在府衙之西。
行樂去留遵月砌，咏詩緩急播風松。
思量世事長開眼，不得知音夢裏逢。

丙0488 同諸小兒、旅館庚申夜、賦静室寒燈明之詩
旅人每夜守三尸，況對寒燈不卧時。
強勸微心雖未死，頻收落淚自爲悲。
舍低應道星穿壁，山近猶疑雪照帷。
四五更來無一事，笑看兒輩學吟詩。

丙0489 在州以銀魚袋、贈吏部第[1]一郎中
屈身探得一銀魚，手自緘封意豈疏。
隨我多年鱗半落，贈君遠路淚猶餘。
不潜南海重波下，將躍東風解凍初。
非倚同時爲吏部，唯思交道在文書。

丙0490 旅亭除夜
驅策四時此夜窮，旅亭閑處甚寒風。
苦思洛下新年事，再到家門一夢中。

丙0491 旅亭歲日、招客同飲仁和三
招客江村歲酒杯，主人多被旅情催。
家兒淺酌爭先勸，鄉老多巡罸後來。

---

1 平成本作"茅"。

愁慼去年分手出，笑容今日兩眉開。
欲知倒載非陽醉，再楫漁竿遺置回。

丙 0492 早春閑望
早起灰心坐，冥冥是夢魂。
雲中山色沒，雨後水聲喧[1]。
強道春先至，猶知日未暄。
回頭無外物，漁叟立沙村。

丙 0493 正月二十日有感 禁中內宴之日也
寒氣遍身夜淚多，春風爲我不誰何。
回頭左右皆潮戶，入耳高低只棹歌。
遠憶那鶯馴藥樹，偏悲五馬隔滄波。
諸兒強勸三分酒，謝日忘憂莫此過。

丙 0494 夢宇尚貞 府衙書生、一日頓死
每看名簡痛相哀，惜汝從公有小才。
爲訴妻孥將餓死，應窺太守夢中來。

丙 0495 春日尋山
偶得衙頭午後閑，二三里外出尋山。
鳥能饒舌溪邊聽，花有亞枝馬上攀。
要賞烟蘿占遠入，嫌縈案牘懶先還。
從初到任心情冷，被勸春風適破顏。

---

1 平成本作"暄"。

丙0496 行春詞七言二十韻

欲貌春風不受憎，周流四望睇先凝。
才愚只合嫌傷錦，慮短何爲理亂繩。
慚愧誠陽因勇進，庶幾馮翊以廉稱。
莓苔石上心沈陸，楊柳花前脚履冰。
辭謝頑民來謁拜，許容小吏送祇承。
繞身文墨徒相逐，任口謳吟罷不能。
事事當資仁義下，行行且禱稻梁[1]登。
靈祠怪語年高祝，古寺去談臘老僧。
過雨經營修府庫，臨烟刻鏤辨溝塍。
遍開草褥冤囚錄，輕舉蒲鞭宿惡懲。
尊長思教卑幼順，單貧恐被富強凌。
安存耄邁餐非肉，賑恤孤惸餓曲肱。
繼縷[2]家門留問主，耦耕田畔立尋朋。
游童竹馬郊迎廢，隱士藜杖路次興。
冥感終無馴白鹿，外聞幸免喚蒼鷹。
應緣政拙聲名墜，豈敢功成善最升。
回轡出時朝日旭，墊巾歸時暮雲蒸。
驛亭樓上三通鼓，公館窗中一點燈。
人散閒居悲易觸，夜深獨臥淚難勝。
到州秋半清兼慎，恨有青青污染蠅。

---

1 平成本作"粱"。
2 平成本作"襤褸"。

丙 0497 州廟釋奠、有感
一趨一拜意如泥，樽俎蕭疏禮用迷。
曉漏春風三獻後，若非供祀定兒啼。

丙 0498 路遇白頭翁
路遇白頭翁，白頭如雪面猶紅。
自說行年九十八，無妻無子獨身窮。
三間茅崖南山下，不農不商雲霧中。
屋裏資財一柏匱，匱中有物一竹籠。
白頭說竟我爲詰，老年紅面何方術。
已無妻子又無財，容體充肥具陳述。
白頭拋杖拜馬前，殷勤請曰敘因緣。
貞觀末年元慶始，政無慈愛法多偏。
雖有干災不言上，雖有疫死不哀憐。
四千餘戶生荊棘，十有一縣無爨烟。
適逢明府安爲氏今之野州別駕，奔波晝夜巡鄉里。
遠感名聲走者還，周施賑恤疲者起。
吏民相對下尊上，老弱相攜毋知子。
更得使君保在名今之豫州刺史，臥聽如流境內清。
春不行春春遍達，秋不省秋秋大成。
二天五袴康衢頌，多黍兩岐道路聲。
愚翁幸遇保安德，無妻不農心自得。
五保得衣身甚溫，四鄰共飯口常食。
樂在其中斷憂憤，心無他念增筋力。
不覺鬢邊霜氣侵，自然面上桃花色。

我聞白頭口陳詞，謝遣白頭反覆思。
安爲氏者我兄義，保在名者我父慈。
已有父兄遺愛在，願因積善得能治。
就中何事難仍舊，明月春風不遇時。
欲學奔波身最懶，將隨臥聽年未衰。
自餘政理難無變，奔波之間我咏詩。

丙0499 晚春游松山館
官舍交檐枕海滑，去來風浪不生塵。
轉移危石開中道，分種小松屬後人。
低翅沙鷗潮落暮，亂絲野馬草深春。
釣歌漁火非交友，抱膝閑吟淚濕中[1]。

丙0500 讀書
有迹崇尼父，無爲拜老君。
春秋三十卷，道德五千文。
口誦窺衙後，心耽到夜分。
二經充晚學，那問舊丘墳。

丙0501 春盡
風月能傷旅客心，就中春盡淚難禁。
去年馬上行相送，今日雨降臥獨吟。
花鳥從迎朱景老，鬢毛何被白霜侵。

---

1 平成本作"巾"。

無人得意俱言哭[1]，恨殺茫茫一水深。

丙0502 書懷贈故人
在遠相思一故人，花前月下海邊春。
劉歆舊說君聞取，莫黨同門妒道真。

丙0503 思家竹
三畝琅玕種有筠，始從舊宅小園分。
才憑客夢游魂見，適問家書使口聞。
殊恨低迷摧宿雪，不期長養拂秋雲。
子猷一日猶馳戀，豈敢涉年無此君。

丙0504 分良藥寄倉主簿
欲留霜白老，分寄地黃煎。
若和杯中物，當爲飲酒仙。

丙0505 問藺筍翁
閑爾蹯蹯一老人，名爲藺筍事何因。
生年幾個家安在，偏脚句瘦亦具陳。

丙0506 代翁答之
藺筍爲名在手工，頹齡六十宅山東。
毒瘡腫爛傷偏脚，不記何年自小童。

---

1 平成本作"笑"。

丙 0507 重問
近前問汝更辛酸，年紀病源是老殘。
賣筍村中應賤價，生涯定不免飢寒。

丙 0508 重答
二女三男一老妻，茅檐內外合聲啼。
今朝幸軟殷勤問，扶杖歸時斗米提。

丙 0509 衙後勸諸僚友、共游南山
衙後不勝客舍閒，相招信馬到南山。
松低老葉危岩下，水噴寒花迅瀨間。
欲伴孤雲尋間路，猶憐半日出塵寰。
州民縱訴監臨盜，此地風流負戴還。

丙 0510 觀瀑布水
銀河倒瀉落長空，恰似霜紈颭晚風。
清澈寒聲圖不得，將聞二十八言中。

丙 0511 得倉主簿寫情書、報以長句、兼謝州民不歸之疑以下乞暇入京之作
停掉中洲得一封，看知到底寫心胸。
無情今日濕襟別，有分去年傾蓋逢。
期我歸帆唯六日，恨君罷秩在三冬。
常州若不重來見，客館何因種小松予近曾津頭客館、移種小松、以備游覽、故云。

丙 0512 宿舟中
寄宿孤舟上，東風不便行。
客中重旅客，生分竟浮生。
語得鹽商意，欲隨釣叟聲。
此問[1]塵染斷，更懶問家情。

丙 0513 舟中五事（一）
一株磯上松，巉岩磯勢重。
松全孤立性，磯絕四方踪。
隨分短枝老，任天細葉濃。
無心雲自到，有節雪才封。
雖遇陽侯怒，基堅不近攻。
雖遭班爾匠，材陋不爲容。
赤木東南島，黃陽西北峰。
豪家常愛用，貪吏適相逢。
刀割又傷斧，春生不涉冬。
文章誠可畏，磯上欲追從。

丙 0514 同（二）
白頭已釣翁，涕淚滿舟中。
昨夜隨身在，今朝見手空。
尋求欲凌浪，衰老不勝風。
此釣[2]相傳久，哀哉痛不窮。

---

1 平成本作"聞"。
2 平成本作"鈞"。

子孫何物遺，衣食何價充。
荷鎒慚農父，驅羊愧牧童。
非嫌新變業，最惜舊成功。
若有僧爲俗，寺中惡不通。
假令儒作吏，天下笑雷同。
漸憶釣翁泣，悲其業不終。

丙 0515 同（三）
區區渡海麂，吐舌不停蹄。
潮頭再三顧，如戀故山溪。
故山何戀切，母鹿每提攜。
適遇獠徒至，分奔道路迷。
呼聲喧左右，流鏃雨東西。
母子已相失，死生永相睽。
茫茫不測水，豈是毛群栖。
森森無涯浪，未曾野獸蹊。
何福鷾巢藪，何分龜曳泥。
客有離家者，看麂灑血啼。

丙 0516 同（四）
海中不繫舟，東西南北流。
不知誰本主，一老泣前洲。
聞鹽價翔貴，逆風去不留。
夜行三四里，觸石暗中投。
折檝隨潮蕩，空籠逐浪浮。

欲求十倍利，還失一生謀。
老泣雖哀痛，虛舟以放游。
有人前有禍，無物後無愁。
冒進者如此，虛心者自由。
始終雖不一，請我學莊周。

丙0517 同（五）
疲羸絕粒僧，草庵結石稜。
石高三四丈，波勢百千層。
鄰絕糧難到，路尖人不登。
聞其長斷食，虛號遍相稱。
骨欲穿肌立，魂應離魄升。
我將知實不，試擲米三升。
納受即言曰，施主誠是憑。
今朝如不遇，屍僵遂無興。
彼非須我食，我非知彼矜。
嗷嗷閭巷犬，當吠此僧朋。

丙0518 到河陽驛、有感而泣
去歲故人王府君，驛樓執手泣相分。
我今到此問亭吏，為報向來一點墳。

丙0519 殘菊下自咏以下五首、到京之作
疏籬豈敢冒霜威，不恨凋殘氣力微。
天下涼陰花下冷，主人外吏故人稀。
應看晚色知閑物，欲引餘香襲客衣。

爲恐叢邊腸易斷，徘徊未得早南歸。

丙0520 冬夜閑居話舊、以霜爲韵
懷舊猶勝到老忘，多言且恐損中腸。
交游少日心如水，閑話今宵鬢有霜。
不恨寒更三五去，無堪落淚百千行。
相論前事故人在，只是當時我獨傷。

丙0521 三年歲暮、欲更飯州、聊述所懷、寄尚書平右丞
一離一會宛如新，隨念了知是宿因。
銜旱尚書長劇務，告歸刺史暫閑人。
途中不惜分君手，夜後將論處我身。
世路難於行海路，飛帆豈敢得明春。

丙0522 正月十日同諸生吟詩
月色猶迷臘雪殘，自知春淺[1] 我心寒。
若教花口能言語，定報通宵笑不歡時屬諒闇、故云。

丙0523 賦得春之德風題中取韵四十字成篇
和風期五日，德化在三春。
遠近吹無頗，高低至有鄰。
開花驚老樹，解凍放潛鱗。
號令今如此，應知養長仁。

日本詩紀卷之十八　丙集第六

---

1 平成本作"殘"。

卷之十九　丙集第七

上毛河世寧　彙編

丙 07-01 菅原道真㈣

丙 0524 題驛樓壁_{歸州之次、到播州明石驛、自此以下八十首、自京更向州作、仁和四年}

離家四日自傷春，梅柳何因觸處新。
爲問去來行客報，贊州刺史本詩人。

丙 0525 書懷寄文才子

水闊雲深春日長，含情不覺有風光。
閑來奉試詩評未，聞得同門博士亡。
送我飯時心半死，思君臥處淚雙行。
如何四十無名客，師在邊州母在堂。

丙 0526 聞文進士及第、題客舍壁_{文室時實}

得聞春榜故人名，非喜高飛喜久生。
飽繫不辭烟絕臥，履穿無厭雪寒行。
三千門下獨留守，一百字中才晚成。
年少若嘲君耄及，殷勤爲解俟河清_{有試賦河水清、百字回文、故云。}

丙 0527 哭翰林學士

愁思病甚馬相如，別後三回附起居。
補替驚看新任詔，聞喪泣讀故人書。
被拘卑守橫蒼海，不及高呼走素車。
旅客從來無夜夢，未知苦樂二生初。

丙0528 春日獨游三首
放衙一日惜殘春，水畔花前獨立身。
唯有時時東北望，同僚指目白癡人。

丙0529 同二
花凋鳥散冷春情，詩興催來試出行。
昏夜不歸高嘯立，州民謂我一狂生。

丙0530 同三
日長不得久眠居，出引諸兒且讀書。
適遇多情垂釣叟，各言其志不言魚。

丙0531 別遠上人
何處浮杯欲絕踪，愁看泣血舊溪龍。
傳將法界二明火，謝却僧房一老松。
苦海須臾今日別，靈山畢竟後生逢。
慈悲若不忘鄉里，便付春風送曉鐘。

丙0532 四年三月二十六日作 到任之三年也
我情多少與誰談，況換風雲感不堪。
計四年春殘日四，逢三月盡客居三。
生衣欲待家人著，宿釀當招邑老酣。
好去鶯花今已後，冷心一向勸農蠶。

丙0533 首夏聞鶯
行藏萬物不蹉跎，四月鶯聲聽甚訛。
梁燕雛成爭有舌，窗梅子結覺無窠。

似移愛妾人前哭，同失時臣意外歌。
鳥若逢春應滑語，臣愚妾老欲如何。

丙 0534 新蟬
新發一聲最上枝，莫言泥伏遂無時。
今年異例腸先斷，不是蟬悲客意悲。

丙 0535 對鏡
四十四年人，生涯未老身。
我心無所忌，對鏡欲相親。
半面分明見，雙眉斗頓頻。
此愁何以故，照得白毛新。
自疑鏡浮翳，再三拭去塵。
塵消光更信，知不失其真。
未滅胸中火，空銜口上銀。
意猶如少日，只已非昔春。
正五位雖貴，二千石雖珍。
悔來手開匣，無故損精神。

丙 0536 寄雨多縣令江維緒一絕
不雨應緣政不良，唯憑大般若經王。
州官縣吏更相混，乙丑同年鬢早霜。

丙 0537 游覽偶吟
鳥出樊籠翅不傷，青山碧海任低昂。
京中水地王公宅，畿內花林宰相莊。

口戲貪憐諠犯限，眼偷臨望叱窺堂。
此間勝境雖無主，漸漸聞來欲有妨。

丙 0538 法華寺白牡丹
色即爲貞白，名猶喚牡丹。
嫌隨凡草種，好向法華看。
在地輕雲縮，非時小雪寒。
繞叢作何念，清净寫心肝。

丙 0539 題南山亡名處士壁
秘密鄉村與姓名，年顏朽邁意分明。
無妻潤戶松偕老，不稅山畦黍旅生。
泡影身浮修道念，烟嵐耳冷讀經聲。
比量心地安閒理，一室應勝我百城。

丙 0540 客舍書籍
來時事事任輕疏，不妨隨身十帙餘。
百一方資治病術，五千文貴立言虛。
謳吟白氏新篇籍，講授班家舊史書。
罷秩常須收得去，自慚猶過橐衣儲。

丙 0541 言子
男愚女醜稟天姿，依禮冠笄共失時。
寒樹花開紅艷少，暗溪鳥乳羽毛遲。
家無儋石應由我，業有文章欲附誰。
此事雖同窮老嘆，適言其子客情悲。

丙 0542 讀家書有所嘆
一封書到自京都，借紙公私讀向隅。
兒病先悲爲遠吏，論危更喜不通儒。
豈憂伏臘貧家產，唯畏風波險世途。
客舍閒談王道事，應羞山近似樵夫。

丙 0543 丙午之歲四月七日、予初莅境、巡視州府、府之少北、有一蓮池、池之近東、有一長老、長老曰、是蓮也、元慶以往、有葉無花、仁和以來、花葉俱發、適至夏末、已遇花時、長老之言、誠而有驗、爾時予向僚屬、作是唱言、采摘池中百千萬莖、分拾[1]部内二十八寺、聞者隨喜、見者發心、加之香油東西供養、乃謂、自我爲故、將貽後人、至于去年、亦復如是、意之所約、不爲不諧、今茲自春不雨、入夏無雲、池底塵生、蓮根氣死、天與人失、心與事違、非佛力不至、蓋人心之不信、聊叙文章、便以嗟嘆、云爾

門外小池池內蓮，問來誰種又誰穿。
稚膚葉展才承露，清溜溪通不導[2] 涓。
提筇一時風景改，下車三度月光圓。
及看灼灼新花發，終信皤皤故老傳。
心誤絳幡依岸陣，眼疑紅燭出泥燃。
西方色相聞爲寶，南郡榮華見可憐。
尋繹凡夫機利鈍，混成樂處善因緣。

---

1 平成本作"捨"。
2 平成本作"道"。

固[1]僚偃草稱權首，閻境奔波供佛前。
都計道場唯四七，擬施世界滿三千。
人皆采摘分頭去，我獨思惟合掌眠。
未肯離心於魏闕，如今享[2]福不唐捐。
先祈海內長無事，次願誠中大有年。
從自初來言已立，欲令後到禮相沿。
豈圖此歲無膏雨，何罪當州且旱天。
風卷春山雲宿澗，火燒夏日地生烟。
毒龍貪惜神通水，邪鬼呵留智慧泉。
祝史疲馳頌幣社，禪僧倦著讀經筵。
悲哀鄭白源流洇[3]，夢想龔黃德化宣。
近見塵飛芳萼死，遍知土熱稼苗煎。
善根道斷呼甘樹，真實謀窮稔福田。
莫笑芳修偏少力，應慚政理每多愆。
魂迷案轡顛羸馬，手拙揚薪爛少鮮。
儒館罷歸雖叱咄，吏途蹶步更迍邅。
刻肌刻骨身為鏤，此偈寧非薄命篇。

丙0544 憶諸詩友、兼奉寄前濃州田別駕

天下詩人少在京，況皆疲倦論阿衡傳聞朝廷令在京諸儒定阿衡典職之論。

巨明府劇官將滿，安別駕煩代未行。

---

1 平成本作"同"。
2 平成本作"亨"。
3 平成本作"涸"。

南郡旱災無所與，東夷獷俗有何情。
君先罷秩閒多暇，日月烟霞任使令。

丙0545 謝文進士新及第、拜辭老母、尋訪舊師
怪來言笑夢中聞，客舍蕭蕭夜半分。
春月不辭高斫桂，秋風有力遠披雲。
西京老母知猜我，南海閒人喜遇君。
爭得一枚司馬印，便留多少附公文。

丙0546 聞早雁寄文進士
無勝早雁叫傷情，沙漠涼風送遠行。
不見家人書便附，唯煩旅客夢難成。
下絃[1]秋月空驚影，寒檜曉身欲亂聲。
憶汝先來南海上，夜尋落魂舊能鳴。

丙0547 江上晚秋
不敢閒居任意愁，勸身江畔立清秋。
山銜落日分陰駐，水趁凋年一種流。
鷗鳥從將天性狎，鱸魚妄被土風羞。
銷憂自有平沙步，王粲何煩獨上樓仲宣賦云、暇日聊以銷憂。

丙0548 九日偶吟
客中三見菊花開，只有重陽每度來。
今日低頭思昔日，紫宸殿下賜恩杯。

---

1 平成本作"弦"。

丙 0549 別文進士

見來才一月，相送幾重波。
未省中懷散，空添別淚多。
葉紅時易感，雲白路難過。
不得隨君去，傷情欲奈何。

丙 0550 寄白菊四十韵

遠隔蒼波路，遙思白菊園。
東京蝸舍宅，西向雀羅門。
小壇斜當户，疏欄正逼軒。
無池蓮本欠，有畝竹逾繁。
擬擅孤叢美，先芸庶草蕃。
苗從台嶺得，種在侍郎存〔予爲吏部侍郎之日、天台明公寄是花種。〕
下手分移遍，中心愛護敦。
早春新膩葉，初夏細牙根。
待灌占依井，承湯免戴盆。
蕊期揚酷烈，莖約引嬋媛。
爽籟吹灰到，流年轉轂奔。
乍看珠顆圻，爭賞素窠翻。
蟬翅迷施粉，蜂鑽鬧著痕。
地疑星強宋，庭似雪封袁。
紫襲衣藏篋，香浮酒滿樽。
仙家嫌葱[1]圃，隱士厭桃源。

---

1 平成本作"葱"。

笑殺陶元亮，餐資楚屈原。
和光宜月露，同類是蘭蓀[1]。
色惜衰虛室，名後要盛昆。
慚芋曾獻主，悔劍只貽孫。
任老依炊桂，忘憂倍帶萱。
芬芳應佩服，貞潔欲攀援。
四序環無賜，千秋矢不諼。
生涯雖量測，祿命未平反。
面目歡娛少，風塵悶亂煩。
葉拋羊柱筆，宮建隼旗幡。
失道人皆議，安身我獨論。
雙龜收北闕，五馬屬南轅文選云、剔子雙龜、李氏謂罷二官也、余及爲刺史、解却兩印、故云也。
鬱鬱江雲臭，濛濛澗雨溫。
行程過綠浦，逆旅卧青蘋。
水國親賓絕，漁津商賈喧。
一來疲涕泗，三度變寒暄。
想像霜草發，悲傷晚節昏。
含情排客館，抱影主荒村。
悵望將穿眼，追尋且送魂。
意驚由過雁，腸斷豈聞猿。
有處堆沙插，何人折柳樊。
自開還自落，誰見也誰言。

---

1 平成本作"孫"。

暮景愁難散，凉風恨易吞。
寄詩花盛否，珍重可知恩。

丙 0551 秋雨
秋霖晴日少，旅館感懷多。
屋見苔侵壁，池聞水溢科。
苦情唯客夢，閑境幷詩魔。
帶雨年華落，其如我老何。

丙 0552 路邊殘菊
菊過重陽似失時，相憐好是馬行遲。
金精雖滅薰香在，欲把還羞路拾遺。

丙 0553 驚冬
送冬如昨只今歸，應道炎凉傅翼飛。
床上卷收青簟簟[1]，篋中開出白綿衣。
不愁官考三年黜，唯嘆生涯萬事非。
節是安寧心最苦，天時爲我幾相違。

丙 0554 晨起望山
不寐通宵直到明，蘆簾手撥對山晴。
避人猿鳥松蘿裏，唯有飛泉雨後聲。

丙 0555 冬夜閑思
白茅簷下火爐前，侍坐兒童倚壁眠。

---

[1] 平成本作"簞"。

案曆唯殘冬一月，居官且遣秩三年。
性無嗜酒愁難散，心在吟詩政不專。
千萬思量身上事，窗間報得欲明天。

丙0556 冬夜對月憶故人
月轉孤輪滿百城，無端惱殺客中情。
山疑小雪微微積，水誤新冰漸漸生。
永夜猶宜閑望坐，寒嵐不得出游行。
每思玄度腸先斷，空放吟詩一兩聲。

丙0557 客居對雪
温液寒凝暗有期，驚看銀粉滿茅茨。
立於庭上頭爲鶴，居在爐邊手不龜。
花散忽因風力處，玉銷初見日光時。
城中一夜應盈尺，祝著明年免旱飢今年有旱、故云。

丙0558 酬藤十六司馬對雪見寄之作次韻
人皆踏玉似蓬瀛，雪色應羞我性清。
口泳君詩心且祝，明年秋稼與雲平。

丙0559 立春在十二月二十六日
偏因曆注覺春來，物色人心尚冷灰。
誣告浪從冰下動，暗思花在雪中開。
浮雲自後寒夜暖，壯日如今去不回。
消息窮通皆有運，莫言墐戶不驚雷。

丙0560 懺悔會、作三百八言

一切衆生煩惱身，求哀懺悔仰能仁。
承和聖主敕初下，貞觀明王格永陳。
內自九重外諸國，起於萬乘及黎民。
年終三日繫心焉，天下一時轉法輪。
發願以來五十載，星霜如故事如新。
我今爲吏居南海，朝夕翹誠望北辰。
趨拜宮門或佞士，奉行制旨即忠臣。
會之前後禁屠割，會之中間絕葷辛。
禪悅寒擎霜椀味，過伽曉指井華神。
城中遍滿菩提念，境內掃除雜染塵。
香出善心無用火，花開合掌不開春。
歸依一萬三千佛經中佛名，哀愍二十八萬人部內戶口。
邊地生生常下賤，未來世世亦單貧。
非由宿業皆如此，亦復當時更結因。
無量無邊何處起，自身自口此中臻。
逋逃課稅冥司錄，欺詐公私獄卒瞋。
漁叟暗傷昔兄弟，獵師好殺舊君親。
在風濫訴犁耕舌，習俗狂言湯爛唇。
遠教萬方罪先現，乖和一夕苦相遵。
肉飛羅剎鬼前刃，骨赴泥梨鼎下薪。
疑惑愚癡無曉悟，雖無曉悟欲精勤。
可慚可愧誰能勸，菩薩弟子菅道真。

丙 0561 元日戲諸小郎仁和五年
珍重行年五九春，可憐兒童二三人。
不須多勸屠蘇酒，其奈家君白髮新。

丙 0562 寄紙墨以謝藤才子見過
沙浪不由遇舊知，今朝目擊淚先垂。
松烟若映桃花上，咏折春風桂一枝。

丙 0563 春詞二首
和風料理遍周游，山榭紅開水綠流。
自古人言春可樂，何因我意凛於秋。

丙 0564 同二
雨後江邊草染來，遥思去歲始花梅。
歸鴻若當家門過，爲報春眉結不開。

丙 0565 正月十六日憶官妓蹋歌
星居在北闕天潯，遣意宮人整玉簪。
此夜應同新月色，他鄉不似舊年心。
舞非春夢難行見，歌是昔聞便臥吟。
每屬佳辰公宴日，空空濕損客衣襟。

丙 0566 聞群臣侍內宴賦花鳥共逢春、聊製一篇、寄上前濃州田別駕
花不含靈鳥不言，知春爲政調寒溫。
幽溪轉感求賢詔，古木方驚養老恩。
望鶴晴飛千萬里，思梅艷發九重門。

裛香低翅風莎地，爭得時來入禁園。

丙 0567 酬藤司馬詠廳前櫻花之作 押韵

紅梅笑殺古甘棠 本韵周櫻爲韵、拙和以棠代之，安使君公遺愛芳 此花元慶初安太[1]守所種也。

不用春庭無限色，欲看秋畝有餘粮。

丙 0568 亞水花
花發岩邊半入流，紅勻綠深兩悠悠。
日燒迅瀬薰龍腦，風獵低枝破鴨頭。
恰似湘妃臨岸泣，欺誣蜀錦帶波浮。
無人共見陶春意，觸物空添旅客愁。

丙 0569 官舍前播菊苗
少年愛菊老逾加，公館堂前數畝斜。
去歲占黃移野種，此春問白乞僧家。
乾桔便蔭庭中樹，令潤爭堆雨後沙。
珍重秋風無欠損，如何鄘水岸頭花。

丙 0570 齋日之作
相逢六短斷葷腥，獄訟雖多廢不聽。
山柏香焚新燧火，野葵花挿小陶瓶。
念歸觀世音菩薩，聲誦摩訶般若經。
懺悔無量何事最，爲儒爲吏每零丁。

---

1 平成本作"花"。

丙 0571 酬備州刺史便過旅館告別

青衫刺史意殷勤，停棹潮頭問故人。

今日不須添別酒，爲嫌醉後定霑巾。

丙 0572 予曾經以聞群臣賦花鳥共逢春之詩、寄上前濃州田別駕、別駕今之不遺、遠辱還答、詩篇之外、別附書問予、先讀消息、詩云書云、不覺流淚、更用園字、重感花鳥

自聞花鳥遠形言，憶昔吹噓意氣溫。

心拆[1]細書千里面，舌饒長句萬令恩。

我悲凋落浮烟水，君嘆低飛宿草門。

努力明春求友到，一枝巢在舊丘園別駕先年罷官、來得放還、余此冬秩滿、功過難知、故云。

丙 0573 苦日長十六韵

少日爲秀才，光陰常不給。

朋交絕言笑，妻子廢親習。

壯年爲侍郎，曉出逮昏入。

隨日東西走，承顏左右揖。

結綬與垂帷，孜孜又汲汲。

榮華心尅念，名利手偏執。

當時殊所苦，霜露變何急。

忽忝專城任，空爲中路泣。

吾黨別三千，吾齡近五十。

政嚴人不到，衙掩吏無集。

---

1 平成本作"柝"。

茅屋獨眠居，蕪庭閑嘯立。
眠疲也嘯倦，嘆息而鳴悒。
爲客四年來，在官一秩及。
此時最攸患，烏兔駐如縶。
日長或日短，身騰或身縶。
自然一生事，用意不相襲。

丙 0574 端午日賦艾人 寬平元年
艾人形相自蒼生，初出雲溝束帶成。
運命歡逢端午日，追尋恐聽早鷄鳴。
有時當户危身立，無意故園信脚行。
只合萬家知采用，縱焚筋骨不焚名。

丙 0575 讀開元詔書絶句
明王欲變舊風烟，詔出龍樓到海濡。
爲向樵夫漁父祝，寬平兩字幾千年。

丙 0576 喜雨
田文何因賀使君，陰霖六月未前聞。
滿衙僚吏雖多倖，不苦[1]東風一片雲。

丙 0577 納涼小宴
避暑閑亭上，消憂客帳中。
骨寒南岸水，心刷北窗風。
遠望苗抽緑，遥思粟衍紅。

---

1 平成本作"若"。

此時何悶事，官滿未成功。

丙 0578 一葉落
歲漸三分盡，秋先一葉知。
應驚凉氣動，不待曉風吹。
水見舟無檝，林迷鳥失雌。
取諸身上事，初有鬢毛衰。

丙 0579 八月十五日夜、思舊有感
菅家故事世人知，玩月今爲忘月期。
茗葉香湯免飲酒，蓮華妙法換吟詩。
如何露溢思親處，況復潮寒望闕時。
從始南來長鬱悒，就中此夜不勝悲。

丙 0580 水邊試飲
消憂見說有黃醅，游出江頭試勸杯。
先飲三分驚手熱，更添一酌覺眉開。
戲言凛凛秋難醉，專酌厭厭夜不回。
傾聽傍人相慢語，瑠璃水畔玉山頹。

丙 0581 路次見芭蕉
過雨芭蕉不耐秋，行行念念意悠悠。
三千世界空如是，所以停鞭泣馬頭。

丙 0582 白毛嘆
心情不減氣猶寬，誰許班毛放若干。
鵝毳鏡中分影白，霜毫鑷下寸芒寒。

早衰蒲柳雖同顧，初見春秋已過潘。
口未生鬚多食蔗，頭將少髮苦彈冠。
怪來日日形容變，祇[1]是行行世路難。
筋力莫言年幾老，四旬有五豈凋殘。

丙 0583 小男阿視留在東京、寫送田大夫、禁中瞿麥花三十韵詩云、此詩也應詔作之、時人重之、故奉之、予吟之玩之、不知其足、仍製一篇、續于詩章、云爾

家兒不問老江濆，只報相如遇好文。
三百真珠無趾至，九重嘉草有名聞。
詩尋此地凌蒼海，花托何人種白雲。
菅蒯若應添雨露，吐華將奉聖明君。

丙 0584 同諸小郎客中九日對菊書懷
菊爲無情籬下開，人因不樂海邊來。
諸郎莫怪今朝事，口未吹花淚滿杯。

丙 0585 早霜
爲露爲霜歲事成，早朝躥地見分明。
林巒織著黃絲綆，沙渚瑩添白水精。
君子夜深言不警[2]，老翁年晚鬢相驚。
寒心旅客雖檺散，含得後凋欲守貞。

---

1 平成本作"秖"。
2 平成本作"驚"。

丙0586 對殘菊咏所懷、寄物忠兩才子
思家一事亂無端，半畝花園寸步難。
偏愛夢中禾失盡，不知籬下菊開殘。
風情用筆臨時泣，霜氣和刀每夜寒。
莫使金精多咏取，明年分附後人看。

丙0587 吟善淵博士物章醫師兩才子新詩、戲寄長句
颯颯松窗獨臥時，相迎僚友見文詞。
大春堂下寒吟逸，弘景園中曉嘯悲。
何曾離經稱博士，自慚合藥喚醫師。
閑思共有雕蟲業，應化使君昔咏詩。

丙0588 冬夜有感、簡藤司馬
霜籬數步菊花殘，更有何人比目看。
送却孤帆烟水遠，知君獨臥夜衣寒。

冬夜九咏
丙0589 不睡
不睡騰騰送五更，苦思吾宅在東京。
竹林花苑今忘却，聞道外孫七月生。

丙0590 獨吟
床寒枕冷到明遲，更起燈前獨咏詩。
詩興變來爲感興，閑身萬事自然悲。

丙0591 山寺鍾
草堂深鎖翠烟松，拔苦音聲五夜鐘。

遙送槌風驚客夢，應知感鮫澗中龍。

丙0592 誦經
室無兒婦裏頭僧，半印燒香一點燈。
諳誦禪經三四遍，是身斗藪潔於冰。

丙0593 老松風
聞曉風吹老大夫，冷冷恰似碎珊瑚。
床頭不得閒交睫，入髓寒聲可厭無。

丙0594 曉月
客舍陰蒙四面山，窗中待月甚幽閒。
遠鷄一報回頭望，插著寒雲半缺環。

丙0595 野村火
非燈非燭又非螢，驚見荒村一小星。
問得家翁沈病困，夜深松節照柴扃。

丙0596 水聲
夜久人閒也不風，潺湲觸聽感無窮。
石稜流緊如成曲，疑是湘妃怨水中。

丙0597 殘燈
耿耿寒灯夜讀書，烟嵐度牖欲何如。
微心半死頻挑進，折盡枯蒿一尺餘。

丙0598 酬藤六司馬幽閑之作 本韻
客舍因君暫卜鄰，閨中夜夜見無人。

流年好去從官老，官滿歸時自過春。

丙0599 庚申夜述所懷
故人詩友苦相思，霜月臨窗獨咏時。
己酉年終冬日少，庚申夜半曉光遲。
燈前反覆家消息，酒後平商世險夷。
爲客以來不安寢，眼開豈只守三尸。

僧房屏風圖四首
丙0600 野莊
適逢知意玩春光，綠柳紅櫻繞小廊。
不見家中他事業，計將道士晚驅羊。

丙0601 曉行
寒驢費策白雲中，不倦回頭嘯曉風。
想得前途潮落處，計程到著日殘紅。

丙0602 閑居
茅屋三間竹數竿，便宜依水此生安。
疏畦種黍才收得，殊恨餘年不弃飡。

丙0603 尋師不遇
尋訪文殊何處行，老松春色早鶯聲。
自慚香火因緣盡，橋上徘徊斗藪情。

丙0604 春日感故右丞相舊宅自此以下十三首、罷秩歸京之作、寬平二年
綠柳依依白日斜，人踪銷滅滿庭沙。

只今暮宿簷間鳥，仍舊春開砌下花。
下得平生排閣謁，無勝感悼望門嗟。
駕肩來客知何在，未葬爭馳到勢家。

丙0605 三月三日侍於雅院、賜侍臣曲水之飲、應製
擲度風光卧海濱，可鄰[1]今日遇佳辰。
近臨桂殿回流水，遙想蘭亭晚景春。
仙盞追來花錦亂，御簾卷却月鈎新。
四時不廢預王澤，長斷詩臣作外臣。

丙0606 依病閑居、聊述所懷、奉寄大學士
含情海上久蹉跎，猶恨虛勞動宿痾。
脚灸無堪州府去，頭瘡不放故人過。
廝兒悶見魚生釜，門客笑歸雀觸羅。
身未衰微心且健，醫治有驗復如何。

丙0607 感秋
每夜炎氣減，今朝冷膩生。
梧桐風後色，蟋蟀雨中聲。
有寺安禪坐，無山小隱行。
性雖甚粗懶，鞭策動詩情。

丙0608 書懷奉呈諸詩友 予州秩已滿、被符在京、分付之間、不接朝士、故作之
折轅遵諸去春回，閑卧涼風半死灰。

---

[1] 平成本作"憐"。

公事聞人談説得，野情趁我寂寥來。
不觀釋奠都堂禮，何賜重陽内宴杯。
爲向當時詩友謝，今年翰苑出庸材。

丙 0609 九日侍宴、同賦仙潭菊、各分一字、應製探得祉字
秋菊祉開秋水止，黃金倒映瑠璃裏。
夜來月照光明見，曉後風凉香氣起。
桂父游隨尚藥尋，麻姑采助宮人喜。
賜喜一朿壽千歲，還愧無功天降祉。

丙 0610 奉謝源納言移種家竹能有
吟嘯此君口弃餐，豈堪移去入朱欄。
空心爲是天姿勁，瘦幹寧非地勢寒。
雖有舊編成蠹簡，且妨新截當漁竿。
梁王欲識孤貞節，清喚相如雪裏看。

丙 0611 近以拙詩一首、奉謝源納言移種家竹、前越州巨刺史丞見酬和、不勝吟賞、更次本韵
憔悴寒叢種捨諸，貴門分取蔭階除。
偏思采鳳隨青藹，豈料文星降碧虛。
君厭會稽閑玩久，我憐梁苑迸生餘。
琅玕好去空籬下，貿得清詞玉不如。

丙 0612 感白菊花、奉呈尚書平右丞
不見花來一二年，霜風計出白銀錢。
牛羊踐盡才遺種，蜂蠆刺殘未落鮮。

感昔三千門下客予爲博士、每年季秋、大學諸生、賞玩此花，吟新四百字中篇到州三年、成五言四十韻詩、寄此花以引客中之幽憤。

故人知我多芳意，所以孤叢望費鞭。

丙 0613 霜菊詩
肅氣凝菊壇，烈朵帶寒霜。
結取三危色，韜將五美香。
逼簾金碎練，依砌麝穿囊。
時報豐山警，風傳麗水芳。
似星籠薄霧，同粉映殘妝。
戴白知貞節，深秋不畏凉。

予罷秩歸京，已爲閑客、玄談之外、無物形言、故釋逍遙一篇之三章、且題格律五言之八韻、且叙義理、附之題脚、其措詞用韻、皆據成文、若有諳之者、見篇疏決之

丙 0614 北溟章 每章有述、省之
舉小將均大，惟鵬自對蜩。
海鱗波淼淼，泥蚓景蕭蕭。
變化談同日，形容類各肖。
無時頻決起，有處積扶搖。
控地榆枌鬱，垂天羽翼調。
均勞空半歲，逸樂不終朝。
野馬吹相息，斑鳩笑共嬌。
二蟲雖異趣，適性共逍遙。

丙 0615 小知章

知分明又闇，年定短能修。
內外先雙遣[1]，逍遥便一游。
堯巨猶歷夏，曹后不知秋。
勁節冥靈老，浮生日及休。
其慚想企尚，多恐暫拘留。
有待何稱善，無爲我道周。
榮公千祿笑，列子御風憂。
好是無名客，茫茫六氣幽。

丙 0616 堯讓章

推覽堯授手，寄身許慚顏。
四海君功大，孤雲我性閑。
穎川清石水，箕嶺老松山。
送日蔬食足，臨烟蓽戶關。
既知尸祝用，誰爲賓賓煩。
鳳曆何無主，龍飛欲早還。
鷦鷯從取樂，浸灌莫辛艱。
向背優游去，形體一世間。

日本詩紀卷之十九　丙集第七

---

1 平成本作"遺"。

卷之二十　丙集第八

上毛河世寧　彙編

丙 08-01 菅原道真五

丙 0617 閏九月盡、燈下即事、應製寬平二年、有序、省之
天惜凋年閏在秋，今宵偏感急如流。
霜鞭近警衣寒冒，漏箭頻飛老暗投。
菊爲花芳衰又愛，人因道貴去猶留臣自外事、入侍重圍。
明朝縱戴初冬日，豈勝蕭蕭夢裏游。

丙 0618 隔壁聽樂絕句爲體、時侍雅院
風送五音子細分，應同瞽者一心聞。
升天不得聽天樂，粉壁還如隔白雲。

丙 0619 和田大夫感喜敕賜白馬、上呈諸待中之詩次韵、自此以下三首、散位初聽、升殿之作
玄覽浮雲洞裏開，位將高足賜高才。
代勞恩欲丹霄去，戀主情應白髮來。
珠汗風前隨路落，練光月下趁家回。
霜毛便作華亭翅，仙駕東西不用媒。

丙 0620 十月二十一日、禁中初雪、應製
推步四時令不違，初開六出報重闈。
地因高霽看何易，天未全寒想更非。
妝妓自疑顏粉落，宿酲偏誤眼花飛。
今朝且捍如雲瑞，先減唯緣近日輝。

丙0621 上巳日、對雨玩花、應製_{寬平三年}

暮春尤物雨中花，何況流觴醉眼斜。
蜀錦潾波依晚岸，吳娃照汗立晴沙。
且憐有清香猶襲，偏愛無塵色更加。
溫樹莫知多又少，應言夢到上仙家。

丙0622 就花枝、應製_{自此以下二十五首、左中辨之作}

勤王竟夕月明前，便就花枝不放眠。
宿鳥愁驚人細語，春霜怕拂酒頻傳。
眼歡令樹饒溫澤，心恨深更向曉天。
遇境芳情無晝夜，將含鷄舌伴詩仙。

丙0623 三月三日、同賦花時天似醉、應製_{有序、略之}

三日春酣思曲水，彼蒼溫克被花催。
烟霞遠近應同戶，桃李淺深似勸杯。
乘醉和春風口緩，銷憂晚景月眉開。
帝堯姑射華顏少，不用紅勻上面來。

丙0624 詩客見過、同賦掃庭花自落、各分一字_{探得勤}

和市詩情不道貧，滿庭紅白意殷勤。
客來春去疲迎送，我是花前驛傳人。

丙0625 賦春夜櫻花、應製

紅櫻一種意無疏，向曉猶言夜未渠。
香倍移於仙砌後，色添隱在故山初。
過風鳳女妝相似，迎月龍花樹不如。

多少春情誰爲惜，九重深處萬機餘。

丙0626 惜春絕句勒閒還山、枇杷殿作
生來未見四時閑，春氣不將老氣還。
送却鶯花心地遠，何須臨水也登山。

丙0627 七月七日代牛女惜曉更、各分一字、應製探得程字
年不再秋夜五更，料知靈配曉來情。
霑¹ 應別淚珠空落，雲是殘妝髻未成。
恐結橋思傷鵲翅，嫌催駕欲啞鷄聲。
相逢相失間分寸，三十六旬一水程。

丙0628 哭田詩伯
哭如考妣苦餐茶，長斷生涯燥濕俱。
縱不傷君傷我道，非唯哭死哭遺孤。
萬金聲價難灰滅，三徑貧居任草蕪。
自是春風秋月下，詩人名在實應無。

丙0629 九日侍宴、群臣獻壽、應製
登高望處九陽重，天道人心髮不容。
祝盞吹花花自笑，祈音取樂樂相從。
祥光欲見聯三象，宝祚應知邁五龍。
亭育無限何以報，寸丹吐出效華封。

---

1 平成本作"露"。

丙0630 重陽後朝、同賦秋雁櫓聲來、應製 有序略之

碧紗窗下櫓聲幽，聞説蕭蕭旅雁秋。
高計雲晴寒叫陣，乍逢潮急曉行舟。
沙庭感誤松江宿，月砌驚疑鏡水游。
追惜重陽閒説處，宮人怪問是漁謳。

丙0631 暮秋送安鎮西赴任、各賦分字

五十年前四送君，不堪西去此回分。
無兄無弟身初老，萬事令誰子細聞。

丙0632 秋日陪源亞相第、餞安西鎮藤陸州、各分一字 探得紅、能有

相送別西又別東，二千五百里程中。
秋情念念無他計，只仰鐏前面暫紅。

丙0633 金吾相公不棄愚拙、秋日遣懷、適賜相視、聊依本韵、具以奉謝、兼亦言志 是忠

分任浮沈行路難，執鞭今到碧雲端。
紫宸朝謁開身早，明月夜吟入骨寒。
累卵相思長失步，銜珠欲報晚忘餐。
餘香不被他人染，唯恐秋風在敗蘭。

丙0634 金吾相公枉賜遣懷、答謝之後、偶有御製、有感、更押本韵、事君之道、盡于此篇、某不勝助喜、兼叙私情、有如白日、敬以呈上

遣懷兩字千金價，忠信兼陳一筆端。

分藥莫嫌爲口苦，履冰誰道不心寒。
精誠底露新章句，努力奔波舊素餐。
偏欲播揚肝膽曲，慚將碎瓦報幽蘭。

丙 0635 雨晴對月、韵用流字、應製
雲霽可歡又可愁，年華競與月華流。
芭蕉晚色疏凉地，蟋蟀寒聲五更秋。
遠碧先教風伯洗，孤輪乍遣海神投。
因緣竹檻頻回眼，憑托水窗幾舉頭。
萬里冰紈庭不疊，千家玉鏡匣無收。
暗思烟寒[1]吹霜角，遙夢晴江棹釣舟。
親對偷言玄度友，高登漫擬庾[2]公樓[3]。
此時天縱金毫咏，何處人追秉燭游。
綠酒猶催醒後盞，珠簾未下曉來鈎。
笙歌一曲爲相勸，飽戴清光莫暫休。

丙 0636 曉月、應製
何處妝樓擲玉環，一明一暗曉雲間。
秋腸軟自蜘蛛縷，寸寸分分斷盡還。

丙 0637 惜殘菊、各分一字、應製有序、略之
寒鞭打後菊叢孤，相惜相憐意萬殊。
籬脚參差吹火立，曉頭再拜戴星趨。

---

1 平成本作"塞"。
2 平成本作"廈"。
3 平成本作"樓"。

奪情只有披沙練，平價其如合浦珠。
此是殘花何恰似，行年六八早霜鬚。

丙0638 左金吾相公於宣風坊臨水亭、餞別奧州刺史、同賦親字 古調十四韻

相公送君君知不，爲我君聞說本因。
程里一千五百路，星霜四十六回人。
人是初老路何遠，所以留連歲再回[1]。
思縛難逃寒命駕，眼珠易落晴沾巾。
城門存慰囑關吏，江渡平安祈水神。
東閣昔年相遇意，東山今日獨行身。
非啼遠別啼懷舊，不惜高才惜至親。
相公送君說如是，更將我意爲君陳。
我試爲吏贅州去，且行且泣沙浪春。
一秩四年盡忠節，歸來便作侍中臣。
文章我謝君成業，政理君嘲我化民。
文拙政頑者多幸，況乎文巧政能循。
在官五袴當成頌，歸路折轅莫患貧。
努力努力猶努力，明明天子恰平均。

丙0639 感金吾相公冬日嵯峨院即事之什、聊押本韻

天借偷閑道自肥，知君行路客塵稀。
林間馬欲驚黃落，月下人應嘯翠微。
老鶴從來仙洞駕，寒雲在昔妓樓衣。

---

1 平成本作"巡"。

曾經此地傷懷苦，縱得追尋死不歸予不得追陪相公之游覽、故云。

丙0640 冬夜呈同宿諸侍中
幸得高躋卧九霞，通宵守禦翠簾斜。
御溝碎玉寒聲水，宮菊殘金曉色花。
共誓生前長報國，誰思夢裏暫歸家。
侍中我等皆兄弟，唯恨分襟趁早衙。

丙0641 假中書懷詩古調
乞來五日假，暫休認早衙。
假中何處宿，宣風坊下家。
門扃人不到，橋破馬無過。
早起呼童子，扶持殘菊花。
日高催老僕，掃除庭上沙。
暮繞東籬下，洗拂竹傾斜。
入夜計書籍，芸縑近五車。
要須隨見取，散出依次加。
寒聲階落葉，曉氣砌霜華。
雞鳴枕肱卧，閑思遠別嗟。
女兒遵內義，外孫逐阿耶。
事之不獲已，離去路何賒。
一嘆腸回轉，再嘆淚滂沱。
東方明未睡，悶飲一杯茶。
天不惜閑意，在家事獨多。
悠悠皆果報，出入苦生涯。

丙0642 霜夜對月 勒泥迷啼西
夜感難勝月易低，清光不染意中泥。
小窗爐下身猶穩，斜徑霜前眼更迷。
笛欲鄰家懷舊怨，烏應遠樹帶寒啼。
當時誰道四方在，苦惜孤輪獨望西。

丙0643 田家閑適 屏風畫也
不爲幽人花不開，萬株松下一株梅。
逢春氣色溪中水，待月因緣地上苔。
雙鶴立汀閑弄棹，滿壺臨岸便流杯。
子孫安在恩情斷，誰訟書堂與釣臺。

丙0644 漁父詞 屏風畫也
抱膝舟中醉濁醪，此時心與白雲高。
潮平月落歸何處，滿眼魚鰕滿地蒿。

丙0645 早春侍內宴、同賦開春樂、應製 寬年[1] 五年
陽光送響囑伶簫，內自重門外九霄。
初出從東羊角引，半歸向北雁行遙。
柳花暗解結寒怨，鶯囀飛添載路謠。
縱使春聲天地滿，不如萬歲報山椒。

丙0646 早春觀賜宴宮人、同賦催妝、應製 有序、略之
算取宮人才色兼，妝樓未下詔來添。
雙鬟且理春雲軟，片黛才成曉月纖。

---

[1] 平成本作"平"。

羅釉不遑回火熨，鳳釵還悔鎖香盦。
和風先導薰烟出，珍重紅房透玉簾。

丙0647 御製題梅花賜臣等、句中有今年梅花減去年之嘆、謹上長句、具述所由_{自此以下六十五首、参議之作}
不是天寒地不冥[1]，此花憔悴計應知。
粉顏暗被妝樓借，香氣多教浴殿移。
開未人看蜂且采，落非時至笛先吹。
誰人攀折榮花取，新拜相公插四支_{臣不次爲宰相、故上此意喻之}。

丙0648 仲春釋奠、聽講古文孝經、同賦以孝事君則忠
君是蒼天不可階，恐分孝水寫恩涯。
食將行路資中味，遠近忠臣我孔懷。

丙0649 被拜宰相、奉謝藤納言賜鄭州玉帶
身多檢束謝高才，賞賜分明玉不埃。
初自鄭州無脛至，更從臺閣有心來。
雪慚廉潔隨衣結，花讓榮華逐步開。
爲向雕文相報道，鑽堅功臣被誰催。

丙0650 七夕秋意、各分一字、應製_{探得深}
算取漢頭牛女心，秋懷自與夜更深。
竹窗風動笙歌曉，意緒將穿月下斜。

---

1 平成本作"宜"。

丙0651 仲秋釋奠、聽講禮記、同賦養衰老
秋風瑟瑟養皤皤，欲落年花氣力多。
若不相逢開禮道，何因鮐背蕩恩波。

丙0652 重陽夜感寒蛩、應製
欲將蟲泣斷人腸，殊感秋深不免霜。
今夜何因寒怨急，被多折菊草棲荒。

丙0653 文章院漢書竟宴、各詠史、得公孫弘
六十初徵八十終，官班博士遂三公。
太常對策科爲一，丞相招賢閣在東。
何忘牧童疲望海，不愁布被耐寒風。
後生欲識才名貴，請見孫公我道通。

丙0654 賦葉落庭柯空勤[1] 冬從龍松容封農重縫鋒踪逢峰春[2] 慵蜂攻鐘衝濃、于時諸文人相招飲于紀學士文亭
遇境幽人意，乘閑卒歲冬。
庭承水氣靜，葉逐晚風從。
誰見桐栖鳳，唯聞竹嘯龍。
囂塵先落柳，絕澗後凋松。
地脈生相寄，天姿勢不容。
青苔隨經[3]合，白雪滿枝封。
案戶驚愁婦，窺園惱老農。

---

1 平成本作"勤"。
2 平成本作"春"。
3 平成本作"徑"。

飄飄依砌聚，片片擁階重。
遂使輕紅減，何教碎錦縫。
破殘寒月鏡，來迫曉霜鋒。
燎照偷光手，沙穿散藥踪。
新賓詩秋積，逆旅醉鄉逢。
舉眼無疏蔭，回頭只遠峰。
形骸疲外役，夢想到高舂。
賞玩輸誠洽，攀援得力慵。
星稀雖繞鵲，花懶未期蜂。
觸感孤心苦，傷懷四面攻。
欲催春管律，頻待夜更鐘。
分任循環運，年如轉轂衝。
榮枯同物我，雨露爲誰濃。

丙 0655 游龍門寺
隨分香花意未[1]曾，緑蘿松下白眉僧。
人如鳥路穿雲出，地是龍門趁水登。
橋老往還誰鶴駕，閣寒生滅幾風燈。
樵翁莫笑歸家客，王事營營罷不能。

丙 0656 感雪朝敕使施老僧綿襖
此朝誰不雪山僧，恩舍綿綿草木凝。
中使馬疑騎鶴至，上方人似踏雲升。
早驚春氣禪林臘，先負日光定水冰。

---

1 平成本作"末"。

何當孤峰寒更暖，所生功德萬民承。

丙0657 玩梅花、應製寬平六年
隨處有梅總可憐，不如獨立月明前。
香風豈當花吹出，半是清凉殿裏烟。

丙0658 有敕賜視上巳櫻下御製之詩、敬奉謝恩旨
不當看櫻也惜春，紅妝寫得玉章新。
微臣縱得陪游宴，當有花前腸斷人。

丙0659 同紀發韶、奉和御製七夕祈秋穗詩之作
非書非劍我君明，千尺願絲一個情。
珍重素風初七夕，待來銅雀第三聲。
佳期恰似時難過，巧思祈[1]同月易盈。
偏祝西成兼所感，四驪晝夜破行程。

丙0660 重陽節侍宴、同賦天净識賓鴻、應製
秋風拂拭易排虛，道路依晴稚羽初。
碧玉裝箏斜立柱，青苔色紙數行書。
時霜唯痛頻寒著，沙漠不知幾里餘。
賓雁莫教人意動，向前旅思欲何如。

丙0661 賦雨夜紗燈、應製有序略之、于時九月十日
紗燈一點五更回，不要寒鷄曉漏催。
晴誤穿雲星乍見，秋疑冒雨菊新開。

---

[1] 平成本作"秖"。

耳聞落淚兼聞曲、手勸微心且勸杯。
每憶脂膏多渥潤、那勝恩澤繞身來。

丙0662 暮秋賦秋盡玩菊、應令_{有序略之}
惜秋秋不駐、思菊菊才殘。
物與時相去、誰厭徹夜看。

丙0663 仲春釋奠、聽講論語、同賦爲政以德
君政萬機此一經、乘龍不忘始收螢。
北辰高處無爲德、疑是明珠作衆星。

丙0664 神泉苑三日宴、同賦烟花曲水紅、應製_{寬平七年}
水上烟花表裏紅、流杯欲把醉顏同。
動枝動浪皆應惜、所以殷勤恐暮風。

丙0665 春惜櫻花、應製_{有序略之}
春物春情更問誰、紅櫻一樹酒三遲。
綺羅切齒相同色、桃李慚顏共遇時。
欲裹飛香憑舞釉、將纏脆帶有游絲。
何因苦惜花零落、爲是微臣身職拾遺。_{身字衍}

丙0666 月夜玩櫻花、各分一字、應令、一首得開
應因兔魄見花鰓、更恐春腸過九回。
芳氣近從階下起、莫言天上桂華開。

右金吾源亞將與余有師友之義、夜過直廬相談、言曰、嚴父大納言、去年五十、心往事留、過年無賀、此春已修功德、明日聊設小宴、座施屏風、寫諸靈壽、本文者紀侍郎之所抄出、新樣者巨大夫之所畫圖、書先屬藤右軍、詩則汝之任也、談畢歸去、欲罷不能、予向燈握筆、且挑且草、五更欲盡、五首才成、右軍即書之、以備游宴、事若不詳錄、難可得意、題脚且注本文、他時斷其疑惑、故叙之

丙0667 廬山異花詩_{以下五首、各注本文、一切省之}
何處異花觸目新，廬山獨立采松人。
烟霞不記誰家種，水石相逢此地神。
吹送馨香風破鼻，養來筋力氣闕身。
一餐算計前程事，珍重童顏二百春。

丙0668 題吳山白水詩
吳山神水石間來，看是孤雲澗口開。
欲見多年懸藥處，空留一服去蓬萊。

丙0669 劉阮過溪邊二女詩
天台山道道何煩，藤葛因緣得自存。
青水溪邊唯素意，綺羅帳裏幾黃昏。
半年長聽三春鳥，歸路獨逢七世孫。
不放神仙離骨錄，前途脫屣舊家門。

丙0670 徐公醉臥詩
自到東陽道不違，徐公一飲二年歸。
赤松計會新來客，玄草纏綿舊著衣。

壺酒淺深初得意，醉鄉遠近總忘機。
無情湖水誰遺迹，憶昔長山卧翠微。

丙0671 吳生過老公詩
山頭不倦立烟嵐，幸甚神人許接談。
念念逢時丹桂一，行行見處石梁三。
生涯養性年華美，逆旅知恩曉露甘。
傾蓋如今爲舊識，誰辭竟夕玉膏酣。

七年暮春二十六日、予侍東宮、有令曰、聞大唐有一日應百首之詩、今試汝以一時應十首之作、即賜十事題目、限七言絕句、予采筆成之、二刻成畢、雖云凡鄙、不能燒却、故存之

丙0672 送春
送春不用動舟車，唯別殘鶯與落花。
若使韶光知我意，今宵旅宿在詩家。

丙0673 落花
花心不得似人心，一落應難可再尋。
珍重此春分散去，明年相過舊園林。

丙0674 夜雨
不看細脚只聞聲，暗動農夫赴畝情。
通夜何因還悶意，尚書定妨早銜行。

丙0675 柳絮
春雪紛紛繞柳枝，見知老絮陌頭垂。
詩人咏得詩情苦，莫使狂風第一吹。

丙 0676 紫藤
高閣藤花次第開，疑看紫綬向風回。
榮華得地長應賞，不放游人任折來。

丙 0677 青苔
青苔滿地不栖塵，似展平頭碧錦茵[1]。
雨後風前宜染色，殷勤欲著上仙人。

丙 0678 鶯
自初出谷被人憐，春色盡時自默然。
若有遺音長不絶，明年可奏早梅前。

丙 0679 燕
梁頭展翅幾銜泥，一一將雛起暮栖。
春盡先歸秋至日，凉風萬里羽毛齊。

丙 0680 黄雀兒
點檢中庭黄雀兒，春風便是可無私。
報恩何必遭復處，銜得白環即此時。

丙 0681 燈
挑盡蘭燈送五更，檐頭夜雨颯然聲。
吟詩不得他言笑，染翰猶要暗更明。

---

[1] 平成本作"菌"。

東宮寓直之次、下令曰、去春十首、既知急捷、今取當時二十物、重要某不停滯、即奉令之後、不敢固辭、自酉二刻、及戌二刻、篇數僅成、慎令旨也、經數十日、要寫一通、近習少年、斷失三首、初不立案、無處尋覓、一十七首、備于實錄、云爾。

丙0682 風中琴
清琴風處響，恰似有人彈。
始自青蘋起，還隨玉軫殘。
誤雲驚別鶴，疑野拂幽蘭。
感興應無限，窗頭力意看。

丙0683 竹
翠竹疏籬下，修修玩碧鮮。
雨中重影合，風裏晚聲傳。
欲見龍鱗化，兼期鳳翼遷。
寒霜如可拂，萬歲表貞堅。

丙0684 薔薇
一種薔薇架，芳花次第開。
色追膏雨染，香趁景風來。
數動詩人筆，頻傾醉客杯。
愛看腸欲斷，日落不言回。

丙0685 松
孤松呈勁節，幸許在中庭。
久苦寒霜意，猶全細葉青。
故山辭澗底，新地近仙亭。

麈尾應堪用，攀將奉執經。

丙 0686 酒
閑亭開酒甕，始覺聖賢心。
竹葉攀多少，梨花酌淺深。
開眉杯裏伴，促膝醉中吟。
自此知神用，誰愁到晚陰。

丙 0687 牡丹
不知何處種，喜見牡丹花。
帶雨傾臨架，隨風引亞沙。
豈攀塵客苑，當玩玉仙家。
朗詠叢邊立，悠悠忘日斜。

丙 0688 古石
孤拳誰得轉，苔薛不知年。
不過雲來觸，唯聞溜引穿。
諫應投綠水，功欲補青天。
潄齒幽人意，相看太可憐。

丙 0689 扇
團團紈素扇，隨手幾成功。
一轉看孤月，頻搖得細風。
逆愁秋早至，偏待熱先隆。
取舍知時節，輕身業豈空。

丙0690 屏風
屈曲初知用，施來不畏風。
質宜羅帳裏，功見玉筵中。
人馬無來去，烟霞不始終。
丹青知有巧，開合又西東。

丙0691 錢
家兄何利國，施用手中繁。
榆莢輕重種，貨泉商賈源。
貪夫身有癖，高士口無言。
腐鎁誰應識，將令禮節存。

丙0692 弓
烏號得舊弓，業在弛張名。
細月空驚質，清風自發聲。
步中楊葉遠，雲外白間輕。
文武隨時用，韜將表太平。

丙0693 石硯
文人施器物，石硯玉簾前。
一片心猶重，多情手自傳。
道成分水劑，功遂染松烟。
月滿花開處，吟詩得用專。

丙0694 筆
學業何爲重，纖鋒用不輕。

崩雲毫末急，垂露管中清。
豈見焚無意，誰知格滅聲。
願將羊桂質，良史表嘉名。

丙 0695 棋
手談幽靜處，用意興如何。
下子聲偏小，成都勢幾多。
偷閑猶氣昧，送老不蹉跎。
若得逢仙客，樵夫定爛柯。

丙 0696 鼓
八音調雅樂，鳴鼓自堪聞。
見器驚春氣，疑雷撥夏雲。
曲成隨舞舉，聲引任歌分。
小大知全節，何時奏聖君。

丙 0697 蜘蛛
微蟲猶有巧，結納自含情。
禀氣安身小，隨風轉質輕。
檐前寬得地，籬上暫全生。
萬物皆如是，應知造化成。

丙 0698 壁魚
白魚浮紙上，游泳九流中。
繞軸高低去，隨書遠近通。
豈嫌漁父業，唯妨學人功。

若得風前舉，鱗飛道豈空。

丙0699 感殿前薔薇一絶東宮
相遇因緣得立身，花開不競百花春。
薔薇汝是應妖鬼，適有看來惱殺人。

丙0700 客館書懷、同賦交字、呈渤海裴令大使自此以後七首、予別奉敕旨、與吏部紀侍郎、詣鴻臚館、聊命詩酒、大使思舊日主客、將賦交字、一席響應、唱和往復、來者宜知之
尋思執手昔捉[1]膠，拜覿殷勤不慚抛。
雪鬢同年分岸老，風情一道望雲交。
皎駒再食場中藿，儀鳳重歸閣上巢。
借問高才非宰相，揚雄幾解俗人嘲。

丙0701 答裴[2]大使見酬之作本韵
別來二六折寒膠，今夕温顏感豈抛。
持節猶新霜後性，忘筌仍舊水中交。
恩光莫恨初無褐，聖化如逢古有巢。
相勸故人何外事，只看月咏望風嘲。

丙0702 重和大使見酬之詩本韵
知命也曾讀易夕[3]，衰顏何與少年交。
成功宿昔應攀桂，求類今宵幾拔茅。

---

1 平成本作"提"。
2 平成本作"斐"。
3 平成本作"爻"。

聲價重輕因道舉，文章多少被人抄。
自慚往復頻酬贈，定使魚蟲草木嘲。

丙 0703 和大使交字之作 次韵
占明何更索瓊茅，傾蓋當初得素交。
淼淼任他逾北海，皤皤定是養東膠。
鷄雛自愧群霜鶴，瑚璉當嫌對竹筲。
欲以浮生期後會，先悲石火向風敲。

丙 0704 客館書懷、同賦交字、寄渤海副使大夫
珍重孤帆適樂郊，雲龍庭上幾苞茅。
度春欲見心如結，竟夜相思睫不交。
賓禮來時懷土雁，旅人歸處泣珠蛟。
暗知器量容衡霍，愧我區區小斗筲。

丙 0705 和副使見酬之作 本韵
遠客光榮自近郊，羞君翰苑遇菅茅。
世間風月雖同道，別後蕭朱定絕交。
材器好承多雨露，寵章祇怕幾魚蛟。
不須眉面相霑接，推料應嫌我瑣筲。

丙 0706 夏日餞渤海大使歸鄉、各分一字 探得途
初喜明王德不孤，奈何再別望前途。
送迎每度長青眼，離會中間共白鬚。
後紀難期同硯席，故鄉無復忘江湖。
去留相贈皆名貨，君是詞珠我淚珠。

丙0707 賦晴宵將見月、各分一字、應令得秋
雲斷星稀縱夜游，料知漁父棹孤舟。
姮娥何事遲遲見，爲是人情不耐秋。

丙0708 七夕、應製
今夜不容乞巧兼，唯思萬歲聖皇占。
明朝大史何來奏，更有文星映玉簾詩情委頓、忝上絶句、况非警策、伏憎厚顔。

丙0709 重陽侍宴、同賦秋日懸清光、應製
天下無爲日自清，今朝幸遇再陽并。
深追合璧[1]龍容徹，遠任孤輪鳥路平。
萬里如逢褰繢望，黎民欲慰載瓷情。
微臣俯仰依明德，心比秋葵旦暮傾。

丙0710 重陽後朝、同賦花有淺深、應製
十步花明一點燈，叢叢不得色相承。
夜風豈有吹濃淡，寒露應無潤愛憎。
蘭爲送秋深紫結，菊依臨水淺黃凝。
榮華物我皆天授，時去時來罷不能。

日本詩紀卷之二十　丙集第八

---

1 平成本作"璧"。

卷之二十一　丙集第九

上毛河世寧　彙編

丙 09-01 菅原道真 六

丙 0711 早春内宴、侍清涼殿、同賦春先梅柳知、應製_{自此以}
下十一首、中納言之作、寬平八丙辰五十三

官梅早綻柳先垂，趁遇春情問便知。
不見年光依樹報，非聞月令到園施。
素心易表風前蕊，青眼難眠雨後枝。
天與芳菲爲第一，艷陽多少莫空移。

丙 0712 扈從雲林院、不勝感嘆、聊叙所觀_{有序略之}
明王暗與佛相知，垂迹仙游且布施。
松樹老來成傘蓋，苺苔晴後變瑠璃。
暖光如淺慈雲影，春意甚深定水涯。
郊野行行皆斗藪，和風好向客塵吹。

丙 0713 行幸後朝、憶雲林院勝趣、戲呈吏部紀侍郎
從來勝境屬風情，專夜相思夢不成。
把酒空論深淺戶，看花只倦往還程。
青苔地有心中色，舉布泉遺耳下聲。
猶恨春游無御製，僧房筆硯舊烟生。

丙 0714 詩友會飲、同賦鶯聲誘引來花下_{勒花車遮聆斜家}
鳥聲人意兩嬌奢，處處相尋在在花。
身已遷喬來背翼，道如求友趁回車。
風温好被綿蠻喚，景麗宜哉繡羽遮。
閑計新巢紅樹近，苦思舊谷白雲賒。

千般舌下聞專一，五出顏前見未斜。
大底詩情多誘引，每年春月不居家。

丙0715 春日行幸神泉苑、同賦花間理管弦、應製題中取韵
玄覽垂春龀纊襄，五音共理百花前。
幽踪似遇桃源客，雅調將驚冰[1]府仙。
羌戎情因孤竹奏，楚人思附七絲傳。
落梅曲舊唇吹雪，折柳聲新手搦烟。
鳳感來時徐步輦，魚聞躍處早忘筌。
君王欲得移風術，非敢殷勤喚管弦。

丙0716 九日侍宴、同賦菊花催晚醉、應製
高陪嘉宴席，快飲菊花杯。
有感朝儀盛，無知晚醉催。
孤叢隨見發，四字應聲來。
入夜心酣暢，練連荷祿[2] 回。

丙0717 九日後朝、同賦秋深、應製
年有一秋秋有三，就中季白意堪難[3]。
雨寒遠感吳江水，風冷遙思楚嶺風[4]。
淺分花凋蘭不恨，貞心露結竹猶含。
穿雲明月應能照，何更人前事事談當時依微諫負小讒、應製之次、聊
以形言。

---

1 平成本作"水"。
2 平成本作"綠"。
3 平成本作"難堪"。
4 平成本作"嵐"。

丙0718 北堂文選竟宴、各詠史句得垂月弄潺湲_{仁壽年中、文選竟宴、先君詠句、得招隱俱在山古調、多敘所懷、予今習先君體、寄詩言志、來者語之}

文選三十卷，古詩一五言。
五言何秀句，垂¹月弄潺湲。
半百行年老，尚書庶務繁。
雖思樂風月，不放到丘園。
非唯無所樂，悠悠有所煩。
水空觸眼逝，月晴過頭奔。
總爲貪名利，亦依憂子孫。
此時玩斯集，如避世喧喧。

丙0719 賦新烟催柳色、應製_{以陽爲韵、寬平九年}
何處新烟柳色妝，春來數日映青陽。
不關鑽火初生氣，應是消寒暗冶霜。
纖脆慚顏鉛粉素，染陶隨手麴塵黃。
因風次第任抽繹，過雨參差且展張。
疑帶前庭餘爐燎，誤薰中殿半燒香。
花無舞妓欲含怨，枝有行人折斷腸。
翠黛開眉才畫出，金絲結繭未繰將。
幾千里外思元亮，何一城頭望武昌。
他日縱看遮陌上，此時誰卜拂池²塘。
不因臘後春深淺，隨分柔條短也長。

---

1 平成本作"乘"。
2 平成本作"地"。

丙0720 陪第三皇子、花亭勸春酒、應教齊世親王
天性忘憂幾過春，酒唯催勸詠詩人。
花亭無事行何事，短折梅枝記闕巡。

丙0721 早春侍宴、同賦殿前梅、應製
非紅非紫綻春光，天素從來奉玉皇。
羊角風猶頒曉氣，鵝毛雪剩假寒妝。
不容粉妓偷看取，應叱黃鸝戲踏傷。
請莫多憐梅一樹，色青松竹立花傍。

丙0722 八月十五夜、同賦秋月如珪、應製探得門、自此以下十五首、大納言作
秋珪一雙度天存，下照千家不定門。
聖主何憐三五夜，欲將望月始臨軒。

丙0723 九日侍宴、觀群臣插茱萸、應製
單方此日插茱萸，不認登山也坐湖。
收采有時寒白露，載來無數小玄珠。
口嫌酒菊吹先去，身愧湯蘭煮後枯。
豈若恩光凝頂上，化爲赤實照霜鬚。

丙0724 九日後朝、侍朱雀院、同賦閑居樂秋水、應太上天皇製有序略之
聞昔瀟湘逢故人，在今樂水詫爲新。
夜魚宿處投心緒，秋月浮時洗眼塵。
潭菊落妝殘色薄，岸松告老暮聲頻。

479

池頭計會仙游伴，皆是乘查到漢濱。

丙0725 敬奉和左大將軍扈從太上[1]皇舟行有感見寄之口號押韵、時平

吟詩恰似奉舟行，不見從流户[2]感情。
無限恩涯知止足，何因渴望水心清。

丙0726 同賦春淺帶輕寒、應製勅初餘魚虛、寬平十年
不是吹灰案曆疏，淺春暫謝上陽初。
鑽沙草只三分許，跨樹霞才半段餘。
雪未銷通栖谷鳥，冰猶羃得伏泉魚。
貞心莫畏輕寒氣，恩煦都無一事虛。

丙0727 早春內宴侍清凉殿、同賦草樹暗迎春、應製
東郊豈敢占烟嵐，陽氣暗侵草木覃。
千里遣懷銷盡雪，四山回眼染初藍。
剪刀莫出無由礪，絲縷柳垂不待蠶。
臣本槐林菅蕢士，迎春樂處每春酣。

丙0728 勸前進士山風種庭樹進士山口谷風
宣風坊下腐儒家，欲待春來快見花。
何事勸君催種樹，姓山名谷業文華。

---

1 平成本"皇"字上有"天"。
2 平成本有"户恐誤字"。

丙0729 重陽侍宴、同賦菊有五美、各分一字、應製探得仙字、昌泰元年

五美兼姿一草鮮，綺疏窗下玉階邊。
蟹腸純色深依地，鵝眼圓形遠稟天。
謙德晚開秋月抄，勁心寒立曉霜前。
中流采得嘗看後，在在群官紫府仙。

丙0730 九日後朝、侍宴朱雀院、同賦秋思入寒松、應太上天皇製題中取韵

秋思如絲亂不從，低迷暗入殿前松。
蕭蕭自被風高籭，藹藹應緣日下舂。
臨水閑窺皆對影，踏沙行見總幽踪。
葉間纖尾騰枝塵，樸上枯鱗繞樹龍。
攀蓋仰瞻驚旅雁，拂根傾聽感寒蛩。
初憐到直長持節，且問勤勞舊食封。
霜墮終無黃落地，雲遙早出碧尖峰。
聲猶七里灘波緊，色也孤山寺草濃。
便是孫生聞處愛，何煩丁叟夢時逢。
雖云昨玩新英菊，豈若有心難老容。

丙0731 和田律師獻桃源仙杖之歌于時上重幸雲林院、由性

天步山行古與今，小枝靈杖大悲心。
主人垂迹相攜去，願我生生每處尋。

丙0732 對殘菊待寒月于時聞十月十七日、陪第九皇子詩亭

月初破却菊才殘，漁父樵夫抑意難。
况復詩人非俗物，夜深年暮泣相看。

丙 0733 賦殿前梅花、應太皇[1]製昌泰二年
笑松嘲竹獨寒身，春是梅花絕不鄰。
何事繁華今日倍，一朝應過二天春于時天子朝覲太上皇故云。

丙 0734 早春内宴、侍清凉殿、同賦鶯出谷、應製
鶯兒不敢被人聞，出谷來時過妙文。
新路如今穿宿雪，舊巢爲後屬春雲。
管弦聲裏啼求友，羅綺花間入得群。
恰似明王招隱處，荷衣黃壞應玄纁。

丙 0735 早春侍朱雀院、同賦春雨洗花、應太皇製
增色增香別有心，微微雨腳過春林。
地無破塊輕非重，花只添紅淺也深。
如遇吳娃霑汗立，似看蜀錦濯江沈。
此間觸眼皆塵外，不恨蓬萊竟夕陰。

丙 0736 春夕移坐游花下、應製
九重深處一株花，皆道游人映紫霞。
若不皇恩相勸見，每春空混滿庭沙。

丙 0737 三月三日、侍[2]朱雀院柏梁殿、惜殘春、各分一字、應太上皇製探得浮字、有序省之、〇以下十三首右丞相作
惜春何到曲江頭，遙憶羽觴浪上浮。
花已凋零鶯又老，風光不肯爲人留。

---

1 平成本作"太上皇"。
2 平成本無此字。

丙 0738 寒食日花亭宴、同賦介山古意、各分一字探得交字
今朝不到大原郊，禁火思人累代交。
遙計春風綿上事，殘花灼灼鳥咬咬。

丙 0739 同二
請看冷酒又寒肴，應是良辰不晴拋。
再拜終無他禮奠，落花自與紙錢交。

丙 0740 清明日、同國子諸生餞故人赴任、勒雲分薰三字之作
一時瞻望四方雲，相送行行遠近分。
每過清明新燧火，芳聲將與百花薰。

丙 0741 九日侍宴、同賦菊散一叢金、應製
不是秋江練白沙，黃金化出菊叢花。
微臣把得籬中滿，豈若一經遺在家。

丙 0742 九月盡日題殘菊、應太上皇製 同勒寒殘看闌
蘆簾砌下水邊欄，秋只一朝菊早寒。
幸被君臣交畝種，任他意氣滿園殘。
百千自許心銘去，分寸猶嫌手折看。
非啻惜花兼惜老，吞聲莫道歲華闌。

近院山水障子詩六首
丙 0743 水仙詞
寄托浮查問玉都，海神投與一明珠。
明珠不是奏中物，玄道圓通暗合符。

丙0744 下山言志
雖有故山不定家，褐衣過境立晴沙。
一生情實無機累，唯只春來四面花。

丙0745 閑適
曾向簪纓行路難，如今杖策處身安。
風松颯颯閑無事，請見虛舟浪不干。

丙0746 山屋晚眺
斷雲知得意無煩，唯恨泉聲不避喧。
海水三翻花百種，形骸外事總忘言。

丙0747 傍水行
誘引春風暫出山，知音老鶴下雲間。
此時樂地無程里，鞭轡形神獨往還。

丙0748 海上春意
蹉跎鬢雪與心灰，不覺春光何處來。
染筆支頤閑計會，山花遙向浪花開。

丙0749 早春侍內宴、同賦香風詞、應製 昌泰三年
香風半是殿中香，吹自綺羅及四方。
草樹魚蟲寒氣解，如何七八鬢邊霜。

日本詩紀卷之二十一　丙集第九

卷之二十二　丙集第十

上毛河世寧　彙編

丙 10-01 菅原道真七

丙 0750 奉感見獻臣家集之御製、不改韵、兼叙鄙情、一首以下四十六首并見菅家後草

反哺寒烏自故林，只遺風月不遺金。
且成四七箱中卷，何幸再三陛下吟。
犬馬微情叉手表，冰霜御製遍身侵。
恩覃父祖無涯岸，誰道秋來海水深。

丙 0751 和紀處士題新泉之二絶次韵

琉璃池上水潺湲，遮莫銀河在碧天。
觸石秋聲如讀誦，暗知泉眼遂無眠。

丙 0752 同二

入寺新泉屬出家，感懷無數幾恒沙。
西方若有多情者，應導便栽佛種花慰石庭之人也。

丙 0753 九日侍宴、同賦寒露凝、應製一首

爲霜爲露一鴻爐，應是重陽節不渝。
唯有鶌鶋飛負葉，且無荊棘立垂珠。
聲聲已斷華亭警，步步初驚葛履濡。
施與蒼生長壽藥，更凝恩澤化醍醐。

丙 0754 九日後朝、同賦秋思、應製

丞相廢年幾樂思，今宵觸物自然悲。
聲寒絡緯風吹處，葉落梧桐雨打時。

君富春秋臣漸老，恩無涯岸報猶遲。
不知此意何安慰，飲酒聽琴又詠詩。

丙0755 感吏部王彈琴、應製
榮啓後身吏部王，七條絲上百愁忘。
酒酣莫奏蕭蕭曲，峽水松風總斷腸。

丙0756 冬日感庭前紅葉、示秀才淳茂
山冪寒雲水結冰，在家一樹感難勝。
茅蒐霜染憐無限，刀刃風裁惜不能。
孤立如逢衣錦客，四分疑伴散花僧。
菊枯蘭敗梅猶懶，詩興當追落葉凝。

丙0757 自詠 昌泰四年、○自此以下卅八首謫中之作、○在途到明石驛亭、亭長見驚、驛長莫驚時變改、一榮一落是春秋、此句在或僧書中、不辨真僞、姑錄于此、以俟後考
離家三四月，落淚百千行。
萬事皆如夢，時時仰彼蒼。

丙0758 讀樂天北窗三友詩
白氏洛中集十卷，中有北窗三友詩。
一友彈琴一友酒，酒與彈琴 鎌倉本作酒之與琴 吾不知。
吾雖不知能得意，既云得意無所疑。
酒何以成麴和水，琴何以成桐播絲。
不須一曲煩用手，何必十分便開眉。
雖然二者交情淺，好去我今苦拜辭。
詩友獨留真死友，父祖子孫久要期。

只嫌吟咏涉歌唱，不發于聲以心息。
身多忌諱無新意，口有文章摘古詞。
古詞何處間抄出，官舍三間白茅茨。
開方雖窄南北定，結宇雖疏户牖宜。
自然屋有北窗在，適來良友穩相依。
無酒無琴何物足，紫燕之雛黄雀兒。
燕雀殊種遂生一，雌雄擁護遞扶持。
馴狎燒香散華處，不違念佛讀經時。
感應鐮倉本作應感不嫌又不厭，且知無害亦無機。
喃喃噴噴如合語，一蟲一粒不致飢。
彼是微禽我儒者，而我不如彼多慈。
尚書右丞舊提印，吏部郎中新著緋。
侍中含香忽下殿，秀才玩筆尚垂帷。
自從敕使驅將去，父子一時五處離。
口不能言眼中血，俯仰天神與地祇。
東行西行雲眇眇，二月三月日遲遲。
重開警固知聞斷，單[1]寢辛酸夢見稀。
山河邈矣隨行隔，風景黯然在路移。
平到謫所誰與食，生及秋風定無衣。
古之三友一生樂，今之三友一生悲。
古不同今今異古，一悲一樂志所之。

---

1 平成本作"草"。

丙 0759 不出門
一從謫落就鎌倉本作在紫荊，萬死兢兢跼蹐情。
都府樓才看瓦色，觀音寺只聽鐘聲。
中懷好逐孤雲去，外物相逢滿月迎。
此地雖身無檢繫，何爲寸步出門行。

丙 0760 讀開元詔書延喜元年
開元黃紙詔，延喜及蒼生。
一爲辛酉歲，一爲老人星。
大辟以下罪，蕩滌天下清。
省徭優壯力，賜物恤頹齡。
茫茫恩德海，獨有鯨鯢橫具見于詔書。
此魚何在此，人道汝新名。
吞舟非我口，吐浪非我聲。
哀哉放逐者，蹉跎喪精靈。

丙 0761 聞雁鎌倉本作聞旅雁
我爲遷客汝來賓，共是蕭蕭旅漂身。
欹枕思量歸去日，我知何歲汝明春。

丙 0762 九日口號鎌倉本作九月九日
一朝逢九日，合眼獨鎌倉本作猶愁臥。
菊酒爲誰調，長齋終不破。

丙0763 九月十日

去年今夜侍清凉御在所殿名，秋思詩篇獨斷腸敕賜秋思賦云、臣詩多述所憤。

恩賜御衣今在此，捧持每日拜餘香宴終晚頭賜御衣、今隨身在筒中、故云。

丙0764 慰小男女
衆姊總家留，諸兄多謫去。
小男與小女，相隨得相語。
畫餐常在前，夜宿亦同處。
臨暗有燈燭，當寒有綿絮。
往年見窮子，京中迷失據。
裸身博奕者，道路呼南助南大納言子内藏助、博徒今猶號南助矣。
徒跣彈琴者，閭巷稱辨御俗謂貴女爲御、蓋取夫人女御之義也、藤相公兼辨官、故稱其女也。
其父共公卿，當時幾驕倨。
昔金如沙土，今飯無厭飫。
思量汝於彼，被天鐮倉本作天感甚寬恕。

丙0765 叙意一百韵
生涯無定地，運命在皇天。
職豈圖西府，名何替左遷。
貶降輕自芥，驅放忽如弦。
悚報[1] 顏逾厚，章狂踵不旋。

---

1 平成本作"赧"。

牛涔皆陷阱，鳥路總鷹鸇。
老僕長扶杖，疲驂數費鞭。
臨岐腸易斷，望關眼欲穿。
落淚欺朝露，啼聲亂杜鵑。
街衢塵冪冪，原野草芊芊。
傳送蹄傷馬，江迎尾損船。
郵亭餘五十，程里半三千。
稅駕南樓下，停車右郭邊。
宛然開小閣，睹者滿逵阡。
嘔吐胸猶逆，虛勞腳且攣。
肌膚爭刻鏤，精魄幾磨研。
信宿常羈泊，低迷即倒懸。
村翁談往事，客館忘留達[1]。
妖害何由避，惡名遂欲躔。
未曾邪勝正，或以實歸權。
移徙空官舍，修營朽采椽。
荒涼多失道，廣袤少盈廛。
井甕堆沙甃，籬疏割竹編。
陳根葵一畝，斑蘚石孤拳。
物色留仍舊，人居就不悛。
隨時雖褊切，恕己稍安便。
同病求朋友，助憂問古先。
才能終寒剝，富貴本逌遭。

---

1 平成本作"連"。

傅築岩邊藕，范舟湖上扁。
長沙沙卑濕，湘水水斎漾。
爵我空崇品，官誰只備員。
故人分食噉，親族把衣淵。
既慰生之苦，何嫌死不遄。
齒齾由造化，忖度委陶甄。
荏苒青陽盡，清和朱景妍。
土風須漸漬，習俗擬相沿。
苦味鹽燒木，邪贏布當錢。
殺傷輕下手，群盜穩差肩。
魚佾出垂釣，筭篁換叩舷。
貪婪興販米，行濫貢官綿。
鮑肆方遺臭，琴聲未改弦 已上十句、傷習俗不可移。
與誰開口說，唯獨曲肱眠。
鬱蒸陰霖雨，晨炊斷絕烟。
魚觀生竈釜，蛙呪聒階甎。
野竪供蔬菜，厨兒作薄饘。
瘦同失雌鶴，飢類嚇雛鳶。
壁墮防奔溜，庭泥導濁涓。
紅輪晴後轉，翠幕晚來褰。
遇境虛生白，游淡暗鎌倉本作時入玄。
老君垂迹淡鎌倉本作話，莊叟處身偏。
性莫乖常道，宗當任自然。
殷勤齊物論，洽恰寓言篇。
景致幽於夢，風情癖未痊。

文花何處落，感緒此間牽。
慰志憐馮衍，銷憂羨仲宣。
詞鉗觸忌諱，筆禿述粗癲。
草得誰相視，句無人共聯。
思將臨紙寫，咏鎌倉本作誰取著燈燃。
反覆何遺恨，辛酸是宿緣。
微微拋愛樂，漸漸謝葷腥。
合掌歸依佛，回心學習禪。
厭離今罪網，恭敬昔真筌。
皎潔空觀月，開敷妙法蓮。
誓弘無誑語，福享不唐捐。
熱惱煩才減，涼氣序周悇。
灰飛推律候，斗建指星躔。
世路間鎌倉本作聞彌隘，家書絕不傳。
帶寬泣紫毀，鏡照嘆華顛。
旅思排雲雁，寒吟抱樸蟬。
一逢蘭氣敗鎌倉本作散，九見桂華圓。
歸室安懸磬，扃門懶脫鍵。
跛牂重有縶，瘡雀更加攣。
強望垣墻外，偷行戶牖前。
山看遙縹綠，水憶遠潺湲。
俄頃羸身健，等閒殘命延。
形馳魂恍恍，目想涕漣漣。
京國歸何日，故園來幾年。
却尋初營仕，追計昔鑽堅。

躬每占正鵠，烹寧懷小鮮。
東堂一枝折，南海百城專。
祖業儒林聳，州功吏部銓。
光榮頻照耀，組珮競縈纏。
貴重千鈞石，臨深萬刃淵。
具瞻兼將相，僉曰欠勛賢。
試製傷嫌鎌_{倉本作嫌傷}錦，操刀慎缺鉛。
兢兢馴鳳衰，懍懍撫龍泉。
脫屣黃埃俗，交襟紫府仙。
櫻花通夜宴，菊酒後朝筵_{禁中密宴、余每預之}。
器拙承豐澤，舟頑渡巨川。
國家恩未報，溝壑恐先填。
潘岳非忘宅，張衡豈廢田。
風摧同木秀，燈滅異膏煎。
苟可營營止，胡爲脰脰全。
覆巢憎殼卵，搜穴比蚯螾。
法酷金科結，功休石柱鐫。
悔忠成甲胄，悲罰痛戈鋋。
璨璨黃茅屋，茫茫碧海壖[1]。
吾廬能足矣，此地信終焉。
縱使魂思峴，其如骨葬燕。
分知交糾纏，命詎質楚篿。
叙意千言裏，何人一可憐。

---

1 平成本作"壖"。

丙0766 秋夜_{九月十五日}
黃萋顏色白霜頭，況復千餘里外投。
昔被榮華簪組縛，今爲貶謫草萊囚。
月光似鏡無明罪，風氣如刀不破愁。
隨見隨聞皆慘慄，此秋獨作我身秋。

丙0767 哭奧州藤使君、滋實〇九月廿二日、四十韵
家書告君喪，約略寄行李。
病源不可醫，被人厭魅死。
曾經共侍中，了知心表裏。
雖有過直失，矯曲孰相比。
東涯第一州，分憂爲刺史。
盈口含冰雪，繞身帶弦矢。
僚屬銅臭多，鑠人煎骨髓。
土風絶_{絶當作絁}布惡，殷勤責細美。
兼金又重裘[1]，鷹馬相共市。
市得於何處，多是出邊鄙。
邊鄙最獷俗，爲性皆狼子。
價直甚蚩眩，弊衣朱與紫。
分寸背平商，野心勃然起。
自古夷民變，交開成不軌。
邂逅當無事，兼贏如意指。
總領走京都，豫前顏色喜。

---

1 平成本作"喪"。

便是買官者，秩不知年幾。
有司記曆注，細書三四紙。
歸來連座席，公堂偷眼視。
欲酬他日費，求利失綱[1]紀。
官長有剛腸，不能不切齒。
定應明糾察，屈彼無廉恥。
盜人憎主人，致死識所以。
情靈入冥漠，不由見容止。
骸骨作灰塵，無處傳音旨。
葬來十五旬，程去三千里。
回環多日月，重復[2]幾山水。
憶昔相離別，寧知獨傷毀。
君間泉壤入，我劇泥沙委。
天西與地下，隨聞爲哭始。
哭罷想平生，一言遺在耳。
曰吾被陰德，死生將報爾。
惟魂而有靈，莫忘舊知己。
唯要持本性，終無所傾倚。
君瞰我凶匪，擊我如神鬼。
君察我無辜，爲我請冥理。
冥理遂無決，自茲長已矣。
言之淚千行，生路今如此。
聞之腸九轉，幽途復何似。

---

1 平成本作"綱"。
2 平成本作"複"。

拙詞四百言，以代使君誅。

丙0768 東山小雪
雪白初冬晚，山青反照前。
誤雲猶宿澗，疑鶴未歸田。
不放行看賞，無端坐望憐。
客魂易消滅，遇境獨依然。

丙0769 讀家書
消息寂寥三月余，便風吹著一封書。
西門樹被人移去，北地園教客寄居。
紙裏[1]生薑稱藥種，竹籠昆布記齊儲。
不言妻子飢寒苦，爲是還愁懊惱余。

丙0770 白微霰
如碎如黏取貌難，被風吹結雪相摶。
摩牙米籭聲聲脆，龍頷珠投顆顆寒。
念佛山僧驚舍利，名醫道士怪鉛丸。
袖中取拾殷勤見，應是爲冰淚未乾。

丙0771 雪夜思家竹
自我忽遷去，此君遠離別。
西府與東籬，關山消息絕。
非唯地乖限，遭逢天慘烈。
惘默不能眠，紛紛專夜雪。

---

1 平成本作"裏"。

近看白屋埋，遙知碧鮮[1]折。
家僕早逃散，凌寒誰掃撤。
抱直自低迷，含貞空破裂。
長者好漁竿，悔不早裁截。
短者宜書簡，妒不先編列。
提簡且垂竿，吾生堪以悦。
千萬言無效，漣洄亦嗚咽。
縱不得扶持，其奈後凋節。

丙 0772 聽鐘聲
欲識[2]槌風報五更，三塗八難一時驚。
太奇春夏秋冬盡，爲我終無拔苦聲。

丙 0773 元年立春十二月十九日
天慭長寒萬物凋，晚冬催立早春朝。
淺深何水冰猶結，高卑無山雪不消。
根拔樹應花思斷，骨傷魚豈浪情搖。
偏憑延喜聞新曆，東北回頭拜斗杓。

丙 0774 南館夜聞都府禮佛懺悔
人慚地獄幽冥理，我泣天涯放逐辜。
佛號遙聞知不得，發心北向只南無。

---

1 平成本作"鮮"。
2 平成本作"織"。

丙 0775 歲日感懷延喜二年
故人尋寺去，新歲突門來。
鬢倍春初雪，心添臘後灰。
齋盤青葉菜，香案白花梅。
合掌觀音念，屠蘇不把杯。

丙 0776 梅花
宣風坊北新栽處，仁壽殿西曲鎌倉本作內宴時。
人是同人梅異樹，知花獨笑我多悲。

丙 0777 奉哭吏部王
配處蒼天最極西，恩情未見限雲泥。
去年真迹多霑潤，今日飛聞甚慘悽。
元老應無朝位立，林亭只有夜禽栖。
世間自此琴聲斷，不獨人啼鬼亦啼。

丙 0778 種菊
青膚小葉白牙根，茅屋前頭近逼軒。
將布貿來孀婦宅，與書要得老僧園。
非曾種處思元亮，爲是花時供世尊。
不計悲愁何日死，堆沙作堰荻編垣。

丙 0779 山僧贈杖、有感題之
昔思靈壽助衰羸，豈料[1]樵翁古本枝。
節目含將空送老，刀痕削著半留皮。

---

1 平成本作"科"。

扶持無處游花月，拋棄有時倚竹籬。
萬一開眉何事在，暫爲馬被小兒騎。

丙0780 二月十九日
郭西路北賈人聲，無柳無花不聽鶯。
自入春來五十日，未知一事動春情。

丙0781 夜雨古調、十四韵
春夜漏非長，春雨氣應暖。
自然多愁者，時令如乖狠。
心寒雨又寒，不眠夜不短。
失膏槁[1]我骨，添淚澀吾眼。
脚氣與瘡癢，垂陰身遍滿。
不啻取諸身，屋漏無蓋版。
架上濕衣裳，篋中損書簡。
况復厨兒訴，竈頭釁烟斷。
農夫喜有餘，遷客甚煩懣。
煩懣結胸腸，起飲茶[2]一碗。
飲了未消磨，燒石温胃管。
此治遂無驗，强傾酒半盞。
且念瑠璃光，念念投丹欵。
天道之運人，不一其平坦。

---

1 平成本作"稿"。
2 平成本作"花"。

丙 0782 題竹床子_{通事李彥環所送}

彥環贈與竹繩床，甚好施來在草堂。
應是商人留別去，自今遷客看相將。
空心舊爲遙逾海，落淚新如昔植湘。
不費一金得唐物，寄身偏愛慣風塵。

丙 0783 傷野大夫

我今遠傷野大夫，不親不疏不門徒。
聞者老農嘆農廢，詩人亦嘆道荒蕪。
沈思雖非入神妙，如大夫者二三無。
紀相公應煩劇務，自餘時輩總鴻儒。
況復真行草書勢，絕而不繼痛哉乎。文粹應作獨、總作盡

丙 0784 秋夜

床頭展轉夜深更，背壁微燈夢不成。
早雁寒蛩聞一種，唯無童子讀書聲童子小男幼字、近曾天亡。

丙 0785 官舍幽趣

郭中不得避喧嘩，遇境幽閒自足誇。
秋雨濕庭潮落地，暮烟縈屋潤鐮倉本作澗深家。
此時傲吏思莊叟，隨處空王事釋迦。
依病扶持藜舊杖，且啼鐮倉本作忘愁吟咏菊殘花。
食支月俸恩無極，衣苦風寒分有涯。
忘却是身偏用意，優於誼舍在長沙。

丙 0786 秋晚題白菊

涼秋月盡早霜初，白菊殘花雪不如。
老眼愁看何妄想，王弘酒使便留居。

丙 0787 晚望東山遠寺

秋日閒[1] 因反[2] 照看，華堂插著白雲端。
微微寄送鐘風響，略略分張塔露盤。
不得香花親供養，偏將水月苦空觀。
佛無來去無前後，唯願拔除我障難。

丙 0788 風雨

朝朝風氣勁，夜夜雨聲寒。
老僕要綿切，荒村買炭難。
不愁茅屋破，偏惜菊花殘。
自有年豐稔，都無計口餐。

丙 0789 燈滅二絕

脂膏先盡不因風，殊恨光無一夜通。
難得灰心兼晦迹，寒窗起就月明中。

丙 0790 同二

秋天未雪地無螢，燈滅拋書淚暗零。
遷客悲愁陰夜倍，冥冥理[3] 欲訴冥冥。

---

1 平成本作"間"。
2 平成本作"及"。
3 平成本作"裡"。

丙0791 問秋月
度春度夏只今秋，如鏡如環本是鉤。
爲問未曾失終始，被浮雲掩向西流。

丙0792 代月答
莫發桂香半且圓，三千世界一周天。
天回玄鑒雲將霽，唯是西行不左遷。

丙0793 九月盡
今日二年九月盡，此身五十八回秋。
思量何事中庭立，黃菊殘花白髮頭。

丙0794 偶作
病迫衰老到，愁趁謫居來。
此賊逃無處，觀音念一回。

丙0795 謫居春雪
盈城溢郭幾梅花，猶是風光早歲華。
雁足黏將疑繫帛，烏頭點著憶歸家。

日本詩紀卷之二十二　丙集第十

卷之二十三
丙集第十一

上毛河世寧　彙編

丙 11-01 大藏善行以文學著名、官大外記、勘解由次官、兼三河權守、寬平中與藤原時平、奉敕修三代實錄、善行學究經籍、善于教導、生徒甚多、當時知名之士、紀長谷雄、三統理平等、皆出於其門

丙 0796 惜秋玩殘菊、應製、探得栽字見殘菊詩卷
黃星星與白暄暄，野種疏根禁掖栽。
增映應因殘月助，孤奢不被曉霜摧。
多憐晚色寒初綻，難見鮮花歲盡開。
此艷那逢秋後發，雞人莫報漏頻催。

丙 0797 秋日陪左丞相城南水石亭、賜宴祝、應教、二首見水石亭詩卷
草木在秋縮地毛，人逢急景慶孤包。
學成道藝才貧素，瑩拂聲名價富豪。
壽縱七旬寧作短，官才五品尚爲高。
空遺客難偷仙果，可向東方曼倩嘲。

丙 0798 其二
秋氛客意兩蕭條，有限光陰過半消。
騎竹游童如昨日，懸車退老忽今朝。
扶身藜杖隨三徑，戀德台星仰九霄。
縱使數年栖舊谷，每春應聽鳥遷喬。

丙 11-02 惟良高尚官大舍人頭

丙 0799 惜秋玩殘菊、應製、探得晞字見殘菊詩卷
驚看秋景疾如飛，最愛菊花笑晚暉。

莫問孤叢留野外，唯知一種在宮闈。
襲人香氣寧同火，學錦文章不用機。
賜宴尋常猶可醉，況乎恩湛露難晞。

丙 0800 秋日陪左丞相城南水石亭、祝藏外史大夫七旬之秋、應教見水石亭詩卷

水石多年物不侵，宛然外史我前森。
山松磊砢慚先達，麟角奇靈謝揮音。
幕裏賓朋應讓坐，階庭蠅矢莫銷金。
素王數齒期頤在，祝著前途豈用心。

丙 11-03 小野滋蔭官大藏少丞

丙 0801 惜秋玩殘菊、應製、探得籬字以下二首見殘菊詩卷

何處玩殘菊，清商欲晚時。
金花留北闕，玉¹蕊少東籬。
白露凝紅粉，丹霜染素絲。
聖君殊愛惜，酈郡是應移。

丙 11-04 藤原菅根字右生、巨勢麻呂之玄孫、良尚之子、官參議

丙 0802 惜秋玩殘菊、應製、探得燈字

仙叢省禁繞階繩，黃似黃金白似冰。
籬朵秋深非柳圈，砌花夜久映蘭燈。
宮人側目雖摧盡，聖主降憐免犯凌。

---

1 平成本作"王"。

終有兩三霜後色，天長應獻歲寒徵。

丙0803 秋日陪左丞相城南水石亭、祝藏外史大夫七旬之秋、應教見水石亭詩卷
尊師教老人高行，丞相今朝禮大夫。
弟子七人年七十，世間榮耀更應無。

丙11-05 藤原直方_{冬嗣之孫、良相之子、官加賀守}

丙0804 惜秋玩殘菊、應製、探得花字以下二首見殘菊詩卷
晚秋欲盡景將斜，愛玩深宮殘菊花。
欲道銀臺芬馥色，黃金數朵異陶家。

丙11-06 平惟範_{桓武天皇之曾孫、高棟王之子、官中納言兼右大將、寬平中奉敕、撰弘仁以後詩}

丙0805 惜秋玩殘菊、應製、探得叢字
送盡秋風百草空，禁闈孤有菊殘叢。
花香暮與秋光暮，一種蕭條玩惜中。

丙0806 秋日陪左丞相城南水石亭、祝藏外史大夫七旬之秋、應教見水石亭詩卷
莫嘆浮雲富貴遲，可憐東閣有心期。
義兼師父恩偏至，善誘難忘函丈時。

丙11-07 藤原滋實_{真作之曾孫、興世之子、官左近將監}

丙0807 惜秋玩殘菊、應製、探得稀字以下七首并見殘菊詩卷
時臨木落百叢微，可惜黃花變紫希。

憑詫[1] 秋風留莫散，是尤仙殿萬年暉。

丙 11-08 藤原定國 冬嗣之曾孫、高藤之子、官大納言、兼按察使、東宮大夫

丙 0808 惜秋玩殘菊、應製、探得殘字
可惜素秋花菊朵，時來憐見晚光寒。
何因今夜心情切，洞裏仙庭一色殘。

丙 11-09 橘公緒 廣相之子、官播磨守

丙 0809 惜秋玩殘菊、應製、探得群字
九月秋將盡，天臨玩菊芬。
色和庭上燎，香混閣中芸。
酒客攀相伴，詩仙繞作群。
五更猶未睡，共咏舜南薰。

丙 11-10 藤原如道 武智麻呂七世之孫、秀貞之子、官左京亮右少辨

丙 0810 惜秋玩殘菊、應製、探得釵字
紫禁秋天晚，夜來殘菊奢。
軒前凝雪筆，臺上帶霜斜。
裁錦純青葉，點珠半白花。
蕭條垂朵處，似擲舞人釵。

---

1 平成本作"詑"。

丙 11-11 源湛_{嵯峨天皇之孫、清之子、官大納言}

丙 0811 惜秋玩殘菊、應製、探得清字
三秋已盡變冬律，殘菊承霜一兩莖。
香獨先梅飛曉月，色同白雪夕燈清。

丙 11-12 藤原老快_{老一作孝、常嗣之曾孫、或春景之子、官式部少輔}

丙 0812 惜秋玩殘菊、應製、探得心字
三秋已晚千花盡，紫禁孤叢似鬱金。
不異微臣殘悴色，含將濃露表丹心。

丙 11-13 藤原有賴_{魚名六世之孫、山蔭之子、官但馬守}

丙 0813 惜秋玩殘菊、應製、探得香字
禁省玩花秋恨長，是因風氣散芬芳。
孤叢白映流光日，數片紅逢殺色霜。
桂聚可慚獨自盛，梅園正妒發先香。
瓊漿本自殊凡草，只任栽來獻聖王。

丙 11-14 藤原時平_{關白基經之長子、頗好學、受業於大藏善行、官左大臣}

丙 0814 秋日於城南水石亭、祝藏大師七旬、二首_{見水石亭詩卷}
自從苦學聚流螢，稽古年深德尚馨。
應似城南今日會，秋郊仰拜老人星。

丙 0815 其二

鶴齡松操又華巔，保得天年即地仙。

只合明王能養老，當時不許賦歸田_{先是大師賦詩、有歸田趣、故云}

丙 11-15 紀長谷雄_{一名發昭、字寬、麻呂七世之孫、貞範之子、生而穎敏、成童志學、受業大藏善行、貞觀中補文章生、累官爲式部大輔、兼侍從文章博士、侍讀醍醐天皇、延喜中歷參議、至中納言、所著有紀家集三卷}

丙 0816 秋日陪左丞相城南水石亭、祝藏外史大夫七旬之秋、應教_{有序略之、〇見水石亭詩卷}

吾師初滿七旬秋，滿腹昭昭是九流。

司馬晚年修史了，尚平殘暮念家休。

松寒未有霜枝變，鶴老終無雪鬢愁。

丞相顧思惇誨德，一朝恩祝百齡酬。

丙 0817 秋日諸文友會[1]野亭、同賦尋山路隱倫_{以下四首見扶桑集}

一日閑游忘俗機，更尋幽隱到山扉。

交談夜雨依松蓋，虛抱秋風納薜衣。

泉逐古痕床下繞，雲隨垣□棟間歸。

徘徊欲別還爲嘆，不用明時遁自肥。

丙 0818 山無隱

幽人歸德遂難逋，抽却蒿簪別草廬。

虛澗有聲寒溜咽，故山無主晚雲孤。

青郊不顧烟花富，絳闕初生羽翼扶。

---

[1] 平成本此下有"飲"字。

巢許若能逢此日，因何終作潁陽夫。

丙0819 北堂史記竟宴、各詠史、得叔孫通
懷明難照世多艱，直道如諛十主間。
他日遂逃秦虎口，暮年初謁漢龍顏。
光加彩澤洪基貴，道拂風波少海閒。
一代儒宗君第一，于今吾輩仰高山。

丙0820 後漢書竟宴、各詠史、得龐公
襄陽高士獨推君，禄利諠諠豈亂聞。
清慮遠雖生產忘，素虛遺擬子孫分。
逃名始得身巢穴，晦迹終辭世垢紛。
應是幽栖家不定，暮歸唯宿峴山雲。

丙0821 貧女吟 以下十首見本朝文粹
有女有女寡又貧，年齒蹉跎病日新。
紅葉門深人迹斷，四壁虛中多苦辛。
本是富家鍾愛女，幽深窗裏養成身。
綺羅粉妝暗無暇，不謝巫山一片雲。
年初十五顏如玉，父母常言與貴人。
公子王孫競相挑，月前花下通殷勤。
父母被欺媒介言，許嫁長安一少年。
少年無識永無行，父母敬之如神仙。
肥馬輕裘與鷹犬，每日群游俠客筵。
交談扼腕常招飲，一日之費數千錢。
產業漸傾游獵裏，家資徒竭醉歌前。

十餘年來父母亡，弟兄離散去他鄉。
聲夫相厭不相顧，一去無歸別恨長。
日往月來家計盡，飢寒空送幾風霜。
秋風暮雨斷腸晨，憶古懷今淚濕巾。
形似死灰心未灰，含怨難追舊日春。
單居抱影何所在，滿鬢飛蓬滿面紅塵。
落落戶庭人不見，欲披悲緒逐無因。
寄語世間豪貴人，擇夫看意莫見人。
又寄世間女父母，願以此言書諸紳。_{紅字恐衍}

丙 0822 山家秋歌八首_{越調}
一身漂泊厭浮名，試避喧喧毀譽聲。
秋水冷，暮山清，三間茅屋送殘生。

丙 0823 同二
幽栖何事且營營，藥圃荒涼手自耕。
溪水咽，嶺松驚，斷腸媒介是秋聲。

丙 0824 同三
空山幽靜水潺湲，獨臥雲中不限年。
休世夢，斷塵緣，莓苔唯展坐禪筵。

丙 0825 同四
卜居山水息心機，不屑人間駁是非。
扃澗戶，掩松扉，秋寒只納薜蘿衣。

丙 0826 同五
登臨南北又東西，本自幽人不定栖。
秋鶴老，暮猿啼，結交留宿舊青溪。

丙 0827 同六
門前秋水復秋山，盡日蕭蕭眺望閒。
人不到，路難攀，唯看隨例暮雲還。

丙 0828 同七
吾家嶺外有江干，浪響松聲日夜寒。
忘老至，計身安，乘閒空把一漁竿。

丙 0829 同八
寂莫山家秋晚暉，門前紅葉掃人稀。
甘長往，誓不歸，只聽泉聲枕上飛。

丙 0830 九日侍宴、觀賜群臣菊花、應製
一時辭俗入仙家，上藥先嘗嫩菊花。
賜在帝恩含湛露，出從天意混流霞。
分得玉蕊甘於蜜，抱得金精碎似沙。
餌後始期年久視，擬教生路不知涯。

丙 0831 尋山人不遇 見和漢朗詠集
日落澗中松檞靜，風挑琴上葛弦鳴。
家資只見栽花去，產業更知采藥行。

丙0832 草樹暗迎春 以下三首見作文大體
春生無迹漸從東，草樹相迎暗至中。
向暖因緣唯媚景，尋陽媒介是柔風。
庭增氣色晴沙綠，林變容輝宿雪紅。
芳艷不知何處發，誰教計會一時通。

丙0833 與兒孫詩
六旬餘日少，三途苦時多。
不義非吾富，兒孫莫奈何。

丙0834 賦月
皎皎孤懸月，清光萬里過。
映軒添粉壁，臨水起金波。
魏鵲飛無止，吳牛喘幾多。
落耀留不得，惆悵仰纖河。

丙0835 霽色明遠空 以下七首見類題古詩
當頭漸送紅輪遠，極眼初迎翠漢高。
魚愛景沈應出浦，鶴耽天靜不歸皋。
光臨及我難逃影，昭晰加人欲折毫。
虹破暮山殘色斂，雁過霜路旅行勞。

丙0836 秋思入寒松
每望眾芳隨日謝，更知孤節送年完。
淒淒暗引繁心惱，瑟瑟還教亂緒攢。
密葉拂時先動骨，疊枝驚處欲忘餐。

聲添苦韵緣情和，響混清商任指彈。
偕友老朋烟色聳，斷腸媒介曉風搏。
懷虛古契霜中過，夢罷餘音枕上殘。
近對顧疑傾蓋語，閑居誰厭卷[1]簾看。
應催怨粉金閨泣，定感征衣沙塞單。

丙0837 閑居樂秋水
風冷可憐虛有性，潦收還愛靜無心。
他時垢慮程千里，晚日寒聲直萬金。

丙0838 花伴玉樓人
真偽未知投分裏，淺深唯混定交間。
春風總領都難別，暮江相尋半不關。

丙0839 殘雪伴寒梅
紅蕊乍悛鶯失宿，素毛相似鶴同胎。
淹期曉月皆難辨，顧問春風半不裁。

丙0840 天淨識賓雁
銀漢浪晴橋不斷，紫微雲破陣初橫。
尋聲得識多賓客，逐影相看幾弟兄。

丙0841 山寒水石清
空通古眼秋潭底，更鑒年顏曉溜干。
禪客欲洗心裏月，道家應洗手中丹。

---

[1] 平成本作"捲"。

丙0842 仙家春雨 以下見和漢朗詠集
養得自爲花父母，洗來寧辨藥君臣。

丙0843 夜陰歸房
空夜窗閑螢度後，深更軒白月明初。

丙0844 聽初蟬
歲去歲來聽不變，莫言秋後遂爲空。

丙0845 立秋後作
炎景剩殘衣尚重，晚凉潜到簟先知。

丙0846 觀鎮西府獻白鹿詩
暗遣食苹身色變，更值加草德風來。

丙0847 寒露凝霜
晨積瓦溝鴛變色，夜零華表鶴吞聲。

丙0848 秋山閑望
人烟一穗秋村僻，猿叫三聲曉峽深。

丙0849 卜山居
花間覓友鶯交語，洞裏移家鶴卜鄰。

丙0850 王昭君
身化早爲胡朽骨，家留空作漢荒門。

丙0851 菊散一叢金見江談抄
廉士路中疑不拾，道家烟裏誤應燒。

丙0852 春雨洗花顏以下見新撰朗詠集
柳眼剪波春黛緑，桃顏流汗宿妝紅。

丙0853 鐘聲應夜霜
寒鳴自應三危結，暗落先知五夜清。

丙0854 春水冰解
長河暗泮狐聞急，古渡偷穿馬蹈危。

丙0855 殘菊
那堪漸漸鐘聲暮，挑盡寒燈夜半花。

丙0856 商山四皓
曉洞貫窗斜月影，寒岩洗枕落泉音。

丙0857 鑑山水
只照形容難照思，含情空問影中人。

丙0858 失題
門出水肤春浪嚙，路從溪口暮雲穿。

丙0859 花間訪春色見類題古詩
杏園曉望紅霞色，梅棧春和白雪妝。

丙 11-16 三善清行 字耀、氏吉之子、博涉經史、強記洽聞、爲一時之宗、仕字多醍醐朝、官至參議、兼宮內卿、集有一卷

丙 0860 陶彭澤 以下三首見扶桑集
　　心是盤桓身隱倫，自忘名字醉鄉人。
　　歸來舟過三江月，出入門穿五柳春。
　　園菊開時農產業，林禽狎處得交親。
　　野亭客到醅初熟，莫怪匆匆脫葛巾。

　　丙 0861 □□□章無繼者□□晚□□□歸洛解纜之次、□□適寄一章、回棹停舟、立次來韵
　　馬鬣孤墳在古原，村翁傳道昔埋尊。
　　經霜荒徑飛蓬轉，欲暮悲風落葉翻。
　　秋棘刺繁人絕迹，寒松枝老樹生孫。
　　今朝寂寞空歸去，更哭趨庭誨不存。

　　丙 0862 仲春釋奠、聽講論語、賦有如明珠
　　聖教融通義入幽，更將光耀比隨侯。
　　瑩來不是鯨精變，學得還如象罔求。
　　誰覓漢濱尋潤岸，唯□璧水記圓流。
　　手中愛玩心中映，豈類神驚晒暗投。

　　丙 0863 秋日陪左丞相城南水石亭、祝藏外史大夫七旬之秋、應教 見水石亭詩卷
　　鳴桐半爐遇知音，七十還悲雪鬢侵。
　　計老自栽松百尺，校高平對嶺千尋。

紫芝未變南山想，丹露猶凝北闕心。
暮齒豈忘疏傳志，應麼相府篤恩深。

丙0864 霽色明遠空以下二首見類題古詩
碧落淒清陰靄盡，金商蕭爽曉天高。
窗中指點鴻賓塞，雲外占看鶴返皋。
排霧樹遙纖似薺，繞郊河遠少於毫。
如潭豈有波濤起，道鏡終無拂拭勞。

丙0865 殘雪伴寒松
館娃袖上攀餘霰，學士帷中聚落英。
六出無香聞處怪，千條混色見時驚。

丙0866 菊散一叢金以下見和漢朗詠集
酈縣村間皆潤屋，陶家兒子不垂堂。

丙0867 屋舍壞一作三善善宗作
向晚簾頭生白露，終宵床底見青天。

丙0868 內宴、賦何處春先到見江談抄
柳眼新結絲額出，梅房欲折[1]玉瑕成。

丙0869 納涼以下見新撰朗詠集
君畜風情炎處冷，我垂霜鬢夏中秋。

丙0870 醉後對躑躅
紅躑躅花飛失艷，白鬢鬐客見多愁。

---

1 平成本作"析"。

丙 0871 元日賜宴
不醉争辭温樹下，建春門外雪埋春。

丙 0872 觀雲知隱
聚散隨身非出岫，低昂逐步豈由風。

丙 0873 猿叫峽
峽裏猿鳴悲又清，况聞薄暮第三聲。

丙 0874 釣漁翁
舉帆往返秋風送，轉棹東西夜月隨。

丙 0875 王昭君—作源英明詩
身埋胡塞千重雪，眼盡巴山一點雲。

丙 11-17 藤原興範 藏下麻呂之玄孫、正世之子、官參議、兼近江守

丙 0876 秋日陪左丞相城南水石亭、祝藏外史大夫七旬之秋、應教以下三首并見水石亭詩卷
相公何事會披雲，爲是吾師七十瞻。
水石亭邊相賀處，文章博士不如君。

丙 11-18 高階茂範 岑緒之子、官治部大輔

丙 0877 秋日陪左丞相城南水石亭、祝藏外史大夫七旬之秋、應教
大夫暮齒七旬在，招得池亭隔世喧。

新對水泉誇悦目，更看松竹語形言。
鶴飛雲舞誰堪伴，龜曳泥行未足論。
何用君爲朝舊左，戴來丞相祝年恩。

丙 11-19 大藏是明 善行之子、官大和少掾

丙 0878 秋日陪左丞相城南水石亭、祝家父外史七旬之秋、應教

賀來家父七旬秋，幸侍城南水石幽。
祝著院中松與竹，貞心遥奉我君游。

日本詩紀卷之二十三　丙集第十一

日本漢詩整理與研究彙編

第二輯 ②

主 編 张 璇 李均洋

學苑出版社

卷之二十四
丙集第十二

上毛河世寧　彙編

丙 12-01 三統理平官大内記、兼周防權守、受業大藏善行、以文學著、菅原文時愛其詩、手自書寫其家集、大江匡房亦稱古之能詩者、其爲後輩所欽慕如此

丙 0879 秋日陪左丞相城南水石亭、祝藏外史大夫七十之秋、應教二首見水石亭詩卷

相國城南水石亭，七人群祝七旬齡。
何因幸得馴鳩杖，昔日緣於受一經。

丙 0880 其二
相逢尚齒約窮秋，勸引紅螺酒似流。
一院群居人七七，疑從天上斗星投。

丙 0881 霽色明遠空以下五首見類題古詩
察察卑聽呼早達，蒼蒼正色仰彌高。
搖虛影接鴻飛處，碧落音通鶴唳皋。
幾許群臣呈露膽，都盧萬物照秋毫。
應攜鳳掖斜陽近，不用龍沙遠眺勞。

丙 0882 草木凝秋色
岸□風高銷積翠，洲萍露渥欠凝丹。
曛嵐洞裏疏花媚，晚漏籬根落葉攢。

丙 0883 殘雪伴寒梅
人臨更怪猶寒蕊，鳥踏還驚未暖枝。
影混紅跗開次第，光凝白片綴參差。

丙0884 寒雁識秋天
齒列子孫千里旅，看隨兄弟九秋方。
陣迷早霧魚麗斷，書過高颸鳥篆狂。

丙0885 天清識賓雁
青靄盡時辭北土，絳蜺殘處客南中。
聲懸碧落驚天斗，影點銀河亂暮虹。

丙0886 禁中玩月見和漢朗詠集
天山不辨何年雪，合浦應迷舊日珠。

丙12-02 小野美材篁之孫、俊生之子、有文才工書、爲當時所推、官掃部頭

丙0887 秋日陪左丞相城南水石亭、祝藏外史大夫七旬之秋、應教二首見水石亭詩卷
丞相南亭水石鮮，況當秋景惜暮年。
顏華不改星霜改，世上多疑地上仙。

丙0888 其二
大夫欲繼二疏踪，珍重頹齡有壯容。
座客皆爲門弟子，祝君長比歲寒松。

丙0889 哭人見和漢朗詠集
促齡良木其摧嘆，遺愛甘棠勿剪謠。

丙0890 詩江談稱、美材嘗奉敕、書白居易詩於屏風、自題其後云
太原居易古詩聖，小野美材今草神。

丙0891 賦秋思見新撰朗詠集[1]
凉風寫得岩松韵，暮雨偷將瀧水聲。

丙12-03 藤原春海真夏之孫、吉備雄之子、官大學頭

丙0892 秋日陪左丞相城南水石亭、祝藏外史大夫七旬之秋、應教二首以下五首并見水石亭詩卷
遵師崇禮詎登攀，台耀尋來泗水間。
柱下翻杯何祝著，手留白日與紅顏。

丙0893 其二
人生百歲七十稀，藏史無怨久遠期。
從此計生多幾日，揚塵海底柏孫枝。

丙12-04 橘澄清常主之曾孫、良基之子、官中納言

丙0894 秋日陪左丞相城南水石亭、祝藏外史大夫七旬之秋、應教
丞相恩深洗水泉，賀君暮齒七旬天。
官爲柱史應相祝，願遣籛鏗讓遠年。

丙12-05 平有相官刑部少輔

丙0895 秋日陪左丞相城南水石亭、祝藏外史大夫七旬之秋、應教
水石秋深景象幽，華筵命飲許淹留。

---

1 底本未寫明出處。

龜齡祝著藏家算，萬歲同供相國游。

丙 12-06 物部安興 官能登權介

丙 0896 秋日陪左丞相城南水石亭、祝藏外史大夫七十之秋、應教
爲祝衰年到七旬，城南水石洗無塵。
幽深得地初開閣，醉卧經霜擬吐茵。
青磴古來苔蘚老，白頭秋去浪花新。
大夫幸忝師資舊，誰道恩波倍一身。

丙 0897 塞雁識秋天 見類題古詩
客路風驅千萬里，弟兄雲斷兩三行。
湖中聚處荻初白，洞裏聞時菊正黃。

丙 0898 首夏作 見和漢朗詠集
苔生石面輕衣短，荷出池心小蓋疏。

丙 0899 巡檢山野 見新撰朗詠集
烟生村巷遥知柳，雪積墻陰暗辨梅。

丙 12-07 大江千古 音人之子、官伊豫權介

丙 0900 秋日陪左丞相城南水石亭、祝藏外史大夫七旬之秋、應教二首 見水石亭詩卷
幽閑水榭集文哉，尚齒先尊直筆才。
丞相優賢無舛意，七旬餘祝七旬杯。

丙0901 其二
池亭寫照德星纏，上閣恩情豈不傳。
傾蓋孤松陰尚茂，三更月映五更賢。

丙0902 塞雁識秋天見類題古詩
翅拂金風音和樂，心驚弦月陣重行。
無毫成字三江底，有信傳書萬里疆。

丙12-08 紀淑光長谷雄之子、官參議宮內卿

丙0903 秋日陪左丞相城南水石亭、祝藏外史大夫七旬之秋、應教見水石亭詩卷
暮齒無回恩有殊，泉聲清裏惜桑榆。
寄言池畔冬青樹，宜使貞心讓大夫。

丙0904 停杯看柳色見類題古詩
每憐裊娜青腰媚，豈恨酕醄頳面遲。
巡久柔條經雨後，飲慵細葉吐烟時。

丙12-09 笙笠夏蔭學生

丙0905 秋日陪左丞相城南水石亭、祝藏外史大夫七旬之秋、應教見水石亭詩卷
祝著殷勤意奈何，大夫暮齒在懸車。
可教綺季千般恥，何遣喬松一向奢。
既往年流猶急水，將來算數是恒沙。
陪丞相府祈難飽，酷恨烏輸漸擬斜。

丙 12-10 都在中_{良香之子、有文才、官越前掾}

丙 0906 搗衣持贈鄰_{見新撰朗詠集}
搗自金颷秋暮冷，催於素月夜來晴。
色争霜葉辭林色，聲混雲鴻出塞聲。

丙 0907 春日閑居_{以下見和漢朗詠集}
山腰歸雁斜牽帶，水面斷虹未展巾。

丙 0908 夏雲多奇峰
暫借崎嶇非戴石，空偷峻險豈生松。

丙 0909 題遥嶺暮烟
夜鶴眠驚松月苦，曉鼯霏落峡烟寒。

丙 0910 送裴大使歸_{以下見江談抄、云、在中在越前、與渤海使裴璆交游、臨別贈詩云云}
與君後會應難定，從此遥望北海風。

丙 0911 立秋作
夜深月桂孤輪影，秋淺風槐一葉聲。

丙 0912 失題
白雲似帶圍山腰，青苔如衣負岩背。_{背一作肩}

丙 12-11 菅原淳茂 道真之第四子、昌泰中舉秀才、延喜八年對策及第、官至右中辨

丙 0913 對策及第後、伊州藏刺史以新詩見賀、不勝恩賞、兼述鄙懷、次韵 以下三首見扶桑集

窮途泣血幾兼秋，今日歡娛説盡不。
仙桂一枝攀月裏，儒風四葉厭[1]人頭。
我心似脱重狴苦，君賞勝封萬户侯。
魂若有靈應結草，遺孤繼絶豈無由。予[2]蒙先君遺誡、中不廢家業、今自入都至揚庭、皆右相府之一、故叙報恩之意、以答本詩卒章

丙 0914 初逢渤海裴大使、有感吟

思古感今友道親，鴻臚館裏□餘塵。
裴文籍後聞君久，菅禮部孤見我新。
年齒再推同甲子，風情三賞舊佳辰。往年賢父裴公以文籍少監、奉使入朝、予先君時爲禮部侍郎、迎接殷勤、非唯先父之會友、兼有同年之好、記裴公重朝、自説我家有千里駒、蓋謂君焉、今予與使公春秋偶合、賓館相逢、又三般禮同在仲夏、故云

兩家交態人皆賀，自愧才名甚不倫。

丙 0915 北堂漢書竟宴、咏史、得高祖

高皇本是布衣人，大度終爲黼袞身。
聖體被知求飲客，龍顏應受入夢神。
竹冠時著飛天日，雲蓋暗隨避地辰。

---

1 平成本作"壓"。
2 平成本此下有"昔"字。

初自斬蛇符巳顯，漫言逐鹿説寧真。
識呈氏族金刀舊，盟指河山鐵契新。
八難從流謀楚國，三章解網撫秦民。
關中約背功雖廢，垓下圍成業遂陳。
十二□窮人尚憶，末孫九代繼餘塵。

丙0916 月影滿秋池見和漢朗詠集
碧浪金波三五初，秋風會計似空虛。
自疑荷葉凝霜早，人道蘆花過雨餘。
岸白還迷松上鶴，潭融可算藻中魚。
瑶池便是尋常號，此夜清明玉不如。

丙0917 内宴有敕、初賜芳緋以下見江談抄
長沙鵰翅山行急，大沛龍鱗怒不深。

丙0918 菊潭水自香
寒瀨帶風薰更遠，夕陽燒浪氣還長。

丙0919 失題
悲盡河陽離父昔，樂餘仁壽侍臣今。

丙0920 玩庭前紅梅見新撰朗詠集
洞深疑是仙方雪，水近應薰海岸香。

丙 12-12 藤原諸蔭 巨勢麻呂之玄孫、恒良之子、或云、岑人之子、官式部少輔

丙0921 奉同羽林藤校尉侍中□[1]山居之什 見扶桑集
幽居卜築白雲間，爽籟清凉景象閑。
數曲管弦侵砌水，一張屏障逼窗山。
依行栽樹庭蕪暗，隨步穿苔石徑斑。
勝境更嫌游覽遍，恐貪寂静不能還。

丙0922 晴添草樹光 見類題古詩
欲吐蘭叢方隱映，半開梅樹且清新。
遙看似薺唯生彩，却望如袍不受塵。

丙 12-13 藤原博文 關雄之孫、貞幹之子、官文章博士

丙0923 山無隱詩 每句用逸人名、〇見扶桑集
滿山潛隱感風聲，脱却荷衣咸結纓。
先擲草庵閑景域，共排蘭殿曉光城。
周墻壁立猿空叫，連洞門深鳥不驚。
□□□□苔徑没，登臨記得藥苗生。
暗驅秋桂馳弘化，且織春蘿染泰平。
濤□[2]飛流琴韵古，長松無主蓋陰傾。
何能狼藉貪幽獨，此是相隨謁聖明。
遂罷栖遲禽獸處，應趨鳳闕争先鳴。

---

1 平成本作"稽于"。
2 平成本作"驚"。

丙 0924 晴添草樹光以下五首并見類題古詩
分張和暖雲披處，點著韶陽雨霽晨。
花樹驕□隨父子，藥叢正色任君臣。

丙 0925 停杯看柳色
將疏綠蟻親青眼，不厚紅螺薄翠眉。
席上流霞風憚力，階前凝黛露添脂。

丙 12-14 藤原有聲三守之玄孫、恒尚之子、官民部大輔右馬助

丙 0926 晴添草樹光
蘭依媚景添青彩，柳待和風散鞠塵。
河畔容輝藍染出，林中紅紫日平均。

丙 12-15 三善文江延喜中、歷官文章博士、左中辨

丙 0927 花間訪春色
桃艷不言心更懶，梅唇先笑感偏頻。
遷喬鳥作林頭□，趁色人猶樹下賢。

丙 0928 停杯看柳色
忽愛黃梢經雨後，暫忘綠醑熟春期。
瞻來不識當巡久，望裏空過欲飲時。

丙 12-16 高丘五常仁和中、敘外從五位下、官大外記筑後紀伊等介

丙 0929 三日山居、同賦青溪即是家見扶桑集
野夫高意趣，雲臥幾回春。

獨飲南山水，寧蹈北闕塵。
青溪唯作宅，翠洞□爲鄰。
漢曲猶稱老，唐朝不要賓。
俗人尋訪隔，禽鳥狎來親。
自業何爲□，嚴陵瀨上綸。

丙 0930 載酒訪幽人_{以下二首見類題古詩}
黃蕊初開唯滿把，白衣乍到更浮觴。
有時待得攜難去，無算傾來醉欲狂。

丙 0931 天淨識賓鴻
數行成陣添嚴伏，群輩差肩亞侍臣。
候節遙過溟海曲，隨陽自屬帝王津。

丙 0932 對酒言志_{以下見新撰朗詠集}
瓦檐時誤鴛鴦浴，華榭還驚女妓啼。

丙 0933 荷上露
看取風流何所似，瑠璃盤底水精丸。

丙 0934 拜官後書懷
愚陋不論官好惡，唯歡名字入除書。

丙 12-17 藤原季方_{菅根之子、官右馬頭}

丙 0935 三月盡_{見新撰朗詠集}
林間縱有殘花在，留到明朝不是春。

丙 12-18 宗岡秋津_{江談云、延喜十七年十一月四日、秋津及第}

    丙 0936 及第見江談抄

    今宵奉詔歡無極，建禮門前舞踏人。

丙 12-19 橘公廉_{廣相之子、公緒之兄、官大內記}

    丙 0937 龍圖授義詩_{以下并見本朝文粹}

    至哉先聖道，斟酌方淵基。

丙 12-20 源當方_{文德皇孫、能有之子、官信濃守}

    丙 0938 山水有清音

    四時懷不變，五夜感相侵。

    灑灑何時息，蕭蕭幾處沈。

丙 12-21 直幹王_{是貞親王之子、官丹波守}

    丙 0939 海水不揚波

    浪收漁釣[1]逸，雲霽蜃樓傾。

丙 12-22 多治敏範_{以下世系俱未詳}

    丙 0940 龍圖授羲詩

    三皇誰在昔，穆穆宓羲德。

---

1 平成本作"鈎"。

垂衣施化遠，刻木出震直。

丙 12-23 藤原正時

丙 0941 日月光華
夜魄清無損，朝曦静不群。
扶桑晨上旭，芳桂霽飛薰。

丙 12-24 藤原長穎

丙 0942 海水不揚波
滄海無波白，初知遇太平。
金宮奔浪静，玉闕亂濤晴。

丙 12-25 文室尚相

丙 0943 海水不揚波
棹歌音自亮[1]，舟宿夢長成。
霽雪好無彩，臘雷寧有聲。
浪華春豈發，潭月夜尤清。

丙 12-26 大和宗雄

丙 0944 涇渭殊流
二流涇渭最靈奇，合注交通不是隨。
共度二宮咸浩蕩，同經三百色參差。

---

1 平成本作"毫"。

丙 12-27 島田唯上

丙 0945 涇渭殊流
涇渭分流不雜移，濁清誠知自然爲。
洋洋已出朝那縣，浩浩能流鳥鼠垂。

丙 12-28 藤原忠村

丙 0946 海水不揚波
欲知賢聖代，無浪海中平。

丙 12-29 吉野茂樹

丙 0947 海水不揚波
唯望榮光色，誰聞怒濤聲。

丙 12-30 藤原蔭基

丙 0948 海水不揚波
卷錦波終滅，翻花浪不輕。

日本詩紀卷之二十四　丙集第十二

卷之二十五
丙集第十三

上毛河世寧　彙編

丙 13-01 大江朝綱音人之孫、玉淵之子、繼父祖業、談博宏瞻、詞藻典麗、夙舉文章生、對策登科、仕圓融村上朝、官歷左右中大辨、至參議、世稱後江相公、有集二卷

丙 0949 黃門署尚書竟宴、各咏句、得野無遺賢以下二十二首見扶桑集

遍問千岩萬壑程，幽人咸出誰逃名。
初趨[1]槐路隨鵷列，更顧松門愧鶴情。
蘿帳遠拋殘月色，雲扉遙別暮□聲。
莫教秋桂偏嘲我，不屑移文□□成。

丙 0950 訪鄭處士山居

慕高趁到碧峰頭，便謁清顏述事由。
心地早銷方寸火，鬢霜鎮帶數莖秋。
馬迷紅葉□難去，人礙青蘿醉更留。
身隱深山名不隱，相尋所以暫同游。

丙 0951 山中自述

碧峰遁迹臥松楹，謝遣喧喧世上榮。
龍尾舊行應斷夢，鶴頭新召不驚情。
商山月落湫鬚白，穎水波揚左耳清。
唯有池魚呼後至，各隨次第自知名。

丙 0952 山中感懷

傍無朋友室無妻，不奈生涯與世睽。

---

1 平成本作"赴"。

曉峽蘿深猿一叫，暮林花落鳥先啼。
五湖賣藥隨雲去，三徑橫琴待月攜。
枕上心閑歸夢斷，如何白首老青溪。

丙0953 酬裴大使再賦程字遠被視之什
別後含毫意不平，滿篇總是憶皇城。
回頭遠拜堯雲影，戴眼遙瞻聖日明。
詞苑花鮮抽旅思，詩流浪潔□深情。
戀君欲趁夢中路，請問悠悠海驛程。

丙0954 奉和裴使主到松原後、讀予鴻臚南門臨別口號、追見答和之什、次韻
一從分手指遼陽，妒使來賓斷雁行。
得意何愁雲水隔，江湖深契在相忘。

丙0955 奉酬裴大使、重依本韻、和臨別口號之作
曉鼓聲中出洛腸，還悲鵬鶂遠分行。
思傾別酒俱和淚，未死應無一日忘。

丙0956 書懷呈渤海裴大使 延喜八年、渤海使裴璆來聘、後十三年、延喜二十年再來
烟浪雲山路幾重，十三年裏再相逢。
虛聲我類羊公鶴，遠操君同馬岌龍。
雖喜交情堅似石，更憐使節古於松。
兩回入覲裴家事，饒趁芳塵步舊踪。

丙0957 和裴大使見酬之什、次韵
想彼烟霞閉數重，停杯還喜與君逢。
夢中艷藻雖吞鳥，筆下雕雲不讓龍。
底徹交斟秋岸水，蓋傾心指暮山松。
江家昔有忘年契，莫怪鴻臚暫比踪。

丙0958 重依踪字、和裴大使見酬之什
黑淏淼淼樹重重，鰲抃應誇促膝逢。
華表聲高先聽鶴，葛陂鱗化再看龍。
遠排波母青山露，近對東王紫□[1]松。
使範頻傳詩獨步，飛觴還祝後來踪。

丙0959 裴大使重押踪字、見賜瓊章、不任諷咏、敢以酬答
忽望仙樓十二重，馬頭連袂又遭逢今日使主并馬詣闕、故云。
占雲難伴荀鳴鶴，摛藻多慚范彥龍。
詞露瑩珠先點草，筆鋒淬劍本藏松。
憐君累代遙輸信，竹帛應垂不朽踪。

丙0960 冬日於文章院懷舊招飲
翰林懷古遇樽盈，銀艾紛紛珮響清。
緩引索郎心自動，閑攜歡[2]伯感先成。
鶴歸舊里歌三曲，馬至新豐嘶一聲。
想得今宵杯裏趣，依然難耐□□□。

---

1 平成本作"麓"。
2 平成本作"勸"。

丙0961 仲春釋奠聽講周易、同賦學校如林
成林何必木叢生，聖世先教教化明。
枝葉豈因風雨密，本根猶自典墳萌。
曉花半綻唯詩草，春鳥高歌是頌聲。
更有儒門餘孽在，還慚暫忝茂才名。

丙0962 春日侍前鎮西都督大王、讀史記、應教
天孫思道幾疇咨，累葉儒林任在誰。
欲問三千年鑒戒，迎來五百歲賢師。
珠明成寶鑽堅處，青出於藍染學時。
幸遇馳心尋馬史，執鞭還喜決狐疑。

丙0963 漢書竟宴、咏史得楊雄
遠指清風滿綠編，尋來遺迹感何專。
巫山舊宅孤雲細，蜀郡新門一子傳。
賓客交游耽旨酒，文章滋味□甘泉。
階墀執戟秋霜重，天祿披書曉漏懸。
生白室虛唯席月，草玄庭靜漫鋪烟。
怜君三代官無泛，不用才名聒八埏。

丙0964 澄明重光一度及第、不勝欣喜、書詩相賀
幸遇明時恩不訾，并名拔萃兩家兒。
人言窗雪將三葉，桂許門風各一枝。
忽見撫駒嘶破櫪，更怜養笋透疏籬。

老牛蹄[1]□漏無用，舐犢歡餘淚似縻。

丙0965 賀菅秀才獻策登科、不堪欣感、贈以長句
待詔初趨金馬門，道開還喜古風存。
孫謀誰見三年面，祖業應驚四代魂。
紅桂枝高分種久，青錢價躍買聲喧。
求賢重訪先賢後，繼絕寧非聖主恩。

丙0966 余近賀菅秀才登科、不勝助喜、敢綴老爛、酬和之詞、韵高調奇、情感難抑、重以吟贈
東西雖異本同門 予祖父相公、天長年中、受業於君高祖京兆尹、承和之初、東西別曹、各自名家，累代通家道尚存。
八斗才多稱器量，九升情動惱夢魂。
窗螢役了辭應退，梁燕惟新賀自喧。
我已晚齡君始壯，忘年共契報朝恩。

丙0967 暮春賀藤秀才寮試及第、花下命酌
口畔懸河涉漢深，春衫拭盞就花陰。
外人傾耳猶添愛，況是堂中父母心。

丙0968 贈筆呈裴大使
我家舊物任英風，分贈兼歡意欲通。
縱不研精多置牘，猶勝伸指漫書空。
毫含婁誕松烟綠，管染湘妃竹露紅。
若訝本從何處得，江淹枕上曉夢中。

---

1 平成本作"啼"。

丙0969 渤海裴大使到越州後、見寄長句、欣感之至、押以本韵
王道如今喜一平，教君再入鳳凰城。
朝天歸路秋雲遠，望闕高詞夜月明。
江郡浪晴沈藻思，會稽山好稱風情。
恩波化作滄溟水，莫怕孤帆萬里程。

丙0970 奉寄諸文友之□□
自□□□□□，□□□□濕葛巾。
惜使□□□□□，□□□露易晞身。
螢留□□□□字，燕遠烟巢戀主人。
他日哭君應淚盡，況當秋月照心辰。

丙0971 王昭君 以下二首見和漢朗詠集
翠黛紅顏錦繡妝，泣尋沙塞出家鄉。
邊風吹斷秋心緒，隴水流添夜淚行。
胡角一聲霜後夢，漢宮萬里月前腸。
昭君若贈黃金賂，定是終身奉帝王。

丙0972 山居秋晚
雖愁夕霧埋人枕，猶愛朝雲出馬鞍。
含雨嶺松天更霽，燒秋林葉火還寒。

丙0973 晴添草樹光 以下十一首見類題古詩
光繞林園增氣色，更過藥圃飾君臣。
蘭牙漸染初年紫，柳眼還消舊日烟。

丙0974 花間訪春色
入枝認處頻逢蝶，攀萼尋時又伴鶯。
梅喜素心隨見發，柳怜青眼待人驚。

丙0975 木葉有秋聲
疑殺霽留岩戶雨，憐來嵐落洞庭瀾。
聲教遠客回腸斷，響入高窗怨夢殘。

丙0976 草木凝秋色
露草月侵蛩怨苦，烟枝嵐引鳥栖難[1]。
荻花漫亂三秋雪，桂葉偷燒九葉丹。

丙0977 花氣染春風
斜扇栴檀燒曉浪，高吹百和染春風。
漫巡繡戶殊添艷，更拂珠[2]簾幾播芬。

丙0978 花錦不須機
風笑淮南宮樣古，露思塞北雁行新。
枝繁更動鳴梭響，葩亂猶飛弄杼塵。
雙鳳晴天將慰翅，交龍雨後欲霑鱗。
寧忘榮辱長迷主，恐眩喬華暫忘真。
爛漫樹岐鶯似富，展張林上蝶非貧。
濯成豈向蜀江浪，買得誰尋商客津。

---

1 平成本作"艱"。
2 平成本作"殊"。

丙 0979 春色伴花來
潛契風和尋色到，兼期日暖趁香來。
門前合眼先逢柳，嶺上同心未若梅。

丙 0980 停杯看柳色
合眼殆忘呼四字，對眉誰覺唱三遲。
醉應來樂回眸處，怨欲除憂入破時有柳花怨曲、故云。

丙 0981 寒雁識秋天
高列紫薇[1]初結陣，斜橫銀漢忽成行。
覺來古洞幽人夢，斷盡寒閨思婦腸。

丙 0982 香不知花蕊
欲問桃蹊嬌不答，更求梅梭混難尋。
若非百和籠中出，定是栴檀浪底沈。

丙 0983 叢香近菊籬
如入牛頭秋霧岫，似尋雀卵[2]曉爐傍。
勻襟洛媛出波色，染夢吳娃專夜妝。

丙 0984 春日山居以下九首、延長中題御屏風詩、從小野道風真迹中得之
古洞春來對碧灣，茶烟日暮與雲閒。
山成向背斜陽裏，水似回流迅瀨間。
草色雪晴初布護[3]，鳥聲露暖漸綿蠻。

---

1 平成本作"微"。
2 平成本作"卵"。
3 平成本作"設"。

誰知圯上獨游客，疑□留侯授履還。_{疑下恐脫是字}

丙0985 樓上追涼
煩熱蒸人不異炊，登樓快被遠風吹。
凛然還有衣裘想，安用袁宏一扇爲。

丙0986 林塘避暑
入林斗藪滿襟埃，看取香蓮照水開。
池上交朋唯對鶴，樹間鋪設不如苔。
境閑客熱辭身去，葉密松風拂面來。
何必古時河朔飲，殘杯更被晚蟬催。

丙0987 七夕代牛女
獨坐青樓漏漸深，支頤想像曉來心。
風從昨夜聲彌怨，露及明朝淚不禁。

丙0988 問春
山吐雲晴樹競妝，高低無處不添光。
再三請問得知否，何故猶殘鬢上霜。

丙0989 尋春花
見說林花處處開，晨興并馬共□□。
青絲縿出陶門柳，白玉裝成庾嶺梅。
香逬宜張雙袖受，葩勻偷折一枝回。
翻嫌春鳥欺游客，空勸提壺不勸杯。_{共下恐脫徘徊二字}

丙0990 惜殘春
艷陽盡處幾相思，招客迎僧欲展眉。
春入林歸猶晦迹，老尋人到詎成期。
落花狼藉風狂後，啼鳥龍鍾雨打時。
樹欲枝空鶯也老，此情須附一篇詩。

丙0991 書齋獨居
山齋蓄韵對澄江，應是洪鐘獨待撞。
但有閑雲歸澗戶，更無俗客到松窗。
崔濾入室書千卷，范岫辭官筆一雙。
欲仕烟霞□欺我，莫言懷寶也□□。恐脫迷邦二字

丙0992 送僧歸山
一自方袍振錫行，別師還愧六塵情。
雖觀秋月波中影，未遁春花夢裏名。
谷靜才聞山鳥語，棧危斜踏峽猿聲。
夜深莫嘆迷歸路，定有霜鐘度嶺□。

丙0993 題洞庭湖 以下見和漢朗詠集
沙頭刻印鷗游處，水底模書雁度時。

丙0994 名花在閑軒
此花非是人間種，瓊樹枝頭第二花。

丙0995 老命婦詩
欲充今日新饑饗，泣賣先朝舊賜箏。

丙0996 紅梅花下、應太上天皇製以下見江談抄
近臨十二因緣水，多勝三千世界花。

丙0997 賦置酒如淮
欲識滔滔流出處，南陽平氏是清源。

丙0998 花開年暮以下見新撰朗詠集
急於流水無回浪，去似奔車幾轉輪。

丙0999 述懷
自慚楊震齡空暮，妻笑張儀舌尚存。

丙1000 豐樂宮舞姬
若非宋玉家邊女，疑是襄王夢裏人。

丙1001 白河院作[1]
土宜酒熟酌秋竹，松壖嵐寒聞夜琴。

丙13-02 源英明齊世親王之子、菅丞相之外孫、夙好文章、所著有源氏小草五卷、官至左中將

丙1002 近曾與橘才子相遇山寺、清談間發、或言詩章、或論釋教、兩道兼通、一不可及、予不堪欣感、同載歸家、嘉天爵之有餘、嘆人位之未備、聊題長句、叙其所由以下十首見扶桑集

□行才名獨有君，清談一接我非群。
陶元亮出能詩句，無垢稱生長法文。

---

1 本詩并見卷36丁0060藤原家經作《暮秋白河院即事》，根據高島要研究可知作者爲藤原家經。

貞節寒含松立雪，高情孤聳鶴栖雲。
青衿未改攜黃卷，大器晚成是舊聞。

丙1003 橘才子見酬拙詩、以本韵答謝
恨我多年未遇君，山頭一旦適成群。
知音如舊初傾蓋，會友無朝只以文。
膠漆交情斟談[1]水，瓊瑤麗句過青雲。
相攜欲結林泉計，塵網喧嘩不足聞。

丙1004 橘才子重見寄、初二篇嘆余之沈滯、後一章褒余之詩章、褒嘆之間、五綴本韵
日尋筆硯甚慚君，珠玉頻連瓦礫群。
兵略素無猶拙武，儒書曾學適飛文。
應驚謝氏生安石，自識楊家有子雲。
比校才名程百里，褒詞還恐外人聞。

丙1005 橘才子以予爲失時、贈答之中、屢有此句、余乃不然、故述來由、復次本韵
抽身也昔侍堯君，便是當初鷺鶴群。
晨入紫微傳鳳詔，曉趨青鎖戴星文。
竹悲湘浦空留淚，龍怨鼎湖遂隔雲。
時去時來非不識，吾教知己一言聞。

丙1006 重次群字
賦玄吟興不如君，賈馬後身元白群。

---

1 平成本作"淡"。

過自毛公三百首，貴於老氏五千文。
空門何必師羅漢，證地終知至法雲。
少有書生通法教，疑逢十六會中聞。

丙1007 重賦文字
園葵有信向東君，鮑叔知吾不棄群。
金甲空懸依偃武，槐林獨茂爲修文。
閑人多暇宜吟月，才子何年欲踏雲。
苦學寧知[1]奢不學，冬冰莫使夏蟲聞。

丙1008 復賦雲字
鍊藥有臣又有君，君臣和合秡[2]痾群。
蓬壺未得求仙梓，紫府難窺種玉文。
心只辭塵行樂水，身何舔臼上飛雲。
吟詩便是長生計，不信應尋元白聞。

丙1009 復賦聞字
忠臣在下仰明君，何必退[3]從遁世群。
商嶺梳霜煩角綺，北山擺月見移文。
彈冠有別孤[4]岩水，拋杖無留古洞雲。
爭勸愚騖朝右立，表祥奏瑞耳根聞。

---

[1] 平成本作"如"。
[2] 平成本作"拔"。
[3] 平成本作"追"。
[4] 平成本作"弧"。

丙1010 重寄

君知我意我知君，宿業因緣遇好群。
念念歸依觀自在，生生親近釋迦文。
榮名皆是波中沫，富貴寧非霽後雲。
此事誰人能憶得，橘卿多見又多聞。

丙1011 又賦

栽竹多年對此君，含情想像七賢群。
劉伶常有紅顏色，阮籍應無白眼文。
心是方圓隨器水，身唯來去觸岩雲。
非趨名利宜多取，名是實賓稽古聞。

丙1012 見二毛見本朝文粹

吾年三十五，未覺形體衰。
今朝懸明鏡，照見二毛姿。
疑鏡猶未信，拭目重求髭。
可憐銀鑷下，拔得數莖絲。
臨秋多愁緒，至此又重悲。
悲止思事理，事理信可知。
十六位四品，十七職拾遺。
延長休明代，久趨白玉墀。
承平無事曆，數采警衛旗。
忝入□室籍，官位得相持。
顏回周賢者，未至三十期。
潘岳晉名士，早著秋興詞。

彼皆少於我，可喜始見遲。

丙1013 花開如散錦見和漢朗詠集
花飛如錦幾濃妝，織去春風未疊箱。
始識春風機上巧，非唯織色織芬芳。

丙1014 春雨洗花顏
春雨何因細脚頻，爲過花面洗紅塵。見作文大體、○第二聯失傳
寫得楊妃湯後面，模成任氏汗來唇。見新撰朗詠集
花情若聽五微海，莫待妖姿忌祈人。見作文大體

丙1015 秋色颯然新以下三首見類題古詩
露滴蘭叢寒玉白，風銜松葉雅琴清。
未嫌竹簟[1]迎宵冷，漸覺蕉衣向曉輕。

丙1016 停杯看柳色
望烟未及開紅面，嫌醉閑能記翠眉。
竹葉十分斟尚滿，鞠塵一色飽無期。

丙1017 秋菊有佳色
歌娘掩笑慚嬌靨，舞妓含妝謝粉顏。
露蕊轉低寒玉潤，風枝輕動曉星斑。

丙1018 夏日閑避暑以下見和漢朗詠集
池冷水無三伏夏，松高風有一聲秋。

---

1 平成本作"簞"。

丙 1019 秋日過仁和寺
荒籬見露秋蘭泣，深洞聞風老檜悲。

丙 1020 逢醍醐一條寺僧正
野寺訪僧歸帶月，芳林攜客醉眠花。

丙 1021 美人眉似月
數行暗淚孤雲外，一點愁眉落月邊。

丙 1022 紫藤霞染池以下見新撰朗詠集
漢帝雲肤凝岸額，齊桓衣色洗波聲。

丙 1023 玩庭前紅梅
不唯我愛人來愛，一片紅妝直萬金。

丙 1024 落葉水初紅
瑠璃色變難籠月，纈纈花寒被織風。

丙 1025 山寺作
昨日開來今落去，因花多覺世無常。

丙 1026 林池晚望
青草湖圖波寫得，白蘋洲樣岸相傳。

丙 1027 河原院釣臺避暑
今來忝避人間暑，此處仙皇昔待風。

丙1028 失題
蒲葉露低漁父濕，稻花風起釣絲飛。

丙1029 天寒隴水急見類題古詩
泉飛輕激□岩曉，浪闊寒含古岸秋。

日本詩紀卷之二十五　丙集第十三

卷之二十六
丙集第十四

上毛河世寧　彙編

丙14-01 橘在列字卿、秘樹之子、少游大學、聰識拔群、年三十、始補文人、除安藝介、遷彈正忠、後祝髮爲僧、改名尊敬、住延曆寺、弟子源順輯其著作、定爲敬公集七卷、且序之

丙1030 右親衛源亞將軍忝見賜新詩、不勝再拜、敢獻鄙懷本韵、〇以下十四首見扶桑集

松桂晚陰一遇君，誰言鵠燕不同群。

感吟池上白蘋句，泣染箱中緑竹文近曾將軍有河原院池亭之詩、詩中有青草湖圖波寫得、白蘋淵[1]樣岸相傳之句、余奉拜之次、一聞此句、感懷交至、涕泣漣如、故云。

豹變暫藏南嶺霧，鵬搏空失北溟雲。

爲君更咏柏舟什，莫使凡流俗客聞。

丙1031 繼奉和右親衛源亞將見酬之詩、本韵

儒書將鉞共傳君，況是篇章別絕群。

每見天然詞自妙，使[2]知地未墜斯文。

林中木秀先摧吹，嶺上月明更遇雲。

客占山居相從去，泉聲松響飽應聞。

丙1032 源亞將軍頻投瓊章、絶妙奇珍、無比於世、余不顧庸虛、敢戲拙和、而餘興未盡、感吟更催、冰霜在口、黼黻照目、不堪情感、重綴蕪詞本韵

應是以才天縱君，二班二陸豈同群。

還將楊土兼金價，欲買崑山片玉文。

---

1 平成本作"洲"。
2 平成本作"便"。

陳孔章詞空愈病，馬相如賦只凌雲。
誰知亞將詩奇絶，鬼感神怜鳥獸聞。

丙1033 源亞將軍或躍在淵、唱和之間、余常嘆之、而亞將獨秉謙虛之志、動陳止足之詞、因綴本韵、敢獻鄙懷

滿朝有識盡悲君，無識人言自備群。
莫謝放聲歌鳳德，猶怜累足履龜文。
身留細柳孤營月，淚洒蒼梧一片雲。
不耐回頭思往事，先皇綸旨耳中聞。

丙1034 重奉和

墻東避世似王君，欲逐浮圖羅什群。
素業三千人外學，玄談八萬藏中文。
王充因命還論凍，摩詰將身更喻雲。
不二法門皆話盡，應超獨學[1]與聲聞。

丙1035 重押聞字

□殊桂父與第君，伊洛逍遥自出群。
□後蓮花光展偈，興來竹簡更排文。
西方欲踏瑠璃地，上界應看碼磠雲。
空有道中中道理，不憂夕死爲朝聞。

丙1036 復賦文字

一自漢宮辭聖君，晦踪欲逐隱淪群。
伯鸞久抱山中志，高鳳猶看雨裏文。

---

1 平成本作"覺"。

披草欸來顏巷水，采薇搜盡首陽雲。
寄言岩戶寒蟬響，應異槐林昔日聞。

丙1037 復賦群字
□與凡庸共事君，但怜野鶴在鷄群。
閑來時酌樽中酒，衙退暫抛案上文。
報枕曉聲伊水浪，入簾晴色華山雲。
雖懷塵土和光意，韶樂應慵處處聞。

丙1038 重賦雲字
晚歲堯朝未識君，尚將元凱久俱群。
已殊呂望匡周武，應似賈生遇漢文。
座右舊銘猶暗字，窗中遠岫半連雲。
失時欲逐閑居志，世上浮榮如不聞。

丙1039 又
昭君古恨出於君，應惜遙交左袵群。
蟬鬢不收風櫛色，雁書欲寄淚添文。
行行相送漢宮月，去去猶深沙漠雲。
馬上琵琶無限曲，胡兒掩泣不堪聞。

丙1040 又
昔時魏有信陵君，令□長連四子群。
欲救平原獸穴厄，分偷晉鄙虎符文。
三秦敗將歸關月，六國縱軍結陣雲。
漢帝慕名今守冢，賢能應是古今聞。令下恐脫譽字

丙1041 又
水石烟霞一屬君，家資疏薄業殊群。
停杯暫讀思玄賦，欹枕長吟招隱文。
風後松篁聽似雨，塵中冠蓋望如雲。
雖留朝市同林麓，深巷車聲漸不聞。

丙1042 余昨日奉和安才子書懷之詩、餘興未盡、重贈拙詞、才子高和、拂曉入手、不堪感吟、以和之、次韵
須臾不可寸心遷，懷到林泉養浩然。
高鳳讀書逢雨日，梁鴻晦迹入雲年。
溪風吹木搖秋思，山月穿窗訪夜禪。
早晚共尋商嶺去，去時宜咏采薇篇。

丙1043 北堂漢書竟宴、各咏史、得淮南王劉安
問道鍊黃上翠微，也曾懷怏弄琴徽。
形骸乍飽朝霞氣，齒髮長留日月輝。
犬繞雲中紅桂吠，鷄依天上白榆飛。
步虛唱了君知否，故國秋風露濕衣。

丙1044 秋夜感懷、敬獻左親衛藤員外將軍_{以下三首見本朝文粹}
夜深雲翳盡，秋月懸清虛。
金波浮戶牖，銀漢映溝渠。
影漏疏梧桐，色照衰芙蕖。
愁人冷不睡，中夜起躊躇。
躊躇明月下，明月獨照余。
顧影步庭院，踏輝立階除。

清光滿懷袖，白露霑衣裾。
對月仰惆悵，惆悵意何如。
吾是北堂士，十歲始讀書。
讀書業未成，于兹三十餘。
遲遲空手歸，歸去臥吾廬。
家貧親知少，身賤故人疏。
唯有長安月，夜夜訪閑居。

丙 1045 離合時和季豐詩
明王施化瑞照[1]然，月照階蓂水醴泉。
侍衛官拋霜戟銳，人臣節伴雪松堅。
種來玉露仙庭側，重得威鳳夷洛邊。
釘砌丹墀離俗地，金章紫綬滿朝賢。
稼猶鄭白源應沃，家是陶朱業各傳。
阡靡稻花千畝遠，阜橫麥穗兩岐連。
典[2]謨好頌堯義德，八百誰聞太誓篇。
短羽潛鱗無不載，矢陳仁政總如天。

丙 1046 回文詩
寒露曉霑葉，晚風凉動枝。
殘聲蟬喈喈，列影雁離離。
蘭色紅添砌，菊花黃滿籬。
團團月聳嶺，皎皎水澄池。

---

1 平成本作"昭"。
2 平成本作"興"。

丙1047 雲中辨江樹以下二首見類題古詩
堤柳混帷黃易辨，岸松交蓋綠難分。
橫時遠破千里翠，斷處遙呈一點文。

丙1048 雲間別路長
太華晚陰行不盡，蒼梧春色望無窮。
帆迷險浪連天處，徑暗懸峰礙□中。

丙1049 三月盡以下見和漢朗詠集
留春不用關城固，花落隨風鳥入雲。

丙1050 冬夜獨起
年光自向燈前盡，客思唯從枕上生。

丙1051 題雪
班女閨中秋扇色，楚王臺上夜琴聲。

丙1052 早春冰雪消
冰消漢主應疑霸，雪盡梁王不召枚。

丙1053 早春以下見新撰朗詠集
岩松雪宿諳山北，岸草烟濃識水東。

丙1054 冬至
夜衣漸識千山雪，曉硯初諳四海雲。

丙1055 庭前女郎花
一叢百朵入秋發，黃色花中無比方。

丙 1056 林池
細浪沙來填鷺迹，喬枝日落入蟬聲。

丙 14-02 大江維時_{千古之第三子、鳳舉文章生、策試擢秀才、補藏人、歷大學頭式部大輔、至參議中納言、爲人博聞強記、淹貫經史、凡遷都以來、第宅變遷、人物死亡、年月皆能諳記、世稱江納言}

丙 1057 唳雲胡雁遠_{以下三首見天德門詩卷}
唳雲胡雁向衡陽，漸滅遙天不辨行。
遮月色濃嘶杳杳，破風肱薄叫蒼蒼。
聲寒思婦閨中淚，聽暗征人隴外腸。
寥廓路開銀漢遠，高羽何必獨鸞凰[1]。

丙 1058 林開霧半收
林開物色遇清秋，曉後方知霧半收。
紅葉猶應迷隱見，綠蘿不得辨疏稠。
烏啼未露垂雲影，鶴宿才分戴雪頭。
若有商風吹掃却，成行樹木足回眸。

丙 1059 秋聲脆管弦
自有素商爽氣鶯，管弦清脆耳先傾。
汶陽篁篠遙分韵，巴峽流泉近報聲。
銀管吹時鶯發響，玉徽彈處鳳和鳴。
感成一曲羌人怨，夢斷三更叔夜情。
孤竹當唇秋月落，孫桐應指曉月輕。

---

1 平成本作"鳳"。

蕭辰合奏俱寥亮，寶器宜傳萬代名。

丙 1060 停杯看柳色 以下二首見類題古詩
巡留細葉含烟處，酌罷柔條過雨時。
蘸甲未傾蓮子綠，染心空繫鞠塵絲。

丙 1061 叢香近菊籬
酈水千程誰赴氣，仙家十步好尋香。
勻風自混薰籬近，染月退迷玉桂芳。

丙 1062 月影延秋池、江相公亭 見江談抄
誰知秋夕爲情盛，三五晴天徹夜游。

丙 14-03 源順 定之曾孫、舉之子、受業於橘在列、才學冠於一時、大江匡房稱勝於其師、官能登守、有集、臨終授於源爲憲

夏日閑居、咏庭前三物 越調、〇以下八首見本朝文粋

丙 1063 松
庭松颯颯也亭亭，送夜聲籠好雨星。
雙鶴白，一牛青，清風今被幾人聽。

丙 1064 竹
貫霜侵雪竹能勝，又引烟輕與月澄。
烟葉冷，月華凝，好招嵇阮古時朋。

丙 1065 苔
樹下清凉苔自繁，雖當赤日似黃昏。

含松影，封竹根，此地猶應勝洞門。

丙1065 字訓詩
周禾致瑞稠，人壽與仙儔。
加馬馳高駕，求衣擁善裘。
夏香蓮綻馥，秋木葉落楸。
官舍飽門館，三刀幾九州。

丙1067 咏女郎花
花色如蒸粟，俗呼爲女郎。
聞名試欲契偕老，恐惡衰翁首似霜。

丙1068 無尾牛歌
我有一牛尾已欠，人人嘲爲無尾牛。
本是野犢被狼嚙，免彼狼口實有由。
英靈疑是松精化，肥大曾非果下流。
雖無一尾有五德，請我一一叩角謳。
初食弱草糞共分，時不放以尾污鞦。
入園縱逢園夫怒，不可結著死牛頭。
又入曠野群牛中，牧童遠知不尋求。
黑牛背上白毛點，右賢驗之遂得偷。
君若擒奸兼督盜，何必以毛告定州。
短尾猶爲長久驗，盜者終須爲繫囚。
家家兒女走車出，遠向山寺近游市樓。
或投暮歸或隔夜，牛疲輪刑主人愁。
我牛無尾人不借，人皆雖嘲我無憂。

無尾無尾汝聽取，我未以汝耕田疇。
又不東西爲儎載，一儎載之賃無收。
我心不是偏愛汝，家貧自忘農商謀。
臨老居官官俸薄，一兩僮僕不肯留。
草青春不乘肥馬，雪白冬難擁善裘。
才得駕汝何必忘苦，無尾無尾汝知不。
明時用忠不用留[1]，所以夙興夜寢暫依。
愚忠若遇糠豆擔，數年汝功必將酬。

丙1069 病中聞羽林藤將軍題夜行舍人鳥養有三之絕句、兼見藤播州橘員外源進士等奉和之古調、一讀感一嘆、繼以狂歌

夜行翁，夜夜警火舊府中謂天禄并相舊府也。
呼曰火危彼誰何，翁安不忘危。
似智多是信臻，能禁奸邪感鬼神。
梁上公慚長晦迹，宋無忌慎不揚塵。
鳥養鳥養是汝姓，好以鳥養屬羽林。
羽林將軍仁義廣，見老見貧憐皆深。
有三有三時乃名，宜改有三爲無貳。
無貳臣誠知僕節厚，仕國仕家勤寧異。
汝僕一家功已顯，我臣三代志未攄。
昔自天曆至康和，再直秘閣撰御書。
抄寫年積眼早暗，桑榆景傾病彌忙。
兩脚枯細踞床行，雙鬢變衰臨鏡霜。

---

1 平成本作"翮"。

大都一年三四度，元年不纏於霧露。
霧露晴少適晴日，脚不輕便常蹇步。
卿相門前趣易絕，賓友席上交難結。
野亭花簇雪，我行欲折不能折。
山窗鳥喧雲，我行欲聞不能聞。
惟寂惟寞春空過，獨愁獨嘆夏獨臥。
人皆去作常構病，世未悲爲憖存命。
有三何功被君憐，只在高聲夜不眠。
我昔奉公忘寢食，何無天憐及暮年。
大陽難照覆瓮下，願君雲上爲奏傳。
天曆舊臣沈下位，欲浮舜德海無邊。

丙 1070 高鳳刺貴賤之同交歌
高鳳高鳳，彼誰人子。
正六位下孫，從七位上子。
待年官於志摩國，期月俸於內膳司。
口是木訥，天鼓之聲頻鳴。
才是土偶，地望之胤最卑。
訪其帶於腰間，則出雲石老。
尋其韤於足下，亦信濃布穿。
初參職人所之朝，布袴招貴。
偸過帶刀陣之夕，烏帽取嘲。
昔有高鳳，讀書博賢士之名。
今有高鳳，障文注愚老之字。
高鳳高鳳名異，昔賢人今愚哉。

何宣壁上張文，四十人不足言不足嘲。
共耻白物之入青雲。

丙 1071 五嘆吟五首 以下六首見扶桑集
一隔巖容十有年，又無親戚可哀憐。
單貧久被蓬門閉，示誡多教竹簡編。
聲是不傳歌白雪，德猶難報仰青天。
立名終孝深聞得[1]，成業爭爲拜墓邊。

丙 1072 同二
不可斯須母不存，悲哉早別老衡門。
寧尋八里江聲遠，只望孤墳草色繁。
年少昔思懷橘志，痛深今戀折萱恩。
堂中縱有秋風冷，更爲誰人使席溫。

丙 1073 同三
天台山上身遄沒，落淚唯聞雅譽殘。
午後松花隨日曝，三衣薜葉與風寒。
寫瓶辨智獨知易，破衣方便□不難。
豈計香烟相伴去，結愁長混行雲端。

丙 1074 同四
阿兄抛我不相俱，分在江州東北隅。
淪落忘歸寧孝道，浮游得所幾平湖。
携將曉浪孤舟子，染著秋風一箸鱸。

───────
1 平成本作"得聞"。

自去年來書信絕，連枝何日問榮枯。

丙 1075 同五
葉物蕭蕭蟲唧唧，初知悲感與秋深。
偷光未倦穿東壁，移晷何嫌接子襟。
枕上雙行霜夜淚，窗前一道水寒□。
□□酸鼻誰應覺，獨自吟斯五嘆吟。

丙 1076 夏日陪右親衛源將軍、初讀論語、各分一字
將軍始讀宣尼訓，劍是左提書右攜。
幸遇君兼文武道，慚臨員外吏途迷。

丙 1077 秋光變山水 以下三首見天德門詩卷
秋光變處望中尋，山水蒼蒼景氣深。
烟暗半殘鑪岫黛，月明斜入鏡湖心。
隨風落葉含蕭瑟，濺石飛泉弄雅琴。
欲愛風流新趣去，君恩未報不抽簪。

丙 1078 蛩聲入夜催
蛩聲切切夜漫漫，欹枕還忘玉漏闌。
不奈蟋蛄喧岸柳，可憐絡緯織庭蘭。
叢邊怨遠風聞暗，壁底吟幽月色寒。
傾耳誰無秋興動，昔鳴軒屏感潘安。

丙 1079 松江落葉波
吳松江上碧波中，落葉浮來木漸空。
戲藻鱸魚鱗欲變，浴流鷗鳥影難通。

斜驅水面嵐聲錦，迴度潭心雨迹紅。
借問蘇州漁釣客，其如秋半洞庭風。

丙1080 咏白 以下二首見和漢朗咏集
銀河澄明素秋天，又見林園白露圓。
毛寶龜歸寒浪底，王弘使立晚花前。
蘆洲月色隨潮滿，葱嶺雲肤與雪連。
霜鶴沙鷗皆可愛，唯嫌年鬢漸皤然。

丙1081 咏游女
家夾江河南北岸，心通上下往來船。
和琴緩調臨潭月，唐櫓高推入水烟。

丙1082 霜天聞夜鶴 前聯見和漢朗咏集、後聯見新撰朗咏集
叫漢遙驚孤枕夢，和風漫入五弦彈。
蘭岸月冷聲彌亮，蕙帳雲寒怨幾殘。岸恐誤字

丙1083 歲寒知松貞 以下十首見類題古詩
難凋柏伴迎冬茂，易落楓慚送年森。
十八公榮霜後顯，一千年色雪中深。

丙1084 月光疑夜雪
當砌無踪[1] 東郭履，過橋有意子猷舟。
皚皚豈爲寒風積，皎皎唯緣夜景流。

---

1 平成本作"跡"。

丙1085 尋花傍水行
初訪開敷何澗口，漸憐交映此潭心。
紅妝簇火汀風暖，素影穿波底雪深。

丙1086 偶得幽閑境
竈冷午茶烟細處，窗深西竹日斜間。
微微誦有僧行道，緩緩眠無鶴往還。

丙1087 掬水皆花氣
盥啾自然文君伴，清氛其奈武陵何。
薰拳底動纖纖月，染指流分漾漾波。

丙1088 花繁鳥度遲
葩礙有煩翻羽翼，蕊稠無處振毛衣。
空巢早晚穿霞到，芳樹前頭□日飛。

丙1089 風輕花落遲
力微窗下葩才動，氣緩林間雪尚長。
每扇唯看添粉色，隨吹詎踏壓沙光。

丙1090 對雨戀月
雲稠尚望清光透，水暗難忘素影生。
楊貴妃歸唐帝思，李夫人去漢皇情。

丙1091 梅近香入窗
半染秋毫浮硯水，斜薰春砌入珠簾。
偏憐隔紙風聲馥，遂愛穿紗月色兼。

丙 1092 花裏寄春情
如隨釀蜜游蜂入，似與合葩好鳥栖。
寧憶雨晴鋤綠草，都忘波暖釣幽溪。

丙 1093 深春好 以下見和漢朗詠集
劉白若知今日好，應言此處不言何。

丙 1094 山榴艷似火
夜游人欲尋來把，寒食家應折得驚。

丙 1095 山寺九月盡
頭目縱隨禪客乞，以秋施與太應難。

丙 1096 夏日游般若寺
觀空淨侶心懸月，送老高僧首剃霜。

丙 1097 春日眺望[1]
一行斜雁雲端滅，二月餘花野外飛。

丙 1098 紫藤花下作 以下見新撰朗詠集
紫茸偏奪朱衣色，應是花心忘[2]憲臺。

丙 1099 今春又有春
風暖嵩烟重卷翠，月明洛水再沈珠。

---

1 此詩與第五十卷丁 0997 詩重復。
2 平成本作"忌"。

丙1100 愛火還憐雪
遠憐珠砌銀華亂，近愛黄家獸炭馴。

丙1101 落葉泛寒流
潭色變來秋月後，浪文燒盡暮烟中。

丙1102 賀黄門君
鳳掖君誇温樹露，龍門我泣浪花春。

丙1103 葉下風枝疏
寒猿抱木唯携月，暮鳥歸林不宿紅。

丙14-04 源訪 _{順之弟}

丙1104 北堂漢書、咏史得李廣 _{見扶桑集}
班史將軍誰最良，隴西李廣甚強梁。
抱兒直過邊沙去，誤虎還教卧石傷。
五十年來持漢節，三千里外老胡霜。
終身好忝君王命，不耻朝家與朔方。

日本詩紀卷之二十六　丙集第十四

卷之二十七
丙集第十五

上毛河世寧　彙編

丙 15-01 菅原雅規_{道真之孫、高規之長子、官山城守左少辨}

丙 1105 仲春釋奠、毛詩講後、賦詩者志之所之見扶桑集
在心爲志發爲詩，詩句何非志所之。
意緒亂來誰得解，毫端書出不相欺。
凱風吹送酬恩日，湛露流傳頌德時。
玄化悠悠清慮樂，詠聲自作治安詞。

丙 1106 花錦不須機以下七首見類題古詩
窠窠濃色露霑暖，札札機聲風扇新。
出自天爲何滿匣，織非婦力自無塵。
幅成豈合煩紅袖，林靜猶如洗紫鱗。
梭是斜陽寧數動，絲應亂雨遂非真。
漫逢杏艷奢家富，暫望桃顏忘牖貧。
未辨快開仙洞浦，誤言深濯蜀江津。

丙 1107 花裏寄春情
襟染養妝濃淡露，魂尋傅氣往來風。
屬心更妒歌鶯翅，回眼應遮舞蝶夢。

丙 1108 早涼秋尚懶
風只傳名微少味，露無凝色酒猶空。
千莖在鑷侵鬢雪，一葉才看落砌紅。

丙 1109 醉酒飽
流霞功遠顏桃暖，行雨恩餘性草春。

應爲氣芳先散肉，任他志滿不言貧。

丙1110 掬水皆花氣
香入偏任人軟手，指勻應識水芳心。
自逢岸暖褰衫到，不爲波薰用器斟。

丙1111 窗深秋對山
眼隨客葉翻風色，臥計賓鴻度嶺群。
紙冷可看高下岫，紗單漸望往來雲。

丙1112 叢香近菊籬
托根非遠霜中氣，勻砌猶深夜後妝。
不得風傳薰自到，更因日暮色彌芳。

丙1113 縈流送羽觴_{以下見和漢朗詠集}
礙石遲來心竊待，牽流遄過手先遮。

丙1114 會宴詩
我王孝行先何到，梧岫秋風一片烟。

丙1115 暮春藤亞相山莊尚齒會詩
醉對山花心自靜，眠思餘算淚先紅。

丙1116 消酒雪中天_{見江談抄}
且飲且醒憂未忘，會稽山雪滿頭新。

丙 15-02 菅原文時_{高規之次子、雅規之弟、文才博洽、名聲震當時、與大江朝綱并稱、世有菅江一雙之目、天慶中對策及第、歷内記辨式部大輔、加文章博士、晚敘從三位、世稱菅三品}

丙1117 仲春釋奠、毛詩講後、賦詩者志之所之_{以下三首見扶桑集}

聞説篇三百，蓋皆志所之。
孕音凝在意，牽物散如期。
動入風雲色，抽爲草木詞。
當初庭訓絶，唯咏蓼莪詩。

丙1118 仲秋釋奠、聽講古文孝經
一千八百有餘文，名是孝經忠不分。
聽盡爲臣爲子道，秋風吹拂意中雲。

丙1119 北堂漢書、咏史得路温舒
文華政理被人聞，鉅鹿雄才路長君。
露澤青蒲留鳥迹，烟村碧草從羊群。
漢朝舟泛心中水，山色宮尋眼外雲。
惆悵春風棠樹蔭，芳聲遠播子孫分。

丙1120 與月有秋期_{以下七首見天德門詩卷}
何秋與月不相思，豈若今秋二八時。
爲向清凉風景奏，望雲別有萬年期。

丙1121 蘭氣入輕風
滿園蘭氣亂紛紛，更入輕風處處分。

十步驅塵皆酷烈，一聲軫露幾清芬。
波匀遠覺吹秋水，雨染高知動暮雲。
韵有馨香香有德，聞來便是古南薰。

丙1122 螢飛白露間
秋風露白卷簾居，閑見殘螢飛漸疏。
蘭蕙香邊飄不濕，蒹葭色裏亂猶餘。
如珠契火光相映，似水浮星影半虛。
竟夜垂叢多有點，人言漫照草中書。

丙1123 唳雲胡雁遠
胡雁新來自朔方，唳雲飛遠暗成行。
聲隨影去無心裏，望與聞遥有色傍。
萬里和磑凝處減，千程引檜散時長。
關山聖代烟塵静，不用秋天繫帛翔。

丙1124 林開霧半收
風吹宿霧半收朝，林色初開望漸遥。
靄未全褰深淺葉，光猶難盡兩三條。
松間紗帳舒還卷，竹下羅帷掩復飄。
琪樹可晴晴可樂，欲還仙境景蕭蕭。

丙1125 綴草露垂珠
綴草露清天漸寒，垂珠萬點一回看。
占簪拾花流空竭，思珮探叢滅不殘。
荷上月瑩徒顆顆，竹間風貫只團團。

夜來更有驚鳴鶴，誤欲銜將漏轉闌。

丙1126 秋聲脆管弦
玉管朱弦脆也清，聲聲莫是不秋聲。
商風眇眇凝嬌曉，蜀雨濛濛灑帶晴。
落葉響隨孤竹亂，長松韵逐七絲輕。
指兆靜撫仙窗色，唇忽寒吹璅砌情。
應雅鶴飛思月後，聞韶鳳舊下雲程。
天時聖日皆同德，萬歲將重奏太平。

丙1127 老閑行見本朝文粹
晝夜遞來代謝，春暗往夏暗過。
秋耀難駐，日晷易斜。
漏闌庭露冷，天明窗霧昏。
生徒去不入室，故人厭不至門。
床有書分等閑見，樽無酒兮自然醒。
家資風月，雖老未忘。
世路喧囂，雖去猶聽。
不能灌園，洿澱營作業。
不能習弦，學謌散悶襟。
其奈掛冠栖遑息影洞壑，其奈染衣精勤求法山林。
我聞相如贍文家徒四壁立，又聞孫弘高第年此八旬行。
君不見，北芒[1]暮雨纍纍青冢色。
又不見，東郊秋風歷歷白楊聲。

---

1 平成本作"邙"。

丙 1128 山中有仙室 以下六首見和漢朗詠集
丹竈道成仙室静，山中景色月華低。
石床留洞嵐空拂，玉案拋林鳥獨啼。
桃李不言春幾暮，烟霞無迹昔誰栖。
王喬一去雲長斷，早晚笙聲歸故溪。

丙 1129 栽秋花
多見栽花悅目儔，先時豫養待閒游。
自吾閒寂家僮倦，春樹春栽秋草秋。

丙 1130 暮春藤亞相山莊尚齒會詩 安和中、藤原在衡於山莊爲尚齒會、文時爲序者、事見本朝文粹
水無返夕流年淚，花豈重春暮齒妝。
林霧校聲鶯不老，岸風論力柳猶疆。

丙 1131 題鄰家
池邊別業是何人，聞道陸張昔卜鄰。
落枕波聲分岸夢，當簾柳色兩家春。

丙 1132 火是臘前春
看無野馬聽無鶯，臘裏風光被火迎。
此火應鑽花樹取，對來終夜有春情。

丙 1133 尋春花
五嶺蒼蒼雲往來，但憐大庾萬株梅。
誰言春色從東到，露暖南枝花始開。

丙1134 天曆御屏風詩以下二首見江談抄
岩前木落商風冷，浪上花開禁水清。
青草舊名遺岸色，黃軒古樂寄湖聲。

丙1135 花寒菊點叢十訓抄載前聯、題作菊是草中仙
蘭蕙苑嵐摧紫後，蓬萊洞月照霜中。
香依德暖罏烟散，影爲恩深□砌融。

丙1136 秋夜待月見作文大體
病客近秋思，愁人送夜情。
莫言偏待月，多是睡難成。

丙1137 遠思賢士風以下十一首見類題古詩
殷勤渭水攜璜客，想像商山戴白人。
通夢夜深蘿洞月，尋踪春暮柳門塵。

丙1138 雲雁報秋聲
漢晴亂櫓波翻曉，村靜和砧露結時。
如說楚山楓葉落，似傳沙漠柳先衰。

丙1139 秋色變林叢
樹衰唯覺山寒裏，草悴應知野冷中。
柳減春烟裝出黛，閑含曉露染成紅。

丙1140 載酒訪幽人
柴戶樽移多酌桂，菊籬杯轉幾傾藤。
晚陰問洞流霞冷，秋暮尋村濃露凝。

丙1141 花間訪春色
杏園不審霞濃否，梅棧如何露□哉。
景媚便逢飛蝶識，風和唯問囀鶯來。

丙1142 早涼秋尚懶
槐花落色雖非昨，松翠幽聲少有風。
未入征人霜後思，聊驚怨婦月前夢。

丙1143 香不知花蕊
難辨是依開種種，欲分須試就林林。
帶風入箔何方氣，過雨薰窗幾處尋。

丙1144 夜花不辨色
欲問鶯聞聲已宿，將逢蝶戲夢彌深。
淡濃難見霞妝樹，早暖多情月照林。

丙1145 叢香近菊籬
動蕊風聲吹膽染，遇葩月影落階芳。
薰添舞榭顏間粉，氣襲詩筵舌上霜。

丙1146 垂楊拂綠水
翠黛婆娑烟半濕，清陰撫曳浪無塵。
潭心月泛交枝桂，岸口風來溫葉頻。

丙1147 高天澄遠色 此篇類題不記作者姓名、但云、戶部尚書文、未詳其爲誰某、朗詠載首聯、爲管三品作、故且從之
雙鶴出皋披霧舞，孤帆連水與雲消。

月籠秋雁千行陣，風破晴虹一道橋。

丙1148 悅者衆以下見和漢朗詠集
笙歌夜月家家思，詩酒春風處處情。

丙1149 宮鶯囀曉光
西樓月落花間曲，中殿燈殘竹裏音。

丙1150 春色雨中深
花新開日初陽潤，鳥老歸時薄暮陰。

丙1151 花開如散錦
織自何絲唯暮雨，裁無定樣任春風。

丙1152 落花還繞樹
離閣鳳翅憑檻舞，下樓娃袖顧階翻。

丙1153 輕扇動明月
不期夜漏初分後，唯玩秋風未到前。

丙1154 七夕含媚渡河橋
去衣曳浪霞應濕，行燭浸流月欲銷。

丙1155 法輪寺口號
望山游月猶藏影，聽砌飛泉轉倍聲。

丙1156 滿月明如鏡
金膏一滴秋風露，玉匣三更冷漢雲。

丙1157 天净識賓鴻已見文草、此宜刪
碧玉妝箏斜立柱，青苔色紙數行書。

丙1158 驚冬
床上卷收青竹簟，匣中開封白綿衣。

丙1159 寒露凝霜
聲聲已斷花亭鶴，步步初驚葛屨[1]人。

丙1160 過平城古宮
綠草如今麋鹿苑，紅花定昔管弦家。

丙1161 名花在閑軒
此花非是人間種，再養平臺一片霞。

丙1162 失題
嫌褰錦帳長薰麝，惡卷珠簾晚著釵。

丙1163 失題[2]
烟添柳色看猶淺，鳥踏梅花落已頻。

丙1164 霜葉滿林紅以下見新撰朗詠集
紅林定有重青日，素髮應無更綠春。

---

[1] 平成本作"履"。
[2] 此句爲戴叔倫《和汴州李相公勉人日喜春》一詩的第三聯，非菅原文時所作。

丙1165 送殘春
人只送春吾送老，鬢華頭鶴欲何歸。

丙1166 勾曲山屏風
夕岩苔靜稀人到，曉洞花飛見鶴游[1]。

丙1167 融居春日
烟藏古竹風中色，雲領飛泉洞裏聲。

丙1168 代牛女待夜 見江談抄
詞托微波雖且遣，意期片月欲爲媒。

丙15-03 菅原庶幾 高規之第三子、文時之弟、官大學助

丙1169 花錦不須機 以下九首見類題古詩
自然織出鶯領靜，造化裁來鳳舞新。
輕色窠成翻有氣，回文影落亂無塵。
風吹粉口偏傷臭，雨洗芳腮不用鱗。
地上摘將多有意，匣中疊得遂非真。
紅桃岸上人皆富，濃杏園邊誰道貧。
望粉莫言仙洞曲，浮池如到蜀江津。

丙1170 山水秋光遍
劍嶺千重霜葉冷，鏡湖萬里浪花清。
鄭公風烈朝蕉懶，孫子流寒曉枕驚。

---

1 平成本作"遠"。

丙1171 尋花信馬行
半漢乘晴穠季[1]側，浮雲投暮落櫻陰。
垂鞭唯問開遲速，按轡何言色淺深。

丙1172 落葉動秋聲
辭枝殘色蕭條裏，浮水虛聲泛灔中。
江冷仍驚楓岸肉，家閑不入柳門夢。

丙1173 遠草初含色
遥村雪盡迷青毯，苔徑烟消步碧茵。
河畔千程藍染岸，海隅一道麴成塵。

丙1174 花菊感傲秋
花成五美人催思，色動兼金客斷腸。
盈把折時寒蛩怨，泛杯吹處晚風凉。

丙1175 載[2]酒訪幽人
湛露閒尋苔徑客，酌霞更送柳門人。
濫吹黃蕊重陽暮，静醉紅桃半日春。

丙1176 花間訪春色
先問梅心含不語，更尋柳眼睡無驚。
只看氣色香脣底，猶憶韶光粉面程。

---

1 平成本作"李"。
2 平成本作"戴"。

丙 1177 行雲思故鄉
鶴偏伴處愁長結，龍未歸時恨更深。
戀石唯思初弱色，離溪不忘昔栖心。

丙 1178 餞別詩 見和漢朗詠集
九枝燈盡唯期曉，一葉舟飛不待秋。

丙 1179 白霞凝 以下見新撰朗詠集
蒼葭[1] 夜色添銀液，翠竹秋妝任玉裝。

丙 1180 載酒訪幽人
荆籬客醉斜吹菊，柴户人稀緩酌蘭。

丙 15-04 菅原在躬 或作在明、道真之孫、淳茂之子、官文章博士右大辨

丙 1181 山明望松雪[2] 以下見類題古詩
栖葉清光迎日媚，封枝寒色與雲深。
龍鱗暗變留鉛粉，塵尾斜傾帶玉陰。
愛繞千岩凝片片，憐臨萬壑鎖森森。
難分庾嶺梅花點，那辨陶門柳絮侵。
更想青牛籠去迹，還疑素鶴宿吞音。
岩風漫觸妝猶重，曉月高懸影不沈。

丙 1182 香不知花蕊
襲牖疑分何杏苑，薰襟訝到幾桃林。

---

1 平成本作"葭"。
2 此詩在《類聚句題抄》《日本詩紀拾遺》中作爲菅野名明的詩載出。

若非晦迹隨風意，猶憶逃名淬月陰。

丙 1183 花間訪春色
深淺始看青柳眼，寒溫且問粉梅唇。

丙 15-05 橘直幹長盛之子、仕天曆朝、官大學頭文章博士、有集二卷

丙 1184 與月有秋期以下七首見天德門詩卷
金波卷霧每相思，不似凉風八月時。
定識聖明鶯殿上，清光長獻萬年期。

丙 1185 蘭氣入輕風
香蘭衆草種相分，況入輕風氣不群。
臨水襲來魚底浪，滿臯吹染鶴間雲。
曲鶯楚客秋弦馥，夢斷燕姬曉枕薰。
移植若逢新雨露，每秋猶欲播清芬。

丙 1186 螢飛白露間
露深秋景欲蕭疏，螢火高飛鶴唳初。
林葉受時光不濕，野花含處焰猶餘。
兼葭渚誤珠還浦，竹葦村驚燭映虛。
無用木蘭朝隨液，夜垂蟲篆照群書。

丙 1187 秋光變山水
山葉凋零水影侵，秋光變色幾登臨。
碧雲嶺黛紅林秀，青草湖心錦浪深。
招隱住稀攀桂迹，涉江船罷□蓮音。

每逢蕭瑟催閒思，送老難堪薄暮陰。

丙1188 蛩聲入夜帷
蛩喧暮草夜更闌，月景初斜露色團。
山館雨時鳴自暗，野亭風處織猶寒。
林邊響遠秋心急，枕上聲餘曉夢殘。
德及昆蟲微細類，□□得令出叢端。

丙1189 綴草露垂珠
綴草如珠露未寒，郊園處處待秋看。
叢間裏色林烟宿，葉裏和光岸月殘。
蓮浦水疑圓折媚，菊潭陰訐暗投團。
清明在性人無識，結欲爲霜屬歲闌。

丙1190 松江落葉波
綠松江被綺霞籠，葉落波重幾里風。
聲繞沙村和暮雨，影追烟島動晴空。
衡崖始變鷗眠白，疊渚唯看鶴迹紅。
誰識往還漁父意，送秋多歲老舟中。

丙1191 花氣染春風以下三首見類題古詩
光濃遠過芳林雨，景颭斜穿碧落雲。
吹處衣翻荀令袖，扇時錦老蜀江文。

丙1192 花間訪春色
碧砌穿香因霽出，瑤階踏影逐風斜。
朝隨遠步千條雪，暮任閒行一道霞。

丙1193 醉中對紅葉
霞流仙境天猶近，林變醉鄉俗始移。
黃蠟燭寒燃有焰，錦波風動卷無涯。

丙1194 秋宿池館
洲邊夜雨他鄉淚，岸柳秋風遠塞情。見和漢朗詠集
臨水館連江雁翼，枕山樓入峽猿聲。見新撰朗詠集

丙1195 霜天聞夜鶴 見類題古詩
閑閨枕冷驚殘夢，別操弦幽逐漫彈。

丙1196 秋螢照帙 以下見和漢朗詠集
山經卷裏疑過岫，海賦篇中似宿流。

丙1197 搗衣詩
裁出還迷長短製，邊愁定不昔腰圍。

丙1198 春日送別
山郵遠樹雲開處，海岸孤村日霽時。

丙1199 春宿山寺
觸石春雲生枕上，銜峰曉月出窗中。

丙1200 卜鄰家
春烟遞讓檐前色，曉浪潛分枕上聲。

丙1201 陸張鄰 以下見新撰朗詠集
泉識淡交長有味，樹含芳契豈無情。

丙 1202 游崇福寺
江霞隔浦人烟遠，湖水連天雁點遙。

丙 1203 石山作
蒼波路遠雲千里，白霧山深鳥一聲。

丙 1204 避暑
銜秋水上千岩冷，礙日林間六月寒。

丙 15-06 紀在昌_{長谷雄之孫、淑信之子、官大内記式部大輔、爲冷泉天皇侍讀、有集三卷}

丙 1205 北堂漢書竟宴、咏史得蘇武_{以下二首見扶桑集}
欲言蘇武事君忠，奉命龍城不顧躬。
抱節多餐邊土雪，霑襟獨對朔天風。
三千里外隨行李，十九年間任轉蓬。
賓鴻繫書秋葉落，牡羊期乳歲華空。
胡庭遂是丹心使，漢闕還爲白髮翁。
非只英名垂竹帛，麒麟閣上記勳功。

丙 1206 高鳳字文通、南陽鄴縣人也、少爲書生、家以農畝爲業、而專精誦讀、晝夜不息、妻嘗之田、曝麥於庭、令鳳護鷄、時天暴雨、而鳳持竿誦經、不覺潦水流麥、妻還怪問、鳳方悟之、其後遂得名儒[1]

嗜學從來閑鳳久，研精豈是護鷄難。

---

[1] 底本在此詩題之前有"勤學"二字，因其非詩題而爲該詩所屬之分類，故刪除。

持竿已忘[1]持竿趣，意在書林不在竿。

丙1207 晴添草樹光 以下三首見類題古詩
纖葉景含寒縷解，嫩花妝映暖袍新。
皋禽游處蘭心媚，野馬馴來柳眼矉。

丙1208 停杯看柳色
唇謝十分青眼過，手忘三雅綠腰期。
憐來雪絮巡無促，望盡烟波飲欲遲。

丙1209 白雲抱山石
肤是綠苔尋點合，根猶碧溜逐痕遷。
影濃文錦疑沈浪，色亂香爐似吐烟。

丙1210 池亭晚望 見和漢朗咏集
岸竹枝低應鳥宿，潭荷葉動是魚游。

日本詩紀卷之二十七　丙集第十五

---

1 平成本作"忌"。

卷之二十八
丙集第十六

上毛河世寧　彙編

丙16-01 藤原實賴關白忠平之子、爲人溫雅謹厚、練達朝章、爲世儀範、仕朱雀村上朝、官關白太政大臣、卒、諡清慎公

　　丙1211 款冬見和漢朗詠集
　　點著雌黃天有意，款冬誤綻暮春風。

　　丙1212 殘菊應製見新撰朗詠集
　　菊是孤叢臣數代，戴霜共立玉欄前。

丙16-02 藤原後生佐世之孫、文貞之子、官文章博士

　　丙1213 秋懷見江談抄
　　悲倍夜蛩鳴砌夕，淚催黃葉落庭晨。
　　箕裘欲絕家三代，水菽難酬母七旬。

　　丙1214 尋花傍水行見類題古詩
　　偏以天時宜野望，更教風客不家居。
　　桃源問路遙聞犬，柳渚占烟只遇魚。

　　丙1215 宮鶯囀曉光見新撰朗詠集
　　金殿夢驚傳好語，玉樓鐘動奏清音。

丙16-03 藤原斯生文貞之子、後生之弟、官武藏越後等守

　　丙1216 暮春見藤亞相山莊尚齒會見粟田左府尚齒會詩卷
　　山莊幽趣絕無鄰，尚齒佳游耳目新。
　　兩鬢更垂商嶺雪，高踪猶繼潁陽塵。

醉中唱得歌三曲，花下酌來酒十旬。
傾蓋松青多勁節，乘軒鶴白長精神。
回戈欲駐桑榆日，傅盞應爭桃李春。
尊品高年天所與，此時還恨少年人。_{旬當作巡}

丙 16-04 藤原最貞_{佐世之孫、文行之子、文章得業生}

丙 1217 秋聲遠近疏_{以下二首見類題古詩}
鄰笛數回吹月後，嶺鐘千里送風程。
雁傳塞外初寒叫，蛩報窗中欲曉情。

丙 1218 日短苦夜長
凝思曉漏偏加艾，點檢寒園屢轉葵。
滿百刻嫌過午早，第三聲厭待鷄遲。

丙 16-05 藤原行葛_{藏下麻呂之玄孫、忠邦之子、官大内記}

丙 1219 述懷_{見江談抄}
雙淚幾揮巾上雨，二毛多飾鏡中霜。

丙 1220 峰高雁自低_{見類題古詩}
毛女黛前秋陣下，香爐烟底曉行斜。

丙 16-06 藤原篤茂_{真夏之玄孫、遂業之子、官圖書頭}

丙 1221 床下見魚游_{見類題古詩}
被客吟驚群更亂，與花光共貫相隨。
藻中取樂人誰識，波上呼名各自知。

丙1222 立春日、書懷呈芸閣諸文友以下見和漢朗詠集
池凍東頭風度解，窗梅北面雪封寒。

丙1223 縈流送羽觴
水成巴字初三日，源起周年後幾霜。

丙1224 風疏砧杵鳴
擣處曉愁閨月冷，裁將秋寄塞雲寒。

丙1225 春日眺望
老眼易迷殘雨裏，春情難繫夕陽前。

丙1226 花氣酒中新以下見新撰朗詠集
人喜樽中春氣湛，鳥思杯底晚香分。

丙1227 立春日
春無迹至爭尋得，老趁身來亦避難。

丙1228 雨來花自綻見作文大體
片片雲肤遮漢合，蕭蕭雨脚繞簷飛。

丙16-07 藤原雅材 魚名之來[1] 孫、經臣之子、官右少辨

丙1229 暮春見藤亞相山莊尚齒會 見粟田左府尚齒會詩卷
只聞此會歲猶深，今遇群仙情不任。
俱與天年因德行，各垂星鬢是仁心。

---

[1] 平成本作"末"。

占居路入紅桃浦，遁俗踪留綠竹林。
醉淺爲君添露酌，詩成教我助風吟。
表貞舊友松慚性，送老新歌鶴合音。
屈指泣推先父齒，洞中今日得相尋_{雅材偷算亡父甲子、今日始滿七十、故有此興云。}

丙 1230 春心遠近同_{以下三首見類題古詩}
雨晴嶺盡千程黛，露暖林間只尺紅。
草綠行人鞭馬後，柳青學士讀書中。

丙 1231 尋花傍水行
先隨飛鳥汀相隔，更問流鶯浪不妨。
紅□澗深舟去遠，丹霞岸斷路猶長。

丙 1232 雨霽山河净
餘靄收時峰倍黛，孤烟卷後水添音。
松江月落漁舟去，蘿洞雲開隱路深。

丙 16-08 藤原雅量_{貞常之子、官勘解由次官左少辨}

丙 1233 逐[1]東丹裴大使公去春述懷見寄於余、勘問之間、遂無和之、此夏綴言志之詩、披與得意之人、不耐握玩、偷押本韵_{以下二首見扶桑集}
烟浪森茫雲樹微，回□使節見依依。
隨風草靡殊方狎，就日葵傾遠俗歸。

---

1 平成本作"遼"。

遼水鶴聲重北去,滄溟鵬翼三南飛。

若長有與心期在,萬里分襟更共衣前紀鴻臚館、夜舍預彼席、遥以指別、今任此州、更拜清塵、不堪懷舊、脱衣贈之、故云。

丙1234 重和東丹裴大使公公館言志之詩、本韵

凌雲逸韵義精微,一咏難任萬感依。
不奈東丹新使到,唯怜渤海舊□[1]歸。
江亭日落孤烟薄,山館人稀暮雨飛。
見説妻兒皆散去,何鄉猶曳買臣衣。

丙16-09 藤原國光有賴之孫、在衡之子、官近江守治部卿

丙1235 暮春見嚴閤亞相山莊尚齒會見粟田左府尚齒會詩卷

春闌尚齒會佳辰,應似七賢晋日晨。
除却昔時圖畫舊,感傷今夜宴游新。
花間暖酒人迎客,月下留車我侍親。
松偃暗傾千歲蓋,苔深自展一時茵。
常思霜鬢經年暖,久禱桃顏逐日春。
天若幸應加十歲,欲招老伴繼家塵。

丙16-10 源相規是忠親王之孫、清平之子、官攝津守

丙1236 早涼秋尚懶以下二首見類題古詩

竹下雖憐陰漸冷,樹頭誰見葉初紅。
未收蟬翼衣間汗,更動鶴翎扇裏風。

---

1 平成本作"臣"。

丙1237 窗深秋對山
孤松静處看紅葉，一紙糊中望白雲。
唯伴隱倫應晦迹，豈徒麋鹿更同群。

丙1238 花少鶯稀以下見和漢朗詠集
眼貪蜀郡裁殘錦，耳倦秦城調盡箏。

丙1239 四月有餘香
紫藤露底殘花色，翠竹烟中暮鳥聲。

丙1240 雪消冰亦解
胡塞誰能全使節，滹沱還恐失臣忠。

丙16-11 源信正 醍醐皇孫、重明親王之子、官民部少輔彈正大弼

丙1241 暮春見藤亞相山莊尚齒會見粟田左府尚齒會詩卷
洛陽七老會三春，此會便知異隱倫。
尚齒不依官職重，娛心唯與管弦親。
昔聞履道歡游舊，今見仙庭讌樂新。
倚石共瑩胸裏玉，臨流同洗眼前塵。
滿頭亂雪飄歌曲，上面深紅借酒巡。
若有後賢能繼迹，齊年願接燕毛人。

丙 16-12 源則忠_{醍醐皇孫、盛明親王之子、官越前守左京大夫、世稱源三品}

丙 1242 尚書右少丞依不預尚齒會之恨、有見贈前茂才之作、吟之難堪、故押本韵_{見粟田左府尚齒會詩卷}[1]

大器由來是晚成，料知七叟盡含情。
宴經歲起傳踪處，興與春期學古程。
忘次尊雖因白首，遷喬座不若黃鶯。
杯斟霞色傾林影，衣動風枝掛竹聲。
花底衰顏紅暫點，波頭老鬢綠還瑩。
群游縱後君何恨，此會第三定繼名。_{義見本詩}

丙 1243 夏日同賦未飽風月思、深字_{見本朝麗藻}

風月自通幾客心，相攜未飽思尤深。
文場猶嗜照窗影，詩境更耽過竹音。
幽谷春游誰作足，高樓夜宴久難吟。
此時猶恨無才用，其奈抽簪入暮林。

丙 16-13 大江澄明_{朝綱之子、官民部少輔、先父卒}

丙 1244 北堂文選竟宴、各咏句、探得披雲卧石門_{見扶桑集}

傍山披得暮雲屯，好是貪幽卧石門。
罷夢松聲當枕散，洗心泉響繞床喧。
柴扃日落歸溪鳥，澗戶烟消□□猿。
勝地古時摛麗藻，染毫還愧謝家魂。

---

1 底本未寫明出處。

丙 16-14 大江如鏡 音人之曾孫、清忠之子、官安房守

丙 1245 省試、昊天降豐澤 見江談抄
百里嵩車長可轄，五官極火遂無燃。

丙 16-15 菅原資忠 雅規之子、官大學頭、○藤爲時云、近來洛陽才子論詩人者、謂藤惟成菅資忠慶保胤三人爲先鳴

丙 1246 暮春見藤亞相山莊尚齒會 以下二首見粟田左府尚齒會詩卷
芳情温故占風流，蘿洞雲肤澗水頭。
本是會昌花下思，又猶貞觀月前游。
舞披老袖應同契，醉入春鄉自忘憂。
苔徑烟深宜讌席，松窗日暮稱莵裘。
鬢梳半落千莖鶴，杖撫斜扶一個鳩。
中有家翁蒲柳景，度年爭使不知秋。

丙 1247 尚齒會後、菅尚書閤嘆不逢彼會、見寄詩一篇、誦味嚼霜、感嘆通夜、因次本韻、敢以答謝
趁到偷看尚老成，共垂霜鬢富風情。
榻塵三拂嵐幽底，硯水重添月滿程。
久契千齡眠洞鶴，清歌一曲囀花鶯。
我思子道行從命，君詠南陔留有聲 尚書朝務餘閑、晨昏不逢忠孝之外、敢不處游。
舊譜遺家華髮少 予按家譜、貞觀已來、多孝之輩、令二老公共預此會、非家福乎，新詩遇境藻詞瑩。
遙期後會春筵上，又見尚書傳令名。

丙1248 山深又遇花見類題古詩
欲躋才玩洞猶落，初入多攀峰更分。
梯階泉聲携暖露，馬羸岩徑拼春雲。

丙1249 松風侵松韵見和漢朗咏集
琴商改曲吹烟後[1]，簫瑟催心學雨辰。

丙16-16 菅原輔正淳茂之孫、在躬之子、官參議右中辨、爲圓融花山朝侍讀、卒後從祀北野、贈正一位

丙1250 一昨日藤亞相於東山別業、時開尚齒會、七叟之外儒士故人、預參宴筵、共述風情、各言春樂、予有由故、獨不追從、恨心難抑、欲罷不能、偷綴荒詞、呈前茂才
風聞尚齒宴重成，獨後春游有恨情。
西漢樂天寒浪外，東山勝地暮雲程。
嵐行不醉消憂酒，霞步無逢喚客鶯。
忘老落花心底色，助歌流水夢間聲。
詞華吏部塵相累南亞相尚齒會、曾祖刑部尚書作其宴序、一昨同會日吏部員外大卿亦以作矣、兩會經年、一家記事、故云，句麗和州玉自瑩和州前吏詩句多美、最足悅目之觀而已。
七叟交中思二老，古今猶顯我家名。

丙1251 冬日陪於飛香舍、聽第一皇子始讀孝經、應教見本朝麗藻
頹齡八十有餘霜，未見神聰似我王。

---

1 平成本作"俊"。

遺老愚言君記取，一經造次不須忘。

丙 16-17 三善道統_{天曆七年進士及第、安和二年任大學頭、後以讒左遷勘解由次官}

丙 1252 暮春見藤亞相山莊尚齒會_{見粟田左府尚齒會詩卷}
山居占地鳳城東，宴樂促筵談笑通。
令價加三商嶺月，賢名垂七竹林風。
春杯暖酌霞光緩，客鬢秋深雪色同。
喜氣柳開晴日黛，歡顏桃比晚天紅。
鶴聲雲靜青松下，鶯囀花芳碧洞中。
此是世間希此會，饒來今耻少年躬。

丙 1253 輕花泛晚觴_{見應和詩合}
春風氣味手中奢，應是晚觴泛晚花。
夜酌莫嫌深淺□，此筵芳意在流霞。

丙 16-18 三善善宗

丙 1254 病中上尊師_{以下四首見扶桑集}
被囊藥笥古書案，坐臥依依獨自憐。
病殆困羸將數日，齒逾成立已三年。
從令名在諸生後，但怨[1]身徂老母前。
若可伯牛回孔問，縱雖命也賴恩全。

---

[1] 平成本有"一作恐"。

丙1255 病累
世途千險勞生久，身病彌留失趣初。
七十老親當枕泣，二三兒息哭傍居。
環堵不是終生地寄居故云，□筐唯餘借債書。
回首無人應附托，不知身後欲何如。

丙1256 病中上左翊衛藤亞相
自輙趨陪擲月旬，閉扉獨吊病精神。
十年驪穴頻空手，今日蝸廬已露身。
朋友問來無問饑，名醫治盡不治貧。
將軍惠澤應周至，蟄戶猶望一段春。

丙1257 落第後簡吏部藤郎中
被病無才頻落第，明時獨自滯毀[1]憂。
青山不拒爲僧去，白社那妨作客游。
水菽難供違母色，田園已賣失孫謀。
如今干祿君知否，轍鮒何須江漢流。

丙16-19 三善輔忠 學生

丙1258 暮春見藤亞相山莊尚齒會 見粟田左府尚齒會詩卷
亞相繼來白氏塵，仙游計會德爲鄰。
醉霞巡八[2]杯三雅，折柳舞閑齒七旬。
山近窗傳蓬萊客，水幽庭瀉竹林人。

---

1 平成本作"殷"。
2 平成本有"八恐誤"。

風烟得意應今日，□鳥知音足萬春。
志似圜公商嶺友，迹賢疏傅漢家臣。
便知此會獨希有，請見不過七叟賓。

丙 16-20 清原滋藤_{江談云、天慶中藤原忠文爲大將軍、東下宿駿河清見關、軍監清原滋藤、夜咏杜荀鶴宿臨江驛詩句、忠文感嘆拭淚云、蓋其人也、○清一人一首作藤、今從扶桑及江談}

丙 1259 文選竟宴咏句、賦卷帙奉虞弓_{見扶桑集}
忽自烟塵起遠戎，獨收黃卷奉虞弓。
辭窗更過胡山月，抛簡猶隨越竹風。
牓上揚名忘射鵠，簿中擁帚罷揮虹。
一文一武俱迷道，爲我邯鄲步漸窮。

丙 1260 今年又有春_{見和漢朗咏集}
花悔歸根無益悔，鳥期入谷定延期。

丙 16-21 清原仲山

丙 1261 樵隱俱在山_{見扶桑集}
本自幽栖與俗離，樵夫野客有相知。
遠尋曲澗柯應爛，高臥清流枕轉欹。
谷口負薪孤月送，洞中劚藥片雲隨。
家山縱有不材恥，在世何人□禮移。

丙 16-22 清原佐時_{官兵部少丞}

丙 1262 暮春見藤亞山莊尚齒會_{以下二首并見粟田左府尚齒會詩卷}
從占勝地唱嘉賓，唯見七賢過七旬。

尚齒猶勸逢美景，計年可樂在佳辰。
芳談説盡花前暮，宴席開來醉裏春。
管緩調時鶯喉喉，舞閑妙處柳鱗鱗。
山頭晴色烟霞舊，澗口寒聲水石新。
瞻望青陽白髮會，欲傳後代老年人。

丙 16-23 紀伊輔_{長谷雄之曾孫、在昌之子、官大內記式部大輔}

丙 1263 暮春見藤亞相山莊尚齒會
七人眉壽幾星霜，朱紫優游遇艷陽。
何只締交偏會宴，共猶尚齒也文章。
來儀自助唯鳩杖，坐定初知是雁行。
今日暫占仙洞靜，後朝皆入帝京忙。
林頭影與春風老，水面波浮曉月揚。
南氏舊踪緣履道，此時聞說兩迎將。

丙 16-24 藤原惟成_{經臣之孫、雅材之子、官民部權大輔、近侍花山帝、頗預政務、後從帝入花山寺}

丙 1264 風度諧春意_{以下二首見類題古詩}
梅林南雪爭埋馥，苔澗東冰定酌波。
袖亂驚□新蝶舞，簪搖顧待早鶯歌。

丙 1265 山晴秋望多
遠近峰妝經雨黛，東南林色欲霜顏。
重岩霧斂樵歌外，連洞月開雁度間。

丙1266 江山此地深見新撰朗詠集
客帆有月風千里，仙洞無人鶴一雙。

丙16-25 藤原忠輔在衡之孫、國光之子、官兵部卿中納言

丙1267 暮春見嚴閣亞相山莊尚齒會以下二首見粟田左府尚齒會詩卷
皤皤七叟到芳園，尚齒佳游隔世喧。
老大雖同商洛皓，醉吟正動樂天魂。
林間計會霜侵鬢，花下勸娛酒滿樽。
勁節移持松偃蓋，精神養得鶴乘軒。
桑榆景暮猶應惜，桃李春深豈不言。
年齒官斑[1]爲上首，此時喜懼一愚孫亞相尊閣爲七老第一、故獻此句。

丙16-26 藤原忠賢官大舍助

丙1268 暮春見藤亞相山莊尚齒會
白胡去後百餘年，今日再開尚齒筵。
圖舊何勞張座右，宴新方識稱花前。
金章已貴真人爵，筋力無衰是地仙。
酒助多情春一醉，詩言各志老相憐。
幾時能盡佳筵美，千歲須爲故事傳。
此會古來希有會，欲歸回首更留連。

---

1 平成本作"班"。

丙 16-27 菅原雅熙 文時之子、官左衛門尉諸陵助

丙 1269 驛馬聲相應 見江談抄
巫岩泉咽溪猿叫，胡塞笳寒牧馬鳴。
竹露松風幽獨思，瑤箏玉瑟宴游情。

丙 16-28 菅原輔昭 文時之子、雅熙之弟、官大内記

丙 1270 酌一杯惜秋 以下三首見類題古詩
引得先嫌明日至，傾來只憶此時留。
爵無再勸離情苦，醉未全深去迹幽。
不許高風樽下謝，暫□曉露色中收。
蕭辰須□劉伶態，爽籟宜隨阮籍游。

丙 1271 遠草初含色
非唯暖雨江南染，復有和風野外加。
消盡雪青湖寺路，霽來烟懶洞庭沙。

丙 1272 隔花遥勸酒
礙霞遲酌鶯相唱，穿雪頻傾蝶自馴。
心地憂忘梅嶺露，醉鄉路次柳門塵。

丙 1273 代牛女待夜 以下見和漢朗詠集
詞托微波雖且遣，意期片月欲爲媒。

丙 1274 火是臘天春
他時縱醉鶯花下，近日那離獸炭邊。

丙 1275 春日山居
春風暗剪庭前樹，夜雨偷穿石上苔。

丙 1276 早秋詩_{以下見新撰朗詠集}
初一葉風穿骨入，第三伏汗謝身分。

丙 1277 山川千里月
砧添鄉淚孤營外，鶴照皐聲一舉中。

丙 1278 餞源能州赴任
家訓欲聞殘日少，洛陽風月莫遲歸。

丙 16-29 平佐幹 仁明帝曾孫、行忠王之子、賜平姓、官三河守

丙 1279 海濱書懷 以下見和漢朗詠集
日脚波平孤島暮，風頭岸遠客帆寒。

丙 1280 同白氏香爐峰下作
晦迹未拋苔徑月，避喧猶臥竹窗風。

丙 1281 滿月明如鏡 見作文大體
光清不辨青銅冶，影散更疑百鍊消。

丙 16-30 坂合部以方 官右大史

丙 1282 暮春見藤亞相山莊尚齒會 以下三首并見粟田左府尚齒會詩卷
山莊占得帝城東，戶部尚書會六翁。
桃李不言多歲意，水泉猶破一宵夢。

交親未忘嘲秋月，契久新饒玩舊風。
鶯老花飛春漸暮，爭教此會每年同。

丙 16-31 坂本高直 官右少史

丙 1283 暮春見藤亞相山莊尚齒會
聞道我朝藤亞相，山莊尚齒暮春天。
九仙係望幽溪底，四皓寄心商洛前。
月下殘妝花冒雪，林中好語鳥啼烟。
今宵幸見七賢會，屈指計知老去年。

丙 16-32 林相門 學生

丙 1284 暮春見藤亞相山莊尚齒會
在昔七賢只得聽，山莊今日視群英。
列襟皆是朱將紫，尚齒不分公與卿。
人似會稽嗣思至，地猶勝境轉眸驚。
老松學瑟春風處，皓鶴扶舞曉露程。
古徑脫輝花片片，幽庭滑韵鳥聲聲。
二毛年幸逢斯會，南氏還慚名未成 予初齡北堂今趣明經、年三十有餘、未有成一名、故云。

日本詩紀卷之二十八　丙集第十六

卷之二十九
丙集第十七

上毛河世寧　彙編

丙 17-01 慶滋保胤字能、賀茂忠行之子、後改今姓、富才工文、當時絶群、師事菅原文時、爲門下之貫首、官歷近江椽、至大内記、後爲僧、改名寂心、有集二卷

丙 1285 花鳥尚留春歸字〇見應和詩合
鳥啼花落幾分飛，春暮留春契豈違。
風靜偏隨歌袞袞，日遲彌任艷菲菲。
苦思芳景吟筝語，剩占青陽繞樹輝。
惜漏玉聲高亂曲，遮晴錦影脆辭機。
令妝枝上無全盡，有意溪中不早歸。
金翅碧葩今計會，伴來兼恐一時稀。

丙 1286 暮春見藤亞相山莊尚齒會見粟田左府尚齒會詩卷
此居幽趣是林泉，七叟交游繼古賢。
天惜多才延壽命，地容佳會供風烟。
舞教野鶴呼相代，歌被流鶯助又傳。
四皓添群爲酒叟，八公減數作詩仙。
畫工定得圖花障，伶客兼應播管弦。
移自白家今到此，少年初遇第三年此會始自唐家傳於吾朝、總三個度、故獻此句。

丙 1287 賦聚沙爲佛塔以下三首見作文大體
聚沙爲佛塔，此事出兒童。
應失秋霜底，欲傾夜雨中。
人唯看作戲，佛不舍其功。
彼已得成道，菩提遂不空。

丙1288 游净土寺
一來净界脱塵衾，花影水文淺亦深。
非水非花非筆硯，爲思極樂苦相尋。

丙1289 餞裔然商人赴唐_{按、文粹載此詩、序云、同賦贈以言、各分一字、探得輕字}
遙尋異域出皇城，相贈有言莫自輕。
撫我半頭秋雪冷，思君萬里暮雲行。
難期此土重相見，已契西方共往生。
久在後生非勢利，菩提應趁舊交情。

丙1290 采果汲水詩_{見和漢朗咏集}
叩凍負來寒谷月，拂霜拾盡暮山雲。
已終未習千羊役，初得難逢一乘文。

丙1291 款冬_{見新撰朗咏集}
養得昔令扶病雀，開來本是待蛙鳴。
八重濃艷人相貴，一片疏葩世所輕。

丙1292 遠草初含色_{以下二十二首[1] 見類題古詩}
萬里湖邊烟短處，一條陌上緑微時。
華山有馬蹄猶露，傳野無人路漸滋。

丙1293 林下待蟬聲
寄心風竹枝疏處，傾耳烟槐影暗時。

---

[1] 此處有詩二十一首。

早晚欲添琴上引，殷勤尚有醉中期。

丙1294 惜花不掃地
重色誰嫌塵漸種，含芳亦任草將深。
陳蕃自稱忘家語，魏勃應慚擁箒心。

丙1295 冰融水放光
回流有影寒珠脆，細浪無塵曉鏡[1]空。
已盡不堪披北雪，先銷亦任受東風。

丙1296 風遲花氣濃
庭無落蕊芳多在，林不鳴條勻自催。
漸扇試張雙袖立，緩吹先入御爐來。

丙1297 風度諳春意
莫問雪銷山盡黛，何疑凍解水盈科。
覺牽早煖[2]從東至，却□餘寒逐北過。

丙1298 春近花心動
嘉風漸暖紅唇笑，覺露將濃綠眼驚。
方寸如思胡蝶翅，殷勤似待早鶯聲。

丙1299 對雨戀月
更拋昨夕金波照，還悔今宵碧漢陰。
苦憶姮娥遙不識，猶言暗脚太無心。

---

[1] 平成本作"鐘"。
[2] 平成本作"暖"。

丙1300 牛女有秋期
約來纖月雖新色，説著[1]涼風是舊音。
先喜鶴橋依例結，還嫌龍駕欲明尋。

丙1301 前期更有秋
綺帳應褰殘霧散，羅衣欲綻曉雲疏。
已含苦熱無相失，不是新情又有餘。

丙1302 尋花傍水行
就梅暫歇晴沙上，遇柳先攀古岸中。
鶴引雲看分浦雪，鶯呼未[2]趁落花紅。

丙1303 早涼秋尚懶
些些驗得生衣裏，漸漸添來綠簟中。
爽氣初催應少日，商聲才報是微風。

丙1304 床下見魚游
終日不潛猶可樂，移時相躍爾誰知。
豈如戶牖乘[3]鈎坐，何用滄浪鼓枻爲。

丙1305 夜花不辨色
衝昏時折難分別，秉火重看決淺深。
宿雪多飄從幾樹，暗風漫送出何林。

---

[1] 平成本作"看"。
[2] 平成本作"來"。
[3] 平成本作"垂"。

丙 1306 聞鶯不忍別
喚友丁寧何早去，知音已久忽空拋。
回舟共怨留花下，立馬相思顧柳梢。

丙 1307 窗深秋對山
竹靜先期岩下月，松寒又過洞中雲。
休登縱得學禪坐，偏樂何妨讀法文。

丙 1308 □□不如蟬
最愛一聲傳暮景，還嫌百舌費言詞。
先鳴驚友春歸後，獨步鴻賓晚到時。

丙 1309 菊垂知露重
花似歸根初點後，枝應拂地未晞先。
多承惠澤難陳力，剩荷恩光未息肩。

丙 1310 花樹數重開
繞樹剩看因雨綻，滿林還恐得風翻。
每逢粉臉多難笑，頻對紅顏遂不言。

丙 1311 灘聲更□□
心應自澆寒流激，耳欲先醒□浪陶。
韵是金風吹半助，響猶沙雨灑彌高。

丙 1312 梅近夜香多
散氣無他承戶月，暗勻一向付窗風。
夕郎欲問含來處，荀令還疑宿坐中。

丙1313 微雨自東來以下見和漢朗詠集
斜脚暖風先扇處，暗聲朝日未暗程。

丙1314 題黃花
書窗有卷先收拾，詔紙無文未奉行。

丙1315 於菅師匠舊亭、賦一葉落庭時
鷄漸散間秋色少，鯉常趨處晚聲微。

丙1316 山川千里月
鄉淚數行征戍客，棹歌一曲釣漁翁。

丙1317 菊是草中仙
蘭苑自慚爲俗骨，槿籬不信有長生。

丙1318 初殖花樹詩
閑思看汝花紅日，正是當吾鬢白年。

丙1319 玩池頭紅葉
洞中清淺瑠璃水，庭上蕭疏錦繡林。

丙1320 北風利如劍
漢主手中吹不駐，徐君塚上扇猶懸。

丙1321 清風何處隱
班姬裁扇應誇尚，列子懸車不往還。

丙1322 醉看落水花
王勣鄉霞縈浪脆，嵇康山雪逐流飛。

丙1323 冷泉院第七親王始讀孝經
開卷已知爲子道，秋風悵望鼎湖雲。

丙1324 天子萬年
長生殿裏春秋富，不老門前日月遲。

丙1325 失題
朝有紅顏誇世路，暮爲白骨朽郊原。

丙1326 失題見江談抄
摩訶[1]迦葉行中得，妙法蓮華偈裏來。

丙1327 蓮浦落紅衣以下見新撰朗詠集
淵客紆緋應自□，波臣衣錦欲何歸。

丙1328 雨餘蟬聲歇
響絶紅蕖殘槿下，吟空綠重老槐間。

丙1329 柳影繁初合
彭澤門閑春綠鎖，武昌樓暗暮烟深。

丙1330 蚤思蟬聲滿庫秋
絡絲響冷秋夢短，飲露聲幽晩思深。

---

1 平成本作"謌"。

丙1331 秋露草花香
籬薰殘槿柚紅濕，池馥早荷與玉翻。

丙1332 守庚申月夜對雪
早卧無情看雪月，獨眠不得守庚申。

丙1333 寂莫無人聲
不厭時時猿一叫，自然日日鳥相馴。

丙1334 天秋無片雲
應分一舉鶴毛羽，欲計數行雁弟兄。

丙1335 失題
茅屋無人扶病起，香爐有火向西眠。

丙1336 過藤相公舊宅
世事不停江水逝，垂楊空掃舊門欄。

丙1337 波澄鶴影浮
初疑波面孤雲宿，更誤沙頭片月殘。

丙1338 漁父
傾得菰蘆三數酌，高歌不信有公卿。

丙1339 過江州舊宅
屋舍大荒非舊日，主人一去幾春風。

丙1340 逢花傾一杯
縱無醉面將桃競，暫有愁眉與柳開。

丙17-02 慶滋保章_{字興、保胤之弟、官大內記}

丙1341 酒從花裏酌_{勒韵、○見應和詩合}
有酒有花乘興頻，酌從林裏共游春。
消憂地是河陽色，入醉鄉皆薊北匀。
傾露枝間閑醺甲，飲霞影底半薰唇。
欲酬別有鶯呼客，不用當初投轄人。

丙17-03 橘正道_{字能、實利之子、官宮內少輔、後遁迹不知所終、或云赴高麗}

丙1342 酒從花裏酌_{勒韵、○見應和詩合}
花間酌酒幾催巡，酣暢難堪欲暮春。
傳盞閑穿晴雪色，攜酒漫入曉霞匀。
濃妝自讓含紅面，脆影猶薰舉白唇。
折得爲籌杖漸見，啼鶯定[1]恨醉游人。

丙1343 贊藤在衡_{見江談抄}
吏部侍郎職侍中，著緋初出紫微宮。
銀魚腰底辭春浪，綾鶴衣間帶曉風。
花月一定交昔昵，雲泥萬里眼今窮。
省躬還恥相知久，君是當初竹馬童。

---

1 平成本作"是"。

丙1344 雲低與水和以下十三首見類題古詩
江心久掩蒼波色，湖上難看赤日暉。
韜岸便應因石觸，埋流豈是趁山歸。
遙源路暗仙查隱，遠波虛重客舫稀。
帶翼文迷栖鶴渚，欺鱗影亂釣魚磯。

丙1345 對雨思月
暗窗空夢晴光到，閒砌唯思曉影過。
爭借風威經碧落，能挑雲色玩金波。

丙1346 秋聲遠近疏
心悲暗蛩風前怨，聽苦寒鴻霧底嘶。
山冷峰銜幽水石，庭閒窗灑老梧槐。

丙1347 停杯思曲水
酌休未忘回流水，醉醒先諳曲岸花。
地勢定同周歲月，天時何異晉烟霞。

丙1348 南枝暖待鶯
綻風更恨嬌歌懶，薰露遙期軟語來。
花契雨和林計會，樹嗟雲隔路徘徊。

丙1349 床下見魚游
琴因愛躍窗間弄，鉤未要吞枕上垂。
無日不逢風客狎，有時自免水禽窺。

丙 1350 坐石弄潺溪
閑鑒唯臨雲觸色，試鞭那止雨空聲。
掃苔代席寒波灑，向岸爲床迅瀨縈。

丙 1351 挑燈更對花
烟纖近遇柳青眼，焰朗閑知梅素心。
到曉風光能照樹，燒春霞色不分秋。

丙 1352 開□對水石
水風消汗先翻縠，波月通懷不隔紗。
睡覺唯親秋眼冷，□清漫任曉色加。

丙 1353 花樹數重開
爛錦明珠高下亂，紅妝白片淺深翻。
杏應多綻霞埋嶺，櫻是競開雪滿園。

丙 1354 籬舊草花香
氣播鷦鶺翎老處，勻傳蟋蟀怨□中。
遠柴漫染砂秋月，壓竹長薰砌曉風。

丙 1355 荷香帶風遠
勻從漫轉傳何處，氣爲頻翻播幾程。
吹染夜螢過水影，亂薰秋鶴隔雲聲。

丙 1356 花裏寄春情
想像城頭過柳雨，殷勤嶺外入梅風。
聞鶯晴契林間思，尋蝶曉通枕上夢。

丙1357 清水寺上方迎春以下見新撰朗詠集
烟霞隔路三千界，花柳藏城十二衢。

丙1358 八月十五夜、池邊玩月
螢火幽光消不見，鷺絲寒色混難尋。

丙 17-04 橘倚平 字宣、是輔之子、官日向守

丙1359 鶯啼春暮時見應和詩合
春歸應易駐應難，不用鶯啼惜景闌。
芳節縱雖隨例去，莫思舊谷半句殘。

丙1360 飛葉共舟輕見江談抄
瑤池偷感仙游趣，還賞林宗伴李膺。

丙1361 失題朗詠諸本俱爲橘候草詩、今從十訓抄
楚三閭醒終何益，周伯夷饑未必賢。

丙 17-05 藤原有國 字賢、初名在國、後改今名、父輔道、對策列儒家、世稱日野家、有國繼揚家風、官至參議兼勘解由長官、有集二卷

丙1362 紅霞間綠樹見應和詩合
紅霞數片幾悠然，綠樹間來似不鮮。
色映新籠堤柳黛，光燒半秘鎖松烟。
陰遮蜜葉虹浮曉，彩礙繁枝日落天。
極眼將穿林下路，蒼蒼未辨惱情田。

丙1363 暮春見藤亞相山莊尚齒會見粟田左府尚齒會詩卷
七叟皤皤尚齒庭，幽莊春景意丁寧。
傳風德會踪尋白，梳雪親賓眼更青。
一曲聞琴聲調葛，十分酌酒手傾萍。
群游同睡花間月，相感應驚穎上星。
步處持提邛¹竹供，醉時兼勸蜀茶醒。
身猶未學吾師老，年少門人淚易零師匠吏部員外侍郎預七叟座、在國猶相從、偶逢此會、故云。

丙1364 晚秋游清水寺上方以下十首見本朝麗藻
秋游多被上方牽，清水寺中古洞前。
路僻遙登岩桂月，梯危斜度澗松烟。
真心偏得逢千佛，俗骨還如到半天。
從是塵機長斷盡，生生世世結來緣。

丙1365 暮秋勸學會、於法興院聽講法華經、同賦世尊大恩以深爲韵
勸學會中聽法音，世尊未報大恩心。
以虛空授²空猶狹，斟巨海論海豈深。
圓頂戴來難思議，兩肩荷負不堪任。
春秋十有九年後，此會中興契古今。

丙1366 中秋釋奠、賦萬國咸寧
明王孝治好君臨，天下和平感德音。

---

1 平成本作"功"。
2 平成本作"較"。

草遍從風南面化，葵遙向日左言心。
山拋烽燧秋雲暗，海罷波濤曉月深。
請問來賓殊俗意，茫茫天外遠相尋_{近日大宋溫州洪州等人、頻以歸化、故云。}

丙1367 美州前刺史再三往復、訪以予病、不堪感懷、詩以答謝

一旬臥病絶交游，唯有美州致悶愁。
老眼昏朦如遇夜，衰容颯灑似過秋。
山隨寸步踪猶險，水逐殘齡涙暗流。
世上君留應憶我，荒墳宜見暮松幽。

丙1368 高麗蕃徒之中、有新羅國迀陵島人折兢悅之者、其文不優、頗知詩篇、臨別之日、予與一篇

我尋京洛辭雲去，君赴高麗棹浪歸。
後會難期何歲月，秋風宜使雁書飛。

丙1369 秋日會宣風坊亭、與翰林善學士、吏部橘侍郎、御史江中丞、能州前刺史、參州前員外源刺史、藤茂才、連貢士、懷舊命飲

自趨榮利別文賓，酌酒吟詩亦不親。
聚雪窓中三益友，宣風坊北一尋辰。
心如少日紅顏昔，齒及殘秋白髮新。
嘉說交談俱在我，泣言運命各由人。

藤尚書恨歲[1]山月，慶内史悲遁俗塵_{藤尚書、慶内史、共是舊日詩友、落飾入道、兩別詩酒、余以有恨、故云。}

不若聊成懷舊飲，憂腸平忘養精神。_{歲當作藏}

丙1370 初冬感李部橘侍郎見過、懷舊命飲
閑居情感被何催，門巷蕭條稀客來。
偶遇芝蘭芳契友，宣風坊裏一傾杯。

丙1371 秋日登天台、過故康上人舊房
天台山上故房頭，人去物存歲幾周。
行道遺踪苔色舊，坐禪昔意水聲秋。
石門罷月無人到，岩空掩雲見鶴游。
此處徘徊思往事，不圖君去我孤留。

丙1372 向西京過孔門口號
出入廟堂舊小生，空歸今日向西京。
過門禮拜殷勤祝，願許槐門作上卿。

丙1373 除名之後、初復三品、重陽之日、得陪宴席、情感所催、欲罷不能、聊述鄙懷、呈諸知己
我是柴荆貶謫人，豈圖微召列文賓。
除名二月花開日，待詔重陽菊綻辰。
籬落不要陶隱醉，蘭叢應笑楚臣紉。
忽抛野服染愁淚，更著朝衣貴老身。
遄死空爲黄壤骨，愁生再踏紫宸塵。

---

1 平成本作"藏"。

半焦桐尾雖殘爐，已朽松心免作薪。
籠鶴放雲振泥翅，轍魚得水潤枯鱗。
鬢斑蘇武初歸漢，舌在張儀遂入秦。
運任秋蓬風處轉，榮同朝菌露中新。
抽簪將學空門法，未報皇恩未解紳。

丙 1374 秋月高低明_{以下四首見類題古詩}
燕子樓中寒影滿，烏孫路上曉光懸。
斜臨嶺面挑山霧，迥落潭心卷水烟。

丙 1375 微烟聞好鳥
籠月影中聲自滑，從風色底韵還清。
才如點黛閑歌後，漸欲遮眸懶囀狂。

丙 1376 池清知雨晴
水澄不泛月離影，底徹應催星駕心。
洗色丹萍迎日照，添文綠波被風禁。

丙 1377 水清似河漢
疑乘雲渚投流釣，訝渡星河繞岸舟。
列宿位摸澄浪底，渾天圖寫曲池頭。

丙 17-06 藤原秀孝字政

丙 1378 鶯啼春暮時_{見應和詩合}
韶光漸盡暮林端，閑聽鶯鳴數曲殘。
鳥意若知風客意，嬌音猶莫逐春闌。

丙 17-07 高丘相如字俊、以才知世、天德應和之間、與慶滋保胤并稱、官飛驒守

丙 1379 花鳥尚留春見應和詩合
花情鳥思斷塵機，便爲留春暫未歸。
映日斜應遲暮景，栖霞暗欲繫殘輝。
惜唯開玉顔晴媚，礙是瑩金翅曉飛。
色色妨行行色靜，聲聲恨別別聲稀。
葭灰粉態交元隔，管律清歌雙不違。
或落或啼分散處，曲猶袞袞雪霏霏。

丙 1380 暮春藤亞相山莊尚齒會見粟田左府尚齒會詩卷
主客七人尚齒躬，官班雖異宴游同。
幽情暗與詩篇契，勝躅遙從履道通。
調葛弦聲含蜀雨，排松山色展屛風。
多年鬢雪難消白，一醉顔花暫借紅。
名價貫嚴朝市外，謙光皦藥夕陽中。
此春此處看佳會，金谷應從笑石崇。

丙 1381 秋月高低朗見類題古詩
從遮鳥路遮窗下，每映仙查映水中。
霧盡斜臨蛩草露，雲晴自照鶴皋風。

丙 1382 狐疑冰聞波聲以下見和漢朗詠集、○此題恐有誤
霜妨鶴唳寒無露，水結狐疑薄有冰。

丙 1383 田家秋意
蕭索村風吹笛處，荒凉鄰月擣衣程。

丙 1384 石山寺作
泉飛雨洗聲聞夢，葉落風吹色相秋。

丙 1385 暑往寒來
蜀茶漸忘浮花味，楚練新傳擣衣聲。

丙 1386 嵯峨野秋望 以下見新撰朗詠集
憶嶺鹿歸溪霧底，卜林鳥入夕陽端。

丙 1387 田家秋意
牛休門荻花寒處，犬吠園林葉落聲。

丙 17-08 高丘重名 字譽

丙 1388 風度殘花下 以下見應和詩合[1]
一占林園四望賒，閑聽風響度殘花。
偏過曉後仙方雪，暗拂晴前數片霞。
觸到珠疏皆處處，傳來錦脆是家家。
不堪聲底糠空落，相玩如今恨日斜。

丙 17-09 高丘兼弘 字文

丙 1389 風度殘花下
芳菲漸盡晚林中，欲落殘花幾任風。

---

[1] 底本未寫明此詩及以下兩首詩之出處，此處由編者添加。

雪灑沙頭聲更白，霞飄籬腳響還紅。
輕妝易亂遮春眼，濃艷難留鎖曉夢。
從此枝間吹送處，可憐片片自匆匆。

丙17-10 文室如正 字慎、官大學頭兼周防權守、○室或作屋

丙1390 柳絮飄春雪

柳絮隨風春暮程，飄颻如雪眼先驚。
飛來欲類銀花脆，亂落應同玉屑輕。
訪色空迷葱嶺曉，尋妝自入兔園晴。
辭枝盡日斜翻處，想像當初謝女情。

丙1391 菊殘秋意留 以下六首見類題古詩

尋色如添潘岳興，訪妝似斷宋生腸。
叢寒猶繫蕭辰影，籬媚還籠素節光。

丙1392 臨池愛水涼

靜耽細浪行沈思，苦玩清流坐洗心。
襟冷堤邊沙月影，汗收岸外水風音。

丙1393 秋花含露養

含將滋液生成足，承得濃暉撫育加。
暗添孤叢晴後長，遍霑雜蕊夜初奢。

丙1394 對菊待重陽

傍架兼思黃蕊綻，繕叢先慣白衣來。
誰人籬下期盈把，何客花前欲引杯。

丙 1395 風度諧春意
徐扇初知開草甲，緩吹自覺理鶯歌。
料知臺上呼詩酒，想得花前舞綺羅。

丙 1396 樹濕月過遲
空礙風枝難轉影，深籠烟葉未舒光。
度林伴得平頭雪，隔嶺相同滿鬢霜。

丙 17-11 三善篤信 字二

丙 1397 柳絮飄春雪 見應和詩合
春闌柳絮雪相驚，不辨飄來滿眼程。
烟薄唯看鉛粉亂，風回偏有玉塵輕。
孫康欲聚門前夜，蘇武寧食塞外晴。
萬朵交加皆六出，折將定入郢中聲。

日本詩紀卷之二十九　丙集第十七

卷之三十
丙集第十八

上毛河世寧　彙編

丙 18-01 藤原道長 師輔之孫、兼家之第五子、歷仕冷泉圓融花山一條三條朝、官至關白太政大臣、世稱御堂殿

丙 1398 林花落灑舟 以風爲韵、○以下六首見本朝麗藻
花落林間枝漸空，多看漠漠灑舟紅。
夜維桃浦飄紅雨，春艫柳堤送絮風。
范蠡泊迷霞亂處，子猷行過雪飛中。
更耽濃艷暫停棹，興引鎮爲吟咏翁。

丙 1399 度水落花舞
花落春風池面清，舞來度水伴歌鶯。
趁流妝似玉簪亂，逐岸色疑羅袖輕。
粉妓易迷飄浦暮，伶人難辨過波程。
唯歡此地古今趣，再有沛中臨幸情。

丙 1400 左右好風來
好風來處慰心腸，左右飄衣夏日忘。
橫劍腰間連竹響，續銘座下送荷香。
簾帷高卷雙衿動，羅綺閑居兩鬢涼。
唯樂前池無苦熱，月明白浪疊冰霜。

丙 1401 晚秋游清水寺上方
清水寺深東嶺頭，暫辭塵境草堂幽。
雲端鐘響逐嵐去，澗口泉聲穿石流。
禮佛獨憐霜葉老，伴僧同入暮山秋。
輪迴世世纏煩惱，今仰大悲豈有愁。

丙1402 暮秋於宇治別業即事
別業號傳宇治名，暮雲路僻隔華京。
柴門月静眠宿色，旅店風寒宿浪聲。
排戶遥看漢文去，卷簾斜望雁橋横。
勝游此地猶難盡，秋興將移潘令情。

丙1403 冬日陪於飛香舍、聽第一皇子始讀御注孝經、應教
我王今日問微言，學得先知敬至尊。
何忘兔園朝夕志，自蒙君命不殊孫。

丙1404 贺大江匡衡兼三官見江吏部集
侍讀重恩歲歲新，尾州再作撫民人。
桓榮昔者猶應劣，李部翰林任又頻。

丙18-02 藤原顯光 師輔之孫、兼通之子、官左右大臣

丙1405 水清似晴漢見類題古詩
橋疑鵲翅斜懸岸，松誤仙查獨過流。
荻浦應迷寒月落，菊潭誰辨曉星浮。

丙18-03 藤原伊周 關白道隆之子、道長之姪、官内大臣兼東宫傳、有集一卷、世稱儀同三司

丙1406 三月三日侍宴、同賦間柳發紅桃、應製以春爲韻、○以下十五首見本朝麗藻
三日花朝和暖辰，紅桃間柳發妝新。
烟濃才透綾山月，黛動半藏曲水春。
碧玉簾中栽錦妓，青羅帳裏舉燈人。

宸游如舊群臣醉，醉意詠歌魏代塵。

丙1407 暮春侍宴左丞相東三條第、同賦度水落花舞
仙家春暮落花程，度水飄飆舞自輕。
艷態應歌遮岸色，奇香待拍踏波聲。
雪肌路濕霓裳重，風力橋高錦袖明。
鳳輦宴酣方欲幸，可憐沛老狎恩情。

丙1408 暮春與右金吾、眺望施無畏寺上方
今日引君出世塵，施無畏寺許交親。
情歡偶入烟霞興，官耻俱爲獻納臣。
山雨鐘鳴荒巷暮，野風花落遠村晨。
此時眺望忘歸路，暫作騰騰閑放人。

丙1409 花落春歸路 以深爲韵
春歸不駐惜難禁，花落紛紛雲路深。
委地正應隨景去，任風便是趁踪尋。
枝空嶺微霞消色，妝脆溪閑鳥入音。
年月推遷齡漸老，餘生只有憶恩心。

丙1410 夏夜池亭即事
圍棋掩韵及鷄鳴，向老殷勤朋友情。
口詠新調千首集 于時於座上批閱銀牓集、故有此興，心歸不斷一乘聲
相府不斷經、年月漸久、故云。
水烟半濕綺羅冷，山月初昇樓閣明。
逸樂君家時日事，風流常得到蓬瀛。

丙 1411 牛女秋意

何爲靈匹久相思，一歲唯成一會期。
行佩應紐冷露玉，雙蛾且畫遠山眉。
未終秋夜難來意，已至朝雲欲別時。
此恨綿綿無説盡，蒼茫天水問阿誰。

丙 1412 與諸文友、泛船於宇治川、聊以逍遙

筬筌蘆廬宇治川，泛然相憶古神仙。
清談緩發杯初匝，緩騎遲來棹未前。
橫嶺晚雲紅慘澹，落灣秋水白潺湲。
林南柳樹將軍宅深草西岸有一舊墟[1]、臨河有楊柳兩三株、人傳天慶征東使終焉之地也、江相公詩云、只看小晴宅前柳、謂此乎，橋北稻花帝王田宇治院臺榭已毀、只有點田。
波勢湯湯巴峽路，風聲裊裊洞庭天。
山河奇絶詩人記，土地苞茅里老傳。
朝位共趨鸞鳳闕，野游同宿釣漁船。
壽夭否泰非吾意，唯誦莊生第一篇。

丙 1413 憐戶部出家應和右丞相之侍婢

撫簪昔戲紅樓上，對鏡今愁白屋中。
盛者必衰新見取，剃除霜鬢出塵蒙。

丙 1414 冬日陪於飛香舍、聽第一皇子始讀御注孝經、應教

經傳百家多異説，微言被世古今聞。

---

[1] 平成本作"塘"。

老臣在座私相語，我後少年學此文。

丙1415 客有圖孟嘗君像以詩贊其德者矣、余昔讀史記、知田君之爲人、因成四韵加篇末
相門有相事無空，田氏常爲六國雄。
名聞諸侯傳薛立，謀諮下客入秦宮。
樓臺在昔綺羅月，同里至今任俠風。
豪杰人人雖景慕，□憐蒙上牧羊童。

丙1416 夏日同賦未飽風月思、深字
風月結交非古今，相思未飽每年心。
感時無止吹花色，逢友應求出霧陰。
文路春行看不足，詞林秋望老彌深。
美哉丞相優游趣，詩酒興中聞法音 于時卅講問、故有此興。

丙1417 贈飛州高使君赴任
把酒別筵日暮時，爲君更寄一篇詩。
東都風月秋風夜，四五年來分付誰。

丙1418 齋院相公忌日令終諷誦
相公去後幾光陰，每憶才名淚不禁 自少年時、世稱有識。
翠羽簾前鸚鵡盞 往年人人參會齋院之日、相公簾中出盞、忽作佳句，紅花帳下鳳凰琴 傳聞侍公主之帳下、受琴箏之妙曲。
唯從神院丞[1]嘗禮，未習佛門寂滅心。
向使當初行一善，冥冥中有有相尋。

---

1 平成本作"蒸"。

丙1419 秋日到入宋寂照上人舊房
五臺眇眇幾由旬，想像遙爲逆旅身。
異土縱無思我日，他生豈有忘君辰。
山雲在昔去來物，漁鳥如今留寺人。
到此悵然歸未得，秋風暮處一沾巾。

丙1420 余近曾有到寂上人舊房之作、左丞相尊閣忝賜高和、聊次本韵、敬以答謝
秋景纔[1]殘不及旬，蕭條相憶遠游身。
徘徊岩戶荒凉處，珍重瓊篇答眖辰。
增價還慚吳市馬，吞聲遙謝郢歌人。
適交懷舊詩篇未，把筆沈吟整葛巾。

丙1421 大極殿朝拜詩 見和漢朗咏集
玉宸日臨文鳳見，紅旗風卷畫龍揚。

丙1422 菊有延年術[2]
獻壽吹來三□露，采花拂盡首間霜。

丙1423 秋游栖霞寺
庭松百尺歷年老，山月幾回仍舊圓。

丙1424 新嘗會觀五節舞女
繡帳妝成燈照曜，金樓宴罷月徘徊。

---

1 平成本作"繞"。
2 平成本注"本诗见新朗咏"。根據编者考察，本詩以下四首均見《新撰朗咏集》。

丙 1425 右丞相白川亭作

馬臺東山遠山路，賓閣南頭明月池。

丙 18-04 藤原佐理_{實賴之孫、敦敏之子、官參議刑部卿、以能書聞}

丙 1426 暮春同賦隔水花光合、應教[1] 得自真迹中

花唇不語偷思得，隔水紅櫻光暗親。

兩岸芳菲浮浪上，流鶯盡日報殘春。

丙 18-05 藤原公任_{實賴之孫、賴忠之子、官大納言兼左衛門督、時稱左金吾、撰和漢朗詠集}

丙 1427 花鳥春資貯_{以下十一首見本朝麗藻}

春多資貯足相尋，非啻花飛也鳥吟。

裁錦惜將風底色，貫珠銜得月前音。

林勝茅土三千戶，谷笑華山一萬金。

軟語關關頻報處，拾葩還恥不廉心。

丙 1428 度水落花舞

洞中今望落花明，度水舞時俗眼驚。

應下妝樓飄岸處，似翻羅袖映波程。

雙行蝶導流心動，送曲風來浮艷輕。

爲倩陽春新調奏，宮商自有治安聲。

丙 1429 四月未全熱

炎蒸未及惱心胸，便識有時節氣從。

---

1 根據高島要《日本詩紀本文及總索引》，本詩選自《詩懷紙》。

千畝麥風秋暗報，一旬萍日暑猶慵。
試披筠簞還應卷，初製蕉衣半不縫。
命飲言詩忘俗境，更嘲河朔昔劉松。

丙1430 夏月勝秋月
月好雖稱秋夜好，豈如夏月惱心情。
夜長閑見猶無足，況是晴天一瞬明。

丙1431 晴後山川清、探得游字
山霽川清景趣幽，近望西脚對東流。
嶺摸毛女唯青黛，浪伴漁翁自白頭。
雲霧靄收松月暗，菰蒲烟卷水風秋。
云仁云智足相樂，宜矣登臨促勝游。

丙1432 同諸知己錢塘水心寺之作、本韵
錢塘湖上白沙頭，四面茫茫樓殿幽。
魚聽法音應踊躍，鳥知僧意幾交游。
春風岸暖苔茵舊，暑月波寒水檻秋。
已對詩章諳勝趣，何勞海外往相求。

丙1433 白河山家眺望詩
郊外卜居塵事稀，迢迢春望思依依。
荒村日落烟猶細，遠岫雲幽鳥獨歸。
來去旅人行眼路，淺深花錦織心機。
蓬居雖耻仙郎到，愁命詩篇惜晚暉。

丙 1434 冬日陪於飛香舍、聽第一皇子始讀御注孝經、應教
　　今日天孫初問道，欲回聽悟就研錯[1]。
　　聖明治迹何相改，貞觀遺風觸眼看_{唐太宗使諸王皆就學、故云}。

丙 1435 夏日同賦未飽風月思、深字
　　何事詞人未飽心，嘲風哢月思彌深。
　　嗜殊滋味吹花色，滴似詞飢落水陰。
　　翰墨難乾蘋末[2]浪，襟懷常繫桂華岑。
　　一時過境無俗物，莫道醺醺漫醉吟。

丙 1436 閑中聞左新衛員外將軍兩度游宇治川、聊述中懷、偸呈下風
　　行樂仙郎端坐客，寂寥想像勝游程。
　　華船有舟波澄色，蓬戶無人雨滴聲。
　　詩酒笙歌非我事，林叢水石稱君情。
　　相思未慰弃予恨，空有多年合契名。

丙 1437 冬日往詣般若寺、見故藏闍梨舊房、中心之感、觸緒難禁、遂書所懷、寄覺上人
　　僧龍去後幾光陰，赴到那堪泉下心。
　　林學釋尊雙樹色，水傳憍梵一言音。
　　慈悲已斷空留室，忍辱長薰獨濕襟。
　　殊惱心腸君識否，娑婆舊契與年深。

---

1 平成本作"鑽"。
2 平成本作"末"。

丙 1438 水清似晴漢以下二首見類題古詩
色是碧霄風洗曉，望猶銀漢月瑩秋。
菊開兩岸星將亂，柳浸曲流查自浮。

丙 1439 葉聲風外遠
飄楓聞暗江應僻，亂柳韵寒岸幾幽。
吹送空迷遥漢雨，拂來猶隔禁園秋。

丙 1440 野行幸屏風詩見江談抄
德照飛沈雲夢月

丙 18-06 藤原齊信師輔之孫、爲光之子、蚤以文章著名、官大納言兼右衛門督、故世稱右金吾、與左金吾公任并稱、藤原伊周云、公任齊信、可謂詩敵

丙 1441 花鳥春資貯以下五首見本朝麗藻
花鳥何□[1] 聞古今，爲春資貯勝千金。
積應能散風前色，貪欲相傳露底音。
頡景餘粮三月語，後旬生計一園心。
從兹想得非貧素，每見土宜任醉吟。

丙 1442 度水落花舞
韶樂非唯麟鳳鶩，落花度水舞方輕。
玉簪初動飄流處，羅袖斜翻過浪程。
飛笑妝娃縈岸出，亂隨伶客棹舟行。
鶴游蝶戲應同意，率舞皆知治世聲。

---

1 平成本作"日"。

丙 1443 弦歌伴月來
是説弦歌伴月程，蕭蕭來觸脆且清。
高調欲踏樓中雪，相唱方趁嶺上晴。
雲掩秋風吹亦至，霧開瀧水撫初行。
沸天遍使尊卑樂，應笑子游昔武城。

丙 1444 清夜月光多_{以澄爲韵}
從迎清夜月方昇，遠近光多似好朋。
四五更天皆粉壁，三千界地盡層冰。
樓臺內外無邊見，渠水高低各處澄。
照到於同皇德遍，家家爭望得相仍。

丙 1445 水樹多佳趣
水樹清凉景氣深，自多佳趣助登臨。
一千年鶴鑒流思，五大夫松傾蓋心。
翡翠成行烟暗色，瑠璃繞地浪清音。
歡游已隔囂塵境，莫語此時漫醉吟。

丙 1446 四望遠情多_{以下五首見類題古詩}
鶴舞還諳縰嶺月，雁歸更憶塞垣風。
襟懷一日神臯外，思緒萬端客路中。

丙 1447 霜樹疑春花
露林逐驗馨香少，拂朵應知粉黛空。
染未是非寒雨後，殘難分別夕陽中。

丙 1448 水清似晴漢

迷接鵲飛沈没鳥，如逢査轉往還舟。

潭心菊映殘星遠，浪底萍消雜翳收。

丙 1449 葉聲風外遠

夢覺高諳城柳雨，韵寒遙識岸楓秋。

驅如隔地馳心得，拂是何林入聽幽。

丙 1450 月光遠近明

山水三更鋪白練，樓臺四面列銀鐺。

庭中便是琴書地，隴外空應飯飲鄉。

丙 1451 失題見新撰朗詠集

秋月夜閑聽案曲，金風吹落玉簫聲。

丙 1452 端午詩[1] 見江談抄

片月鳴弦士卒喧

丙 18-07 藤原行成 伊尹之孫、義孝之子、官至權大納言兵部卿、以能書聞

丙 1453 暮秋左相府宇治別業即事 見本朝麗藻

一尋別業許相從，賞玩風流到下春。

交淡偏宜回砌水，契堅最好拂軒松。

門前秋導三巴峽，窗裏暮迎五老峰。

此地勝形關相者，濟川舟檝繼先踪。

---

[1] 平成本作"時"。

丙 1454 葉聲風外遠見類題古詩

飄來何地響將隔，落却幾程聽漸幽。

深洞應疑超嶺去，閑客不審入內留。

丙 18-08 藤原爲時兼輔之孫、雅正之子、以文筆聞、官越前守、大江匡衡與藤原行成書云、爲範、爲時、孝道、敦信、舉直、輔尹、六人皆超於凡位者也、故共甘貧

丙 1455 暮春侍宴左丞相東三條第、同賦度水落花舞、應製以輕爲韻、〇以下十三首見本朝麗藻

花前春暖鳳池清，落蕊舞來度水程。

分岸妝奢風漸送，上橋簪動月相迎。

飄超石瀬紅裙轉，散過波塘玉履輕。

此地猶應真勝地，宸游再奏九韶聲先年有臨此地、故獻此句。

丙 1456 雨爲水上絲

暮雨濛濛池岸頭，更爲水上亂絲浮。

經從潭面雰難結，曳自波心脆不留。

細灑應争漁浦藕，斜飛欲貫釣磯鈎。

誰知流下沈潛客，霜縷數莖夏裏秋。

丙 1457 夏日陪於員外端尹文亭、同賦泉傳萬歲聲

人年萬歲傳何處，一道飛泉遶石橋。

漢主若知家主意，山聲定愧水聲幽。

丙1458 九月盡日、侍北野廟、各分一字
時隨冠蓋認祠看，新樂鋒鏦口¹□寒。
非當玄孫成盛集，九重天子促金鑾。

丙1459 海濱神祠住吉社
晴沙岸上暮江干，鬱鬱林蘿蔭社壇。
應是神心嫌苦熱，浪聲松響夏中寒。

丙1460 題玉井山庄在和泉國
玉井佳名被世稱，松楹半接碧岩稜。
山雲繞舍應褰幔，澗月臨窗欲代燈。
梅發寒花朝見雪，水收幽響夜知冰。
池邊何物相尋到，雁作來賓鶴作朋。

丙1461 門閑無謁客
家舊門閑只長蓬，時無謁客事條空。
翟公去尉塵長息，袁氏安貧雪不通。
草合園生秋露白，苔封扉帶夕陽紅。
久忘倒屨送迎禮，別作洛中泰適翁。

丙1462 和高禮部再夢唐故白太保之作
兩地聞名追慕多，遺文何日不謳歌。
繫情長望迢方月，入夢終逾萬里波。
露膽雖隨天曉隔，風姿未與影圖訛我朝慕居易風迹者、多圖屏風。
仲尼昔夢周公久，聖智莫言時代過。

---

1 平成本作"古"。

丙 1463 夏日同賦未飽風月思
未飽多年詩思侵，清風朗月久沈吟。
志隨日動何爲足，興遇晴牽豈厭心。
班扇長襟秋不盡，楚臺餘味老彌深。
時人莫笑散樗吏，白髮緋衫獨尚淫。

丙 1464 春日同賦閑居唯友詩
閑居希有故人尋，益友以詩興味深。
苦嗜獨題如合志，緩吟自聽便知音。
思凝草木過連璧，義入風雲勝斷金。
若不形言兼杖醉，何因安慰陸沈心。

丙 1465 覲謁之後、以詩贈大宋客羌世昌
六十客徒意態同，獨推羌氏作才雄。
來儀遠動烟村外，賓禮還慚水館中。
畫鼓雷奔天不雨，彩旗雲聳地生風。
芳談日暮多殘緒，羨以詩篇子細通。

丙 1466 重寄
言語雖殊藻思同，才名其奈昔揚雄。
更催鄉淚秋夢後，暫慰羈情晚醉中。
去國三年孤館月，歸程萬里片帆風。
嬰兒生長母兄老，兩地何時意緒通。

丙1467 去年春、中書大王排花閣命詩酒、左尚書、藤員外中丞惟成、菅右中丞資忠、内史慶大夫保胤、共侍席、内史在大王屬文之始、以儒學侍、從容尚矣、七八年來、洛陽才子之論詩人者、謂三人爲先鳴、當于其時、或求道一乘、或告別九原、西園雪夜、東平花朝、莫不閣筆廢吟、眷戀惆悵、廼者研精之餘、披覽去年之作、其文爛然存、其人忽然去矣、遂製懷舊之瓊篇、忝賜惟新之玉章、善以爲翰墨之庸奴、藩邸之舊僕而已、因之爲時一讀腸斷、再咏淚落、偷抽短毫、敬押高韵

　　梁園今日宴游筵，豈慮三儒減一年。
　　風月英聲揮薤露，幽閒遠思趁林泉。
　　新詞切骨歌還澀，往事傷情覺似眠。
　　繁木昔聞摧折早，不才無益性靈全。

丙1468 嵯峨秋望 見新撰朗咏集[1]
　　踏露路迷紅葉色，迎風衣染紫蘭香。
　　林梢雁陣穿秋霧，山脚人家帶夕陽。

丙1469 風度諧春意 以下五首見類題古詩
　　花定開敷香遠近，鳥應撩亂韵斜過。
　　力微詩酒芳游促，聲暖笙歌逸興多。

丙1470 弦歌伴月來
　　光應雙至寒彈韵，影漸相臨慢拍聲。
　　折柳高調携雪引，入松遺曲帶花行。

---

[1] 底本未寫明出處。

丙 1471 早凉秋尚懶

蘆浦波幽花未白，桂林露宿葉無紅。

衣應懶搗幽閨月，雁恨遲傳遠塞風。

丙 1472 池清知雨晴

石潭風洗雲應去，碧水波平月漸沈。

歸鳥路橫斜岸底，遠峰黛浸暮江心。

丙 1473 舊游安在哉

攜將長泣芒原路，尋到空看故宅苔。

意態時開詩卷悟，交談唯□夢魂催。

丙 1474 雲飛千里外[1]

胡塞嘶花遥去馬，巴山歌月遠行人。

丙 1475 田家秋 見江談抄

三巴峽月雲收白，七里灘波葉落紅。

丙 18-09 藤原輔尹 菅根之曾孫、懷忠之子、官權右中辨、大江匡房云、輔尹擧直、一雙者也

丙 1476 花落春歸路 以下二首見本朝麗藻

花落春歸共負心，更遮行路共相尋。

風和過處多薰地，鳥老去程漫謝林。

媚景臨岐殘雪亂，芳辰按轡晚霞深。

光陰苒苒當頭走，一日追歡勝萬金。

---

1 本句見《新撰朗詠集》。

丙 1477 醉時心勝醒時心
醉心已勝最應甘，誰以醒時比漸酣。
與彼停杯思往事，豈如添戶契交談。
漢高祖樂頻欣識，楚屈原憂未酌諳。
百慮消中遺有恨，老來官散淚難堪。

丙 18-10 藤原舉直 諸蔭之孫、利博之子、官三河守

丙 1478 弦歌伴月來 見類題古詩
彈雪曲中乘雪到，貫珠音底對珠行。
輝將峽水相和進，影與梁塵舉動迎。

丙 18-11 藤原敦信 正倫之孫、合茂之子、官山城肥後守

丙 1479 池水繞橋流 見本朝麗藻
池上雨收景氣晴，溶溶流水繞橋清。
回塘烟裏龍鱗暗，枯岸晴前雁齒明。
潭泛紅欄南北影，浪隨玉履往還聲。
每看形勝消塵慮，何必遠求蓬與瀛。

丙 18-12 藤原定賴 公任之子、官權中納言

丙 1480 暮春尋花 以下見新撰朗詠集
望疲雲嶺千條雪，迹入烟村一道霞。

丙 1481 八月十五夜
琴詩酒客千家思，三十六旬一夜情。

丙1482 游法性寺
禪定水清寒谷月，閼伽花落故園霜。

丙1483 北山山庄
草創主人雲臥後，竹編客舍雨墮時。

丙1484 失題
四五月交雲外語，二三更後雨中音。

日本詩紀卷之三十　丙集第十八

卷之三十一
丙集第十九

上毛河世寧　彙編

丙 19-01 大江以言_{千古之曾孫、仲宣之子、受業藤原篤茂、以春秋對策登第、當時與紀齊名、大江匡衡并稱、官文章博士式部太輔、有集八卷、○江匡房論近世才子曰、橘在列不及源順、順不及慶保胤、保胤不及以言、可謂一時之杰矣}

丙 1485 暮春於右尚書菅中丞亭、同賦閑庭花自落_{以心爲韵、○以下二十首[1] 見本朝麗藻}

送春花下一相尋，自落閑庭助幽[2]吟。
脆是天爲人散地，飄非風意鳥訓林。
游塵紅定蹞初合，行履珠歸迹半深。
徒見多年開復落，今年初識有芳心。

丙 1486 林花落灑舟

春暮林花枝漸空，紛紛散落灑舟中。
棹郎忽怪黃頭雪，畫鷁應迷繡羽紅。
妝勝郭家歸路日，榮嘲傳氏濟川風。
池亭頻侍華筵末，枯幹先歡路欲通。

丙 1487 花木被人知

春天花木富芳榮，自被人知得擅名。
何處未承霞養色，誰家不審鳥呼聲。
勻同唐帝專房女，妝笑秦聲一里兄。
莫恨翰林零落去，西園今日接群英。_{河海抄聲作醫}

---

1 此下共有十九首詩。
2 平成本有"幽一作醉"。

丙1488 花色照青松以春爲韵
花色重重德及鄰，青松引照假濃春。
露瑩不暗含烟暮，霞映猶明凝雨晨。
翠竹簾前紅袖透，綠蘿山上月眉新。
使君今有芳心屬，零落翰林榮望頻。

丙1489 敷簟待客來便用來字
夏天敷簟立徘徊，終日相期待客來。
且掃門前當月展，預空座右任風開。
一條露滑憑言約，六尺烟平誡灑杯。
珍重相公招引德，不然爭到晚凉回。

丙1490 高閣夜凉多以風爲韵
高閣斜排四望窮，凉多暑散夜登中。
攀臨靈檻昏煩息，歷上平臺暗熱空。
納月簞瑩迎曉露，連雲燈動先秋風。
凄清自遇爲善樂，宋景應慚侍楚宫。

丙1491 遥山斂暮烟以晴爲韵
眇眇遥山幾許程，暮烟斂盡望中晴。
遠松正色鳥歸見，新月浮陰嵐去明。
深帳高寨青黛出，低巾更整醉顏驚。
吾王本自久相樂，尼嶺光暉顧眇生。

丙1492 海不辭水以深爲韵
巨海儀形聞古今，不辭積水遂成深。

謂多夏後奔流漸，論細秋王滴露侵。
吞閱渭波涇浪色，納傳一日再潮音。
朝宗有信未知飽，涯岸無厭何處尋。
坎位當仁宜自得，坤靈與化好相歆。
三回九折東西路，江月漢雲曉夕心。
萬國應歸南面德，衆星猶拱北辰陰。
拙詩迷叙滄溟趣，更執玄虛舊賦吟。

丙 1493 夏日陪員外端尹文亨、同賦泉傳萬歲聲 以遥爲韵
山呼萬歲空無識，水號千秋未足要。
唯有泉聲新引得，相傳萬歲一家遥。

丙 1494 冬夜宿法音寺、各言志
近日相期此寺中，此宵相宿思方空。
先言不信夏侯芥，雙鬢漸梳商老蓬。
抱節還傷松竹雪，繫緣遙結悉檀風。
有時俟得好文日，始識是吾運未通。

丙 1495 歲暮游園城寺上方 勒
歲慕偶尋山寺登，蕭蕭四望感相仍。
鄉園迢遞令雲隔，林草彫殘被雪凌。
風澗寒時斟綠桂，石橋滑處杖紅藤。
松門親友昏看鶴，花路遠鷄曉聽蠅。
共引霜臺歡會客，初逢雲洞薛羅僧。
風情忽發吟猶苦，日脚漸斜去未能。
泉户草殘寒雪厭，山厨茶熟暮烟興。

懺來累業眼前結，除劫[1]塵勞意裏凝。
學路虛名慚夜月，官途寸步踏春冰。
欲歸延仁及昏黑，遙指河西一點燈。

丙1496 三月盡日陪吉祥院聖廟、同賦古廟春方暮、各分字
時置犧尊召鳳文，送春今宴廟門雲。
一門自有千年會，遮莫花飛復鳥分。

丙1497 閑中日月長
閑中氣味屬禪房，唯得自然日月長。
幽室浮沈無短晷，陰居鄰里有餘光。
陶門迹絶春朝雨，燕寢色衰秋夜霜。
我是柴扉樗散士，閑忙苦樂兩相忘。

丙1498 夏日於左監門宗次將文亭聽講令
講席偶牽儒學中，數篇法令聽于公。
撫民基趾開東閣，體國權輿出上宮。
三尺竹疏隆漢露，萬方草動有虞風。
猶勸結契弟兄義，得使多年深意通。

丙1499 冬日陪於飛香舍、聽第一皇子始讀御注孝經、應教
人倫高行無先孝，皇子執經幼學間。
從此已知吾道達，□□□出自尼山。

---

[1] 平成本作"却"。

丙1500 早夏陪宴、同賦所貴是賢才、各分一字、應製
聖代嘉猷尤足稱，賢才是貴頌聲興。
磻溪迹去雲空宿，傅野道開月獨昇。
春岸釣抛忘綠草，朝端齡老杖紅藤。
庸材幸接仙材末，但喜孜孜道正弘。

丙1501 夏日同賦未飽風月思、深字
由來風月思沈沈，遇境方知未飽心。
到老恨遺朝不倦，逐時癖在弄彌深。
起家望德清明影，嗜道猶求吹擧音。
偶奉翹材東閣道，長誇古迹自傅吟。

丙1502 寒近醉人消
凛凛冱陰酒數巡，寒消難近醉中人。
劉公席絕嚴霜及，王氏鄉占愛日憐。
蘭殿宴闌花雪暖，竹林冬至玉山春。
仰恩斟酌恩無算，便識堯尊百姓親。

丙1503 暮春陪員外藤納言書閣、餞飛州刺史赴任、應教
十餘年往結交久，忽到飛州萬里雲。
雲色風音應怪我，無官今送有官君。

丙1504 水氣先秋冷
水氣自教冷氣通，先秋忽怪與秋同。見作文大體
洲蘆浪碎鷺花白，岸樹日藏省葉紅。見新撰朗咏集

丙 1505 養竹稍成林 以下四十首[1] 見類題古詩
心料入戶高卑月，目記埋窗厚薄烟。
近日猶[2]知非往日，明年兼憶勝今年。

丙 1506 晴後山川清
秦蓋松乾無霧雨，殷舟月照定波瀾。
歸嵩鶴舞日高見，飲渭龍昇雲不殘。

丙 1507 秋聲多在山
眾籟曉興林頂老，群源暮叩谷心寒。
風聞遠及霜鐘動，俗韵來添月杵闌。

丙 1508 林池春色暮
逐日漸看添竹綠，及旬定憶采蓮紅。
花零陰礙當晴月，簾卷波生欲夏風。

丙 1509 花氣染春風
吹自杏園晴後露，扇從梅嶺曉來雲。
淺深少女聲中寫，濃淡嬰兒意底薰。

丙 1510 菊是得名草
遠籬偏著風薰色，屬水流傳月送香。
班氏才慚□漢月，明妃籍恨入胡霜。

---

1 此下共有三十九首詩。
2 平成本作"獨"。

丙1511 花時意在山
廬杏綏桃存夢想，劉蹊阮洞繫精神。
萬緣不起唯林露，一念無他是嶺春。

丙1512 秋思入江山
乘興棹舟應正到，逃名鞭馬更何之。
吳松風處鱸魚臉[1]，商嶺雲中素月眉。

丙1513 鄉思繞關河
夕月鞭慵重霧底，春風棹涉急流潯。
過楊烟結眉愁面，隨浪花添淚灑衿。

丙1514 鳥有歸□□
心約孤雲深草裏，首逢三月落花程。
胡羊乳畢北臣淚，漢鵠羽成南客情。

丙1515 思花對綠樹
芳菲未飽烟枝裏，詩酒難忘雨葉陰。
晚月光藏山下望，春娃妝別帳前心。

丙1516 待月望秋山
南樓課坐踪□[2]企，東戶儲琴眼遠行。
假寐[3]且窺溪露隙，支頤不審峽雲橫。

---

1 平成本作"膾"。
2 平成本作"雖"。
3 平成本作"寢"。

丙 1517 褰簾待月出
卷玉南樓兼置座，推鈎東嶺屢回頭。
秦關人急思鷄夜，漢水星期結鵲秋。

丙 1518 長期花下會
逐時久要芳林露，連日遙交暖樹塵。
霞契茅山三月曉，風移蓬島萬年春。

丙 1519 詩情似得仙
思入九華青羽使，境經七葉白頭孫。
月秋十二樓前路，風暮蓬萊洞裏門。

丙 1520 山深又遇花
隨蹊頻訪過林下，占洞重行傍水濆。
望色多迷葱嶺雪，計勻轉入薛岩雲。

丙 1521 弦歌伴月來
停午今當催夜怨，傾西定到唱秋聲。
落隨黃竹雪心動，引入烟松風迹明。

丙 1522 □□□歸家
入苑空抛看牖月，就林不識拂門塵。
蹊迷晋日隨流客，迹似胡天食雪人。

丙 1523 山花墻上看
南枝色對東家艷，列岫妝來四面塵。
鄰隔未藏飄澗曉，眼逾高□昭雪春。

丙 1524 坐看新落葉
窗深眼路聲猶薄，席暖林頭色已紅。
獨卷簾帷初望地，閑携詩酒漸愁風。

丙 1525 霧晴山望遥
樵蹊踪細嵐晴暮，仙洞梯明日落秋。
月上應迷塵拭鏡，葉飛方誤浪平舟。

丙 1526 霜天聞夜鶴
桂月上時衣洗白，蘭燈挑後頂霑丹。
蓬壺□唳閨初冷，葛屨暗踪夢結難。

丙 1527 新蟬禁中聞
仙郎縱有常聽習，俗客應矜里耳驚。
更亂中臺朝日思，暗添內樂奏風聲。

丙 1528 雪裏辨松操
凡材難及雲黃後，本姓無移嶺白程。
三日猶寒分玉色，孤[1]烟初散識琴聲。

丙 1529 夜蘭不辨色
縱有草螢望爭別，自非華燭見無謀。
爲深爲淺風聲暗，何紫何紅露影秋。

---

1 平成本作"弧"。

丙1530 惆悵惜春暮
尋輝無迹餘霞地，望景如奔落日車。
窗裏空聽離露鳥，林間唯見任風花。

丙1531 詩情被勸春
喜氣催成中動處，韶光導引外形程。
虛無責得林花色，寂莫求來谷鳥聲。

丙1532 勸□不如秋
春夏冬天鄉外思，去今來月樂中心。
客歸右座露溫色，憂忘先登風冷音。

丙1533 燈疑明月夜
不辨賓朋裹箔意，更迷三五上樓腸。
清暉相混秋天霽，殘焰移來曉岫雲。

丙1534 醉中對紅葉
顏將委地秋妝混，眉逐辭條曉色開。
露染方迷金液酌，風飄還誤玉山頹。

丙1535 對水多佳趣
椒房便駐千秋色，蘭輅時臨萬歲陰。
得跨都無他處及，恩涯唯有此家深。

丙1536 鶴唳無凡聲
應知羽客歸來趣，欲詠毛公傳得篇。
花底流鶯寧接語，湖邊行雁幾差肩。

丙 1537 水清似晴漢
浪澄柳巷天津靜，砂徹菊潭星渚幽。
人監查郎行月曉，鳥浮橋鵲拂雲秋。

丙 1538 草長江湖上
楓松堤是菰蔣地，木落秋還草暗春。
吳郡望青風發馬，杭州道綠月行人。

丙 1539 夜花依舊開
僧攀四種供新主，鳥語五根報故人。
露惠如何先日曉，風儀想像古時春。

丙 1540 林池似舊時
紅葉光暉前日色，碧波來去往年流。
槐風不異高門昔，蓮露猶殘故府秋。

丙 1541 樹濕月過遲
隋柳堤遙留曉雪，吳松江遠繫秋霜。
粉娃徐步青閨內，素鶴便翔翠嶺傍。

丙 1542 庭蘭近送香
誰言遠播藩籬下，唯待遍薰只[1]尺中。
入室爲鄰秋染露，勻衣未費曉過風。

---

[1] 平成本作"咫"。

丙 1543 閑中秋色變
抒¹鬚徐步苔寒徑，垂拱單居柳悴陰。
歸老休臣霜後眼，陵園怨妾月前心。

丙 1544 秋未出詩境_{以下見和漢朗詠集}
文峰按轡白駒景，詞海艤舟紅葉聲。

丙 1545 山水唯紅葉
外物獨醒松澗色，餘波合力錦江聲。

丙 1546 秋天無片雲
漢帝龍顏迷處所，淮王鷄翅失留連。

丙 1547 過菅丞相廟、拜安樂寺
贈爵新恩銘刻石，獲麟後集世知丘。

丙 1548 弘誓深如海
以佛神通何酌盡，經僧祇劫欲朝宗。

丙 1549 失題_{江談云、以言沈滯年久、帝亦欲進擢之、攝政道長沮之、以言慍而賦詩云云、○以下見江談抄}
鷹鳩不變三春眼，鹿馬可迷二世情。

丙 1550 不□品
真如珠上塵厭禮，忍辱衣中石結緣。

---

1 平成本作"將"。

丙 1551 栖霞寺
一條露白庭間草，三尺烟青瓦上松。

丙 1552 秋雁數行書[1]
朝隱山雲緗帙卷，暮過林雀巨文加。

丙 1553 常住此說法
拔提河浪應虛妄，耆闍崛雲不去來。

丙 1554 松爲衆木長以下見新撰朗詠集[2]
龍宮浪動群魚從，鳳羽雲興百鳥鳴。

丙 1555 花樹不居家[3]
門賓拾謁宜期夏，閨婦孤夢還妒春。

丙 1556 關山欲春夢
霞消李老青牛路，風去茅君白鶴峰。

丙 1557 流鶯歌曲老
唱衰首戴殘花雪，顔耄翅歸舊谷雲。

丙 1558 但[4]喜煩暑避
日催烏羽炎暉去，風報金商氣味幽。

---

1 此句與第 50 卷丁 0992 重復。
2 根據高島要的考察，此句的出處为《江談抄》而非《新撰朗詠集》。
3 此句以下見《新撰朗詠集》。
4 平成本作"伹"。

丙 1559 牛女惜夜闌
泣計露珠叢底裏，愁望月鏡鎖西舍。

丙 1560 秋凉風露冷
荒院珠簾閑卷色，遠營風斾重翻聲。

丙 1561 林池秋興
露滴暗叢螢火濕，風吹曲岸鷺絲寒。

丙 1562 有風終夜凉
枕冷唐妃專幸夜，襟飄魯聖以思程。

丙 1563 玩女郎
天生花麗妝還冷，地與英靈色方黃。

丙 1564 蘭以香爲貴
魏宮名顯三臺月，燕夢子傳萬代風。

丙 1565 失題
南門曉到東西路，八月秋深十五天。

丙 1566 菊是花聖賢
東籬方遇南薰主，最弟被知季曆兄。

丙 1567 蟋蟀近床聲
吟急殘燈光正背，夢驚孤枕淚難乾。

丙 1568 林池秋興
林風槐舊繁花久，池水蓮傳累葉芳。

丙 1569 菊有延年術
流下緣邊皆上壽，籬東日月不傾西。

丙 1570 憶入唐圓通大師
白首七旬殘日少，蒼波萬里遠天空。

丙 1571 游女詩
桂花秋白雲開地，蘆葉春青冰冷天。

丙 1572 山中秋日暮
松門露暗僧歸寺，蘿洞雲栖鳥宿林。

丙 1573 天秋無片雲
金風吹拂青山極，銀水洗除碧海吞。

丙 1574 秋夜作見作文大體
林叢唯任蕭條色，九月才殘二日光。

丙 1575 瑤琴治世音見十訓抄
雲調黃德軒岳遠，風奏南薰舜道興。

丙 1576 山近雲作鄰見類題古詩
西戶曉龍分路月，前簾秋陰隔墻花。

丙 1577 弱柳不勝鶯、聯句[1]

春娃眠足鴛衾重_{大江匡衡}，老將腰疲鳳劍垂_{大江以言}。

日本詩紀卷之三十一　丙集第十九

---

[1] 底本未寫明出處，上聯見《江談抄》，下聯見《新撰朗咏集》。 另外，《新撰朗咏集》中收錄上下兩聯，作者均作大江以言。

卷之三十二
丙集第二十

上毛河世寧　彙編

丙 20-01 源俊賢_{高明親王之孫、惟賢之子、官權中納言治部卿}

丙 1578 探得富樓那_{以下三首并見本朝麗藻}
出從釋氏富樓那，字是滿江意幾多。
知惠風高詞卷霧，辨才浪涌口懸河。
慈悲內契應由我，利益外情似忘他。
第一名聞三世久，生生展轉在娑婆。

丙 1579 冬日陪於飛香舍、聽第一皇子始讀御注孝經、應教
珠得琢磨金待鍊，人情從教亦如斯。
我王問道偏依禮，至孝自然生即知。

丙 20-02 源賴定_{村上皇孫、爲平親王之子、官參講左兵衛督}

丙 1580 池水繞橋流_{以情爲韵}
前池形趣本傳名，流水繞橋入夏清。
旅雁一行秋漢潔，長虹千里暮雨晴。
魚鷺左右紅欄影，人踏東西白浪聲。
此處風烟非俗境，宜哉久契勝游情。

丙 20-03 源爲憲_{是恒之曾孫、忠幹之子、官遠江介、字澄}

丙 1581 紅霞間綠樹_{見應和詩合}
春樹春霞無定妝，霞紅樹綠錦成章。
鎖烟細柳橫虹影，籠雨孤松映夕陽。
薜荔岩頭仙雪色，琉璃水上綺緋光。

晴前濃淡獨難破，不待鳳機自施張。

丙1582 見大宋國錢塘湖水心寺詩、有感繼之 以下九首見本朝麗藻
錢塘尋寺幾回頭，見說烟波四望幽。
精舍新詩應日想，白家舊句欲心游。
湖中月落龍宮曙，岸上風高雁塔秋。
法界道場雖佛說，恨於勝境自難求。

丙1583 石山寺小池蓮
寺鑿小池蓮正迸，與人間草不須論。
經爲題目佛爲眼，知汝花中殖善根。

丙1584 秋夜對月、憶入道尚書禪公
去年尋君談話夜，飛香舍東秋月明。
今夜憶君端居夜，教業坊中秋月清。
一虧一盈月相似，時去時來人不同。
當我衰鬢難辨白，入君觀念應覺空。
何事閑對得相憶，員外官冷無所營。
定知山月笑遲來，行年比君二年兄。

丙1585 減服御常膳物
明王濟世幾多功，遍代疲民事儉恭。
御府奇文應減製，天厨異味不要重。
堯年水溢多愁沴，湯日旱炎自弃農。
聖代難逃天定數，何爲責己慕時雍。

丙1586 減諸國今年調庸及租税
王澤旁流及八區，曩時擊壤豈相殊。
紫泥文出仁風動，黄紙詔傳惠露濡。
宰吏無徵貧戶税，官家不網廢田租。
九重深處得知否，比屋黎元掩泣娛。

丙1587 仲秋釋奠、聽講古文孝經、同賦天下和平
萬國咸寧仰聖君，便知王德及飛沈。
包茅鎮入朝天貢，葵藿斜抽向日心。
機遠都無雲鎖色，航忙豈有浪驚音。
中華彌遇堂堂化，想像遐方各獻琛。

丙1588 頃者侍中御史中丞、到囚門前、近駐華轂、普見囚徒、與食療饑、好事之輩、以詩嘆美、予傳以聞之、繼其末_{本韻}
詩家著德知君子，積善餘風慶豈無。
今日上天應感激，霜臺來愍夏臺辜。

丙1589 奉和藤賢才子登天台山之什_{本韻}
天台山險萬重強，趁得經行古寺場。
削迹囂塵尋上界，懸心發露契西方。
鶴閑翅刷千年雪，僧老眉垂八字霜。
珍重君辭名利境，空王門下立遑遑。

丙1590 代迂陵島人感皇恩
遠來殊俗感皇恩，彼不能言我代言。
一葦先摧身殆没，孤蓬暗轉命才存。

故鄉有母秋風淚，旅館無人夜雨魂。
豈慮紫泥許歸去，望雲遙指舊家園。

丙1591 瀑水含秋氣 以下十八首見類題古詩
飛自幽岩唯冷色，落於遠岫幾寒聲。
淒涼徹底松嵐曉，凜烈盈科蘿月時。

丙1592 望月遠情多
霽譜往返烏孫路，明憶笙歌燕子樓。
將照漢家磧外夜，定添商嶺鬢邊秋。

丙1593 秋思入江山
遙憶魚舟凌浪意，遠聞雁陣過峰音。
奈其巴峽猿啼苦，想像岩頭泉響吟。

丙1594 敷簟待客來
施應倒屐迎時坐，展擬當襟醉處媒。
六尺限秋因友說，一床浮露爲誰開。

丙1595 處處趁春花
占艷欲攀何花裏，訪妝將玩幾林中。
行行迹入河陽雪，眇眇眼穿洞浦紅。

丙1596 同前
遙指桃源迷浪險，更占柳岸被烟遮。
促車時入千重雪，信馬暗逢數片霞。

丙 1597 弦歌伴月來
撫應影契妝樓路，拍被光期舞榭行。
曉潔自迎彈雪曲，霽瑩新得貫珠聲。

丙 1598 隔水望花色
鶯語經浪難聽密，龍顏轉棹欲攀濃。
青銅鏡外紅顏膩，綠綺衾邊絳帳重。

丙 1599 經霜知松貞
亭亭偏聳嚴凝裏，鬱鬱獨誇凜冽程。
鴻雁翥時妝豈變，鷗鴣去處蓋猶傾。
凌寒更表千年色，帶冷不悛四序情。
櫻綻春風還自散，槿嬌曉霧早消榮。

丙 1600 池清知雨晴
淵融定有斜飛影，底徹應無漫灑音。
棹尾魚驚明月浸，鑒顏人對碧霄深。

丙 1601 夜花不辨色
游人定後嬌姿秘，啼鳥栖來妖態藏。
月底難分濃淡色，風前唯識去來香。

丙 1602 雜樹花難辨
濃淡妝交鶯幾惑，淺深影亂蝶何裁。
著霞更訝紅桃臉，望雪寧分粉舌腮。

丙 1603 未飽風月思
珠不全銜簾外拂，霜應才嚼帳中臨。
天炎乏昧爭能詠，曉□難嘗欲罷吟。

丙 1604 披□對水石
一眼青邊空忘扇，孤拳綠上欲占林。
銷來炎熟浪澄處，引得清涼雲觸傍。

丙 1605 芳樹幾重開
妝綻曉風千片媚，光欺暖日百葩濃。
杏園表裏凝妖態，梅棧高低絕妝容。

丙 1606 秋月高低明
巫山十二峰寧暗，客路三千里最明。
繫帛塞鴻雲表翅，貫珠皋鶴露間聲。

丙 1607 舊游安在哉
詩酒友多墳宿草，笙歌家半地殘苔。
花前昔會春□夢，月下故情夜淚催。

丙 1608 臨池愛水涼
表裏淵澄光自冷，淺深徹底色猶幽。
清漪影上唯消暑，晚浪聲中暗卷秋。

丙 1609 和源規材子鱗居之作 見和漢朗詠集
貞女峽空唯月色，窈娘堤舊獨水聲。

丙1610 失題見江談抄
山投烽燧秋雲暗，海□恩瀾曉月深。

丙1611 老無避處見新撰朗詠集
關門未固年行路，劍戟難防耄及程。

丙20-04 源伊賴兼明親王之孫、伊涉之子、位從五位下

丙1612 雨爲水上絲以浮爲韵、〇以下二首并見本朝麗藻
如絲雨脚水心幽，終日微微未得休。
灑憶冰蠶池上吐，亂疑烟柳岸前浮。
縲處定處唯風浪，充是何方任石流。
豈只佳游逢此日，花紅春與月明秋。

丙20-05 源明理是忠親王之孫、正明之子、官內匠頭

丙1613 度水落花舞
落花漫卜洞中晴，度水舞來妙曲輕。
飛過沙風紅袖舉，亂經岸露玉釵傾。
應歌妝脆逐舟去，赴節影翻趁浪行。
温樹今迷回雪色，梨園佳妓欲相爭。

丙1614 遙山歛暮烟見類題古詩
嶺外卷來寒日落，林梢拂盡遠種鳴。
仙廚茶罷月眉上，孤岫鳥歸松頂清。

丙 20-06 源孝道_{元亮之子、滿仲養以爲子、官左衛門佐越前守}

丙 1615 暮春於白河、同賦春色無邊畔_{以情爲韵、〇以下七首見本朝麗藻}

春色眇焉處處生，望無邊畔幾多情。
天涯不定烟霞外，海角難分景氣程。
四面紅花風豈限，寸眸綠草境難名。
莫嘲乘醉沈吟苦，王澤盛中樂太平。

丙 1616 度水落花舞

仙家春暮落花盈，度水舞來變態輕。
紅袖濃葩遮浪處，羅裙彩艶過流程。
岸應妓樹砂風送，林是妝樓浦月迎。
二十年前重侍宴，淺緋未改白頭情。

丙 1617 酬和前遠州繼大宋國錢塘西湖水心寺詩之什_{本韵}

聞說錢塘對嶺頭，中占地勢寺亭幽。
樓臺净土新形趣，風月樂天昔宴游。
白浪傳聲湖面舊，紅林倒影水心秋。
每看勝境在詩句，恨隔雲濤不得求。

丙 1618 晚秋游彌勒寺上方

秋尋蕭寺陟高崗，攀樹踞岩只眺望。
塵境心悲虛澗水，禪門徑踏半天表。
巫陽有月猿三叫，商嶺無雲雁一行。
日暮入堂偏念佛，生涯毀譽任家鄉。

丙1619 九月盡日、侍北野廟、各分一字通字
管弦商曲將秋暮，詩酒新聲與古通。
靈廟本爲風月主，宜哉明德滿蒼穹。

丙1620 暮秋於左相府宇治別業即事
河水橫西山峙東，王程頗僻洛陽宮。
烟霞奴僕尋常物，泉石資儲造化功。
庾信園非山境月，陶潛家隔相門風。
如何別業幽奇地，主客公卿會此中。

丙1621 感勘解藤相公賢郎茂才蒙課試之綸旨、聊呈鄙懷
相公本是道英雄，材翰森然文亦工。
棘路今歡名已列，李門昔恨業猶空。
魚疲逆浪鱗雖泥，風拂重霄翅自冲。
泗水慕龍情未忘，尼山舐犢志應同。
宜誇仙桂連枝月，將扇儒林累葉風。
七八回聞科第思賢郎二人頻應茂才之舉、舍弟侍中尚書右少丞、長德四年登科今茂才、次蒙此宣旨云云，三千徒裏拔群躬。
非唯明主用君器，定識素王酬文功。
大項橐賢苗不秀，公孫弘智艾初通。
豈知才子專天爵，漸近年丁選帝聰。
萬里青雲雙脚下，一家榮耀孤懷中。
獨慚詞苑爲奴僕，兼嘆吏途作老翁。
驥櫪縱無駑蹇偶，若共得遇誠馳忠。

682

丙1622 望月遠情多以下五首見類題古詩
過窗忽憶吟霜角，落水遙諳棹雪舟。
游子不歸鄉國夢，明妃有淚塞垣秋。

丙1623 待月思殘菊
須依亭午能分別，爭使籬東快照臨。
玉鏡遲開羅帳怨，華燈未舉粉樓心。

丙1624 弦歌伴月來
伯牙應契高昇處，郢客相攜漸映程。
光約貫珠簾外調，影留別鶴水邊聲。

丙1625 水清似晴漢
菊是星纏回岸點，桂應月渚與陰浮。
仙查路誤沙痕曉，鵲翅橋迷浪上舟。

丙1626 月光遠近明
塞北江南皆宿雪，窗松戶竹幾重花。
佳期應是同千里，清景何殊在一家。

丙20-07 源道濟信明之孫、方國之子、官筑後守

丙1627 暮春陪都督大王、游覽法興院、同賦庭花依舊開、應教以春爲韻、〇以下五首見本朝麗藻
家移爲寺謝囂塵，依舊花開憶主人。
芳意寧將前日異，濃妝或有每年新。
容輝樹老雖非昔，雨露恩遺不忘春。

宜矣大王臨望處，今朝思昔動精神。

丙 1628 水樹多佳趣
幽奇水樹足登臨，佳趣太多興味深。
沙石縱侵何得汙，枝條方茂好成陰。
流清自備聖人鑒，松古唯諳君子心。
無限風烟蓮府裏，不思象外遠相尋。

丙 1629 禪林寺眺望
一尋古寺到城東，靜立上方四望通。
江樹重重寒雨後，烟村處處夕陽中。
塵勞欲洗胸波水，毀譽不來耳界風。
自是宜隨無漏結，永拋俗累出樊籠。

丙 1630 冬日於雲林院西洞、同賦境静少人事
一辭塵巷入烟霞，乘興不知往反賒。
境静人稀無俗事，松風颯颯日方斜。

丙 1631 閑居無外事
閑居謝遣繫簪纓，況復更無外事營。
得意詩朋懸榻待，趨權軒蓋過門行。
性傭唯見蘿花色，官冷不驚街[1]鼓聲。
身適自由依卜静，追嘲奔走買虛名。

---

1 平成本作"衙"。

丙1632 秋聲多在山 以下七首見類題古詩
連峰[1]爽□過窗冷，深峽潺湲滿耳寒。
處處猿愁聞不絕，時時蟬慘響猶殘。

丙1633 秋思在山水
繫舟染著波寒色，扣馬踟躕葉落音。
秦嶺嵐清鄉國淚，吳江月朗管弦心。

丙1634 待月望秋山
嶺雲白處頻回首，溪霧冥中幾寄情。
皓色猶藏殘黛滅，初光且上遠松明。

丙1635 山晴秋望多
碧落天晴樵路冷，青嵐岫遠雁行輕。
三巫峽水寒當眼，五老峰雲卷有情。

丙1636 園菊飽霜花
護添氣色□秋冷，窺趁芬芳送夜寒。
嚴冒猶應同翠竹，薄疑暫伴得幽蘭。

丙1637 霜樹疑春花
色合猶難爲美景，氣寒還怪不和風。
暫殘自得知真僞，早散更難辨異同。

---

[1] 平成本作"山"。

丙1638 水清似晴漢

萍流忽訝陰雲去，菊映便思列岫浮。
波浪應同風定曉，高低無潔月明秋。

日本詩紀卷之三十二　丙集第二十

卷之三十三上
丙集第二十一上

上毛河世寧　彙編

丙 21 上-01 大江匡衡 維時之孫、重光之子、七歲讀書、九歲賦詩、及長博洽、當時名儒、無能及者、官文章博士式部大輔、有吏部集、行于世

丙 1639 月下即事 于時八月十四日
風爽雲收游月下，誰知明日勝今宵。
若無惟月恩光至，筆路詩場定寂寥。

丙 1640 八月十五夜、江州野亭對月言志
賓客不來僮僕去，獨看山月不堪秋。
村童邑老莫輕我，天祿帝師宰此州。

丙 1641 暮秋左相府東三條第守庚申、同賦池水浮明月詩 澄字爲韵
詩情緣底太承仍，蓮府秋池浮月澄。
碧浪金波應合體，綠蘋紅桂是親朋。
洲晴舞鶴疑回雪，底徹游魚似上冰。
多歲追從文墨事，向明自愧獨無能。

丙 1642 秋夜陪右親衛員外亞相亭子、守庚申、同賦秋情月露深詩
秋天蕭瑟一傷心，月冷露濃鐘漏深。
沙塞笳愁遙照曲，蘆洲舟礙半霑襟。
練鋪砧上風空搗，珠亂叢端鶴獨尋。
相對自慚身未去，桂岩雲底欲抽簪。

丙1643 月露夜方長以閒爲韵
月露夜長意往還，此時憑檻自開顏。
鏡瑩北斗漸回後，珠點東方難曙間。
官漏鷄遲羌笛怨，商颷鶴警寧歌閒。
惜秋本自無容假，不覺蹉跎兩鬢斑。

丙1644 夏日陪左相府東閣、同賦松風小暑寒、應教
暑氣尚微衣更冷，應因松下有清風。
豈唯臺閣風標秀，枝葉又期十八公_{金吾納言春秋十八、匡衡昔執卷勤學、故獻此句。}

丙1645 仲春庚申夜、陪員外藤納言文亭、同賦夜坐聽松風
詩朋引誘接佳游，松下聽風夜自留。
暗漏三更烟葉動，孤灯一點綠枝幽。
月前琴曲鶯知曉，雲外蓋陰冷和秋。
觸感心疏唯落淚，一生不幾若浮休。

丙1646 五月五日陪內相府池亭、同賦雲峰入夏池、應教勒新鱗臻辰
雲峰眇眇已爲鄰，影入夏池氣色新。
更使苔痕通鳥路，空教松嶠混魚鱗。
羅浮曉樣隨波織，紫蓋晴光覆水臻。
爲向林園風物道，莫忘今日賞名辰。

丙1647 今年四月一日陰雨、八日大雨、信東方朔之前言、心怨大旱、入五月以來久不雨、十一日公家班幣諸社祈雨、又是月左相府、依例被修法華三十講、於是、皇澤雲霈、忽救稼穡之艱難、法音雨灑、自致陰陽之變理、於戲君臣合體、朝野歡心、僕以紙爲良田、以筆爲耒耜、不獨弄風月誇翰林、主人之名、亦欲慕循良、顯丹州刺史之忠、以絶句二首、題東閣之壁

荷鋪染毫歌德政，爲儒爲吏遇明時。
豫期吾土如雲稼，高詠樂天賀雨詩。

丙1648 同二
一千載後祈神社，三十講時知佛恩。
應是旱天霖雨用，君臣合德感乾坤。

丙1649 冬夜守庚申、同賦看山_{山下脱有字}小雪_{以疏爲韵}
排户卷簾送眼居，山頭小雪晚來疏。
銜峰殘月孤[1]輪半，觸石寒雲一段餘。
貞女峽衰施粉黛，大夫松冷看銀魚。
昔堆窗裏今遙照，尼嶺迷莫棄予。_{迷下脱途字}

丙1650 雪是先春花
乘興回看白雪朝，恰欺花色先春嬌。
東風未報梅唇笑，朔漠猶陰柳絮飄。
拾欲薰衣非暖氣，折難挑首是寒宵。

---

1 平成本作"弧"。

追嘲[1] 宋日豐年瑞，詠德歌功事帝堯。

丙1651 春日陪左相府東閣、同賦逢春唯喜氣
王春喜氣感光陰，溫煦就中在翰林。
四品新袍應道貴，三官猶帶是恩深。
寒江漸暖潛魚躍，枯木半榮好鳥吟。
爭遇君臣合體，萬心抃悦聖賢心。體下脱日字

丙1652 三月三日侍左相府曲水宴、同賦迴流沈酒、應教以回爲韵、○新朗詠題作因流泛酒杯
時人得所坐青苔，沈酒清流取次回。
水寫右軍三日會，花董[2] 東閣萬年杯。
巡行波月應明府，斟酌沙風是後來。
杖醉初知春可樂，魯儒猶恥洛陽才。

丙1653 暮春應製勒毫高皐桃毛叨刀陶
四十六年人未識，堙倫墨沼懶抽毫。
幸逢北闕[3] 仁心厚，遂使春卿禮秩高匡衡四十七、初聽昇殿兼侍讀、去年再預加階、稽古力也。
白雪清歌鶯出谷，青雲榮路鶴歸皐。
獻君魯水壁中簡今春以尚書十三卷、十餘日御讀了、招我綏山盤上桃。
重士輕財恩市骨，好文偃武德如毛。
烟霞得境苦應惜，花月有時誰不叨。

---

1 平成本作"潮"。
2 平成本作"薰"。
3 平成本作"闋"。

吏部侍郎思八座式部大輔爲侍讀者、必早昇八座，尾州刺史夢三刀儒官兼刺史、殊常之恩也。

寄言天下懷才者、自愛彈冠莫鬱陶。

丙1654 夏夜守庚申、侍清凉殿、同賦避暑對水石、應製以清爲韵

幸入蓬萊近聖明，追凉避暑石泉清。
五更眠覺岩風冷，三伏汗收岸雨晴。
展簟空歌孫楚枕，開襟自濯子陵纓。
千秋溪體今移得，長備天臨頌太平。

丙1655 七夕守庚申、同賦織女理容色、應製以嬌爲韵

寄言織女意搖搖，容色理來結契遙。
頻恝玉簪霞袂舉，閑臨妝鏡月眉嬌。
燕蘭湯沐非同日，漢李聲華伴九霄。
乞巧殷勤天可許，徘徊自耻馬卿橋。

丙1656 秋夜閑談

翰林學士非匆劇，吏部外員猶後群。
言志閑談東閣月，狗名遥愧北山雲。
偶逢鮑叔能知我，將就龍媒試事君。
目□想看何所待，不如萬一著斯文。

丙1657 暮秋陪中書大王書齋、同賦風景一家秋、應教

天爲大王似有心，秋教景趣一家深。
蘭臺置酒露濃色，竹苑撫弦風冷音。

看月周墻中自得，公雲越國外誰尋。
四鄰莫妒此間事，才客於茲成市林。

丙1658 九月盡日惜秋言志
少年猶亦惜秋苦，何況閑人僚倒時。
身老五花風月席，家經十葉帝王師。
紅顔如昨西頽早，白髮爲霜子達遲。
心慕相公群息感，侍郎不耐解嘲詞_{此事見文選。}

丙1659 九月盡於秘書閣、同賦秋唯殘一日_{以光爲韵}
洞中合宴忘家鄉[1]，秋抄只携一日光。
今夕階蕚雖落盡，明朝籬菊有餘芳。
爛柯不識殘陽景，後葉空逢七葉霜。
已到詩仙心事足，侍郎佳興過潘郎。

丙1660 九月盡日、同賦送秋筆硯中、應製_{以心爲韵}
感秋何處快況吟，相送只資筆硯心。
遮路紫毫羈旅遠，解携墨沼悵望深。
霜花餞席文章錦，風葉離歌朗詠音。
好去今年商律候，事君萬歲幾光陰。

丙1661 初冬感興_{於内府作}
秋過物色變林叢，興味自催在此中。
酒熟始携東閣月，詩成高詠北窗風_{于時宴北窗、故云。}
樽前不患身閑素，醉後應誇面暫紅。

---

1 平成本作"卿"。

詩講二年心獨盛，韋賢昔學大江公。

丙1662 冬夜與諸君談話
初冬十月幽閒夜，風客五人談話時。
相議今宵題一絕，亦期明日守三尸。
羽林馮翊鴻鸞侶，吏部肥州錦繡詞。
中有翰林疏懶叟，鬢霜冷落思風遲。

丙1663 除夜作
大儺舊典久相傳，萬户千門暫禁眠。
想像舉周陪殿上，對灯愚叟感流年。

丙1664 秋日游盤若寺、同賦秋山似畫圖_{以情爲韵、應左相府教}
秋山自似畫圖成，軒騎登臨幾喜晴。
霧畫睹青非筆力，雲生後素豈人情。
翠屏只任嵩烟色，錦障更添峽水聲。
今日最宜呼萬歲，前賢所相地多榮_{此寺先祖所傳之善地也。}

丙1665 冬日登天台即事、應員外藤納言教_{八韵}
相尋台嶺與雲參，來此有時遇指南。
進退谷深魂易惑，升降山峻力難堪。
世途善惡經年見，隱士寒溫近[1]日諳。
常欲掛冠緣母滯，未能晦迹向人慚。
心爲止水唯觀月，身是微塵不怕嵐。
偶遇攀雲龍管駕，幸聞披霧鷟臺談。

---

1 平成本有"近恐當作追"。

言詩謹佛風流冷，感法禮僧露味甘。
恩煦豈圖兼二世，安知珠繫醉猶酣。

丙1666 春游原上粟田障子作十五首中其四
相尋勝境賞風流，寄意韶光原上游。
白鹿舊名傳得遠，黃鸝新語聽來幽。
行留草色烟侵迹，醉倚花枝雪點頭。
莫道歡[1]娛春有限，從兹斗會契千秋。斗當作計

丙1667 春日野行同作中其一
郊外雪銷春采菜，行人願望日將曛。
此時想得和羹事，誰問當初傳野雲。

丙1668 嵯峨野秋望同作中其九
何處秋情不可涯，嵯峨野曠近京華。
影疏堤畔蕭條柳，香亂叢間爛漫花。
遥漢風高聞雁櫓，遠村雲斷見人家。
興餘軒騎忘歸路，不奈山西日已斜。

丙1669 林下晚眺同作中其十一
趁幽訪勝意依依，晚望興深惜落暉。
林下由來風月地，同游過此欲何歸。

丙1670 過海浦同作中其六
經過海浦水漫漫，幽趣風烟極目看。

---

[1] 平成本作"勸"。

骋使家留臨古岸，漁父舟泛任輕瀾。
鄉心遠樹孤雲隔，客路邊山落日殘。
自感去來潮有信，不知早晚歇歸鞍。

丙1671 長江瞻望多_{以賒爲韻}

日暮登高瞻望多，長江眇眇往來賒。
尋陽九道唯沙月，楚水千程幾浪花。
心與過流歸鳥去，眼隨遠岸遠帆遮。
忽抛東海浴恩澤，文士輝榮在我家。

丙1672 夏夜陪左相府池亭、守庚申、同賦池清知雨晴、應教_{以深爲韻}

前池清冷動風吟，知是雨晴水正深。
底徹先諳山月色，雲收誰聽浪花音。
鑒流雖慕隨車迹，臨岸猶忘假蓋心。
多歲幸陪池上飲，浮沉恩澤送光陰。

丙1673 晚冬同賦池冰如對鏡_{以清爲韻}

詩家任情不營營，靜對池冰若鏡清。
風是金爐波上鑄，雪爲瓊粉岸間瑩。
凝看蓮府千年影，結借楊州百練名。
鶴望未諧宜照膽，自慚霜鬢半頭生。

丙1674 早夏觀曝布泉_{粟田障子作十五首中、其五}

閑望一條曝布泉，眼塵暗盡坐岩邊。
穿雲倒瀉寒聲竪，疑是銀河落自天。

696

丙 1675 夏日陪藤亞相城北山莊、同賦淡交唯對水清字
一趁山家出洛城，淡交對水許交程。
偶逢如舊知潭面，相見未曾變浪聲。
貢禹彈冠臨鏡里，王弘送酒把杯情。
挹流何事獨危涙，水菽未酬耻所生。

丙 1676 夏日陪左相府書閣、同賦水樹多佳趣、應教深字
園池佳趣一相尋，樹影重重水色深。
照藻月瑩方見鏡，入松風撫自聽琴。
削成曲洛城中石，養得翹材館下林。
動靜飛沈皆計會，好憑軒檻快謳吟。

丙 1677 秋日岸院即事
遠尋古院被秋催，岸上排松窗户開。
瀧砌浪紅鋪落葉，遠階嵐綠掃寒苔。
孤舟棹影穿烟去，晚寺鐘聲渡水來。
此地卜鄰非俗境，龜山便是小蓬萊。

丙 1678 夏夜同賦池臺即事、應教
常在李門員外職，久陪蓮府善根場。
孫弘閣月集賢士，呂蒙家風開後房。
應是法花薰入力，彌令累葉照臨光。
誦詩談禮宛照教，心足漸忘鬢上霜。

丙 1679 秋日東閣林亭即事、應教
春花榮耀去年序東三條花宴獻序、講席之間、愚息舉周補侍中、父子拜舞，秋月清吟今夜詩。

吴坂嘶風增價馬，盧江弄浪浴恩龜。
北堂累代三餘學，東閣長男一卷師。
即事寧非稽古力，彌寬老志待殊私。

丙1680 妹妋山下卜居粟田障子詩十五首中、其二
一從山脚卜林泉，塵事無侵正澹然。
蘿帳月前開鏡匣，松窓風底撫琴弦。
陽臺曉夢雲相似，女几春心水自傳。
萬歲藤爲隨斗杖，携持乘興弄潺湲。

丙1681 題玉井山居同作中其十四
趁得山庄望地形，始知玉井在中庭。
遙分崐嶺風流美，暗寫華林水氣馨。
數點苔侵藏石凳，孤[1]輪月落見銀瓶。
佳人凝睇卷簾坐，雲樹重重山色青。

丙1682 田家秋意同作中其十二
田園閑逸有年催，地富風烟稅額堆。
蘆葉聲寒隨水動，稻花景美與雲開。
心兼朝野嘲歸去，眼望秋山任往來。
爲向維舟沙岸道，遇時自得濟川才。

丙1683 橋上歇馬同作中其三
江山渺渺幾相重，暫駐行鑣岸草濃。
到此踟蹰先有意，題橋欲繼馬卿踪。

---

1 平成本作"弧"。

丙 1684 泛河到古橋邊同作中其七
河橋已壞舊名傳，兩岸寂寥歲月邊。
惆悵晴虹藏不見，浪花空混水中烟。

丙 1685 海濱神祠同作中其八
海濱祠宇枕烟波，松岸蘆洲古意多。
日暮人歸風定後，遙聽沙月唱漁歌。

丙 1686 九月盡日、侍北野廟、各分一字烟字
昔攜白菊叢邊露菅家文草[1]有九月三十日白菊叢邊小序、今有所感，今宴青松野外烟。
同是季秋三十日，每思神筆淚潸[2]然。

丙 1687 冬日於州廟賦詩
明時侍讀一愚儒，再得尾州竹使符。
長保春風初促駕，寬弘冬雪更迷途。
割鷄唯愧叢雲劍，圻蚌只慚合浦珠。
洛下親朋莫拋我，欲填月稅與花租。

丙 1688 暮春觀[3]學會聽講法華經、探得大通智勝如來
大通智勝在娑婆，入城以還歷劫遐。
能使衆生登彼岸，若干眷屬過恒沙。
雲無來迹唯聞樂，風有芳心更供花。

---

1 平成本作"章"。
2 平成本作"潸"。
3 平成本作"勸"。

我等當初何處住，不蒙教化幾咨嗟。

丙1689 贊石山寺觀音德
四面江湖弘誓海，一拳盤石大悲山。
向方頂禮無他念，夢寐騰騰意往還。

丙1690 暮春勸學會於親林寺、聽講法華經、同賦惠日破諸暗、各分一字澄字
惠日功能出一乘，破來諸暗誓尤弘。
先銷有漏光高映，更斷無明影遠澄。
鷄足如風排苦霧，鷲頂非水解凝冰。
今春合掌初聞偈，除却塵勞不愛憎。

丙1691 奉和前源遠州刺史水心寺詩
樂天昔宅水心頭，化作道場景趣幽。
詩酒故窗花自散，慈悲新□鳥閑游。
浪傳白樣風情老，潭泛金容月影秋。
應是蓬萊山聖寺，乘杯結契欲相求。

丙1692 法音寺言志
身未出家志道場，追隨佛事積年光。
昨逢東洛萬燈會，今宿北山三昧堂。
紅葉嵐深窗暗雨，蒼華鬢名日暮鬢寒霜。
香花紹介在風月，此契他生不廿忘[1]。廿恐當作可

---

1 平成本作"志"。

丙1693 和石山平上人述懷之絕句
師披雲衲卧岩户，我向雪窗在翰林。
莫難窮陰寒素苦，待春祈念是同心。

丙1694 昔延喜天曆二代聖主、各奉爲母后手書金字法華經、我祖江納言以侍讀作願文、今聖上又奉爲東三條院手書金字法華經、匡衡又以侍讀作願文、三代希有之事、宜貽來葉、不堪情感、咏絕句題座隅、蓋爲勵子孫也
釋尊往昔説經王，靈鷲山風屬聖皇。
稽古我君酬母德，應同天曆與延長。

丙1695 長保寬弘之間、天下幸甚、老儒不堪欣感、聊述所懷
長保初年開后房，寬弘頻歲誕皇王。
二之年號臣所獻，仰望江家父子昌 謹檢舊事、延喜年號、紀中納言所獻、其子淑光頻歷顯要列卿相、天曆年號、江中納言所獻、其子齊光頻歷顯要到[1]卿相、長保寬弘之政、擬延喜天曆、江家因期所憑居多。

丙1696 昔漢明帝聚諸儒於白虎觀、講論五經疑義、我朝承和聖主、當仲秋釋奠翌日、召明經儒士并弟子等於紫宸殿、解釋滯疑、以成流例、余列侍臣、傾耳感心
白虎觀中談義日，紫宸殿上解疑時。
永平故事承和例，累代相傳不失期。

丙1697 早夏陪宴、同賦所貴是賢才、各分一字、應製
我君孟夏賞賢人，重學貴才是此辰。

---

1 平成本作"列"。

明代珠簪岩穴月，恩期綠綬草萊春。
中書王硯潛龍見，左相國毫采鳳馴。
還似漢皇連句宴，竹園槐府率群臣。

丙1698 王昭君
可惜明妃在遠營，本來尤物感人情。
九重恩薄羅裙去，萬里路遙畫鼓迎。
漢月不知懷土淚，邊雲空愧惜金名。
家園親黨無相見，只聽琵琶怨別聲。

丙1699 早夏諸客賀予再兼翰林、不堪情感、聊賦一絕
久陪蘭省東方朔，再入翰林白樂天。
不耻烹鮮爲少吏，只歡勸醉繼前賢。

丙1700 兼翰林之後、與門生談話
再辱文章博士名，聊談舊事晤諸生。
菅馮翃已爲三品，橘相公寧非九卿_{菅清公叙四位博士、橘廣相初五位任博士、後四位再任博士。}

丙1701 再除吏部員外侍郎、懷舊有感
辱傳祖父貽孫謀，爲子辭官任本官。
天暦餘風今在此，少年莫笑雪窗寒_{祖父納言爲天暦侍讀之時、辭所帶式部大輔、以男藏人齊光任式部丞、齊光叙榮爵之後、納言還任式部權大輔、江家再有此例、故云。}

丙 1702 寬弘三年三月四日、聖上於左相府東三條第、被行花宴、余爲序者兼講詩、講詩之間、左丞相傳敕語曰、以式部丞舉周補藏人者、風月以來未嘗聞此例、時人榮之、不堪感躍、書懷題于相府書閣壁上

今年兩度慰心緒，愚息遇恩之至哉。
正月除云爲李部，暮春花宴上蓬萊。
誠雖漢主明風教，多是周公重露才。
桓郁侍中榮不見，江家眉目有時開。

丙 1703 喜愚息舉周賜學問料、聊寫所懷、寄呈廊下諸賢

聖主殊私及幼齡，戴恩感德淚先零。
舜河添潤寒江岸，堯燭分輝睹牖扃。
董仲舒兒無射鵠，車司徒後不收螢。
君家七代我家六，只拜東西二祖靈<small>菅江兩家始祖、建立文章院東西曹、爾後二百年、篝裘之業、于今不絕、有所感此云。</small>

丙 1704 寬弘七年三月卅日、遷丹州刺史、歸舊國尾州、有感、以詩題廳壁

昨任邊州猶鷁退，今遷近地始鷹揚。
投竿呂望銜新詔，衣錦買臣到故鄉。
侍讀何居東海外，翰林宜在子城傍。
州民莫怪匆匆去，我是每朝事帝王。

丙1705 左[1]丞相尊閣賀帶三官、恩賜詩曰、侍讀皇恩歲歲新、尾州再作撫民人、桓榮昔者猶應劣、李部翰林任又頻、匡衡跪讀瓊篇、不知手之舞足之蹈、情感難抑、敢抽鄙懷

三官如舊賞心新，更賜御衣異衆人。

賢相又投金玉韵，老儒不耐荷恩頻拜尾州赴任之日、天子賜御衣、兼翰林卯事之日、東閣賜麗句。

丙1706 餘感不盡、更加一首

外孫皇胤感周易皇子懷孕誕生之時、周易勸文如指掌，嫡子納言授孝經納言七歲從師之日、匡衡始授孝經、昔大江公爲丞相師、今大江儒爲納言師、有所感、獻此句。

身及子孫多所博，恩言耳記也心銘。

丙1707 觀右親衛藤亞相述懷詩、不改本韵、依次奉和

親衛一名將，工詩禀自天。
花詞裁似錦，風骨軟於綿。
筆海珠初出，學山金暗捐。
感君先悵矣，顧我太愴然。
薄官沈流俗，虛名類夢仙。
青雲難得路，白屋不揚烟。
病雀久留筐，涸魚猶在筌。
吹毛求小釁，泥尾後群賢。
秋冷潘郎興，晝慵宰我眠。
結茅占野外，洗竹傍籬邊。

---

[1] 平成本作"在"。

莫笑空簪筆，唯思緩帶弦。
甕頭聊令飲，琴上豈勞弦。
陋巷草長閉，翰林花未鮮。
家貧拘苦節，母老少餘年。
麟閣嫌羊質，席門愧鷫莚。
悲哉時見棄，忠孝兩無全。

丙1708 李部大卿述沈滯懷、辱賜玉章、同聲相應、敢押本韵

詩情何事太承仍，爲是郎潜不得昇。
周老晚成君莫嘆，宋生秋思我先興。
仙禽樊翮期千里，碩鼠藏身謝五能。
菅氏江家雖累代，末孫職冷謝孫弘。

丙1709 頃年以累代侍讀之苗胤、以尚書一部十三卷、毛詩一部廿卷、文選一部六十卷、禮記文集、侍聖主御讀、皆是莫不潤色鴻業、吹瑩王道之典文、又近侍老子道德經御讀、國王理政之法爰顯、長生久視之道指掌、講竟之日、有所感悟、不堪情懇、咏所懷、題御書院之壁

家經李部在江濱，謬課庸才更説真。
白髮齡傾秋雪老，玄言德顯古風新。
田成子是羲皇客，河上公非漢帝臣。
夙夜九年爲侍讀，枯株花異待來春。

日本詩紀卷之三十三上　丙集第二十一上

卷之三十三下
丙集第二十一下

上毛河世寧　彙編

丙21下-01 大江匡衡二

丙1710 近日蒙綸命、點文集七十卷、夫江家之爲江家、白樂天之恩也、故何者、延喜聖主、千古維時、父子共爲文集之侍讀、天曆聖代、維時齊光、父子共爲文集之侍讀、天禄御寓[1]、齊光定基、父子共爲文集之侍讀、爰當今盛興延喜天曆之故事、而匡衡獨爲文集之侍讀、舉周未遇昇、欲罷不能、以詩慰意

　　研朱仰鳳點文集，汗竹割鷄居武城。
　　若用父功應賞子，老榮欲擬昔桓榮。

丙1711 昔祖父江中納言、延喜聖代、奉付兩皇子之名朱雀院天皇、天曆天皇、天曆聖代[2]、奉付兩皇子之名冷泉院天皇、圓融院天皇、叔父左大丞、奉付當今之名、江家代代文之功大也、匡衡承家風、寬弘五年十月、奉付若宮之名、寬弘六年十二月、奉付今若宮之名、聊著遺華、貽來葉、天[3]用其言、不廢其人、聖主賢臣之本意也

　　延喜以來皇子號，江家代代獻嘉名。
　　漢皇中子風標秀，唐帝三郎日角明。
　　愚息前年爲侍讀，老儒今日祝長生。
　　若依延喜與天曆，父子此春欲發榮。

---

1 平成本作"字"。
2 平成本作"天聖曆代"。
3 平成本作"夫"。

丙1712 昔高祖父江相公、爲忠仁公之門人、備顧問、祖父江中納言、爲貞信公之門人、備顧問、皆蒙不次之賞、列卿相、今匡衡爲相府之家臣、時時備下問、有所發明

沐浴恩波戴德音，自憑相府好文深。
幸當下問不停滯，一字千金萬萬金。

丙1713 述懷古調詩、一百韵
優游何所詠，身上舊由緣。
七歲初讀書，騎竹擊蒙泉。
九歲始言詩，舉花戲霞阡。
十三加元服，祖父在其筵。
提耳殷勤誡，努力可攻堅。
我以稽古力，早備公卿員。
汝有帝師體，必遇文王田。
少年信此語，意氣獨超然。
下帷不窺園，閉戶不趨[1]權。
圍棋厭坐隱，投壺罷般還。
浮沈泗水底，昇降尼山巔。
夜宴文峰疊，朝宗學海吞。
險難無不嘗，寂寞於此饘。
運心西方月，六齋學坐禪。
提步南山雲，五度斷腥膻。
口海浮般若，敬禮金剛拳。
心臺持妙法，歸依大寶蓮。

---

[1] 平成本作"趁"。

遂使江二號,與菅三比肩當初學中、呼菅三江二爲一雙。
十有五入學,久執豆與籩。
十六舉寮試,音訓無所愆。
栖遲身未達,亡考早爲烟。
曾無提拌人,心灰獨自燃。
請賜學問料,三代久崙邅。
請補文人職,兩儒多頗偏。
比及二十四,才蒙奉敕宣。
憑學登龍門,泝流出重淵。
竊見題目下,題教學爲先。
仲尼弟子名,每句各用旃。
五言八十字,瀝思寫華箋。
及第十六人,曳裾共周旋。
明年舉秀才,豫樟期七年。
二十八獻策,微事玄又玄。
所對過半分,射鵠才貫穿。
三十一給官,廷尉列鷹鸇。
三十三榮爵,憲臺緩刑鞭。
三十八翰林,蝸舍引群賢。
四十六學士,龍樓景氣妍。
四十七四品,職主衡與銓[1]。
其年秋九月,盡日枕快[2]眠。

---

1 平成本作"鈴"。
2 平成本作"袂"。

疏帷風颯颯，閑庭草芊芊。
遙聽雁檜過，空任蛛網懸。
忽有叩門者，青鳥翅聯翩。
云是有敕喚，驚遽衣裳顛。
促車向西行，溫袍殆不全。
入自待賢門，禁掖尋中涓。
夕郎手持書，口以敕語傳。
此孔子世家，家家說不詮。
宜以江家說，備之叡覽焉。
奉詔汗浹脊[1]，淺學恐自專。
抽毫立加點，指掌應于乾。
追憶祖父言，濕巾淚潺湲。
其後未幾日，昇殿接神仙。
近左右師子，舉樓殿環玭。
狄[2]卷授明主，從容冕旒褰。
尚書十三卷，老子亦五千。
文選六十卷，毛詩三百篇。
加以孫羅注，加以鄭氏箋。
搜史記滯義，追謝司馬遷。
叩文集疑關，仰[3]慚白樂天。
我后攜五經，似舜調五弦。

---

1 平成本作"背"。
2 平成本作"執"。
3 平成本作"印"。

我后決九流，似禹導九川。
此時兼侍讀，自哂才非儇。
春宵花月宴，吟咏對綺錢[1]。
秋風山水游，扈從侍樓船。
天酒觴西母，雲樂召左驂。
李家歌逶迤，梨園舞便娟。
重陽仙菊詩，腰句蒙天憐。
暮春花宴序，愚息珥貂蟬。
皇帝元服表今上御元服賀表奉詔獻章，文教及八誕。
大宋求法書，報章獻一編。
倩見當今事，天工任陶甄。
庶績熙亹亹，王道通平平。
崇文以鼓篋，偃武以韜弦。
夏屋豐渠渠，秋稼平畇畇。
吏務拉柳莊，弓馬蔑梅鋗。
虎圍復舊視[2]，材用何躊跧。
象岳聚群書，文儒豈棄捐。
近曾大星見，衆人說謳閴。
愚儒[3]所管見，邂逅辨榆櫨。
先奏人主壽，上命寶祚延。
賡言皇子誕，中閫金環研。

---

1 平成本作"牋"。
2 平成本作"規"。
3 平成本作"聚"。

戴服待殊私，取魚誰忘筌。
垂耳望回顧，相馬豈拘攣[1]。
嗟乎運命拙，性慵患未蠲。
再爲合浦守，去珠耀又圓。
更作武城宰，割雞名不悛。
樂道仰鳳凰，疲學增蠙蠙。
才地多磽确，詞林少杪槙。
詩句年年積，藥銚日日煎。
侏儒飽笑我，文藉[2]拙猶纏。
白屋荒慚人，傳癖老未痊。
閑居閱史書，因循情意牽。
承和菅三品，乘車蘭省前。
應和江納言，前席玉宸邊。
或賜卿相封，書窗衣食填。
或賜衣劍餝，翰林榮華鮮。
德言尊於唐，郭槐貴於燕。
桓榮五更問，萬乘臨幸聯。
張良一卷師，萬戶功名鐫。
試題一千文，心腹尚便便。

丙 1714 無題

每日念持觀自在，多年服仕仲孫尼。
此生已識少榮耀，只待能仁引攝時。

---

1 平成本作"攣"。
2 平成本作"籍"。

丙 1715 自愛
我賞我身人不識，鑽堅嘗險幾寒溫。
問頭博士菅三位，提耳祖宗江納言。
東海烹鮮遺教化，子成[1]侍讀仰殊恩。
一言猶勝千金重，三百卷書授至尊。

丙 1716 餞越州刺史赴任
鏡水蘭亭君菅領，翰林李部我艱辛。
明時衣錦晝行客，暗牖彈冠晚達人。
司馬遷才雖漸進，張車子命未平均。
越州便是本詩國，宜矣使君先遇春。

丙 1717 歲暮旅行粟田障子作十五首中、其十五
水宿山行羈旅深，窮陰慘澹自經旬。
雪深雖指前程遠，唯喜中途欲遇春。

丙 1718 初冬野獵同作中其十二
寒風獵獵草枯辰，牽犬呼鷹起野塵。
多獲豈唯今日樂，文王昔遇渭陽人。

丙 1719 仲秋釋奠、聽講古文尚書、同賦安民則惠
安民惠化方齊一，從此日新學古文。
連榻閒眠鄉飲月，據鞍誰向遠征雲。

---

1 平成本有"成一作城"。

丙1720 仲春釋奠、聽講毛詩、同賦仁及草木
臥柳自然隨世起，幽蘭未必被人知。
偶逢天愛無偏黨，暖露柔風不失宜。

丙1721 仲春釋奠、聽講禮記、同賦君仁臣忠
仁自上施忠自下，雲龍風虎自相期。
□時必有抽才政，不嘆不才不遇時。

丙1722 仲春釋奠、聽講左傳、同賦以德撫民
明王德遍撫黔首，雨露不論疏與親。
獨有翰林花未衍[1]，朝恩棄忘晚成人。

丙1723 仲春釋奠、聽講左傳、同賦養民如子
嗜文再作翰林主，橫劍更爲侍從臣。
我后養民如愛子，就中侍讀異他人。

丙1724 仲春釋奠、聽講古文孝經
石函壁底埋塵今[2]，金馬門前待詔今。上今字當作昔
時主好文知我否，江翁母老作曾參。

丙1725 仲春釋奠、聽講古文孝經
進無由見三臺月，退不得追五袴風。
孝禮詩書論易傳，學而無益我心恫。

---

1 平成本有"衍一作拆"。
2 平成本作"昔"。

丙1726 冬日侍飛鳥舍、聽第一皇子初讀御注孝經、應製
呂望授來文武學，桓榮獨遇漢明時。

幸傳延喜明時麗藻作祖風例，天子儲皇皇子師延喜聖代、祖父爲天子師、爲東宮學士、兼復授第十一皇子、其皇子即天曆聖主也、訪之漢家本朝、未有此比、今日有感、故獻此句。

丙1727 冬日陪東宮、聽第一皇孫初讀御注孝經、應令
秋月春花唯比興，不如今日此風儀。
李三郎注傳何處，東閣苑中第一枝。

丙1728 仲春釋奠、聽講論語、同賦仁者壽
翰林再辱主人號，金殿久爲侍讀身。
官祿甚微身已老，仁猶欲繼□家塵江家爲侍讀之者、皆蒙不次之朝恩、列卿相之顯[1]位、故此句。

丙1729 奉試賦得教學爲先八十字成篇、每句用仲尼弟子名
建國君民者，須令教學行。
誨來予不倦[2]，習處若寧輕。
稽古長鑽仰，于今自化成。
有時歡受賜，何日忘研精。
照卷月清潔，拾螢火滅明。
文求無墮地，賢愧不齊名。
豈敢非來學，誰應得退耕。
幸逢施德世，開悵樂心情。

---

1 平成本作"顯之"。
2 平成本作"捲"。

丙 1730 初冬於都督大王書齋、同賦唯以詩爲友、應教
明時稽古好文程，唯友詩篇幾送迎。
咏慕爲人應露膽，學知如己任風情。
文峰秋月同床坐，詞苑春風結綬行。
逢遇攜來元白集，爭教匡鼎類桓榮。

丙 1731 閑伴唯琴酒
詩朋何以稱閑伴，琴酒在傍只任情。
誘引桐孫爲久契，提攜蓮子不相爭。
弦應結綬風中撫，戶是同門月下傾。
遮莫誼誼名利士，七賢之外有匡衡。

丙 1732 冬日賦琴酒因客催以逢爲韻
愛客凌晨及下舂，只催琴酒共相逢。
幽蘭風自迎門馥，甘竹露隨解榻濃。
月館清談流水曲，華筵謁見玉山容。
獨鳌[1]焦尾心如醉，爭以一言達九重。

丙 1733 初冬於左親衛藤亞將亭、同賦暖寒飲酒以杯爲韻
暖寒皆道酒爲媒，燕飲不如幾許杯。
蘸甲自然消日月，開眉何必在爐灰。
醉中暖露折篝識，曆外卷風隨戶催。
汝號忘憂吾未信，豈因吾載歷霜臺。

---

1 平成本作"慭"。

丙1734 夏夜同賦燈光水底珠、應教以明爲韵
池畔畫燈送五更，光通水底似珠明。
映爭潭月蚌胎混，挑任沙風龍睡驚。
潤岸不枯斜落影，侵波難辨暗投聲。
自慚再作沈潛叟，遙隔孟嘗合浦情。

丙1735 暮秋同賦草木摇落、應教以秋爲韵、七言十韵
氣序環回始亦道，草衰木落思悠悠。
叢疏露結康成帶，葉摵風回范蠡舟。
胡塞地寒烟色變，洞庭天霽雨聲幽。
霜侵曠野蟲彌怨，月過空枝鳥不留。
籬菊日摧迎日冷，岸楓紅灑任波流。
從茲薙氏多閒暇，料識獵徒得自由。
顏巷蕭條唯晦迹，翰林寂寞久低頭。
蓬心徒轉恩猶晚，榆影半傾鬢已秋。
潘岳賦中應諷咏，宋生感處欲優游。
年來零落未逢遇，願托好文賜早抽。

丙1736 初夏陪員外藤納言書齋、同賦樹色雨中暗、應教以深爲韵
雨中樹暗漸森森，物色方知恩澤深。
應是雲腐凝未霽，遂非日脚落[1]成陰。
柳疑隔霧春垂縷，松訝臨流夜調琴。
雨露一同無不潤，何因枯槁在儒林。

---

1 平成本作"暗"。

丙 1737 早夏同賦芳樹垂綠葉、應製以滋爲韵
芳樹列栽在玉墀，漸垂綠葉遇依期。
華林烟礙風聲暗，上苑日曛露色滋。
韓壽遺芬留翠箔，荀君餘氣染羅帷。
當時咸拔杏壇士，戴德各言志所之。

丙 1738 三月三日夜、於員外藤納言文亭守庚申、同賦桃浦落船花以輕爲¹韵
春尋桃浦伴花行，花落船中散漫輕。
漸²岸半埋商子袖，礙枝漸忘指南程。
飛添征棹穿霞思，亂點歸帆衣錦情。
桃李不言今在此，霜臺早晚遇芳榮。

丙 1739 早春内宴侍仁壽殿、同賦花色與春來、應製
花色伴春來有因，風光依舊賞心新。
窗梅誘引薰沙雨，城柳低承掃砌塵。
青路露濃俱遇境，紫宮霞暖兩爲賓。
熙熙萬物皆思忽³，唯恨獨非席上珍。

丙 1740 暮春同賦春依花樹貴以知爲韵
春貴無雙是若爲，唯依花樹被先知。
和風錦縠動應重，暖露珠簾高不危。
漢崇李氏多侯爵，唐幸楊妃□□□。

---

1 平成本作"作"。
2 平成本作"衝"。
3 平成本作"恩煦"。

丙1741 三月三日同賦花貌年年同、應製
年年花下搆¹親賓，花貌相同日日新。
梅口准前開宿雪，柳眉仍舊繼門塵。
裝霞氣色誰知老，養露光輝不忘春。
洞裏仙游歡樂久，華筵自作醉恩人。

丙1742 春日於右大丞相公亭、同賦映日花光暖
韶芳每事正依然，迎暖花光映日鮮。
對鏡冶妝春有汗，辭爐燒玉火無烟。
霞應夾背斜臨後，雪不寒心反照前。
草木得時皆遂性，翰林何日遇天憐。

丙1743 三月三日陪亞相亭子、同賦春花似美人
暮春三月足逍遙，花似美人氣色嬌。
脂粉雨施添艷夕，綺羅風織助妝朝。
桃應絳樹霞猶秘，柳是綠珠²露未消。
花下自慚憔悴客，每看榮路意搖搖。

丙1744 暮春同賦花影滿春池、應教
百花樹樹在前林，影滿春池幾淺深。
漢后有光開鏡照，嵇康無算勸杯斟。
波頭一向桃源樣，水底周回柳岸心。
幸到繁華榮耀地，姓江學士任浮沈。

---

1 平成本作"接"。
2 平成本作"球"。

丙1745 暮春侍宴左丞相東三條第、同賦浮水落花舞、應製
君臣宴樂歡游好，落蕊亂葩度水輕。
霜葉冬題陪地下，風花春宴近皇明。
醉歌得趁桃源路，蹈舞欲看李部榮。
翰墨寄身頭已白，鶯兒未長動心情。

丙1746 落花渡水舞
喜氣遇時池上晴，落花渡水舞多情。
婆娑曲岸應風送，宛轉回流被月迎。
鈞似撫弦霞袂舉，舟疑在檝雪肤輕。
今朝初見蓬瀛事，歌德浴恩仰聖明。

丙1747 無情花自落
四十三時春又暮，每看花落淚零多。
枯林久被人摧折，雨露明年欲奈何。

丙1748 花鳥春資貯心字
花鳥本來興味深，作春資貯感人心。
遲風貨殖推濃艷，暖雨回成積好音。
露叢玉眼光萬顆，霞藏繡羽直千金。
士林今日多歡樂，攀玩榮華聽風琴時有管弦。

丙1749 四月一日見三月盡日春被鶯花送之題、不堪感嘆、作詩加之
四五十年事風月，今春方盡不奔營。
殘春好被鶯花送，首夏自慚鶴髮生。

衣錦鳴珂非我事，登山臨水任君情。
旁聞餞別迷岐路，時輩莫説倦送迎。

丙1750 初冬同賦紅葉高窗雨疏字
紅葉時來漸盡初，一朝學雨拂窗疏。
灑紗影霽衣何濕，落枕聲乾夢半虛。
不是漢邊離畢態，唯因林下晚風餘。
樹搖難耐我堂老，惠露待春君舍諸。

丙1751 晚秋侍宴、同賦木葉落如舞、各分一字探得簪字
物色蕭條秋色深，葉飛如舞不歸林。
彩鸞對鏡翻流影，絳樹下樓拂地音。
桐脆應弦風舉袖，柳疏學□露裝簪。
婆娑移得唐虞曲，草木靡然似有心。

丙1752 初冬陪行幸攝政第、同賦葉飛水面紅、應製
秋後有時入洞中，葉飛水面自成紅。
燒丹非火沙頭態，織錦無機浪上功。
擊筑須歌豐沛月，回輿重問渭陽風。
仁霑草木皆逢遇，爭以愚忠達聖聰。

丙1753 秋夜守庚申、同賦蘭以香爲貴風字
以香見貴一蘭叢，禮重得時似有功。
拾紫手勻榮耀露，鳴珠佩染德音風。
江楓葉落沈淪久，籬菊花遲采擢空。

幸遇薰蕕分別日，腐儒□[1] 愧志難通。

丙 1754 菊叢花未開
拋來塵事侍仙宮，花未能開真菊叢。
蘭麝獨薰鈿筐底，桃夭猶寢翠簾中。
濃妝不審南陽月，香氣難傳女几風。
百草霑恩心竊恃，蕭疏兩鬢有霜蓬。

丙 1755 暮秋陪左相府書閣、同賦菊潭花未遍、各分一字、應教 探得開字
仙潭時菊逼池臺，花待重陽未遍開。
絳樹且妝先向鏡，玉山半醉獨臨杯。
薰波約略風猶懶，照岸稀疏露晚催。
應似謙光君子德，延齡遠慮是爲媒。

丙 1756 九日侍宴、同賦菊是爲仙草、應製
菊爲仙草殿庭栽，葩大味甘遇境開。
采藥南陽三露滴，進花北闕五雲來。
茅君洞月薰金帳，華子山霞泛玉杯。
幸侍歡筵榮耀足，恐歸蓬蓽戀蓬萊。

丙 1757 重陽侍宴、同賦菊有延年術、各分一字、應製
真菊今秋獻至尊，延年方術足傳言。
一甞自列長生籍，盈把同游不老門。
酒上吹花嘲雪子，籬東迎月哧雲孫。

---

1 平成本作"獨"。

登高幸仰天顏近,從此翰林欲戴恩。

丙1758 重陽侍宴清涼殿、同賦菊是花聖賢、應製
仙庭佳菊吐榮名,花作聖賢獨抱貞。
止足濃姿無比類,希顏粉黛有心情。
風薰曲阜秋霜色,露染磻溪曉浪聲。
草澤皆開堆玉帛,蓬衡緣底歡餘生。

丙1759 重陽侍宴、同賦花菊映宮殿、應製
籬菊初開供宴游,映於宮殿在前頭。
仙花九日[1]泛金盞,天子萬年褰玉旒。
翠帳[2]燈寒城月曙,紅窗星聚洞雲秋。
微叢獨耻少榮曜,執卷多年未得休。

丙1760 九日同賦露重菊花低[3]
九辰憶菊倚籬頭,露重花低獨遇秋。
無力貪持金拋地,有妨負擔玉沈流。
貴妃賜浴嬌方寢,何晏傾簪汗未收。
志在扶公菊一名扶公枝草澤,霑恩爭慰後群愁。

丙1761 初冬同賦殘菊七言十韻
殘菊一叢勝眾花,潔如君子立庭沙。
本生五柳蕭條地,今在三槐累葉家。

---

1 平成本作"月"。
2 平成本作"悵"。
3 平成本作"俯"。

抱紫未曾忘勁節，紆金豈敢盛清華。
若非初雪逼籬點，疑是曉星辭漢斜。
松柏後凋相等輩，芝蘭早敗自參差。
南陽眉壽期千歲[1]，女几肩隨蹈九霞。
不許酒耘強管領，任他詩草便交加。
風姿無撓餘香遠，霜刃雖侵曉艷奢。
嗜味[2]今嘲青露藥，問名昔立絳雲車。
周城菊一名光妝迸文路，齒髮縱衰何足嗟。

丙1762 奉同菊殘留秋意詩同芳字

五美菊殘自擅場，空留秋意帶餘芳。
貞心未變三商日，晚節長含九月霜。
玉露延期攜女几，金風忘曆在南陽。
微叢難同隔仙席，詩境外人任醉鄉。

丙1763 初冬同賦待月思殘菊

待月叢邊快咏吟，爲思殘菊有貞心。
求珠應照葩多少，得鏡欲分聲淺深。
榮曜相期爭拾紫，恩光若至羨紆金。
南樓上與東籬下，往反營營老翰林。

丙1764 暮秋陪左相府書閣、同賦寒花爲客栽、應教

籬下寒花色色深，栽來爲客有芳心。

---

1 平成本作"載"。
2 平成本作"吟"。

洗蘭只置朋樽待，移菊先鋪宴席吟。
孫閣露濃應倒履，李門[1]風冷自薰襟。
遠叢終日思何事，時屬好文猶陸沈。

丙1765 晚冬陪中書大王齋、同賦寒林暮鳥歸、應教
氣寒西日正沈沈，歸鳥此時認暮林。
待月占巢松雪色，聞鐘投宿竹風音。
塞鴻天隔無相偶，籬鷃地殊不共尋。
近取諸身君識否，翰林又有一微禽。

丙1766 春日於備州前太守風亭、同賦鶯留花下立
春風佇立景將曛，爲是鶯留花下聞。
啼似牽衣妝自混，歌疑投轄迹長薰。
柳門呼客空攜露，梅棧遮人自踏雲。
汝已遷枝吾累葉，翰林寂寞後多群。

丙1767 水中摸雁書大井河作
秋追勝地一相尋，雲雁摸書水底沈。
影混沙鷗加點盡，唉交洲鶴作反音。
嘶風巴峽回流樣，薈霧汾河失墜心。
我此江家尼嶺士，少年莫笑好登臨。

丙1768 秋雁數行書
秋雁來賓雲路賒，摸書體勢數行斜。
鶴頭詔命傳千里，龍輩文章照九霞。

---

1 平成本作"題"。

誰下雌黄風筆削,暗懸飛白露交加。
能鳴更伴不才者,共在寒江積歲華。

丙1769 同前
數行書信屬誰家,秋雁南翔一道斜。
處處雲箋多字點,連連鳥迹幾文遮。
如繕魯壁塵中簡,似著胡城月下笳。
萬里傳來應感德,銜蘆遠□□□□。

丙1770 晚秋於秘書閣、同賦夜深聞遠雁
夜深聞雁倚欄干,爲憶遠來興未闌。
漢月漸傾書信冷,魏鐘頻動櫓聲寒。
遼城鶴警鳴相和,函谷鷄遲韵暗殘。
汝是高飛吾鶪退,鬢霜蕭颯老於潘。

丙1771 初冬庚申、侍宴、同賦燕雀相賀、應製
新看大夏自然隆,燕雀賀來感緒通。
囀結歡情青[1]瑣月,飛含喜氣紫庭風。
鳳臺接翅報環後,鷟殿同巢遺卵中。
九禁光明今悅豫,便知皇業萬年同。

日本詩紀卷之三十三下　丙集第二十一下

---

[1] 平成本作"素"。

卷之三十四
丙集第二十二

上毛河世寧　彙編

丙 22-01 紀齊名本姓田口、授業橘正通、與大江以言并稱、官大内記兼越中權守、長德中奉敕撰扶桑集、有集一卷

丙 1772 遠草初含色以下二十九首見類題古詩
野蕙新抽誰得佩，澤蒲猶短未能編。
湖邊人踏三分緑，塞外馬嘶一道烟。

丙 1773 秋氣入衣襟
颯然潛至中懷冷，蕭灑先來右袖輕。
緑綺應霑寒露色，紅羅猶帶曉風聲。

丙 1774 春心遠近同
庭蘭萌處皐蘭紫，園杏開時野杏紅。
内外皆通唯美景，華夷無隔盡春風。

丙 1775 山水知春至
遠岸柳眉經雨畫，重岩苔髮被泉梳。
華陽草淺遙嘶馬，濠上冰開漫戲魚。

丙 1776 望月遠情多
褰箔遥知過野面，停杯更憶照山頭。
商人棹雪歌漁浦，老將踏霜立戍樓。

丙 1777 山晴秋望多
眼疲楚嶺陽臺外，心在吳江峽水頭。
乘月歸歌樵徑遠，叫嵐旅思雁行幽。

丙 1778 同前、代人
憑檻幽人庵近見，卷簾樵客路遙分。
鑪[1]峰半插孤輪月，吳岫斜裹一片雲。

丙 1779 菊殘秋意留
似繫金飆寒岸底，如餘珠露古籬傍。
吹□追准重陽盞，張袖重貪往日香。

丙 1780 春鄰花思催
庾嶺晴前梅少白，廬山曉後杏寧紅。
轉欺人眼寒林雪，猶閒鶯聲舊谷風。

丙 1781 春近待花開
眷戀柔風將至柳，鬱陶臘雪漫封梅。
粉娃隔箔嫌遲出，紅錦收箱恨封裁。

丙 1782 梅柳待陽春
偏約韶光無氣力，豫思媚景少芳心。
園期蝶翅風和舞，門契新鶯露暖音。

丙 1783 共因酒得仙
沆瀣寫精心自蕩，醍醐分味口猶言。
人間榮耀開眉忘，象外風烟蘸甲諳。
緩酌流霞同列子，試嘗湛露笑淮南。
任他勸盞飛鸚啄，何必吹笙乘鶴驂。

---

[1] 平成本作"爐"。

繫望□霄終日飲，栖心洞户送春酣。
手中舉白茅君謝，面上借紅挂父慚。
揭甕應無塵事閙，開樽似與羽人談。
從傾竹院孤輪月，疑卧蓬壺一片嵐。

丙1784 看山盡日坐
席□已及溪嵐暮，簾卷猶期嶺月生。
列岫雲肤唯養眼，重岩苔色久含情。

丙1785 看雲暮卷簾
未下欲知初宿洞，高褰順計漸歸山。
真珠開户肤將暗，疏竹滿鈎影自閑。

丙1786 風高漸聞雁
月桂子零秋叫遠，烟槐葉灑曉聲賒。
加和塞角雲先斷，近混鄰砧霧不遮。

丙1787 秋風聞擣衣
郭東斷盡霜寒夢，亭午吹傳月老心。
氣冷遥知胡塞雁，聲疏屢動楚家砧。

丙1788 松偃不知年
而今幾日持孤操，憶昔何人托客根。
亞水多經寒浪洗，倚窗已慣曉霜繁。

丙1789 園菊飽霜花
行思獲處葩先濕，學未窺時色猶寒。
如戴白翁攜畝竹，似施粉妓傍叢蘭。

丙1790 淡交唯對水
須加洲鶴爲三友，將指岸松契一生。
意合自芳蓮浦氣，志堅無窮石泉聲。

丙1791 日長苦夜短
刻寢及日高因減，卧忘柝擊爲夢深。
竹窗早曙猶欹枕，華燭空殘久覆衾。

丙1792 籬舊草花香
露分麝臍柴荒下，烟出繡籠竹朽中。
蟋蟀栖荒薰砌月，鶬鶊翎老染窗風。

丙1793 花繁鳥度遲
翥暫逗留千行底，飛何容易滿枝中。
偏思求友難離雪，更欲歸巢未出紅。

丙1794 月中遠近音
戶外葉乾晴有雨，湖中雁叫夜無雲。
華亭水映鶴鳴老，菊壇花明蛩怨分。

丙1795 霞添春氣色
火是帶烟籠柳後，紅應交白鎖梅辰。
遥裝雪盡山顏媚，斜跨冰穿岸脚新。

丙1796 水樹多佳趣
松老晴移秦嶺黛，月明夜縮洞庭[1]心。

---

1 平成本作"底"。

飛泉濺石無凡韵，密葉遮窗有好陰。

丙1797 天高秋月明
碧落褰雲珠顆□，銀河卷霧鏡輪圓。
華陽水面光還白，射的山頭色不玄。

丙1798 失題
遷喬樹頂翻□羽，喚友□□侵玉聲。
侵雪歌流梅棧暖，遮風□□柳梢明。

丙1799 遠山重疊見
碧嵩青嶂孤烟隔，千岩萬壑客路分。
遠近斜褰溪暗霧，高低半卷嶺秋雲。

丙1800 池清知雨晴
流澄忽見日車影，沙徹方諳星駕心。
除濁浪痕驚桂月，熨塵風浦忘梅霖。

丙1801 紅白梅花 以下見和漢朗咏集
仙白風生空籭雪，野爐火暖未揚烟。

丙1802 失題
山遠雲埋行客迹，松寒風破旅人夢。

丙1803 田家秋意
野酌卯時桑落酒，山畦甲日稻花風。

丙1804 秋雨夜
蒹葭洲裏孤舟夢，榆柳營頭萬里心。

丙1805 贊阿難尊者
眼蓮豈養清涼水，面月長留十五天。

丙1806 戀
聞得閨中花養艷，請君許折一枝春。

丙1807 咏柳以下見新撰朗咏集
曉眼不眠非夢蝶，春腰無力欲栖鴉。

丙1808 後三月花鳥有餘
殘陽得閏甘重聽，曆日添行許屢攀。

丙1809 早夏閑咏
林蘿深處趁清涼，移榻開襟夏日長。

丙1810 題橘樹
盛夏花留三伏雪，嚴冬子熟一株金。

丙1811 失題
露深半染眠沙鶴，風冷才薰戲藻魚。

丙1812 七月六日代牛女言志
爭教七夕縮爲六，更課秋風計會新。

丙1813 蟬
秋去秋來聞不改，今年聲似去年聲。

丙1814 蕭條秋後色
四五株楊經雨色，兩三叢菊飽霜花。

丙1815 王昭君
豈圖左袵和親日，空失後宮寵幸時。

丙1816 懷舊
月知溪靜尋常入，雲愛山高旦暮歸。

丙1817 山閑人事少
烟消茶竈厨兒睡，日落松岩野客留。

丙1818 失題見江談抄
行色花飛峽路月。

丙22-02 菅原宣義文時之孫、雅熙之子、侍讀三條天皇、官東宮學士式部權太輔

丙1819 雨爲水上絲以下二首見本朝麗藻
蕤賓初日雨油油，細脚如絲水上浮。
紅女機疑移浦口，青州貢誤課沙頭。
纖從蘋浪輕文縈，繆任蘆風暗縷柔。
應似王言多惠澤，波臣在藻樂中流。

丙1820 冬日陪於飛香舍、聽第一皇子始讀御注孝經、應教
天孫初折天經義，孔父舊章唐帝心。

忽感神聰多孝行，定知四海悉曾參。

丙1821 秋色變林叢 以下八首見類題古詩
經嵐桂葉紅初脆，浸浪蘆花雪漸浮。
錦袖裝來山館雨，青袍謝去野亭秋。

丙1822 牛女有秋期
心從榆風初至晚，契催桂月未圓秋。
隔年別淚露雖舊，今夜行衣雲自浮。

丙1823 弦歌伴月來
庾公被誘幽蘭曲，嵇氏相招弄玉聲。
影類琴中彈雪白，光攜梁上動塵輕。

丙1824 隔水望花色
陸生池柳合鄰玩，潘令縣桃分岸望。
意馬趁霞經浪柳，眼童遮雪過溪鄉。

丙1825 池清知雨晴
蘋風拂後魚鱗露，萍日熨來鶴影沈。
秦蓋定乾波早徹，漢橋暗寫月新臨。

丙1826 醉惜年華晚
銜杯不忘陰光逼，枕麴猶傷節序還。
思駐日車投轄處，猜知星□講經間。

丙1827 失題
商羊舞後歸根脆，湘燕翔時□浪新。

縱荷皇恩無氣力，偷思惠澤望絲綸。
陸生池畔濯□□，陶令門前染麴塵。
陌上遮來張蓋客，岸邊驚盡去鈎鱗。

丙1828 舊游安在哉
花尋酒席泛殘□，月吊笙家照老苔。
遥隔青雲前事忘，獨留白屋故懷催。

丙22-03 慶滋爲政 慶或作善、保章之子、保胤之侄、官文章博士式部少輔

丙1829 晴後山川清 以下二首見本朝麗藻
晴後遠尋勝地占，山清川潔色新添。
潭心月映金波漲，嶺面雲開翠黛纖。
松鶴熨翎高欲舞，藻魚掉尾入難潜。
君多仁智長相樂，此處誰嫌久滯淹。

丙1830 秋日游東光寺、各成四韻
樓臺竹樹自高卑，此寺由來地勢奇。
離下寒花紅錦繡，池中秋水碧瑠璃。
茶烟才出山厨邃，松月遲昇岫幌垂。
今日相尋偷顧望，雲泉無厭我初知。

丙1831 秋聲多在山 以下七首見類題
優趣蕭條□□壑，遍擬搖落任重巒。
清風和水幽溪冷，爽氣入松暮嶺寒。

丙 1832 雨添山氣色
暗聲畫出孤峰黛，細脚裝成遠岫容。
灑漸倍紅藏谷桂，瀑彌加綠拂雲松。

丙 1833 弦歌伴月來
漫唱追尋光好處，緩彈計會影圓程。
金波自蕩韓娥思，玉兔更牽晉野情。

丙 1834 池清知雨晴
潭澄豈有繁聲滴，底徹應無暗脚侵。
新却藻烟雲散後，初瑩波月霭收今。

丙 1835 池冰如對鏡
□□開匣堅封處，猶未安臺冷合程。
瓊粉潭心寒雪點，金膏水面夕嵐瑩。

丙 1836 水清似晴漢
一道如橫波定暮，仙查空轉葉浮秋。
沙鷗鋪翅應烏鵲，□菊沈葩是斗牛。

丙 1837 舊游安在哉
何方長去應黃壤，其處才存盡綠苔。
詞露遺緣詩草惜，悲風吹對暮松催。

丙 1838 三月三日屏風_{以下見新撰朗咏集}
花筵晉日蘭亭飲，羽爵周年曲洛波。

丙1839 禪林寺眺望
嵩山圍繞興溪霧，洛水回流入野烟。

丙1840 輕冰合岸苔
石髮沍來風未櫛，水衣黏後浪難縫。

丙1841 林池叶勝游_{以下見教家摘句}
花下橫琴調夜月，舟中載酒酌春波。

丙1842 門閑無謁客
翟公去尉塵長息，袁氏安貧雪不通。

丙1843 城北秋興
新月斷腸清夜思，夕嵐洒淚暮年心。

丙1844 秋日陪左相府書閣、守庚申
勻含許史連枝露，氣襲金張七葉風。

丙22-04 紀爲基在昌之孫、伊輔之子、官式部權少輔

丙1845 度水落花舞_{以下四首并見本朝麗藻}
度水落花影又清，舞來唯任緩風聲。
玉妝過浦簪先動，紅艷赴波袖自輕。
兩岸臺遙移節裏，長橋路遠應歌程。
林池勝趣春方暮，寒木欲期何日榮。

丙 22-05 橘爲義_{仲遠之孫、道文之子、官左衛門佐丹波守}

丙 1846 度水落花舞

洞裏落花令眼驚，紛紛度水舞猶輕。
霞應羅袖經流處，鶯是鳳叙過浪程。
赴節斜遮沙月色，回臺被送岸風聲。
何唯芳樹浴恩澤，二十年前花下情。

丙 1847 左右好風來

一從水閣避炎光，唯任好風左右凉。
暮入西窗飄案牘，曉經東戶拂琴堂。
先收短袖數行汗，忽動佩刀三尺霜。
何必當初河朔飲，池頭今日勸[1] 殘觴。

丙 22-06 大江通直_{朝綱之孫、澄江之子、官式部太輔兼大學頭}

丙 1848 花鳥春資貯

花鳥有時興味深，三春資貯一園心。
生涯被養飄林色，行路不貪出谷音。
落蕊封來應萬戶，清歌募得是千金。
爲吾未有陽和德，鬢雪甚寒任陸沈。

丙 1849 依醉忘天寒_{以下二首見類題古詩}
慘冽忽諸春思冒，嚴凝除却暖光生。

---

1 平成本作"動"。

鄭康成見雪飛影，陳孟公聞風軟聲。

丙1850 雨添山氣色
紅隨染陪岩頭桂，綠待灑滋嶺上松。
經日漸霑搖落葉，欲寒自變淺深容。

丙22-07 高階積善成忠之子、官左少辨民部太輔、撰本朝麗藻二卷

丙1851 林花落灑舟以下五首見本朝麗藻
花滿林梢映碧空，落來片片灑舟紅。
行裝被染經波處，遠色猶隨去岸中。
漁父棹歌應白雪，商人錦纜任青風。
此時獨有不花木，折理[1]誰能問化公。

丙1852 花落掩青苔以閑爲韻
院裏青苔藏往還，落花掩布望彌閑。
雨初散亂春崖變，風處紛飛古道斑。
瓊粉誤加妝黛上，彩雲漫鎖碧溪間。
踏紅踏雪徘徊久，不識烏輪入暮山。

丙1853 竹生島詩
靈島聞名遙寄懷，秋風尋到立徘徊。
老松古柏相重插，怪石奇岩似欲頽。
行雨終朝連水見，低雲薄暮抱山回。
有神此土歲年久，天下翹誠任浪來。

---

1 平成本作"埋"。

丙 1854 夢中謁白太保元相公
二公身化早爲塵，家集相傳屬後人。
清句已看同是玉，高情不識又何神白太傳云、太保者是文曲星神、而相公未見其所傳矣。
風聞在昔紅顏日余少年時、先人對余常以元白之故事，鶴望如今白首辰。
容鬢宛然俱入夢，漢土月下水烟濱。

丙 1855 勸醉不如秋心字
酒客素雖被感侵，不如自勸醉秋陰。
他時常醒應懷冷，近日頻傾是興深。
論戶春風還報面，授鄉臘月欲寒心。
莫言一盞忘憂物，蓮府仁恩及陸沈。

丙 1856 秋聲多在山以下四首見類題古詩
松心高下應稱老，澗口東西只告寒。
黃落愁侵行雨裏，素商耳冷遠雲端。

丙 1857 舊游安在哉
信札留緗空化蠹，遺文著壁半爲苔。
春風往事經年動，秋月孤懷與老催。

丙 1858 水清似晴漢
絳河倒影斜沈日，銀岸降妝半浸秋。
風浪千行應左界，星纏一道是東流。

丙1859 池清知雨晴
潭融欲驗雲先盡，底露應諳月不陰。
丹頂鶴栖通漢口，白頭公夢寄波心。

丙1860 月光遠近明_{以下見教家摘句}
晋十四年高閣夢，胡三千里戍樓情。

丙1861 秋夜
人世襟懷隨日減，天時悵望每秋多。

丙1862 歲寒知松貞
雁塞終持蘇武節，鴻門始見子房心。

丙1863 閑中秋色變_{見類題古詩}
每朝非昨家園思，從露及霜退老心。

丙22-08 大江時棟_{不詳何人子、關白道長路見一童子、行且讀書、儀相不凡、心奇之、取而歸家、令大江匡衡子養之、力學日進、博通經史、長德三年及第、官至安房守}

丙1864 夜深聞遠雁_{見類題古詩}
烟村人定夢還覺，華表鶴驚聲尚寒。
燈動韵傳山月外，漏移唉□塞雲端。

丙1865 奉試既醉以德_{文粹、匡衡申狀中載此詩、截斷不爲次序、今且依押韵序之}
浴來人盡樂，霑得世皆喜。
日下識葵傾，風前看草靡。
功名嘲傳説，巧思拉般爾。

丙 1866 同二
似玉潤門千，如毛加戶萬。
寰中唯守禮，海外都無怨。
蓳莆自生厨，鳳皇頻集界。
澤猶覃草木，信幾及鱗介。
舜海浪聲空，堯山雲色靜。
絳闕仰清景。

丙 1867 曉夕多清涼 以下見新撰朗詠集
扇忘嶺鶴歸嵐翅，篁滑鄰鷄報月音。

丙 1868 花開皆錦繡
枝留彩鳳桃源月，浪織藻龍柳岸風。

丙 1869 暮天聞遠雁
若耶風北來賓響，沙漠日西逆旅聲。

丙 22-09 菅原定義 資忠之孫、孝標之子、官大學頭兼文章博士

丙 1870 依花只愛山 以下三首見類題古詩
溪門稅駕應尋艷，岩徑卜居爲饒勻。
李氏專房林月夜，衛家封邑嶺霞春。

丙 1871 隨風葉落遲
飄去應知縈樹思，吹將不許別枝情。
晚紅且踏吳江路，殘色漸敷沛邑行。

丙1872 渡水尋紅葉
錦鏽谷中逾岸至，丹青樹下過林行。
棹舟遙訪霜寒色，踏浪逐聞晚雨聲。

丙1873 詩情被催月 以下見教家摘句
李都尉思霜中動，班婕妤詞雪裏生。
鄉國可迷霜一色，關河不改雪千程。

丙1874 寒松似老人
戴雪靈標唯我首，履霜貞幹忽誰情。
垂藤繞樹扶持力，宿鶴棲枝哽咽聲。

丙1875 紅梅花下
落蕊灑衣春拂雪，濃妝泛酒曉斟霞。

丙1876 春日於雲林院、同賦行客被花留
後騎來添霞亂暮，前途忘却雪芳春。

丙1877 送春是迎老
天時代謝鏡頻變，風景回環車欲懸。

丙1878 風是告秋使
送暑節符過竹暮，迎涼消息入松程。

丙1879 冬日遍照寺即事
庭松老論高僧臘，籬菊殘爲供佛花。

丙1880 入深山
經過岩路忘人事，止住草庵無鳥啼。

丙 22–10 菅原忠貞輔正之孫、爲紀之子、官文章博士式部太輔

丙 1881 秋山眺望以下見新撰朗詠集
雁字一行驚月去，樵歌數曲負嵐遠。

丙 1882 歸雁踏春雲
數重影底橋南絕，一片肤中字北飛。

丙 1883 月爲渡河媒
似告前行臨浪夕，欲迷歸路隱雲秋。

丙 1884 曉色未分明
聞鐘起問山高卑，隔燭看迷雁後先。

丙 22–11 菅原永賴雅規之曾孫、持賢之子、官内匠助大藏丞

丙 1885 聽琴見源氏河海抄
蘼蕪香散楚江頭，湘竹叢邊淚不收。
驀地悲弦寫離怨，夜深簾外鬼神愁。

丙 22–12 菅原義明雅熙之孫、宣義之子、官壹岐守

丙 1886 王昭君[1] 見新撰朗詠集
翡翠扇翻溪霧斷，琵琶弦咽嶺泉懸。

---

1 此詩在後藤昭雄《日本詩紀拾遺》中作菅野名明之作。

丙 22-13 源相方敦實親王之孫、重信之子、官權右中將

丙 1887 籬舊草花香見類題古詩
勺自早編庭上亂，□從□拼砌間通。
數莖竹破薰秋霧，三尺柴□染曉風。

丙 1888 秋霧籠松樹見新撰朗詠集
淺深猶暗千峰曉，濃淡難分五里朝。

丙 22-14 櫻島忠信官大隅守

丙 1889 落書見本朝文粹
□春詔敕多哀樂，半盡開眉半叩頭。
□爵專非功課賞，公私寄致贖勞求。
除書久待貢書致，直物遲期獻物收。
□大閤賢歸眾望，左丞相佞損皇猷。
□逢魚水恩波濁，共見駿河感淚流。
□□和風櫻獨冷，被霑暖露橘先抽。
□□貪欲世間嘆，外吏沈淪天下愁。
□□金銀千萬兩，沾亡[1]山海十二州。

丙 22-15 藤原眾海稱貧居老生

丙 1890 夜書懷呈諸文友、兼寄南鄰源處士見本朝文粹[2]
□□北堂商賈隆，東西交易甚匆匆。

---

1 平成本作"込"。
2 底本未寫明出處。

文章博士儒宣下，太上天皇葬禮中。
一院舉哀憂未盡，兩家沾職悅無窮。
□教泗水忘恩澤，橘使槐林損舊風。
□□議人非墨客，去年補者半田翁。
□論向背詞雖然，內接心情契自通。
□物來時唇更笑，訴言到庭耳初聾。
□□潤屋褰簾出，厭却蘊袍閉戶籠。
□□形容常失理，顧私行操豈思忠。
□□只是銅山動，在下猶因金穴空。
□□□尼貪樂道，祇有後輩富成功。
□□宿稱裁縫女，背奈朝臣造作工。
□□群飛分母子，麈牙并走決雌雄。
□藏不住名先改，櫻笠長居命可終。
□□新研珠不異，我將古弊瓦相同。
□慚困倍於原憲，唯庶饒多自石崇。
□霧昔期攀曉桂，戴霜今嘆類秋蓬。
□千人裏頭梳雪，數十年前淚拭紅。
□□蒼蒼盈砌月，聲寒札札繞床蟲。
□哉柳市老無價，早晚此身欲奉公。

丙 22-16 源親範官大內記兼美作權佐

丙 1891 予近日見中貢士及第呈李部平二千石之什、欣悅外形、情感內動、自押本韻、聊抽短[1]毫見教家摘句

良玉出泥添異彩，臥龍昇漢振飛鱗。

---

[1] 平成本作"端"。

丙 22-17 源成宗

丙 1892 遠近春花滿 見新撰朗詠集
妝繁鳥囀家園露，香亂馬嘶隴塞風。

丙 22-18 平定親 惟範之玄孫、理義之子、侍讀後朱雀天皇、官式部太輔右大辨、大江匡房出於其門

丙 1893 花氣薰衣襟[1] 以下并見敎家摘句
愛惜清芬無解鈕，韜將酷烈欲收箱。

丙 1894 春山游寺[2]
花落山壇紅雪馥，山當佛閣翠微橫。

丙 22-19 紀賴任 伊輔之孫、爲基之子、官刑部太輔

丙 1895 漢高祖
沛邑年闌空折券，芒碭雲聳迴尋踪。

丙 22-20 橘孝親 官宮内大輔、大江匡房之外祖父

丙 1896 内秘菩薩行詩 見江談抄
潔清丹地珠長朽，十四秋天月暫陰。

---

1 此詩在後藤昭雄《日本詩紀拾遺》中作藤原敦宗之作。
2 此詩在後藤昭雄《日本詩紀拾遺》中作藤原敦宗之作。

丙 1897 時菊似嘉賓_{以下見教家摘句}
玉佩叢端秋露白，金章花下晚嵐黄。

丙 1898 冬日眺望
郊野蕭條鄰里静，田園蒼芥遠村連。

丙 1899 惟善爲寶
孫叔敖家應守富，東平倉國不言貧。

丙 22-21 三善豐山

丙 1900 雲中白鶴羅_{見江談抄}
邴原資叔濟，雲鶴舉居多。

丙 22-22 高丘末高

丙 1901 無墻鄰家_{以下并見新撰朗詠集}
阮家南北舊來鄰，不隔墻垣不愧貧。

丙 1902 失題
三軍士渇孤城下，一眼泉飛再拜前。

丙 22-23 笠雅量

丙 1903 寒夜撫鳴琴
入松風響春吹夢，落峽泉聲暗灑心。

丙 22-24 津守棟國

丙 1904 王昭君[1]
一雙淚滴黃河水，願得東流入漢家。

丙 22-25 尾張學士

丙 1905 失題
鄉夢頻催胡馬思，橋題不信蜀龍心。

閨秀

丙 22-26 采女 美濃十市女子

丙 1906 和江侍郎來書 見和漢朗咏集
寒閨獨臥無夫婿，不妨蕭郎枉馬蹄。

丙 1907 失題 見新撰朗咏集
妾顏秋暮孤娥老，願領梨園少女風。

衲子

丙 22-27 寂照 初名定基、大江維時之孫、齊光之子、官三河守、後爲僧、游學於宋、住吳門寺、號圓通大師

丙 1908 黑金水瓶、寄丁晋公 一人一首引元亨釋書及楊憶談苑
提攜三五歲，日月不曾離。

---

[1] 該句見《全唐詩》第十九卷《相和歌辭·明妃曲》，作者爲王偃，應從此詩集中刪除。

曉井斟殘月，寒爐釋碎澌。
鄱銀難免侈，苿石易成羸。
此器堅還實，寄公應可知。

丙 1909 臨終詩見續往生傳
草庵無人扶持起，香爐有火向西眠。
笙歌遙聽孤雲上，聖衆來迎落日前。

日本詩紀卷之三十四　丙集第二十二

卷之三十五
丁集第一

上毛河世寧　彙編

丁01-01 藤原義忠公方之孫、爲文之子、官東宮學士權左大辨、爲後朱雀天皇侍讀、卒後贈參議從三位

> 丁0001 雨添山氣色以下二首見類題古詩
> 經灑點紅唯庚嶺，待霓織錦是爐峰。
> 二華顏醉洗來勸，五嶽頂丹染得濃。

> 丁0002 依醉忘天寒
> 玄石縱雖辭雪卧，鄭泉不識履冰行。
> 鄉中誘尚陽春思，醒後如□夕吹聲。

> 丁0003 子日屏風見新撰朗詠集
> 若尋野外和羹主，便是鹽梅鼎足臣。

丁01-02 藤原能信關白道長之子、官右兵衛佐權大納言、後贈太政大臣

> 丁0004 得吳漢見新撰朗詠集及續世繼物語
> 富春山月當頭白，岩子灘波與意清。

丁01-03 源師房村上之皇孫、具平親王之子、賜源姓、官右大臣

> 丁0005 秋色變山水見新撰朗詠集
> 舟隨彭蠡雁聲去，馬踏嶧陽桐葉行。

> 丁0006 游長樂寺
> 青苔院靜地空老，碧樹路深山不童。

丁 01-04 藤原國成 山蔭之後、則友之子、官式部太輔美作守右少辨

丁 0007 依醉忘天寒 以下二首見類題古詩
藍水應無冰冷思，玉山唯有雪消情。
携霞不辨春風至，酌露還迷暖氣驚。

丁 0008 隨風葉落遲
自難委地斜吹處，暫妨歸根漫扇程。
漁父往還舟未繫，鶁冠輕翥翅猶輕。

丁 0009 花榭邊池岸 以下見教家摘句
紅顏照得杯持滿，珠匣裝成鏡拭塵。

丁 0010 殘菊色非一
錦繡文章施岸月，鳳凰毛羽刷籬霜。

丁 0011 月是爲松花
九重淵底珠初出，五日江心鏡正瑩。

丁 0012 菊花似壽星
仙架誤催臺上奏，禁籬忽表海南祥。

丁 0013 玩菊香薰衣
墻前客至疑韓壽，籬下馬驚似魏文。

丁 0014 初冬游長樂寺
暇多不妨游僧院，客冷才容仕孔明。

丁01-05 藤原師家隆家之孫、經輔之長子、官左中辨

丁0015 鶯啼春暮時見永承詩合
春景暮時興幾成，鶯啼欲去禁林晴。
老歌花月方窮處，別語芳年已盡程。
始就南枝千萬曲，今占舊谷兩三聲。
幸逢聖代好文日，只恐蘭臺履薄情。

丁0016 蟬鳴宮樹深以下五首見天喜詩合
夏蟬嘒嘒報清吟，滿耳幾鳴宮樹深。
響逸帝梧風暗裏，聞幽御柳露滋陰。
禁庭枝合才通韻，璅砌葉濃不礙音。
詎謂凡忠偏有曲，自傳五德供宸襟。

丁0017 松月夜涼生
夜涼何處得相尋，松月生來玉漏深。
衣縫懸蘿凌雪色，扇忘栖鶴警霜音。
光斜岸有清風至，影落澗無暗熱侵。
仙洞托根人識否，是期君子萬年心。

丁0018 泉石夏中寒
泉石送年幾數回，夏中寒氣逐望來。
炎蒸乖節新浮月，爽籟先秋半點苔。
一道波涼抛露簟，孤拳汗反酌冰杯。
詩情酒思亦何切，斷識剩教歡宴催。

丁0019 滋緑草心長
草心滿眼幾芃芃，滋緑既長萬里同。
遠塞烟中望更隔，平湖水畔路難通。
征人迹合凌叢露，牧馬嘶遥隱野風。
何必藏莚多遠近，堯蓂今屬鳳凰宮。

丁0020 扇裏有秋風
扇裏秋風迎素商，終朝裊裊好含將。
九華動處辭煩熱，孤月轉時領早凉。
携呈袁公河朔思，開同楚客洞庭觴。
五明本自誇皇德，偏愛珍奇誰得藏。

丁01-06 藤原師基 經輔之第三子、師家之弟、官右中辨若狹守

丁0021 紅霞籠遠樹 遥字、〇見永承詩合
紅霞春日映清霄，遠樹自籠望裏遥。
郊外林藏光笄暮，雲端梢縟色濃朝。
高埋嶺嶽孤松秀，斜掩野村卧柳消。
寄語此時相伴客，山川臨眺幾迢迢。

丁0022 蟬鳴宮樹深 題中取韵、〇以下四首見天喜詩合
紫宮瓊榭望深程，嘒嘒新蟬迎夏鳴。
御柳影中嘶露曲，禁林緑底唱風聲。
葉繁韵報玉樓曉，枝暗響傳金殿晴[1]。

---

1 平成本作"清"。

莫道凡訓來鳳闕，自兼五德奏皇明。

丁0023 松月夜涼生
翠松明月得相尋，計會夜涼生樹陰。
參半望清光照嶺，五更氣冷影過林。
丁公聚雪通夢思，孤鶴誤霜警露心。
不當禁園攜皓色，風聲拂葉學鳴琴。

丁0024 滋綠草心長
草心長處思無窮，滋綠萋萋遠近叢。
岸柳春烟何比色，皋蘭秋露欲慚紅。
扁舟望暗湖中浪，征馬迹深塞外風。
華夏重逢淳朴日，乃知治世古今同。

丁0025 扇裏有秋風
秋風何待報金方，扇裏颯然斷寸腸。
逸少書來傳爽氣，班姬裁得引新涼。
蕭蕭空任孤懸月，裊裊更隨一掬霜。
紈素唯摸團雪影，宜哉當夏驗清商。

丁01-07 藤原憲房惟孝之孫、惟憲之子、官左衛門權佐丹後守

丁0026 鶯鳴春暮時 聲字、〇見永承詩合
宮鶯春暮有何情，覓友啼時又唱名。
舌滑芳辰空謝處，哢喧韶景漸過程。
霞消歌動梁塵色，花落曲添郢雪聲。
假使綿蠻傳好語，莫忘溫樹不言誠。

丁 0027 扇裏有秋風 以下五首見天喜詩合
秋風緣底先秋光，扇裏報來斷感腸[1]。
蟬翼動時疑拂露，鶴翎翻處似吹霜。
起於葵葉商聲冷，生自月華爽氣凉。
幸屬南薰虞舜德，五明裁製獻明王。

丁 0028 松月夜凉生
松月蒼蒼幾照臨，夜凉生處足披襟。
吳江鶴宿金波冷，秦嶺嵐寒白雪深。
皓色映枝忘夏氣，清輝過蓋有秋心。
久持貞節人知否，萬歲靈標契禁林。

丁 0029 蟬鳴宮樹深
宮樹深中耳正驚，夏蟬嘒嘒幾傳鳴。
仙林風密朝吟響，楚苑露滋暮咽聲。
聽暗庭槐枝合處，韵高城柳葉垂程。
孤光縱有不言訓，何秘當時屬太平。

丁 0030 泉石夏中寒
禁庭泉石隔塵埃，朱夏帶寒足趁來。
煩熱披襟臨碧水，炎輝拋扇擺蒼苔。
孤拳峙處忘清簟，一眼流邊勸冷杯。
堅准貞心唯□志，忠臣逸興自斯催。

---

1 平成本作"觴"。

丁 0031 滋綠草心長
草心長處望難通，滋綠此時遠近同。
臨水萋萋蘆荻浦，滿皋鬱鬱蕙蘭叢。
路深人入湖邊露，踪暗馬嘶塞外風。
澤畔截蒲年月久，溫舒勤學早成功。

丁 01-08 藤原隆方 宣孝之孫、隆光之子、官右衛門權佐行右中弁

丁 0032 滋綠草心長 以同爲韵、○以下四首見天喜詩合
草心滋綠望難通，入夏漸長遠近同。
渭北千條烟鎖後，湖南一道露深中。
菰蔣暮影藏潭月，蘆葦暗聲戰岸風。
野徑庭叢皆鬱茂，多依恩澤普施功。

丁 0033 蟬鳴宮樹深
宮樹深中聞易驚，晚蟬相噪有時鳴。
禁松烟庭和風韵，御柳陰前引雨聲。
漫咽繁枝金殿曉，幾嘶密葉玉樓程。
微蟲嘒嘒逢佳節，仙客宜裁愛玩情。

丁 0034 泉石夏中寒
清泉白石思優哉，便識夏中寒氣來。
蓋嶺披襟清赤日，鼓山卷簟掃青苔。
流飛更謝班姬扇，雲觸誰尋袁紹杯。
一眼孤拳含瑟瑟，金商風景暗相催。

丁 0035 扇裏有秋風

團團扇裏謝炎光，自有秋風報早凉。
頻動素紈忘暑夏，更披綠竹帶清商。
宋生舊賦催明月，漢主昔辭任曉霜。
隨手飄飄肌漸冷，何尋水檻與林塘。

丁 01-09 藤原資仲懷平之孫、資平之子、承曆中自權中納言遷太宰權帥[1]

丁 0036 詩境惜春暮情字、○見永承詩合

詩境惜春計豈生，韶光盡去日徐傾。
咏風强駐雲關裏，嘯月苦拘露驛程。
文路更嫌迎夏思，詞江全勝送秋情。
林園自此皆添冷，花落露消鳥老聲。

丁 0037 泉石夏中寒勒、○以下五首見天喜詩合

飛泉怪石幾年回，盛夏自寒熱豈來。
暑氣無侵庭濺水，炎光不至溜穿苔。
峙含明月影消汗，咽謝蒸雲音入杯。
河朔昔游何足覓，醉吟今日可相催。

丁 0038 松月夜凉生

一對嶺頭有月臨，夜凉從此屬松林。
緣蘿影落鶴鳴冷，烟□蓋寒虯漏深。
雲歛[2] 梢抛團雪扇，風晴朶誤撫秋琴。

---

1 平成本作"師"。
2 平成本作"斂"。

更辭炎熱何鬱鬱,見祝君子萬歲心。

丁0039 蟬鳴宮樹深
夏蟬抱撲有何情,宮樹深中嘒嘒鳴。
高閣隔梢才漏響,中臺礙葉不藏聲。
聽非俗韵槐滋暮,噪伴仙游柳暗程。
倩思多年栖禁苑,汝依五德得芳名。

丁0040 滋緑草心長
草心滋緑在望中,低葉自長遠近同。
黛色遙埋山脚路,藍光剩染苑間叢。
菰蒔影暗湖邊月,蘆葦聲青野外風。
料識芊芊盈卷意,是因雨露廣施功。

丁0041 扇裏有秋風
夏天未謝有秋光,是只扇風引早涼。
携處漸期籬菊紫,翻時□識嶺桐黄。
如書爽籟右軍露,還製商飆班女霜。
獨玩鶴翎今思得,南來雁陣欲成行。

丁01-10 源資經_{俊賢之孫、顯基之子、官權中納言}

丁0042 風度殘花落_{見永承詩合}
殘花片片落無掃,風度淺深伴響飛。
扇來砌外艷彌少,吹送林頭妝漸稀。
動朵樹飄春雪色,翻衣人踏晚霞暉。
才名是拙官存武,何只染筆陪禁闈。

丁 01-11 源隆俊 俊賢之孫、隆國之子、官權中納言、兼太皇太后宮太夫

丁 0043 詩境惜春暮 情字、○見永承詩合
詩境忽逢詩興生，惜春事盡勞神精。
箋卸難繫餘霞色，文路曾妨去鳥聲。
遮月雲關風雅裏，駐花露驛醉吟程。
徘徊仙洞蒼苔上，日暮彌添惆悵情。

丁 0044 松月夜凉生 以下四首見天喜詩合
松緑月明勝趣深，夜凉生處足披襟。
梢晴嵐有清秋韵，朵映烟非盛暑陰。
丁氏夢寒鷖雪思，嵇公姿老戴霜心。
寄言詩酒宴游客，萬歲光輝屬禁林。

丁 0045 扇裏有秋風
團扇何因不暫忘，秋風任意報來忙。
翻驚爽氣衣間至，開怪商飆曆外凉。
楚竹烟寒宜卷簟，齊紈雪冷欲收霜。
慰民豈只袁宏思，我後□仁及萬方。

丁 0046 蟬鳴宮樹深
聞蟬盡日足相驚，宮樹深間幾許鳴。
御柳滋時吟未止，禁松暗處韵彌清。
歌幽翡翠簾中曲，琴咽綺羅帳裏聲。
嘶露響高應賞玩，仙圍今得動皇情。

丁0047 泉石夏中寒

夏尋勝地暫徘徊，泉石繞身寒暗來。
沙月如秋浮白浪，岩風消暑拂青苔。
孤拳冷氣盈茵簟，一眼涼音入酒杯。
此處如今迷曆日，炎天忽遇素商催。

丁01-12 源俊房 _{具平親王之孫、師房之子、官左大臣}

丁0048 夜閑只聞蛩 _{見新撰朗詠集}

孀閨枕冷吟風曉，孤館夢殘怨雨秋。

丁01-13 藤原友房 _{國成之子、官大和守}

丁0049 月前聞搗衣 _{見新撰朗詠集}

雪中絕盡幽人夢，霜後添來旅雁聲。

丁0050 春花似白雲 _{見教家摘句}

聚散只隨開落色，無心自出不言唇。

日本詩紀卷之三十五　丁集第一

卷之三十六 日野家
丁集第二

上毛河世寧　彙編

丁02-01 藤原廣業 輔道之孫、有國之長子、官文章博士參議左大弁

丁0051 度水落花舞 見本朝麗藻
洞中花落望相驚，度水紛飛舞自輕。
亂似婆娑經浦後，散如宛轉過波程。
葩翻紅袖沙風送，匀曳羅裙岸月迎。
此地勝形人識否，鶯輿再幸有歡情。

丁0052 依醉忘天寒 以下二首見類題古詩
空迷伏臘方酣後，暫脫衣襟緩酌程。
添戶如逢遲日景，入醉不聽朔風聲。

丁0053 葉聲風外遠
疏林吹月晚聽冷，遙漢卷雲曉韵幽。
拂是何程高覺雨，驅從幾處漫飄秋。

丁0054 乞巧屏風 見新撰朗詠集
雲霞帳卷風消息，烏鵲橋連浪往來。

丁02-02 藤原資業 有國之次子、廣業之弟、官式部太輔兼伊豫守

丁0055 依醉忘天寒 見類題古詩
冬別一樽傾露處，春隨四字酌霞程。
借紅面變狐裘表，舉白手拋臘月情。

丁0056 失題 見續世繼物語
色絲詞綴任春風。

丁 02-03 藤原家經_{有國之孫、廣業之子、官式部少輔文章博士左大辨、天喜六年卒}

丁 0057 第一皇子讀御注孝經_{見新撰朗咏集}
若言皇子神聰敏，日遠論非同日論。

丁 0058 暮秋游法住寺_{以下見教家摘句}
霜華地老籬經歲，風葉林深路入秋。

丁 0059 時菊有榮花
岸風七葉金貂飾，籬露五侯玉佩光。

丁 0060 暮秋白河院即事
土宜霜底酌秋竹，松壖嵐寒聞夜琴。

丁 0061 讀後漢書咏嚴光
玄纏大漢朝恩色，素意穎川曉浪聲。

丁 02-04 藤原實綱_{有國之孫、資業之子、官式部太輔大學頭、永保六年卒}

丁 0062 行幸平等院_{以下二首見本朝無題詩}
洛外名區一道場，九重天子暫相望。
寺排露地幽深迹，佛駐月輪清净光。
錦蓋混同林脆色，金繩映徹菊殘妝。
倩思斯處翠華幸，何必周文渭水陽。

丁 0063 賀大極殿新成
大厦殊形經始成，一時初識百工營。

干雲繡栱參差列，啓月金扉照耀明。
周日靈臺宜比類，漢朝正殿欲相爭。
倩思基趾堅於石，億萬年間豈有傾。

丁0064 春日於雲林院、同賦行客被花留_{以下見教家摘句}
林嘲華表千年日，蹊異桃源七世春。

丁0065 遠近只花色
桃夭劉阮仙家迹，柳絮陸張一水鄰。

丁0066 池岸花如雪
人催剡興飄潭曉，鶯唱郢歌映浪春。

丁0067 桃源人壽考
蓬山曉露宜同境，茅洞晚風欲卜鄰。

丁0068 對泉言志
貧而樂道莫嘲哳，此地飛泉直萬金。

丁02-05 藤原敦宗資業之孫、實政之子、官大學頭式部大輔、天永二年卒

丁0069 賀大極殿新成_{以下四首見本朝無題詩}
大厦初成布政辰，明堂法度欲因循。
修營自叶皇基固，規矩偏隨德宇新。
重戶抽雲霄漢近，高甍映日鳳凰馴。
今望壯麗足相樂，黎庶子來悉仰仁。

丁0070 秋日長樂寺即事
適出京華尋勝境，梵宮幽處静相望。
紅林半落寒山透，白鷺斜飛遠水長。
苔蘚露沾黏右住，松杉烟暗蔭空堂。
此時方訪深觀理，世上塵機心暫忘。

丁0071 冬日游長樂寺
净界寂寥塵事稀，一來斗藪思依依。
佛庭[1]草合門無徑，禪院竹荒墻有衣。
寒雁叫嵐過嶺減，低雲向暮傍溪歸。
談漸識幽玄理，不限人間官禄微。談字上下恐脱一字

丁0072 暮春游圓融寺即事
尋來蕭寺適攀躋，韶景漸闌眼正迷。
池閣旁荒春草合，野船遥過晚雲低。
餘霞林暖鶯傳語，宿雨庭晴鶴作蹊。
歸路徘徊瞻望處，風花漠漠落前溪。

丁0073 菊開似愚仙 見新撰朗詠集
妝誤昆山金骨相，葩迷姑射雪肤名。

丁02-06 藤原正家 廣業之孫、家經之長子、官大内記左大辨、天永二年卒

丁0074 風度殘花落 見永承詩合
風度林梢春欲歸，殘花悉落欠芳菲。

---

1 平成本作"底"。

拂雲暮景餘霞盡，吹露曉天片□飛。
扇處才浮鸚鵡盞，報來好散綺羅衣。
佳辰代謝遞迎送，萬歲韶光屬禁闈。

丁0075 暮春游長樂寺上方見教家摘句
晚樹花紅扶落日，雙蓬鬢白顧餘年。

丁0076 宴游被催菊
羅綺引來離露色，笙歌勸得岸風聲。

丁02-07 藤原行家 家經之次子、正家之弟、官文章博士彈正大弼、長治中卒

丁0077 月明羈旅中 以下并見教家摘句
鄉淚瀧霜孤館曉，客夢驚雪戍樓晴。

丁0078 賀大極殿新成、應製
雕梁當霽應龍見，飛閣干雲瑞鳳來。

丁02-08 藤原有綱 資業之孫、實綱之子、官文章博士大學頭、永保二年卒

丁0079 孟夏侍宴、賀大極殿新成、應製
翅接雲衢馴閣鳥，迹通天路繞欄人。

丁0080 勸學會聽講法華經、同賦在於山林
羅洞幽情殘月曉，繩床空睹落花春。

丁02-09 藤原有俊實綱之子、有綱之弟、官左衛門權佐

丁0081 勸學會聽講法華經、同賦在於山林
繩床嵐拂寒猿叫，松戶日曛宿鳥馴。

丁02-10 藤原有信實綱之子、有俊之弟、東宮學士右中辨、承德二年卒

丁0082 三月盡日即事以下八首見本朝無題詩
四年三月一朝盡，悵望風光屢省身。
人事未能留壯日，老心何耐送殘春。
百花雕落葉陰薄，兩鬢變衰雪片新。
久在閑官多假景，不妨取次放游頻。

丁0083 玩月
景氣蕭條素月生，自然個裏動詩情。
秋當暮律初三夜，時及漏籌四五更。
雙鬢霜加驚老至，前軒雪襲識天晴。
南樓瞻望雖爭影，東閣光華欲此明。
帷幕高褰雲斂後，琴歌不斷夢殘程。
一觴一詠誰能禁，何必剡溪尋友行。

丁0084 秋日游池臺
一卜池臺屬閑餘，逍遙自得爽涼初。
柳塘烟老陰猶暗，荷浦浪興氣漸疏。
水檻前頭多竹樹，華筵左右置琴書。
獨眠灘月樂閑放，暫逐沙風許起居。

莫笑鬢間留素鶴,還慚腰底佩銀魚。
勝形於我今應驗,終日騰□任晏如。

丁0085 秋日池亭即事
閑逐陰凉意奈何,池亭占勝許經過。
竹低繁葉消炎日,蓮落輕衣覆綠波。
佇立危岩臨水近,攀登高閣見山多。
交游時輩莫嘲我,每屬暇餘醉且歌。

丁0086 行幸平等院
華洛城南輦路披,禪庭勝形被人知。
地誇仙洞幽奇趣,境遇皇輿臨幸儀。
露菊霜林催叡賞,山棋水曲任天爲。
明民莫道風流美,我復催行萬騎隨。

丁0087 賀大極殿新成
今當聖運一千年,考室有時展宴筵。
玉宇干雲遙漢外,金鋪照地大陽前。
飛梁高聳棟梓麗,賀燕新來基趾堅。
經始黎民皆悅豫,明王在上德無倫。

丁0088 秋日長樂寺即事
一尋梵宇謝塵寰,晚步上方暫忘還。
蘿洞作觀紅樹下,竹梯踏險白雲間。
寒葩牢落窮秋草,斜影參差薄暮山。
悵望如今心漸倦,不堪兩鬢逐年斑。

丁0089 冬日游長樂寺
蕭條佛閣立盤桓，何耐流年景氣闌。
碧洞松高烟色暗，翠微泉落晚聲寒。
溪嵐吹起來柴户，山雀群飛狎藥欄。
庭葉飄零□院静，悵望誰不住禪觀。

丁0090 螢飛水竹間 見教家摘句
回流屈曲隨光見，靈幹疏稠逐影明。
曉點沙烟殘燭冷，暮過叢落雨珠生。

丁0091 秋深知夜長 以下見新撰朗詠集
上陽宫裏天難曙，散騎省頭夢易驚。

丁0092 夜深聞落葉
虛澗嵐飄山未曙，空階雨脆月初傾。

丁0093 松緑臨池水
池雨荷開交蓋影，汀風魚躍誤琴聲。

丁0094 菊花爲上藥
道士試嘗寒岸露，仙鷄誤舐曉籬霜。

丁0095 花開聖化中 以下并見教家摘句
山桃嬌雨十旬曉，寒柳向風萬里春。

丁0096 羽爵泛流來
恐爲浴禽先被妨，若依浮藻定遲回。

丁 0097 關城春景盡
霞消函谷重門下，花萎長安遠樹陰。

丁 0098 月明照關塞
蘇公在北迷秋暮，楊氏歸西踏曉霜。

丁 0099 紗燈爲夜伴
鳳腦還迷凡鳥字，魚膏相類一龍名。

丁 0100 草中唯愛菊
寒艷趙衰冬日思，餘芳子產昔時情。

丁 0101 雪飛羈旅中
天陰彌勞望鄉淚，地涕不堪懷土情。

丁 02-11 藤原廣綱家經之孫、正家之子、官勘解由次官

丁 0102 城南別業
户外林迷紅葉露，門前路入稻花秋。

丁 02-12 藤原實光實綱之孫、有信之子、官權中納言

丁 0103 傀儡子以下十三首并見本朝無題詩
可憐傀儡虛狂輩，目界難娛皆是同。
栖卜山河幽僻地，怨深聲貌老來中。
羈游殆忘三輪業，世事不營萬里躬。
行客接襟爭得駐，雲明定識對秋風。

丁0104 春夜即事
説言春夜感無窮，適接交朋得會同。
梅□漏深挑燭後，柳門迹暗退衙中。
老蓬鬢悴罷殘夢，暖樹花芳任曉風。
爲侍形言詩席道，才疏獨耻拾螢功。

丁0105 暮春長秋監亞相山莊尚齒會詩
主賓尚齒得相從，新賞山亭風物濃。
行爵數回須快飲，燕毛七叟定難逢。
鳥吟花舞笛歌静，心耄力衰冠帶慵。
塵世纏牽霜滿首，生涯潦倒淚沾胸。
昵親舊友不如鶴，甲子同僚唯有松。
六十老翁人莫厭，愁遺幸見白家踪。

丁0106 秋日禪林寺即事
洛東古寺號禪林，爲結良緣引友尋。
夜院燈消寒色盡，秋山葉落暮猿深。
洞幽徑有經行路，澗静水無世俗音。
老惜年花人莫笑，每思餘花不能任。

丁0107 游山寺
暫至道場有所思，暮春風景欲何之。
山鶯聲老僧園静，溪柳枝垂寺路滋。
信馬忽來清净地，尋春自遇坐禪□。
幸談世業結練若，贈以形言一句詩。

丁0108 游山寺談僧
古寺頭陀秋日暮，與僧言志忘時移。
一圓深理燈前聽，萬法皆空淚裏知。
苦請今宵須説盡，倩思來世欲何爲。
適臻禪室許交畢，佛種機緣定在期。

丁02-13 藤原宗光_{有信之次子、實光之弟、官大學頭式部大輔}

丁0109 春宵言志
一憑几案心何苦，春夜夜深客至稀。
儭枕唯聞殘雨韵，披書頻挑暗燈輝。
多年樂道齒黌舍，早晚抽身趨紫微。
爲有餘寒猶向火，更臨來且欲求衣。
松生澗底無攸用，鳥在籠中不得飛。
先與親朋眠竹檻，遂命嬴婢掩荆扉。
官途猶嘆前程遠，人世漸知往事非。
寄語斯時游敎士，觸吟興盡莫空歸。

丁0110 暮春見嚴閣亞相山莊尚齒會詩
賓主連襟游敎辰，只歡結外許交親。
漸臨暮齒頭爲雪，閒憶餘年後幾春。
垣下競來風骨客_{七老之後會、遇之者謂之垣下、故云}，花前會飲燕毛人。
斯筵今占相逢少，引步殷勤客老身。

丁0111 秋日長樂寺即事
相携鳩杖秋游寺，心静自然忘毀譽。
山帶斜陽松影落，水衝亂石谷聲餘。
家鄉歸路晚望遠，七十生涯曉夢虛。
斯地風烟知我否，被牽名利未閒居。

丁0112 秋日別業即事
勝境光陰遠近同，尋來終日思無窮。
山林木落雨聲脫，野徑月清雲影空。
旅雁一行穿白霧，長松百尺帶秋風。
詩筵乘興遙回首，華洛迢迢眺望中。

丁02-14 藤原顯業 _{正家之孫、後信之子、官參議}

丁0113 暮春見嚴閣亞相山莊尚齒會詩
七叟皓皓高宴開，號之尚齒義優哉。
起於履道塵遙及，傳自安和春幾回。
花似知時零未盡，鳥如談舊老猶來。
人間此會雖希有，有隔未交令感催。

丁0114 三月盡日游長樂寺
一辭華洛暫留連，長樂仁祠感自然。
寺寫五臺形勝地，時當三月艷陽天。
山樓鐘盡孤雲外，林戶花飛落日前。
韶景闌來相惜著，青春暮處禮金仙。

丁0115 春日游勝應彌陀院

東山有寺隔囂塵，佛是彌陀勝應身。
草創上人西去後，花開下界未忘春。
適當茂棘眺臨日，更遇伽藍嚴飾辰。
雲色泉聲知我否，被牽劇務少交親。

日本詩紀卷之三十六　丁集第二

卷之三十七 式家
丁集第三

上毛河世寧　彙編

丁03-01 藤原明衡 敦信之子、官文章博士兼大學頭、爲出雲守、輯本朝文粹

丁0116 雲林院西洞遇雨 以下四十六首見本朝無題詩

古院之西重巘頭，梵宮遇雨思悠悠。
雲埋佛閣知山近，水滴禪庭稱地幽。
住寺自令斜腳助，歸家更被暗聲留。
素王教訓時雖習，緇侶笑談世似浮。
芳桂隔光林徑月，衰梧染色野林秋。
莫言仙洞移此處，蓬島勝形尚不猶。

丁0117 賦艾人

建午月逢端午日，艾人懸戶屬蕤賓。
備形偏任園中露，尋迹空離野外塵。
鶯殿蝸廬無擇處，楉花菖葉自同辰。
荊州秘術長傳妙，菅氏芳詞更識神 菅家集中有賦艾人之詩。
蘿菊非秋誰足貴，庭蘭當夏可稱臣。
親朋憐汝宜憐我，蓬髮蹉跎餘七旬。

丁0118 賦菊花

菊叢李部異榮悴，共以貞心屬勝游。
仙洞擅妝逢叡賞 有注，石渠抽節恥凡流。
□[1] 霜汝媚黃花曉，戴雪我傷白露秋。
將脫簪纓歸野澤，忝憑聖化迹猶留。

---

1 平成本作"凌"。

丁0119 賦殘菊

抄商得閏閏推遷，殘菊留妝望颯然。
疏艷臨流星有影，餘輝照架燭[1]無烟。
不因紅女錦文褥，更映素娥珠顆連。
佳色遲凋花最弟，貞姿難敗草中仙。
曉霜伴雪寒籬下，夕吹亂秋古岸邊。
染筆閑携芳種露，凡叢應恥猶華顛。

丁0120 賦庭前松竹

庭前松竹足相貪，與客成携接話談。
千歲低枝當座右，一聚細葉鎖檐南。
洗來宜卷籬間露，移得自忘澗底嵐。
孤蓋凌霜青似柏，數竿侵雪綠於藍。
晉林尋隱賢猶七，秦嶺思封爵是三。
今對大夫貞幹至，永期佳會醉徐酣。

丁0121 春夜即事

夜臨艾漏對蘭燈，酌洒言詩向曉興。
俗境適逢仙洞客，竹窓不厭杏壇朋。
漢邊雲斂閑看□[2]，梁上鷄鳴遠聽蠅。
文苑送年雖嗜學，身衰性耄思虛仍。

---

1 平成本作"獨"。
2 平成本作"月"。

丁0122 三月盡日惜春
一歲芳辰三月盡，惜春思緒幾悠悠。
素無關塞終應去，縱有家鄉豈少留。
荏苒風光雖近夏，蹉跎霜鬢獨添秋。
何唯花落鶯歸事，文苑不堪送老愁。

丁0123 夏日即事
四序回環駐得難，今逢炎熱暑天間[1]。
滿池蓮迸花新綻，臨岸松凋朵半殘。
丹棘輸忠霜幾積，葵[2]花及老雪先寒。
俗寰交隔三壼路，勝地勢模七里灘。
學館多年携蠹簡，釣臺一日弄漁竿。
莓苔烟暗青岩上，蘆葦露滋碧沼干。
林近金商先秋玩，泉飛白越當夏看。
為鄰洙泗沉淪士，適到名區暫考槃。

丁0124 夏日作勒
夏日優游興味餘，占凉更識畏景虛。
前林拋扇風來後，東戶卷簾月上初。
達[3]岸近□[4]松下鶴，臨池閑看藻中魚。
玉琴暗調蟬聲急，紅燭自連螢影疏。
秋思先搖潘岳賦，露才遠仰孔丘書。

---

1 平成本作"闌"。
2 平成本作"萱"。
3 平成本作"遶"。
4 平成本作"交"。

此時避暑在何處，酌酒吟詩對水居。近下恐有脱字

丁 0125 秋夜閑談 勒
秋思悄然夜，閑談萬感兼。
遠嵐摧華戶，殘溜滴茅檐。
蹇劣命猶薄，蹉跎老自添。
松聲來壞宇，蘭氣襲疏簾。
慘淡雲虛暗，朣朧月影纖。
素琴才置牖，黃卷只盈奩。
砭藥痾難療，衣襟淚易霑。
嘗言□[1]志客，未死數相瞻。志上恐脱同字

丁 0126 暮秋即事 勒
闌[2] 珊秋景足相望，風物蕭疏幾滿場。
蘆荻[3] 雪寒孤岸下，蕙蘭紫碎女墻傍。
遣懷巴峽猿三叫，送眠衡山雁一行。
丹棘清虛胸飲凍，蒼華衰變首梳霜。
暮林葉落嵐聲縟，古壠菊殘月影劳。
若貴素王文學道，爲憐老後嗜詩腸。

丁 0127 初冬書懷 勒
凉燠遞來感不禁，年光荏苒及玄陰。
晴中學雨松寒岸，地上留秋葉落林。

---

1 平成本作"同"。
2 平成本作"蘭"。
3 平成本作"荻"。

望遠數重溪霧色，夢驚千里塞鴻音。
閑軒冬至曉嵐拂，疏牖夜長殘溜侵。
一杯竹清霜後酒，七絲雪白月前琴。
豫樟期學齡方暮，燈燭積功漏幾深。
開卷雖知齊物理_{莊子有齊物篇}，守株獨耻宋人心。
青雲欲絶空孤陋，皇澤雖覃久陸沈。
幸遇明時憑節藻，才談聖道散煩襟。
斯須得接佳游境，微□[1]所之慼咏吟。微下恐有脱字

丁0128 歲暮即事勒

詩人乃者□動肝，節物蕭疏歲也闌。
明[2]雨月光千里遍，閏餘風景一旬殘于時閏十二月廿一日。
青陽催□[3]春先至去十五日立春，素性嗜書老尚看。
清醞[4]三杯酣緑桂，雅琴數曲撫幽蘭。
銓衡官冷緋衫舊，七十齡傾雪鬢寒。
運命獨雖慚蹇剝，在朝未考潤中槃。

丁0129 爐邊閑談勒

不期文書得相逢，共惜年光[5]及臘冬。
萬物蕭條難繋意，四時遷次詎尋踪。
庭前親友唯攜竹，澗底大夫獨愗松。

---

1 平成本作"志"。
2 平成本作"晴"。
3 平成本作"律"。
4 平成本作"醑"。
5 平成本作"老"。

老至未拋窗雪冷，春鄰漸待苑花濃。
材名遥隔禰家鶑，淵量應慚荀氏龍。
紅火爐邊斟綠[1]桂，閑談一日感千重。

丁0130 同
閑居冬日思悠哉，談話爐邊興自來。
疊樹曉聲嵐烈烈，高岩晚色雪皚皚。
卯時霞暖樽中桂，子月花寒砌下梅。
李老五千文可學，桐孫一兩曲相催。
木寒斜岸松孤茂，草槭荒籬竹不摧。
冰合池無魚拔刺，砂平庭有鶴徘徊。
龍門望浪浪猶險，席[2]館送霜霜幾回。
露膽深□[3]親友志，風情遠恥古賢才。深下脱一字
微功久積孫康牖，片善未逢郭隗臺。
灯燭恩光過古稔，徒焦胸臆滅心灰。

丁0131 紅櫻花下作
文友不期會遇新，紅櫻開處幾頤神。
我猶逐日應催老，汝是每年不忘春。
立露雖慚榮悴異，酌霞愁接樂游頻 乃者被引群英屢尋春花，故云。
何因漸動歸歟思，花下自爲衣錦人。

---

1 平成本作"絲"。
2 平成本作"虎"。
3 平成本作"知"。

丁0132 遍照寺玩月
何處月光足放游,寺稱遍照富風流。
歲中清影今宵好,天下勝形此地幽。
池水冰封寧及旦,籬花雪壓不知秋。
已將親友成佳會,還笑剡溪昔棹舟。

丁0133 六波羅密寺對月
蒼蒼漢月望蕭條,三五佳期在此宵。
俗慮辭麈來古寺,空觀對水坐危橋。
學書硯裏金波滿,畫扇峰前素影遙。
一盞秋霜淳酒酌,數聲白雪雅琴調。
珠還合浦晴應琢,冰結呼池[1]曉欲消。
竟夕優游心飲□[2],以吟以詠及明朝。

丁0134 秋月詩勒
明月四時光最好,豈如素節興相侵。
胡城笳動天雖[3]曙,魏闕鐘鳴漏正深。
曲沼霧收迷玉水,寒松烟滅似花林。
飲冰唇冷嵇公酒,調雪聲寒阮子琴。
雙鬢梳霜秋暮思,數行注露老來心。
終宵不寐合毫坐,桂影晴前一偶吟。

---

1 平成本作"滹沱"。
2 平成本作"未飽"。
3 平成本作"難"。

丁0135 同

蕭蕭良夜思悠悠，明月蒼蒼稱勝游。
鳳管鶴琴追影宴，酒徒詩伯被光留。
隱倫攜雪居疏慵，老將踏霜上戍樓。_{慵當作牖}
鸞鏡出盦雲路轉，驪珠非寶漢河浮。
漁人歌冷洞庭曉，商客淚寒巴峽秋。
隱几倩思尋友趣，子猷遙棹剡溪舟。

丁0136 月下言志 勒

月前芳話動幽襟，今夜暫無煩慮侵。
曠野當晴珠露耀，長河迎曉白烟深。
清光幾混花寒苑，素影彌添葉落林。
三盞酌冰嵇氏酒，七絲[1] 調雪□□[2] 琴。
奏□[3] 數曲佳妓淚，出塞一聲老將心。
不奈子猷餘興盡，適逢華客幸相尋。

丁0137 思牛女

一自素商報碧天，遙思牛女望星躔。
行衣風拂秋雲綻，妝鏡露瑩夕月懸。
計夜應多空隔夜，論年豈有不逢年。
料知漢表離情苦，蒙霧未披曉漏遷。

---

1 平成本作"絃"。
2 平成本作"阮公"。
3 平成本作"箏"。

丁 0138 夏日池臺即事

池臺嘉趣動幽襟，游放不知老暗侵。
當夏雪寒洲鶴翅，非秋風冷岸松陰。
十分斟桂攜犀玉，一曲調蘭撫鳳琴。
虛[1]館霜回臨白首，龍樓月照竭丹心。
砂堤向曉波烟鎖，水檻迎宵渚露深。
形勝自摸崑閬地，含毫操紙得詩[2]吟。

丁 0139 會飲崇仁坊新亭 勒

以文會友興頻加，况至崇仁形勝家。
迎月清琴調白雪，送春溫酎酌紅霞。
南檐松老風聲近，西戶竹疏日脚斜。
鄭氏學深先聚客，陳公醉久未回車。
瑠璃映徹盈庭水，錦繡展張逼砌花。
地勢自摸仙洞樣，佳游便識逐年賒。

丁 0140 暮秋城南別業即事

城南別墅隔囂喧，景物滿林也滿園。
離竹蕭疏烟葉透，庭蕪芊蒼露華繁。
午時藥餌攜茶竈，卯刻芳醪酌桂樽。
學雨寒聲松對戶，經霜晚色柳當門。
旅鴻數點消雲路，振鷺一雙立浪痕。

---

1 平成本作"虎"。
2 平成本作"沈"。

溪日[1]水浮晴雪漾，商飇木落晚紅翻。
等閒染筆慚心耄，聞說讀書識眼昏。
緋衫位淺窮秋淚，素髮齡傾薄暮魂。
元自安閒雖適性，須歸帝里仰皇恩。

丁0141 春日桂別業眺望
別業勝形異俗寰，林亭遠眺得幽閒。
閣依浮月旁臨水，窗爲愛花近向山。
啼鳥聯翩雲聳處，征人絡繹日斜間。
吟詩酌酒好游處，餘興未殫自忘還。

丁0142 夏日游河陽別業
晨辭東洛更南轅，適至河陽□[2]及昏。
列岫傍江雲色映，奔流濺石雨聲喧。
孤輪夜月明遥漢，一片暮烟出遠村。
伴老友[3]朋松偃蓋，忘憂媒介桂盈樽。
長堤放馬居岩畔，古渡呼舟立浪痕。
臨瀨紫藤花自倒，籠洲綠草葉初繁。
清吟興引猶留客，緩步力疲被助孫。
楊柳岸花[4]當竹户，莓苔路細入柴門。
緋衫位淺幽莊思，素髮齡衰旅榱[5]魂。

---

1 平成本作"漢月"。
2 平成本作"漸"。
3 平成本作"有"。
4 平成本作"危"。
5 平成本作"客"。

爲對農夫田父道，筆耕年久漏皇恩。

丁0143 暮秋白川院即事
戴轄行輪出洛陽，白河院裏幾相望。
東籬菊老攀秋雪，甲宅果珍拾曉霜。
峽寫彈箏波激響，嶺傳不[1]扇月寒光。
日曛漸動歸歟思，其奈官途萬里强。

丁0144 初冬游泛西河
城西勝境一相尋，水上方舟幾動心。
旅雁一行江霧透，寒猿三叫峽雲深。
送秋岸樹紅留色，映月浪花雪有音。
須卜幽栖居此地，泛游自得忘淹沈。

丁0145 月夜宿海濱
漢月照明水也澄，海濱占宿感情凝。
迎宵迹冷千程雪，當夏望寒萬里冰。
沙混[2]露輝□[3]草滅，浦非風力浪花興。
莫嘲頑陋逍遙趣，低鷃不知有大鵬。

丁0146 初冬游世尊寺
梵宮寂寂望迢迢，游放送晨自及宵。
竹苑舊儀烟未變此寺元爲延喜中書大王深官、故云，菊籬殘艷雪難消。

---

1 平成本作"畫"。
2 平成本作"濕"。
3 平成本作"煙"。

老無才智慚齊馬，獨絶家門泣漢貂。
從此幽情將俗薄，須占静境避喧囂。

丁0147 初冬遍照寺即事
從尋蕭寺暫徘徊，景物滿望思渺哉。
逼砌木零山月透，當窗池冷水風來。
古籬秋過殘霜菊，勝地年深寫[1]露菜。
被引幽情忘日暮，長堤一道步蒼苔。

丁0148 夏日游法輪寺
暫出俗寰尋静境，法輪寺裏養心情。
杳望山月清明影，還怪空傳隱暗名 此寺在隱暗山、故云。
束閣[2]適到勝形地，扣户無人鳥獨啼。
誰謂蓬萊難得覓，龜山近在鳳城西 寺北有龜山風流之美、故云。

丁0149 秋日六波羅密寺言志
禪庭寂寂日沈沈，風物滿望足咏吟。
性宇清虛來佛屋，詞條凋落列儒林。
泉飛白越幽岩冷，岸寫錢塘曲沼深。
鐘聲響寒鳴洞口，樓臺影倒映池心。
茅檐月照代華燭，松□烟嵐生□琴。
始學日多爲艾髮，講經年積幾蘿襟。
翠筠遶砌含烟色，霜葉灑窗有雨音。

---

1 平成本作"瀉"。
2 平成本作"乘閑"。

從趁鷄園辭雒邑，雖臨西羽興猶侵。

丁0150 秋日游法住寺上方
華洛東南翠嶺頭，一尋蕭寺得優游。
山南雲插斜陽透，岩徑葉飛片月幽。
嚴飾空知蓮府昔，閼伽自供菊叢秋。
今來象外勝形地，不奈蓬瀛無處求。

丁0151 春日游東光寺
暫辭華洛避囂塵，仙洞勝形古寺新。
柳助翠烟茶竈暮，花添紅雪藥爐春。
蘿襟臘積餐霞客，艾髮齡衰弄月人。
非是非非真實理，一心恭敬禮三身。

丁0152 閏三月盡日慈恩寺即事
三月今茲加閏月，芳辰云盡思相仍。
慈恩地靜堪臨眺，和暖天晴引友朋。
宴集華城文墨客，安禪松院薜蘿僧。
丹心初會傳青竹_{此寺初會序、垂竹帛長存}，白氏古詞詠紫藤_{白氏文集慈恩寺三月卅日詩云、紫藤花下漸黄昏。}
西羽隨春藏細柳，曉鷄告夏聽蒼蠅。
手栽花樹餘香絕_{同序云、半¹栽祇樹之花}，目閱水泉一眼澄_{同序云、不變閱水之橋、以爲到岸之途。}
學業聚螢難夢鳳，逍遥低鷃慕風鵬。

---

1 平成本作"手"。

不唯佳節催游故[1]，王澤惟昌詩也興。

丁0153 暮春游靈山寺
一尋梵宇感相重，勝趣佳名瀉[2]鷲峰。
造化風流依洞水，構營年紀駐庭松。
青春花鳥雖傾志，金[3]日貂蟬欲墜踪。
此地幽深看未飽，歸蹄被促晚來鐘。

丁0154 夏日大覺寺即事
晨出洛城日漸闌，嵯峨古院得盤桓。
披雲先禮冰顏潔，當夏獨乘[4]雪鬢寒。
葱在[5]教文難悟李院主賴公合[6]予讀西天正教述序，前[7]南氣味愁斟蘭于時有杯酒。
梵宮華構龜陰舊在傳云、龜陰者龜山之陰也，仙洞珍奇馬腦殘太上皇馬腦御枕、于今在此寺。
松岸風生秋百尺，竹籬曉至露千竿。
何因遠覓蓬瀛地，象外勝形處處看。

丁0155 春日游長樂寺
其奈城東閑放何，梵宮高處望古賒。

---

1 平成本作"放"。
2 平成本作"寫"。
3 平成本作"今"。
4 平成本作"垂"。
5 平成本作"北"。
6 平成本作"令"。
7 平成本作"荆"。

崎嶇嶺勢旁籠寺，桑支地形欲忘家。
鐘磬曉和虛洞水，閼伽春惜禪庭花。
嶺松百尺仙門老，山鳥曉聲澗戶遮。
樓閣參差當返照，鄉園迢遞鎖餘霞。
被牽好客艷陽興，愁轄行輪送日車。

丁0156 暮秋游長樂寺

蕭條古寺路崢嶸，遠近回望不繫情。
寒月穿窗龍象室，斜陽映瓦鳳凰城。
倫狼蠻夷以高山爲倫狼嵐起無雲色，虛牝谷名泉有飛有雨聲。
適結一緣來此地，時時禮佛契生生。

丁0157 冬日游長樂寺

長樂道場稱地宜，風流四面太幽奇。
左龍泉冷雨聲灑，西羽山曛雲色垂。
溪樹留秋才有葉，庭松歷歲半無枝。
從來此處塵機絕，安用俗寰毀譽爲。

丁0158 同

文友朝辭洛，相尋及落暉。
野烟行綾綾[1]，山月咏徽徽[2]。
寒霧幽溪暗，曝泉古洞飛。
殘苔封石磴，老柏掩岩扉。

---

1 平成本作"緩緩"。
2 平成本作"微微"。

遠水引青帶，暮林列錦機。
但游長樂寺，臨[1]以下闕。

丁0159 春日游雲林院西洞
洛外放游何處催，雲林西洞隔塵埃。
燈明送夜窗間月，座席經年砌下苔。
松戶蔭花春雪鎖，茶園藩柳暮烟回。
被牽法侶與詩友，此地時時得去來有注。

丁0160 秋日游雲林院
材謝性慵詞俗流，列名風客屢觀游。
昨陪天闕黄花露去十二日適應敕陪花菊宴、故云，今入雲林錦葉秋。
閑咏自令嵐韵助，歸蹄更被月光留。
梵宮形勝移仙洞，誰謂蓬爐[2]無處求。

丁0161 同
洞裏幽奇今古傳，被牽佳客得周旋。
荒籬老菊栽秋雪，㣲[3]徑寒苔踏暮烟。
右虎左龍爲地勢，林風山月任天然。
優游此處經多歲，便知生生結善緣。

丁0162 雨添山氣色以下六首見類題古詩
苔錢增緑霑岩曉，葉錦加紅染嶺秋。

---

1 平成本作"臨眺未能歸"。
2 平成本作"瀛"。
3 平成本作"微"。

雲霧起溪斜脚遍，虹蜺亘峽暗聲幽。

丁0163 依花只愛山
江妒吳松徒送老，谷慚巁竹不知春。
封霞誰厭幽岩映，携雪應饒列岫匀。

丁0164 朝暮愛花色
饒妝可畏南風起，貪艷難留西日沈。
反照添紅彌染思，遲明飄雪誰嫌心。

丁0165 花色見難飽
窗梅素艷誰嫌眼，園杏紅妝未厭情。
山路駕遲携雪暮，林亭席懦對霞程。

丁0166 遠近唯春花
鳳闕曉霞應得所，龍庭春雪不量程。
餘薰幾染閨中夢，衆艷偏遮隴外行。

丁0167 水石不知年
倩尋苔色霜多舊，試問浪聲月幾深。
啓母遐齡難限思，舒姑流景誰量心。

丁0168 落花遠近飛 以下見新撰朗詠集
胡關春暮難留雪，燕寢月荒欲妒春。

丁0169 東西花色多
漢相閣閑空鎖雪，曹王園舊幾藩春。

丁 0170 月明夜自閑
陶君門舊秋霜鎖，陳后閨疏曉雪深。

丁 0171 花鳥與春殘
伴霞難盡餘花艷，歌雪未歸好鳥聲。

丁 0172 清風臨曉來
星翻空拂槿花露，月落暗聞蘆葉秋。

丁 0173 夜月照寒松
秦爵琴聲調白雪，吳人劍色掛秋霜。

丁 0174 山家秋色多
苔庭木落紅無迹，雲[1]碓月暗雪有聲。

丁 0175 春日侍御史大王書閣同賦花開皆錦繡 以下見教家摘句
異彩刺添庭竹綠，奇文織助嶺霞紅。

丁 0176 春日於長樂寺同賦林花藏佛閣
玉磬曉聲才出雪，石龕舊勢被籠春。

丁 0177 詩情臨別深
筆驛消魂鞭馬曉，詩江瀝思棹舟春。

丁 0178 風是告秋使
趙璧猶危吹露曉，漢查宜轉拂雲程。

---

1 平成本作"雪"。

丁0179 秋月明如畫
宰予眠是應催影，殷帝會猶欲以光。

丁0180 月光依水明
鏡驚百練臨江處，珠誤再還照浦程。

丁0181 雁聲動遠情
李將淚滋嘶露曉，蔡姬夢短唳雲程。

丁0182 松竹不知秋
梁園九月無黃落，秦嶺四時有綠陰。

丁0183 河陽別業即事 重出宜刪[1]
長堤放馬居岩畔，古渡呼舟立浪痕。

丁0184 殘菊色非一
錦繡洗文寒岸露，畫圖後素曉籬霜。

丁0185 暮山景氣寒
巫女廟南行雨冷，鄭公溪北遠嵐餘。

丁0186 寒松似老人
蘇君帶劍霜封曉，榮啓調琴風舞程。

日本詩紀卷之三十七　丁集第三

---

1 同丁0142 夏日游河陽別業一詩中第五聯重複。

卷之三十八 式家
丁集第四

上毛河世寧　彙編

丁04-01 藤原敦基 明衡之子、官式部太輔文章博士、嘉承元年卒

丁0187 賦艾人 以下二十首見本朝無題詩

令辰令日蕤賓律，只玩艾人檐隙懸。
采是鳴鷄先報曉，待猶端午正來天。
無身自立門楣上，有意更居軒屏前。
從遇麥秋多景物，文林誰不展花莚。

丁0188 菊

何物送秋感寸腸，葳蕤殘菊滿砂場。
餘葩半變印[1]玄律，□□才留歷白藏。
湛湛露前應混耀，蒙蒙露底更含光。
遲開遂作衆花弟，獨媚□稱百華王。
被夕吹侵倏改貌，從昊天去欲收妝。
五株柳畔擅貞藻，十步叢門[2]播郁芳。
嶺徼結根嬌女兒[3]，溪門傳種在南陽。
淺深經雨連鵝眼，遠近薰風穿麝囊。
楚澤蘭慚爲俗骨，泰山松恨欠奇香。
及寒早悴初冬雪，抱節專凌曉漏霜。
籬下洗姿佳氣通，園中表德美名昌。
栽來先訪長生術，養得始知不死方。
亂蕊散時頻顧眄，細莖稀處足彷徨。

---

1 平成本作"迎"。
2 平成本作"間"。
3 平成本作"几"。

若非雲母當庭布，疑又漢星繞水彰。
多少瑩金旁擲地，低昂帶繡漫纏墻。
携匀想像朱公樂[1]，漬萼如何顏氏觴。
合浦昔珠宜比白，穀城古石幾爭黃。
落英薄暮愛難飽，異彩崇朝惜不遑。
齊國素紈懸架際，蜀江寒錦曝池塘。
褰簾倩見游蜂戲，移榻豈饒舞蝶忙。
艷態空衰同老妓，容輝猶駐似仙郎。
推潭嘗味歡無極，滋液吞流憂已忘。
齡過八旬胡太尉，恩分一束魏文皇。
徘徊地上映環珮，往返岸邊省鳳凰。
蕉葉敗嵐誰賞玩，葵華向日豈誇張。
晋潘尼著弄榮賦，陳舛[2]達抽浮□[3]章。
望誤閑窗燈耿耿，心迷幽砌月蒼蒼。
紅蓮紫蕙徒凋後，野荻洲蘆盡摵傍。
雖待明年逢九日，唯憐今旦隔三商。
凡材適接賢材客，還耻詞林慕櫟樟。

丁0189 賦月前殘菊

天淨月明足四望，數莖殘菊媚沙場。
陶籬酒色雲收映，酈谷水聲霽至芳。
星彩交加應助影，日精照耀自同光。

---

1 平成本作"藥"。
2 平成本作"叔"。
3 平成本作"栗"。

吴娃迎曉新臨鏡，商老送秋剩載霜。
抱節仙叢名遂顯，隔榮凡草恨猶長。
寄言筆驛養蹄士，文路險難我馬黄。

丁0190 有田家、主客會談、恣以逍遥、卷蘆簾以對野徑、赴桑園以望山村、當門前而田疇綺錯、遶砌下而流水潺湲、農夫營耕田采苗之事、野老致提榼灑酒之勒[1]、歡樂遇境、日漸及昏

從卜吾廬好眺臨，地形早[2]濕一郊林。
晴山不盡當窗色，晚水轉添落枕音。
采露桑園霑曉袖，穫風麥壟報秋心。
此時農夫事田業，南畝醉歌西日沈。

丁0191 河水邊有數株之松陰、輕軒之客駐駕斯處、披衣襟而發咏吟、羞杯酌而枝[3]酣醉、蓋是避暑也、或曳履而游岸脚、或叩舷而泛波心、又有鶺鴒舟[4]、屢獻水鮎

林塘勝趣望中賒，避暑行人暫駐車。
船畔窺魚歌曲渚，樽前斟酒睡平沙。
風生松樾時聞雨，浪洗石稜夏見花。
何嘗袁公河朔地，淒然斯處忘歸家。

丁0192 三月盡日惜春
三月盡時興更驚，惜春惆悵動心情。

---

1 平成本作"勤"。
2 平成本作"卑"。
3 平成本作"杖"。
4 平成本有"◎三字一作鶺首舟"。

林花雪晼[1]和風暮，岸柳烟滋麗日程。
才見紅霞稀嶺色，可憐黃鳥入溪聲。
艷陽已盡雖相恨，倩憶明年芳節迎。

丁0193 閏三月盡日即事
鳥散花飄眺望匆，麗辰盡處恨相同。
韶光初去乾坤外，徂景難駐漏刻中。
斜雁凌雲歸襄[2]北，曉[3]虹經雨聳山東。
雖斯[4]向後三陽日，更惜閏餘一月風。
人縱送春猶壯齒，我唯迎老漸衰翁。
芳塘移榻兼斟酒，醉對數莖芍藥叢。

丁0194 暮秋城南別業即事
一尋幽境得徘徊，秋景蕭條望遠哉。
林徑帶嵐梨葉落，池塘經雨蓼花開。
寒籬盞轉浮黃菊，古石碑刋點□[5] 苔。點下脫翠字
漁父火光穿霧見，牧童笛曲逐風來。
齡過潘岳梳霜鬢，交異美門隔露萊。
水色山容多勝趣，崇朝遮眼已忘回。

---

1 平成本作"脆"。
2 平成本作"塞"。
3 平成本作"晚"。
4 平成本作"期"。
5 平成本作"翠"。

丁0195 夏日游河陽別業
暫到河陽辭洛下，終朝乘興及黃昏。
貞松蓋際鶴聲滑，修竹葉中燕囀喧。
雲色氛氳跨遠岫，月光皎潔照遙村。
放游三日動蘭枻，酣暢一時酌桂樽。
岸樹烟垂浮水面，洲蘆綠靡襲沙痕。
漁翁鬢上霜蓬冷，隱士庭前露草繁。
文苑列名慚武子，儒林期業慕公孫。
蔣君徑靜苔埋地，陶舍家荒柳鎖門。
古洞嵐疏空破夢，連峰猿叫幾搖魂。
久攜書帙隔榮路，只待鳳銜仰聖恩。

丁0196 山家秋思[1]
景氣清凉斜日昏，山家閑處對遙村。
露蘭逼箔旁薰枕，風葉灑窗漫泛樽。
月色三更諳燕子，秋情萬里憶烏孫。
碪寒易破幽閨夢，燈暗獨勞別野魂。
傍路荒原朝放馬，當簷斷峽夜聞猿。
西郊趁得勝形地，共相花蹄也稅轅。

丁0197 賀大極殿新成
大廈新成壯麗閈[2]，便知聖化暗相催。
雲衢連牖衆星拱，鳥路常簷賀燕來。

---

1 平成本有"秋思一作秋意"。
2 平成本作"開"。

德宇高添輪奐美，皇基遥得棟梁材。
翠華臨幸薰風洽，娛樂猶勝春上臺。

丁0198 春日於栖霞寺即事
行行信馬眺望通，寰外光陰一道空。
花色春深林霧底，鐘聲日暮野烟中。
逃名將指龜山月，稽首遥傷鶴樹風。
西出都門尋景趣，栖霞觀下片霞紅。

丁0199 秋日青龍寺述懷
長河西畔小山東，爰有佛堂造化功
初趁郊居同隱客，未知土俗訪田翁。
欺雲稻穗兩岐白，經雨蓼花十[1]片紅。
竹寺漏深望嶺月，柴扉晝掩任溪風。
羈游難繫朝馳馬，榛[2]夢易驚夜愍蟲。
鋪設舊占苔岸上，閼伽便摘檻蘺中。
漁舟見火燒秋水，雁塔聞鐘沸曉空。
林挺[3]菩提摸奈苑，池移阿耨省蓮宮。
人間榮利心無染，象外烟塵望不窮。
別野幽閒誰作伴，唯□[4]牧豎與村童。

---

1 平成本作"千"。
2 平成本作"旅"。
3 平成本作"擬"。
4 平成本作"交"。

丁0200 春日游長樂寺

禪庭深處隔塵寰，盡日回眸眺望閒。
斷峽虹橫春雨後，遠村烟細夕陽間。
風來拂砌唯花樹，晴至入樓幾碧山。
林下新逢槐露暖，剩歌德澤醉中還。

丁0201 游長樂寺

一上翠微近碧空，寺門高處四望通。
薜蘿住[1]舊石猶綠，桃杏山寒花始紅。
西顧人寰唯夕日，南□[2]佛閣幾春風。
芳菲已盡將迎老，相惜韶光歲歲同。

丁0202 暮秋游長樂寺

尋得勝形洛水東，上方高處思忡忡。
街衢十二囂喧隔，世界三千眺望通。
古岸松傾烟色綠，寒林葉落雨聲紅。
被催蓬島英華客，長樂寺中幾會同。

丁0203 冬日游長樂寺

上方高處入山嵐，四望迢迢一石龕。
寺插倫狼蘿洞裏，路經靈驗桓[3]城南。
林巒葉色殷於火，伊洛水文翠似藍。
頻聽遠鐘雖薄暮，家鄉忘却醉情酣。

---

1 平成本作"徑"。
2 平成本作"謨"。
3 平成本作"柏"。

丁0204 暮春游圓融寺即事
寺門閑處暫留車，回眼終朝望晚霞。
香□曉夢通嶺月，法林昔迹訪庭花。
孤村幽僻春烟細，高閣參差夕日斜。
五十餘回衰老士，被牽仙客忘飯家。

丁0205 秋日於圓融寺即事
載輜載脂出洛陽，圓融古寺玩風光。
境應仙洞桂林紫，地是□京柳葉黃。京上恐有脫字
榮耀曉思鶯殿月，鬢眉秋撫虎賁霜。
壯年莫笑老攜學，職住西都主北堂。

丁0206 九月盡日陪天滿天神祠
渡口社壇訪土民，說言天滿是天神。
華榮便祝瑞籬菊，蒸禮近羞幽澗蘋。
葉錦敗風秋盡夕，木綿翻雪日晴辰。
重岩松老無知歲，激浪花飛鎮駐春。
城北靈祠猶仰德，河陽古廟更歌仁。
村閭遠近低頭至，報賽黃昏歸海濱。

丁0207 葉落滿閑山 見教家摘句
雁嘶榆柳邊沙縟，隼擊梧楸峽水紅。

日本詩紀卷之三十八　丁集第四

卷之三十九 式家
丁集第五

上毛河世寧　彙編

丁05-01 藤原敦光明衡之子、敦基之弟、天性廉直、輕財重才、所作文筆詩句、滿櫃二十合、時稱文章之美、不耻先祖、官至大學頭式部大輔

丁0208 賦月以下六十三首[1] 見本朝無題詩
月前罷睡玩無休，往事難忘思尚幽。
昔接西園飛蓋宴，今陪東閣染毫游。
鄒枚古意應驚雪，歌管新聲被照秋。
沙砌閑攜清影立，皓然不辨戴霜頭。

丁0209 賦遲出月
漏闌氣爽久躊躇，遲出月輪恨有餘。
雪[2] 掩屢期光轉處，嶺高強待影昇初。
賓筵向曉無浮盞，學牖終宵未照書。
可似八旬愚老質，明時恩隔送居諸。

丁0210 對庭花
層臺曲觀是誰家，門對庭前數片花。
當戶濃勻含露媚，入簾落蕊帶風斜。
妝飛琴上調春雪，艷泛杯中酌晚霞。
櫻杏紛紛迷眼處，偷疑妓女粉顏奢。

丁0211 賦薔薇
一種薔薇[3] 階底栽，閑饒異彩立徘徊。

---

1 此下有六十四首詩。
2 平成本作"雲"。
3 平成本作"薇"。

山榴爭艷空應妒，石竹謝妝幾作猜。
蕊綴紅珠含露重，香薰紫麝帶風來。
還迷仙道金丹練，更誤女工錦繡裁。
緱嶺春桃慚早散，陶籬[1]秋菊恨遲開。
游花縱醉酒無籌，賓客豈言吾早回。

丁0212 賦菊花 勒韵
重九佳辰何物好，共攜新菊思丁寧。
爲隨時令初薰砌，漸吐日精半媚庭。
玉蕊吹來脣自冷，金葩掬去手先馨。
秋籬空訝梁園雪，曉岸忽疑穎水星。
還笑蘆花千片白，更嘲松樹一株青。
風飄紫艷爭仙桂，月照濃妝混瑞蓂。
酈谷酌流猶卻老，陶家羞酒未知醒。
叢端移坐偷爲祝，萬歲榮花契此亭。

丁0213 賦鼠
相鼠無牙只有皮，穿垣奔走欲何爲。
雲晴鳶鷙心偷畏，燈暗猫來命殆危。
應似黷官忘恥辱，更同貪祿失威儀。
若逢衛國文公化，定判才疏行又虧。

丁0214 傀儡子
穹廬蓄妓各容身，山作屏風苔作茵。

---

1 平成本作"籠"。

栖類胡中無定地，歌傳梁上有遺塵。
旅亭月冷夕尋客，古社嵐寒朝賽神。
貞女峽邊難接迹，望夫石下欲占鄰。
秋籬花悴螢知夜，青冢草疏馬待春濃州傀儡子所居謂之青冢。
閑停短墻[1]談笑好，一時輕勿訝交親。

丁0215 見行人
山連村邑水爲鄰，見盡旅行來往頻。
香騎分鑣梅嶺曉，花船移棹柳湖春。
雲埋名姓采薪客，浪洗毀譽垂釣人。
岐路經過喧不絕，青溪還妝接紅塵。

丁0216 春日即事
東平樂善禮長存，幾[2]屬陽春志足言。
沙暖蘆錐穿綠水，露濃花錦曝芳園。
閑彈數曲箏移柱，暫忘百憂酒滿樽。
霜後貞心松蓋老，雨中潤色柳陰繁。
螢窗倦學貪風月，蟬冕隔踪愧子孫。
倩憶莊周齊物理，獨携嵇氏養生論。
淹沈何異魚留轍，榮分不同鶴在軒。
久曳衣裾交漸舊，鄒枚昔仕孝王門。

---

1 平成本作"樯"。
2 平成本作"況"。

丁 0217 三月盡日述懷 勒
三月盡時一日暉，惜春不駐思依依。
草深野馬迎時亂，花落林鶯告老歸。
文路何堪迷寸步，官途獨隔從去聲繁機。
紫藤昔咏心中是白樂天三月盡日詩、紫藤花下漸黃昏之句、故云，紅杏晚妝眼下非。
暫爲忘憂斟桂酒，只須隨節製舊[1]衣。
二毛齡近沈洙水，仙骨望疲仰禁闈。
未類潛魚凌浪沂，還同退鳥向風飛。
競陰本自重於璧，閑誦藻篇倚竹扉。

丁 0218 閏三月盡日即事
閏月芳辰今日窮，料知處處恨相同。
歸溪啼鳥春雲外，拂石垂藤暮雨中。
心惜艷陽遮遠近，眼貪反照顧西東。
勸來家醞唯斟露，落盡庭花不厭風。
廉節追思吳季子，才名更謝漢文翁。
終朝悵望倚軒檻，閑玩牡丹一兩叢。

丁 0219 早夏言志
暫辭柳市列槐門，夏景初來志足言。
艷伴三春紅杏盡，妝期萬歲紫藤繁。
經年香迸衣開匣，迎夜醉酣酒滿樽。
何物池邊頻獻壽，一雙仙鶴立沙痕。

---

1 平成本作"蕉"。

丁0220 夏日即事

懸車禮曲早䃼[1]聞，難脫簪纓事聖君。

雪鬢衰來猶樂道，風情減去未拋文。

老牛低[2]犢郊瑞露，仙鶴將雛洞裏雲中子長光補侍中職、少子成光給學問料、不堪情感、故獻此句。

幸侍萬年詩酒席，唯愁西日影方曛。

丁0221 同

勝地夏來望不窮，萬年景氣逐年同。

黃梅熟子紗窗下，玄燕引雛畫閣中。

翰墨詞凝摛藻露，管弦曲和入松風。

梳霜鬢髮蹉跎白，覆水芙[3]蓉寂莫紅。

文苑獨慚榮悴異，醉鄉自識毀譽空。

唯歡恩夢及衡汖[4]，屢侍花筵陋巷躬。

丁0222 秋日即事

身帶扶風不自由，司存難協我心憂。

城門壞作樵蘇地，道路變爲黍稷疇。

官便有宜[5]催戶口，職家無力責廳頭。

京中低屋威權重，河內寫田宰吏收。

---

1 平成本作"離"。
2 平成本作"舐"。
3 平成本作"芙"。
4 平成本作"沁"。
5 平成本作"宣"。

兵士衣糧空欲斷，橋梁材木更難求。
唯慚齡滿八旬算，愁仕官途未得休。

丁0223 秋夜閑詠
終夜□[1]吟心易迷，詩篇此處共相携。
寒叢凝露蟲聲苦，秋水浸天雁陣低。
鄭氏路深風報北，庾公樓靜月傾西。
罷賦唯聞遠村外，碪杵響幽到曉鷄。

丁0224 暮秋即事
蕭條景色謳□[2]吟，四望不堪萬感侵。
繡戶瀝調含彩筆，瓊筵傾耳聽清琴。
寒鴻數點秋天遠，皐鶴一聲曉漏深。
雨養新花霑岸[3]菊，風驅寒葉過山林。
百憂暫忘斟霞滴，孤夢易驚怨月碪。
氣冷夜長憐暗蛩，應同晋室虎賁心。

丁0225 舟中即事
身老病侵心寂寥，舟中感思自然搖。
秋風吹岸釣絲亂，寒浪漲灘漁火燒。
隴雁繫書雲冷曉，沙鷗剹印雨晴朝。
回眼此詩看去迹，落月沈沈映海潮。

---

1 平成本作"詠"。
2 平成本作"足謳"。
3 平成本作"庭"。

丁0226 除夜獨吟
大儺[1]禮畢及深夜，一歲光陰惜不能。
疏慵罷眠人定後，閒思往事對殘燈。

丁0227 同
行年三十今宵盡，倩顧身涯足動情。
性懶才疏官又賤，獨慚事事已無成。

丁0228 同
七旬老母在堂上，喜懼交深思不休。
瓢飲屢空無寸祿，傷哉水菽尚難酬。

丁0229 長樂寺花下即事
幽深佛閣異人寰，更玩風光得一攀。
紅杏園中鶯語滑，青松院下鶴眠閒。
性依樂水攜春岸，心爲愛花入故山。
洞戶日矇鐘磬盡，塵機未忘與雲還。

丁0230 夏夜月前言志
夏夜夜閒更漏深，月前仁立動幽襟。
嵩山雪疊空明[2]黛，瀧水冰封尚有音。
蔡琰入胡千里淚，陶朱去越五湖心。
多年照讀何攸恨，才淺未能攀桂林。

---

1 平成本作"灘"。
2 平成本作"消"。

丁0231 八月十五夜玩月

光陰荏苒歲回環，三五夜天月正閑。
釣客唱歌過晚水，牧童調笛入秋山。
巴陽猿叫雲收後，彭蠡雁嘶霧卷間。
征馬踏霜蹄更冱，浦人迷雪鬢先斑。
迎晴賓館尋朋至，向曉孤村促駕還。
事事無成何所恨，只慚日日損紅顏。

丁0232 同

商風拂拭夜雲收，明月更圓望不休。
四五百回清影好，一千餘里冷光幽。
眼疲疏牖紅顏昔，身老衡門白髮秋。
罷睡閑思齊物理，彼蒼正色只悠悠。

丁0233 城北玩月

三五佳期牽勝游，哀翁□月感難休。
村南碪響搗霜怨，城北車聲携雪留。
藻鏡門前斜映曉，香爐峰上正圓愁<small>白樂天詩曰、老住香山初到夜、秋逢白月正圓時、故云。</small>
迢迢碧漢眼空極，遙仰清光一白頭。

丁0234 玩月

玩月終宵四望清，瓊筵含筆接群英。
洛城十二衢中曉，秦甸一千里外情。
高仰軒宮光更潔，唯歡台室影彌明。
蓬壺秋宴踪空隔<small>聖主御誕生浴殿讀書博士、御踐祚之初、必聽昇殿、敦光</small>

雖致其勤、徒送八年、未聽仙殿、故獻此句，藻鏡昔譽眼自驚古來爲式部太輔者、不過十年、多昇八座、已有舊迹、偷仰新化、故云。

　　松竹凌霜三代節，鬢眉添雪七旬情。
　　縣車期近身將隱，縱戴聖恩是幾程。

丁0235 對月言志
　　書牖人稀唯寂寥，愁吟玩月幾多宵。
　　長安陌上清光遍，敷淺原邊皓色遙。
　　鐘漏曉深幽靜地，烟波夜白去來潮。
　　新臨止水冰空結，暫隱行雲雪自消。
　　楚塞遠思秋搗練，秦臺追戀昔吹簫。
　　左琴右酒優游處，斜影銜峰心更邀。

丁0236 同
　　終宵對月入詩魔，其奈西園飛蓋何。
　　寒燠四時光暗轉，山川萬里影斜過。
　　華陽洞靜嵐吹雪，楊子津幽水疊波。
　　迎霽風情凝思少，傷秋霜鬢滿頭多。
　　還忘三樂老來淚，未詠五噫歸去歌。
　　官冷久爲朝市隱，閑中嗜學自拋他。

丁0237 夏日池臺即事
　　夏天將過律無違，避暑池臺忘俗機。
　　瀉[1]水綺櫺應映影，透林玉檻幾交輝。

---

[1] 平成本作"潟"。

渚烟斷處白鷗浴，溪雨晴初玄燕飛。
官[1]漏頻移挑夜燭，禁鐘新報倒朝衣。
銜峰月色浮杯酒，嚙岸浪聲洗釣磯。
詩席宴闌雲欲曙，諷吟未飽醉中歸。

丁0238 泉石邊言志
一尋泉石對澄灣，鬱鬱林蘿礙日間。
傅氏岩頭苔色老，鄭公溪裏浪聲閑 安和大相國至于此地、故有此句。
身馴鷺鶴疑仙洞，境隔風塵似故山。
濺砌潺湲忘暑氣，對之爭得夏中還。

丁0239 秋日林亭即事
事事季商感不堪，林亭終日共相談。
寒花繞砌籠秋水，落葉滿階任曉嵐。
微官猶趨朝市裏，浮游未隱暮山南。
蕭條原野望雖隔，近取戶庭子細諳。

丁0240 同
樂事賞心共不違，林亭節物思依依。
四時氣□[2]好雖轉，九月閏餘來尚稀。
再就菊籬搞翰藻，屢陪蓮府曳儒衣。
丹青樹縟嵐飄色，綾錦山晴日映暉。
秋水銜綸魚忽動，暮雲避繳鳥高飛。

---

1 平成本作"宫"。
2 平成本作"景氣"。

紗籠隔影寒燈薄，綺閣礙光夜月微。
才謝相如慚未至，齡同蘧瑗識前非。
老交燕席沈吟坐，醉引鸚杯倒載歸。
陋巷唯愁添雪鬢，俗裏未得斷塵機。
欽賢館下愚庸士，內舉息容偷庶幾。

丁0241 西院亭即事
西都勝絶一幽庄，地富風流少比方。
斷續烟嵐連遠水，陰晴霧雨映斜陽。
庭林半透諳秋暮，山月遲傾識夜長。
不醉無歸看未足，柳堤松島竹編墻。

丁0242 夏日桂別業即事
世務餘閑排草堂，鳴琴置榻酒盈觴。
長安不遠連烟樹，彭蠡爲鄰接水鄉。
攜杖朝尋苔滑路，繫舟暮到竹編墻。
夜聞岩溜疑官[1]漏，知是朝天心未忘。

丁0243 秋日游陶化坊別莊
草樹蕭條回眼看，老情此處繫猶難。
人依榮樂地長貴，秋有閒餘天未寒。
山酌朝羞林下露，野弦暮韵在[2]間灘。
請客內舉期何日，六十衰翁齡已闌_{年老官冷、未舉□一、故云}。

---

1 平成本作"宮"。
2 平成本作"石"。

丁 0244 秋日山家眺望

洞里幽居景氣深，山川蕭索足登臨。

樵溪有路通秋嶺，僧院無墻對暮林。

雲表將雛□□[1]翅，□[2]中舐犢老牛心_{當時諸儒多舉其子聽院昇殿、}

_{此生[3]李部前少卿其一也、不堪愁緒、聊有此句矣。}

箕裘舊業未傳子，白首□□抽我簪。

丁 0245 暮春長秋亞相山莊尚齒會詩

適尋尚齒舊儀賒，朱紫會游同白家。

地勢銳溪春水樹，天時履道昔烟霞。

燕毛成禮交猶淡，鶯舌混歌韵暗加。

孫子扶持空倚杖，官班羈束未懸車。

老來衰鬢留殘雪，醉後閑行踏落花。

七十暮年才欠一，論齡西嶺夕陽斜。

丁 0246 暮春於醍醐寺即事

山庭寺静藉苔茵，滿眼風光眺望頻。

泉洗煩襟岩戶暮，花飄色相野塘春。

禪門暫訪頭陀迹，詩境未抛口業因。

一日放游休俗慮，白雲幽處隔紅塵。

丁 0247 詣石山寺有感

湖邊有寺隔塵寰，尋到訪僧觀念閒。

---

1 平成本作"仙鶴"。

2 平成本作"野"。

3 平成本作"座"。

心忘毀譽朝市外，身同樵隱暮林間。
舸船未出風生浦，驛路易迷雪滿山。
煩惱冷途如此喻，唯思弘誓救辛艱。

丁0248 秋日禪林寺即事
參差[1]佛閣排林巒，攀躋只憐景氣闌。
秋暮高風飄樹冷，夜長孤月照山寒。
松門未許逃名志，李部才爲送老官。
今禮金仙傾白首，當來深時救艱難。

丁0249 夏日游栖霞寺
身染俗塵涼燠過，豈如一日學頭陀。
翰林愚老春心懶，斗藪高僧夏臈[2]多。
三月餘花紅寂寞，六旬殘鬢白蹉跎。
芳年縱暮重應到，唯此衰翁可奈何。

丁0250 暮秋法輪寺即事
暫臥山雲餘喘休，被牽微官未淹留。
鬢寒五十餘回雪，眼盡三千世界秋。
老樹漸疏霜後葉，生涯易過晚來流。
垢塵難拂罪根積，唯禮金仙低白頭。

丁0251 夏日游清水寺
爲禮金仙素念催，寺門稅駕藉莓苔。

---

1 平成本作"差"。
2 平成本作"臘"。

碧山雲盡千峰出，塵巷日斜九陌開。
激浪洗心臨水檻，清風拂面上松臺。
強憑大聖利生誓，六十衰翁攜杖來。

丁0252 暮春波羅密寺言志
山險寺深春欲過，花間引步倦嵯峨。
俗寰塵垢前非盡，仙澗風流古意多。
迢遞家鄉連水樹，參差樓閣透烟蘿。
官猶賤職身將老，一日慰憂三樂歌。

丁0253 秋日六波羅密寺言志
適到梵宮何足云，詠詩更聽一乘文。
烟籠松蓋秋山暗，風□[1] 荷衣晚水薰。
寺僻僧歸閒地月，梯危人渡半天雲。
洞中景趣看無飽，佇立苔庭忘日曛。

丁0254 與諸文友游攝州青龍寺
晨興尋古寺，寺靜正端居。
雁叫秋雲外，鐘鳴暮雨初。
逢僧談妙理，禮佛慕真如。
風渡菊蘺馥，月明林徑疏。
窮通心底識，名利夢中虛。
信宿催歸駕，未[2] 游是只且。

---

1 平成本作"動"。
2 平成本作"來"。

丁 0255 春日游東光寺

蕭寺地幽最叶宜，惜春惆悵遇親知。
閑庭草合[1]烟三徑，深洞花殘雪一枝。
溪户日斜窗竹透，林堂年舊瓦松危。
雨穿苔蘚添新溜，風亂水文洗故池。
坐望羈游簾自卷，臥思生計枕空欹。
秘書官冷沈塵巷，暫爲忘憂傾酒卮。

丁 0256 秋日雙輪寺即事

辭洛適尋幽寂庭，寺門税駕入岩扃。
嶺泉侵[2]月秋聲白，石磴帶苔暮迹青。
窗竹風生和玉磬，籬花露脆插餅[3]瓶。
柴關日落將歸去，稽首唯聞一乘經。

丁 0257 春日游長樂寺

□□□□□□□，眺望終朝感□[4]難。
碧毯草平春岸上，錦窠花亂暮林端。
唯觀色相眼前盡，更少塵機心裏殘。
寺插雲岩居露地，風光處處自然看。

---

1 平成本作"含"。
2 平成本作"浸"。
3 平成本作"銅"。
4 平成本作"抑"。

丁0258 游長樂寺[1]
春尋蕭寺扣柴荊，引步禪庭竹杖輕。
遠水岸晴空草色，故山溪暗只松聲。
花林扣馬霞盈袖，松戶訪僧月在軒。
酒散悶襟春夕醉，詩慚口業老年魂。
山靈莫厭歸猶晚，運拙獨忘朝務繁。

丁0259 三月盡日游長樂寺
適尋古寺到城東，終日惜春恨豈窮。
俗慮不侵視[2]念底，浮生易暮刹那中。
鬢邊蓬冷暗迎老，眼界花飛便悟空。
獨有翰林思惠澤，每看枝葉我心忡齡有六旬、位昇四品、頻漏朝恩、未舉子息、故云。

丁0260 仲秋長樂寺即事
雲包[3]泉聲尋洛東，一時賞玩感相通。
踪深竹寺新秋露，氣冷松臺薄暮風。
閱水流年難却老，銜峰殘月足觀空。
何日來作山林士，官學無成潦倒菊[4]。

---

1 本詩"花林"以下六句見《本朝無題詩》中藤原知房的同題詩。平成本作"觀身自悟人間夢，垂老漸忘世上榮。柱史素爲朝市隱，嶺雲莫厭有浮名"。
2 平成本作"觀"。
3 平成本作"色"。
4 平成本作"翁"。

丁0261 冬日游長樂寺
寺門盡日立徘徊，蕭索禪庭落葉堆。
萬慮皆空觀月坐，百憂暫斷與雲來。
水舂石竇流還咽，嵐拂柴扉掩更開。
林鹿野禽憐我否，獨疲文路暮齡頽。

丁0262 暮春游圓融寺即事
乘春引步及高舂，寺静適尋塵外踪。
露竹拂窗烟半透，風花滿地雪還封。
池邊攜客交如水，林下訪僧老自松。
苔徑荒凉人事少，一雙白鶴洞中逢。

丁0263 冬日游圓融寺
圓融古寺思紛紛，地近長安眺望分。
九陌輕軒馳夕日，孤峰隱徑入寒雲。
青松潤色當窗見，白石灘聲落枕聞。
寂寞禪庭人事少，□□□□誦華文。

丁0264 春日游勝應彌陀院
寺門攜杖適尋臻，禮佛談僧白首人。
應化月圓當眼界，方便水急洗心塵。
百花易散風前雪，餘算難知夢裏春。
願[1]念無他偷拭淚，唯憑西土往生因。

---

1 平成本作"顧"。

丁 0265 山寺即事

梵宮高敞隔塵寰，筋力雖衰才得攀。
先過仙翁丹竈洞，續談禪客白雲山。
月斜半夜鐘聲裏，霜老八旬鬢色間。
專禮千葬[1]臺上佛，心憑引攝淚先潸。

丁 0266 同

寺深地勝最幽奇，苔徑荒凉古石欹。
戴雪衰翁踪未遁，臥雲禪侶契初知。
烟嵐老思諷吟倦，山水秋行筋力疲。
觀念從斯心自若，唯望曉月泛前池。

丁 0267 游山寺談僧

梵宮秋暮思殷勤，俗客談僧緇素分。
南嶽舊儀山色見，左溪故意水音聞。
霜寒菊墵花徐悴，烟細香爐氣遠薰。
重諦義開風卷霧，十□[2]理朗月離雲。
身臨窮老餘年少，心入空觀落月[3]曛。
到岸船叩憑在詎，娑婆能化[4]釋迦文。

丁 0268 夏日游古寺

一尋古寺望蕭條，松霧竹烟眼界遙。

---

1 平成本作"華"。
2 平成本作"如"。
3 平成本作"日"。
4 平成本作"作"。

洗夢水聲翻石背，埋踪雲色繞山腰。
心慚霜露凝難散，身類沫泡聚易消。
八十餘回殘喘少，更來此础又何期依勞宿痾、久不出仕、故獻此句。

丁0269 城北精舍言志

相惜韶光尤足言，只看勝地舊風存。
仙壇鶴睡洞花落，僧院人稀沙草繁。
李部沈官空白首，華臺禮佛漸黃昏。
孤峰戴石春雲觸，曲洛引流晚水喧。
招隱簪纓尋竹徑，題詩筆硯置松根。
徂年不駐殘涯暮，念念更憑無上尊。

丁0270 晚秋高野山言志

雲崛容身宿善催，此時投步拂塵埃。
群生世□[1]多慈愛，五代國師富辨才。
後素寫顏今駐像，真丹求法昔浮杯。
九流智水尋源決，三密教門占處開。
鳳藻遺文無[2]露妙，龍華嘉會幾霜回。
幽林路窄攀紅葉，絕澗梯危踏青苔。
妖艷妹山纖黛遠，老衰祖木厚皮摧此山之傍有一山、號妹山、又山中有一樹、枝條摧折、其大十圍、相傳曰、此樹者大師所息、後人無剪、取祖師之義與、故有此句。

千峰月色秋看雪，百谷泉聲夜聽雷。

---

1 平成本作"父"。
2 平成本作"垂"。

俗骨縱無交紫府，佛恩必有導蓮臺。
非榮非寵非名利，偏爲當生得道來。

丁0271 九月盡日陪天滿天神祠
枌榆社下思丁寧，天氣蕭條地勝形。
渡口潮添寒浪白，江干松老暮烟青。
叢祠基趾多經歲，槐鼎官班昔應星。
菊混紙錢花已悴，林欺錦傘葉將零。
三秋徂景歸羈路，萬代祝言唱廟庭。
蓬島季門尋累迹，寄望高仰德風馨。

丁0272 初冬述懷百韵 以下三首續本朝文粹
頃者文學之士、博奕之徒、各争才藝、共論利害、予鬱憤之餘、聊叙其意

鄰寸博奕徒，狼戾復頑愚。
種族出凡鄙，栖居接郭郛。
桃紅皆醉貌，瓠白悉肥膚。
舉盞斟樽酒，善刀置俎鱸。
邪論兼晝夜，美膳備朝晡。
淫樂遞鳴鼓，濫吹屢調竽。
歌狂乖郢曲，舞慢仿巴歈。
鷄門狡童走，蛾嚬倡妓姝。
飼家此一犬，止屋幾群烏。
挽耳猿頻叫，試蹄馬正驅。
藝能唯蹴鞠，禮教蔑投壺。

輕薄行尤怯，喧嘩語甚迂。
圍棋回遠慮，方罫按深圖。
起搦辱先笑[1]，忿悁氣已粗。
繼跟旁往返，引步猥踟躕。
要利手談好，貪財口辨誣。
祈天唯切齒，獲地豈容躬。
枉法棄廉恥，和諓插諂諛。
漏闌脂燭繼，眠罷意錢愉。
勉强雌雄决，等閑形勢覷。
勵情彌贔屓[2]，瞋目各睢盱。
格五加雙六，誰贏也詎輸。
折衝嫌禁漢，却敵褊孫吳。
遲速臨桃秤，四三擲賽呼。
動拳驚角觝，傷指怒樗蒲。
挐攫落紗帽，侵凌奪布襦。
衣粮非俸祿，温飽及妻孥。
露驗宜徵贖，霜科應畏辜。
銳鋒爭勝劣，分賭計錙銖。
几几遂其性，濫濫得彼娛。
文亭憐老學，圭竇似虎夫。
案牘陳床側，典墳堆坐隅。
客嘲稱傳癖，俗喚號書廚。

---

1 平成本作"災"。
2 平成本作"負"。

日日負來笈，年年截盡蒲。
詩篇披小雅，易象讀中孚。
翰苑爲單蘖，詞林作朽株。
競陰帷久下，函丈席云鋪。
稽古類高鳳，記言亞董狐。
智慚楊德祖，才慕庾肩吾。
諷論吻常燥，咏吟毫更濡。
交親馴富貴，潦倒在京都。
偏覓代耕鹿，那遮過隙駒。
龍鍾潛陋巷，蝟縮因窮途。
延頸俟河潔，枕肱羡道腴。
貯資編竹簡，征税課花租。
柴戶柴空敗，紙窗紙頗糊。
墻低懸薜荔，檐短網蜘蛛。
籬秘才殘菊，簾垂半剗蘆。
晚風飄幌烈，曉月映軒孤。
埋砌多黄葉，满庭遍緑蕪。
築臺希郭隗，炙輠謝淳于。
墨突烟曾絶，顔瓢冰冷斟。
疲驥嘶草澤，籠鳥望雲衢。
殆似鎩毛羽，猶同策駑駘。
官情備寂寞，世路險崎嶇。
金穴未干媚，銅陵全禁趨。
卷舒師伯玉，顯晦祖陶朱。
徒隔車留闕，偷思舟泛湖。

獨歸馮衍里，欲乘仲由桴。
心操逐時耄，容姿隨歲枯。
體衰攜几杖，齡暮迫桑榆。
貧賤誠懷恥，始終共告諏。
悶襟聊且慰，確執奈何諭。
默爾靜支頷，皤焉亦捋鬚。
葛巾傾首戴，蕙帶繞腰紆。
餘算沬泡散，七旬涼燠徂。
華筵辭筆硯，苔徑伴樵蘇。
雪亂園公鬢，雨霑原憲樞。
省躬而自責，推運以長吁。
緣底[1]別憂喜，奚因取楷模。
我聞臧與穀，事業二人殊。
君見遵將竦，功名兩輩俱。
慨然私述憤，悵矣愁挐艣。
告律序相改，屬寒身忽痡。
吉凶求卜者，休咎問祓巫。
男女晨昏有，友朋尋訪無。
長卿愁對壁，卓氏嘆當壚。
弊服藍青婢，凍肌梨黑奴。
奇珍雖舐蜜，甘味變嘗荼。
大聖施良藥，禪僧授戒珠。
仁王經例講，觀自在新圖。

---

[1] 平成本作"庭"。

饒益馮菩薩，護持契苾蒭。
降魔振惠劍，向佛捧香爐。
幡蓋豫收飾，燈油便所須。
壇場安北斗，祭奠致南謨。
丹府凝專篤，蒼穹鑒暗扶。
除痾依妙力，救命合神符。
邐著於塵土，伶俜茲臭帑。
食花飛去雀，戲藻泛游鳧。
鶴足能逃斷，龜腸暫免刳。
法華圓頓理，理極勸醍醐。
般若幽微義，義融啜熟蘇。
善苗爰播殖，覺蕊定開敷。
冥感既如此，皇恩又可俞。
賢臣伴呂霍，哲后比唐虞。
惠化洽諸夏，仁威被八區。
隴關重譯至，沙塞貢賝輸。
浮食黨遙斥，宏材士不拘。
躬迎周室隱，登用孔堂儒。
拂莠養禾黍，寧疑□采乎。

丁0273 秋日於河陽旅宿敬奉和入道肥前史、越調詩
非啻文章無比方，五經義理笥中藏。
修良史，著作郎，萬代賢名遠近揚_{禪下早爲內史、并掌西鎮施理、政永爲規模、故云。}

丁0274 同

掎官昔事帝王尊，求道今歸法界恩。

書妙偈，仰誠言，占居山麓避囂喧_{來詩有書寫經卷句、故云。}

日本詩紀卷之三十九　丁集第五

卷之四十 式家
丁集第六

上毛河世寧 彙編

丁06-01 藤原茂明 敦基之子、官文章博士式部太輔

丁0275 賦月 以下五十七首見本朝無題詩

銀漢月明雜翳收，無眠終夜從芳游。
寒烟消色柳營靜，曉露助光蓮府幽。
鶯殿舊交空斷夢，虎賁衰鬢欲添秋。
閣東陪宴玩清影，緣底遠尋庾亮樓。

丁0276 山家春雪

雪滿山家濕未乾，終朝乘興感堪難。
凝輝多積岩巔白，脆色無消澗底寒。
樵客沒踪尋始至，隱倫寄望聚將看。
柳棼[1]苑裏疑花點，柴掩戶前誤月殘。
怪石路深埋翠巘 此山號石藏、又行路石多、故云，大雲寺路變紅欄 此山建大雲寺、故云。
嘗唇解渴偷爲導，何只蘇公在寒餐。

丁0277 六月祓

三伏夏闌景已頹，祓隨習俗久傳哉。
禊除臨水蔭烟樹，祭禮占庭居綠苔。
仙算千年祈不盡，妖氛萬里拂無來。
涼風颯颯夜深至，不耐自然感緒催。

---

[1] 平成本作"樊"。

丁0278 同
炎蒸夏節欲闌程，祓却妖邪動感情。
祭禮定期煩暑盡，禊除臨水晚凉生。
古風猶在林蘿影，前事不忘石瀨聲。
何只令辰春上巳，今宵勝蹋久相呈。

丁0279 玩花
二月春除景色優，玩花終日感難休。
詩家題艷彰篇什，宴席攜妝作酒籌。
薰氣易知風暗夜，論時已勝月明秋。
對來群樹無移眼，折得一枝欲插頭。
梅落沙庭埋客路，柳垂池岸繫孤舟。
齡衰雖恥數奇性，宿習未拋乘興游。

丁0280 賦艾人
端午佳期屬夏天，艾人攜得賦詩篇。
梁鷄報後競相采，檐溜滴時看雨懸。
氏姓不知誰種族，形容可似我華顛。
頹齡六十徒衰去，伴汝還慚及暮年。

丁0281 賦菊花
重陽秋景是佳期，新菊忽開見漸滋。
風底貪香尋女几，雨中移種拂仙壇。
浮花吹得三□[1] 酒，玩艷賦成六義詩。

---

[1] 平成本作"溠"。

叢吐芳榮雖遇境，霜蓬老鬢逐年衰。

丁0282 賦鶴
何因靈鶴足相憐，養在瑤池古岸邊。
鷗自低翅還獻壽，鷄空赧面不論年。
金衣高舉青雲上，玉羽難分白雪前。
此鳥此非人境鳥，鄭公溪裏列神仙。

丁0283 傀儡[1]子
名稱傀儡在何方，逆旅寄身思未遑。
郊外移居無定處，羈中銜色慕專房。
櫻桃春雨應貪艷，蘭蕙秋風欲比妝。
綠野草深成邑里，鏡山月冷十家鄉。
倡歌數曲宛生計，微嚬一宵蕩客腸。
其奈穹廬年暮後，容華變去今心傷。

丁0284 賦連句
緣底通宵令睡驚，提攜連句感相并。
爐邊折紙先催興，燈下接襟各動情。
百韵滿來吟月曉，五言綴得賦花程。
文賓□[2]友今爲道，詞海如何欲釣名。

丁0285 春日即事
有花有鳥足相叨，此處自然令意勞。

---

1 平成本作"傀儡"。
2 平成本作"詩"。

塵土送齡愁未慰，雲霄寄眼望彌高。
年年苦學疲寒雪，日日歡游酌酒醪。
冰解潜魚春樂水，露深靈鶴夜鳴皋。
試尋隱道陶門柳，遠訪仙方緱嶺桃。
文友不期旁會合，諷吟無耐各含毫。

丁0286 暮春偶吟
三年三月春闌處，景氣熙熙足瞻望。
碧水浪清魚拔剌，青天雲霽鶴翱翔。
才疏遙謝鮑明遠，詞拙更慚陳孔璋。
披卷朝朝排紙閣，撫琴夜夜卧藜床。
紅桃花落和風老，黃鳥聲孤暖日長。
鐘漏數聲驚曉夢，西樓弄月懶彷徨。

丁0287 三月盡日言志
一歲佳期三月盡，慇勤爭不蕩精神。
月前照讀唯迎夜，花下芳游未飽春。
暮律欲闌西羽影，浮榮難繼左貂塵。以下二句闕

丁0288 早夏言志
相接賓朋思忘他，不知此處寸陰過。
三千徒裏春榮少，十五年間夜學多。
羽化鶴翔蓬島月，鱗枯魚隔李門波。
心慚晉客青雲器，韵謝郢人白雪歌。
新卷簾帷携水石，漸移枕簟蔭林蘿。
今朝風景秋無若，其奈潘郎昔興何。

丁0289 早夏述懷

幽閑夏氣令心勞，事事不堪忽染毫。
債願微身同布鼓，試磨愚慮似鉛刀。
儒塵尋迹雖希望，皇澤難覃獨鬱陶。
轍鮒鱗枯春水隔，皋禽鳴盡碧宵[1] 高今年雖望燈燭斷[2]、天聽難達地望未道[3]、故云。
三冬苦學疲寒雪，一日忘憂酌濁醪。
箕穎元來非厭意，被牽忠孝未能逃。

丁0290 夏日言志 勒

夏來景色感幽心，諷咏一時氣味深。
膠漆新交知友道，箕裘舊業繼儒林。
竹窗露滴朝斟酒，松壚風清夜調琴。
綠樹陰前徐避暑，閑披白氏古詩吟。

丁0291 秋夜閑吟

秋夜蕭條令意淒，文人閑咏足相攜。
蛩吟古壁怨猶切，鶴警蘭皋翎獨低。
曉浪響寒陰竇底，夕陽影落收[4] 山西。
更闌漏轉天將曙，一報初聞梁上鷄。

---

1 平成本作"霄"。
2 平成本作"料"。
3 平成本作"遂"。
4 平成本作"故"。

丁 0292 與諸賢才言志
風光荏苒駐難留，感緒終朝猶未休。
野外露深蟲怨切，山腰雲斷雁行幽。
偃松遠岸斜傾蓋，落葉隨流不繫舟。
殘鬢雪寒花省夕，孤夢雨暗草堂秋。
烟波路險三巴峽，霜月望清百尺樓。
寂寂書窗無外事，豫尋筆硯命芳游。

丁 0293 初冬即事
景氣蕭條日漸傾，不堪事事遇冬情。
菊壇霜襲殘花悴，楓岸風驅落葉輕。
雁陣數行微月冷，虹橋一道遠天晴。
地形勝趣縮此處，緣底遙尋逢[1]與瀛。

丁 0294 冬日即事
詩朋相引忽連襟，閑玩冬光萬感侵。
梅艷先春紅始綻，竹叢凌雪綠猶深。
枯鱗新濕龍昇漢，清唳空疲鶴在陰。
蕭索寒苔行雨地，日傾悵望歲闌心。

丁 0295 冬夜言志
冬夜蕭條夢結難，林園勝趣足相看。
庭前月色當窗冷，雲外雁聲落枕寒。
暗雨打窗天未曙，孤燈背壁曉猶殘。
爲憐苦學疲螢幌，十五年回秋已闌。

---

[1] 平成本作"蓬"。

丁 0296 歲暮即事
冬日蕭蕭萬感兼，暮年氣味逐時添。
山裹浮霧[1]連峰霽，波卷轉烟遠水纖。
暮竹凌霜才掩户，寒梅戴雪只當檐。
試尋蔣氏閑居迹，苔徑引行履自黏。

丁 0297 歲暮言志
窮冬欲盡感難堪，更就爐邊足話談。
世上交親知淡水，閑中氣味類推潭。
影臨柳谷沈沈日，響渡松軒漠漠嵐。
葛氏傳方無過百，榮翁稱樂不知三。
官途趨拜辛勤倦，學海險難子細諳。
月夜回船江館外，雪朝尋馬野村南。
詩篇一首風情動，酒盞十分露酌酣。
莫笑多嗜□□□，道人名利未能貪[2]。

丁 0298 同
□爐紅邊開燕席，文賓此處適相期。
寒吟緩發漸催興，宿釀初斟頻唱遲。
楚璞燕珍連座日，高鵬低鷃接羽時。
光陰天汗[3]冰封硯，二八夜深月滿墀。
世上塵緣難絕夢，閑中露瞻不如詩。
但慚虛室屢懸磬，自哂學窗猶下帷。

---

1 平成本作"靄"。
2 平成本作"莫笑多年貧嗜道，人間名利未能貪"。
3 平成本作"冴"。

玉盞十分巡未盡，綺肴一箸味方滋。
案頭口號各含筆，燈下手談又覆棋。
老鬢蹉[1]跎齡已暮，官情牢落力先衰。
幸交詞苑芳招末，才拙詞疏恨尚遺。

丁0299 傅聞、我道英才、賀算道善博士九十年算之詩會、不堪情感、聊成諷吟而已

嗜道何唯才是賢，君爲仁者保天年。
長生加算人間壽，却老得方地上仙。
心慕善因歸戒乘，口嘗妙味斷葷膻_{博士多年之間、身持齋戒、口誦妙偈、禁酒及色、斷葷又膻、故云。}
講經日日薰修積，定識遙開西土蓮_{講會之次、展詩席、故云。}

丁0300 聊成閑中之偶咏，令慰老後之愁而已

拋來官職一庸儒，雪鬢剃除月俸無。
裁得易穿唯薛衲，蓄將何益是花租。
思林籠鳥翅難出，失水轍魚鱗欲枯。
七十個回衰老後，□[2]非鮑叔詎知吾。

丁0301 八月十五夜玩月

三五秋天令意傷，夜静月明足瞻望。
眼依嗜學空疲雪，頭爲積齡暗混霜。
昔侍雲霄携冷影，今沈塵巷隔恩光。
後群顧運多愁緒，不耐綿綿更漏長。

---

1 平成本作"嗟"。
2 平成本作"若"。

丁0302 同

漢霄雲盡月蒼蒼，閑罷老眠更漏長。
倩憶他時攜片影，豈如今夜賞餘光。
二三更後望迷雪，六十年來頭戴霜。
風露蕭條秋氣冷，咏吟不耐使心傷。

丁0303 月下言志

終宵罷睡思悠悠，言志月前眺望幽。
嶺而高低光遍映，潭心表裏影旁浮。
邊城有雪三千里，仙洞無雲十二樓。
詩酒家家應惜曉，弦歌處處不堪秋。
露瑩鶴警[1] 野柑[2] 外，風冷馬嘶關隴頭。
還笑昔時尋戴客，以文會友足優游。

丁0304 代牛女言志

遙望二星萬感催，終宵言志忘眠哉。
風爲行李應傳信，雲是去衣不待裁。
歡會契秋初七夕，離憂送歲幾千回。
郝隆昔有曬書事，每憶先賢慚淺才。

丁0305 思牛女勒

蕭條景氣叶芳游，料識二星定慰愁。
紹介波通牛渚下，來由風告鵲橋頭。

---

1 平成本作"驚"。
2 平成本作"村"。

雖歡七夕逢佳節，還恨一年不再秋。
終夜罷夢空乞巧，回眸遙望漢河流。

丁0306 秋日林亭即事

林亭游放四望匆，秋有閒餘造化功。
季節光陰蕭索好，高臺壯麗自然窮。
池魚近戲翠簾外，山月初昇黃閣東。
夜酌催巡庭竹露，清琴添調岸松風。
平津佳趣傳猶在，大麓遺踪行欲通。
遠雁曉聲來枕上，暗螢寒韵送窗中。
殘苔繞砌暮烟綠，槁葉灑階晴雨紅。
螢雪幾年雖嗜學，箕裘三代未抽躬。
槐門列籍久趨拜，菊墻題詩頻會同。
徂景闌珊空過去，漸愁雪鬢向霜蓬。

丁0307 夏日桂別業即事

郊居稅駕暫淹留，竹樹石泉地勢幽。
微官二年趨鳳闕，浮游一日棹漁舟。
砂林月白宵驚雪，水檻風清夏引秋。
地僻境閑人事少，非攜詩酒又何求。

丁0308 秋日游陶化坊別莊

城南形勝寄眸看，景色蕭條感仰[1]難。
林戶葉飛嵐底盡，菊籬花老雨中寒。

---

[1] 平成本作"抑"。

雁書穿霧點秋漢，漁火燒波連夜灘。
白石爲床苔代藉，終朝游放興徐闌。

丁 0309 夏日山家即事
禪林有一桑門老，餘算幾回逐歲添。
秋近涼風生北戶，夜闌朗月納南檐。
岸邊設座殘苔滑，山頂摸簪遠樹纖。
七十年來衰去後，每憶往事淚先霑。

丁 0310 秋日山家即事
山家引友足游遨，秋景蕭條令意勞。
繞架菊花仙洞藥，詩樽竹葉野村醪。
龍駒七日成雲雨，鶴子千年刷羽毛_{李部少卿相伴子息加座右、其中少子專受岐嶷之任、又期箕裘之業、予攜愚息敦周、不堪慈愛、稱其才能、憶子之道、賢愚惟同、故云。}
俗境齡衰今作耻，壺中難望碧天高。

丁 0311 秋日山家眺望
終日回眸眺望賒，蕭條風景屬山家。
苔荒砌下唯秋月，柴敗籬邊幾晚花。
霜葉辭林千片脆，雲鴻度嶺一行斜。
岩扃洞戶幽深地，更有峽烟眼路遮。

丁 0312 賀勸學院修造新成
初排學館昔明時，自爾群才多在茲。
地勢風流傳已久，天長雲構見猶遺_{此院者天長左僕射所經始也、故云。}

今逢左相鍾餘慶，更喜南曹復舊基。
來賀何唯稱燕雀，庭花含咲柳開眉。

丁0313 秋日游世尊寺[1]
古寺蕭條感視聽，優游終日在禪庭。
閼伽年積孤叢老，觀念秋闌客葉零。
濺砌浪花千行[2]白，當窗烟竹數行青。
樵夫尋路朝攜杖，僧侶向壇夜誦經。
長轉法輪歡茨露，漸催歸賀望殘星。
風流奇絶多城北，此處其中爲勝形。

丁0314 雪朝游世尊寺
冬朝乘興伴英才，華洛北郊尋寺來。
凌雪首驚梳老鬢，怕嵐心訝暖寒杯。
今通佛閣卷簾望，遠憶王船移棹回。
露地勝形何所在，文賓鋪設展殘苔。

丁0315 詣石山寺有感
幽閑古寺有時尋，景氣蕭蕭足諷吟。
往詣境遙寒日暮，昇降山險曉雲深。
當窗夜點沙燈影，隔谷冬鳴玉磬音。
塵慮洗來波潔水，空觀催得葉零林。
漸乘净界風烟興，暫忘俗寰名利心。

---

1 自此以下三首詩被收錄在平成本第四十卷卷末。
2 平成本作"片"。

爲我高僧談妙理，不堪隨喜淚沾襟。

丁0316 秋日禪林寺即事
禪庭寄望暫留連，景氣蕭蕭思慨然。
落葉灑紅埋客路，殘苔展綠設賓筵。
拜趨蘭殿秋雲上，觀念蓮宮曉月前。
適屬勤王餘暇日，尋來古寺玩風烟。

丁0317 夏日游栖霞寺
寺門引步日將曛，林鶴沙鷗暫作群。
乘月哢來幽澗水，尋花行盡故山雲。
烟霞萬里當晴遠，鍾磬一聲向晚聞。
四序回環芳節少，送春唯憶不紛紛。

丁0318 春日法輪寺言志
朝辭京洛囂塵境，尋至梵宮瞻望賒。
禪坐窗閒觀燒[1]月，經行路舊入春霞。
秦箏高調古溪鳥，蜀錦旁飄深洞花。
酌酒吟詩優游處，被牽景色忘家歸[2]。

丁0319 暮秋法輪寺即事
秋日西轅出洛城，寺門風景足相驚。
山腰問路隨雲去，渡口尋舟傍水行。
眼界望窮殘月色，頭陀迹遠晚鐘聲。

---

1 平成本作"曉"。
2 平成本作"歸家"。

禪窗寂寂無煩慮，終夜唯催觀念情。

丁0320 夏日游清水寺
幽僻上方寄眼看，寺門高插片雲端。
禪庭風物玩無飽，俗境塵緣銷不殘。
山色繞窗晴後近，泉聲濺砌夏中寒。
孤燈一點香烟細，觀念終宵向石壇。

丁0321 春日游長樂寺
春辭京洛忘沈憂，古寺眺望醉裏休。
先伴樵夫暫緩步，續逢禪客共閑游。
茅檐雲入覺山近，花洞鳥栖知地幽。
夕日傾時還作恨，文場更不使回矛。

丁0322 雲林院眺望
一尋古寺避囂塵，四望風俗景色新。
觀念窗深才伴月，經[1] 行路暖始知春。
溪門閑聽歌花鳥，岩户自逢搗藥人。
世上浮名無繫我，栖居此地欲占鄰。

丁0323 雲林寺即事 勤
殘花漠漠鳥關關，勝絶地非塵俗寰。
樵客隨雲踪遠去，禪僧觀月意猶閑。
結交未許金鸞上，顧運難知木雁間。

---

1 平成本作"徑"。

鬢髮年年迎老白，毀譽處處爲誰班[1]。
生涯空暮急如水，學路無道險自山。
洞裏風光看已好，諷吟乘興不能還。

丁0324 春日游勝應彌陀院
偷閑乘興出嚚塵，尋至上方眺望頻。
峽水曉聲空濺砌，山雲晚色近占鄰。
四回分竹專城昔，一日玩花古寺春。
歡會何攜詩與酒，蓮宮禮佛結芳因。

丁0325 夏日於攝州山寺即事
時時此地有留連，尋到寺門思慨然。
西繞芥河纖似帶，南欹[2]柴島小於拳 芥河柴島、此州之名所也。
當窗斜竹才遮日，殘砌短松不記年。
境隔塵喧人事少，素心寂静禮金仙。

丁0326 山寺即事
寺門乘興暫優游，景氣蕭條任自由。
曉峽月殘猿叫遠，暮山雲斷雁行幽。
三年苦學竹窗夜，一日空觀蘭若秋。
爲愍俗寰零落士，適臻上界未堪憂。

丁0327 同
古寺蕭條僻俗寰，岩路高低引友攀。

---

1 平成本作"斑"。
2 平成本作"歌"。

苔地露寒蛩怨切，松門日落鶴眠閑。
聲來曉枕洗夢水，影入晚窗當眼山。
洞裏優游雲莫厭，被牽詩興未能還。

丁0328 暮春游城北精舍

適從群英脂錦車，尋來精舍感情加。
禪窗終夜唯觀月，仙境何時欲踏霞。
庭掃殘苔幽徑細，岸橫獨木古橋斜。
顧身已過六旬算，舉子須傳累業[1]_{家息男教經望學問料、故云。}
衰邁力疲携曲杖，閼伽勤積折餘花。
嶺雲林霧皆裹盡，游放於焉眺望賒。

丁0329 城北精舍言志

三月盡時游寺門，烟霞比興幾相存。
禪庭空觀花匀脆，客路舊踪草色繁。
顧齒[2]四旬垂白首，惜春一日及黃昏。
世間自識榮枯異，洞裏暫忘毁譽喧。
朋酒滿杯斟竹葉，賓筵移座拂松根。
話談此處伴何士，唯有高僧對本尊。

丁0330 九月盡日城北精舍即事

精舍勝形乘興尋，唯歡適得遇知音。
風儀無改往事趣，雲構難忘懷舊心_{精舍草創之□[3]、早在少年、常游}

---

1 平成本作"葉"。
2 平成本作"齡"。
3 平成本作"昔"。

此處、故云。

計算六旬齡已老，惜秋一日景西沈。
不圖今接英群席，忽爾終篇愁諷吟。

丁0331 歲暮東山禪房即事
冬朝乘興出塵寰，覓到寺門暫忘還。
樵客歌嵐過舊徑，禪僧觀月對寒山。
交游促膝英群末，運身[1]顧身木雁間。
翰林送老齡空暮，魯愚官學是胡顏。

日本詩紀卷之四十　丁集第六

---

[1] 平成本作"命"。

卷之四十一 式家
丁集第七

上毛河世寧　彙編

丁07-01 藤原周光_{茂明之弟、官大監物}

丁0332 雪中命飲_{以下一百三首見本朝無題詩}
臘天凛凛雪霏霏，酌酒從朝到晚輝。
地是訝陰雖壓迹，人皆沈醉欲何歸。
篝迷花影樽前折，杯與鶴毛席上飛。
悵欲¹便知神用速，嚴寒忽謝入鄉衣。

丁0333 賦漁火
湖亭靜處少人事，漁父爲之使感窮。
問宅遙知卑濕地，尋踪自入荻蘆叢。
偏營魚稅雖輸貢，更與鹽商欲論功。
多歲垂綸頭已禿，每朝曬網手方匆。
生涯空暮孤舟底，意氣獨高一醉中。
縱使虞人□旁²利，早逢楚客識含忠。
卯時要飲□江³霧，交⁴日成群沙岸風。
羅水叩舷秋浪冷，磻溪拋釣暮雲空。
忘筌何日將知道，枕棹通宵不結夢。
高唱滄浪終遠去，定嘲洙泗獨醒翁。

---

1 平成本作"飲"。
2 平成本作"旁妨"。
3 平成本作"江村"。
4 平成本作"亥"。

丁0334 探一物得硯
學士資儲何物最，錦文硯舊拂塵埃。
門深昔著王公論，庭静今知左氏才。
池水浪中應變墨，陸雲窗下遂爲灰。
多年攜去日尋處，緣底少功徒老哉。

丁0335 重賦畫障[1]
後素筆端萬物新，烟霞草木妙猶神。
東西兩面和將漢，表裏一時秋且春。
勸杯每朝率邑老，并床竟夕話山人。
被留風景無歸思，茅屋三間容此身。

丁0336 咏畫障詩 六韵
春霞斜聳、山花盛開、車馬群來、鷹犬相從、嶺上有神祠、松柏成林、山麓有茅屋、柴扃如立、人[2]望海上之飛帆、玩洲渚之群鶴

茅屋幽中何事□，逃名塵境不能之。
屢排松户和風送，空睡柴扃落日遲。
群鶴頻鳴露濃夜，客帆緩過浪閑時。
暮山有鳥聲猶少，春社無人路漸滋。
節誤留冬花似雪，星疑乞巧柳懸絲。
友朋鷹犬相從處，車馬多來吟古詩。

---

1 根據《本朝無題詩全注釋》的研究，此詩爲藤原中通之作，与丁0905重複，此处當刪去。
2 平成本作"又"。

丁 0337 見畫障獨吟
自本素商憐景盡，冬徐來處淚先流。
金波映水月孤月，錦葉移江秋忽秋。
池岸閑眠仙洞鶴，風帆空去女湖舟。
上林苑葉每朝少，三笠山嵐追夜幽。
暮雨滂沱窗戶夢，曉霜蕭颯管弦游。
有琴有酒有連句，簾下餘芳蘭與萩。

丁 0338 咏畫障冬處處
潛看畫障新圖繪，詩客文賓咏一篇。
晴漢雲間玄鶴舞，寒蘆葉底彩鴛眠。
處處追從非所請，唯栖書牖送多年。

丁 0339 百花盛開、眾人競至、長橋之下有輕軒
百花開盡望依依，幾時人游心動機。
朝先林風相伴至，暮留溪鳥尚忘歸。
笙歌興引雲成蓋，桃李蹊深雪灑衣。
香騎輕軒橋下路，莫言斯處俗塵稀。

丁 0340 開路有旅行之人、遙見畲田之農耕、又青柳夾岸、黃鶯囀樹
農興緩轡過關榆，逆旅風光眺望殊。_{農當作晨}
驛樹鳥啼春露暖，山郭馬出曉雲孤。
遮行霞色幾千里，分岸柳陰三兩株。
看取東耕南畝客，畲烟深處立踟躕。

858

丁 0341 人家有來客、休息于新樹之下、枳落花開、紫藤拂池
　　清泉白石地形幽，來客偶然稅駕留。
　　枳落花間尋我入，林庭風處侍君游。
　　殘苔一道烟鋪設，宿釀幾回露獻酬。
　　遠岸紫藤尤可愛，池蓮窗竹爲誰抽。

丁 0342 石瀨之邊、有釣漁人、濁醪滿樽、魚膾堆俎
　　漁客夏天幾處留，瀨聲清淺岸凉頭。
　　洗夢寒浪侵磯座，垂釣晚船任石流。
　　綠醑如何河朔曉，鱸魚不待水風秋。
　　豈唯七里遺幽迹，避暑追思袁術游。

丁 0343 秋夜宿野亭、于時天晴月明、終夜不眠、鴻雁叫天、蟋蟀吟床
　　趁到旅亭宿野風，滿望清景與誰同。
　　沙鷄餘怨縈床急，雲雁幾聲落枕匆。
　　柴戶引嵐秋有淚，茅[1]簷納月夜無夢。
　　山明更欲催歸騎，定職行衣濕露叢。

丁 0344 田家秋雨、有戀故鄉之人、郊外草衰、籬下菊殘
　　田園卑濕久留連，不耐蕭蕭陰雨天。
　　數片稻花垂曉露，先衰草色洗殘烟。
　　霜秋旅鬢寒添白，風暮鄉心急自弦。
　　雲暗水深歸夢斷，唯望籬菊想陶淵。

---

1 平成本作"芳"。

丁0345 山洞之中、落葉滿地、隱倫彈琴、麋鹿相隨

憶得洞中幽隱情，林蘿寒處永逃名。
梧桐日日落方盡，麋[1]鹿時時馴不驚。
霜鬢南山秋月色，素琴栗里暮松聲。
桂深苔舊囂塵絕，獨望微雲澗戶生。

丁0346 山家雪中、排戶眺望、青松列山、白鶴立汀、禪客歸寺、樵夫過門

歲暮幽居排戶吟，遠望山水近園林。
入簾澗雪寒飄色，灑砌峽泉凍咽音。
禪客月歸鄰寺晚，仙禽浪宿野塘深。
樵翁不識誰爲主，欲問洞雲豈有心。

丁0347 早春即事

韶景遲遲和暖晨，染毫操紙感懷頻。
冰消東岸先迎暖，梅發南枝始識春。
雪盡已通葱嶺路，風和自動柳門塵。
才花獨謝烟霞興，性草將誇雨露仁。
鶯學遷喬應熨翅，花盈雙袖欲分勻。
賞心樂事熙熙處，詩是一篇酒一巡。

丁0348 春三首

何處風流絕世耶，城東東閣幾多奢。
地依前迹再逢主，境以上腴猶屬家。

---

1 平成本作"麋"。

象外彌添新景趣，洞中不變昔烟霞。
山居卜勝人知否，維岳遺塵奕代賒。

丁0349 同二
韶陽動思有何由，爲是風光籠寸眸。
洲鶴翅馴當夕見，林鶯歌滑供春游。
山將大麓應通路，水自平津幾引流。
若使樂天臨此地，底緣勞感曲江秋。

丁0350 同三
想得上台游郭外，外專四望內三因。
苔深庭啓朝天路，槐舊門爲露地鄰。
蕭相幽居雖掩古，茅君仙會只占春。
莫言此境塵機少，舟檝用忙不借人。

丁0351 春日言志
禪客文賓尋我到，排窗終日興相俱。
被呼林鳥宜催駕，爲訪山花欲問途。
甘從生□[1]疲揩柳，如何俗境號夷□[2]。
射山多歲倦微宦[3]，詞苑今朝慚下愚。
緇素交游追日有<u>近日與南鄰闍黎[4]西鄰高林日日交游、故有此興</u>，烟霞壯思每春無。

---

1 平成本作"涯"。
2 平成本作"蒲"。
3 平成本作"官"。
4 平成本作"梨"。

□成徒老窮閻底，餘喘幾程太痛乎。

丁0352 早春言志
上月中旬警策程，玉春芳節始相迎_{立春節當十三日、故云}。
東郊雨暖昭陽路，後苑雪殘舊曆情。
思鳥偏宜催盞待，招朋漸欲見花行。
和風若有吹噓及，爲許一枝折桂榮。

丁0353 暮春言志勒
聞道芳辰今屬誰，蘭臺宴席各言詩。
前山春景已三月，故苑花殘唯一時。
手引紅螺雖酌竹，鬢持白鷺共垂絲。
莫嘲多歲疲微官，汾水恩波何日期。

丁0354 三月三日即事勒
人道佳期最足貪，三年三月月初三。
誰家妓閣弦歌好，幾處賓筵被飲酣。
曲岸春花紅似粉，回流晚水綠於藍。
華林風景追相憶，洛邑烟霞坐可語。
詩草才成偷自哂，酒杯難貫[1] 遇明慚。
生涯蹇剝亞顔子，學路迍邅迷指南。
隱几徒眠蓬户雨，枕書獨卧竹窗嵐。
性慵遮莫萬綠[2] 負，其奈嵇康七不堪。

---

1 平成本作"賁"。
2 平成本作"緣"。

862

丁0355 首夏即事勒

衡門寂寂一幽居，緇素交游屬夏初。

砌竹分枝風露亞，林花介抄兩三餘。

頭陀欲學禪那法，口業唯披釋部書。

師自南鄰來尚昵南鄰闍黎[1]日交游、故云，友厭白屋去彌疏實友厭貧不來、故云。

窗荒久倦拾螢幌，橋舊爭回司馬車。

強望前途途更遠，西崦日暮欲何如有注。

丁0356 夏二首

遙訪前日布金迹，勝概雖多不外尋。

碧樹陰深隨地勢，翠華南幸備天臨去去年秋、天子臨幸茲地、故獻此句。

傅岩昔夢非真境，曲阜春雲隔深林。

豈若相門營梵宇，朝朝辱運至誠心。

丁0357 同二

夏天何計引涼哉，試就樹陰藉綠苔。

斜月逐踪臨水檻，遠風拂面滿松臺。

若非耆崛乘雲至，疑是蓬丘辭浪來。

俗眼已迷望不盡，縱過七世欲何回。

丁0358 夏日即事

藤床筠簟葛衣輕，衝黑騰騰臥竹亭。

---

[1] 平成本作"梨"。

池倒奇峰雲影白，山排新樹雨聲青。
松楹我醉石欹枕，藜杖獨携苔滿庭。
風月資儲天與業，林泉造化地爲形。
一雙眠砌霜寒鶴，萬點宿流水暗螢。
文路曉望詩境興，心游目想幾年齡。

丁0359 秋三首
心匠揆來營此地，誠知造化佐天工。
西望不遠花城月，東顧爲鄰松嶹風。
楚嶺秋光來眼下，商山曉色在胸中。
誰言零落從斯始，林花榮輝何日空。

丁0360 同二
花閣月臺不日成，可嗤崑閬但聞名。
溪雲締契來猶去，林鹿知恩狎不驚。
裛露池荷千葉影，洗夢瀧水五弦聲。
涼風爲誰催蕭瑟，料識秋悲豈到情。

丁0361 同三
蘭若簫簫秋漸閑，爲之眺望倚闌干。
眼耽風景詞花動，耳惑雲韶衆籟寒。
野綠暗隨黃落變，山紅只托畫圖看。
晨鐘夕梵永無斷，天曆舊塵事事殘。

丁0362 秋日即事
臺閣芳游無暇給，蘭朋芝友日相逢。

嵐生帷幕難留燕，雨滴蓬蒿只聽蛩。
興自潘郎垂晉竹，心將張翰想吳松。
官途牢落死灰冷，文苑荒涼詞露慵。
老後低翎雖類鴝，當初燒尾早爲龍。
莫言鵬鷃逍遙異，斯處交談到晚鐘。

丁0363 秋日言志勒

月苦風淒感幾添，斯時楚思自相兼。
修篁拂砌蒼烟匝，遠岫入窗翠黛纖。
約略引杯排華戶，等閒枕帙卧茅簷。
雀羅門掩身方穩去春去尉、故云，螢幌牗深心自恬。
十步芝蘭如入室，三間蘆葦□[1]裏簾。
一觴一咏興無盡，遮莫今宵[2]鐘漏淹。

丁0364 秋日野游

閒閒[3]蕭辰游放處，西郊勝趣足留連。
風烟水石幽奇地，細馬香轅計會天。
野草霑衣秋雨後，渡林曝錦夕陽前。
塵機斷盡偷爲道，鳥出樊籠魚脫筌。

丁0365 秋日野望勒

四望乘興思紛紛，緩轡垂鞭謝垢氛。

---

1 平成本作"半"。
2 平成本作"宵"。
3 平成本作"乘"。

銜嶺斜陽輪半晚[1]，繞郊遠水帶相□[2]。
征人駱驛叢秋露，旅[3]雁來賓塞暮雲。
造作風流將記取，詞疏已到野烟曛。

丁0366 暮秋即事勒

季白云閑興忘他，惜哉風物個中多。
五株烟透門寒柳，一朵紅殘池吟荷。
老去唯慚題鳳字，夜長閑聽飯半[4]歌。
運將榮路遙雖隔，齡自枝[5]鄉幾許過。_{枝當作杖}
愁顧生涯流似水，眠思世路險於波。
優游斯處感雖盡，其奈相催歸駕何。_{雖當作難}

丁0367 書窗言志

槐市運遲心倦客，每逢蕭景恨難休。
霜林寒色稀疏脆，風葦殘花寂寞幽。
三友話談交若水，一身漂泊泛乎舟。
愁添今夜閑軒月，興入昔年散騎秋。
夢斷哀鴻迷朔霧，衣憐寡妾對南樓。
日昏途遠嘆無益，其奈長從白社游。

---

1 平成本作"映"。
2 平成本作"分"。
3 平成本作"旋"。
4 平成本作"牛"。
5 平成本作"杖"。

丁0368 冬二首

勾牽風物得攀躋，路入半天望易迷。
林是四禪秋葉盡，澗應八解夕陽低。
籬花只供人□[1]樹，山月相隨象外栖。
誰道勝形無定主，傳從萬古迹寧睽。

丁0369 同二

说言精舍昔攸聞，斯地由來隔垢氛。
送老世緣宜發露，先春晚望只閒雲。
雖知栖[2]殿出三界，風世[3]林泉在五蘊。
香火善因難記盡，形骸外事豈應云。

丁0370 歲暮述懷

玄陰云暮俱談話，僧舍爐邊思自攄。
炙手慚[4]忘天慘烈，省躬何怨路趑趄。慚當作暫
生涯只嘆鄰朝杖，虛室不能營臘儲。
微宜[5]履冰途已極，頹齡顧景恨彌餘。
醉中顏色春相似，老後鬢華雪不如。
悠接詩筳人莫笑，城門官冷未懸車。

---

1 平成本作"中"。
2 平成本作"樓"。
3 平成本作"還怪"。
4 平成本作"暫"。
5 平成本作"官"。

丁0371 閑居述懷

世務塵緣絕不侵，寥寥空宇抵山林。
雙行拭雨桑樞淚，方寸成灰蔣徑心。
群羽遷來窮鳥老，千帆行盡破船沈。
生涯遮莫欲長去，夜夢頻驚風樹音八旬母在堂、故云。

丁0372 閑中納涼

松深苔老幽閑地，個裏都無煩熱生。
礙日綠蘿迷月令，展風青蔑卧秋聲。
獨臨水閣回流冷，遙笑華軒拭汗行。
誰識炎天地拋要路，蕉衣紗帽適吾情。地字恐衍

丁0373 八月十五夜玩月

月華皎皎出雲崖，乘興玩來夜漏移。
光逐勝形彌倍暎[1]，影將飛蓋暗相隨。
郊端曉色猶應惜，塞外秋晴遠不知。
何必登樓催四望，放游從此屢忘疲。

丁0374 同

蒼蒼明月望難勝，三五秋天被世稱。
駁樹疏稠迎夜見，碧池屈曲待晴澄。
暮年衰鬢彌添雪，今夜官途似履冰。
可喜群仙佳會末，不才適許接詩朋。

---

[1] 平成本作"映"。

丁 0375 同

望月年年雖引興，今宵適許接群髦。
四山收靄方極□[1]，萬象迎晴形不逃。
行路影斜慚夏首，幽窗夜靜辨秋毫。
生涯流景惜無駐，左鬢兩回櫛二毛。

丁 0376 月下即事

月前感緒素難耐，何況旻天三五光。
罷夢碪聲寒處處，度秋雁點白蒼蒼。
華陽晴望迷新雪，柳塞老愁送幾霜。
惜矣佳期終不駐，此情猶可附篇章。

丁 0377 法性寺玩月

誘引桂華乘興出，金商暮景到禪扉。
來游遠逐山中影，真妄猶迷水上輝。
松戶何秋長欲去，洞房一夜暫忘歸。
已將溪月得偏契，遮莫生涯人事違。

丁 0378 對月獨吟

見月未眠到夜分，羈中冷影素傳云。
東西何水猶殘霧，遠近無山不拂雲。
幽景再回爲我伴，邊聲四起與誰聞。
那教華洛舊交識，獨上郡樓作此文。

---

1 平成本作"眼方極"。

丁0379 月下言志勒

清商八月漏三更，高卷簾帷動遠情。
雲霧天愁無處所，東南林曉任陰晴。
光分胡雁來賓翅，影入楚砧怨別聲。
鬢雪心灰雖冷落，兔輪不許□[1]西傾。

丁0380 其二

金夕適逢招引至，忽乘兔影得來游。
近尋鷄花禪庭霽，遙憶虎溪古寺秋。
雖觀月輪彰佛性，只嫌霜色滿吾顏。
生涯七十少餘喘，那伴清光西立[2]投。

丁0381 遇雨聊述鄙懷

竹竿絲下願非他，一事是思殷富多。
試拜漢雲將乞巧，只嫌庭潦欲盈科。
雖知巫女行秋嶺，豈妨仙娥渡夜河。
砌樹依華吾不敢，奈其矖腹舊踪何。

丁0382 後朝詩

靈匹佳期最足云，明朝怨緒幾紛紜。
駕催還妒鷄聲怠[3]，橋斷猶疑鵲毳分。 怠當作急
別淚如今添曉露，去衣爲後屬秋雲。
凉風颯颯針樓静，獨對空機日漸曛。

---

1 平成本作"嶺"。
2 平成本作"土"。
3 平成本作"急"。

丁0383 夏日池亭即事
炎蒸近日無逃處，一到池¹亭心動機。
水檻水凉溪兔影，林鐘林暗亂螢輝。
游鱗穿藻喚名至，振鷺拍波低翅飛。
初伏汗銷瑩露簟，晚蟬翼薄解風衣。
岸傳河朔行杯迹，浪洗渭陽坐釣磯。
林宴水嬉隨分足，夏天去此欲何歸。

丁0384 夏日泉亭即事
聞道林池稱勝形，冷泉院裏一泉亭。
傍山賓閣苔猶綠，歸浦伎船藕自馨。
夏日尋君排竹戶，閑天待我拂苔庭有注。
岸風消暑何開簟，石瀨先秋足浸瓶。
帝闕西回烟樹暗，雲祠南崿暮松青所謂中山雲社是也、故云。
垂絲斜去雙飛鷺，非火空燃萬點螢。
疊浪衰容隨日日，鑒流老鬢愧星星。
終朝游放忘塵事，遮莫生涯及暮齡。

丁0385 春日即事
閑卷蘆簾何事包，數杯桂醑又蘭肴。
皋禽聲盡雖慚運，籬鷄翅低被許交。
風後花歸林下地²，雨來柳染水南梢。
烟霞春興於焉足，遮莫明朝招客嘲。

---

1 平成本作"地"。
2 平成本作"池"。

丁0386 夏日游林亭

林亭靜處興猶餘，景氣清和九夏初。
養性自然消俗慮，逃名何必卜山居。
醉中取次雖飛盞，老後等閒来[1]廢書。
世路險難爭謝遣，生涯寒剝欲何如。
昔辭棘署思休退，今卧蓬衡忘毀譽。
蘭室莫厭新結友，柳門相喜適尋予 文友兩三不期來會、故云。
前途試待分符虎，窮巷獨悲卧轍魚。
舊隱雲心應笑我，被牽塵妄妄[2]歸歟 有注。下妄當作忘

丁0387 東山別業眺望

林泉勝絕素攸聞，斯處眺望被引群。
何郭何城殘霧隔，水南水北暮烟分。
秋毫不辨平郊樹，老眼猶迷遠岫雲。
華閣月臺爲象外，獨忘歸路立黃曛。

丁0388 秋日游陶化坊別莊

勝絶名區方彼世，任他蓬閬回尋難。
青莎臺霽林陰透，黃柳巷空岸色寒。
四面遠山來夕牖，一雙閒鷺立秋灘。
庸才適乘池塘興，不患陸沉齒髮闌。

丁0389 夏日游城北別莊

地形勝絶一幽墅，斯處眺望屬夏天。

---

1 平成本作"末"。
2 平成本作"忘"。

境静自然忘俗事，興餘取次記詩篇。
秋毫樹遠繞郊外，日脚山晴來面前。
衝黑[1]放游偷作道，潜魚暫脱水中筌。

丁0390 春日城北幽莊言志

春光細膩感千般，謝遣喧□[2]毁譽班。
最北邊東華厩舊_{斯地者天安左僕射之舊府也、仍號北邊厩、故有此句}，□東里北竹窗閑。
多年締契交如水，近日待花意在山。
鳥勸提壺聲妄尚[3]，柳乘[4]纖黛手應攀。_{乘當作垂}
十分飛盞宜催醉，五兩落[5]帆莫早還_{西府詩伯不慮會合、仍惜別形言而已}。
後會難知何再日，若分銅虎越雲間[6]_{予有欲住西海使之志、故云}。

丁0391 夏日山家即事

擯俗幽居伊洛濱，昨朝策騫一尋君。
黛來林戶孤峰近，水溉溪田十字分。
蘿途舊交唯結月，岩扉新構似雕雲。
灌園生計宜追迹，甘從宦[7]游久屬文_{予微官漸倦、志在肥遁、故云}。

---

1 平成本作"累"。
2 平成本作"喧喧"。
3 平成本作"尚妄"。
4 平成本作"垂"。
5 平成本作"雨蔬"。
6 平成本作"關"。
7 平成本作"官"。

丁0392 冬日山家即事

喬林淺水一山家，造化[1]風流絕世耶[2]。
待客華筵鋪薜荔，拂庭自[3]箒任茅花。自字恐誤
陶弘隱徑孤松靜，靖節幽居五柳斜。
縱有浮名寧動意，不如茲地送生涯。

丁0393 山家春意

一從郊外竹扉開，管領風光有意哉。
紅粉花飛埋曉夢，青旗酒熟引春杯。
林霞繞舍舒還卷，山雀狎簷去又來。
莫道幽栖生計乏，灌園自作送年媒。

丁0394 春日山家眺望

運晚鬢秋零落士，悠牽眺望立留連。
前山霞斷分樵徑，南陌花飛透野烟。
生計先忘雲外曉，春愁遠送日西天。
自吾蹇剝交游倦，欲入林丘涉暮年。

丁0395 旅亭三首

官舍迎春暇日多，和風斯處幾來加。
地景雖如胡越境[4]，□□□□[5]是齒牙。

---

1 平成本作"花"。
2 平成本作"邪"。
3 平成本作"白"。
4 平成本作"地從京雒如胡越"。
5 平成本作"境與海蠻"。

寒後群山殘有雪，晴初遠樹半穿霞。
葭灰之[1]變韶光膩，苔□及花[2]豈願[3]家。

丁0396 同二
本自客中感最多，况乎潦倒悶襟加。
林陰風暖聞鶯舌，山色雪晴望虎牙。
文苑誰人嘲夜月，醉鄉何處酌春霞。
觴吟隨分雖乘興，想像洛陽詩酒家。

丁0397 同三
單幕高褰晚望多，從朝箕踞興彌加。
野雲銜日低斜腳，江葦鑽沙攉稚牙。
櫪馬遙嘶邊塞草，籠禽忽放遠山霞。
生涯零落無羈絆，游蕩久忘榮利家。

丁0398 羈旅秋夜
悠揚送[4]旅任浮萍，客淚爲之夜夜寒。
征戍路徑邊草白，驛門宿上古松青。
扁舟蘆暗秋風泊，孤店柴疏曉月扃。
萬里衣寒音信絕，此愁爭使故鄉聽。

---

1 平成本作"云"。
2 平成本作"若及花時"。
3 平成本作"顧"。
4 平成本作"逆"。

丁0399 初出西府、宿香椎宮之濱殿
海濱廣潟初占宿，松壖之傍自得依。
湘水廟荒空暮竹，首陽洞古只春薇。
瑞籬嵐底祈神去，舊土花前與雁歸。
歸路迢迢東向後，從今定負夕陽輝。

丁0400 自濱殿移民家矣
策蹇行行及日斜，江村低濕柳烟遮。
多情送我邊山月，不語留人曲岸花。
堰水□[1]聲歸夢破，野田春望燒去聲烟賒。水下脫字
今逢農夫閒談话，每向[2]土風情感加。

丁0401 於香椎官[3]舍賦所見之事
晨興回眼艷陽天，天色蒼茫與海連。
江樹重重看有路，雲清森森望無邊。
蘋蘩日祭祠官肅，苞匭土宜邑老傳。
斜轉井車通澗水，迴籠林户引□[4]烟。
樵舟夕棹穿溪出，漁火夜篝分浦然。
歲歲客中淪落久，一生但恨類夢仙。

---

1 平成本作"夜"。
2 平成本作"問"。
3 平成本作"宫"。
4 平成本作"畬"。

丁0402 乘船到新宮湊

征途天曙不逃影[1]，海渚風流展翠屏。

漁户傍汀春柳暗，雲祠移岸古松青傳聞、住吉靈社移此地號新宮、故云。

暫妨解纜千翻浪，眇[2] 告歸程一點星謂明星也。

路遠自今唯算日，波邸宜間[3] 楫師聽。

丁0403 著阿惠島述志

蘆廬篋鑒泛然去，旅泊何方不識湄。

遥指汀松潮落夕，漸占浦樹日斜時。

卸帆風急超波速，孤島雲幽著岸遲。

欲記勝形詩思拙，但慚花月少餘資。

丁0404 宿葦屋泊

涉險乘危歸思匆，前程早晚達華風。

雲帆忽落嵐狂後，水捿遠漂浪激中。

江縣緣邊同昔見，家歸案内入宵夢。

數回經過人知否，西海屢爲游蕩躬度度往反此泊、事見于本章。

丁0405 宿周防田島湊

乘曉相催海上行，水窗終日只勞情。

嵐頭訪宿雲無意，渡口問津浪有聲。

---

1 平成本作"形"。

2 平成本作"渺"。

3 平成本作"問"。

朝倚柁[1]樓魚路日[2]，晚望岫幌雁行橫。

洛中再會悠悠待，去夏祖筵拙序成_{去年襌下西鎖、發向之日、東山餞別之筵、予爲唱首、偷约後會、故云}。

丁0406 於室積泊即事

迢遞歸程太遠乎，誠知都鄙尚殊區。

低雲來往才爲友，渡海安危不信巫_{事見本詩}。

若校風波多險難，豈如世路甚崎嶇。

沙村靜處謁漁叟，借問火田輸幾租。

丁0407 秋日游世尊寺

何處雲泉尤得名，世尊古寺薜蘿庭。

竹梢園庶[3]綠猶在_{此地者梁園也、故云}，柿葉窗寒江半零_{庶當作舊}。

茅户有僧眉兩白，苔岩引客路旁青。

高望雁塔千花影，閑禮鷲臺一乘經。

林色變來隨日日，鬢華衰去欲星星。

出塵將學空門法，只取夷蒲一俗形。

丁0408 詣石山寺有感

凌晨策蹇出城闉，古寺□[4]中情感新。

靈粹元來知世地，攀躋自作愛山人。

苔殘前日頭陀路_{往年參詣此寺有日余、故云}，水洗暮年口業塵。

---

1 平成本作"拖"。
2 平成本作"白"。
3 平成本作"舊"。
4 平成本作"寂"。

縱使一心歸願海，雲泉勝事欲書紳。

丁0409 暮秋法輪寺即事
西出都門任自由，從晨前駕好優游。
路經玉輦囂塵地，境入法輪古寺秋。
山是九華雲往反，渡應一壽水回流。
泉飛葉落俗寰僻，上界勝形事事幽。

丁0410 秋日游東光寺
安用俗寰寵辱爲，上方靜處許相隨。
林泉勝絕應天縱，桑艾幽奇被世知。
溪樹染秋經雨葉，岸松倒影掩池枝。
山雲澗水定嘲我，文路徇名不識名[1]。

丁0411 秋日游雲居寺
出洛一回流水轅，尋來此地漸黃昏。
帶嵐寒樹梢先透，送老古松朵不繁。
秋寺四望非俗境，西方九品化仙門上人建一堂□九品、故云。
泉聲猿叫雖盈耳，不似啾啾人世喧。

丁0412 暮春游法音寺
風烟何處再相尋，城北梵宮號法音。
前日秋催游[2]月色往年之秋、此寺玩月、故有此興，今朝晴望引雲心。

---

1 平成本作"疲"。
2 平成本作"游催"。

一條場寂連寒野，三昧堂留插暮林_{江李部詩、今宿北山三昧堂、蓋謂此乎。}

上界勝形看不足，惜哉西日正沈沈。

丁0413 謁武藏寺
聞道仁祠素稱名，攀躋養志自忘形。
幽溪松瘦枯鱗老，行道苔穿舊蘚青。
罷夢嶺嵐來梵宇，候齋林鳥狎禪庭。
已將香火結緣竟，遮莫浮生及暮齡。

丁0414 游清閑寺
梵宮幽趣僻人寰，半日放游屬素閑。
岩樹春風花落處，洞門暮雨鳥吟間。
昇山消盡垢離迹，尋寺禮來冰雪顏。
爲向嶺雲溪水報，興闌須待晚鐘還。

丁0415 暮秋游長樂寺
晨辭華洛到蓮宮，低帽短靴許會同。
岩戶松聲雖歷歲，山村樹色欲歸空。
荒籬霜薄先衰草，衰鬢秋寒一半蓬。
塵妄世緣皆謝遣，可歡今日出樊籠。

丁0416 九月盡游圓融院
晨策蒲梢尋上方，崇朝乘興送金商。
空林落盡瓦溝露，風葦摧殘沙岸長。

蕭瑟秋光絕[1]半日，華鐘夕響幾回霜。_{絕當作強}
惜哉景色終難繫，山水登臨令意傷。

丁0417 冬日游圓融寺
塵外飛鑣何處尋，圓融故院一沈吟。
菊籬昔歷繁華事，楓岸今驚落葉音。
洞裏門閑寒樹老，林間路窄舊苔深。
歸程莫道及昏黑，山月送吾似有心。

丁0418 冬日雲林院即事
晨興出洛任花[2]蹄，落葉深中塵事暌。
半日閑游朝闕北，一生宿望暮山西。
詩應口業情猶動，酒是聲聞醉欲迷。
雲意若知吾素意，空門可許卜幽栖_{山林之志與年漸深、故云。}

丁0419 春日游勝應彌陀院
雲泉何處太幽耶，玉輦似東勝賞遐。
露地寂寥空罷月，風光誘引遠尋花。
四禪林靜囂塵絕，九背山晴落日斜。
棘路佳游希有事，適從後塵忘歸家。

丁0420 游山寺
華賓誘引到楢溪，相伴垂鞭信馬蹄。
只慚花前忘老至，任他榮路與春暌。

---

1 平成本作"才"。
2 平成本作"驊"。

朝□¹ 梵宇唯雲外，夕願² 歸程欲日西。
微官久疲餘喘少，如今偏欲卜幽栖。

丁0421 山寺即事
辟命云臻感不窮，帝城巽角梵宮中。
雲泉前日契先結_{往年獻賞此地勝形之詩、故有此句}，香火今朝緣自同。
煩慮皆空秋水□³，俗塵千里暮山風。
翹材館下仰恩久，爲愍無成白首翁。

丁0422 同
風烟誘引興相從，此寺尋來到晚鐘。
斗水池閑秋鶴影，石苔路穿老僧踪。
松杉雨冷寧期霽，蘆葦雪飛不待冬。
露地□⁴ 微師友伴，香緣那得禮尊容。

丁0423 游關西山寺
斗藪尋臻練若闌，綠蘿深裏禮尊顏。
寒杉振葉驚風地，老檜透梢落日山。
妄彎斷來林靜處，真筌訪盡水澄間。
傷禽適出啾□⁵ 境，從此樊籠⁶ 忘再還。

---

1 平成本作"尋"。
2 平成本作"顧"。
3 平成本作"月"。
4 平成本作"若"。
5 平成本作"啾"。
6 平成本作"龍"。

丁0424 山寺即事

上界幽奇素所聞，一鞭款段被牽群。
俗塵路絶應千里，風葉秋歸減九分。
殘喘老頭皆白雪，暮年宿望只西雲。
已將香火結緣竟，遮莫微陽率爾曛。

丁0425 古寺晚望

蕭蕭晚寺謝囂氛，尋到眺望被引群。
境少風塵煩慮盡，門當郊野遠情分。
蒹葭洲水含斜日，四五朵峰插片雲。
夕梵聲聲鐘處處，猶忘□[1]路立黃曛。

丁0426 暮春游城北精舍

晨回流水到何處，城北優游感幾加。
先禮佛臺應望月，更尋僧社被籠霞。
殘苔黏履石梁滑，卧柳垂綸水岸斜。
昔是柳庭全感[2]地，今爲蘭若寂寥家。感當作盛
老思餘算雲西日，眠論浮榮風庭[3]花。
花下適途[4]恩喚引，却音塵外尚非賒。

丁0427 同

何處韶光促與耶，紅塵境外感相遮。

---

1 平成本作"歸"。
2 平成本作"盛"。
3 平成本作"底"。
4 平成本作"逢"。

石梁一道渡春水，斗藪幾程穿晚霞。
曲洛上東尋佛閣，重城最北入仙家。
老催空觀水中月，眠論浮榮風底花。
西土運心期净刹，前途窮步險褒斜。
林堂宴罷將歸去，唯望虞淵落日遟。

丁0428 城北精舍言志
策蹇尋來一寺門，勝形景色筆端存。
春歸强惜風光盡，地静曾無人事繁。
松檟徑深迷暗雨于時微雨，亭臺構舊鎖黄昏。
浮榮外物何相覓，素意中林欲避喧。
墙柳每朝雖結影，洞花今日惹[1]歸根。
老將香火結緣了，定是生生見世尊。

丁0429 九月盡日城北精舍即事
晨回流水到岩扉，終日悵望忘俗機。
唯向金仙斯處禮，不知白帝幾方歸。
心栖上界秋雲色，眼迷西崦夕日輝。
潘省今宵餘興盡，登山臨水思依依。

丁0430 東山道場即事
風景物[2]牽辭帝都，松門寂處望蕭疏。
山迷薄霧難尋迹，徑入翠微似步虛。

---

1 平成本作"悉"。
2 平成本作"拘"。

落砌夕陽林影遠，度窗曉籟竹聲餘。
豈圖窮鳥蒙微命，適出樊籠到佛居。

丁0431 初秋過智律師洞房述懷
但喜法蘭一待予，回轅所以到禪居。
北窗臥月忘人事，南嶽傳風閱佛書。
滿鏡雙毛霜色冷，拂簾斜竹雨聲餘。
從師自學空門法，不奈俗間駁毀譽_{往日從師受八齊戒、故云。}

丁0432 夏日禪房言志
老訪松房遇亞仙，閒談斯處感蕭然。
華侵衰鬢雖殘雪，香自禪心未舉烟。
外户風來蛛網破，前林雨去蔦蘿懸。
虛心爲友數莖竹，宿望無他千葉蓮。
暗妨空觀詩後思，還慚禁戒醉中眠。
定知世世作觀故，久次烟霞得結缘_{有注。}

丁0433 同
閒適由來最所甘，松房寂處接玄談。
莫奇南阮貧居北，其奈北宗禪在南_{禪房敝¹居南北卜鄰、故云。}
世路險夷心底識，生涯倚伏睡中諳。
淨名病後喻知十，榮啓老來樂有三。
性懶時時尋法苑，暇多日日到僧庵。

---

1 平成本作"弊"。

手[1]茶散悶功猶少，宿釀破愁醉半酣。
素意久栖幽谷月，白頭將入舊山嵐。
我斯倦道一居士，宦[2]學無成偷可慚。

丁0434 冬日參詣安樂寺聖廟
杖藜尋到梵宮壖，此地奇聲奕代傳。
孤岸菊殘秋送九，仙壇松老歲期千。
風烟卜勝久知世，靈粹返真長配天。
爲仰冥冥雲雨祝，偷希神筌早垂憐。

日本詩紀卷之四十一　丁集第七

---

1 平成本作"午"。
2 平成本作"官"。

卷之四十二 南家
丁集第八

上毛河世寧 彙編

丁08-01 藤原實範_{永賴之孫、能通之子、官大學頭兼文章博士贊岐介}

丁0435 賦庭前松竹_{以下十三首見本朝無題詩}
松竹兩般心所甘，庭前招友許交談。
數年抽節書窗北，千歲契齡賓閣南。
移得根辭湘浦浪，抬來蓋捐泰山嵐。
疏籬曉露白如玉，斜岸暮烟青自[1]藍。
琴曲入風弦調七，酒杯酌葉算過三。
有時今日接佳會，老少忘年醉漸酣。

丁0436 酌羽觴
離庭酌酒羽觴縈，三日佳期游宴并。
暫扣行鑣臨岸勸，乍移祖席傍流傾。
飲來唯有送君淚，醉後豈無憐我情。
春景暮□[2]分手看[3]，山郵水驛幾千程。

丁0437 冬日即事
詩癖內催言前形，憗來水石勝游庭。
棘心多嘆摧方赤，竹簡無功倦殺青。
老去漸梳頭上雪，性匆才見管中星。
傍交獨作原顏客，可怪暮年接壯齡。

---

1 平成本作"白"。
2 平成本作"時"。
3 平成本作"觀"。

丁0438 遍照寺玩月
對月適逢三五晴，蕭然古寺感方生。
最明素擇今宵色，遍照彌知此地名。
松燈[1]荆扉秋雪宿，寒原荒墅白沙平。
漏更曉到將歸處，悵望山西影已傾。燈當作鐙

丁0439 冬日會小野山庄訪土俗
忽出洛陽感更催，山家土俗訪相來。
墻樊後苑唯紅樹，席展前庭是綠苔。
膾課水郎嘗一箸，酒徵村老勸三杯。
今尋幽境城東北，莫笑鄙才接鳳才。

丁0440 暮秋白川院即事
今朝出俗一相尋，此地佳名傳古今。
關路風寒望旅客，鄉村煙聳聽疏碪。
紅林碧水殘秋色，牧笛樵歌薄暮音。
適遇公卿徵辟日，有時游蕩漏更深。

丁0441 初冬遍照寺即事
冬天乘興來蕭寺，景氣消然眼易迷。
薄暮鐘聲聞露底，殘更月色見雲西。
孤叢逼砌寒花悴，列岫對窗落日低。
此地風流尤勝絶，言詩酌酒幾提攜。

---

1 平成本作"鐙"。

丁0442 秋日游法住寺上方
自卜勝形出俗塵，終朝眺望接鷺賓。
林園地勢經年舊，泉石風流逐日新。
林外鳥歸雲暗處，洞中葉脱雨寒辰。
道場引步情猶[1]苦，便識此時興昧濃。

丁0443 春日游東光寺
官冷齡衰過五旬，獨觀身色淚霑巾。
誰知僧律歸真境，未脱儒衣染俗塵。
適遇蘭朋芳契日，愁尋蕭寺遠村春。
山花林鳥莫嘲我，宿慮于今在隱倫。

丁0444 暮秋游長樂寺
秋風暮處斷愁腸，□[2]落仁祠一悵望。
久對蘭[3]欄□[4]病席，暫辭花輦入禪房。
莓苔石滑路猶邃，松柏山寒枝不長。
斯地勝形難説盡，况乎詞花已荒凉。

丁0445 秋日游雲林院
被牽塵累意如迷，暫入梵宮人事睽。
露膽時臻忘毀譽，風情秋暮屬高低。
就林先驗仁祠號，玩菊還思公宴題。

---

1 平成本作"獨"。
2 平成本作"獲"。
3 平成本作"藥"。
4 平成本作"黏"。

應使霜因深此地，幾催來駕促歸蹄。

丁0446 雲林院西洞惜殘春
洞裏寺深僻俗流，輕軒高蓋許優游。
偶當難遇三餘景，唯惜才殘二日秋。
遮莫天時雖代謝，何因人事暫拘留。
林巒籬落皆簫索，瞻望未闌日[1]未浮。該日字應當作月

丁0447 惜殘春
三月春闌一悵然，惜來禁披幾留連。
誰回籌策將過處，須課詩酒未盡前。
若任素懷分曆日，定停他節合芳年。
縱加膠漆花難駐，隆設羂羅鳥豈懸。
野草綠深郊外地，城霞紅淡洞中天。
爲望芸閣風光導，莫忘當初暫得仙。

丁0448 依花只愛山見類題古詩
月難暫舍滿林色，心未嘗忘薰嶺匂。
洞口告離須待夏，淡門專寵被催春。

丁0449 三月盡見新撰朗詠集
花鳥縱雖期向後，流年豈返老來身。

丁0450 花樹繞池岸見教家摘句
白玉杯中斟綠醑，紅羅帳底展青茵。

---

1 平成本作"月"。

丁0451 客行春忽暮
去路千程霞共散，離歌一曲鳥相加。

丁0452 地依松柏貴
楚岸緣邊誰限價，泰山境界不言名。

丁0453 游雲林西洞
路經華洛重城北，境入雲林古院西。

丁0454 世尊寺
伴來棘路繁華客，既往檀那累葉孫。

丁08-02 藤原成家 成尹之子、官文章博士大學頭

丁0455 常有花果 見新撰朗詠集
縱事仙人誰拾地，全教獨覺不觀空。

丁08-03 藤原成季 實範之子、官文章博士大學頭

丁0456 月光滿江湖 見教家摘句
吳郡應迷松白色，巴陵不信草青名。

丁08-04 藤原季綱 實範之次子、成季之弟、官越前守右衛門佐、輯續文粹

丁0457 松月夜涼生 以下五首見天喜詩合
夜涼生處一相尋，松月蒼蒼漏正深。
烟葉變霜無暑氣，風枝帶雪有秋音。

燕珠應恥林明裏，薪篁漸□蓋潔陰。
祝著殿庭君子樹，擬期千歲慣貞心。

丁0458 蟬鳴宮樹深
嘒嘒鳴蟬滿耳匆，樹深得聞鳳凰宮。
庭槐陰合吟晨露，城柳梢高嘶晚風。
枝鎖響流仙洞外，葉繁[1]聲出禁林中。
侍臣夙夜珥冠冕，與汝無離幾在公。

丁0459 泉石夏中寒
泉清石滑謝塵埃，自怪夏中寒氣來。
炎日汗乾攜曝布，朔雲肤冷觸蒼苔。
崢嶼燕國招涼玉，汲笑袁家避暑杯。
一向莫言煩熱盡，秋風偸逐地形催。

丁0460 滋緑草心長
草心經雨□蒙籠，滋緑已長滿望中。
塞北馬嘶蹄豈見，湖南人征路難通。
迎秋縱辨花妝縟，當夏唯看葉色同。
岸荻洲蘆隨浪動，宛如黎庶靡仁風。

丁0461 扇裏有秋風
秋風曆外報何方，扇裏颯然斷感腸。
翻手先驚迎素節，遮顏更訝□金商。
宋生有賦裁將咏，漢武舊辭動處彰。

---

1 平成本作"蘩"。

非营鶴翎全謝熱，由來鷲殿帶清凉。

丁0462 月下言志以下十五首見本朝無題詩
銀漢雲收月照臨，斯時凉氣颯然侵。
池中棹舶歌方發，屋上讀書思更深。
濃淡應看花綻苑，去留易辨葉零林。
清霜彌淬開盒劍，白雪自調在座琴。
朔管秋聲遙遣思，南樓曉望幾傷心。
閑裹簾箔有餘興，何必剡溪足遠尋。

丁0463 暮秋城南別業即事
別業蕭然境隔喧，脂車鞭馬入林園。
逼檐松蓋含烟老，當砌竹叢帶露繁。
俱咏詩篇新染筆，頻催酒酌漸傾樽。
負樵山客朝過路，挐橰田翁暮扣門。
夕吹漫驅紅樹頂，晚波猶叠白沙痕。
苔庭月冷以下闕

丁0464 行幸平等院
佛院鬪臺契萬年，宇治川畔曲岩前。
倒傾山影浮寒水，漫落林妝透暮烟。
净界金繩分道潔，梵宮碧甃傍簾連。
皇輿一幸將還處，鳳管鷗弦拂遠天。

丁0465 春日游東光寺
厭塵我友只同心，俱入城東蘿洞深。

松櫺烟中鐘屢叩，莓苔露上盞閑斟。
破碑歷歲滅無字，古鐸動風微有音。
香刹境幽游復好，此時更忘世緣侵。

丁0466 春日游天竺[1]
寺名天竺枕山崖，尋到自然促感懷。
草創誰人經歲舊，松房爲□[2]有時排_{于時有勝上人、見予來游、掛房迎謁、故云。}
花隨風力鋪砂砌，苔赴雨痕染石階。
臨晚欲歸望洞裏，紅霞行行鳥嘈嘈。

丁0467 秋日游天竺寺
峻山峙下曲何垂，天竺寺深地勢奇。
岩腹苔寒高閣壞，溪心水咽古橋危。
衰桐散砌紅千片，新菊綻庭雪一枝。
道此[3]叢祠松柏老，民祈雨旱號靈祇。

丁0468 秋日游藥王寺
寺稱藥王枕江干，於洛聞名今將看。
鐘磬幽聲穿晚樹，樓臺傾影倒秋灘。
向宵佛火微方耀，積歲法衣破尚殘_{此寺有古福田衣、見其銘字可謂異物、故云。}
獨詠寂公先日句，未催歸騎立盤桓_{昔寂心上人在俗之時、遠來山寺忽}

---

1 平成本作"春日游天竺寺"。
2 平成本作"我"。
3 平成本作"北"。

成詩序、故云。

丁0469 春日游長樂寺

長樂寺中酌酒缸，城東茲地勢無雙。
鳥傳梵語狎僧座，花學嚴妝飄佛窗。
蘿洞月昏經久誦，松門風曉磬閒摐。
六時火影曜瓊戶，多歲溜踪穿石矼。
岩腹梯危攜竹杖，溪心房暗拋蘭釭。
不深□□[1] 獨觀念，唯有詩魔未得降。

丁0470 秋日長樂寺即事

晨來古寺寄松楹，寵辱此時不敢驚。
殘雨山晴斜日映，到[2]秋木落遠嵐輕。
路迷鷲嶺通靈堀[3]，眼渡鴨河望帝城。
心在空門齡已老，須辭俗境脫簪纓。

丁0471 三月盡日惜春

四時代謝不依違，只惜殘春盡止[4]輝。
苦痛池風和氣變，那堪林露暖光暉[5]。
試施膠漆黏花落，須置關城妨鳥歸。
暫伴聲花驚殿客，摧心追憶侍仙闈。

---

1 平成本作"萬般不染"。
2 平成本作"勁"。
3 平成本作"崛"。
4 平成本作"正"。
5 平成本作"晞"。

丁0472 秋日偶吟

終朝寂莫立盤桓，不耐蕭辰短暑闌。
苒苒年光將水報，沈沈陽景映峰殘。
稀疏□[1]老陶門柳，約□[2]□□楚澤蘭。
枳棘園荒秋色變，潺湲石淺□[3]聲寒。
梧楸梢摵金飈起，菡萏葉□[4]玉露團。
著[5]適珥蟬心適足，眸難射鵠淚難乾。
菫籬花萎日暉彥[6]，松樹蓋傾風響搏。
山展畫屏雲後素，林摸錦障雨添丹。
繫書旅雁望孤點，織草暗蟲思萬端。
三十二齡雖未及，被催餘興把杯看。

丁0473 秋夜閑談

詩酒何催興，話談思自兼。
凝霜初襲苑，殘溜靜喧[7]簷。
鄰笛秋聲遠，村碪曉響添。
孤叢薰入戶，一葉落飄簾。
戰岸松風冷，插峰桂月纖。
挑燈先舉牖，忘扇漸收奩。

---

1 平成本作"幾"。
2 平成本作"略"。
3 平成本作"晚"。
4 平成本作"莖"。
5 平成本作"首"。
6 平成本作"昃"。
7 平成本作"暄"。

旅雁夢難结，寒蟲淚易霑。

老莊三兩卷，性懶素閑瞻。

丁0474 初秋偶吟

金商戎[1]節幾蕭索，幍幖[2]應憐短略[3]閑。

亭午月晴松葉變，籬西日昃菫花殘。

窗中酌酒嶺[4]溠白，山外望烟九轉丹。

風冷掛衣千畝竹，露芳紐佩一青蘭。

齊紈扇懶秋初悴，楚練碪鳴衣漸寒。

閑玩□篇還作道，此時興昧勝潘安。

丁0475 初冬舟中述懷

河中緣底思難禁，一兩友朋得話談。

維筌虛舟荒屋下，乙鞭征馬古村南。

荻花期雪埋斜岸，楓葉翻風泛曲潭。

詩韵綴詞[5]唯勒八，酒杯催醉漸過三。

蘆人燈影燒寒浪，華女歌聲唱晚風[6]于時游女群來唱歌曲、故有此興。

藏嶺日輝紅似火，滿涯水色綠於藍。

牽牛野豎歸柴□[7]，追鳥田翁睡草庵。

---

1 平成本作"戒"。
2 高島要《日本詩紀本文及總索引》作"幍慄"。
3 平成本作"曙"。
4 平成本作"三"。
5 平成本作"詩"。
6 平成本作"嵐"。
7 平成本作"戶"。

從□五湖應促興，陶朱舊意自然譜。

丁0476 爐邊言志
歲華荏苒欲窮陰，言志爐邊共咏吟。
終夜玄談賓也主，一生素意酒將琴。
題詩還恥雕龍迹，對燭易驚舐犢心。
棘路英才文苑士，締交只喜作知音。

丁0477 夜月照泉石見新撰朗咏集
蓋嶺弦聲調白雪，峴亭碑字畫秋霜。

丁08-05 藤原實兼季綱之子、官文章博士

丁0478 冬日游長樂寺見本朝無題詩[1]
暫乘東朝餘暇日，遙攀古寺片雲端。
隨嵐林葉繞檐灑，學雨岩松當砌寒。
石壁路深援薜荔，玉堂樞閉炷栴檀。
淨宮興罷欲歸處，薄暮鐘鳴山漏閒。

丁08-06 藤原通憲實兼之子、好學通九流八家、官少納言、後入道號信西

丁0479 賦牡丹花以下十八首見本朝無題詩
造物迎時尤足賞，牡丹栽得立沙場。
衛公舊宅遠無至，句[2]氏古篇讀有香。

---

1 底本未寫明出處。
2 平成本作"白"。

千朵露薰幽砌下，一條霞聳廢籬傍。
若非道士投龍腦，定是美人忘麝囊。
唯惜飄颻風底色，不堪二十日間妝。
饒勻未去褰簾客，耽艷遲歸擁箒郎。
蘭盡微忠花裏杰，菊嫌噂[1]號草中王。
窗間曉訝吳綾彩，庭上夜疑齊燎光。
庾嶺春梅還謝粉，洞庭秋葉更慚黃。
豈如入夏斯叢綻，折玩終朝獨斷腸。

丁0480 賦瞿麥勒

瞿麥數叢色不同，移栽此處感情通。
織非人力掛籬錦，染是天爲盈砌紅。
千片赤珠應琢露，一條文繡被裁風。
更無殘粉夜嵐底，才有啼妝暮雨中。
唯喜夏來花早綻，兼愁秋後艷還空。
汝稱撫子齒猶少，定恥白頭公作翁草中有白頭翁、故云。

丁0481 池上有臺、臺上有人讀書、小徑有松、松下有鶴、道士船中載烏[2]至、其傍有小橋、又池上蓮[3]開敷、水邊有紫藤翠柳、又前庭立小床矣屏風

池上高臺臺上客，涼風展簟似秋天。

蓮塘船艦載鵝至，松徑人稀與鶴眠。

---

1 平成本作"尊"。
2 平成本作"鵝"。
3 平成本作"白蓮"。

夜夜幷床臨岸月，時時枕帙卧波烟。
紫藤掩水柳藏砌，道士空游獨木邊。

丁0482 書懷題紙障
寸禄斗儲求豈得，生涯本自任浮沉。
顧身遂識榮枯分，在世猶慵游宦[1]心。
晋桂當初難出手，吳桐何日遇知音。
一篇狂句一壺酒，個裏時時足醉吟。

丁0483 秋夜即事
營營朝市心何懶，偏以千金欲買閑。
近友交談□[2]似水，逃名放散不如山。
茫茫世累萬緣裏，落落生涯一夢間。
追憶陳遵留客術，井中投轄暫忘還。

丁0484 又
凉風八月月明夜，逢友等閑開口談。
樵父歌幽秋嶺上，牧童笛冷曉村南。
酒酣玉盞才羞一，詩復白圭欲及三。
陋巷容身人識否，浮榮本自我無貪。

丁0485 閑中獨吟
閑人不識流年急，按曆如今爽氣驚。

---

1 平成本作"官"。
2 平成本作"唯"。

露竹烟深秋岸色，風蟬韵□[1]暮林聲。
怨遺獨耻空千歲，夢知猶悲是一生。
本自此身無定體，浮雲緣底慕浮名。_{韵字下脱一字}

丁0486 感牛女
牛女佳期感不疆，相思入夜動心腸。
榆風先導歡雖切，艾漏漸闌恨正長。
歸路露深添落淚，別方雲暗隔□[2]裝。
使司曆識二星意，歲歲閏餘在素商。

丁0487 熊野路次瀧尻宿即事
幽奇靈崛號熊野，一趁永無塵垢襟。
月下嵐前摸拜思，當來現世利生心。
石門松老攀烟過，岩戶泉寒叩凍斟。
本地便知西土主，每憑引楯[3]淚難禁。

丁0488 勝應彌陀院即事
風光引步至蕭寺，寺僻地幽隔俗塵。
松鎖岩扉烟擺月，花埋石碓水舂□[4]。
櫻桃林下興深客，名利場間心懶人。
鵬鷃伴群何所喜，會游佳趣欲書紳。

---

1 平成本作"冷"。
2 平成本作"行"。
3 平成本作"接"。
4 平成本作"春"。

丁0489 山寺即事
華洛城東幽寂地，徘徊此處足移時。
草堂夜永孤燈盡，松澗雲收寒月遲。
觀念窗中牽友到，定心石上與僧期。
寄言廬岫道林輩，莫笑一篇招隱詩。

丁0490 東山即事勒
一辭帝洛到深洞，中有蕭條古寺閒。
寒葉飽霜遙嶺外，秋花泣露廢籬間。
家傳金日雲蓬藉[1]，路入翠嵐斗藪山。
物色幽奇傷客意，躊躇此處暫忘還。

丁0491 春日游天台山
一辭京洛登台嶽，境僻路深隔俗塵。
嶺檜風高多學雨，岩花雪開未知春。
琴詩酒興暫拋處，空假中觀閒念辰。
紙閣燈前何所聽，老僧振錫似應真。

丁0492 游河陽賦漁父
烟波深裏有漁父，高唱棹歌足斷腸。
唯憶一竿投曉浪，不知兩鬢變秋霜。
餘年生計菰蒲利，後日孫謀風水鄉。
呂太公[2]賢誰得識，釣人何必渭濱陽。

---

1 平成本作"籍"。
2 平成本作"后"。

丁0493 秋日即事

秋日悠揚何事好，蕭條物色感相侵。
皋端蘭綻多推紫，籬畔菊香幾吐金。
流世光陰燈下□，生涯榮樂醉中深。
空疲鑽仰聚螢業，未識是非夢蝶心。
幽響才傳荒巷笛，愁腸欲斷破村碪。
洞門人定猿哀嶺，野寺僧歸鹿在林。
嘒嘒暗蟬擬磬韵，嗈嗈秋雁繋書音。
埋來古劍難衝斗，焦盡孤桐豈望琴。
曉峽飛泉當戶落，寒山素月鑿窗臨。
等閒狂句人知否，剩燭賦□□未吟[1]。

丁0494 游長州臨海館

鹽商漁稅往還士，試乞家書暫足攜。
鄉淚數行湖月下，客游千里楚雲西。
洞中雨霽暮山近，海角浪平秋漢低。
遥憶洛陽詩酒友，獨吟猶[2] 酌待村鷄。猶當作獨

丁0495 夏日游仙游寺

碧雲色裏雙峰寺，攀上更無塵垢襟。
籠月烟夢[3] 懸古澗，飽霜秋果落陽林。
十如是教問僧識，七不堪心於我深。

---

1 平成本作"之未足吟"。
2 平成本作"獨"。
3 平成本作"蘿"。

世網斯時暫斷盡，水聲山黛任登臨。

丁0496 古寺即事
塵勞緣底使吾忘，秋寺人稀隔俗談。
身是浮雲牺物外，佛猶滿月致和南。
藍溪水急空迷雨，松嶺年深不記嵐。
但喜逢僧聞妙法，可□[1]此教似優曇。

丁08-07 藤原尹經 尹通之子、季綱之孫、官阿波守

丁0497 奉試賦得班萬玉 見朝野群載
陶虞繼體政方寬，萬玉班來民各安。
執得不趨皆守體，捧持致敬悉騰歡。
連城待價應磨質，州國爭功欲受貫。
令德比光常作用，齊珍藏色遂無殘。
冬冰生濕望猶潔，夜月臨流影或團。
河伯圖明浮五采，山□文朗賜群官。
回周施映辨冠徹，清越有聲環珮寒。
幸遇我君山學代，龍門何上屢盤桓。守體恐守禮之誤

日本詩紀卷之四十二　丁集第八

---

1 平成本作"知"。

卷之四十三
丁集第九

上毛河世寧　彙編

丁09-01 源經信敏實親王之曾孫、道方之子、官大納言太宰權帥

丁0498 紅霞籠遠樹見永承詩合

一自紅霞出碧霄，更籠遠樹望逍遙。
斜橫村柳光猶鎖，遍蔽溪花色未消。
林表難分韜得曉，山巔[1]何在掩來朝。
含毫雖耻風情少，可惜暮□隔此宵。

丁0499 泉石夏中寒以下見天喜詩合

清泉白石思悠哉，已識夏中寒引來。
消汗微波眠[2]綠檻，開襟危磴步蒼苔。
幽岩夕忘秋風扇，冷水夜浮明月杯。
此處此時多逸客，偏教詩癖自相催。

丁0500 滋綠草心長

何因夏日望無窮，遍挺草心滋綠同。
楚客佩蘭經雨後，陶公籬菊待秋中。
千莖影動蓮池浪，一道聲稠荻浦風。
野外此時乘興去，思花試欲就叢叢。

丁0501 松月夜涼生

月照青松夜漸深，自生涼氣望沈沈。
五更雪冷鎖烟色，百尺霜寒學雨音。

---

1 平成本作"顛"。
2 平成本作"眼"。

穿蓋清光宜展簟，透枝素影好開襟。
今逢靈樹迎晴夕，永熱[1]仙庭游宴心。

丁0502 蟬鳴宮樹深
一從迎夏樹蒙籠，自聽鳴蟬侍帝宮。
漏花聲傳金殿日，繞樹韵入玉樓風。
仙郎堅耳攢枝底，妓女亂歌茂葉中。
莫道居高空斂[2]露，遂加鬢上望相通。

丁0503 泉石夏中寒
石稜泉脉□庭隈，看取夏中寒氣來。
消熱浪摧千點雨，先秋露冷一拳苔。
欹嘲燕室招涼玉，把笑袁家避暑杯。
已忘炎蒸三伏候，還疑步曆互[3]陰催。

丁0504 扇裏有秋風
林鐘六月收炎光，扇有秋風足斷腸。
攜處淒淒忘赤日，翻時颯颯訝金商。
若非吳郡鱸魚膾，定是洞庭木葉妝。
更對鶴翎含爽籟，燕珠豈憶獨招涼。

丁0505 避暑以下見本朝無題詩
移座林間欲夕陽，夏天景氣似秋光。

---

1 平成本作"契"。
2 平成本作"飲"。
3 平成本作"亙"。

張公篁冷風空拂,班氏扇團月自凉。
送老交游詩兩韵,忘憂鄉邑酒三觴。
不唯此地消炎日,學雨松聲足斷腸。

丁0506 九日即事

重九相來叶勝游,方知今宴有嘉猷。
絡絲幽愁[1] 疏簾□[2],織錦林翻綏[3] 閣頭。簾下脱一字、愁當作怨
菊爲含榮初帶露,臣依送老不堪秋。
詩篇遇境各言志,杯酌逐時暫忘憂。
泉石幽奇看未厭,光陰倏忽惜難留。
歡筵日暮人無歡,山月漸昇照□樓。

丁0507 秋夜即事

寂寂門庭秋感切,不堪入夜對寒缸。
嬬閨怨苦琴三曲,螢幌携深筆一雙。
興類潘郎陪晋省,心同張翰憶吳江。
多年倦道無成士,漸近暮齡拋學窗。

丁0508 同

暮秋九月半□闌[4],夜漏遲遲四座閑。半下恐脱將字
湯藥相携風疾際,詩筵整[5] 展月花間。

---

1 平成本作"蟲怨"。
2 平成本作"籬下"。
3 平成本作"熠"。
4 平成本作"半闌夜"。
5 平成本作"愁"。

心中虛白冷如水,世路崔嵬險自山。
初學文才堪悅目,詞場老後去加遠。

丁0509 暮秋即事
四序回環始又終,自迎季白感方通。
微陽慘憺雖傷思,五夜清凉難結夢。
更對蕭辰隨日盡,還憐物色逐時空。
暗蛩寒響猶傍壁,金菊新妝漸繞叢。
月照仙欄空踏雪,嵐吹一葉不殘紅。
檐前離居塵梁燕,雲外親賓是塞鴻。
楚澤閑行携曉露,吳江晴望只秋風。
每逢爽籟何欣[1]驗,宜矣宋玉幽□□[2]。

丁0510 爐邊言志
一從疎慵會幽徒,終日交談向暖鑪。
偏難微躬疲拙宦[3],只將老淚灑窮途。
榮先生樂携琴軫,阮校尉憂忘酒鑪。
二子爲人雖未識,才間閑敢欲相模。

丁0511 秋月詩
素月團團照彼蒼,華堂開宴漏方長。
倩論今夜清明影,猶勝仲秋三五光。
寂矣應望眸外雪,攬之不滿手中霜。

---

1 平成本作"收"。
2 平成本作"緒匆"。
3 平成本作"官"。

爲憐此處多情客，心懶齡傾有若亡。

丁0512 西院亭子言志
言說心閒地自偏，況乎此處暫留連。
茅檐才透桐陰□[1]，茶竈幽揚竹外烟。<small>陰下恐脫月字</small>
雖喜嘉招來勝境，還嗟愁仕送窮年。
雨初晴倚欄干見，見取農夫各就田。

丁0513 暮秋城南別業即事
宛枕水痕與石稜，有時此處謁良朋。
尤愁安睡慵難了，還恥愁遺恨未能。
秋霧橫峰消雁陣，夕陽落瀨曝漁罾。
欲歸衝黑何臨望，楓柳岸邊釣艇燈。

丁0514 春日桂別業眺望
地卜勝形向碧湍，一朝趁到叶幽閒。
石階苔滑灑春水，柴戶門深入暮山。
欹枕空望郊野路，言詩暫忘毀譽間。
淹留此處多情感，□及黃昏未及還。<small>及上脫一字</small>

丁0515 秋日田家眺望
晚趁田家欲去不，句牽臨眺暫淹留。
路過郊外殘花悴，宅枕汀心卧柳秋。
雪鎖茅檐山雨灑，嵐披松戶野烟幽。
洲蘆波上月明夜，只伴漁翁棹釣舟。

---

1 平成本作"月"。

丁0516 行幸平等院
城南別業富風流，翻號輿門最有由。
嚴飾仙壇宜禮敬，忽回鳳宸暫淹留。
林穿紅葉漁家透，嶺入青天鳥路幽。
非只參差樓閣好，山容水態望悠悠。

丁0517 賀大極殿新成
華堂復舊修明堂，料識是依帝德昌。
左城右平朱檻下，鳳巢燕賀畫梁傍。
漫揮越斧成風響，高鏤隋珠映日光。
饒見鸞輿臨飫宴，還期聖曆與天長。

丁0518 初冬遍照寺即事
一自送秋思悄然，相尋蕭寺暫留連。
馬辭華洛嘶紅葉，人入松門步綠錢。
初喜幽閑隨素意，漸知運命在蒼天。
瞿曇弟子今爲道，唯有月花訪夜禪。

丁0519 游長樂寺
綠底暮春臨眺賒，閑游出寺日將斜。
竹援[1] 瀝絶溪心水 山家之習也、穿竹節引水脈、謂之懸援[2]、蓋新竹援[3] 在斯處故也，松偃[4] 被韜嶺面花。

---

1 平成本作"梭"。
2 平成本作"梭"。
3 平成本作"梭"。
4 平成本作"偃"。

逸客攀岩初隔□[1],禪僧養竃忽煎茶。
願望華洛求名處,不過翁翁一片霞。

丁0520 同
一尋蕭寺倦嵯峨,遂就净筵意如何。
松長瓦溝張小蓋,泉衝石竇涌餘波。
梢紅老樹春旬少,眉白高僧夏臘多。
莫怪衰翁花下會,將逢禪侶學頭陀。

丁0521 同
春尋幽寺上山巔,滿眼奇岩與賁[2]泉。
白日霧深霑玉甃,黃昏人到禮金仙。
翅閑老鶴鬐霜毳,被破禪僧半露肩。
花下雖須期後會,暮嶺難定契何年。

丁0522 秋日長樂寺即事
插峰跨澗一簫寺,秋景攀登瞻望遥。
山雨初飛歊蝀蝀,溪雷乍起裂芭蕉。
石龕松老蓋空城,苔壁書殘字半消。
暫入禪窗塵慮斷,還欣閑伴偶相招。

丁0523 春日游雲林院
忽辭城洛謝囂氛,朝到寺門及下曛。

---

1 平成本作"履"。
2 平成本作"噴"。

入洞荒[1]踪唯暮鳥，占溪同宿是寒雲。
山椒鐘動三聲急，嶺樹花飛四面薰。
終日忘還他思斷，低頭今仰釋迦文。

丁0524 秋景屬閑人見新撰朗詠集
陶君籬舊寒花悴，商老山深曉月幽。

丁09-02 源時綱光孝天皇之裔、信忠之子、官勘解由次官肥後守

丁0525 賦薔薇以下五首[2] 見本朝無題詩
薔薇一種當階綻，不只色濃香也薰。
紅萼風輕搖錦傘，翠條露重裛羅裙。
倩看新艷嬌宮月，猶勝陳根托潤雲白氏有薔薇澗詩。
石竹金錢雖信美，尚論優劣更非群。

丁0526 歲暮即事
日居暗轉月諸過，涼燠送迎歲已闌。
步曆先知遷次速，窮冬才有閏餘殘。
蕪詞零落抽毫愧，衰鬢蹉跎照鏡看。
温酎十分朝酌竹，燈華一點曉排蘭。
春風偸至雖施暖，臘雪猶深半席寒。
好去凋年何強惜，東園花下待游槃。

---

1 平成本作"先"。
2 編者添加。

丁0527 長樂寺花下即事
策馬行行遙出洛，道場幽處久徘徊。
山中境靜逢霜鶴，林下徑深躡□苔。
他日或依尋寺到，今春多爲見花來。
莫言我等等閒禮，向佛芳緣豈舍哉。

丁0528 九日游城南別業
城南地勢甚幽邃，九日尋來感緒并。
籬菊散金秋露裏，山萸懸玉曉霜程。
對峰窗促登高思，湛泗樽催倒載情。
今日野游宜落帽，去年禁掖共飛纓。
重圍猶有官□恨，別野更無寵辱驚。
倩憶兩般歡會趣，不妨游蕩送吾生。

丁0529 安樂寺聖廟望勝形
轄脂何處趁風流，古廟勝形足以游。
山疊畫圖春雨巧，林調琴筑晚嵐幽。
羈愁樽下醉空忘，詩癖花前老未休。
洞裏烟霞從可樂，一生何必在皇州。

丁0530 梅花琴上飛_{以下見新撰朗詠集}
南薰風與南枝色，計會一時不辨香。

丁0531 鳥聲遠似琴
便混商風添雅韻，遙辭朔土入琴聲。

丁0532 山中夜月明
銀漢無雲蘿洞曉，爐峰有雪草堂秋。

丁0533 慈雲妙大雲
巫女昔夢慚妄想，仙人秋駕隔圓乘。

丁09-03 惟宗孝言 仕[1] 延久朝、官伊賀守大學頭

丁0534 對窗前竹 以下見本朝無題詩
前頭有竹興相從，愛玩使人興不慵。
洗得先思任立[2]覺，移來更繼樂天踪。
綠蘿數尺當窗送[3]，碧玉千莖繞砌封。
細葉學風秋響冷，纖枝透月曉光濃。
截吹花屋漸聞鳳，携往葛陂高見龍。
節笑陶籬霜後菊，貞同秦嶺雨中松。
七賢合契閑消日，三酒酌名醉忘冬。
今對此君談笑處，洞天雲暮報寒鐘。

丁0535 賦庭前松竹
何事斯時興味貪，有松有竹伴言談。
淇園風迹傳窗北，秦嶺雨聲瀉戶南。
養得數竿垂夜露，栽來百尺帶晴嵐。
疏籬貞節尚含綠，斜岸靈標如染藍。

---

1 平成本作"任"。
2 平成本作"士"。
3 平成本作"迸"。

稱友鳳栖雖契久,爲君爵品欲誇三。
沈吟春暮少花鳥,唯酌前樽醉漸酣。

丁0536 玩螢

丹螢萬點在蘆洲,再三相憐感未休。
夜浪響前消更見,暗[1]風聲後亂猶幽。
照書方朗孤窗底,混露豈霑三徑頭。
變化有時生腐草,浮沈不定度清流。
閒庭燈舉無消雨,合浦珠還似感秋。
亂過孤叢來水閣,飛交一葉類漁舟。
望光屢誤戴星節,玩景方疑乘[2]燭游。
多歲多霄[3]雖拾汝,素懷遂背淚難留。

丁0537 春夜述懷

二三詩輩適來會,春酒數巡醉若泥。
客始到時明月上,席稍爐處暮雲低。
蹄遲羸馬久疲路,才短寒松孤老溪。
偏感莊周夢作蝶,暫交翹楚曉聞鷄。
孫康雪白書窗裏,鄭氏月殘樵路西。
携卷多年雖失驗,只思呂望遂封齊。

丁0538 惜殘春

閒惜殘春幾悄然,苦留不得思連連。

---

1 平成本作"晴"。
2 平成本作"秉"。
3 平成本作"宵"。

課詩難繫片霞低，伴客豈拘遲日前。
縱使風光迎夏月，爭教關塞駐芳年。
欲遮歸鳥迹空眇，每對餘花心暫懸。
惆悵韶光闌去處，煩勞美景晚來天。
今陪芸閣□疏學，幸近蓬宮仰列仙。

丁0539 暮春言志
四時代謝送年光，筋力已衰詞又荒。
辭朵落花風後雪，滿頭白鬢[1]鏡中霜。
榮期三樂雖相類，梁氏五噫不比方。
淹[2]倒愚翁催興處，強望月出立沙場。

丁0540 閏三月盡日即事
閏餘春盡景云窮，遠近霞光消去同。
強惜忘憂傾盞處，欲留無計命詩中。
花交新葉應迎夏，鶯趁舊巢空去東。
弦管一時雖理月，文章三代幾論風。
槐林昔列三千士，花席今爲八十翁。
丁壯英才多滿座，莫嘲文菀[3]老凡叢。

丁0541 首夏即事
四月謝來何事在，不期會友醉厭厭。
餘花雪盡殘勻少，新葉烟濃漏月纖。

---

1 平成本作"髮"。
2 平成本作"潦"。
3 平成本作"苑"。

翠竹酒光春復熟，紫藤杯色夏未添。
斯時已有興慵者，花落鳥歸不卷簾。

丁 0542 夏日即事
偶會林亭談往事，暫休老恨兩眉開。
風生翠竹晴聲冷，雨濯黃梅暑氣來。
拙藻詩成吟一句，百花酒酌勸三杯。
壯年文士莫嘲我，白首夏寒雪積哉。

丁 0543 爐邊言志
一出寒窗交綺席，紅爐火暖暫忘冬。
拙詩愁展灯前藻，微節偷爭雪裏松。
白首齡衰慚鶴髮，緋衫位賤嘆龍鍾。
生涯徒暮無成士，萬事依違未遇逢。

丁 0544 長齋之間以詩代書呈江才子
占期百日潔齋處，正月春中閉四墉。
持案法華應聖藻，鎖門閑木換貞松近來世俗皆以松插門戶、而余以賢木換之、故云。
西方晚觀素無怠，南無曉聲今不慵。
戴土石山君所樂，我猶致信是金峰。

丁 0545 紅櫻花下作
不期與友相逢處，勸酒言詩游興程。
芳桂月前雖動意，紅櫻花下暫含榮。
春烟柳岸何同色，秋浪松江豈比名。

翹楚□中作道□[1]，李門何日慰心情。

丁0546 玩月
季商九月十三夜，遠近高低月最明。
五步蘭叢瑩玉色，三更葛屨踏霜情。
漢雲江霧霎來後，白露金風計會程。
老將上樓鄉思動，漁人分浦棹歌清。
洞庭木落秋波白，彭澤菊殘夜雪晴。
漏移寒笛家家曲，風戒遠砧處處聲。
花客興餘雖未散，桂輪光轉漸西傾。
今陪龍鳳□□席，已忘潘郎與宋生。

丁0547 秋月詩
月明地靜片雲收，遠近皎然幾□幽。
踏影寒嘶胡寒馬，逐光緩去楚江舟。
荻□[2]重雪三更水，蓬鬢添霜七十秋。
老後適交華席末，含毫一夜暫忘憂。

丁0548 後朝詩
牽牛織女別離中，銀漢云明望正空。
後會遥簪露曉淚，前途遠思任秋風。
鵲橋還渡幾留怨，燕寢早醒來結夢。
昨日吟詩擎乞巧，今朝篇句又臻忠。

---

1 平成本作"翹楚才中□作道"。
2 平成作"花"。

丁0549 暮秋城南別業即事
城南勝趣與他殊，詩句數篇酒一壺。
霧底鹿鳴山近繞，波頭月泛水平鋪。
秋風樹老窗聲少，寒雨草衰野邊濡。
觴詠興成何所恥，七旬齡迫性猶愚。

丁0550 春日桂別業眺望
一日何因辭俗寰，城南勝境眺望閑。
林中客路過遙野，洛外出¹居傍暮山。
雁陣漸消春霧裏，林梢半出暖霞間。
話談興盡思何事，鞭馬轄車方欲還。

丁0551 暮春游粟田別業三韵
勝地佳名何所感，粟田別業在城東。
花零履踏²三春雪，松老耳傳尚齒風昔日此地有尚齒會、故云。
法水前清波響冷，如何蓮府爲梵宮。

丁0552 淳和院眺望
秋深眺望有何事，酒是十分詩一篇。
日脚西低寒野外，風情旁送暮山前。
遙村雲隔藏猶見，遠水流纖斷又連。
性耄心慵雖興少，適逢老友淚潛³然江掃部會合、故云。

---

1 平成本作"幽"。
2 平成本作"蹈"。
3 平成本作"潸"。

丁0553 春日世尊寺即事

載轄載脂尋梵宮，遲遲韶景感相同。
囂塵境隔子城北，滿月寺閑西土東。
四壁雨霑苔色冷，雙林天暮客踪空。
禪僧慧劍净如水，文友詞華高入風。
遠草岸平春露綠，餘花庭静晚霞紅。
多霄[1]結夢未吞烏，近日悲秋誰聽蟲。
數下鐘聲寒雨外，一圖[2]燈景夜雲中。
歸蹄漸促今爲道，染筆只思興勿窮。

丁0554 初冬游世尊寺

桂友蘭朋尋遠場，自來此寺立回塘。
入室先禮金容月，接座獨慚白首霜。
空假葉飛林雨盡，色香菊老岸風芳。
迎冬緣底嘆彌切，目[3]界無明夜正長。

丁0555 夏日游仙游寺[4]

仙游寺静出樊籠，眇眇[5]高低望不窮。
初出紅塵暫看月，漸臨香剎始知空。
閑庭松老争僧臘，虛澗水寒洗客夢。
轉讀經聲疏牖外，南摸仙意合掌中。

---

1 平成本作"宵"。
2 平成本作"圓"。
3 平成本作"自"。
4 此詩以下有錯簡，按照平成本的順序重新排列。
5 平成本作"渺渺"。

閼伽壇上一花露，冰雪像前三昧風。
吹谷暮嵐青瑟瑟，生峰夜月細朧朧。
苔徑□暗螢光亂，蕭艾滿□[1] 鶴唳通。
今契坐禪禪侶畢，將歸萬歲洛陽宮。

丁0556 閏三月盡日慈恩寺即事
慈恩蘭若不期會，三月閏餘已盡辰。
白氏昔辭尋寺識，紫藤晚艷與池巡。
莫嘲有限空添老，不恨無成只送春。
爲愛地形雖佇立，松門[2] 幽寂晚鐘頻。

丁0557 暮春游法音寺
見引詩朋感奈生，春闌樹蓊玩餘榮。
衆葩散落砌頭色，好鳥于飛林外聲。
殘艷不留華界裏，晚妝欲盡杏壇程。
從朝眺望今爲㝷[3]，舉白優游乘興行。

丁0558 過道明寺有感
閑官多暇出城外，引步使來古寺門。
雁塔五重承夜露，鳧鐘三下報黃昏。
檀那昔至留神迹菅大相國依爲檀越、昔日造寺、文書□迹猶殘，紗帳深籠案世尊。
樹下春闌懷舊處，家山暫忘立墻根。

---

1 平成本作"漏"。
2 平成本作"間"。
3 平成本作"導"。

丁0559 春日游長樂寺
和風引步入禪林，一日閒游足動心。
遙見花妝先指點，更連香騎屢登臨。
老鶯舌緩霞歌曲，虛牝耳忙水叩音。
藻思才成歸去處，文詞雖拙興猶深。

丁0560 游長樂寺
寺古山深苔嶠斜，斯時攀路伴[1]人家。
非空非有上方雪[2]，一色一香中道花。
頭鬢暮年殘白雪，鄉園今日隱春霞。
詞林樗散情雖懶，向佛談僧十指叉。

丁0561 秋日長樂寺即事
一日偷閒出鳳城，秋庭觀樹暫經行。
境占露地辭凡界，水隔塵寰洗客情。
晚寺僧歸定月色，幽溪嵐度只松聲。
雖追晋室潘郎興，雙鬢變來雪數莖。

丁0562 冬日游長樂寺
尋來蕭寺致和南，寂窔地形對石龕。
更顧家園雲遠笻，暫忘禁戒酒方酣。
梢搖松蓋應迷雨，葉落苔茵被掩嵐。
今引聲華鶯鳳客，猶慚俗骨接玄談。

---

1 平成本作"僻"。
2 平成本作"露"。

丁 0563 長樂寺晚望

何事一朝與客攜，遠尋蕭寺入寒溪。
進攀苔嶠嵐聲冷，顧望華京日腳低。
禪室客稀才有迹，閒庭樹老自王[1]蕤。
晚鐘屢報興無盡，歸去情慵任馬蹄。

丁 0564 仙洞菊花夕 見新撰朗詠集

藥欄日霽曝秋雪，雲碓水匇春曉霜。

日本詩紀卷之四十三　丁集第九

---

1 平成本作"生"。

卷之四十四
丁集第十[1]

上毛河世寧　彙編

---

[1] 底本作"丁集第十一"。此處按順序改正。

丁10-01 藤原基俊俊家之子、有文才、官左衛門佐、所著有新朗咏集

丁0565 傀儡子以下見本朝無題詩
秋月出關赴遠城，傀儡群至妨行行。
契結旅店霜涅夕，歌居驛亭月落裏。
翠黛紅妝爲己任，郢歌楚舞感人情。
曲終憫然謝游子，□向斯□契一生。

丁0566 長安城亭懷舊
此地不來時歲久，賞亭頹落客堂傾。
山腰駁樹飽霜色，石竇寒泉變昔聲。
涼燠幾回秋月影，關河萬里故人情。
傷嗟更掬明君淚，灑托商風寄遠城。

丁0567 秋夜書懷呈左金吾員外次將之閣下
漫漫秋夜長於歲，耿介自然淚濕襟。
月暗燈微天未曙，愁多眠少漏猶深。
遙望□□路遮眼，泣思餘生雨滴心。
三十九回身上事，商量一一獨悲吟。

丁0568 暮春長秋監亞相山庄尚齒詩
尚齒嘉猷風義舊，傳來萬里認圖真。
勝游宜擬句山迹，往事追尋履道塵。
野酌頻巡唯任醉，葛弦一曲懶調春。
流年無返花前淚，再會争期夢裏身。
鬢鬚雪寒黃綺客，桑榆日薄素綸人。

緩歌縵[1]舞老情足，不許洞雲早達晨。

丁0569 秋日禪林寺即事
禪林香刹洛城東，游戲從朝意自通。
石穩閑眠新月下，梯飛花踏晚雲中。
藍溪葉色燒秋水，畫閣鐘聲散曉風。
合眼倩思西土事，爭除妄執出樊籠。

丁0570 秋日雙輪寺即事
乘鞭巫巒臻何處，華洛東頭蕭寺深。
暮雨訪僧登石磴，秋風扣馬叩松林。
溪灣多歲逝無返，山溜終宵斷復尋。
倩聞空王識實理，浮生寵辱夢間心。

丁0571 秋日游雲居寺
尋寺寺深秋露底，碧山重疊路斜分。
槿花艷媚雖餘露，艾髮齡頯欲臥雲。
白樂天詩披月驗白氏文集自[2]、老住香山初到□[3]、□[4]逢白月正圓時、故云，西方土事問僧聞。
舊游何在半零落，毀譽從斯口不云。

---

1 平成本作"漫"。
2 平成本作"有"。
3 平成本作"夜"。
4 平成本作"秋"。

丁 0572 冬日游圓樂寺
東山有寺曰圓樂，雲雨溪深稀客臻。
岸竹舞風翻鳳翼，庭松偃雪逆龍鱗。
茶烟向晚樹陰暗，香火燒春華氣新。
後會青陽和暖日，顧齡不信老來人。

丁 0573 暮春游圓融寺即事
春伴駕鶩游古寺，烟霞深處感深宮[1]。
江南雨過青山近，野外花飛色界空。
五欲皆消觀念曉，百年半暮自由中。
榮華從本非吾事，命也何爲老去躬。

丁 0574 春日游勝應彌陀院
朝尋香刹游何處，勝應彌陀院有因。
逢友閒談楊柳影，踏花空惜八十春。
僧歸暗雨遲遲裏，寺鎖黃昏悄悄辰。
合眼憂悲前境妄，多年經[2]底被侵塵。

丁 0575 春日游寺
東山有寺在雲端，松柱柴扉古竹欄。
石嶠苔深春徑滑，香城地窄暮天寬。
溪閒啼鳥隔窗語，花發禪僧出定看。
今禮金仙將退去，被牽鐘響暫盤桓。

---

1 平成本作"衷"。
2 平成本作"緣"。

丁0576 夏日游寺
夏朝伴客尋蕭寺，古地□閑心悄然。
生滅難期風底燭，浮沈失計浪間船。
花芳妙法蓮中露，苔老定心石上烟。
非是洞房偏避暑，爲思身後又思禪。

丁0577 游山寺
春訪道場俱出雉，洞天日暮憩山根。
先尋幽徑引禪客，續著淨筵禮世尊。
上界花飛翻色想，東林寺暗鎖黃昏。
溪雲若許交游意，人事胡爲口可言。

丁0578 山寺即事
前頭風景斷腸頻，況又微寒殘一旬。
紫菊籬邊期詑使，南華篇裏寄此身。
秋陰寂寞金商盡，我齒七十白鬢新。
物色凋零情感若[1]，貴人緣底識怨臻。

丁0579 游山寺談僧
秋朝引友放游處，斗藪日矒人事暝。
岩徑聞鐘知寺近，洞門逢鶴問僧棲。
未田地窄客塵去，惠遠崛深戒月低。
談盡老身千萬葉，懺除遙禮暮山西。

---

1 平成本作"苦"。

丁10-02 藤原知房 道長之曾孫、信長之子、官美濃守民部少輔

丁0580 暮春言志 勒、以下見本朝無題詩
萬物熙熙三春暮，陽和景氣幾陶神。
翩翩任意遷喬鳥，沈滯添愁耻運人。
殘鬢山陰多歲雪，芳榮花下一朝春。
只歡蓮府事[1]筵末，每屬佳期恩喚新。新朗咏殘作衰、芳作浮、朝作時

丁0581 夏日即事
蕤賓令節足優游，況遇良朋思自由。
綠竹含風當砌戰，清泉飛溜繞階流。
琴調一曲應催興，酒酌三漼暫忘憂。
終日芳談何事在，漸期新月欲登樓。

丁0582 月下即事
時近八月月尤明，詩酒家家計會成。
寒水三更穿凍掬，秋庭一夜踏[2]霜行。
老憐風景添愁淚，獨仰雲霄動故情。
性懶病侵榮分少，唯攜藥石送殘生。

丁0583 玩月
季商九月月蒼蒼，想像山川萬里强。

---

1 平成本作"燕"。
2 平成本作"蹈"。

江霧卷來秋水潔，峽雲收盡曉空長。
沙庭一夜踏寒影，銀漢三更望冷光。
斜入幽窗疑聚雪，轉侵衰鬢似添霜。
村碪處處遙傳韵，塞角聲聲幾斷腸。
今玩金波旁映徹，共抽藻思對池頭。

丁0584 秋日別業即事
一尋別墅暫回眸，景氣蕭條屬晚秋。
泉洗苔衣飛石背，嵐裁葉錦灑林頭。
郊扉暮掩茶烟細，岫幌晴褰桂月幽。
勝趣元來多此處，時時引友玩風流。

丁0585 行幸平等院
本自城南感緒成，風流勝絶得佳名。
勁松傾蓋宸游處，仙菊檀妝豫宴程。
水遇一清沙月影，山稱萬歲嶺嵐聲。
鶏[1]弦鳳管旁調曲，宜矣此時耳目驚。

丁0586 賀大極殿新成
新成大厦接星躔[2]，製象紫微契萬年。
四面壁[3]璫高映月，千尋畫栯半承天。
虹霓勢亘華梁聳，燕雀賀來繡檻連。
壯麗何唯良匠力，宏基便出我君賢。

---

1 平成本作"鷗"。
2 平成本作"纏"。
3 平成本作"璧"。

丁0587 春日游寺

春日登臨意萬端，物[1]牽物色足盤桓。
訪僧行盡青松路，尋寺踏來白石灘。
霜鬢皤皤慚罪障，風花片片入空觀。
洞雲莫厭俗人到，塵慮因茲斷不殘。

丁0588 春月老惜梅花作見江談抄

和風曉扇恐吹盡，清景夜明須靜香。

丁10-03 藤原公朋爲光之玄孫、通輔之子

丁0589 走脚詩以下九首并見朝野群載

誰識話談議，請論諷詠詩。
諸諛誠諭誤，詆誕試訓詞。

丁10-04 藤原公章爲光之玄孫、公豪之子、官左京大夫

丁0590 我黨數輩、留連日久、或咏新詞舊格之詞、或綴字訓離合之什、又有越調之詩、又有走脚之和、適所遺之體、只回文而已、仍連章句、敬呈友朋矣

行雨暮霑地，暗雲朝繞岑。
清風凉颯颯，落日暖沈沈。
征馬疲中路，宿鳥群外林。
情感足酣酒，宴游數調琴。

---

1 平成本作"拘"。

丁 10-05 藤原憲光高藤十世之孫、爲隆之子、官檢非違使左衛門佐

丁 0591 奉試賦得班萬玉[1]

我君莅政理溫寒，萬玉班來仰德完。
照耀光清盈列國，玲瓏色潔賜群官。
藍田傅美常爲用，荆岫韞奇遂不殘。
雲落沙庭空誤屑，露凝竹葦自疑貫。
浮筠影□非無信，垂棘規圓豈有端。
雍伯種生唯得質，水蒼文朗悉騰歡。
平平治道氣新見，琢琢學山功尚難。
再過唐堯明化日，八埏九土各平安。

丁 10-06 藤原仲實永業之子、官皇后大進官內少輔

丁 0592 奉試賦得德配天地

配于天地德尤淳，治世料知屬聖人。
上下得宜調禮律，乾坤協度正君臣。
堯雲高霽祥風起，舜海忽澄惠澤均。
運載克諧□□度，覆幬不忒叙彝倫。
普施雨露玄穹表，遙息波瀾碧海濱。
土壤順時生草木，陰陽應節列星辰。
二儀交泰同洪化，萬物裁成戴篤仁。
多日久雖趨汩水，龍門浪冷立逡巡。

---

1 平成本作"土"。

丁 10-07 藤原敦隆 以下四人、并未祥履歷

丁 0593 走脚詩
愚蠢憖意急，忿怒怨悲忽。
恣志忽忘患，感恩應念忠。

丁 10-08 大江政時

丁 0594 走脚詩
宇宙寔宜安，寂寥定向[1]寬。
富宏寧寡宝，客客守寮官。

丁 10-09 惟宗孝仲

丁 0595 近曾左金吾藤廷尉、以古調五十韵、見投予之弊窗矣、予雖獻拙和、餘興未盡、仍慣羈秋引、綴沈春引、重奉呈之
有一愚兮養親，游三徑兮樂貧。
在洙水兮沈身，居黌舍兮勞神。
齡欲傾兮面皺，愁難除兮心辛。
庭草蕠兮蓁蓁，砌□細兮磷磷。
恣偃息於窗裏，忘衍油於河津。
訪孫氏於冷席，伴郭泰於熱巾。
花飄飄兮鳥空□，每年奈何未遇[2]春。空字下恐脱一字

---

1 平成本作"□"。
2 平成本作"過"。

丁 10-10 菅才子

丁 0596 宗才子綴沈春引、奉呈藤廷尉、一咏銷魂、再吟入骨、不堪賞玩、聊綴鄙詞、押本韵

不見良朋兮欲親，樂善道兮忘貧。
紆青衿兮顧身，繢縹囊兮谷神。
滄浪濁兮色皴，榮路遠兮思辛。
游籠蔓兮蓁蓁，美石藏兮磷磷。
惜寸陰於過隙，造九流於問津。
慕[1]黃杳於扇枕，思淵明於戴巾。
時薜薜兮雖代謝，莫歎物無不逢春。不見二字當作覓

丁 10-11 三善爲康 越中射水人、官算學博士朝議大夫、著朝野群載

丁 0597 宗才子作沈春引、奉寄藤廷尉、菅才子繼以和之、予以不才無得相知、僅臨孟夏之仲、適開沈春之詞、不勝握玩、恣抽鄙懷、不憚外見、偷押本韵

訪文友兮相親，營筆耕兮安貧。
見鷹揚兮辱身，思鷁退兮銷神。
面疊波兮漸皴，心非茶兮猶辛。
徑蓬滋兮蓁蓁，泉石淺兮磷磷。
勞丹意於虎館，曝紅鱗於龍津。
欺衰鬢於霜雪，灑老淚於衣巾。
風漠漠兮芳菲盡，澗底古松不識春。

---

1 平成本作"暮"。

丁 10-12 藤原季仲實賴之末孫、經季之子、官權中納言太宰權帥

丁 0598 明月照江山以下見新撰朗咏集
潯陽楓葉帶霜碎，蓋嶺泉聲穿雪流。

丁 0599 鶴號作仙禽
秋雲歸洞千年駕，白日昇天一舉□。

丁 0600 失題見江談抄
游子三年塵土面，長安萬里月花西。

丁 10-13 藤原兼衡在衡之玄孫、爲道之子、官式部少輔大内記

丁 0601 暮秋城南別業見教家摘句
宿霧籠來寒樹暗，陰雲行盡暮山多。
樵夫路滑歌風去，沙鳥翅低拍水過。

丁 0602 冬日同賦落葉滿詩境
魯齊不別兩鄉錦，杭越寄和一道紅。

丁 0603 散華以供養
心根開發添天雨，掌上捧持任梵風。

丁 0604 失題
紅林梢落寒山透，白鷺斜飛遠水長。

日本詩紀卷之四十四　丁集第十[1]

---

1 底本作"丁集第十一"，有誤。

卷之四十五
丁集第十一

上毛河世寧　彙編

丁11-01 菅原是綱定義之子、官武藏相模等守大學頭

丁0605 秋日長樂寺即事以下二十六首并見本朝無題詩
蕭寺幽深形勝傳，暫交豪友掃苔筵。
適辭万里柳營裏，閑到四禪蘭若前。
樓閣高低因地勢，林泉奇絕任天然。
身沈東海景西迫，秋興獨慵難暮年。

丁11-02 菅原在良定義之次子、是綱之弟、官文章博士式部太輔

丁0606 賦紫藤
何物送春思更侵，紫藤花綻艷方深。
齊桓欲誤朝衣色，漢后可疑雲蓋陰。
蘭圃秋風遙結契，竹林夜雨未知音。
多年樂道無成士，倦學空催射鵠心。

畫障子詩三首
丁0607 暮林之下、有一神祠、士女報賽、致祭奠禮、或供酒果、或獻歌舞、鼓笛滿耳、祝言解頤
林下神祠幾致虔，每朝報賽祭儀連。
杉榆禮舊寒嵐底，鼓笛曲幽落日前。
垂嶺雨聲迎暮識，洛川雪色送秋傳。
社壇更有星霜積，古柏老松不記年。

丁0608 山家雪深、徑路已絕、無尋來客、獨以閑居、對爐而暖醇酒、望前峰而詠古詩、既及歲陰之窮、轉有老情之切

回環四序每相思，個裏冬天足自持。
客路誰通逈雪曉，老情難慰待春時。
獨斟玉盞青田酒，閑咏香臚白氏詩。
已與澗雲交淡舊，山門之下得栖遲。

丁0609 探一物得簟

一物分題雖得簟，微凉暗至豈相親。
游鱗縱隔三商用，水魄未收六尺珍。
依暑氣殘瑩冷露，從秋風起委纖塵。
由來青□足爲貯，劉孝儀詞催感頻。

丁0610 立春後單居

燈下獨居夜漏闌，四時寒暑任循環。
謝冬年景送三鼓，告老春風迎五關。
八十生涯馳若水，變通世路險於山。
身陪九禁雲霄上，舐犢偸應顧俗寰。

丁0611 花下言志

麗日遲遲天屬晴，從朝及夕引芳情。
烟霞景氣春徐暮，八十風光齒獨傾。
憶子不堪難射鵠，對花隨分足聞鶯。
白頭今侍黃門席，向後遙知万葉榮。

丁0612 八月十五夜玩月

迎晴三五四雲收，何處期時無上樓。

月照東南西陸地，人當七十二回秋。

雖逢多歲商天好，未若今宵漢水幽。

爲對蒼蒼清鏡道，白頭誰亦待來游。

丁0613 西院亭即事

齡傾官冷老來儒，暫屬詩筵憖課無。

晚壇菊殘霜五美，寒林葉脆雨孤株。

北窗縱結蘭朋契，西府定分竹使符。

秋景云閑蕭瑟處，從朝游放漸覃睛。

丁0614 暮秋城南別業即事

四序回環及季商，蕭條景氣不休腸。

田園隨分刀[1] 耕物，水石自然形勝場。

重嶺西橫雲慘憺，長河東漲浪蒼茫。

庭蘭殘艷凋疏紫，籬菊寒花寂寞黃。

繞砌老苔經幾歲，當門衰柳漏斜陽。

秋陰云□[2] 雖催興，只怨漸侵蓬鬢霜。 云下恐脫暮字

丁0615 秋日淳和院即事

季商九月興難閑，偶伴詩朋動筆端。

佛閣年深香火舊，禪窗秋暮衲衣寒。

---

1 平成本作"力"。
2 平成本作"暮"。

荒籬逼砌對東菊，遠岫繞墻望上□[1] 山名也。
今到勝形仙洞地，放游終日感心肝。

丁0616 秋日田家眺望
何處尋來足放游，田家眺望思猶幽。
斜陽更映嶺松落，遠水遙穿庭樹流。
學稼獨貧雖積歲，筆耕遲就[2] 未知秋。
莫嘲詞苑大蕭索，風月資傳累祖謀。

丁0617 秋日野望 勒
回環四序秋徐半，蕭瑟涼風拂幾氛。
詩境詞華迎老減，吏途符竹莅氏分。
東南吞岸龍文水，晚春歸溪鳳翼雲。
莫笑衰翁交此席，從朝游放日將曛。

丁0618 暮春醍醐寺即事
役駕從朝何及昏，尋幽卜勝避囂喧。
暫辭俗境顧城闕，更赴禪庭入洞門。
姑洗芳辰春景暮，醍醐法味寺名存。
三回遠水吞崖岸，一片畬烟聳野原。
露地自然栽佛種，雲霄隨分識皇恩。
適逢東閤命游放，合掌彌歸西土尊。

---

1 平成本作"闌"。
2 平成本作"熟"。

丁0619 春日游東光寺
暫卜城東到梵宮，春天景氣感難窮。
游人幽興烟霞下，禪侶空觀水月中。
好鳥呼朋啼竹霧，新花供佛散林風。
欲言此地勝形趣，怪石奇岩造化功。

丁0620 春日圓覺寺即事
策馬脂車思眇焉，乘春游興望難遷。
路過華洛皇城地，鄰卜叢祠祖廟填[1] 寺東有天滿官祠、故云。
樹禪[2]枝低松偃蹇，清泉石淺水潺湲。
今來圓覺勝形境，念佛遙期九品蓮。

丁0621 閏三月盡日慈恩即事
何因閏月興相并，終日游優悵望程。
人恨三春仙洞盡，僧誇一夏道場迎。
禪園應惜□[3]花色，詩境難留歸鳥聲。
寄語慈恩香火席，初接歡宴耻風情。

丁0622 游長樂寺
烟霞風月每相思，感緒賞心被四時。
暫出塵衢携墨客，更臨露地禮牟尼。
晚花日日雖飄□[4]，老鬢星星垂幾絲。

---
1 平成本作"壩"。
2 平成本作"禪樹"。
3 平成本作"落"。
4 平成本作"錦"。

七十交游人莫笑，不知後會及[1]來茲。

丁0623 三月盡日游長樂寺
暫出風風[2]禁闕中，惜花惜鳥到蓮宮。
路占山閣三休地，望任洛城九陌風。
齒髮紛紛退日迫，光陰寸寸與春窮。
七旬餘算少殘命，合掌低頭仰世雄。

丁0624 暮秋游長樂寺
時屬蕭辰幾自由，就中斯地下風流。
鵝王檀上供香火，麟喻樹邊觀素秋。
行道路荒苔磴舊，坐禪年久竹窗幽。
今來山寺空閑處，長樂嘉名欲忘憂。

丁0625 又
從朝游蕩及昏暝，料識空□蓄勝形。
暫斷塵機□[3]俗境，更尋露地到禪庭。
烟綠嶺松懸薜荔，花紅水蓼騎蜻蜓。
個中老去接年少，莫笑猶垂七十齡。

丁0626 秋日於圓融院即事
暫尋蕭寺旁回眸，洞裏景華望正幽。
佛像新容山月滿，法王遺迹岸苔留。

---

1 平成本作"反"。
2 平成本作"鳳凰"。
3 平成本作"辭"。

樓臺在昔宴游地，水石如今施與流。
五十風光空易過，霜逢衰鬢不堪秋。

丁0627 冬日游圓融寺
乘興冬天出帝都，暫尋蘭若伴蘿徒。
林裁霜錦紅飛灑，庭設苔茵綠展敷。
浮命八旬何震有，往生九品任南無。
強因宿習會斯席，嗜道壯年豈笑吾。

丁0628 賀大極殿新成
初望大厦半天成，聖德彌緣木德明。
雲構遙連清漢外，風儀新瀉紫微晴。
鳳凰縱致高巢思，鳥雀如何不逮情。
侍宴今尋先哲後，此筵廊下獨傳名。

丁0629 春日世尊寺即事
終日何因興味頻，蕭蕭露地式游辰。
經[1]行方舊林中曉，觀念更成樹下春。
雲外雁音望已斷，霞間鶯語曲猶新。
禪庭適接仙才席，定水暫除俗網塵。
雨染彌濃垂柳黛，風來自送落梅勻。
世尊寺裏幽閑處，聞鳥玩花動眼神。

丁0630 冬日游長樂寺
秋去冬來思幾休，更臨勝地恣優游。

---

1 平成本作"徑"。

先辭俗境尋蘿□¹，□²入禪林上石樓。
三益交情雖識足，七旬餘算欲絡頭。
偶占長樂空閒處，暫斷塵勞忘老愁。

丁0631 搗衣明月中 見新撰朗詠集
客路霜乾秋韵遠，孀閨雪冷曉聲寒。

丁0632 章臺春色多 見教家摘句
右軍燕飲斟春露，御史烏歸入晚霞。

丁11-03 菅原時登 在良之子、官左衛門尉大學頭

丁0633 吉祥院僧房述懷 勒〇以下見本朝無題詩
幽深古院□³伽藍，禮佛講經意巨堪。
賓雁輕翎辭塞北，孤叢衰色瀉湖南。
白詩六義專吟詠，玄理一圓聞論談。
濺岸晚波飛石瀨，落樓夕日映丹龕。
殘燈數背觀底月，寒磬頻鳴韵□⁴嵐。
寄語廟門交會席，顧身獨有不才慚。

丁0634 暮春長秋監亞相山莊尚齒會詩
賓主皤皤皆秀眉，個中最弟豈爲誰。
衰無氣力弱春柳，老變皮膚同凍梨。

---

1 平成本作"洞"。
2 平成本作"續"。
3 平成本作"敬"。
4 平成本作"嶺"。

時是青陽霞散綺，人猶白髮雪垂絲。
胡司馬齒尤雖尚，衛尉卿年亦足期。
浮命七旬流水急，芳游一日古風遺。
星星霜鬢星霜積，每顧殘涯淚獨流。

丁0635 暮春醍醐寺即事
古寺年深傳在今，醍醐形勝得追尋。
山雲從步往來迹，水月催觀禪定心。
遠樹雪飛花落色，上方春暮鳥歸音。
一游香火練行地，暗植善根功德林。

丁0636 三月盡日游長樂寺
花落鳥歸相惜苦，烟霞出[1]處自徘徊。
蓮宮地靜春暉盡，蓬鬢頭寒老景來。
心仰一乘中道理，望懸九品上生臺。
暫交風月放游客，散木愁深年四回。

丁0637 暮秋游長樂寺
朝辭皇洛□脂車，遂邇上方眺望賒。
遠水隔烟青帶細，暮山經雨畫屏斜。
石階苔合踪□遠[2]，岩徑松橫眼近遮。
暫接龍宮仙客會，俗塵更斷忘歸家。

---

1 平成本作"幽"。
2 平成本作"纔達"。

丁0638 冬日游長樂寺
暫出西窗向洛東，趁來長樂寺門中。
葉飛不掃苔斑地，秋去難藏菊老叢。
觀念高僧唯得月，淡交游客足嘲風。
上方深處情尤苦，一顧重城四望通。

丁0639 春日游勝應彌陀院
上方靜處禮中尊，六丈[1] 像前識六根。
烏□[2] 望高蘭若舊，龍鍾歌老鳥聲昏。
嗜詩宿習久凝思，祭酒微官初醉思[3]。
客路東橫花委地，仙壇古繞鶴馴軒。
一期運命述懷落，以下闕

丁0640 游山寺
老來素足惜芳辰，游寺個中甚絕鄰。
有鳥有花雙節物，無官無祿一閒人。
烟霞迹僻梵宮境，風月心慵龍洞春。
既過登臨仁智樂，山門深處自忘貧。

丁0641 游山寺談僧
暫趁寺門到梵宮，逢僧追悔只慚躬。
百千億劫宿緣拙，六十五年秋景窮。
地列舊苔香徑靜，嵐驅寒葉暮山紅。

---

[1] 平成本作"丈六"。
[2] 平成本作"瑟"。
[3] 平成本作"恩"。

禪談在耳皆無飽，中感心情諸法空。

丁0642 城北精舍言志

引朋城北到禪門，樓閣參差基趾存。
沙岸柳低絲縷亂，池塘松老蓋陰繁。
強尋古寺春空盡，倩顧殘涯日已昏。
僧舍人稀占寂寞，佛庭地靜遠囂喧。
一生樂道惜三月，九品繫望識六根。
白髮滿頭餘算少，踏花兼仰果唇尊。

日本詩紀卷之四十五　丁集第十一[1]

---

1 底本作"丁集第十二"，有誤。

卷之四十六
丁集第十二[1]

上毛河世寧 彙編

---

[1] 底本作"丁集第十三",有誤。

丁 **12-01 大江佐國**澄江之孫、通直之子、頗善詩文、仕後朱雀後三條朝、官掃部頭兼越前權介

丁 0643 對林池以下二十八首見本朝無題詩

徒對林池屬日長，自然却夏感心腸。
荷香染思訝龍腦，松蓋寄眸迷鶴望。
漢室十三波疊色，晋朝風露竹延凉。
萬年枝與千秋水，此地將經幾許霜。

丁 0644 玩卯花

卯花入夏足相□[1]，共課詩章漫染毫。
游子攀加腰帶底，郭公轉隱女墻高。
薔薇含露爭前砌，蘭蕙待秋懶遠皐。
枝葉在泥擲菡萏，薰香委地忌櫻桃。
居望鄰舍迷暗雪，尋訪野村醉濁醪。
皓白鬢眉皆似汝，玩來終日我心勞。

丁 0645 玩鹿鳴草勒

緣底兹亭感禁難，鹿鳴草是足憐看。
始移野□[2] 烟雲外，今種郁芳里第干。
裊娜夕枝追吹動，嬋娟曉色冒霜殘。
句[3] 嘲晋客洗籬菊，艷笑楚人紐佩蘭。
雲牖何堪秋詠筆，黄庭其奈昔燒丹。

---

1 平成本作"叨"。
2 平成本作"逕"。
3 平成本作"匀"。

蓬爲俗骨露滋地，蓮不長生池冷端。
屢送薰香嵐自遠，斜臨錦繡月猶寒。
蕭條興味猶非我，想像當初曹與安。

丁0646 玩池邊殘菊
隨時感緒得何勝，况是頻逢詩道朋。
皋外衰蘭望已絶，池邊殘菊興相凝。
當波難結秋風□[1]，濕雨不消曉岸燈。
最茅沙頭應露養，餘芳叢畔被霜凌。
孫公枕映空歓[2]月，張氏硯勻未及冰。
視聽蕭條泉石地，期間造化豈人弘。

丁0647 聞大宋商人獻鸚鵡
隴西翅入漢宮深，采采麗客馴德音。
巧語能言同弁士[3]，綠衣紅嘴異衆禽。
可憐舶上經遼海，誰識籠中思鄧林。
商客獻來鸚鵡鳥，禁闈委命勿長吟。

丁0648 春日獨居咏
閏餘二月漸蹉跎，景物芳菲又若何。
行訪鶯花筋力少，坐攜詩酒感情多。
多中彌有老愁引，少處總無春意和。
岸柳旁黃沙草綠，不堪雙鬢已皤皤。

---

1 平成本作"麝"。
2 平成本作"歌"。
3 平成本作"士"。

丁0649 惜殘春

四序追¹回興易遷，染毫酌酒座相連。
三春昔²惜詩筵上，雙鬢半疏玉鏡前。
階底蕢才殘七葉，庭間松只契千年。
艷陽漸逐烟霞去，聖德長將日月懸。
趁谷將歸啼鳥路，罵風無益落花天。
芳辰暮處何攸感，俗骨獨歡接列仙。

丁0650 初冬述懷勒

年景送迎雖足淒，興餘幕府望高低。
塞鴻一叫碧霄外，邛竹數竿書閣西。
欲雪白催堆雪思，別秋猶憶惜秋題。
庭松霜後斜傾蓋，嶺月雲中漸出梯³。
客葉寒聲嵐亂錦，女花殘色露瑩笄。
枕前夢謝楊家鳳，門下籍編函谷鷄。
言□花詩詞愧藻，忘憂酒德醉如泥。言下脱一字
莫嘲槐市名難達，每見賢才更慕齊。

丁0651 爐邊言志

更漏雖長漸及三，仲冬月末酒猶酣。
重裘不奈埋庭石，攲枕但聞拂牖嵐。
詩友交爭傾豫北，官游零落失⁴司南。

---

1 平成本作"遞"。
2 平成本作"苦"。
3 平成本作"杼"。
4 平成本作"央"。

寄言斯席鷹揚士，鶴鬢衰翁獨有慚。

丁0652 長樂寺花下即事
酒伯詩朋幾會同，樹陰露膽興無窮。
且開且落雖非假，一色一香即是空。
迎老蹉跎雙鬢雪，見花染著九春風。
俗間桃李縱皆盛，此地芬芳勝自衆。

丁0653 雲林院花下言志
春光漸暮寂寞時，邂逅引朋入古祠。
一道寺深花簇雪，數奇命薄鬢垂絲。
耳饒林底傳歌鳥，身類泥中曳尾龜。
遮莫人生都□是，不如酌酒又言詩。

丁0654 紅櫻花下作
聞說紅樹艷彩奢，玩來空及暮天斜。
偸論庭上雨三樹，已是洛陽第一花。
色笑秋風林頂露，妝移朝日嶺頭霞。
榮花路隔枯株質，相對等閒有興加。

丁0655 紅梅花下命飲
紅梅一種南枝綻，命飲酒徒豫此賒。
隨分他年栽此樹，豈圖今日見其花。
上番香染爭仙雪，下若味濃酌晚霞。
詩席引朋交共淡[1]，窗前不耐夕陽斜。

---

1 平成本作"談"。

丁0656 秋月詩

青天晃朗屬金商，夜月清明爲漏長。
無霧無烟空皓皓，何山何水只蒼蒼。
迎晴庭蹋千里雪，臨老鬢添一握霜。
少日優游猶少味，今秋石耐七旬腸。

丁0657 秋日九條別業即事

登山臨水興相通，此地佳名聞洛中。
嚴子灘聲渲砌外，老人峰色列窗東。
年顏漸及二毛雪，秋律初驚一葉風。
月下閑吟思底事，桂枝早晚欲攀紅。

丁0658 暮秋城南別業即事

城南別業興相叨，命駕秋朝慰鬱陶。
客館釣臺俱壯麗，金章紫綬盡英髦。
綠籬墻繞田家近，紅蓼花殘水岸高。
隨庾信園慚更小，韓康伯宅謝長逃。
倩論友道非連璧，還忘老憂是濁醪。
五十餘年歡宴席，無如今日快游遨。

丁0659 淳和院眺望

淳和舊院眺望日，□[1]景悠揚欲暮中。
古渡南橫迷遠水，秋山西繞似屏風。
賓鴻出塞殘雲薄，鷹隼擊林一葉紅。

---

[1] 平成本作"日"。

宿癖難愈詩是業，少年莫笑櫛頭蓬。

丁0660 初冬游泛西河
幸從幕府承徵辟，舟裏望山興味頻。
木葉蕭疏雲繚繞，蘭橈容裔水淪漣。
桂河一日泛游士，槐市十年沈滯人。
昏黑欲歸歸未得，是□[1]風物逐時新。

丁0661 河州府下即事
河州底事屬相歡，爲是詩朋會遇難。
酒酌十分蹲下醉，歌傳五袴境中寬。
他鄉秋暮行衣薄，旅館曉來落月寒。
華洛欲歸君勿駐，每思堂上淚欄干。

丁0662 初冬游世尊寺
蕭條蘭若[2]交游日，酒未及傾詩泥篇。
寺與京花爲咫尺，徑迷落葉屢邅延。
爭榮爭利何五[3]事，一是一非任自然。
遮莫生涯雖已戾，勝形言志欲留連。

丁0663 春日於栖霞寺即事
引友今朝游洛外，栖霞觀裏動心機。
夾階桃李春尤物，縫石薜蘿昔衲衣。

---

1 平成本作"依"。
2 平成本作"名"。
3 平成本作"吾"。

世上誰聞人事是，花前暫忘我生非。
逍遥餘味猶無飽，縱及天明勿共歸。

丁0664 夏日游仙游寺
寂寥古寺禮尊容，堂舍歷年瓦有松。
壇上宵燈應熠燿，池中夏艷是芙蓉。
遠情潤户晴天日，幽思山樓薄暮鐘。
底事至心偏禱請，鵝王令我早爲龍。

丁0665 閏三月盡日慈恩寺即事
三月已闌未得追，慈恩寺下暫栖遲。
境經異日笙歌曲昔是江相公別業之，思入樂天悵望詩。
空假自知花盡暮，聲聞同惜鳥歸時。
烟霞興味今宵[1]斷，鬢雪頂霜猶以遺。

丁0666 游普光寺、寺在河州府東山
秋日適尋古寺登，暮林翁索[2]嶺泉澄。
梯危路遠幽溪入，山隔雲從斷峽興。遠當作逐
如遇奮游丹頂鶴，才談往事白眉僧。
此時促膝沈吟苦，被引風流去未能。

丁0667 游長樂寺
堂閣荒凉人淡交，上方幽處策蒲梢。
洛川西細細於渭樂天悟真寺詩、渭水細不見，嵩嶺東高高自崤。

---

1 平成本作"宵"。
2 平成本作"縈"。

游客今朝如擯俗，殘鶯明日欲歸巢。
老梳愁鬢天山雪，眠論浮生澗水泡。
詩草不言雖有恥，任他儂解子雲嘲。

丁0668 秋日長樂寺即事
長樂上方相共尋，微陽短暑動幽襟。
暮年容鬢蹉跎冷，秋日頭陀道路深。
爭利爭榮緣運命，有山有水足登臨。
顧望風物皆非昔，況是頹花佛閣心_{余往年被引文友、屢游此寺、聚見之物、皆似變易、故云。}

丁0669 暮秋游長樂寺
長樂禪庭四絕鄰，優游幾許谷心神。
葉迷纐[1]纐林寒雨，俗出諠囂道遠塵。
半日興餘蕭空[2]寺，一生殘少老來人。
春朝秋暮牽朋友，交會經年水石親。

丁0670 長樂寺晚望
長樂上方興味深，終朝眺望思難禁。
一千餘里東西路，三十六峰錦繡林。
原野迢迢斜日色，松杉處處晚嵐音。
盤桓殆欲忘歸路，依是飛泉洗我心。

---

1 平成本作"纈"。
2 平成本作"索"。

丁0671 逐年未飽花見新撰朗咏集
六十餘回看未飽，他生定作愛花人。

丁0672 月明羇旅中
鄉國渺茫孤戍曉，生涯零落五湖秋。

丁0673 菊爲花最弟[1]
范蠡長男凡草老，韋賢少子一叢殘。

丁12-02 大江匡房 舉周之孫、成衡之子、穎悟絶倫、四歲始讀書、八歲通史漢、仕後三條、白河、堀河三朝、歷官太宰權帥兼大藏卿叙正二位、至權中納言、天永二年卒

丁0674 賦春雪以下二十三首見本朝無題詩
冬過春來何物優，瀲[2]白雪感難休。
入簾遠[3]誤粉娃舞，殘樹兼疑素鶴游。
難辨梅心梅苑裏，旁加柳絮柳門頭。
終朝吟咏閑居處，眺望遠山足動肝[4]。

丁0675 賦牡丹花
對花日夜倚欄干，再三沈吟憐牡丹。
紅艶繞軒霞更暖，粉妝當牖雲猶寒。
自逢春暮將金買，爲怕曉風秉燭看。
老去愁交冠蓋客，莫嘲引興漏方闌。

---

1 平成本作"第"。
2 平成本作"瀍瀍"。
3 平成本作"還"。
4 平成本作"眸"。

丁 0676 賦殘菊

四序循環空代謝，百叢寂寞早收藏。
嚴冬初到盡群草，老菊尚殘抽衆芳。
濃淡添輝當十月，榮花過節歷重陽。
重陽如昨黃金房[1]，十月在今紅玉房。
鳳錦裁成□[2]竹壇，驪珠摧落□沙場。
架邊露結懸深紫，岸上月登□淺黃。
畫障尤嫌非艷態，薰爐[3]可耻欠奇香。
紛紛異彩似狼藉，片片亂花匹雁行。
色帶團團寒壁色，光含爛爛曉燈光。
雀頭經雨應勻箔，麝臍任風不結囊。
經雨任風多少馥，從南徂北若干妝。
孤叢後盡同松柏，五美晚成類豫章。
繁萼且千將向背，衰花非一幾低昂。
衰花繁萼還奇絶，貞節勁心無比方。
籬槿池蓮何倏奄，宮蘭門蕙太荒凉。
瓊林萱草當期夏，玄圃梨花不得霜。
試道玉堅膺綠竹，閒論遺愛掩甘棠。
荊溪賦志知鍾民，彭澤書懷感魏王。
叢下綺羅時絡繹，花前冠蓋日相望。
輕軒細馬當凝思，墨客文人足斷腸。

---

1 平成本作"蕊"。
2 平成本作"鋪"。
3 平成本作"爐"。

翡翠簾前彌映盞，鵁鶄襟際也沈鶬。
通宵把燭看難足，終日回杯醉未央。
貴彩寧唯誇漠漠，靈功兼有至蒼蒼。
春秋試留千年外，音韵争迷万里疆見大素清經。
桓景游山攘咎恙，胡公嘗水遺膏肓[1]。
浮雲易繫青岩裏，宿霧忽晴白浪傍。
鬢髮雲銷忘晚暮，肌膚波[2]變省珪璋。
鷄雛尚入長生城，孺子逐游不死鄉。
塵路交踪吾最耻，烟霄隔步獨還傷。
天精效驗玩蕭散，蓬洞微言恨更長。

丁0677 八月十五夜詩

山屐田衣三五夜，短靴低帽放游天。
花前露酌忘衰日，月下風情似少年。
海内都無斯地勝，歲中未若此宵圓。
松杉漏影收林霧，蘭蕙帶光卷野烟。

丁0678 同

華陽嘶雪放秋駕，蘆子歌霜棹曉船。
百練影分山滲澹，千金價踊水瀰瀁。
燕姬搗練驚殘夢，楚客蹈冰携七弦。
緑酒數巡詩兩韵，閑亭興味有何緣。

---

1 平成本作"盲"。
2 平成本作"沈"。

丁0679 對月獨咏
三五秋天乘月興，心情彌動感方同。
金環多落黄輿上，玉鏡高瑩玄蓋中。
萬嶺降霜光遠至，一家散雪色遥通。
桂華蕣草開生後，皓皓蒼蒼昇碧空。

丁0680 月下言志
月明三五□[1] 晴吟，遠訴舊事志沈沈。
光分樓上豐年玉，景入山陰叔夜琴。
唯恥下愚同夏首，誰知左鬢倍秋心。
一杯酒與一篇草，閑寂窓中直萬金。

丁0681 行幸平等院
城南梵宇鸞輿幸，不耐光陰始送秋。
色混錦幡寒葉落，響和玉磬曉嵐幽。
管弦暗入鈞天夢，泉石還嘲鏡水游。
洞裏勝形看巨足，家孫莫怪暫淹留。

丁0682 賀大極殿新成
大廈新排以落之，登降飫宴悉開眉。
凌雲壯麗入輪節，不日新功君與時。
雲雨半過生户牖，虹霓才及達芬楣。
周年路□[2] 漢前殿，舊製相同誰不思。

---

1 平成本作"快"。
2 平成本作"寢"。

丁0683 水心寺詩

餘杭蕭寺在湖頭，傳道水心景趣幽。
火宅出離門外路，月輪落照鏡中游。
雲波烟浪三千里，目想心馳五十秋。
天外茫茫齡已暮，此生何日得相求。

丁0684 春日游長樂寺

信馬行行不駐踪，相門後乘得相從。
花開花啓春空暮，傍水傍山路幾重。
錦繡林間連紫袖，瑠璃壇上禮金容。
天時地勢誠奇絕，此處自然到下春。

丁0685 同

老來爭不惜芳辰，蓮府閑游從後塵。
衰鬢白霜將至雪，浮生已暮幾殘春。
偶交蟬冕花前客，暫慰龍鍾夢裏身。
禪侶莫言偏綺語，結緣皆是善根人。

丁0686 長樂寺三月盡

長樂上方與俗離，可憐韶景欲推移。
松門逼谷鳥歸路，蓮若傍山花落枝。
地是半天望已盡，春唯一日惜何爲。
幽奇形勝稀來去，名利誘人自到斯。

丁0687 暮秋游長樂寺

幸牽蓬洞鵷鷺客，謬接松門翰墨游。

木下望迎城月曉，地高迹白嶺風秋。
白駒過隙往難反，鴻雁隨陽去也留。
浮世榮華知漸少，道場偶慰我心憂。

丁0688 傀儡子孫君
旅泊逢君淚不窮，貫珠歌曲正玲瓏。
翠蛾眉細羅衣外，紅玉肤肥錦袖中。
雲遏響通晴漢月，塵飛韵引畫梁風。
才名如此運如此，緣底多年隨轉蓬。

丁0689 秋曉
魏宮鐘動天將曙，雲少霧多自感情。
山岳漸分殘漏處，江河才見五更程。
東樓鳥語驚人夢，中殿月光止杵聲。
薛孟嘗君秦逐後，唯愁函谷未鷄鳴。

丁0690 初冬書懷
冬來秋遇[1] 幽居處，終日何因感正深。<small>遇當作過</small>
遥笛一聲聞下淚，古書數帙見研心。
黃花移影瑠璃水，紅葉散光錦繡林。
魯舍壁穿音似玉，台山賦擲響如金。
馬相如宝[2] 文君器，楊貴妃宮方士簪。
不藝于今無分職，豈妨鞭驥故山尋。

---

1 平成本作"過"。
2 平成本作"室"。

丁0691 冬日即事

冬日天寒蕭洒處，終朝不絶朗咏聲。
冰封池面魚無動，風拂樹枝鳥有驚。
葉散庭中紅錦敷，雪留林上白花生。
月前山岫一時冷，雨後水川千歲清。
唐帝仙人來蜀國，漢皇宝玉出昆明。
每交佳客文游末，八代家□[1] 多感情。

丁0692 冬夜偶吟

遲遲鐘漏冬難曙，衣食艱[2] 生扶老身。
時遣厨兒羞藥銚，夜教閨婦暖華茵。
鴛衾一襲霜中夢，鸚盞三杯雪後春。
玄石酌如寒氣盡，玉山傾似暖風新。
山陰昔興歸何處，河朔夏游是幾□[3]。
詩境烟嵐無從我，醉鄉日月不分人。
衰顏縱有借紅色，暮齒猶慚動味塵。
天闕朝參應漸少，恐貪茅土作堯臣。

丁0693 待春詩

待春終日感中腸，云向按頭詩不遑。
展席徘徊思淑景，卷簾眺望慕青陽。
窗間可喜開年近，帷下足愁玄月長。

---

1 平成本作"孫"。
2 平成本作"養"。
3 平成本作"巡"。

游荡文場蕭散處，誰知吟咏獨彷徨。

丁0694 病中閑吟
臨□[1]多病是常談，四種法中已盡三。
宿霧少晴頭尚重，浮雲不繫命難堪。
叢浮輕露迎朝日，林飽微霜任晚嵐。
念念誦持何所喜，法華難遇過優曇。

丁0695 述懷
天莫悵望人莫尤，世間倚伏固悠悠。
蒼生非一何開口，黔首且千豈盡颜[2]。
詎聖詎賢兼詎智，何公何子亦何侯。
或通或塞冰爭定，偶去偶來雲自浮。
運命難窮應極否，壽夭巨識得知不。
非無非有非無有，不覓不將不不求。

丁0696 病中作
近死慚情沈病愁，一時計會是窮秋。
頭如霜雪白將盡，淚與梧桐紅不留。
榮路紛紛花散漫，生涯苒苒水奔流。
非王子晉誰長好，九聖七賢今在不。

丁0697 參安樂寺詩 以下二首續本朝文粹
康和二年秋，清凉八月時。

---

1 平成本作"老"。
2 平成本作"頭"。

秋詣安樂寺，寺在東北陲。
出府七八里，先望彼門楣。
題額鐫金字，下乘當路岐。
地隆尤顯敞，道遠方逶蛇。
門外及廟前，往往有三池。
其水潔如珍，看之高自崖。
似展青翡翠，如敷碧瑠璃。
波心風疊皺，潭面月生規。
菰蒲早穗秀，菡萏晚蕊遺。
分浦鷖鴛鴦，近岸戲鷺鷥。
鶴子毛淋滲，鳧雛衣縞襹。
鴻雁鸍鵁屬，相遞引雄雌。
常樂我净色，曉夕常在兹。
鷁舟維古岸，虹橋照漣漪。
一踏銀沙浦，再休白玉陂。
北有崔嵬山，烟嵐暗懸碕。
嶺高銜銀兔，谷深藏黄鸝。
西有潺湲水，霧雨添巒崎。
或激爲飛灘，或鋪爲清湄。
危石累八九，冷滑刓且攲。
莓苔似花箋，周道平如砥。
軒騎若喧嘩，率然忽致遺。
庭前多佳樹，森森幾叢枝。
梅含鷄舌香，上陽紅腮垂。
近在瑤階下，芬馥似瓊靡。

暮雨變楓柱，曉風吹棠梨。
左右色漠漠，次第影熙熙。
啼鳥時一聲，聞之似涼飔。
橘迷懸金鈴，柿猶列烏桿。
山果百千種，夾道正離離。
甘酸味非一，殆近于荔芰。
栟柌葉翻扇，楊柳枝變絲。
涼風飄仙桂，爽籟誠高椅。
秋來木葉下，散漫寒古馗。
纚纚敗爛然，錦繡寒凄其。
或有堅貞樹，岩蕚多厥儺。
或有凋零梢，林頂自疲衰。
地幽洞未素，天暄苑難姜[1]。
階除尋芳草，十步方葳蕤。
結趺含露蘭，衛足向陽葵。
苔庭養蕙蒢，沙場植江蘺。
夏萱衰北堂，時菊綻東籬。
蕨生改人拳，茗老失鷹嘴。
黃綺死已久，誰人采紫芝。
修竹辭無行，四時常猗猗。
日月光不透，清陰足相追。
廣桂有蔦蘿，滋蔓輕青滋。
根一條且千，滿室自支持。
下降藏礎石，上昇掩花榱。

---

1 平成本作"萎"。

宛轉類瓜瓞，屈蟠訝寵螭。
綠薗綺羅舒，黃葉珪璋施。
檐宇旁縈紆，梁棟并離灕。
造物者何意，強貽此幽奇。
華堂連柳榭，輪奐自參差。
黃扉排瓊戶，雕刻幾襧禡。
懸鏡透珠簾，交壁[1]飾縹瓷。
門熟安木梗，挾簫共哆嘰。
瞻視偏如生，跋扈勢嶷嶷。
廟壁圖華客，操筆皆候伺。
鬢髮誠如畫，儼雅容孜孜。
有堂號法華，草創托巽維。
九品安西方，十願坐中逵。
護持佛法天，當左亦相比。
傳聞我聖靈，每月念編緌。
葷膻敢不入，窈窕豈得窺。
本願好儉素，雖志在茅茨。
後代加華飾，莫物非瓊琪。
神以甚揭焉，靈驗不可訾。
如在同平生，夢想叶思惟。
感應在須臾，遄自駎馬馳。
冥力震蠻貊，潛化及童兒。
枌榆惟紙錢，松杉飽琛縭。

---

1 平成本作"璧"。

金玗當門前，逐重競青驪。
嘶來古柏暗，連錢醉難騎。
聚珍捶青蚨，潔幣奉束施。
豈唯州郡人，梯航貢土宜。
稽首傾貂蟬，低頭衝駿蟻。
殺生深所禁，豈敢求三犧。
置酒嫌淮泗，斷肉誡川垣。
施潛衛以降，吾土固大治。
一境爲泰平，九州因清夷。
緣底愁病蠶，誰敢食蹲鴟。
黔首富秋嫁，蒼生休調飢。
宜驗夫子言，善政不須期。
戎罷家橐弓，戈止人藏鏃。
有慶兆民賴，莫不蒙庇禠。
延算均北辰，頌澤等南箕。
神力籠宇宙，山谷猶可移。
尊重三密法，還爲扶桑資。
張子忘四愁，梁鴻息五噫。
農工保利益，商賈全質劑。
昔是三台位，兼又二朝師。
殷夢通岩穴，周獲非羆[1]羆。
舟楫鹽梅材，秉政禰皋伊。
輸忠輔皇漢，盡節佐帝嬀。

---

[1] 平成本作"熊"。

諫諍曜軒日,啓沃昭堯儀。
淳化同姬旦,聖道□仲尼。
羽林爲上將,象岳作台司。
風月應本主,經籍即尊尸。
抑□長衆藝,百中嘲南皮。
轉覽先世傳,佳句百代知。
春蛙[1]無氣序,如海岸出篩。
秋雁數行什,似冰雪在肌。
閑居催妝製,深自騷人辭。
烟霞桃李句,絶於曹娥碑。
文草十二卷,并爲璵璠貲。
後集動三才,讀者淚漣洏。
異日化仙訣,斯處留龍轡。
雲臺奏宣年,民蒙考妣慈。
玄扃窀穸日,人作兒子悲。
爰占九泉地,長立萬代祠。
三回加金冊,百行記鼎彝。
朝使傳鳳銜,玉藻飛前墀。
如無脛而來,不待微風吹。
青苔色紙上,妙迹兩韵詩。
傳在門下扃,後人猶得窺。
風人獻龍章,日夜顯尊儀。
吟咏閑引步,聽者垂緅縻。

---

1 平成本作"娃"。

又聞紅燭燃，殆欲及簾帷。
有聲暗喚人，既免炎上危。
昔有南峰僧，入定見金姿。
大聖威德天，昭臨伴二麗。
率百万猛夷，主億千靈祇。
皇居頻有火，製造課班倕。
蝕成廿[1]一字，板上著其詞。
夜夜管弦聲，寥亮座下琦。
時時蘭麝香，芬芳室中貽。
怪同宋宮戶，讀齊宣室釐。
綿山徒製履，灑水未歇醨。
藥欄石徒煎，仙窗玉空炊。
國內有疑獄，真偽迷多疑。
書理押寺門，一旦辨妍蚩。
解紛超神軍，發蒙過元龜。
囚徒寬五刑，詔[2]人免百罹。
凶邪無得所，自兼三不期[3]。
若人有詐偽，誅罰出[4]有私。
若人有隱伏，發揚更無遲。
懲咎立可見，福禍坐應推。
鷙鳥驅鳥雀，仁獸逐狐狸。

---

1 平成本作"卅"。
2 平成本作"訟"。
3 平成本作"欺"。
4 平成本作"豈"。

霜科决錙銖，露臘辨毫氂。
寒朝參詣輩，駕肩手成胝。
暑月精進人，繼踵足忘疻。
宴游爲幾回，篇翰各手隨。
早春和菜羹，初冬殘菊壇。
三日曲江宴，七夕漢水嬉。
二季勸學會，結緣極素緇。
九秋念佛筵，利生待僧祇。
聖忌是何日，與花有春期。
仲陽二十五，齊會長無虧。
樂懸四時張，琴瑟和塤篪。
酒部匕節立，流醴泛瓊巵。
箏柱吹霞悠，歌塵動雲枅。
簫管吹不盡，曲長紅袖羸。
舞衣繽紛翻，宴罷伏燕姬。
堂塔皆櫛并，三昧傳月氏。
常擊大法鼓，久排[1] 傳灯脂。
無明蕩忘想，夢後驚乾椎。
佛表万德容，僧垂八字眉。
論義常往復，講説自疇咨。
龍象滿其中，師迹傳陳隋。
證入位彌深，回向志各摛。
都邑成其下，低屋連枅榰。

---

1 平成本作"挑"。

城狐杜[1]鼠喻，有罪免鞭笞。
震居西北野，尊神拓廣基。
右近馬場邊，風景任天爲。
万乘回鸞輿，六軍靡龍旗。
羽客曜鶴綾，宮女曳鳳綦。
紫衫各行事，袞服方樹頤。
林巒生光輝，百王鴻業丕。
公家有神事，奉幣先祈祺。
禱晴日皎皎，乞澤雨祁祁。
又有吉祥院，在子午城離。
孟冬十七日，八講法華披。
杏壇柳市生，集會何堂之。
薦舉遂無謬，禁制敢不隳。
五畿及七道，每國祭祀祇。
都盧四海内，爭不仰指撝。
天满自在名，布護被尊卑。
神思所擁護，枯楊忽生荑。
神德所眷顧，噱池自成澌。
大得飽菽麥，鷲豈餐蒺藜。
普天悉有截，率土誠不羈。
俾六十餘州，返於彼八麋。
國富鳥食秕，民安孫含飴。
冥化少欣缺，神德多所裨。

---

1 平成本作"社"。

菜色滿上腴[1]，花祖豐東菑。
餘裔爲著姓，青紫事農羲。
棘路夙夜忽，蘭省簪帶疲。
射策及十葉，分符豈一麾。
廊下鑒往事，舊貫尤可思。
仰天恃有道，與善宜憐台。
任神更無倦，福謙亦在誰。
乖和身多恙，抱節年已耆。
沈病寡歡娛，蒞[2]政多忸怩。
行年盈六十，鞶務事事癡。
彼錄卜露命，對鏡抽霜髭。
計命准三樂，省身是四維。
脆質同蒲柳，落景及崦嵫。
適題二千字，恐招梧臺嗤。

丁0698 西府作

白首六旬儒，蒼波万里途。
揚鞭辭北闕，奉節別東都。
澤國曳熊軾，邊城割虎符。
經過多險阻，淹滯疊江湖。
往日出京兆，行年老海隅。
土卑深竹葦，地濕飽泥塗。

---

1 平成本作"腴"。
2 平成本作"莅"。

卜泊量潮汐，飛帆接舳艫。
人民皆淡泊，山海悉崎嶇。
荏苒險昇華，艱難忽渡瀘。
洪溟來隻雁，渤澥視雙鳬。
境僻應西極，田肥是上腴。
家家窮月稅，戶戶豐花租[1]。
豐稔宜忌粃，調和不食荼。
八蠶歡嫩婦，九穗樂農夫。
獄罷并離械，鬥休豈得殴。
燧抛休戍客，桁忘慰征徒。
反俗遙過夏，觀風近憶吳。
浪人共感德，土俗鎮逢鋪。
挾纊約重繭，飲河軼百觚。
罷兵歡治世，鎮境樂見郛。
城固疑縈帶，國安喻覆盂。
岐山栖鷟[2]鷟，溟海逐鶩鵅。
壯士降夷膚[3]，驍軍獻狄俘。
寺僧懲跋扈，神應責睢盱。
露罪何嬰鉞，霜科詎伏鈇。
賢才非一鶚，黎庶是群雛。
五府被犀甲，六軍彎象弧。

---

1 平成本作"祖"。
2 平成本作"鸞"。
3 平成本作"虜"。

江南追虺蜽，海北引駒[1]騵。
農熟將窮力，釁成未忘劼。
仙方羞沆瀣，佛教貴醍醐。
玄化覃千險，德輝被八區。
仁心存宿鳥，勇力踏飛狐。
含曲覺龜從，嘉謀識鬼覷。
一人長壽考，万姓悉姁媮。
聖德豈應圖，英雄誰得迂。
股肱嘲契稷，賢聖笑唐虞。
旦夕愼王命，春秋感帝圖。
代天齊烏紀，練石省蛇軀。
象岳國楨幹，濟川世楷模。
陰陽誠作炭，天地本爲爐。
周日早尊妣，軒年共貴嫫。
率軍惶兕虎，襲裾褊鷫鸘。
山麓求康伯，湘潭愍女嬃。
雅樂譏北里，醇酒置中衢。
節士無翻尓，忠臣固確乎。
陣成連鶴翼，旗建靡魚須。
綠野括雕箭，清流淬屢縷。
淳風元淡泊，習俗最率句。
詎覺君心聖，昔分衆口糊。
榆宜成彩雉，錢亦蓄青蚨。

---

1 平成本作"騆"。

長短泥隨印，方圓水在汙。
兵謀宗仲達，書榆祖元瑜。
傾色吳人劍，照鄰和氏珠。
富來齊鄭白，奢去引韓盧。
傳野草空合，商山雲正孤。
中原抽玉藻，上苑用瓊敷。
沙漠空歐脫，邯鄲棄轆轤。
衰顏慚皓白，拙性頻丹朱。
事后磨遲鈍，顧身策寒駑。
朝恩常感激，暮齒更煩紆。
汮惠謝鸚鵡，彭聃哀蟋蛄。
凋零迷柳杞，灌[1]落到桑榆。灌當作摧
油素徒舒卷，陳紅欲委輸。
風情鷟眇茫，露膽謂虛無。
櫛沐欠蒼鬢，簪冠倍素鬚。
攜琴爰悵望，酌酒只嘔喻。
思洛飛青鳥，在場識白駒。
冠蟬攜善友，纓絕愛莊姝。
俸剩才資客，祿餘半養孥。
艷情裁紫虉，初學截青蒲。
翻扇栽紈素，賣珠混斌玞。
樓臺差傾幣，庠序獨跼蹐。
風野放鷹隼，霜林負鵰胡。

---

1 平成本作"摧"。

布將重白越，飯盍[1]食雕胡。
遙謝淵雲智，長懺霜露辜。
指柔調趙瑟，耳熱促齊竽。
郢曲飄歌雪，魯游歸舞雩。
短修訪楚尹，三五問商瞿。
賦出虎賁府，詩開光祿廚。
排門編竹戶，營寺闢金樞。
發槿將排帳，緯蕭只織絇。
蟬鳴秦菀寂，鳥下漢庭蕪。
刃舊鏤青鐵，鏃新冶碧砮。
纖纖攜素手，皓皓愛鮮膚。
菊長待黃艷，蓮衰零絳趺。
星浮珠彩潔，芽綻錦窠鋪。
七夕月成眺，三秋日欲哺[2]。
備先供水菽，當後譬薪芻。
坦步家僮從[3]，微行門客扶。
燕歸知蟄土，雁至可銜蘆。
漢月看秋兔，林煙落曉鼯。
牛生雖繼後，半[4]氏欲聆孤。
靈藥期仙砌，長生憶吾壺。
廁前堆綠草，竈裏漬芳菸。

---

1 平成本作"盖"。
2 平成本作"哺"。
3 平成本作"徒"。
4 平成本作"羊"。

血脉訪玄女，灸針向赤烏。
漏闌望斗極，嵐□□椅梧。
華輦何時久，金圍幾且趨。
短毫曾染管，長笛曉吹箎。
指點黃香枕，微招朱玄屠。
蕭墻開無事，豈敢畏頿叟。

丁0699 羽爵泛流來以下見新撰朗詠集
周日古風傳曉水，魏年昔浪寄春苔。

丁0700 雪飛千里外
地白猶迷停午影，山明不信落西光。

丁0701 落葉埋泉石以下見江談抄
羊子碑文嵐被隱，淮南藥色浪中深。

丁0702 失題[1]
山雨鐘鳴荒巷暮，野風花落遠村春。

丁12-03 大江隆兼 匡房之子、官式部少輔加賀守

丁0703 春日即事以下五首見本朝無題詩
題詩酌酒惜佳節，今日芳游氣味深。
風柳舞腰飛絮裊，流鶯歌舌繞花吟。
樂天舊什孤窓友，榮啓春望万里心。

---

1 此句與丙1417一詩第三聯重復，應當刪除。

莫笑詞林英俊士，守株愚老憖交襟。

丁0704 秋日净土寺仙窟即事
忽引秋蘭芳契友，趁來蕭寺意幽微。
千華塔舊雲端插，一葉舟虛浪上飛。
山路風閑人事少，洞天日落鳥聲稀。
林叢水石雖多興，鐘漏半深乘月歸。

丁0705 冬日山寺即事
輜車鞭馬幾成群，共到禪庭日漸曛。
白浪叩來寒谷聒，青嵐旁引暮山分。
鬢梳蘆葦三秋雪，望倦蓬萊万里雲。
宿業因緣□[1]甚拙，何以爰遇一乘文。

丁0706 温泉道場言志
云名云利兩忘身，日日行行□往臻。
昨玩水城原上月，今憐湯寺洞中春。
呼朋好鳥意同我，驚望新花榮似人。
尋地適傳前日迹長久年中、外祖於此地賦一絶、康和年、予亦於此地綴六韵、故云，懷鄉暫□外朝塵。
琴詩酒處雖成戲，佛法僧間遂仰真。
累葉文華相畜得，海西棄置是何因。

丁0707 暮春池頭即事
池塘好處艷陽辰，一咏一觴相促頻。

---

1 平成本作"雖"。

詞浪淺深詩後顯，生涯歡樂醉中新。
鴛鴦鋪翅沙痕暖，楊柳垂眉水面春。
想像周年王母意，燕游早晚作仙人。

丁0708 明月照衣襟_{以下見新撰朗詠集}
楚臺風度吹秋雪，魏闕天明倒曉霜。

丁0709 花落江山裏
滄浪歌白雪飄曉，雲雨夢香風脆春。

日本诗纪卷之四十六　丁集第十二

卷之四十七
丁集第十三

上毛河世寧　彙編

丁13-01 中原長國 重賴之子、受業於大江匡衡、官肥前守

丁0710 漫漫秋夜 見新撰朗詠集
萬事皆非燈下淚，一生半暮月前情。

丁0711 山深落葉多
莓苔變綠林間露，麋鹿踏紅洞裏秋。

丁0712 月前旅情多
涼燠二回鄉外夢，家山千里客中情。

丁13-02 中原廣俊

丁0713 月下即事 以下五十首并見本朝無題詩
涼風八月月前望，雲卷霧清夜漏長。
漁客舟歌蘆浦雪，鴻賓陣引柳營霜。
二三更霽閑中夢，五十年秋老底腸。
紅桂爲誰尤有意，未忘昔日一枝芳。

丁0714 六波羅蜜[1]寺對月
秋迎三五月蒼蒼，古寺閑中知漏長。
松戶路荒留皓色，草堂年積飲[2]清光。
雙眉僧老睡□[3]雪，九乳鐘鳴傳曉霜。

---

1 平成本作"密"。
2 平成本作"飽"。
3 平成本作"宵"。

若役[1]庾公游此處，何因樓上獨應望。

丁0715 游遍照寺
寺名遍照夜方闌，對月亦望冰雪顏。
妄想夢空觀念曉，浮生秋暮剎那間。
交情今夜淡於水，榮路多年險似山。
老侍詩筵人莫笑，梳霜只耻鬢眉班[2]。

丁0716 法性寺玩月
暇日暫辭人事嘩，逢僧月下忘歸家。
年年流景留難得，夜夜清光惜又斜。
世界三千望誤雪，生涯五十鬢添華。
姮娥本自看無飽，我願爭教曉漏加。

丁0717 古寺玩月
古寺尋來仰佛陀，蒼蒼月下意如何。
雲泉踪僻曉望遠，露地鏡[3]幽秋興多。_{鏡當作境}
林是善根含素影，池唯阿耨澹金波。
歲華不駐三分盡，風景加[4]馳一半過。
練雪色寒爐竈藥，繫珠光冷衲衣蘿。
禪庭僧院少人事，偏玩清明營忘他。

---

1 平成本作"使"。
2 平成本作"斑"。
3 平成本作"境"。
4 平成本作"如"。

丁0718 秋月詩

漢月蒼蒼鐘漏淹，玩來此處眺望恬。
青銅鑄出鏡生水，蛛網織成珠繫櫓。
碧落霧披連旅雁，爐峰雲盡插孤蟾。
桂輪轉影斜過牖，華燭背光高卷簾。
魏鵲秋飛翎幾迎，巴猿曉叫淚先霑。
雪寒胡塞睛前思，霜白商山老後髯。
驛館夢殘腸欲斷，孀閨夜永怨彌添。
非唯皓色頻催興，云酒云詩事事兼。

丁0719 後朝詩

仙娥其奈漢河頭，歸處天明怨不休。
別淚數行朝露落，去衣一對曉雲愁。
前期何夜唯占昨，後會從今又待秋。
乘興難忘風月味，欲從此席萬年游。

丁0720 失題

□□□□□□，林蘿深處行先空。
□□□□□□露，三品松高沙岸風。
□□□□朝暮咽，雲雖無意往來窓[1]。
奇岩幽石今看所[2]，斯地既爲造化工。窓當作匆、所當作取

丁0721 秋日林亭即事

勝絶林亭傳美譽，季商加閏興何如。

---

[1] 平成本作"忽"。
[2] 平成本作"取"。

庭蘭重遇授衣候，籬菊再爲浮盞儲。
竹檻西頭風至晚，松臺東面月昇初。
依堅柱石基無朽，爲叶棟梁材不疏。
閣構高低移枕席，窗開左右置琴書。
槐門累葉塵長繼，蓮府千年樂未渠。
境笑魏徵□池館[1]，地同周旦洛城居。
夕嵐木落鳥栖露，寒雨草衰蟲怨餘。
九月光陰秋欲暮，五旬鬢髮雪空梳。
今逢賢相崇戈日，莫棄凋殘一老樗。

丁0722 夏日游陶化坊別業
勝地優游及夕陽，山河景氣先秋凉。
綠蘿礙日潭心冷，紅藕帶風水岸香。
澗口泉飛三尺雪，岩頭鶴老一雙霜。
金壺漏轉將歸否，有酒有詩樂未央。

丁0723 九月盡日常盤別業即事
西轅暫出紅塵外，素律之[2] 闌欲訝陰。
黃菊一叢秋盡影，蒼花兩鬢老來心。
郊扉日暮苔摧色，山館雨寒葉落音。
洛外勝形今見取，優游此處任沈吟。

---

1 平成本作"池館跡"。
2 平成本作"云"。

丁0724 秋日游陶化坊別莊
勝形何處卜林巒，地稱高情感抑難。
庭露步苔踪可濕，籬風折菊手先寒。
染霜葉色秋零樹，洗夢波聲夜漲灘。
過隙白駒殘一日，惜而不駐景將闌。

丁0725 冬日山家即事
一訪土[1] 宜披草萊，山家閒處立徘徊。
門穿洞裏白雲入，路踏林間紅葉來。
籬落芬芳殘花[2]菊，庭沙氣色有寒苔。
非唯勝地搖情感，詩境醉鄉興兩催。

丁0726 山家秋意
從屬金商興有餘，山家尋到訪閒居。
籬栽紅繡花開後，窗卷蘆簾月上初。
蓬髮鬢衰秋雪冷，芭蕉衣破晚風疏。
醉中歡樂雖云識，未忘寒門無斗儲。

丁0727 秋日山家眺望
寂寂山家乘興行，此時不耐眺望情。
馴林孤鶴應朋友，過嶺賓鴻引弟兄。
鄰對楓岩霜葉縟，窗當桂洞月花晴。
迍邅運命顧躬恥，五十年餘樗散名。

---

1 平成本作"士"。
2 平成本作"老"。

丁0728 過雍州舊宅

一尋舊宅策龍蹄，出洛行行東也西。
窗破竹無人管領，臺傾松有鶴雙栖。
茶園藥圃爲誰設，秋月春風教我凄。
閑憶往時爰未忘，不如勸盞醉如泥。

丁0729 秋日江州館下即事

重陽翌日意如何，出洛二朝樂只且。
江館月明秋思苦，野村碪怨夜夢虛。
山羞滋味仙厨果，土貢嘉珍水市魚_{州民獻江鯽、故云。}
風路葉飛千斤錦，雲霄雁點數行書。
馬嘶塞外鄉心動，舟去湖中旅鬢疏。
誘引詩情來此地，城東景□[1]興猶餘。_{景字上下恐有脱字}

丁0730 秋日游世尊寺

池是當窗山立屛，蒼苔紅葉滿禪庭。
比檐房舍追年舊，連砌梧楸每旦零。
仙洞鶴翎秋雪白，溪門松色暮烟青。
暫忘或[2]十分酒，適盡歸依一乘經。_{忘下有脱字}
法水餘波浮曉月，佛燈殘影插霄[3]星。
可尋城北世尊寺，此地元來一勝形。

---

1 平成本作"氣"。
2 平成本作"禁戒"。
3 平成本作"宵"。

丁0731 暮春於醍醐寺即事

艷陽三月欲闌程，一訪岩扉出洛城。
春寺門深春草滿，暮山梯遠碧雲橫。
櫻桃李色花空盡，佛法僧音鳥獨鳴_{此山有佛法僧鳥、故云}。
塵境隔踪人事少，松風澗水響彌清。

丁0732 初冬游石山寺

偷閒出洛避喧嘩，信馬尋來一佛家。
色相是空凋落葉，薰修幾積閼伽花。
薜蘿墻破洞房舊，舴艋舟過湖尾斜。
催駕未還依乘興，迢迢行路片雲遮。

丁0733 秋日禪林寺即事

晨出都門尋寺游，蕭條景氣望中幽。
雲泉地靜空觀曉，風露天同昔見秋。
樵老過山攜竹杖，廚兒取水洗茶甌。
黃昏鐘響頻驚耳，俗客欲歸僧可留。

丁0734 暮秋法輪寺即事

半天雲際挑[1]蓮宮，嶺是峙西河堪[2]東。_{堪當作湛}
國[3]繞山深秋霧底，回流水急夕陽中。
京花隔境空觀靜，落葉飛窗色相紅。
寺號法輪知佛乘，爲思隨喜路應通。

---

1 平成本作"插"。
2 平成本作"湛"。
3 平成本作"圍"。

丁0735 夏日游清水寺
古寺幽閑足□[1]遨，烟嵐深處訪僧遭。
花交新葉妝才在，雲學奇峰勢未高。
百尺岸松低似帳，一條洞水細於毫。
人間榮耀思無益，雙鬢蒼浪欲雪毛。

丁0736 暮春六波羅蜜[2]寺言志
行行何處馳軒騎，尋到一排佛閣亭。
山遠路迷春雨暗，寺深門入暮松青。
岩□□老烟生地，洞裏花零□[3]滿庭。
四十餘回雙鬢冷，此身觀得似浮萍。

丁0737 游北山净土寺
境静寺深僧又遭，終朝垂□足游遨。
岩嵐聞冷聲旁暗，雲雁望賒眼幾勞。
殘菊一叢籬露碎，古松百尺岸風高。
頭衰漸櫛素蓬鬢，齒彥獨慚青草袍。
秋後清光望月桂，醉中紅面假春桃。
蘿衣薜衲莫嘲我，衝黑沈吟含兔毫。

丁0738 春日游東光寺
一朝乘興策疲驂，古寺尋來眼自貪。

---

1 平成本作"式"。
2 平成本作"密"。
3 平成本作"雪"。

詩是狂言題石上，酒忘禁戒酌溪南。
垂楊拂水翻春岸，歸雁過峰叫曉嵐。
誘引群英游此地，花前日暮興方酣。

丁0739 夏日東光寺即事
城東尋寺一逡巡，其地勝形備日[1]神。
草創以來經幾歲，檀那在昔是何人。
眺望山近先期月，功德池澄未有塵。
新樹低帷苔展席，優游此處日徐淪。

丁0740 暮春游雙輪寺
偷閑策馬也脂車，迹隔紅塵避毀譽。
斗藪年年爲我事，尋花日日不家居。
烟霞遠色望無盡，水石勝形興有餘。
官冷假多無產業，自然老去欲何如。

丁0741 暮秋游圓覺寺
忽出京城十二衢，寺門深處幾踟躕。
暮林葉落迷文繡，秋嶺雲飛似畫圖。
禪院竹荒窗寂寞，奇岩苔滑路崎嶇。
憨延羅綺鵷鷺客，終日芳談掉舌樞。

丁0742 長樂寺眺望
攀躋山寺倚欄干，此處眺望興禁難。
獨木橋橫溪水路，千華塔出嶺雲端。

---

1 平成本作"四"。

岩楹日落鳥聲暗，洞户春深花色殘。
職是散班人識否，假多風景足尋看。

丁0743 游長樂寺
寺在城東路不遮[1]，相尋策馬也脂車。
顧躬自類山中木，任意唯看洞裏花。
綠草今爲來客籍，紅霞昔是上仙家。
終朝乘興忘歸洛，遮莫嶺西日景斜。

丁0744 秋日游圓融院即事
圓融舊院足游遨，秋景蕭條教意勞。
最弟菊花籬月馥，大夫松蓋岸風高。
雁行一道斜過塞，鶴唳數聲□□[2] 皋。
此地乃知爲佛土，縱雖禁戒欲斟醪。

丁0745 冬日游圓融寺
圓融舊陀[3]一相尋，勝境佳名被古今。
堂舍風流應水石，佛僧施與是園林。
眠思榮路千山嶺，老願殘涯半日陰。
在昔再三游此地，地形幽處又清吟。

丁0746 冬日雲林院即事
院是雲林路幾方，行行忽到一僧房。

---

1 平成本作"遐"。
2 平成本作"未出"。
3 平成本作"院"。

兔裘爲老占鄰地，烏瑟此時禮道場。
傳聽翠華臨幸昔，尋看紅葉亂飛霜。
蕭條秋後心尤苦，旅雁驚夢猿斷腸。

丁0747 夏日游寺
路歷長安十二衢，尋來寺院一名區。
千年鶴翅馴岩磴，薄暮鐘聲觸坐隅。
圍竹露低孤獨地，岸松風冷兩三株。
山雲洞月嘲吾否，上客燕筵接下愚。

丁0748 秋日游古寺
優游漸及夕陽暉，古寺蕭疏掩竹扉。
生滅幾回花閣燭，歲時多改女墻衣。
境摸劍外風流好，地縮壺中俗事稀。
老侍詩筵人莫笑，被牽宿因未能歸。

丁0749 又
蘆荻編房柴夾籬，蕭條古寺被人知。
數莖露竹回沙岸，千葉風荷拂綠池。
雲雨連山秋岩暗，松杉礙日暮烟垂。
少年莫笑吾詩癖，安用他營他計爲。

丁0750 賦山水
云山云水望不休，相共登臨幾勝游。
松柏嶺嵐呼萬歲，芙蓉池浪湛千秋。
雪飛廬岫光徐訝，月落鏡湖影自幽。

燈下沈吟詩興好，莫嘲歲歲老來愁。

丁0751 賦郭公
每屬梅霖年幾環，郭公傳哇[1]夜方闌。哇當作哇
呼名五月雨霑裏，知汝三更夢覺間。
傾耳頻回孤竹砌，尋聲深入遠松山。
叫雲寒雁秋遲至，咽霧山鶯春早還。
相語不堪紅女思，一聞定解粉姓[2]顏。姓當作娃
既忘衛鼓二回過，莫哇[3]鬢花逐日班[4]。

丁0752 又
郭公緣底動心胸，五月雨天興萬重。
呼友稱名雲外路，爲誰相語日西峰。
家雞一報驚夢冷，皐鶴三聲欲聽慵。
今侍花筵偸作道，人皆英杰我愚庸。

丁0753 傀儡子
傀儡子徒無禮儀，其中多女被人知。
茅檐是近山林構，竹戶屢追水草移。
旅客來時心竊悅，行人過處眼相窺。
歌應折柳是家產，業不采桑何土宜。

---

1 平成本作"哇"。
2 平成本作"娃"。
3 平成本作"嗟"。
4 平成本作"斑"。

宛轉蛾眉殘月細，蟬娟鬢蟬[1]暮雲垂。
千年芳契誰夫婦，一夜宿緣忽別離。
賣色丹州容忌醜_{丹波國傀儡女、容貌皆醜、故云}，得名赤坂口多髭_{參河國赤坂傀儡女中、有多口髭之者、號曰髭君、故云。}
施朱傅粉偏求媚，徵嬖幾祈神與祇。

丁0754 春夜即事
燈下詩成酌酒杯，瓊筵未卷靜徘徊。
烟柳暮陰回岸暗，風梅曉氣入窗來。
綺羅春宴依花勸，歌管夜游被月催。
高仰黃門偷作道，賢才莫弃一愚才。

丁0755 初夏雨中即事
寂寂雨中會最佳，琴堂書閣引朋排。
蒼苔含潤應黏石，白水引流幾繞階。
賓閣曉窗當雷[2]卧，邊山朝路被雲埋。_{雷字恐訛}
暗聲蕭灑霑烟柳，斜脚淙濛洗綠槐。
蔣徑深中眠漏屋，桑樞暗處送生涯。
仁恩獨隔山中水，德澤未覃井底蛙。
翅重鳥歸新樹朵，巢濡鷄宿古籬柴。
踏泥人去東西路，張蓋自過十二街。
遮莫年年隨老暮，自然事事與心乖。
斯筵會有長生契，酌酒言詩足述懷。

---

1 平成本作"蟬鬢"。
2 平成本作"雷"。

丁 0756 早夏言志
朱明云至侍賓亭，當户長松綠又青。
迎夏蕉衣初出匣，經春竹葉欲斟醽。
詞花零落隔朝選，鬢雪蹉跎慚暮齡。
莫笑斯筵愚老士，多年夜學聚窗螢。

丁 0757 暮秋即事
不堪景氣珊珊處，暗蛩吟床月滿庭。
松柏歷年雖茂盛，梧桐每日可凋零。
蘆花千片擁秋雪，菊蕊數叢留曉星。
五十生涯人莫笑，無成只耻已衰齡。

丁 0758 初冬即事
時屬初冬眼自驚，閑望風物興尤成。
林叢老去曉霜冷，雲霧晴來寒月明。
雙鬢蹉跎衰暮裏，一生零落剎那程。
今陪此處佳游席，才拙詞疏獨耻情。

丁 0759 冬夜即事
漫漫冬夜興何如，紅火爐邊抱膝居。
竹户南頭灯舉後，松臺東面月昇初。
十分滿盞中山酒，一箸佳珍丙穴魚。
霜鶴三聲宮漏静，曉猿一叫嶺嵐疏。
閑閨夢斷幽人枕，暗牖風寒列子車。
光景珊珊年欲暮，無成齡及四旬餘。

丁0760 歲暮即事
兩三詩友自然逢，斯處不堪欲暮冬。
光景幾回寒瀨月，風霜多歲古溪松。
醉中意氣如春暖，老後鬢眉被雪封。
乘興無眠灯下夜，曉來遮莫魏宮鐘。

丁0761 春日山家眺望
碧岩翠洞卷游氛，遠近春望欲解紛。
何嶺何溪霞色隔，村南村北柳花分。
風來水有千翻浪，雨後山無一片雲。
多暇誰訪閑放興，遲遲麗日自然曛。

丁0762 九月盡日游白河勝形眺望
處號白河宜眺望，人稀境靜足幽居。
寒山葉落秋聲盡，古岸菊摧雪色疏。
殘霧嶺晴[1]鴻過曉，暮雲梯斷月昇初。
光陰荏苒惜無駐，可慰鬢間霜漸梳。

日本詩紀卷之四十七　丁集第十三

---

[1] 平成本作"暗"。

卷之四十八
丁集第十四

上毛河世寧　彙編

丁14-01 藤原忠通關白忠實之子、爲人謹厚、喜怒不形、好詩歌最善書、歷仕鳥羽、崇德、近衛、後白河朝、官至關白太政大臣、所著有法性寺入道集一卷

丁0763 賦祝春夏秋冬戀以下九十一首見本朝無題詩
靈鶴千年仙洞島，遐齡傳契不知程。
林花春綻露才思，池水夏清風客情。
蘭蕙秋生嵐漸馥，松杉冬至雪先明。
王昭君昔月前去，漢帝戀之曉夢驚。

丁0764 六月祓
世上人爲流例態，林鐘晦日禊除衆。
詠無他詠千年頌，期有定期六月風。
苔地燎幽迎夜處，石湍水冷欲秋中。
未知何物號菅祓，結草如輪令首蒙。

丁0765 賦早涼
初秋漸至屬金商，景氣颯然早識涼。
扇動先憐天冷色，簟清幾感露寒光。
月臨窗戶宵衣薄，風戰蕙蘭曉枕芳。
酒客詩朋催興處，日矄只憶漏更長。

丁0766 賦覆盆子
夏來偏愛覆盆子，他事又無樂不窮。
味似金丹旁感美，色分青草只呈紅。
真珠萬顆周墙下，寒火一爐孤盞中。
酌酒言詩歌舞處，滿盈珍物自愁空。

丁 0767 雉逢鷹
逢鷹雉思暗應覺，定有悚兢無寂情。
偷隱野坰春草短，驚翔漢表暮雲晴。
昨爲古澤戲游鳥，今作宴筵氣味羹。
獨宿孤巢傾耳聽，鈴聲左右欲何行。

丁 0768 狗馬詩
何因狗馬爲題目，共叶人功感自然。
霞裏尋聲桃浦地，雪間知迹柳營天。
春嘶郊野浮烟底，曉吠都城殘月前。
文學由來游興苦，成篇只被客心牽。

丁 0769 見五節舞姬見上、本集有新甞會三字
豐明之會其來尚，仙藥聲聲依舊齊。
金翠妝嬌琴曲奏，綺羅衣重舞腰低。
禮儀堂上霜初白，罷宴樓前月欲西。
不醉此中爭去得，黃醅清酒足相攜。醅本集作釀

丁 0770 傀儡子
傀儡子素往來頻，萬里之間居尚新。
卜宿獨歌山月夜，尋踪不定野烟春。
壯年華洛寵光女，暮齒蓬廬留守人。
行客征夫遙側目，是斯髮白面空皴。

丁 0771 見賣物女
可憐鄙服一疲女，夕日沈時賣物回。

增直砌前貪止住，唱名門外暫徘徊。
貧家雖招全無顧，潤屋不喚強欲來。
秋月春花其意舊，此時題目興相催。

丁0772 賦漁歌勒
旅泊留船暮齡程，漁歌千里□[1] 方生。
閑思樵火[2] 雪中曲，不似釣絲浪上聲。
唱月浮游江浦晚，叩舷來往海潮晴。
學功猶淺文章少，詩句今迷題目情。

丁0773 賦連句
連句從來感巨休，每延此席自忘愁。
間聲屢咏紅爐下，案韵微吟花燭頭。
詞苑久爲銷日戲，文亭只作送宵游。
漫加座末材疏客，無顧字對妒不收。

丁0774 見屏風春所獨吟
晚夏自元感正頻，屏風獨見會文賓。
庭叢雨打添繁茂，門柳烟翻帶麴塵。
嵐渡嶺櫻□白雪，鳥遷喬木惜餘勻[3]。
園中成望往來客，林下易留羈旅人。
游子塞垣調笛曉，漁翁河海艤舟辰。
松杉綠老枝經歲，桃李紅深花染春。

---

1 平成本作"聽"。
2 平成本作"夫"。
3 平成本作"句"。

勾曲山前霞色聳，雲和樓上月光新。
一吟一詠數杯酒，驚眠破夢不才身。

丁 0775 見畫圖玩惠日寺秋氣
惠日寺邊情感最，經行讀誦可相携。
前池波激春花脆，西極雲長曉月低。
落葉路深秋幾暮，深塵迹舊昔誰栖。
羈中來去興孤好，眺望隨分往還迷。

丁 0776 見畫障
閑望金殿畫圖障，天氣地形任意哉。
宿鳥迎朝臨牖語，低雲向晚下山來。
只看籬菊歷霜老，又送門賓乘月回。
蘭蕙叢間松樹畔，爭妝論壽立徘徊。

丁 0777 題畫障詩
新圖障下題詩句，才咏愚篇染筆匆。
苔色地青山雨底，浪聲岸白峽烟中。
綺窗北面秋叢露，畫閣前頭暮竹風。
門柳數株當户立，被妨繁葉望難通。

丁 0778 重賦畫障詩
鴬殿侍臣三四輩，丹青障下動詩情。
岩扁路細側身入，野樹枝低傾首行。
寒岸柳衰黄髮悴，連峰霧卷翠眉橫。
挑來花燭頻沈咏，宮漏數聲夜五更。

丁0779 重賦畫障
一間畫障縮千里，眺望不窮北也南。
閨婦攀花携苑露，家童汲水出溪嵐。
沙村烟浪簾前領，鄉國風塵枕上諳。
四十生涯頭有雪，言詩氣味冷難堪。

丁0780 早春即事
春色忽來感巨疆，游絲繚亂望蒼蒼。
算年暗識迎韶景，披曆先驚屬載陽。
己性窈爭堤柳嫩，誰心相類嶺梅芳。
含毫摛[1]藻今爲道，材幹是疏少齒郎。

丁0781 同
緣底玩來韶景新，花芳鳥出動情頻。
管綰[2]處處咏吟夜，杯酒家家游宴春。
聽響□□松澗雨，尋踪往返柳門塵。[3]

丁0782 春日即事 勒
春日遲遲已睡眠，碧紗窗裏翠簾前。
花林移榻牽詩客，柳榭觀杯伴酒筵[4]。
在世身謀誰子細，繼家榮禄任天然。
只看既往交游友，半歸黃泉□□權。

---

1 平成本作"摘"。
2 平成本作"絃"。
3 平成本注"二句闕"。
4 平成本作"仙"。

丁0783 春三首
步步行行最易臻，伽藍便是洛陽鄰。
瑤琴掩柳松風後，寶樹莊岩林露春。
遍仕南無三世聖，恐爲北闕二心臣。
祖宗天曆明時相，尋迹個中寫舊塵。

丁0784 同二
春天二月帶芳菲，唯見雲衢雁北飛。
庭柳閣頭三握髮，岸苔石背一重衣。
霜刑縱處監臨盜，風景曲猶擔負歸。
初識艷陽優劣異，此山花鳥世間稀。

丁0785 同三
山林野草皆逢境，世上榮花被物知。
心托烟霞雖漫若，地將水竹最相宜。
坐禪餘有仙游好，嗜老外無一事爲。
七八年□[1] 思佛界，從斯俗念不追隨。

丁0786 春日言志 離合
三冬去後屬正月，一夜迎晴興無窮。
霞隔古鄉迷舊路，雨飄雙戶破孤夢。
響清澗水渡江浪，音冷庭松拂朵風。
春淺共憐殘雪白，日高同惜落梅紅。
雁歸片片碧雲外，鳥囀關關幽谷中。

---

1 平成本作"來"。

柳動青絲相亂夕，木枝正軟勝梧桐。

丁0787 春日游覽
春花莫莫鳥關關，細鳥香衫□[1]也攀。
城外群梢爲誰宅，境中美景屬斯山。
風情難繫烟霞興，塵事終歸木雁間。
劇務之餘相伴出，洞雲深處訪幽閑。

丁0788 春夜即事
夜短自然漏早闌，春天孤夢覺猶難。
舊栽墻柳帶烟暗，新綻庭梅秉燭看。
野馬頻游晴色暮，宮鶯百囀月輝殘。
遲遲暖日西沉後，集雪窗前苦待寒。

丁0789 同
燕飲已嘗歡會客，終宵乘醉感相成。
山鶯一曲離花樹，寒雁一行歸柳城。
桃李春風蘭省興，梧桐夜雨草堂情。
韶光本是無嫌處，玩至從朝及五更。

丁0790 同
因何今夜興游頻，朋友會同足玩春。
桂月臨篷雲葉白，柳枝拂水浪花新。
燕筵調管話談客，漁浦叩舷來往人。
一咏一吟吹笛處，憐之爭不動心神。

---

1 平成本作"聞"。

丁0791 閏三月即事
寂寥窗下讀書坐，無懈卷舒左手遮。
添月旁□□送歲，加春可樂剩看花。
林生繁葉礙朝日，鳥駐餘聲囀晚霞。
韶景暮時雖惜切，倩思有閏更還嘉。

丁0792 首夏即事 勒
何因此處有空虛，早夏宴游泉不如。
渭水岸邊唯繫艋，匡廬山下獨占居。
一宵露色混珠琢，六月瀨聲從雨餘。
好學言詩□酒客，自知往事數行書。

丁0793 夏二首
東河東域洛城頭，茅屋三間得自由。
竹戶涼風空忘熱，松窗夜月殆如秋。
道場普禮恒沙佛，苦海未艤彼岸舟。
每遇嶺猿先問訊，此山新主識吾不。

丁0794 同二
晚涼自至入襟懷，風在松軒月在階。
塵慮皆除終老地，雲心難繫愁生涯。
山中人謂不材木，門下我爲累葉槐。
岩崛[1]寂寥無客訪，頭陀舊路任苔埋。

---

1 平成本作"窟"。

丁0795 早夏言志
早夏早臻望正窮[1]，惜春不得恨深哉。
昭君弦曲關邊盡，漁父歌聲浪上來。
風曳竹枝琴自調，月臨雲外鏡空開。
宴游燭下會同客，舒卷言詩悲淺才。

丁0796 早夏述懷勒
述懷緣底感猶最，酌酒言詩弦管兼。
月照沙痕留白雪，露瑩竹葉似珠簾。
花林風脆春光盡，羈旅草滋夏路纖。
一詠一吟□□客，終宵游宴興彌添。

丁0797 夏日即事
夏天熱至使汗催，輕扇單衣裁又裁。
風竹朝陰當砌動，雲雷晚響繞山來。
是非漂泊三千界，歲月倉黃五十回。
性似嵇康慵世事，每逢劇務暫徘徊。

丁0798 同
此處夏深興不窮，宴游無限樂方同。
三秋霜夜藩籬下，萬里月時江浦中。
庭草彌滋窗户滿[2]，山雲收盡洞門風。
垂楊臨岸水心綠，落日燒池□[3]色紅。

---

1 平成本作"最"。
2 平成本作"雨"。
3 平成本作"波"。

苦感琴聲眠未結，偏吟詩句夢孤空。
言盡[1]酌酒咏歌客，猶取卷舒才少躬。

丁0799 早秋即事
暑去凉來感不休，蕭條景氣早迎秋。
岸風吹水波徐動，溪霧籠山月自幽。
嵇叔夜朋斟酒咏，周公旦客讀書游。
從斯偏玩草花色，苑裏移栽蘭與荻。

丁0800 秋三首
明王好儉不能禁，紅紫蘭將錦繡林。
迷暗更無山月道[2]，觀空猶被客塵侵。
眼偷瀑布秋泉色，耳假彈箏曉峽音。
買地便知雲物富，苔封萬石菊千金。

丁0801 同二
日高蝶卧老甚哉，紙隔松門慵未開。
静夜溜聲穿枕咽，黃昏嵐路渡□[3]來。
欣求淨土偷相誓，生死故鄉不再回。
地是半空望巨極，四明何只在天台。

丁0802 同三
東去都門十里强，茅檐蓬宇竹扉房。

---

1 平成本作"書"。
2 平成本作"導"。
3 平成本作"溪"。

若其非此求何處，所以□[1]何卜此鄉。
浮世崎嶇三峽水，暮年風物兩眉霜。
詩魔應是終身病，不用良醫不識方。

丁0803 秋日偶吟
金商漸至感猶通，蟲怨雁鳴心正匆。
籬菊待時含露白，□□□□□□[2]。
五更影冷三秋月，萬木聲乾一嶺風。
談話宴游吟味[3]客，言詩酌酒興無終。

丁0804 秋夜即事
東三條裏可搖心，曩代古今感不禁。
颯颯秋風飄嶺響，蕭蕭夜雨灑窗音。
商山月朗孤雲細，漢苑嵐生落葉深。
回四韵柳游至客，詩筵懷述是[4]沈吟。

丁0805 秋夜閒咏
秋夜咏吟何事好，管弦詩酒足相攜。
籬頭風暗蘭花敗，墻下露寒竹葉低。
燈爲照書儲座右，情依玩月入山西。
幽閑窗裏夢方斷，欹枕如今聞曉雞。

---

1 平成本作"無"。
2 平成本作"庭蘭迎晚帶霜紅"。
3 平成本作"詠"。
4 平成本作"足"。

丁0806 暮秋即事
日暮冬來促感程，會同終夜興猶成。
調弦於去昭君思，吹笛閑行游子情。
眼盡□[1]才關路影，悲餘千里塞垣晴。
曉霜蘭蕙蕭條色，秋露梧桐灑落聲。
排户遥聞□□□，上峰□[2]望岸橋橫。
今玩庚申回盞客，一咏一吟至五更。

丁0807 九月盡日惜秋
九月盡間何憶□[3]，爭加素暫節[4]休愁。
洲蘆雪散才浮浪，岸柳紅飛似染流。
留不得留迢暮日，惜猶難惜一時秋。
笙歌□笛兩三曲，送夜及曉足宴游。

丁0808 初冬即事
素影蒼蒼望尚清，宴游本自興旁生。
吳江波動暮風冷，漢苑枝疏曉月明。
老菊花衰憐夜處，衰楊枝老向冬程。
一吟一咏詩歌客，秋氣早臻動感情。

丁0809 冬日即事
天潔雲晴情感同，宴游賓客思旁通。

---

1 平成本作"萬"。
2 平成本作"空"。
3 平成本作"臨"。
4 平成本作"節暫"。

寒嵐拂霧月添白，斜日沈江浪浸紅。
楊柳春鄰枝漸動，枌榆年暮杪猶空。
巴猿聲汙[1]驚宵雪，胡馬蹄輕嘶北風。
大庾嶺南花發後，千秋池上凍封中。
言詩偏耻文章少，吟咏此時興莫窮。

丁0810 冬二首
西是道場東北[2]壇，賽神禮佛動心丹。
殘星隱映烟霄曙，落日悠陽水氣寒。
身惑重城朝霧卷[3]，家占遼崛暮雲端。
縱傾巨海洗窮劫，除却塵勞猶可難。

丁0811 同二
一帶潺湲一頃田，迎冬忘却紙窗前。
庭松獨步笑榮落，林雀群飛爭後先。
王事牽身年六十，佛名唱口數三千。
仙家無是土宜貢，紅雪地爲白雪天。

丁0812 冬日即事 勒
冬景蕭條動寸機，言詩酌酒怨微微。
洲蘆葉老花方盡，梁燕母疲雛漸肥。
月照沙頭霜在地，嵐驅水面浪深磯。

---

1 平成本作"冴"。
2 平成本作"社"。
3 平成本作"底"。

官卑齡迫未能□[1]，運命偏應任是非齡及六旬、故云。

丁 0813 冬夜言志勒
自元冬景憐旁至，明月明明入夜看。
白霧籠山紅葉盡，蒼波洗岸青苔寒。
烟嵐韵暗鄉心冷，鐘磬聲幽旅夢殘。
吟咏不眠詩酒客，獨催游宴漏徐闌。

丁 0814 花下言志
何因此處會游頻，詩句客將書卷賓。
不耐陶門垂柳雨，况哉洛水落花春。
雅琴聲静梨園子，浮艋影芳桃浦人。
霞散鳥歸韶景盡，咏吟可惜送良辰。

丁 0815 八月十五夜玩月
三五之天雲盡去，佳賓言志望蒼蒼。
月前酌酒宜塲[2] 意，燈外題詩足斷腸。
燕子樓邊晴後夢，華陽洞裏晚來霜。
自元此地有秋興，今夜多□[3] 皓皓光。

丁 0816 九月十三夜玩月
閑窗寂寂日相臨，從屬窮秋望巨禁。
潘室昔踪凌雪訪，蔣家舊徑踏霜尋。

---

1 平成本作"難"。
2 平成本作"傷"。
3 平成本作"定多"。

十三夜影勝於古,數百年光不若今。
獨憑前軒回首見,清明此夕價千金。

丁 0817 同
星河耿耿月蒼蒼,從屬窮秋最斷腸。
訪古無如今夜影,經年豈忘此時光。
洛中各領吾家雪,塞外定疑萬里霜。
起倚前軒回首立,金波壇[1]朗足相望。

丁 0818 月下言志[2]
季商月下思尤誠,醉裏放游似阮咸。
遠近蒼茫臨萬項,高低洞朗照千岩。
虞人樹老霜初伐月令曰、暮秋伐薪,薙氏草衰雪欲芟李少卿書曰、九月草衰。
詣闕應驚冰易履,披書還悔石空緘。

丁 0819 同
金膏瓊粉新瑩鏡,楚練齊紈幾□□。
宴罷南樓三酌盡,詩成西嶺半輪銜。
生涯光景流如水,榮路昇遷險自山。
蓮府華筵陪座右,貞心唯憶比□□。

---

1 平成本作"腫"。
2 《本朝無題詩》作此詩的作者爲大江匡房,與下面丁 0819 共同組成一首七言十六句的排律。

丁0820 月下有感
月清九月十三夜，天冷星稀叶四望。
斜影訪窗臨曉枕，餘暉繞壁滿秋堂。
長安遠近千家雪，洛邑東西萬井霜。
倩見雲間晴去色，明珠在匣□中央。

丁0821 月下言志 勒
形容變去鶴栖頭，事事多愁月下游。
銀漏數聲穿凍滴，金波一道向西流。
寒衣重雪誰爲暖，雙鬢添霜欲妒秋。
東閣唯看新影好，任他皓色暫無留。

丁0822 秋日林亭即事二首
林亭幽境興多存，傍有孤山後有園。
霧漸散間望遠岫，月初上夕立前軒。
閑窗雨底燈孤照，古樹陰中酒一樽。
秋露滴來柴結戶，青嵐叩破竹編門。
庭蕪路細才來悅，峽水浪清獨叫猿。
寒處重衣眠日色，困時枕臂卧松根。
吟詩相憶晋潘岳，乘醉還嘲楚屈原。
塵事眇茫夢覺曉，風吟蕭灑葉零昏。
性斯遲鈍情□□，運亦自然口不言。
此地唯歡車馬少，長安城僻避囂喧。

丁0823 其二
境離群動感先催，尋到終朝也忘回。

苔席石平看露宿，柴扉門破任風開。
昔談野客今何在，半朽窗松昔詎栽。
林葉四飛嵐隱映，山鐘一聲月徘徊。
不堪歲月向人急，從此鬢眉引老來。
溪鳥嶺猿爲我友，俗塵相避思悠哉。_{本集先作光、門作內、并非}

丁0824 夏日桂別業即事
京洛西南桂水邊，地形勝絕任天然。
松杉山暗陰雲底，鳥雀林喧落日前。
官祿餘身雖照世，素閑承性不爭權。
尋來此處有何思，觸境逸游感緒連。

丁0825 春日游宇治別業
城外行□[1] 何所憶，從迎美景感相加。
釣臺砌下孤叢草，浴殿檐間一樹花。
河北家鄰春浪聽，郡西山遠夕陽斜。
促車催馬回眸見，萬里前途被隔霞。

丁0826 秋日宇治別業即事
長安城外十里餘，宇治佳名今古同。
秋水月沈沙岸白，暮山日落洞雲紅。
成群鶴警清冷露，不繫舟任蕭索風。
此處自元多景氣，詩歌弦管尚無終。

---

1 平成本作"行"。

丁0827 冬日宇治別業即事
屢尋城外感相興，被駐勝游歸不能。
久使宦[1]途迷夕霧，愁趨世路踏春冰。
樵夫山館同生客，浴鳥水鄉異類朋。
觸耳當望何物最，浪茫茫與月澄澄。

丁0828 春日富家別業即事
城南別業斷心機，眺望朝□[2]排竹扉。
深澗哀猿懷樸叫，孤沙鷲鷺帶魚飛。
春風開處柳搖緩，暮雨暗時山見稀。
勝地遷居何所思，攀花聞鳥得忘歸。

丁0829 同
芳辰過半動心機，依是可憐落日輝。
澤畔浴鳧銜藻戲，雲端去雁向陽飛。
石灘流淺輕舟重，驛路霞深遠樹微。
屢思鶯聲先暮聽，被留花色不能歸。
和烟庭柳入春盞，送艷窗□薰夜衣。

丁0830 餘春洛外別莊即事
今年餘閏韶光裏，物色依之玩更新。
車馬爭迎遲出月，□□□□□□□[3]。

---

1 平成本作"官"。
2 平成本作"朝"。
3 平成本作"關墻得駐欲歸客"。

山雲千□[1] 花林下，沙雨數聲石瀨鄰。
茅屋幽閑無客至，爰知此地避鄉塵。

丁0831 梅津
長安十二衢邊宅，都督納言昔引朋。
西北龜山郊縣外，東南雁塔兩三層。
立望仙洞雲披閱，老訪禪林嵐響應。
桂水梅津尤有意，花如白浪月如冰。

丁0832 宇縣
宇縣風流趣奈何，翠簾四面得山河。
春花秋月不如此，金谷南樓其任它。
鳳轄昔踪朝霧暗，鶯囀古路晚嵐過。
烟村幽處僧歸寺，相伴終宵禮佛陀。

丁0833 山階
宇縣朝辭過野館，山深路僻欠門賓。
等閑鄉信時□[2] 到，來往州民面□[3] 馴。
五載于茲營此地，一生之後屬誰人。
元由幽境應無定，暫卜柴扃欲寄身。

---

1 平成本作"片"。
2 平成本作"時"。
3 平成本作"面"。

丁0834 歸路
七十遠行□¹步屈，移居黏席與眠俱。
拘留牡²齒非人力，除却老痾待誰扶。
餘喘暗難知幾日，他生終欲赴何途。
及顏危暮五旬後，云子云孫始或³吾。

丁0835 夏日禪林寺即事
禪林寺自宴游處，往返古今歲獨通。
讀誦聲凉仙洞月，□□□□□□□⁴。
暗溪鷄報幽深曉，夏寺人稀寂莫⁵中。
朝暮斷腸何事在，一吟一咏興難窮。

丁0836 秋日禪林寺即事
華洛東頭一梵宮，清泉白石□⁶期中。
烟波半落寒汀遠，鷹隼暗翔秋濕空。
穢業洗來岩谷水，塵心拂盡洞門風。
禪庭何有蕭疏物，黃菊紫蘭三兩叢。

丁0837 暮春游清水寺
緣底三春望叵抑，有花有鳥興來閒。
松門夢斷遠鐘盡，柴户眠驚花月閑。

---

1 平成本作"行"。
2 平成本作"壯"。
3 平成本作"惑"。
4 平成本作"經行衣薄暮山風"。
5 平成本作"寞"。
6 平成本作"富"。

楊柳枝青烟裏嶺，雲霞溪暗雨時山。
文賓詩客咏吟暮，此處宴游爭得還。

丁0838 夏日游清水寺
引友尋來清水寺，山深境近到無程。
真如理裏溪雲暗，見思惑前嶺月明。
詩酒可忘夢裏苦，風波難忍世間情。
普隨六道雖應現，此處殊尊千手名。

丁0839 游圓城寺
圓城寺裏浮游客，目仰眼蓮淚獨霑。
鐘韵三更雲外盡，香烟一穗月前纖。
房廊寂深肩輂□[1]，堂舍傾危不并檐。
禪定衲穿臨暮侶，寒嵐幽響習無厭。

丁0840 游長樂寺
何因遠近興難休，詩酒管弦得自由。
霞隔洞門春嶺暗，雲收澗口暮山幽。
法林露夜散花曉，御苑嵐時落葉秋。
窗下會同談話客，只憐吟咏與天[2]游。

丁0841 秋日長樂寺即事
長樂寺深路自披，尋踪至處日西垂。
籬根景色露千點，洞裏晚聲松一枝。

---

1 平成本作"房廊寂寞深肩輂"。
2 平成本作"交"。

蘭若幽居山月訪，檀那素意澗雲知。
纏牽王事欲歸去，此地風光新別離。

丁0842 游長樂寺
更它[1]漏閒感不疆，宴游自若愁猶忘。
衲穿禪侶傷宵雪，樓破幽鐘和曉霜。
居起慈心煩惱滅，眠觀落月片雲長。
尋來勝境沈吟苦[2]，征路程遙足望鄉。更它二字恐誤

丁0843 游山寺
尋來山寺有何思，石勢水心感不窮。
猿叫雨深溪霧底，鳥聲日暮嶺霞中。
世間榮祿春花脆，俗界塵勞夜夢空。
徒送生涯無所作，罪障難盡淚先紅。

丁0844 秋日出山寺
秋山有寺路崎嶇，尋迹攀登麋鹿俱。
嶺樹雨霑唯一味，石苔衣薄定三銖。
龍華當說拳頭約，貝葉昔經淨手摸。
佛閣莊嚴人力絕，雲為羅衲露為珠。衲本集作綱是

丁0845 山寺即事
山寺住持老比丘，客來先謁紙窗頭。
岩泉飛洗中天月，林葉落埋下界秋。

---

1 平成本作"定"。
2 平成本作"客"。

發露日晛須早去，與雲期約暫遲留。
峽猿溪鳥定嘲我，三世佛恩未得酬。

丁0846 同
屢尋古寺步匆匆，指點長安望不窮。
鹿野苑風聲可似，菩提場月影相同。
山開畫扇烟晴後，水纖[1] 圖[2] 文雨靜中。
世路險難千里浪，人間榮耀一時夢。
禪居年舊紙窗黑，色界秋深蠟樹紅。
谷鳥嶺猿爲我友，終朝對是興無空。

丁0847 同
山人野客定除障，經過自然禮道場。
光耀法恩秋玉露，聲成佛事曉鐘霜。
欲將泉石付麋鹿，恐尚子孫訟帝王。
何只此鄉占寂靜，管弦詩酒亦無妨。

丁0848 同
河東有寺訪其源，祖考幽栖昔相門。
翠竹露滋斜岸北，紅蕉風脆廢籬根。
僧爲山月多年友，我又洞雲幾世孫。
此地元來非俗境，奇岩怪石莫談論。

---

1 平成本作"纖"。
2 平成本作"圓"。

丁 0849 游山寺談僧
蕭寺境幽雲霧排，逢僧盡日問持齋。
頭陀庭靜青苔滑，禪定山深秋葉埋。
曉了空觀何智力，朝宗苦海幾生涯。
黃昏寂寂無人事，頂禮世尊立石階。

丁 0850 夏日游古寺
道場寂莫客來無，林下經行麋鹿俱。
紺殿鐘鳴山月曙，香爐火滅水烟孤。
松風榮啓琴中曲，荷露聲聞衣裏珠。
眼界耳根多意地，歸程忘却暫踟蹰。曲本集作韵

丁 0851 古寺言志
嵩山西畔洛城旁，有寺有樓有竹房。
溪鳥[1]馴僧交□[2]語，庭花爲証送餘香。
浮生薙朧秋嵐露，衆罪槿籬晚日霜。
定識漁村鄰接境，應斯利益在無疆。

丁 0852 夏日宇治平等院言志
平等院前誰發榮，傳斯重代感□成。
蓮花紅綻清風晚，香火烟纖殘月程。
松杉戰枝眠空斷，鐘磬報聲夢獨驚。
縱往寰中催眺望，無勝此處未聞名。

---

1 平成本作"烏"。
2 平成本作"巽"。

丁0853 同

梵宇今傳平等號，我斯草創昔餘流。
雙松寺裏宜修夏，宿麥隴邊只有秋。
净土業因西可向，暮天炎暑未曾休。
道場尋到無他念，瞻仰尊顏暫逗留。

日本詩紀卷之四十八　丁集第十四

卷之四十九
丁集第十五

上毛河世寧　彙編

丁 15-01 藤原忠通 二

丁 0854 草樹色初春 便、○以下八十首見本集[1]
林園氣色蕩精神，草樹扶疏初識春。
山展畫圖花綻曉，庭添容飾雪消晨。
湖南碧岸新蘆露，陌上黃梢嫩柳塵。
籬菊三分梅五出，東風吹起望殷勤。

丁 0855 山水花皆滿 紅
有水有山西又東，春花皆發滿望中。
柳堤絮亂雪無地，梅嶺妝餘霞在空。
錦繡谷彌雖襲彩，楓松江獨不知紅。
縱令仁智尋邊畔，個裏濃香豈得窮。

丁 0856 當水草初生 題中
野塘眇眇水蒼蒼，遠草初生望自當。
含色菰蔣春岸縟，抽心杜若露沙芳。
倩看韶景湖南露，不似涼秋塞外霜。
一道青烟微尚嫩，何蘆何荻迨思量。

丁 0857 月下對花柳 妝
元來花柳興尋常，月下對之彌斷腸。
面可相當浮鏡黛，目難暫舍映珠妝。
青烟迎霽消無色，素艷混輝辨以香。

---

[1] 本集指《法性寺入道集》。

此夕若非清影夕，春山錦繡暗中裝。

丁 0858 道場花木新 題中
寂莫[1]道場無客臻，唯看花木萬株新。
民村老柳俗塵舊，净土妙蓮異彩均。
諸樹雨薰耆崛曉，悉檀風飄玉泉春。
嶺霞林雪莊嚴地，昔佛於斯轉法輪。

丁 0859 同前
被牽花木至何鄉，洛邑東山古道場。
無相理前開色相，燒香勻外供餘香。
波羅奈雪暫生滅，孤獨苑霞隔斷常。
櫻杏桃梨斯地貢，蓄將日日獻空王。

丁 0860 浮水落花多 春
林花多落積沙濱，浮水輕葩神又神。
巴峽紅妝流不盡，蜀江錦彩濯彌新。
浴鳧迹破千重雪，漁艇棹穿數片春。
智者興游何日月，芳菲風景顧歸辰。

丁 0861 待花催勝游 題中
終日待花情自靜，勝游爲是屢相催。
綺羅訪苑責遲綻，冠蓋就林訝早開。
試引伶人期蝶舞，且展宴席憶鶯來。
樹根移座營何事，依慕桃顏勸酒杯。

---

1 平成本作"寞"。

丁0862 春裏花尤貴情
春裏元來令眼驚，非斯外事貴花情。
羽林榮耀迷霞色，宮掖警巡代鳥聲。
魏相論妝風暖後，楊妃假艷日遲程。
行人稅駕無空過，一樹猶傳萬石名。

丁0863 遠思鄉外花春
遠思鄉外足搖神，漠漠花妝定是新。
不審關東林樹雪，如何副北野村春。
山桃開處遙馳思，旅客來時先問勻。
塞柳嶺梅爭得見，長安城裏素閑人。

丁0864 花下招賢士春
招來賢士靜殷勤，花下終朝談惠仁。
雪馥騁迎初至曉，鳥歌羽翼已成辰。
鄭公溪廢風薰暮，袁氏門開雪暖春。
櫻杏桃李爭綻處，蒲輪迹出玩濃勻。

丁0865 養生不若花春
養生方術卜何辰，不若百花爭綻春。
愛賞先嘲和藥客，折將自類學仙人。
從開暖露雖扶性，爲恐狂風欲營神。
叔夜秘論言未盡，數行文裏欠濃勻。

丁0866 春寒花未開催
雖屬陽春花未開，餘寒爲是被人猜。

嶺雲猶訝梅芳否，岸凍遲消柳懶哉。
倩[1]憶豈侵殘雪綻，料知定逐暖風開。
歌鶯舞蝶尋難得，林下興游何日催。

丁0867 花氣雪中薰春
花氣薰來宜蕩神，雪中自識屬芳辰。
馬驚酷烈胡山曉，船載餘香剡縣春。
粉面客含雞舌立，白頭人繞妓爐臻。
梁王政理莫相惡，非是爲君應節勻。

丁0868 花木逢恩賞探得紅字
逢恩逢賞喜無窮，花木帶榮立個中。
貴彩不慚翁子錦，華顏還笑上陽紅。
秦松好爵應餘慶，漢柏良材是異功。
愛得濃姿何所比，楊妃專夜意相同。

丁0869 雨中草樹鮮便
陰森草樹望旁邊，五月雨中枝葉鮮。
堤柳翠濃初灑後，潭荷艷懶未霑前。
陶籬菊重露餘地，秦爵松高雲暗天。
非只華夷歸聖化，明時惠澤及桑田。

丁0870 水樹有清風凉
清風何處飄然至，新樹陰前綠水傍。
感氣林頭抛竹扇，披衿嶺脚領荷香。

---

1 平成本作"債"。

苔岩泉濺驚秋韵，石徑松高引晚涼。
幾事夏天催興苦，楓江浪上月明揚。

丁0871 月前堪避暑明

從本月前堪避暑，對之相惜欲天明。
每迎新影牽秋思，定及落輝復夏情。
毹帳當晴無熱到，阮帷逐夜有涼生。
臨窗皓色消炎景，不識燕王珠再瑩。

丁0872 看月自忘暑情

看月終宵臺上行，自然忘暑玩清明。
混珠猶有招涼思，頹雪更無到熱情。
出望晴天衣暫薄，入眠暗室汗還生。
餘輝所照皆銷夏，秋景從今誰欲迎。

丁0873 林暗難望月

月夜何因足斷腸，庭林暗處礙瞻望。
爭除繁葉得通影，若倚枯株豈妨光。
溫樹陰條消霽雪，綠槐夏杪隔秋霜。
淹池松蓋隨風動，水上金波見只藏。

丁0874 池邊螢似燈飄

池邊何有似燈物，此是砂痕螢火飄。
映浪應迷當壁背，亂涯不辨隔窗挑。
夕過水檻疑初舉，曉隱洲蘆誤已消。
唯怪渚宮幽砌外，自然終夜焰常昭。

丁0875 泉石始知秋 題中
有石有泉叶勝游，個中尋到始[1]知秋。
清風拂盡雲難觸，緑水湛時月易浮。
岸柳洞裏諳代謝，岩苔氣色示來由。
金商光驗是何處，舒姑臺前秦嶺頭。

丁0876 月色照高低 秋
蒼蒼月色興難休，遍照高低命宴游。
百尺樓中光上夕，千尋洞底影沈秋。
立看遥漢曉雲去，居望深淵宵凍流。
料識金波無限所，始從水畔及山頭。

丁0877 幽寺月方清 題中
清夜訪僧乘月游，寺門寂寂境方幽。
殘輝不耐西明曉，宿望難窮兜卒秋。
佛號是同三唱口 此寺有光菩薩、故云，尊容易惑兩低頭。
攀登梵宇今看取，此地金波隔俗流。

丁0878 同前 爲人作
寺幽何物是瞻望，秋月清明無比方。
管領圓輝留净室，惜將殘影獻空王。
錢唐湖上水心凍，羅漢崛中石髮霜。
梵宇庭高旁寄眼，照臨不限幾家鄉。

---

1 平成本作"初"。

丁0879 同前 爲人作
古寺幽閒踪幾僻，個中玩月四望清。
苔庭雪淺散花道，石室霜深迦葉情。
佛地朗然知漢潔，梵宮照耀是天生。
圓輝彌混白毫相，觀念此時及五更。

丁0880 月上浮水上 明
月光皓皓眼方驚，水上眇茫浮只明。
雁齒橋橫秋漢潔，龍頭舟去夜雲晴。
長江浪白雪千里，極浦霜寒鶴一聲。
岸柳浸枝穿曉凍，池魚光誤釣絲生。

丁0881 羈旅月光明 秋
往來羈旅思悠悠，看月如何傷意不。
燕筑一聲鄉外曉，胡笳四面客中秋。
延陵故劍霜應掛，范蠡扁舟晴欲留。
蘆葉荻花蕭索夜，潯陽江上素光浮。

丁0882 月明隱士家 秋
隱士深栖月獨幽，饒看放任足放游。
袁門晴雪空埋迹，潁水夜冰難結流。
綺里避秦商嶺曉，嚴陵逃漢釣壇秋。
雪收天末瞻望遠，不耐淮陽一老愁。

丁0883 月前理管弦 秋
欲理管弦何處優，離宮月下後池頭。

1034

秦臺雲盡吹空去，隴水冰寒咽不流。
畫角三聲邊塞曉，瑤琴一曲都樓秋。
城南唯有名區在，今夜清光此地幽。

丁0884 月明酒域中_秋
莫言明月照方遍，酒域之中影獨幽。
皓色不知藍水外，清輝只在玉山頭。
入鄉何客初看雪，問廬誰人自莅秋。
乘醉如迎和暖節，怪猶應怪夜霜留。

丁0885 夜長看月久_明
漫漫夜長夢正驚，久看桂月感清明。
豈唯秋漢靜難曙，又有金波留不傾。
漏水緩移襄箔坐，曉雲遲起叩船行。
星河停滯輒無轉，剩玩寒光經幾程。

丁0886 關河夜月明_{題中}
明明夜月望方閑，皓色無嫌河與關。
楚水冰紈秋結浪，胡城風斾霽過山。
光追征馬留難得，影伴回流惜不還。
今夕金波何處好，一清岸畔二崤間。

丁0887 無雲夜月明_光
月明終夜促閑望，當眼無雲施素光。
試覓寸肤唯襲雪，若殘餘靄不添霜。
除來浮藻珠還浦，拭盡細塵鏡在箱。

沛郡秋風吹盡後，天清何物正飛揚。

丁0888 夜月照高閣
攀昇高閣望方驚，夜月照臨四面明。
欄在半空寒影近，構侵遥漢落輝平。
石渠賢象影秋雪，天祿圖書校曉晴。
應是蘭軒過百尺，眼迷直下不知程。

丁0889 微月浮江上 分一字
微光月細夜三更，江上浮來將浪輕。
楓葉晚陰争辨得，荻花曉色未分明。
若非岸表珠才冶，疑是舟中鏡半成。
弓勢一張今在此，沙鷗州鶴定相驚。

丁0890 入聽秋方冷
秋冷方知意鬱陶，終夜入聽耳嘈嘈。
鄉砧遠怨秋腸斷，山磬寒鳴曉夢勞。
殘月峽頭猿叫曙，悲風塞上雁聲高。
金商感事老彌苦，時興何唯在二毛。

丁0891 入夜有蟲聲 心
蟲聲滿耳感難禁，入夜愁人動寸心。
臥聽孤床鳴自近，起依暗壁織猶深。
先當新月雖添響，終到明朝定罷音。
蟋蟀韵寒腸已斷，個中移座苦相尋。

丁 0892 蛩響滿階庭[1] 音
被催蛩響興難禁，遍滿階庭唧唧音。
夜靜頻鳴砂砌下，日斜苦怨玉欄陰。
暫罷趨拜添秋韵，恐爲昇降妨曉吟。
此處終宵傾耳立，床邊壁底亦相尋。

丁 0893 秋菊有貞心 題中
秋殘菊雖無發榮，蕙蘭衰後遂彰貞。
凡叢早老霜寒日，勁草被知風拂程。
勻類蘇公歸漢節，妝嘲李將沒蕃名。
此花本宜自爲寶，葩似黃金露似瓊。

丁 0894 花菊薰冠帶 芳
菊花爭綻過重陽，薰帶薰冠無限妝。
愛賞奇香彈不得，移將景氣解長忘。
自疑巾角含鷄舌，人導[2] 銀鉤觸麝囊。
一就陶籬攀艷後，腰圍首服足芬芳。

丁 0895 秋暮笙歌裏 題中
秋景暮來感緒加，不如蘭裏理笙歌。
欲冬猶怪陽春奏，調律還思南呂過。
別鶴聲間霜厲早，薰風曲底葉零多。
四時代謝留難得，一咏一吟奈意何。

---

1 平成本此詩與下一首詩順序相反。
2 平成本作"遵"。

丁 0896 秋意在山水譜

依然秋意今何在，楚水胡山地[1]也南。
思量無他唯岸月，須臾不忘是溪嵐。
江干景色尋常憶，洞裏風光寤寐譜。
池似瑠璃林似錦，從迎素律設相貪。按地當作北

丁 0897 羈旅夜方長

羈旅眇焉征迢留，夜長方識意悠悠。
隴西苦待月傾去，塞外頻伺雲曙不。
訪曉鐘遲驚客夢，爲更漏久促邊愁。
老眠早覺偷思得，持節胡城送幾秋。

丁 0898 夜長迎曉遲題中

夜長孤夢斷加成，曉漢遲遲唯待迎。
豈計燈消猶昴宿十月中前後七日亥時爲昴宿、故云，幾千砧怨續雞鳴。
倩聞宮漏閑難轉，試望山雲晴未明。
老睡早驚偷思量，待朝應似送多生。

丁 0899 雪飛南北間分一字

三冬飛雪望猶新，自北自南飄玉塵。
巫嶺雲寒朝化女，樵溪風白暮歸人。
楚江吟月何唯夜，胡塞玩花未必春。
王者前頭賓客左，霏霏終日思殷勤。

---

1 平成本作"北"。

丁0900 遠近唯飛雪
寒雪非唯眼路明，高低遠近盡相盈。
華燈一點沙飛曉，畫角三聲風白程。
山有陰雲斜月冷，庭無芳樹落花輕。
開簾入隙夜夢覺，欹枕遣懷萬里情。

丁0901 雪裏老人思情
繽紛雪裏眼方驚，玩此老人感思成。
携杖路深盈尺曉，懸車迹斷積庭程。
漢朝四皓花前興，天寶遺民月下情。
行客香山初至夜，更看鶴氅逐風輕。

丁0902 都邑日方暮
日輝方暮感猶成，都邑之間憐西傾。
四井欲宵鐘響盡，九衢待月笛聲清。
禁庭初促拜郎思，曲洛未傳見士情。
高上江樓回首望，民烟處處鳥歸程。

丁0903 雲水望中遠餘
禁¹雲泗水望中遠，感此放游忘舊居。
暮指長江帆影去，夜懸斷峽月眉疏。
沙村被隔何鄉外，波路不知幾里餘。
昔在陶朱辭越日，五湖眇眇浸空虛。

---

1 平成本作"楚"。

丁0904 運轉左時至齡、○按左當作老
老至鏡中變怪形，天時運轉遂無停。
不堪艾髮經霜白，欲慣松標逐歲青。
我咽光陰空暮淚，人生五十是衰齡。
每開詩席一悲感，舊事凋零隔視聽往日宴席、詩仙濟濟、年去年來、或無所殘、統兩三、其餘盡分離、思彼往事、如在目前、不堪懸懷、故有此句。

丁0905 重賦畫障[1]
後素筆端萬物新，烟霞草木妙猶神。
東西兩面和與漢，表裏一時秋只春。
勸盞每朝牽邑老，并床竟夕話山人。
被留風景無歸思，茅屋三間容此身。

丁0906 奉哭禪定法皇、呈尚書右中幕下
忽遇法皇遷化日，近臣慟哭意何如。
訪踪泣奏新遺詔，拭淚竊披舊賜書往年志學之時、賜以白氏文集、書留號在個中居去而歸泉下、故云。
姑射山西秋月隱，霸陵原上暮烟虛。
籬花庭樹有愁色，應是昔時雨露餘。

丁0907 予當一日休暇、玩三秋風景、時興之新催、慨然而有感、聊書中懷、以贈尚書源右中丞
萬物應時衰去早，庭花林葉被霜埋。
夕行臺上嵐盈面，夜憑欄干月在階。

---

[1] 此詩与丁0334重復，但是確實是藤原忠通之作，當置于此。

塵事茫茫拘世累、風光忽忽送生涯。
　何唯秋興昔潘岳、觸境誰人不感懷。

丁0908 近曾聊書秋興、以寄前金吾幕下、答謝之篇、句句有金玉之聲、不堪欣感、重綴本韵
　卷舒久廢秋螢去、軸軸圖書塵自埋。
　寒竹動風梢打牖、暮松礙日影侵階。
　家鄉隔境月千里、雲水極望天一涯 時參宇治、夕還京洛、南望北顧、山水渺茫、故云。
　昔伴交親看漸少、詩筵更引故年懷。

丁0909 重寄尚書左中丞窗下
　砌下栽蘭雖愛惜、疏松貞節任烟埋。
　臨澗紅梢燒晚水、傍檐秋果落空階。
　雲端翠黛幾重嶺、浪上細烟何處涯。
　千里龍駒蹄豈泥、前途月下莫傷懷。

丁0910 重呈
　朝卷蘆簾回首見、群山忽隱是雲埋。
　更無外物悅人目、只有殘叢當我階。
　岩腹烟開初識徑、湖心潮滿半吞涯。
　自元宿望在西土、落月光前催素懷。

丁0911 秋日過城南古寺、書所懷寄諸好事
　湖水餘流回澗通、叢祠西畔寺門東。
　山高猿叫翠微月、林老蟬鳴黃落風。

一乘觀行應意外，百年生計在夢中。
初知禪侶閑談處，圓寶教文諸法同。

丁0912 歲暮書懷呈文友
天時代謝駐無留，定使壯心到老愁。
往事思量燈下淚，贏儲妨得月前游。
唯迷生死悠悠海，不識年光寸寸流。
萬物蹉跎窮景盡，春風何日告來由。

丁0913 寄諸文友
等閑世上自遲頻，俗塵相侵無畢時。
大底人間雖耐厭，倩思舍此欲何之。

丁0914 和野老擊壤之佳什
風月主人君得號，我為侍僕欲披襟。
窮陰被物宜牢落，感事隨時有淺深。
先老侵來唯雪鬢，與閑計會是雲心。
官途休暇思猶靜，寂寂楊家定獨吟。

丁0915 病中奉念彌陀佛、呈詩文友
病裏殷勤何所營，依彌陀教致積誠。
四緣三業勿忘道，十念一心應唱名。
空樂下生年月老，試望西土曉雲橫。
若無弘誓救群類，來世必然墮火坑。

丁0916 酬都護亞相見和念佛愚篇
往生九品苦屏營，何只官途專篤誠。

落月光前觀色相，皆空理裏假聲名。
八音風味花雲馥，七寶階高欄楯橫。
求道久沈塵垢境，豈殊龜尾引泥坑。

丁0917 聞李部大卿依病出家、悲感之餘且呈所懷
李部大卿扶病久，歸真始仰釋尊恩。
延齡方術丹經說，來世資糧白佛言。
八十衰翁辭我去，烟霞餘味共誰論。
莫忘他日舊游處，詩席幾回寒與溫。

丁0918 願成佛道分一字
妙法蓮華經說言，願成佛道使眾存。
昔歡長者稱吾子，今憶枯株清六根。
淨土行因無暫息，浮生產業不曾論。
縱殘罪障莫空棄，利益豈窮兩足尊。

丁0919 御史源中丞者、諸¹席舊友也、入道之後二十許年、面謁相隔、音信難通、爰予有講經、言詩與物、結緣之願、歡其善根、贈此佳什、是宿習內促、舊意外形乎、思旨趣不覺淚下、三捉之餘、憖押本韵按諸當作詩
衍門奧旨課詩言，遠證菩提爲遍存。
一乘教心融十界，月輪觀眼入雲根。
舊談世事胸中在，既往交游淚底論。
遁俗以來經幾歲，積功累德被人尊。

---

1 平成本作"詩"。

丁0920 答見重贈之佳什
開三顯一絶名言，二乘初心豈得存。
鹿苑折空嫌小果，鷲峰譬説導中根。
烟霞氣味送春忘，生死因緣將夢論。
無智無材無藝士，不圖今作相門尊。

丁0921 秋日聽講普賢經、賦眾罪如霜露分一字
佛言眾罪如霜露，經六情根念念加。
鄘縣菊妝争得濕，豐山鐘響不能和。
從迷夜夢結猶在，縱向朝陽晞若何。
悔悔胸中消去早，時西莫忘厥功多。

丁0922 讀史記賦周本紀
披書唯考周朝事，三十六王一卷陳。
牛放桃林花脆曉，馬嘶華山草深春。
自尊姬旦往事迹，誰教養由舊日塵。
可悦可康治德昔，采詩官定欲知仁。

丁0923 讀史記賦秦本紀
秦先次序載經史，源起高陽後幾程。
宮室若無華飾構，戎夷豈有謗訕情。
放汧春馬莫間息，贈晉昔船風底行。
非只武功專賞賜，孝公政令務農耕。

1044

丁0924 讀史記賦魯周公世家
姬旦何人邦重器，孝仁才藝盍[1]相并。
披書君灑數行淚，待士吾催三把情。
久佐周年朝市政，更聞洛水曉波聲。
成王叔父武王弟，天下被知不賦名。

丁0925 燕世家
巡行鄉邑召公奭，自陝以西司正任。
軍徒荆軻持節日，民歌棠樹落花陰。
燕王車是二千乘，趙主酒猶五百金。
郭槐若無教已舉，萬方賢士豈來臨。

丁0926 管蔡世家
管氏竊疑周旦仁，武康爲相治殷民。
楚昭留客兩三歲，蔡叔得從七十人。
白雁自來田戈[2]日，秋舟屢蕩戲游辰。
過曹重耳知無禮，何士依之陳後頻。

丁0927 讀新樂府、賦五弦彈
鄭之奪雅最應要，借諷五弦呈意端。
霜鶴夜聲籠裏警，風松秋韵樹間寒。
珊瑚新曲聞無厭，疏越舊調歌不彈。
有士在斯來自遠，竊憂趙璧齒方闌。

---

1 平成本作"盖"。
2 平成本作"弋"。

丁0928 驪宮高
朱樓高構望難窮，三四重間雲自通。
紫殿窗深泉石舊，翠華迹斷洞門空。
山蟬聲送秋風底，宮樹葉零暮雨中。
妝樓寂莫[1]客來少，他作道場足護持。

丁0929 繚綾
繚綾奇絕何相似，瀑布泉飛月下清。
送樣不知寒女費，踏泥無惜美人情。
裁前塞北秋雲色，著曳昭陽春雨聲。
伏奉去年中使敕，越塗爲是告經營。

丁0930 賣炭翁
借問老翁何所營，伐薪燒炭送餘生。
塵埃滿面嶺嵐曉，燒火妨望山月程。
直乏泣歸冰冱路，衣單不耐雪寒情。
白衫宮使牽車去，半足紅紗莫以輕。

丁0931 和李部大卿見賣炭翁愚作所贈之佳什
山翁潦倒在茅庵，度世心謀寤寐諳。
生計如何炎熱日，家資期得冱陰嵐。
恥垂蒼鬢營身上，恐爲白衫驅市南。
炭是千餘綾一丈，官兒稱敕誰相貪。

---

1 平成本作"寞"。

丁0932 九月盡日過栖霞古洞禮佛
蕭寺上方古洞頭，悵望不耐欲歸秋。
惜秋非唯人心苦，一片山雲向我愁。

丁0933 和大將軍之平等院會無題詩作古寺言志
長河西畔暮山傍，行客征夫禮道場。
溪鳥馴僧交異語，庭花爲詎送餘香。
浮生薤隴秋嵐露，衆罪槿籬曉日霜。
接境漁村如有意，應斯利物在無疆此篇與無題詩所載、起結小異、中二聯全同、蓋既有成篇、而後再定者、今兩存之。

日本詩紀卷之四十九　丁集第十五

卷之五十
丁集第十六

上毛河世寧　彙編

衲子

丁16-01 釋蓮禪

丁0934 賦雪_{以下五十五首見本朝無題詩}
雪白雲黃年景闌，撥簾相望慰幽閑。
曉留明月千程地，冬有衆花四遠山。
孫氏寒窗如燭映，孟嘗昔浦似珠還。
賞吟緣底更爲恨，彌點鬢華一半斑。

丁0935 賦薔薇
薔薇屬夏開階庭，感緒紛紜昇又降。
或白或紅妝不一，謂蘭謂菊色難雙。
錦車趁艷馳朝市，紫麝助薰出晚窗。
昔日樂天吟麗句，此花豪富被人□。

丁0936 咏郭公勒
郭公屬夏有佳名，好事家家嗟嘆成。
鶯子巢中春刷翅見萬葉集、故云，兔花墻外曉傳聲。
汝呼同類孤雲路，人咏和言五月程古今之人多咏和歌、故云。
低檐雨滴寂寥夜，欹枕不堪相待情。

丁0937 聽妓女之琵琶有感
琵琶轉軸四弦鳴，妖艷簾中薄暮程。
清濁未分空側耳，弛張始理自多情。
飛泉濺石逆流咽，好鳥游花高韵輕。
蕭瑟暗和風冷曉，松琴誰弄月秋晴。

不思客路人胡曲，無飽妓窗激越聲。
腸斷何唯溢浦畔，夜舟彈處樂天行。

丁0938 早春即事
優哉美景自東到，萬物熙熙樂暗添。
宿雪埋花文繡薄，春烟染柳色絲纖。
閑游日永眠憑几，遠望山晴立卷簾。
老後適逢詩酒友，芳談不盡興相兼。

丁0939 初冬偶咏
荒凉一屋古三徑，行藥微微日漸曛。
菊色金殘當步武，葉聲錦眠散奇文。
曉來爐氣寒無火，秋後衲衣薄自雲。
柴户不開人不訪，從斯心事與誰云。

丁0940 爐邊清談
閑談少飲兩三朋，冬夜夜長寐[1]不能。
深火爐前居暖酒，小書架下立挑燈。
老來都忘烟花[2]月，眼底猶思佛法僧。
猶□冷[3]寒衣也洰，暗知山雪與池冰。

丁0941 同
冬天延客式游時，坐卧爐邊鐘漏遲。

---

1 平成本作"寢"。
2 平成本作"火"。
3 平成本作"枕冷床"。

蒿棘火温眠炙手，蒲萄酒美醉開眉。
前談今夜雪中盡，後會明春花下期。
戲論狂言皆口業，翻之争作善根詞。

丁0942 山下玩月
阿彌陀嶺幽栖地，月屬佳期明也明。
皎潔桂輪秋老色，荒涼竹舍夜長情。
南飛塞雁尚嘶雪，西望山僧獨喜晴[1]。
滿袖不乾觀念淚，一生偷待紫雲迎。

丁0943 客館對月
關西秋館月明多[2]，此地清光尤足云。
民下田園寒有雪，客中山水夜無雲。
家書一紙披□見，鄰杵萬聲罷夢聞。
想像故鄉共處處，彈琴置酒也飛文。

丁0944 秋日東郊亭作
暫乘秋景到東郊，物色興餘休鬱陶。
烟起蘭坰寒野暗，月懸桂幌遠山高。
每朝葉脆兩三徑，催老鬢斑霜二毛。
引履相俱行樂處，清吟切骨愁含毫。

丁0945 游九條別業 勒
一尋別業勝形中，閑放騰騰興不窮。

---

1 平成本作"暗"。
2 平成本作"夕"。

苔作青茵鋪石上，山如畫障繞窗東。
松扉迎霽暗籠月，麥壠先秋凉有風。
周覽未休天正暮，歸歟此處意匆匆。

丁0946 冬日宇治別業即事
一到城南時感急，扶疏節物屬嚴冬。
窗寒頻酌三淹水，山好遙橫五老峰。
葉錦照林知雨染，苔衣懸岸被波縫。
泛然不盡舟中興，此處歸歟及下舂。

丁0947 冬日游城南別莊
子午城南秋後地，爰望雲物立盤桓。
周游一□[1] 結軒到，楚夢千程排牖看。
風暮葉飛林樾老，霜朝草悴野塘寒。
優哉希有月鄉[2] 會，末席獨慚詩素餐。

丁0948 別墅秋望
一尋別墅出塵寰，秋望斷腸誰得還。
木葉聲聲黃落雨，峽烟處處翠微山。
樵郎問路斜陽後，華隼擊林薄露間。
不意今逢鄰子勸，濁醪一盞暫酡顏。

丁0949 山家春興
山楹竹舍又柴扉，春興拘留爰忘歸。

---

1 平成本作"日"。
2 平成本作"卿"。

户外谷深鶯歷歷，墙陰路細柳依依。
衆花猶假雪冬色，殘月被籠霞曉輝。
林霧峽雲兼作恨，定知及夏來客稀。

丁0950 暮春山家晚望
山村高處一攀躋，悵望日矄客與攜。
花帶斜陽紅似粉，月排殘霧白於珪。
蔦蘿百尺林巔老，漁父[1]幾程水巷低。
古道西通隨駱驛，春峰東繞插虹霓。
餘霞影隔離鴻陣，行雨聲來卧龍溪。
野草羅生踪漸暗，田疇綺錯眼旁迷。
鏡浮蓬鬢秋蟬薄，籬鎖竹烟暮鳥栖。
寂莫[2]苔庭垂拱立，行[3]嵐初起峽猿啼。

丁0951 田家春望
萬頃田疇民屋恬，高低春景足相瞻。
山花遠色雪千點，野水回流烟四纖。
東作老夫初擊壤，北蹄賓雁近過檐。
往來我爲期秋稼，雲色霞光長莫厭。

丁0952 野店秋興
郊西秋興觸望多，兒店柴穿夕日斜。

---

1 平成本作"火"。
2 平成本作"寞"。
3 平成本作"片"。

林户红深桑梓影，水畦雪冷稻粱[1]花。
蟲絲織草心機亂，雁陣結雲眼路遮。
勝絕風流依造化，不斯人力以相加。

丁0953 冬日向故右京兆東山舊宅、視聽所催、潛[2]然而賦
長兄一逝再難遇，泣訪故居思不窮。
去忘交游前日客_{京兆存日、缁素成雲、游樂芳談、尋常不斷、今來見之間而無人、故云}，留成戀慕少□[3]_{童遺孤一兩出向堂上、語存生之事、有戀親之氣、予亦落淚、故云}。
啼妝淚脆菊籬露，帳□[4]聲遺松徑風。
書卷徒抛窗月底_{相傳書記、和漢共無人于收拾、故云}，形容何在鏡塵中。
佛家華麗尚如昔，人事變衰都似夢。
閨婦有愁宵枕冷，寺僧無供曉爐空_{寺僧一兩、日供已闕、爐中烟絕、故云}。
苔封石面彌添綠，葉滿林頭不掃紅。
觸物自然悲緒亂，呼群猿鳥聞溪東。

丁0954 山林暮秋
山村窄裏一幽栖，秋暮不堪心易迷。
黏石舊苔烟悴短，當窗寒果雨來低。

---

1 平成本作"梁"。
2 平成本作"潛"。
3 平成本作"年"。
4 平成本作"別帳"。

峰尖行客絶登越,木仆樵童幾剪□[1]。
非只物華遮眼冷,又聞雁叫與猿啼。

丁0955 野外春游
誘引和風游野外,左望右顧感懷催。
就花相弄琴詩酒,信馬自然歸去來。
楚澤馳心春羽獵,殷岩尋迹昔鹽梅。
非唯景物斷腸興,爲仰遺賢未得回。

丁0956 水路春行
乘春遥任客舟移,遼闊水行多日疲。
嶺外遠花停棹見,江干臥柳拂舷垂。
帆影隨風波白路,馬蹄[2]凌露草青涯。
故鄉已及農桑節,歸歟何時猶以遲。

丁0957 攝州兔原旅宿即事
山海根[3]畔客中居,與友留連覃月餘。
霧色秋籠征雁陣,潮聲夜入旅人廬。
稻花户外追風馥,柿葉墻陰學雨疏。
請問土民營□[4]事,生涯産業釣江魚。

---

1 平成本作"齊"。
2 平成本作"啼"。
3 平成本作"根海"。
4 平成本作"底"。

丁 0958 初出西府宿香椎宮之濱殿
長海之濱孤岫麓，假留每事思依依。
岸高旅舶暫維柳，山近行厨便采薇。
社樹神鴉臨暮集_{古社之樹多有瞑[1]鴉、故云}，沙村賓雁入春飛。
客中一夜葺蓬舍，訪我照來殘月輝。

丁 0959 自濱殿移民家
白石青苔岐路斜，乘春步步望相遮。
農民咿嘔揭渠水，游子徘徊玩嶺花。
野酌一杯傾露美，海行千里與雲賒。
接輿狂亂吾狂亂，再到關西後悔加。

丁 0960 於香椎官舍賦所見之事
二月三旬韶景天，不圖客舍暫留連。
紅霞礙日山村外，白鷺窺魚水巷邊。
獻餅丁寧家僕切_{門人自遠郡獻餅、故云}，賣鹽子細土民傳_{門前[2]賣擔之者、戲問直法、子細答之}。
唐蘆岸古何春露_{古岸有蘆葦之叢、邑老語云、古人殖唐□[3]之種、四時不枯也}，吳竹離荒只暮烟_{官舍之傍、有一畝之竹、故云}。
漁老下舟尋酒典，厨兒就竈采柴燃。
自然今遇善根事，近詣道場禮大仙。

---

1 平成本作"瞑"。
2 平成本"前"下有"有"字。
3 平成本作"蘆"。

丁0961 乘船到新宮湊

渡口宿時望地形，幽奇旁似畫圖屏。
沙塘岸遠漁村白，松樴山高鳥路青。
歸洛老年拋劇務，行舟曉燭插殘星。
一留一去春天旅，霧色潮聲入視聽。

丁0962 著阿惠島述志

問泊昨來阿惠島泊名也，蒼蒼遠岸絕無湄。
郵船未出風東曉，厨膳始羞日午時念誦之間、朝餐及午、故云。
經雨柳塘花落早，待秋麥隴子生遲此島之民不耕田畝、多殖麥壟、其子熟以仲夏爲秋、故云。
貧而赴洛勿相笑，春色自爲行路資。

丁0963 宿葦屋泊

眇邈水行心苦匆，昨留今駐罵春風。
渡林鶯咽殘花底，阿岫鷗眠落日中。
往事難忘雙袖淚，浮生彌論一舟夢。
自憐自笑染毫記，斯泊三爲往久[1]躬。

丁0964 宿周防田島湊

不憶月餘超海行，只同漢使覓仙情。
春江似簟浪閑色，曉峽彈箏嵐咽聲。
漁客舟舟分浦釣，偃松處處傍湖橫。
縱雖李放畫圖筆，此地風流難再成。

---

1 平成本作"反"。

丁0965 於室積泊即事

扁艇東行隨帆乎，此津彼泊悉名區。

烟郊寺裏轉經侶野寺有僧、誦法華經文云[1]，水市社前賣卜巫此泊有古社、稱八幡、別宮止住、老巫叩鼓賣卜、往反之舟問安否、仍與糧、故云。

潮瀉暮松青幌漾，嶺銜[2]曉月日崎嶇。

可憐漁釣罪根重，千介萬鱗民戶租。

丁0966 於渡津述懷

秋去秋來羈旅天，俄乘歸棹在江邊。

低檐波聒孤村宅此地民屋皆枕海曲、故云、行竈烟稀一隻船有注。

納月水窗開不掩，歷年浦樹瘦猶堅。

陽狂我向開西地，後悔百千重百千。

丁0967 著葦屋津有感

沙月渚風秋皓皓，自然游子感吞胸。

問津上下客舟集，分岸東南民戶重夾岸有二庄、土民此[3]屋云。

土俗每朝先賣采黃紙[4]紫茄、土□[5]賣之、故云，釣漁終夜幾燒松漁舟篝火、終夜燒松也。

不圖再到□[6]斯地，思舊闌干淚忽降往年隨養親、路次此泊、今又來、故云。

---

1 平成本作"故云"。
2 平成本作"銜"。
3 平成本作"比"。
4 平成本作"瓜"。
5 平成本作"人"。
6 平成本作"於"。

丁0968 過山庶三崎咏之

雲海沈沈望自由，聞名蓬島不遙求。

潮穿沙岸松根露，廬守山畦穩稻[1] 秋眇眇望山河、處處有田畝、稻花盛熟、守者在廬、故云。

及老何堪羈旅路，當晴遙見往來舟。

未全衣錦歸鄉土，舊友莫嘲貧薄愁。

丁0969 過門司關述四韵

西鎮古關經過程，兩三守者欲拘情。

門司關名因例雖加警，社牒有威不憚行香椎宮行牒、威權滿日域、抱關者不能拘留、故云。

山瀉二渚秋月色，江傳三峽曉波聲。

嶺松沙草朝猶暮，唯似畫圖後素成。

丁0970 著長門壇浦即事

浪驛沙旬猶泛然，愁中有興綴詩篇。

鄰船礙日引麻布類船之中有一小坏、以疏布爲單幕、礙朝日避殘暑、故有此興，里社祈風供木綿遠岸有一社、當州稱二宮、於舟中而遙拜、指社頭而奉使、是不日祈順風。

夜憶遐鄉才入夢，晴望孤島少於拳。

一尋西府溫泉地，治病逗留及兩年。

丁0971 於長門壇浦逗留、重賦六韵

落帆停棹暫容與，臨海館長門館名也邊望眇焉。

---

1 平成本作"稻穗"。

渡口繫舟秋浪咽，山腰訪寺暮雲長[1]。
□藥路深逢白雨，燒香烟細向黃昏。
柴荊不閉新孤店，桑梓幾方舊小園。
非只地□多感事，土宜案內聞民言。

丁0972 宿周防石室眺望
匝匝[2]波路思紛紛，當眼物華尤足云。
旅泊夜深山吐月，歸程晴遠水連雲。
傍潮驛樹亭亭老，出浦漁舟處處分。
蘆葦秋洲蕭索裏，浴禽蕩颺幾成群。

丁0973 著同國江泊頓作之
江干暫任楫師居，遠近風流望自如。
野縣人總[3]秋已穫，波邸舟出夜猶漁。
眼花難極孤雲外，行李未歸二月餘。
五十生涯殘日少，何因強指故鄉諸。

丁0974 遲留江泊戲賦舟中事
舟中寂寞枕肱臥，見事聞言難染翰。
厨女偷嘲煎夜藥予宿痾更發、煎薏苡[4]不請、其中老嫗一人、打掌殊以嘲之也，棹郎各怒乏朝餐舟子日食常以不足、仍強怒之。

---

1 平成本作"屯"。平成本此下一聯爲"僧談中道無三教，人禮西方即一尊"。
2 平成本作"迢迢"。
3 平成本作"怱"。
4 平成本此下有"飲之、家奴等各以"。

持經二品收囊掛提婆品觀音品、年來取誦持也、納經囊掛之，木佛一
龕拂舳安造佛二體、安小厨子、奉提携。

寶不外求亭禿篲爲掃舟塵、持一藁帚也、故云，粮依中絶閣空簞。

風帆行路霽彌遠，水驛歸心秋早寒。

愚息二人還笑父，爲何遙赴海西瀾。

丁0975 著笠戶浦一吟

鳴根連日任輕飛，笠戶泊中徐晚輝。

江岸風時松子落，野扉雨處豆花肥。

五湖遁越范公去，八月指吳張翰歸。

朝暮往來人不絶，難知賢士隱漁磯。

丁0976 著柳[1]泊愁吟

不堪船路送秋心，左顧右望景氣深。

賓雁南飛嘶霧色，客帆東去任風音。

水鄉新月逐宵訪，華洛故人何日尋。

露體存亡難自識，潛[2]然爲後等閒吟。

丁0977 著藝州赤崎泊言志

沙路渺茫行不窮，帆平誰[3]任棹歌翁。

月殘白石曉波上白石渡名、在防州境、今境[4]所過，日暮赤崎秋泊中赤崎泊名、在藝州。

---

1 平成本作"枊"。
2 平成本作"潛"。
3 平成本作"汎乎唯"。
4 平成本作"曉"。

楚夢澤望分八九，吳興山勢顧西東。
荻花浦遠看如雪，盧[1]葉蓬穿卧有風。
清淚長吞同病鶴，旅情勿引伴賓鴻。
縱歸舊里無□負[2]，家族并厭貧賤躬。

丁0978 宿道口津賦所見
山重江複客游淹，景趣蕭疏不耐瞻。
岫幌晴望當鳥路，沙村貢□[3]富魚鹽。
月隨歸□[4]千程遠，烟起行厨一穗纖。
身與浮雲無定處，自哀自笑淚相霑。

丁0979 初冬游石山寺
斗藪山深思不堪，獨憐景色卧禪庵。
葉聲晴灑洞天雨，松韵曉寒溪户嵐。
過嶺雁賓嘶從北，對壇鷲子唱和南。
故鄉千里雲埋路，晚水一條月洗潭。
自界難期人壽百，他生欲得佛身三。
俗機斷盡雖觀法，佳趣記持爲後談。

丁0980 游北山净土寺 勒
幽閴秋山人迹稀，僧廬不拂鎖柴扉。
籬根霜積寒花老，林趾雨乾落葉飛。

---

1 平成本作"蘆"。
2 平成本作"眉目"。
3 平成本作"秋貢"。
4 平成本作"棹"。

低閣供香燒佛火，小池貯水洗禪衣。
寺名凈土足相顧[1]，適到曷爲欲憶歸。

丁0981 秋日雙輪寺即事
市朝東畔暮雲隈，香騎華軒尋寺來。
老樹嵐驅紅葉晚[2]，秋山月出白烟開。
人寰極望三千里，佛尋[3]留踪二百回_{此寺草創以後二百年、法華轉法輪之座、于今不退、故云。}
半日逢僧談教法，畢空自悟淚先催。

丁0982 春日游勝應彌陀院
嶺徹寺高行路難，攀躋稽首向春壇。
尊顏光白月前禮，老淚色紅花下觀。
仙鶴夜言山雨暗，僧龍昔去洞雲殘_{瞻上人逝去之後也及多年、故云。}
壯年早遁世緣後，西土托生偏染肝。

丁0983 山寺早春
山底迎春春寺静，林風負日立微行。
竹棧凍解水初落，蘿窟雲殘沙未晴。
籬暖草抽新縷色，溪寒鳥秘破袍聲。
遣懷外上爐峰昔，詩主樂天老住情。

---

1 平成本作"願"。
2 平成本作"脆"。
3 平成本作"乘"。

丁0984 游關西山寺 勒
乘曉遙臻虛洞閑，浮雲殘月滿吾顏。
紅林老葉落無徑，白雨寒聲來自山。
蓮社烟香迎佛處，竹房日暮謁僧間。
一圓教理今間得，身後三途不敢還。

丁0985 秋日游古寺
帝鄉東畔佛家前，稅駕徘徊心悄然。
衰鬢秋妝霜在左，觀音昔誓海無邊。
嵐朝松徑幽深望，雨夜草堂止宿禪。
一遇僧龍聞法處，山雲漸散日輪圓。

丁0986 暮秋崇仁坊佛閣言志 勒
或緇或素來何處，帝里南頭佛閣中。
淨界秋游雲物冷，浮生夜觀水泡空。
宿望染骨青蓮露，老病侵身左[1]柳風。
攬淚愚僧今作道，前非零落悉如夢。

丁0987 冬日參詣安樂寺聖廟
府之東北一松壖，斯[2]地佳名從昔傳。
靈迹長垂年二百，德輝普照界三千。
歸鄉期近春風日，侍廟信深夜月天 入夜參詣、故云。
運命取身雖至拙，愚兒景福任神憐。

---

1 平成本作"老"。
2 平成本作"期"。

丁0988 參安樂寺聖廟述志
古廟地形靈也奇，佛陀應化迹長垂。
俗機塵斷青松□[1]，法性水清白鷺池。
利物無涯春雨普，至誠匪石夜雲知。
可憐遙渡蒼波路，再拜低頭昔儀願[2]。

丁16-02 滕木吉 一人一首引月令廣義云、宋真宗朝日本人滕木吉朝獻詩云

丁0989 上宋真宗皇帝
君問吾風俗，吾風俗最淳。
衣冠唐制度，禮樂漢君臣。
玉瓮篘新酒，金刀剖細鱗。
年年二三月，桃李一般春。

丁16-03 鬱檀 以下二首、一人一首引戲鴻堂法帖

丁0990 暮春游施無畏寺、玩半落花
落花委地亦殘枝，如有如空意始知。
何似道場檀越老，年顏白髮半頭時。

丁16-04 左拾遺

丁0991 三月盡日於施無畏寺即事
艷陽三月今日盡，白首拾遺感懷催。
永以老身期後會，明春誰定見花開。

---

1 平成本作"洞"。
2 平成本作"願儀"。

丁16-05 無名氏

丁0992 秋雁數行書_{以下三首見作文大體}
秋雁隨陽來幾賒,數行書點暮天斜。
篇章不定迷言葉,披閱有疑拭眼花。
朝隱山雲緗帙卷,暮過林靄注文加。
老儒漸耄雖疲棄,宿癖相侵望尚遮。

丁0993 越調詩
燈前談話吟咏幾[1],與我染毫欲曉更。
花錦縟,柳絲輕,玩來終夜動心情。

丁0994 離合詩
烟霞望曉好,因我忽光臨。
磴際青苔滿,石危自動心。

丁0995 失題_{見源氏河海抄}
落花無心隨流水,流水有心追落花。
仁義悉絶自貧所,世情偏向有錢家。

丁0996 連句_{見和漢朗咏集}
朝候日高冠額拔,夜行沙厚履聲忙。

丁0997 春日眺望_{見和漢朗咏集}[2]
一行斜雁雲端滅,二月餘花野外飛。

---

1 平成本作"幾吟詠"。
2 底本未寫明出處。另,此句在第二十六卷已出現過。

丁0998 失題 見江談抄[1]
涯頭百味非自搗，浪上栴檀不待焚。

丁0999 香亂花難識[2] 見作文大體
若非百松籠中過，定是栴檀浪底流。

丁1000 失題 見源氏河海抄
冰池如破鏡，雪影似殘花。

丁1001 春中花皆盡 見教家摘句
時尋上苑空風景，試誘古山只鳥聲。

丁1002 織女露爲簪
雙鬟花潤秋風綴，仙髮玉裝曉月瑩。

丁1003 九月盡日賦秋景欲何歸
乞身鄉邑虛無思，告老家園造化心。

丁1004 冬日眺望
斜岸雪灑寒草白，遠峰日落暮松青。

丁1005 歡[3]情入夜催
星靨笑來雲暗處，娥眉開盡月纖程。

---

1 底本未寫明出處。
2《作文大體》作此句作者爲江相公。
3 平成本作"觀"。

丁1006 北野聖廟講法華經
德輝暫隱知非實，應似靈山秋日圓。

丁1007 七夕陪秘書閣、同賦月作渡河媒
似告前宵臨岸夕，欲迷歸路隱雲秋。

丁1008 暮秋侍關白左相府書閣、同賦殘菊色非一
竹籬暮葉青無紫，荻浦秋花白不黃。

丁1009 初冬山居
蒼苔日暮雨三徑，紅葉霜殘秋一枝。

丁1010 花落江山裏
滄浪歌白雲飄暮，雲雨夢香風脆春。

丁1011 仙星歡會成[1]
第三更月開眉色，初七夕風散怨聲。

丁1012 八月十五夜同賦山中夜月明
銀漢無雲蘿洞曉，鑪峰有雪草堂秋。

丁1013 明月照衣裳
魏馬相驚香染雪，巴猿三叫淚霑秋。

丁1014 白雪滿樓臺
巫陽不辨朝雲駐，燕子應迷曉月殘。

日本詩紀卷之五十　丁集第十六

---

[1] 此句以下四句被收錄在後藤昭雄《日本詩紀拾遺》中，作者大江隆兼。

日本詩紀外集

上毛河世寧　彙編

菅家萬葉集　一百二十九首[1]

春歌二十一首

外 001
春來天氣有何力，細雨濛濛水面縠。
忽望遲遲暖日中，山河物色染深綠。

外 002
春風觸處物皆樂，上苑梅花開也落。
淑女偷攀堪作簪，殘香勻袖拂難却。

外 003
綠色淺深野外盈，雲霞片片錦帷成。
殘嵐輕簸千勻散，自此櫻花傷客情。

外 004
花樹栽來幾適情，立春游客愛林亭。
西施潘岳情千萬，兩意如花尚似輕。

外 005
春嶺霞低繡幕張，百花零處似燒香。
艷陽氣若有留術，無惜鶯聲與暮芳。

外 006
頻遣花香遠近賒，家家處處匣中加。

---

[1] 此處數字有誤，應該爲一百一十九首。

黃鶯出谷無媒介，唯可梅風爲指車。

外 007
綿綿曠野策驢行，目見山花耳聽鶯。
駒犢累累趁苜蓿，春孃采蕨又盈囊。

外 008
豐灰警節早春來，梅柳初崩自欲開。
上苑百花今已富，風光處處此傷哉。

外 009
倩見天隅千片霞，宛如萬朵滿園奢。
游人記取圖屏障，想像桃源兩岸斜。

外 010
境埒幽亭豈識春，不毛絕域又無勻。
花貧樹少鶯傭囀，本自山人意未申。

外 011
無限游人愛早梅，花花樹樹傍籬栽。
自攀自玩堪移袂，惜矣三春不再來。

外 012
誰道春天日此長，櫻花早綻不留香。
高低鶯囀林頭聒，恨使良辰獨有量。

外 013
霞光片片錦千端，未辨名花五彩斑。

游客回眸猶誤過，應斯丹穴聚鷓鶿。

外 014
霞天歸雁翼遙遙，雲路成行文字昭。
若汝花時知去意，三秋係札早應朝。

外 015
花花數種一時開，芬馥縱風遠近來。
嶺上花繁霞泛灩，可憐百感每春催。

外 016
霞彩斑斑五色鮮，山桃灼灼自然燃。
鶯聲緩急驚人聽，應是年光趁易遷。

外 017
紅櫻本自作鶯栖，高蕚華間終日啼。
獨向風前傷幾許，芬芳零處經應迷。

外 018
縱使三春良久留，雖希風景此誰憂。
上林花下匀皆盡，游客鶯兒痛未休。

外 019
偷見年前風月奇，可憐三百六旬期。
春天多感招游客，携手携觴送一時。<small>送一作是</small>

外 020
残春欲尽百花贫,寂寞林亭莺啭频。
放眼云端心尚冷,从斯处处树阴新。

外 021
嗤见深春带雪枝,黄莺出谷始驯时。
初花初鸟皆堪玩,自此春情可得知。

夏歌二十一首

外-022
嗜嗜蝉声入耳悲,不知齐后化何时。
绤衣初制几千袭,笑杀伶伦竹与丝。

外-023
夜月凝来夏见霜,姮娥触处玩清光。
荒凉院里终[1]宵谨,白兔千群入几堂。

外-024
蕡宾怨妇两眉低,耿耿闺中待晓鸡。
粉黛坏来收泪处,郭公夜夜百般啼。

外-025
好女系心夜不眠,终宵卧起泪连连。
赠花赠札迷情切,其奈游丝入夏燃。

---

1 平成本作"组"。

外-026
月長夜短懶晨興,夏漏遲明聽郭公。
嘯取詞人偷走筆,文章氣味與春同。

外-027
夏枕驚眠有妒聲,郭公夜叫忽過庭。
一留一去傷人意,珍重今年報舊鳴。

外-028
菖蒲一種滿洲中,五月尤繁魚鱉通。
盛夏芬芬漁父玩,栖來鶴翔叫無窮。

外-029
難暮易明五月時,郭公緩叫又高飛。
一宵[1]鐘漏盡尤早,想像閨筵怨婦悲。

外-030
山下夏來何事悲,郭公處處數鳴時。
幽人聽取堪憐玩,況復家家音不希。

外-031
五月菖蒲素得名,每逢五日是成靈。
年年服者齡還幼,鷓鴣嘗來味尚平。

---

1 平成本作"宵"。

外-032
去歲今年不變何，郭公曉枕駐聲過。
窗間側耳憐聞處，遮莫殘鶯舌尚多。

外-033
郭公一叫誤閨情，怨女偷聞惡聞聲。
飛去飛來無定處，或南或北歲門庭。惡未詳

外-034
蟬人運命總相同，含露殉餐暫養躬。
三夏優游林樹裏，四時喘息此寰中。

外-035
怨深喜淺此閨情，夏夜胸燃不異螢。
書信休來年月暮，千般其奈望門庭。

外-036
一夏山中驚耳根，郭公高響入禪門。
適逢知己相憐處，恨有清談無酒樽。

外-037
邕郎死後罷琴聲，可賞松蟬兩混并。
一曲彈來千緒亂，萬端調處八音清。

外-038
月入西嵫杳冥宵，郭公五夜叫飄颻。
夏天處處多掩亂，曉牖家家音不遥。

外-039
鳴蟬中夏汝如何，草露作餐樹作家。
響處多疑琴瑟曲，游時最似錦綾窠。

外-040
一生念愁暫無休，刀火如炎不可留。
趑趄塞來斯盛夏，許由洗耳永離憂。斯一作期

外-041
郭公本自意浮華，四邊無栖汝最奢。
性似蕭郎含女怨，操如蕩子尚迷他。

外-042
三夏鳴禽號郭公，從來狎媚叫房櫳。
一聲觸處萬恨苦，造化功尤任汝躬。

秋歌三十六首

外-043
商飆颯颯葉輕輕，壁蛩流音數處鳴。
曉露鹿鳴花始發，百般攀折一枝情[1]。

外-044
秋風扇處物皆奇，白露繽紛亂玉飛。
好夜月來添助潤，嫌朝日往望爲晞。爲一作將

---

[1] 平成本作"清"。

外-045
秋來曉暮報吾聲，蟋蟀高低壁下鳴。
耿耿長宵驚睡處，誰言愛汝最丁寧。

外-046
聽得歸鴻雲裏聲，千般珍重遠方情。
繫書入手開緘處，錦字一行淚數行。

外-047
女郎花野宿羈夫，不許繁花負萬區。
蕩子從來無定意，未嘗苦有得羅敷。

外-048
秋天明月照無私，白露庭前似亂璣。
卞氏將來應布地，四知廉正豈無知。

外-049
秋芽一種最須憐，半萼殷紅半萼邊。
落葉風前碎錦播，垂枝雨後亂絲牽。

外-050
爽候催來兩事悲，愁鴻鼓翼與蟲機。
含毫朗詠依人處，專夜閒居賞一時。與一作興

外-051
蘆花日日得風鳴，更訝金商入律聲。
從此搗衣砧響聒，千家裁縫婦功成。

外-052
秋日游人愛遠方,逍遙野外見蘆芒。
白花搖動似招袖,疑是鄭生任氏芳。

外-053
野樹斑斑紅錦裝,惜來爽候欲闌光。
年前黃葉再難得,爭使凉風莫吹傷。

外-054
秋雁雍雍叫半天,雲中見月素驚弦。
微禽汝有知來意,問道丁寧早可傳。素一作最

外-055
寒螿亂響总秋林,黃葉飄飄混數音。
一一流聞邕子瑟,閨中自此思沉沉。

外-056
終日游人入野山,紛紛葉錦衣戔戔。
登峰望壑回眸切,石硯濡毫樂萬端。

外-057
秋山寂寂葉零零,麋鹿鳴音數處聆。
勝地尋來游宴處,無朋無酒意猶冷。

外-058
鳴雁鳴蟲一一清,秋花秋葉斑斑聲。
誰知兩興無飽足,山室沈吟獨作情。

外-059
唉唉秋雁亂碧空，濤音櫓響響相同。
羈人舉樴櫂歌處，海上悠悠四遠通。

外-060
獨臥多年婦意睽，秋閨帳裏舉音啼。
生前不幸希恩愛，願教蕭郎枉馬蹄。

外-061
曩時思[1]幸絕今悲，雙袖雙眸兩不晞。
戶牖荒凉蓬草亂，每秋鎮待雁書遲。悲一作非、草一作葦

外-062
秋月玲瓏不別叢，叢間白露與珠同。
終宵對玩凝思處，一段清光照莫窮。

外-063
凉風急扇物先哀，應是爲秋氣早來。
壁蛋家家音始亂，叢芽處處萼初開。

外-064
三秋有蕊號芽花，麛子鳴時此草奢。
雨後紅勻千鹿染，風前金色自然多。

---

1 平成本作"恩"。

外-065
翠嶺松聲似雅琴，秋風和處聽徽音。
伯牙輟手幾千歲，想像古調在此林。

外-066
白露從來莫染功，何因草本葉先紅。
三秋垂暮趁看處，山野斑斑物色匆。

外-067
山谷幽閒秋霧深，朝陽不見幾千尋。
杳冥若有天容出，霽後偷看錦葉林。

外-068
名山秋色錦斑斑，落葉繽紛客袖斕。
終日回眸無倦意，一時風景誰人訕。眸一作看

外-069
秋來野外莫人家，藤袴締懸玉樹柯。
借問游仙何處在，誰知我乘指南車。

外-070
愁人慟哭類蟲聲，落淚千行意不平。
枯槁形容何日改，通宵抱膝百憂成。

外-071
試入秋山游覽時，自然錦繡換單衣。

炎炎新服風前艷，笑殺如怵[1]鳳羽儀。

外-072
秋嶺有花號女郎，野庭得所汝孤光。
追名游客猶尋到，本自殷勤子尚強。

外-073
秋風觸處蛩鳴寒，木葉零衣唯[2]一單。
夜夜愁音侵客耳，朝朝餘響滿庭壇。

外-074
七夕佳期易別時，一年再會此猶悲。
千般怨殺鵲橋畔，誰識二星淚未晞。

外-075
稼田上上此秋登，秔稻青青九穗同。
鼓腹堯年今亦鼓，農夫扣角舊謳通。

外-076
野外千匀秋始裝，風前獨坐玩芬芳。
回眸感嘆無知己，終日貪來對艷昌。

外-077
寒露初降秋來冷，芽花艷艷葉零零，
雁音頻叫嚼蘆處，幽感相干傾綠醽。

---

1 平成本作"牀"。
2 平成本作"唯衣"。

外-078

秋來變改并依人，草木榮枯此尚均。
昨日怨言今日否，愧來世上背吾身。

冬歌二十一首

外-079

眼前貯水號瑤池，手漑手穿送歲時。
冬至每朝凍作鏡，春來終日浪成漪。

外-080

玄冬季月景猶寒，露往霜來被似單。
松柏凋殘枝慘冽，竹叢變色欲枯殫。景一作氣

外-081

三冬柯雪忽驚眸，嘆殺非時見御溝。
柳絮梅花兼記取，矜如春日入林頭。嘆一作笑、矜一作恰

外-082

試望三冬見玉塵，花林假玩數花新。
終朝惜殺須臾艷，日午寒條蕊尚貧。花一作苑

外-083

冬天下霰玉墀新，潔白鋪來不見塵。
千顆瑠璃多誤月，可憐素色滿清晨。

外-084

冬來冰鏡據檐懸，一旦趁看未破前。

嫗女嚬臨無粉黛，老來皴集幾回年。

外-085
白雪千頭八十翁，誰知屈指歲猶豐。
星霜如箭居諸積，獨出人寰欲數冬。

外-086
冬嶺殘雪舉眸看，再三嗤來數疋紈。
未辨白雲晴後聳，每朝尋到望山頭。

外-087
冬日舉眸望嶺邊，青松殘雪似花鮮。
深春山野猶看誤，笑殺寒梅萬朵連。

外-088
四山霽後雪猶存，未辨白雲嶺上屯。
終日看來無厭足，沉乎墻陰又敦敦。

外-089
寒天月氣夜冷冷，池上凍來鏡面熒。
倩見年前風景好，玉壺晴後玩清清。

外-090
雪後朝朝興萬端，山家野室物斑斑。
初銷粉婦泣來面，最感應驚月色寬。

外-091
青女觸來菊上霜，寒風寒氣蕊芬芳。

王孫趁到提樽酒，終日游游陶氏莊。

外-092
游人絕迹入幽山，泥雪踏霜獨蔑寒。
不識相逢何歲月，夷齊愛蕚遂無還。

外-093
孟冬細雨足如絲，寒氣始來染葉時。
一一流看山野裏，樹紅草綠亂參差。

外-094
松樹從來蔑雪霜，寒風扇處獨蒼蒼。
奈何桑葉先零落，不屑槿花暫有昌。風一作嵐

外-095
怨婦泣來淚作淵，往年亘月臆揚烟。
冬閨兩袖空成淚，引領望君幾數年。

外-096
雪中竹豈有萌芽，孝子祈天得笋多。
殖物冬園何事苦，歸歟行客哭還歌。

外-097
素雪紛紛落蕊新，應斯白玉下天津。
舉眸望處心如夢，霽後園中似見春。

外-098
寒風肅肅雪封枝，更訝梅花滿苑時。

山野偷看堪奪眼，深春風景豈無知。

外-099
冬來松葉雪[1]斑斑，素蕊非時枝上寬。
山客回眸猶誤道，應斯白鶴未翩翻。

戀歌二十首

外-100
閨房怨緒總無端，萬事吞心不表肝。
胸火燃來誰敢滅，紅深袖淚不應干。

外-101
寡婦獨居欲數年，容顏枯槁敗心田。
日中怨恨猶應忍，夜半潛[2]然淚作泉。

外-102
馬蹄久絕不如何，戀慕此山淚此河。
蕩客怨言常詐我，簫君永去莫還家。

外-103
千般怨殺厭吾人，何日相逢萬緒中。
欸[3]息高低閨裏亂，含情泣血袖紅新。

---

1 平成本作"雲"。
2 平成本作"潸"。
3 平成本作"歎"。

外-104
落淚成淚[1]不可乾，千行流處袖紅斑。
平生昵近今都絕，寂寞閒居緪瑟彈。

外-105
戀緒連綿無絕期，履聲佩響聽何時。
君吾相去程千里，連夜夢魂猶不稀。

外-106
年來積戀計無量，屈指員多手算忙。
一日不看如數月，殷勤相待隔星霜。

外-107
胸中刀火例燒身，寸府心火不舉烟。
應是女郎爲念匹，閨房獨座面猶嚬。

外-108
消息絕來幾數年，昔心忘却不須憐。
閨中寂寞蜘綸亂，粉黛長休鏡又捐。

外-109
被厭蕭郎永守貞，獨居獨寢淚零零。
心中昔事雖忘却，顧念閨房恩愛情。

---

[1] 平成本作"波"。

外-110

戀情無限匪須膳[1]，生死殷勤尚在胸。
君我昔時長契約，嗤來寒歲柏與松。

外-111

恨來相別抛恩情，朝暮劬勞體貌零。
寂寂空房孤飲淚，時時引領望荒庭。

外-112

誰識中心戀緒纁，下和泣處玉紛紛。
千般嘆息員難計，爭使蕭郎一處群。

外-113

不枉馬啼歲月抛，從休雁札望雲郊。
戀情忍處寧應耐，落淚交橫潤斗筲。

外-114

每宵流淚自然河，早旦臨如作鏡何。
撫瑟沉吟無異態，試追蕩客贈詞華。

外-115

冬閨獨臥綠衾單，流淚凍來夜半寒。
想像蕭咸佳會夕，庶幾每日有相見[2]。咸一作成

---

1 平成本作"勝"。
2 平成本作"看"。

外-116
與君相別幾星霜,疇昔言花絶不香。
曉夕凍來冬泣血,高低嘆息滿閨房。

外-117
一悲一戀是平均,事事含情不可陳。
流淚難留寧有耐,寂然静室兩眉嚬。

外-118
思緒有餘心不休,偷看河海與山丘。
四方千里求難得,借問人家是有不。

外-119
人情變改不須知,見説生涯離別悲。
閑對秋林看落葉,何堪爽候索然詩[1]。

日本詩紀外集

---

1 平成本作"時"。

日本詩紀別集

上毛河世寧　彙編

詩集序

《懷風藻》序　無名氏

　　遐聽前修，遐觀載籍，龔山降跡之世，橿原建邦之時，天造草創，人文未作。至于神后征坎，品帝乘乾，百濟入朝，啓龍編于馬厩。高麗上表，圖烏[1]册于烏[2]文。王仁始導蒙于輕島，辰爾終敷教于譯田，遂使俗漸洙泗之風，人趨齊魯之學。逮乎聖德太子，設爵分官，肇制禮義。然而專崇釋教，未遑篇章。及至淡海先帝之受命也，恢開帝業，弘闡皇猷，道格乾坤，功光宇宙。既而以爲，調風化俗，莫尚于文，潤德光身，孰先于學。爰則建庠序徵茂才，定五禮興百度，憲章法則，規摹弘遠，夐古以來，未之有也。于是三階平焕，四海殷富，旒纊無爲，岩廊多暇，旌[3]招文學之士，時開置醴之筵。當此之際，宸翰垂文，賢臣獻頌，雕章麗筆，非唯百篇。但時經亂離，悉從煨燼，言念湮滅，軏悼傷懷。自兹以降，詞人間出，龍潛王子翔雲鶴于風筆，鳳齋天皇泛月舟于霞渚，神納言之悲白鬢，藤太政之咏玄造，騰茂實于前朝，飛英聲于後代。余以薄官餘閒，游心文囿，閱古人之遺迹，想風月之舊游，雖音塵渺焉而餘翰斯在。撫芳題而遙憶，不覺淚之泫然。攀縟藻而遐尋，惜風聲之空墜。遂乃收魯壁之餘蠹，綜秦灰之逸文，遠自淡海，云暨平都。凡一百二十篇，勒成一卷，作者六十四人，具題姓名，并顯爵里，冠于篇首。余撰此文意者，爲將不忘先哲遺風，故以"懷風"名之云爾。于時天平勝寶

---

1 平成本作"烏"。
2 平成本作"鳥"。
3 平成本作"旋"。

三年，歲在辛卯，冬十一月也。

《凌雲集》序　小野岑守

臣岑守言，魏文帝有曰："經國[1]之大業，不朽之盛事。年壽有時而盡，榮樂止乎其身，信哉。"

伏惟皇帝陛下，握衷紫極，御辨丹霄，春臺展熙，秋荼剪繁，睿和[2]天縱，豔藻神授，猶且學以助聖，問而增裕。屬世機之靜謐，托琴書而終日，嘆光陰之易暮，惜斯文之將墜，爰詔臣等，撰集近代以來篇什。臣以不才，辱承[3]綸命，污代大匠斫。傷手為期，臣今所集，掩其瑕疵，舉其警奇，以表一篇。盡善之未易，得道不居上，失時不降下，無言存亡，一依爵次。至若御製令製，名高象外，韻絕環中，豈臣等能所議乎？而殊被詔旨，敢以采擇，冰夷贊洋，咏井之見不及。大陽昇景，化草之明斯迷，博我以文，欲罷不能。辱同[4]編載，卷軸生光。猶川含珠而水清，淵沉玉而岸潤。起自延曆元年，終于弘仁五年。作者二十三人，詩總九十首，合為一卷，名曰《凌雲新集》。

臣之此撰，非臣獨斷，與從五位上行式部少輔菅原朝臣清公、大學助外從五位下勇山連文繼等，再三評議，猶有不盡，必經天鑒，從四位下行播磨守臣賀陽朝臣禮年，當代大才也。

近緣病不朝，臣就間簡呈，更無異論，從此定焉，臣岑守言。

---

1 平成本"經國"之前有"文章者"三字。
2 平成本作"知"。
3 平成本此下有"絲"字。
4 平成本作"因"。

《文華秀麗集》序　仲雄王

　　臣仲雄言，凌雲集者，陸奧守臣小野岑守等之所撰也。起于延曆二[1]年，逮于弘仁五載，凡所綴輯九十二篇。自厥以來，文章間生[2]出，未逾四祀，卷盈百餘，豈非□□儲聰，製文之無虛月，朝英國俊，掞藻之靡絕時哉。或氣骨彌高，諧風騷于聲律；或輕清漸長，映綺靡于艷流，可謂輅變椎而增華，冰生水以加厲，英聲因而掩後，逸價藉而冠先。至瓊瓌與木李齊暉，蕭艾將蘭芬雜彩，実由緼緹未異，篋笥仍同者矣。正三位大納言兼行左近衛大將陸奧出羽按察使臣藤原朝臣冬嗣奉敕，命臣等□□焉。臣謹與從五位上行式部少輔兼阿波守臣菅原朝臣清公、從五位下行大學助兼記傳博士臣勇山連文繼、從六位下守大內記臣滋野宿祢貞主、從七位下守少內記兼行播磨少目桑原公腹赤等，各相平論，甄定趣[3]舍，若有難審，上禀睿謨。先漏凌雲者，今議而錄之，并皆以類題敘，取其易閱。凡作者廿六人，詩一百四十八首，分爲三卷，名曰《文華秀麗集》。鳳披宸章，龍闈令製，雖別隆[4]綸旨，俯同縹帙。而天尊地卑，君唱臣和，故略作者之數，編采摭之中。臣謬以散材，辱侍詮簡，重承天渙，虔制茲序，臣仲雄上。

《經國集》序　滋野貞主

　　臣聞，天肇書契，奎主文章。古有采詩之官，王者以知得失。故文章者，所以宣上下之象，明人倫之敘，窮理盡性，以究

---

1 平成本作"元"。
2 平成本無此字。
3 平成本作"取"。
4 平成本作"降"。

萬物之宜者也。且文質彬彬，然後君子，譬猶衣裳之有綺縠，翔鳥之有羽儀。楚漢以來，詞人踵武，洛汭江左，其流尤隆。揚雄法言之愚，破道而有罪，魏文典論之智，經國而無窮，是知文之時義大矣哉。雖齊梁之詩，風骨已喪，周隋之日，規矩不存，而沿濁更清，襲故還新，必所擬之不異，乃暗合乎囊篇。夫貧賤則懾于饑寒，富貴則流于逸樂，遂營目前之務，而遺千載之功。是以古之作者，寄身于翰墨，見意于篇籍，不托飛馳之勢，而聲名自傳于後，在君上則天文之壯觀也，在臣下則王佐之良媒也。才何世而不奇，世何才而不用，方今梁園臨安之操，贍筆精英，縉紳俊民之才，諷托驚拔，或強識稽古，或射策絕倫，或苞蓄新奇，或潛摸舊製。伏惟皇帝陛下，教化簡樸，文明郁興，以爲傳聞不如親見，論古未若徵今，爰詔正三位行中納言兼右近衛大將春宮大夫良峰朝臣安世，令臣等鳩訪斯文也。詞有精粗，濫吹須辨，文非一骨，備善維雜。若無琳琅盈光，琬琰圓色，則取虬龍片甲，騏驎一毛。既而太上聖皇，推玉璽而踪寂。皇帝睿主，受昭華而德隆。共勉積學之添明，同耍博文之助道。慧性并懋，天才俱聰；雅操飛文，似兩龍之分燭；興寄摛藻，疑雙曦之齊暉，緊健之詞，體物殊聲；清拔之氣，緣情增高；寶鞯染毫，無勝負于八體；翡翠開匣，不優劣于六書。堯之克讓文思，舜之浚哲好問，先聖後聖，其揆一焉。又先歲昇霞之駕，睿藻猶遺當代，重輪之光，精華彌盛。臣閱史籍之卷，未有如此之時。但至如製令，不敢許[1]論，特降綸言，尚俾商確。尺表測景，日月不以缺其輝；寸管候時，陰陽無以錯其節。遂使龍蛇同穴，龜魚共淵，

---

[1] 平成本作"評"。

屈荆山之光，和碱砆之質。斷自慶雲四年，迄于天長四載。作者百七十八人，賦十七首，詩九百十七首，序五十一首，對策三十八首，分爲兩帙，編成廿卷，名曰《經國集》。冀映日月而長懸，爭鬼神而將奥。先入秀麗者，即不刊之書也。彼所漏脱，今用兼收。人以爵分，文以類聚，然年代遠近，人文存亡，搜而未盡，闕而俟後。謹與参議從四位上行式部大輔[1]南淵朝臣弘貞、從四位上行大學頭兼文章博士播磨權守臣菅原朝臣清公、從四位下行東宮學士臣安倍宿祢文繼、正五位下守中務大輔臣安部朝臣吉人等，詳舉甄收，無所隱秘。臣等學非飽蠹，智異聚沙，朱愚之上，逼以嚴命，辭而不獲，敢以参議，爵次姓名列之如左。謹上，天長四年五月十四日。

《鴻臚贈答詩》序　菅原道真

　　余以禮部侍郎，與主客郎中田達音，共到客館，尋安舊記。二司大夫，自非公事，不入中門，余與郎中相議："裴大使七步之才也。"他席贈遺，疑在宿構，事須別預，宴席各竭鄙懷，面對之外，不更作詩也。議成事定，每列詩筵，解帶開襟，頻交杯爵。凡厥所作，不起稿草，五言七言，六韵四韵，默記畢篇，文不加點。始自四月二十九日，用行字韵，至于五月十一日，賀賜御衣。兩典客與客徒相贈答，同和之作，首尾五十八首，更加江郎中一篇，都盧五十九首。

　　吾黨五人，皆是館中有司，故編一軸，以取諸不忘。主人賓客，吴越同舟，巧思蕪詞，薰蕕共黷，殊恐他人不預此勤者，見

---

1 平成本此下有"臣"字。

之笑之，聞之嘲之。嗟乎文人相輕，待證來哲而已。

《延喜以後詩》序　　紀長谷雄

予十有五始志學，十八頗知屬文。時無援助，未遇提獎。先師大夫爲當時秀才，予雖列門徒，未及知名。于時北堂諸生，群飲同賦幽人釣春水之詩，先師獨擢予詩曰："綴韵之間，甚得風骨。"依此一言，漸增聲價。其後信讒，遂被疏遠，淪翳積年，研精永倦。貞觀之末，才登進士之科。故菅丞相在儒官之日，復黨同門，未有相許。適見予大極殿始成宴集詩云，不意伊人詞藻至此，自後屬意，數相寄和。及予出仕，丞相執政，每有文會，必先視草。予昔侍內宴，賦草木共逢春詩曰："庭增氣色晴沙綠，林變容輝宿雪紅。"又九日賦菊散一叢金詩曰："廉士路中疑不拾，道家烟裏誤應燒。"丞相常吟賞以爲口實，乘醉執予手曰："元白再生，何以加焉。"予雖知過實，猶感一顧。故伊州別駕田大夫作，當代之詩匠，昔爲美州別駕，秩滿歸洛，見予舊草，即語人曰："吾始不許紀秀才文。"自我不見，四五年來，體製非昔，可謂日新。寬平年中，田大夫臥病遂死，故越州別駕高大夫，以文見知，與予相善。遂定交于筆硯之間，遇其無命，托以一子。至昌泰末，菅丞相得罪左遷，知文之士，當時無遺。適有內史野大夫，雖云托興不幽，然而早成稍過。予深嘉之。延喜二年，忽化異物，丞相在遷所，遙哭內史，兼叹文章已絕。其一句云："紀相公獨煩劇務，自餘時輩盡鴻儒，後無幾何。"丞相次薨。在朝儒者，實繁有徒，咸列王何之輩，不習潘謝之流，取舍不同，是非各異，彼豈爲愛憎而然乎？誠不知文體之趣也。司馬遷有言："誰爲爲之，誰令聽之。"故予延喜以後，不知好言詩。

風月徒拋，烟華如棄，雖關公宴，不敢深思，只避格律之責而已。若夫睹物感生，隨時思動，任志所之，不勞敢沉吟。應響而和，甚于宿構焉。摛藻獨吟，不肯視人。年往月來，徒成卷軸，題曰《延喜以後詩卷》。後之見者，莫笑不到佳境耳。

《日觀集》序　　大江維時

夫貴遠賤近，是俗人之常情；開[1]聽掩明，非賢哲之雅操；望青山而對白浪，何異風流；聞絲竹以賞烟霞，既同聲色。我朝遙尋漢家之謠詠，不事日域之文章，□稿滋生，塵埃空積，實可重心咨嗟者也。昔者弘仁天長之世，有凌雲文華秀麗集，其後百餘年間，絕而不續。天慶儲宮，德高監撫，學長誦該。從在藩之時，令狎近之輩，采摭風人墨客律詩，起于承和，泊于延喜。一十人入選，二十卷成功。留心異才，分部同額，方爲《日觀集》，并取扶桑名也。其所攉用者，相公野篁、大夫良春道、相公菅是善、相公江音人、相公橘廣相、大夫都良香、丞相菅道真、相公善清行、納言紀長谷雄、大夫江千古。然辨時代之先後，不依官爵之高卑。於戲，望苑春花，未排比[2]華麗之作；桂宮秋月，無假著明之詞，豈如吾君不墜斯文乎云爾。

《沙門敬公集》序　　源順

延曆寺尊敬上人，俗姓橘氏，名在列，字卿，和州員外刺史秘樹之第三子也。公少游大學，聰識拔群，相如風月之骨，揚雄河漢之才，皆自然而得矣。世有《源氏小草》五卷，左親衛源亞

---

1 平成本作"閉"。
2 平成本無此字。

將之家集也。亞將以菅丞相外孫,出勤武職,入好文庫,始聞公才名,欲試其風藻。一旦相遇,忽命詩酒,座上走筆,頻寄妙句。酒未及三酌,詩各成十篇,陶元亮出能詩句,無垢稱生長法文,是其美公之一句也。公且談且飲,亞將相顧謂座客曰:"橘卿者實天才也。"自後花閣月亭,常以招引,見公詩莫不嘆,嗟乎高才不遇,自古而有矣。公年三十,始補文人,天下痛其名士晚達,公亦自倦,去業就爵,即除藝州別駕,累遷御史中丞。居職歲除,臺務肅清,霜威彌嚴,風譽益遠。然猶厭榮朝市,栖心釋門,一切經論,漸探秘賾。天慶七年冬十月,遂脫俗網,游天台山,除却五醉,降伏四魔。其猶不降者,獨詩魔而已。是故每至洞霞春溪霧秋,山鶯囀花之朝,林鹿踏葉之夕,無師知之力能飛其文,利他願之之[1] 餘或爲人作。古人所謂爲儀作,爲法作,爲方便智作,爲解脫性作,不爲詩而作,蓋公之謂乎。昔王朗八葉之孫,撫徐詹事之舊草,江淹一時之友,集范別駕之遺文,即作其序,备插其右。彼皆洪才奧學,深于文巧于詩之徒。作者亦其人也,序者亦其人也,以傳于世,誠足握玩。如予者才地立錐,遙謝刺股之學,文場韜筆,獨慚假手之詩,偷集斯文,定知招嘲。然而儀辭勝句,徒在人口,其餘在紙墨者,往往零落。不尋美錦于蜀江之水,何見粲爛之清文;若指良璞于荆岩之雲,誰聞鏗鏘之逸韵。近自黌舍味道,遠至幽栖晦迹。公之所作,詩賦歌贊、啓牒記狀、咒願願文等,且編録成七卷,聊述由緒冠于篇首,譬猶狐狢之袖端謬綴毛布,貂蟬之飾上妄加頭巾者乎。甲寅歲三月廿八日,前進士源順序。

---

1 平成本無此字。

詩家書目 御製 敕修 別集 總集 摘句 詩文評

御製

天曆御集一帖

一條帝御集一帖

三代御製一卷右三部見道[1]憲書目

敕修

凌雲集一卷弘仁五年小野岑守奉敕撰

文華秀麗集三卷弘仁九年仲雄王奉敕撰

經國集二十卷天長四年良峰安世、滋野貞主等奉敕撰

弘仁以後詩 卷寬平中平惟範奉敕撰、○見扶桑集略記

日觀集二十卷天慶中皇太子命侍臣修之，大江維時爲序文。○見朝野群載

雜言奉和一卷弘仁中文人應制詩卷、斷簡僅存、後人且取首簡四字爲書名

殘菊詩卷一卷寬平中內宴侍臣應制詩卷

天德門詩一卷天德中大江維時、菅原文時、橘直幹、源順四人應制

永承侍臣詩合一卷永承六年、藤原師基、源經信等八人應制

天喜殿上詩合一卷天喜四年藤原隆俊、源經信等八人應制

別集

藤原宇合集二卷見系圖

石上乙麻呂銜悲藻二卷見懷風藻

菅原清公菅家集六卷見菅家後草

---

1 平成本作"通"。

日本詩紀

小野篁相公集五卷_{見仁和寺藏書目}

大江音人集一卷

菅原是善相公集十卷_{見菅家後草}

橘廣相橘氏文集八卷

都良香都氏文集五卷_{右二部見仁和寺藏書目、〇都氏文集見存三卷}

島田忠臣田氏家集十卷_{見道[1]憲書目、現存三卷}

菅原道真菅家文草[2]十二卷

又後草一卷_{右二部現存}

紀長谷雄紀家詩集三卷_{見仁和寺藏書目}

又延喜以後詩 卷_{見本朝文粹}

三善清行善家集一卷_{見仁和寺藏書目}

三統理平集 卷_{江談抄云、理平卒後、菅原文時自寫其集}

源英明源氏小草五卷_{見本朝文粹}

大江朝綱後江相公集二卷

橘直幹集一卷_{右二部見仁和寺藏書目}

源順集 卷_{江談抄云、源順疾病、授家集于源爲憲}

慶滋保胤集二卷_{見仁和寺藏書目}

橘正道集 卷_{正道去後具平親王題其詩卷、見本朝麗藻}

藤原有國勘解由相公集二卷_{見仁和寺書目、〇江談抄云、大江廣綱輯}

藤原伊周儀同三司集一帖

大江以言集八帖

紀在昌集三卷

紀齊名集一帖_{右四部見通憲藏書目}

---

1 平成本作"通"。
2 平成本作"章"。

大江匡衡集一卷見仁和寺藏書目

又江吏部集三卷見存

源時綱集一卷

江金吾集一卷右二部見仁和寺藏書目

藤原忠通法性寺入道集一卷見存

都督亞相草一卷

泉州尚書草一卷右二部見道[1]憲藏書目、〇以上三部未詳何人

釋空海性靈集十卷見存

釋尊敬沙門敬公集七卷見本朝文粹

總集

懷風藻一卷無名氏、見存

銀榜翰律十卷菅原是善

集韵律詩十卷菅原是善〇右二部見類聚國史、及仁和寺藏書目

扶桑集十六卷紀齊名〇見存斷簡二卷

本朝詞林 卷源爲憲〇見江談抄

本朝麗藻二卷高階積善〇見存

本朝文粹十四卷藤原明衡〇見存

續本朝文粹十四卷藤原季綱〇見存

本朝無題詩集十二卷輔仁親王、見仁和寺藏書目〇見存三卷

打聞集三卷釋蓮禪〇見仁和寺藏書目

水石亭詩卷一卷藤原時平賀大藏善行七十宴會詩

善秀才宅詩合一卷三善道統會藤原有國慶滋保胤等詩

---

1 平成本作"通"。

日本詩紀

粟田左府尚齒會詩卷_{安和中藤原在衡山莊集會}

坤元錄詩 卷_{大江維時}

粟田障子詩 卷_{菅原輔正〇右二部見江談抄}

句題抄二十卷　　　　詩十體三卷

續類聚句題抄三十卷

類題古詩一卷_{此編未詳何詩斷簡、後人且題以類題古詩、竊疑類聚句題抄之敗策}

古今詩抄十卷　　　當世清英集百卷

詩苑麗則十卷　　　藍田集一卷

風心抄三卷　　　　絕句詩抄三卷

約聽抄 卷　　　　褒萬抄 卷

清吟抄 卷　　　　菁華抄 卷

花實抄 卷　　　　七步抄 卷_{右十四部失撰者名氏、并見仁和寺藏書目}

龍門集 卷_{當時省試詩〇見本朝文粹}

摘句

千載佳句二卷_{大江朝綱輯唐人詩句〇見存}

本朝秀句五卷_{藤原明衡}　續本朝秀句三卷_{藤原敦光}

拾遺佳句三卷_{藤原周光}　新撰秀句三卷_{藤原長方}

續新撰秀句三卷_{家基}　一句抄_{釋蓮禪}

本朝佳句二卷　　　　續本朝佳句三卷

近代麗句十卷　　　　當世麗句二卷

詠句抄五卷_{右十一部見仁和寺藏書目}

和漢朗詠集二卷_{藤原公任}　新撰朗詠集二卷_{藤原基俊}

摘句一卷_{藤原教家}

詩文評

文鏡秘府論六卷_{釋空海}　　作文大體_{藤原宗行}

文筆要抄一卷　　　　　本朝詩雜例一卷

日本詩紀別集

後　記

　　2023年12月18日，日本文化審議會選定"書道"即書法爲2024年申請聯合國教科文組織世界無形文化遺産項目。衆所周知，日本從630年至894年200多年間，十多次派遣龐大的遣唐使團，全面學習唐代的政治、文化和科學技術等，"書道"就是其中之一。當然，"書道"在日本1000多年的發展過程中，在原有的漢字書法的基礎上，把日語假名（相對於漢字"真名"而言）、漢字和日語假名混合書體融合了進來。文化審議會認爲，申請的目的是爲了讓世界了解日本文化的多樣性和深度。教育界人士認爲這一申請至少有以下兩重意義：書道盡管具有悠久的歷史，每年元旦有隆重的新年開筆儀式，學校也有書法課程，但伴隨數字化社會的進展，學習書法的人在減少，申請可使人們更加重視書法藝術的價值，從而發揚光大這一讓日本民衆格外感到親近的傳統藝術；二是可以對文化繼承、國際交流和旅游及教育事業等多方面帶來積極的影響。

　　漢字傳入日本後，使其結束了無文字的歷史而進入了漢字文明的社會，"日本詩"（與和歌相對）即日本人用漢字創作的詩。市河寬齋編集的《日本詩紀》囊括了日本7世紀至12世紀末數百年間的日本詩，具有唯一無二的日本詩文獻價值。日本詩雖然沒有申請世界文化遺產，但其文化價值同日本書道即書法一樣，是日本民衆格外感到親近的傳統文學體裁之一，是以漢字文明爲載體的中日文化交流、促進民意相通的好教材，《日本詩紀》具有一定的代表性。編集者市河寬齋屬於江户時代的古文辭派，尊崇唐詩，認爲日本詩在7世紀至12世紀（日本平安時代）末學習唐詩才得以發展隆盛。

《日本詩紀》作爲《日本漢詩整理與研究彙編》第二輯，同第一輯江户時代（1603—1867）的日本詩文獻相比，爲日本詩史上的發軔至以唐詩爲範本而名家輩出的"朝紳"詩鼎盛期。也就是説，這一時期的詩人以"朝紳"爲主，也有文化名人空海和尚和自稱"衲子"的釋蓮禪的詩，更有《繡袈裟衣緣》一詩被收進《全唐詩》的天武天皇之孫長屋王的詩等。内容上則獨具以遣唐使團爲大背景的中日文化交流的絢麗色彩，如悼念追憶鑒真和尚這一中日文化交流化身的詩等。

習近平主席在亞洲文明對話大會開幕式上的主旨演講中指出："文明因多樣而交流，因交流而互鑒，因互鑒而發展。我們要加强世界上不同國家、不同民族、不同文化的交流互鑒，夯實共建亞洲命運共同體、人類命運共同體的人文基礎。"（習近平《深化文明交流互鑒　共建亞洲命運共同體》，2019年5月15日）

話題又回到日本"書道"即書法申請世界文化遺產。從上述扼要介紹中，可知"日本詩"即日本漢詩代表詩集《日本詩紀》的唐風唐味，也可知這一以漢字文明爲載體的、在東亞文明互鑒交流中所獨有的文學體裁的多國特性。整理出版日本詩的用心之一也在於，期待在中國、日本、越南和朝鮮半島國家學界和文化界的共同交流協作下，把"東亞詩"作爲申請世界文化遺產的項

後　記

目，使這一以漢字爲媒介的東亞人民具有親近感的傳統藝術，在"夯實共建亞洲命運共同体、人類命運共同体的人文基礎"中發揮其特有的文明對話作用。

李均洋

甲辰年仲夏